Der Tempel des Drachen

Von Max Quellstein

Die junge Abenteurerin Shahira ist mit einer zusammen gewürfelten Gruppe auf dem Weg hoch in den Norden des Landes Nagrias. Ihr Auftrag: Die Suche nach einem sagenumwobenen und verschollenen Tempel. Schon früh stellt die Gruppe fest, dass sie nicht die Einzigen sind, die den Tempel suchen. Und nicht nur ihre Verfolger stellen für die Gruppe eine Gefahr dar, sondern auch einige der Gefährten scheinen Geheimnisse zu haben.

Shahira erlebt nicht nur ein Abenteuer voller Gefahren, sondern auch eine Reise in ihre eigene Gefühlswelt. Welche Rolle spielt dabei der mysteriöse Abenteurer Xzar? Und wird die Gruppe den Tempel finden und die Geheimnisse dieses Ortes lüften?

Der Tempel des Drachen

Von Max Quellstein

c/o AutorenServices.de

Birkenallee 24

36037 Fulda

info@max-quellstein.de

www.max-quellstein.de

3. Auflage. Auflage, 2019

© 2018 Max Quellstein – alle Rechte vorbehalten.

c/o AutorenServices.de

Birkenallee 24

36037 Fulda

info@max-quellstein.de

www.max-quellstein.de

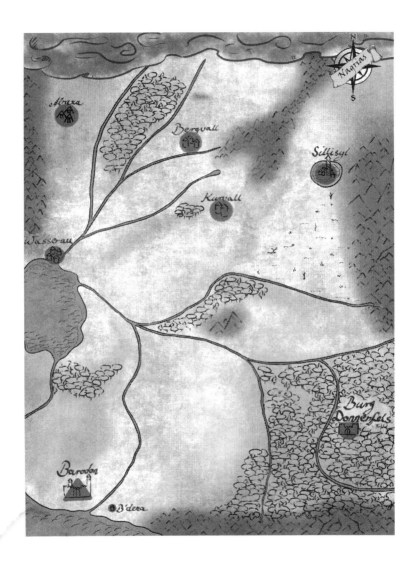

Vor drei Wochen

Der unstete Fackelschein tauchte den Raum in ein bedrohliches Zwielicht und es wurde nicht enthüllt, ob sich dort im Schatten unheimliche Kreaturen bewegten. Eine in dunkle Gewänder gehüllte Person stand vor einem aus schwarzem Stein gebauten Altar. Oben auf lag ein altes Pergamentstück. Langsam, fast schon zärtlich fuhr eine dürre, bleiche Hand darüber. Sie folgte den feinen Linien, die Wege, Wald und Gebirge darstellten.

»Du wirst sie begleiten, sie überwachen und mir von eurem Vorgehen berichten. Lass sie nicht herausfinden, wer du bist, sonst ist dein Auftrag gescheitert! Du bekommst eintausend Goldstücke und einen Platz an meiner Seite. Das heißt, wenn du es schaffst«, sagte die verhüllte Gestalt mit einer rauen Stimme. Danach schwieg sie einen Augenblick und strich ein letztes Mal über die Karte, bevor sie diese an die zweite Person reichte, die vor ihr kniete. »Das wäre alles und jetzt geh!«

Ein Windstoß aus der Dunkelheit ließ den Schein der Fackeln wild tanzen.

»Ja, Herr und Meister!«

Sommernacht

Der Mond stand schon hoch am Himmel, als sich die Gruppe der fünf Reisenden dazu entschloss zu rasten. Es war eine lauwarme Nacht und die Sterne leuchteten hoch über den Bäumen des Waldes. Vereinzelt zeichneten sich seichte Schemen der Wolken vor dem Licht des Mondes ab. Der Wald war dicht bewachsen und trotz der hellen Nacht drang kaum ein Lichtschein durch das Blattwerk, während der Wind sanft mit den Blättern der Bäume spielte.

Die Fünf lagerten am Kuriwald, einem ruhigen Laubwald in der Nähe eines kleinen Flusses, den man hier Taran nannte. Dieser bot ihnen frisches Wasser und sein leises Plätschern vereinte sich mit dem Blätterraascheln zu einem harmonischen Spiel.

Als Shahira aufgefordert wurde, zusammen mit Jinnass dem Elfen Holz zu holen, fühlte sie sich unwohl. Sie blickte zu Borion von Scharfenfels. Er war ein stattlicher Krieger und auf eine bestimmte Art und Weise bewunderte sie ihn. Er wirkte stolz und ehrenhaft und von vielen Kämpfen gestählt. Er trug eine prachtvoll schimmernde Ringpanzerung, die seine kräftige Statur noch imposanter machte. Sein Blick war zielgerichtet und seine Stimme war geradeheraus und selbstsicher, nicht befehlend, aber dennoch eindringlich. Ein prachtvolles Zweihandschwert war auf seinen Rücken geschnallt. Der Griff des Schwertes überragte ihn in der Größe um ein ganzes Stück.

Shahira kam sich klein und unbedeutend vor, wenn sie neben ihm stand. Sie war eine mittelgroße, schlanke Frau mit langen, blonden Haaren und blauen Augen. Sie trug eine schwere Lederrüstung und einen einfachen Schild aus Holz, der schon viele tiefe Kerben aufwies. In einem einfachen Schwertgehänge baumelte ein Langschwert.

Jinnass, der sie begleiten sollte, war ein großer, muskulöser Elf. Sein langes, schwarzes Haar war zu einem Zopf zusammengebunden. Dieser hing rechts neben seinem Gesicht herab und überdeckte somit seine kahl geschorene Kopfhälfte. Jinnass gehörte zum Volk der Tarakelfen aus dem Süden des Landes. Sie weilten schon seit Tausenden von Jahren in Nagrias und bedienten sich der Natur und der Magie des Waldes. Die Krieger unter diesen Elfen trugen ihr Haar alle in jener seltsamen Pracht. Auf dem Rücken hatte er einen Langbogen mit fein geschnitzten Mustern und einen Köcher mit Pfeilen, deren Federn blau gefärbt waren. Jinnass' Bogen war aus Dunkelholz, einem heiligen Holz der Tarakelfen, das sie mithilfe ihrer Magie formten. Die Pfeilschäfte wiesen dieselbe Färbung auf. Daneben war ein kleiner Lederrucksack geschnallt, den er nie aus den Augen ließ. Sein Inhalt war ein wohlgehütetes Geheimnis. Am Gürtel trug er einen Langdolch. Wenn er zu Fuß unterwegs war, führte er noch einen langen Kampfstab mit sich.

Jetzt stand Shahira zwischen den beiden Männern und sie spürte einen Druck in ihrer Brust, der sie irgendwie einengte. Sie sah von Jinnass zu Borion und wieder zurück. Der Elf nahm gerade seinen Bogen vom Rücken und mit seinen dunklen, fast schwarzen Augen musterte er Borion missmutig. Dieser schien den Blick nicht zu bemerken und falls doch, ignorierte er ihn. Noch einmal wiederholt er seine Anweisung, »Versucht etwas trockenes Holz zu finden! Jinnass, Ihr seht im Dunkeln besser.«

Schon seit ihrem Zusammentreffen fühlte Shahira sich nicht wohl in seiner Nähe und jetzt mit dem Elfen in den Wald zu gehen, machte sie nervös. Warum eigentlich? Es waren nicht seine Waffen und sie hatte auch keine Angst davor, dass er ihr etwas antun würde. Dafür hatte er zuvor schon genug Möglichkeiten gehabt, immerhin rasteten sie des Nachts alle zusammen. Nein, das war es nicht. Vielleicht beunruhigte sie auch nur der Gedanke, dass er kaum mit ihnen sprach und das Borion ihm anscheinend auch nicht so recht traute. Der Elf handelte oft ohne Absprache und er war erst zu der Gruppe gestoßen, nachdem sie schon einige Tage unterwegs gewesen waren.

Borion von Scharfenfels war der Anführer der Gruppe. Er leitete die Expedition zum Blaueichenwald und dann weiter in den schwarzen Nebel. Sie hofften, dort einen alten, verlassenen Tempel zu finden. Ob Borion den anderen Vieren wirklich traute, konnte Shahira nicht einschätzen. Dennoch tat er sein Bestes, um ihnen ein guter Anführer zu sein.

Doch wem konnte Shahira denn wirklich trauen? Nur bei einer Person war sie sich bisher bedingungslos sicher: Kyra Lotring, ihre beste Freundin aus ihren Kindheitsjahren. Und jetzt war sie dazu noch eine Kampfmagierin, die ihre Ausbildung in den *Türmen der Magie zu Barodon* abgeschlossen hatte. Sie hatten früher viel zusammen erlebt und so auch oft voneinander gelernt, bis Kyra dann in ihrer Jugend die Gelegenheit bekam eine Ausbildung als Magierin zu beginnen.

Gerne erinnerte Shahira sich an diese frühen Zeiten zurück, an ihre gemeinsamen Kinderstreiche und die vielen Jugendabenteuer: Als sie vor etlichen Jahren mit ihr zusammen die Äpfel des Bauern Mosdur gestohlen hatte und dieser ihnen dann bis nach Barodon nachgerannt war. Ein einziges Mal hatte er sie allerdings eingeholt und ihnen eine ordentliche Tracht Prügel verpasst, die sie so schnell nicht vergessen hatten. Sie dachte an die Stuhlbeine zurück, die sie angesägt und die Streiche, die sie anderen gespielt hatten. Doch das lag viele Jahre in der Vergangenheit und die Zeiten hatten sich mit dem Erwachsenwerden verändert. Manchmal vermisste sie das Leben von früher.

Dann dachte sie an ihr Zuhause, den Gasthof ihrer Eltern in einem Nachbardorf von Barodon. Das Dorf hieß Freienwalde in der Grafschaft B'dena. Das Gasthaus nannten die Leute der Umgebung *die Taverne der Grassens* oder auch *Grassenhof*. Der Name war schlicht aus dem Nachnamen ihrer Eltern gebildet, der Familie Grassen. Ihr Vater wollte immer, dass sie einen vernünftigen Beruf erlernte oder später den Gasthof weiterführen würde, um dann eine eigene Familie zu gründen. Sie wollte jedoch nicht so wie ihr Vater. Oft hatte sie in der Taverne Krieger und Söldner belauscht, die von ihren Abenteuern erzählten und gemeinsam heroische Lieder sangen. Diese hatten von Schlachten, Helden, Bestien und schönen Frauen gehandelt und Shahira hatte sich gefragt, ob es dort draußen nicht auch hübsche Männer gab, die auf eine Heldin warteten. Für Shahira war es somit schon früh ein Traum gewesen, ebenfalls irgendwann einmal durch die Welt zu ziehen, um Abenteuer zu erleben.

Bereits in jungen Jahren übten sie und die Kinder aus dem Dorf mit Schwertern aus Stöcken den Kampf. Einer ihrer Freunde hieß Germ und er hatte täglich mit ihr geübt. Er zeigte ihr, wie man mit Schwert und Schild umging. Sein Vater war Soldat gewesen und Germ hatte den Traum gehegt einst in dessen Fußstapfen zu folgen und am liebsten in den Reihen des königlichen Heeres. Doch sollte sich dieser Wunsch niemals erfüllen. Bei einem Überfall auf eine nahe gelegene Mine gerieten Germ und die Bergarbeiter in einen Kampf. Als man in B'dena davon erfuhr, sandte man einen Trupp Soldaten zur Mine. Diese kehrten nach drei Tagen zurück und brachten einen Pferdekarren voller Leichen mit. Unter den Toten war auch Germ gewesen. Er war von einem Pfeil in den Rücken getroffen worden. Shahira kam nie wirklich über seinen Tod hinweg und spürte seither, dass ihre Heimat nie wieder dieselbe sein würde.

Mit siebzehn schloss sich Shahira dann irgendeiner Söldnertruppe an, die nach Barodon reiste. Sie verließ nachts ihr Zuhause und nur der Mond wurde Zeuge ihrer heimlichen Abreise. Sie reiste mit der Gruppe durch die Gegend, hier und dort für einfache Aufträge ein paar Münzen verdienend, doch erfüllend war ihr Abenteurerleben nicht. Nach Hause zurück traute sie sich nicht, zu groß war ihre Angst, dass ihre Eltern sie nicht wieder aufnahmen. Ein Jahr später traf sie dann zufällig ihre Freundin Kyra und diese zog Shahira mit in ihr jetziges Abenteuer. Allerdings musste sie schnell feststellen, dass sie von der jungen und wilden Kyra von früher nicht mehr viel wiedererkannte. Ihre Freundin war nun eine ausgebildete Magierin und das zeigte sie voller Stolz. Sie trug die weiten blauen Roben der Magier, behangen mit den Siegeln der Akademie. Um ihre Titel und den Rang hervorzuheben, trug sie zusätzlich eine bestickte Schärpe. Als Waffen führte sie sowohl ein filigranes Rapier, sowie einen aufwendig gearbeiteten Magierstab, auf dessen oberem Ende eine Kristallkugel saß.

Jetzt reisten Kyra und Shahira zusammen mit Borion und Jinnass. Und dann war da noch der Fünfte im Bunde, ein Mann namens Xzar. Er war ihr unheimlichster Begleiter, was hauptsächlich daran lag, dass er sein Gesicht stets unter der Kapuze seiner schwarzen Kutte verbarg. Sie schien nicht einmal im Kampf zu verrutschen und obwohl seine Stimme geschmeidig klang, lag ein undeutbarer Unterton in ihr, der sie zur Vorsicht mahnte. Er trug zwei Langschwerter in einem Kreuzgurt auf dem Rücken und führte einen Stab, wie die Magier ihn oft nutzten. Ihn hatte er jedoch größtenteils am Sattel seines Pferdes befestigt. Der Stab war recht schlicht aufgebaut, bis auf das obere Ende. Ungefähr anderthalb Spann vor der Spitze spaltete sich das Holz in vier Stränge und schloss sich ein kurzes Stück höher wieder zusammen. Zwischen diesen Holzschnitzereien war ein Rubin in der Form eines Auges eingearbeitet. Zusammen sah es aus, als wanden sich vier Schlangen um den Stein, wenn man von den fehlenden Köpfen einmal absah. Der Stab sah sehr kostbar aus und in den Rubin waren seltsame Zeichen eingraviert.

Keiner von ihnen wusste, wer Xzar genau war. Ein Magier mit Schwertern? Ein Krieger mit magischen Fähigkeiten? Vielleicht war er beides.

Während der ersten Tage ihrer Reise war Shahira ihm gegenüber misstrauisch gewesen, doch dann hatte sich dieser Xzar sehr hilfsbereit und zuvorkommend gezeigt. An ihrem ersten Rastplatz hatte sie ihre Deckenrolle in eine Pfütze fallen lassen und er war es gewesen, der ihr die seinige überließ, um sich selbst mit seinem Umhang zu zudecken. Auch im Kampf hatte er sich bereits gut behauptet. Xzars Kampfstil war stetig und wirkte wie ein Tanz. Seine Schläge waren fast lautlos aber dennoch schnell wie Blitze. Angriffe und Paraden gingen fließend ineinander über. Auch wenn Shahira sich in seiner Nähe immer noch seltsam beobachtet fühlte, war ihr Misstrauen schon weniger geworden. Jedenfalls deutlich weniger als Jinnass gegenüber.

Kyra war sich jedoch sicher, dass Xzar gefährlich war und sie hatte es sich in den Kopf gesetzt, herauszufinden warum. Sie hatte mithilfe ihrer Magie versucht etwas über ihn in Erfahrung zu bringen, doch blockierte irgendeine Kraft Kyras Zauber. Das verstärkte das Misstrauen der Magierin noch zusätzlich. Bisher hatte Xzar allerdings nichts getan, was ihnen nicht auch geholfen hatte.

Von Borions Stimme aus ihren Gedanken gerissen, nickte Shahira und folgte Jinnass in den Wald. Die beiden kamen nach einer Stunde zurück und Kyra half ihnen dabei das Feuer zu entzünden. Dies gelang ihr mithilfe einer ihrer Zaubersprüche. Sie konzentrierte sich kurz, deutete mit ihrem Zeigefinger auf die aufgestapelten Äste und sprach gebieterisch, »Die Flamme sei mein Wille, und entzünde sich in Stille!«

Gleich danach breitete sich eine angenehme Wärme um die Feuerstelle herum aus und mitten in den aufgestapelten Ästen bildete sich eine kleine, rote Glut. In wenigen Augenblicken verwandelte sich diese in ein orangerotes Flackern und einen Lidschlag später loderten knisternd die ersten Flammen auf. Mittlerweile erhellte ein großes Feuer den Lagerplatz. In der Zeit in der Shahira und Jinnass weg gewesen waren, hatten Borion und Xzar einen Eintopf zubereitet.

Seit sie vor zwei Wochen aufgebrochen waren, gab es fast jeden Abend ein gutes Mahl, jedenfalls so gut wie die Natur und ihr Proviant es hergaben. Bis auf Jinnass ließen sich auch alle das Essen schmecken. Der Elf bevorzugte es oft, während alle am Lagerfeuer weilten, sich in den Wald oder sonst wo in die freie Natur zurückzuziehen. Was er dort tat, wussten sie nicht. Das verstärkte wiederum Shahiras Sorge, dass sie dem Elfen nicht trauen konnte. Hier war ihre Freundin Kyra dann wieder anderer Meinung. Sie erklärte Shahira immer zu gern, dass er nun mal ein Elf sei und die verhielten sich meistens seltsam. Besonders die Tarakelfen, galten sie doch als Mystiker unter den Elfen.

Vor einigen Nächten hatte Borion ihn verfolgt, um zu sehen was er allein im Wald so trieb, doch eine Erkenntnis blieb aus. Es schien, als sei der Elf spurlos im Wald verschwunden. Dies passte allerdings dazu, was man sich von den Elfen erzählte. Sie waren wahre Meister darin im Wald nicht aufzufallen.

Borion berichtete ihnen später, dass er lediglich eine leise Flötenmelodie im Dunkeln der Nacht wahrgenommen hatte. Es war eine beruhigende und friedliche Tonfolge gewesen und es war ihm fast wie ein Traum vorgekommen. Borion hatte kurz die Augen geschlossen und im Klang der Flöte waren wundervolle Bilder vor seinem inneren Auge entstanden. Er hatte grüne Wälder, bunt blühende Blumen und plätschernde Wasserfälle gesehen, die in endlose Tiefen stürzten. Hätte er noch länger so da gestanden, wäre er wohl eingeschlafen.

Die Elfen besaßen angeblich alle die Gabe magische Melodien zu spielen. Einige Töne beruhigten, andere heilten oder ließen ihren Geist mit der Natur verschmelzen. Somit konnten sie spüren, was in der Welt geschah. Als sie Jinnass darauf ansprachen, sagte er nur, dass er die Zeit nutzte, um sich in Meditation zu üben.

Auch an diesem Abend war Jinnass wieder im Wald verschwunden, doch eine Melodie war von ihrem Lager aus nicht zu hören. Kyra erklärte sich bereit, mit Shahira die erste Nachtwache zu übernehmen und nach einer Weile kamen die beiden auf das Ziel ihrer Reise zu sprechen. Kyra lehnte sich zu Shahira, um zu verhindern, dass jemand mithören konnte. »Glaubst du«, begann sie zögernd, »dass wir vor unseren Verfolgern die Tempelanlage finden?«

Shahira sah sie nachdenklich an. »Ich hoffe es sehr. Aber ich mache mir mehr Sorgen wegen des Angriffs. Dieser Totenbeschwörer Tasamin hat uns ja bereits einmal aufgelauert und ich fürchte einfach, dass er es noch ein weiteres Mal versuchen könnte. Das würde uns sicher viel Zeit kosten.«

Mit einem Lächeln antwortete die Magierin, »Ja, das stimmt. Aber jetzt sind wir ja vorgewarnt und wachsamer. Und was die Zeit angeht: Er muss die Anlage ja auch erst mal finden, schließlich hat er die Karte nicht bekommen.«

»Nein, hat er nicht ... noch nicht«, erwiderte Shahira.

Kyra legte den Arm um Shahiras Schulter. »Wir konnten seinen letzten Angriff doch erfolgreich abwehren, auch wenn wir dabei zwei unserer Lastpferde verloren haben. Morgen Mittag kommen wir nach Kurvall und dort werden wir sicher Ersatz für die beiden Tiere finden.«

»Du hast recht, Kyra. Ich bin so froh, dich bei mir zu haben.«

Kyra lächelte erneut. »Ich war es, die dich überredet hat, mich zu begleiten«, erinnerte die Magierin ihre Freundin. »Und wenn die Legende wirklich stimmt ... Ein Drachenauge! Wenn es wahrlich ein solches Artefakt dort gibt, stell dir das einmal vor: Wir würden es finden, es berühren ... ja wer weiß, vielleicht sogar benutzen. Wir könnten die ganze Welt sehen, möglicherweise die Zukunft. Diese Artefakte sind selten und so unerforscht. Was es dabei alles zu entdecken gibt!« Sie atmete kurz auf und fügte dann noch etwas leiser hinzu, »Ich gehe jede Wette ein, dass dieser Xzar sich das Auge unter die Nägel reißen will, um dann mit dem Totenbeschwörer Tasamin zusammen irgendwelches Unheil anzurichten.«

Shahira sah nachdenklich auf. »Ich weiß nicht recht. Ja, er ist unheimlich, aber ihn gleich des Verrats zu beschuldigen? Er hat bei dem Überfall auf unserer Seite gekämpft und ...«

Kyra unterbrach sie. »Und wenn das alles nur zu einem gemeinsamen Plan gehört? Wenn Xzar sich unser Vertrauen so erschleichen will? Was dann?«

Shahira dachte einen Augenblick nach, bevor sie antwortete, »Es gehörte dann auch zu Xzars Plan, dass er von einem der Skelette ein Schwert ins Bein gerammt bekommt?! Und warum sollte er dann die Wunden von Borion so sorgfältig verbinden, wo Borion doch so ein kräftiger Kämpfer ist, der ihm ernsthaft gefährlich werden könnte? Wenn Borion gestorben wäre, hätte er uns alle mithilfe der Skelette töten können und wäre somit leichter an die Karte gekommen, oder etwa nicht?«

Jetzt war es Kyra, die einen Augenblick nachdachte. Dann verzog sie das Gesicht missmutig, um zu nicken. Dem Ausdruck auf ihrer Miene nach zu urteilen, war das Thema für sie noch lange nicht vom Tisch, doch vorerst sprachen sie nicht weiter darüber.

Zum Ende ihrer Wache weckten sie Borion zur zweiten Wache und wie aus dem Nichts tauchte Jinnass aus dem Wald auf, um sich dem Krieger anzuschließen. Jinnass warf Shahira einen undeutbaren Blick zu und ein unheimliches Blitzen in den dunklen Augen ließ vermuten, dass er ihr Gespräch mitgehört hatte. Ob dies gut oder schlecht war, konnte sie nicht beurteilen. Shahira nahm seinen Blick hin und versuchte möglichst unwissend zu wirken.

Xzar hatte die letzte Nacht aufgrund seiner Verletzung sehr unruhig geschlafen und somit hatte Borion entschieden, dass er diese Nacht durchschlafen sollte, um die Verwundung auszukurieren. Obwohl der Angriff schon einige Tage zurücklag, heilte seine Beinwunde nur sehr langsam.

Der Angriff

Vor sechzehn Tagen waren sie in der Hauptstadt Barodon aufgebrochen. Ihr Auftrag war es eine Tempelanlage tief im Blaueichenwald irgendwo im schwarzen Nebel zu suchen. Nicht zuletzt der Nebel stellte eine große Gefahr dar, denn sein schwarzer Dunst galt als giftig und noch wussten sie nicht, wie sie ihn erfolgreich durchqueren konnten. Der Tempel selbst galt seit vielen hundert Jahren als verschollen und doch waren in den letzten Jahrzehnten immer wieder Berichte über ihn aufgetaucht. Mysteriöse Geheimnisse und viele sagenumwobene Schätze sollten sich im Inneren der Anlage befinden. Besonderes Interesse weckte dabei die Erwähnung eines der legendären Drachenaugen, ein Artefakt aus einem vergessenen Zeitalter. Da sie bis weit hoch in den Norden mussten und es sich um einen langen Reiseweg handelte, hatten sie mehrere Etappen geplant. Das erste Ziel war die größere Stadt Kurvall.

In den ersten Tagen trafen sie noch auf Händler, berittene Soldaten und Söldner und sogar eine kleine Schaustellergruppe. Aber niemand davon hatte ihnen irgendwelche Schwierigkeiten bereitet. Ein paar Tage später wurden ihre Begegnungen dann immer seltener. Das mochte auch daran liegen, dass sie sich entschlossen hatten eine Nebenstraße zu nehmen, um genau diese Aufmerksamkeit zu vermeiden.

In der siebten Nacht nach ihrem Aufbruch wurden sie dann von Borions Alarmruf geweckt. Als sie sich aus dem Schlaf gerissen aufrichteten, sahen sie, wie sich zehn Schemen auf ihr Lager zu bewegten. Ihre Schritte wirkten abgehackt und widernatürlich, so als wüssten ihre Körper mit den Bewegungen nichts anzufangen. Als sie erkannten, wer dort in der Finsternis auf sie zu kam, erschauerten sie. Es handelte sich um Skelette, deren weiße Knochen fahl in der Dunkelheit leuchteten. Mit jedem Schritt ächzten die Gebeine schauervoll. Hier und da hingen vermoderte Fleischfetzen an den Knochen herunter und aus ihren leeren Augenhöhlen drang ein grüner Lichtschein. Über den Brustkörben erkannten sie die Reste von abgetragenen Lederrüstungen. Brüchige Schilde und rostige Schwerter in den Händen haltend, kamen sie auf die Gruppe zu. Ein fauliger Gestank wehte zu ihnen herüber.

Noch ehe die anderen Gefährten kampfbereit waren, hatte Borion bereits einen der Untoten mit seinem Zweihänder zu Boden geschmettert, sodass die Knochen splitterten. Er drehte sich blitzschnell und parierte den Schlag eines zweiten Skelettes mit einem Schwung aus dem Handgelenk.

Xzar hatte seine Schwerter gezogen und verteidigte sich gegen zwei Gegner zugleich. Die Aufteilung ermöglichte es ihm, seine Angreifer auf Abstand zu halten. Allerdings war es so für ihn deutlich schwerer, einen guten Treffer bei ihnen zu landen.

Kyra fixierte unterdessen eines der Skelette in ihrer Nähe mit ihrem Blick, konzentrierte sich und sprach laut, »Magie unserer Natur, zeig mir woher du kommst und erfülle deinen Schwur!« Die Luft verzerrte vor ihren Augen und dünne blauschwarze Fäden zuckten aus den Skeletten hervor. Kyra sah, wie sich die flackernden Linien zu einer Kugel vereinten und diese dann auf eine Gestalt etwa vierzig Schritt vom Lager entfernt zu flog. Dort hüllte der Zauber eine Person in eine Silhouette, welche nur die Magierin wahrnahm. Es schien eine große Person zu sein, die Arme zum Himmel emporgehoben. Sie trug eine Robe und lange Haare bewegten sich wild im Wind. Hinter ihr leuchtete ein helles Licht unbekannten Ursprungs, was die Gestalt noch bedrohlicher aussehen ließ. Bei dieser Entfernung und verstärkt durch die Dunkelheit mit dem Lichtschein im Rücken, war das Gesicht nicht zu erkennen.

Plötzlich wurde Kyras Zauber unterbrochen. Ihr war so, als hätte sie kurz ein böses Lachen gehört, doch sie hatte vorerst keine Zeit, weiter darüber nachzudenken, da sie sich wieder auf den Kampf konzentrierte. Eins war für Kyra aber sicher: Dort hinten musste sich ein mächtiger Magier befinden, der die Skelette aus ihren Gräbern erhoben hatte. Im Augenblick gab es für sie jedoch keine Möglichkeit näher heranzukommen oder die Konzentration des Beschwörers zu stören. Was ihr blieb, war der Kampf gegen die Untoten.

Shahira hatte bereits ihren Schild und das Langschwert gepackt und sich auf eines der Skelette gestürzt. Sie rammte das Geripp mit dem Schild und stieß es so ein paar Schritte zurück, um dann mit einem gezielten Hieb den Torso des Gegners anzugreifen. Sie traf ihren Angreifer hart an der Schulter. Das Gelenk dort knackte und brach, sodass der Arm mit dem Schwert zu Boden fiel. Und dennoch kam das Skelett unbeirrt weiter auf sie zu. Mit dem anderen Arm griff es nach ihr, doch den schweren Holzschild konnte es so nicht überwinden. Sie fluchte, als sie sah, dass sich von links bereits ein zweites Skelett näherte.

Jinnass wusste, dass er mit seinem Bogen gegen die Toten wenig Erfolg haben würde, also hatte er ihn gar nicht erst kampfbereit gemacht. Stattdessen hatte er seinen schweren Kampfstab gepackt und stieß mit diesem wuchtig zu. Das harte Holz des Stabes krachte auf die Brustknochen und Teile der Gebeine brachen unter dem Stoß ein. Für einen Augenblick steckte das Ende des Kampfstabes in dem Geripp fest. Doch Jinnass wusste dies zu seinem Vorteil zu nutzen und lehnte sich gegen den Stab. Mit einem wilden Aufschrei hob er den Stab an und sein Gegner verlor den Boden unter den Füssen. Mit einem weiteren Hieb, den er abwärts führte, schmetterte der Elf das Geripp zu Boden. Die Beinknochen brachen durch den Aufprall. Ein letzter Hieb gegen den bleichen Schädel und es war um diesen Feind geschehen.

Borion hatte inzwischen seinem zweiten Gegner einen mächtigen Schlag verpasst, sodass dieser mehrere Schritte zurückgeworfen wurde. Doch dieses Mal gelang es dem Krieger nicht, dem Angriff eines weiteren Skeletts auszuweichen, welches sich von der rechten Seite genähert hatte. Somit traf ihn dessen Kurzschwert an der Hüfte. Borion zuckte kurz zusammen, doch seine schwere Rüstung verhinderte, dass der Treffer zu tief eindrang. Dennoch rann ein leichtes Blutrinnsal aus dem Schnitt. Er wandte sich von seinem vorherigen Gegner ab und attackierte den neuen Angreifer. Der Untote parierte den Schlag ungewöhnlich schnell und konterte mit einem Hieb gegen Borions linken Arm. Der Krieger konnte auf diese kurze

Entfernung mit seinem Zweihänder nicht rechtzeitig parieren, doch zum Glück wurde der Schlag erneut durch den Ringpanzer abgefangen. Borion machte einen Schritt zurück, holte mit seinem Schwert aus, schlug zu und traf, ohne dass sein Gegner noch zu einer Parade kam. Mit einem widerlichen Knacken flog dem Skelett der Kopf von seinem Hals. Somit hatte Borion nun nur noch einen Feind vor sich. Dieses Gerippe hatte zwar schon einen Schlag einstecken müssen, doch es kämpfte mit rasendem Eifer weiter und somit attackierte dieses Borion jetzt erneut. Ein, zwei, drei schnelle Schläge hintereinander und der vierte hatte Erfolg. Das Schwert traf den Krieger unglücklich am Bein und Borion knickte weg. Die rostige Klinge hatte ihn unmittelbar über seiner Beinschiene getroffen. Der Krieger unterdrückte den Schmerz mit zusammengepressten Zähnen. Halb kniend schlug er erneut auf das Skelett ein, traf es und sah ihm zu, wie es nach hinten kippte. Borion ahnte, dass die widerwärtigen Kreaturen von irgendwo oder besser irgendjemandem gelenkt werden mussten. Tote Geschöpfe konnten nicht von alleine aufstehen und schon gar nicht so entschlossen kämpfen.

Xzar hielt sich gut gegen seine zwei Gegner. Er verteilte abwechselnd kleinere Angriffe auf die Beiden. Als er eine ausreichend große Lücke zu den Skeletten hatte, machte er einen blitzschnellen Sprung nach vorne und versuchte mit einer Scherenbewegung einen seiner Gegner zu enthaupten. Das gelang ihm zwar, doch hatte er nicht damit gerechnet, dass sein zweiter Gegner bereits wieder nah genug an ihn herangekommen war und so spürte Xzar plötzlich einen stechenden Schmerz im Oberschenkel. Er blickte hinab und erkannte, dass sein Widersacher ihm dessen rostiges, schartiges Schwert ins Bein gebohrt hatte. Beim Versuch, es wieder heraus zu ziehen, scheiterte das Skelett jedoch. Die Waffe war so zerfallen, dass die Spitze abbrach und in Xzars Bein stecken blieb. Schon während der nächsten Schritte spürte er, wie sich der Schmerz über sein gesamtes Bein ausbreitete. Sein Blick verschwamm leicht und er versuchte den Schmerz zu unterdrücken. Das Skelett stand vor ihm und wollte gerade wieder zuschlagen, als Xzar sich zur Seite fallen ließ und wegrollte. Er erhob sich trotz der Verletzung geschwind und schlug zu. Der Beckenknochen des Skelettes zersplitterte und das Wesen brach zusammen, jetzt da Beine und Oberkörper in ihrer Verbindung getrennt waren. Ungelenk kroch es weiter und Xzar rammte ihm beide Schwerter durch den Schädel. Das beendete dieses unheilige Leben endgültig. Xzar lehnte sich an einen Baumstumpf und atmete durch. Etwas abseits des Lagers sah er, wie zwei der Skelette auf die Pferde einhieben. Eines der Lastpferde lag bereits tot am Boden und ein weiteres wurde gerade von heftigen Angriffen niedergestreckt. Er rief eine Warnung, doch seine Stimme versagte. Er wollte sich erheben und am Kampf teilnehmen, aber die Schmerzen ließen ihn wieder zurück auf den Boden sinken. Vorsichtig und mit zitternden Händen begann er, die rostigen Splitter aus dem Bein zu ziehen. Für ihn war der Kampf vorerst vorbei.

Nach dem Ende ihres ersten Zaubers konzentrierte sich Kyra ein weiteres Mal, hob dann ihre rechte Hand zur Stirn und deutete mit ihrer Faust auf ein Skelett vor sich. Aus ihrer Hand löste sich ein weißer Energiestrahl und schoss auf den Untoten zu. Der Strahl traf das Gerippe und augenblicklich zerfiel dieses zu Staub. Kyras Hand schmerzte leicht, denn der Zauber hatte ihr ebenfalls kleinere Verbrennungen zugefügt. Das war der Preis, den Magier für zerstörerische Magie oft zu zahlen hatten. Hände schüttelnd versuchte sie den Schmerz zu verjagen. Noch waren sie nicht siegreich und sie suchte einen weiteren Gegner mit ihrem Blick. Dann sah sie die beiden Skelette, die ihre Pferde attackierten und sie stieß einen lauten Warnruf aus, doch die anderen waren alle zu sehr in ihre Kämpfe verwickelt und schienen sie nicht zu hören. Zuerst wollte sie sich auf den Weg machen, die Skelette aufzuhalten, doch zu ihrer Überraschung war es Jinnass, der ihren Blick einfing und auf die Untoten zu stürmte.

Shahira hielt das neu hinzugekommene Skelett mit dem Schild von sich fern und griff das andere solange an, bis es nach einem heftigen Treffer zu Boden ging und reglos liegen blieb. Danach vernichtete sie das zweite Knochengerüst: Sie wich seinem Angriff geschickt aus und schlug ihren Schild unter das Kinn des Angreifers. Die Knochen brachen und ein Teil des Unterkiefers fiel zu Boden. Die Augen des Skelettes leuchteten hell auf und modriger Gestank wehte ihr verstärkt entgegen. Doch außer dass ihr Ekelgefühl eindringlicher wurde, hatte es keine Auswirkungen auf sie. Dann griff das Skelett erneut an. Sein Schlag ging knapp an der jungen Kämpferin vorbei, sodass diese die Gelegenheit nutzte, um von oben herab auf den Gegner einzuschlagen. Wieder splitterten Knochen. Dieses Mal war der Treffer so kraftvoll, dass das Skelett zu Boden ging und sich nicht mehr erhob. Shahira blickte über den Kampfplatz und eilte dann zu Kyra, um sie vor möglichen Angriffen zu schützen, auch wenn der Kampf so gut wie entschieden war.

Jinnass führte den Stab kurz und mit zwei Händen im mittleren Bereich. Er teilte wuchtige und schnelle Schläge aus. Den Gegenangriffen wich er geschickt aus. Nur einmal kam er mit der Schwertklinge eines Gegners in Berührung. Allerdings war es nur eine kleine Schnittverletzung am Arm, die ihn nicht weiter beeinträchtigte. Er kämpfte schnell und geschickt; jeder Hieb, jeder Stoß traf und mit jedem Treffer splitterten Knochen. Mit einer wilden Drehung und einem Schwung, der übernatürlich schnell wirkte, krachte der Kampfstab gegen den Kopf eines Skelettes. Der Schädel löste sich reißend von der Wirbelsäule, um dann in einem großen Bogen in der Dunkelheit zu verschwinden. Jinnass drehte sich um und zertrümmerte dem anderen Gegner den Brustkorb. Danach kehrte Ruhe auf dem Kampfplatz ein.

Kyra wollte sie auf den vermutlichen Beschwörer der Skelette aufmerksam machen, doch so sehr sie auch nach ihm suchten, er war nicht mehr da. Als sie die Skelette untersuchen wollten, zerfielen diese langsam zu Staub. Und bevor sie reagieren konnten, wurden die Überreste von einem aufkommenden Windstoß in die Nacht hinaus getragen.

Nachdem alle Wunden versorgt waren, gab Kyra den anderen eine Beschreibung des Beschwörers und dessen Auftreten.

Borion schreckte bei der Ausführung der Magierin zusammen. Als die anderen ihn fragend ansahen, begann er zu erklären, dass er schon zuvor einen Verdacht gehabt hatte, der sich jetzt bestätigte. Borion war sich sicher, dieser Person schon mal begegnet zu sein, sogar schon einmal gegen ihn und seine Untoten gekämpft zu haben.

»Dieser Mann«, begann er, »ist ein Totenbeschwörer, oder auch Nekromant, wie man sie auch nennt; Sein Name ist Tasamin. Er hat vor einigen Monden versucht die Karte aus meinen Händen zu stehlen. Nur beim letzten Mal waren es mehr als zehn, ja fast vierzig Skelette und auch einige Chimären: Grauenvolle Wesen, die durch Magie aus mehreren Tieren zu einem vereint wurden. Meine Begleiter wurden fast alle niedergemetzelt und kaum hatten wir einen Gegner vernichtet, tauchten zwei neue auf. Es war schrecklich ...« Borion senkte leicht den Kopf und sprach dann mit bedrückter Miene weiter, »Meine Frau! Meine geliebte Riandra wurde dabei schwer verwundet. Sie starb zwei Tage später an den Verletzungen.« Borion machte eine Pause, sein Blick voller schmerzhafter Erinnerungen. »Mein bester Freund, Kerdom Eisenach hat beide Beine im Kampf verloren. Die restlichen Überlebenden haben sich nach dem Gefecht von mir getrennt. Es wäre ihnen zu gefährlich, sagten sie. Söldner halt! Wir hatten damals denselben Auftrag wie den jetzigen: den Tempel zu suchen.« Borion hob den Kopf. Man sah ihm seinen Verlust, den er durch den Tod seiner Frau durchlebt hatte, deutlich an.

Jinnass verband sich unterdessen seine Wunden und hörte dabei mit ausdruckslosem Blick zu. Shahira hatte Mitleid mit dem Krieger und wollte zu ihm gehen, doch Borion drehte sich weg. So beschloss sie, dass es besser wäre, ihn erst mal in Ruhe zu lassen.

Xzar hatte Borion einen alchimistischen Trank zur Regeneration gegeben. Er war aus dem Blütensaft der Goldmondblumen gebraut, die einst mit der Macht von Deranart dem Himmelsfürsten in die Welt gepflanzt wurden. Deranart war einer der großen Vier und wurde im Land Nagrias als eine Art Gott verehrt.

Der Trank, der golden schimmerte, hatte einen süßlichen und verlockenden Duft, der jedoch täuschte, denn die klebrige Flüssigkeit hatte einen säuerlichen Beigeschmack, der noch lange im Mund blieb. Seine Wirkung dagegen war umso erstaunlicher: Schwerste Verletzungen schlossen sich kurz nach der Einnahme und gaben dem Verwundeten neue Kraft. Die Wunde an Borions Bein hatte Xzar dann sorgfältig verbunden, um eine zusätzliche Heilwirkung zu erzielen. Seine eigene Wunde bestrich er mit einer grünen Salbe, die stark nach Erde, Eisen und Tauwasser roch.

»Sollten wir die Wunde nicht besser reinigen und nähen?«, fragte Shahira, die sich das Ganze zweifelnd angesehen hatte.

»Nein, das sollte reichen. Die Salbe ist gut für solche Verletzungen«, sagte Xzar ruhig. Dabei sah er nicht von dem Verband auf, den er sorgfältig um sein Bein wickelte.

»Ihr versteht Euch also auch auf die Heilkunst?«, fragte Shahira nach.

Der Verhüllte schüttelte leicht den Kopf. »Nur auf das, was man so hört. Zu wenig, um schwere Wunden zu versorgen, aber dennoch genug, um mir zu helfen. Habt Ihr Verletzungen, die ich mir ansehen soll?«

»Nein, habt Dank. Ich hatte nur einige wenige Kratzer. Kyra hat sich bereits darum gesorgt. Woher hattet Ihr den Heiltrank für Borion?«, fragte sie nach.

Er zögerte. Bevor er antwortete, schob er das Ende des Verbandes in das Dunkel seiner Kapuze und biss ein kleines Stück aus der Mitte heraus. Anschließend zerriss er ihn und band die beiden Enden um sein Bein, wo er sie verknotete.

»Ich hatte ihn schon länger. Woher genau, weiß ich gar nicht mehr«, antwortete er ihr dann knapp.

Shahira beließ es bei der Erklärung und ging zu Kyra. Die Magierin hatte sie dann ausgefragt, worüber die beiden gesprochen hatten. Sie hatte es ihrer Freundin erzählt, die Xzar daraufhin misstrauisch beobachtet hatte.

Doch die Wundheilung blieb in den nächsten Tagen aus und sie alle wunderten sich darüber. Xzar versicherte ihnen, dass die Wunde heilte und so hatten sie nicht weiter nachgefragt. Über Tasamin sprachen sie nach dem Überfall nur selten, denn auch Borion wusste nicht viel mehr über ihren unerwarteten Gegner zu sagen und seither hatten sie nichts mehr von dem Totenbeschwörer gesehen oder gehört.

Die Nacht war inzwischen weit vorangeschritten. In der Ferne war das Plätschern des Baches zu hören und eine Eule schrie ihre unbeantworteten Rufe in die Dunkelheit. Irgendwo neben ihrem Lager zirpten einige Grillen und das Rascheln von Kleintieren im Unterholz war ab und an zu hören. Shahiras Gedanken an die vergangenen Tage verloren sich, als sie in den Nachthimmel starrte und dort die vielen leuchtenden Sterne sah. Als eine Sternschnuppe vorbeizog, schloss sie die Augen und wünschte sich, dass ihnen ihr Auftrag glückte: die Tempelanlage zu finden und zu erkunden. Sie wussten nicht viel darüber, doch angeblich hatte dort einst ein machtvoller Magier gelebt und finstere und verbotene Experimente durchgeführt. Berichten zu Folge war er im Besitz eines Drachenauges gewesen, ein Artefakt von unvergleichbarer Macht. Diese Kristalle waren bisher nur wenig erforscht und die theoretischen Diskussionen über ihren Nutzen reichten an den Akademien vom *Blick in die Zukunft* bis hin zu der *Kontrolle über den menschlichen Geist*.

Als der Magier vor etwa vierhundert Jahren tot in der Nähe von Bergvall aufgefunden wurde, trug er ein Tagebuch bei sich. Die interessanteste Erwähnung war wohl das Drachenauge, welches sich noch immer im Tempel befinden sollte.

Mittlerweile mussten viele Gruppen von Abenteurern aufgebrochen sein, um das Artefakt zu finden, doch keine war je zurückgekehrt. Von der Tempelanlage selbst war nichts bekannt. Wem war sie geweiht? Was für Geheimnisse verbarg sie sonst noch? Diese Fragen hoffte die Gruppe zu klären.

Shahira lauschte noch einen Augenblick dem ausdauernden Zirpen einer Heuschrecke und schlief dann über ihre Gedanken hinweg ein.

Am nächsten Morgen packten sie ihre Sachen und brachen auf. An diesem Tag wollten sie bis Kurvall reiten und dort könnten sie dann erst mal ausruhen. Auch wenn Shahira das Schlafen auf dem Boden, in Decken gehüllt, nicht sonderlich viel ausmachte, so freute sie sich darauf in einem gemütlichen Gasthaus und einem einigermaßen weichen Bett zu nächtigen. Mit ihrer Ankunft in der Stadt waren sie hoffentlich erst einmal außerhalb von Tasamins Reichweite.

Hoffnungsschimmer

Am nächsten Tag gegen Mittag erreichten sie die Tore von Kurvall, eine Stadt mit fast fünfzehntausend Einwohnern. Die meisten davon waren Menschen, doch es gab auch einige Elfen unter ihnen. Und dann gab es noch Mischlinge, menschengleiche Wesen mit gebeugtem Gang und dicht behaarten Gesichtern. Sie hatten eine eigene, recht glutorale Sprache, die sich für fremde Ohren wie Knurren und Murmeln anhörte. Von ihnen gab es jedoch nur knapp Dreihundert. Man wusste nicht so recht, woher sie kamen, doch schätzte man sie, da sie ausgezeichnete Handwerker waren. Man nannte sie Gribbler. Der Name stammte aus dem Elfischen und bedeutete so viel wie *die Seltsamen* oder wenn man es anders übersetzte, *die Seltenen*.

Die Stadt Kurvall gab es schon seit mehr als fünfhundert Jahren und stellenweise waren die Häuser verlassen oder verfallen. Dennoch war die Stadt ein wichtiger Handelspunkt zwischen dem Norden des Landes und dem südlichen Königreich. Aber es gab auch einen dunklen Flecken auf der sonst so blühenden Geschichte der Stadt. Der Bürgermeister Kurvalls, Bergond Furenwald war schon seit Jahren nicht mehr aus seinem Stadthaus herausgekommen. Die Bevölkerung munkelte sogar vom Tod des Bürgermeisters.

Kurvall hatte einige kleinere Tempelanlagen zur Verehrung der großen Vier. Die großen Vier wurden im Land Nagrias von den Menschen angebetet. Sie nahmen die Stellung von Göttern ein und somit hatte man ihnen Tempel errichtet, wo das Volk sich bittend an sie wenden oder ihnen Gaben als Opfer darbieten konnten. Dort fand man auch Priester vor, welche die Lehren der großen Vier verbreiteten. Wie man ein gutes Leben führte und was man tun konnte, um die Götter milde zu stimmen. Es war bekannt, dass die großen Vier noch irgendwo in der Welt lebten, denn sie waren alte Drachen und es hieß, einst hatte es ein Zeitalter gegeben, in denen die Drachen das Land bevölkert hatten. Genaueres war darüber nicht mehr bekannt und die Gelehrten stritten sich, wie viele Jahrtausende seither vergangen waren. Die großen Vier im Einzelnen waren Deranart der Himmelsfürst, Tyraniea die Herrin der Elemente, Sordorran der Herr des Wassers und Bornar der Fürst der Schatten. Jeder von ihnen stand für eigene Tugenden und repräsentierte eigene Aspekte der Welt.

Kurvall besaß einen großen Marktplatz, eine Bibliothek und ein gepflegtes Badehaus, das bei den Bewohnern und Reisenden gleichermaßen geschätzt wurde. Der Marktplatz der Stadt war immer gut besucht, da es hier eine Vielzahl an Waren gab. Um den Markt herum hatten sich verschiedene Händler aus allen Regionen des Landes niedergelassen. Der Handel florierte in Kurvall und man kehrte gerne in der Stadt ein, da man ungestört seinen Geschäften nachgehen konnte. Und hatte man diese erfolgreich abgeschlossen, so konnte man das dann auch entsprechend feiern. Kurvall war bekannt für seine lebensfrohen und gepflegten Tavernen, in denen man eine Fülle unterschiedlicher Biere und Weine anbot und man konnte so manche Besonderheit probieren, wenn man die nötigen Münzen dazu besaß. Allerdings gab es nicht nur Licht in der Stadt, sondern auch der Schatten war nicht weit. Denn wo das Leben blühte, gab es immer jene, die sich erhofften einen Teil dessen zu ergattern, was andere abwarfen. Und so konnte man in den schmalen Seitengassen zwischen den Häusern die Bettler und Strauchdiebe der Stadt finden. Und so mancher Fremde hatte schon seinen prall gefüllten Geldbeutel an einen Taschendieb verloren, wenn er nicht wachsam genug war.

Mit Borion an der Spitze ritt die Gruppe langsam durch die Tore der Stadt. Das Wetter war mild und angenehm warm an diesem Tag, sodass sie nicht in voller Rüstung ritten. Die Hufe ihrer Pferde wirbelten Staubwolken auf, da es seit mehreren Wochen nicht geregnet hatte. Der Staub legte sich trocken auf ihre Lippen. Und wenn sie längere Zeit nichts tranken, löste dies ein Stechen und Kratzen in ihren Hälsen aus. Sie schützten sich, so gut es ihnen möglich war, mit Tüchern vor ihren Mündern.

Shahira überkam ein seltsames Gefühl, als sie der Straße folgten. Ihr stellten sich die Nackenhaare auf und ohne darauf zu achten, lockerte sie ihren Schwertgurt. Und ihr Gefühl sollte recht behalten. Gerade als sie an einem Korbmacher vorbeikamen, wurden sie Zeugen einer Rauferei. Nun, jedenfalls dachte sie dies im ersten Augenblick, doch auf den zweiten Blick sah sie, wie ein einzelner Mann von sechs anderen brutal verprügelt wurde. Das Opfer lag bereits zusammengekrümmt auf dem Boden und dennoch traten die Sechs weiter auf ihn ein. Die Einwohner hatten sich in ihre Häuser zurückgezogen und keiner schien dem Mann helfen zu wollen. Vielleicht auch aus Angst, selbst die Schläge abzubekommen.

Kaum hatte Borion den Ernst der Lage erkannt, beschleunigte er seinen Ritt. Er näherte sich dem Kampf bis auf vier Schritt und zog dann einmal kurz an den Zügeln. Das schwarze Kriegsross schnaubte, riss die Vorderhufe vom Boden und bäumte sich zu einem bedrohlichen und angsteinflößenden Ungetüm auf. Einer der Angreifer zuckte erschrocken zusammen und machte einen Schritt zurück, dabei fiel er fast über das Opfer. Als seine Kumpane bemerkten, was los war, ließen sie von dem am Boden liegenden Mann ab. Das Pferd senkte seinen Körper, als Borion die Zügel lockerte. Der Blick des Kriegers war einschüchternd. »Was soll das hier?«

»Wer bist du, dass du es wagst, dich in unsere Angelegenheit einzumischen?«, fragte einer der Kerle und versuchte dabei Borions Tonfall nachzuahmen. Das gelang ihm nicht, denn in seiner Stimme hörte man deutlich die Anspannung. Sein unsteter Blick huschte dabei besorgt über die Neuankömmlinge.

Borion musterte die Sechs mit ernster Miene und zog dann unbeeindruckt die Augenbrauen nach oben. Die Kerle trugen einfache Lederhosen und leicht wattierte Wämser. An Waffen hatten drei von ihnen Krummschwerter, zwei andere Handbeile und einer ein Langschwert. Allem Anschein nach handelte es sich bei den Sechsen um einfache Söldner oder sogar nur ein paar Trunkenbolde.

»Mein Name ist Borion von Scharfenfels und wer seid *ihr*, dass ihr so mutig und voller Ehre, zu sechst gegen einen alleine vorgeht?«, fragte er ironisch.

»Das geht dich nichts an! Wir schlagen, wen wir wollen. Also sei froh, dass du nicht der Nächste bist!«, spottete einer der Kerle, spie Borions Pferd vor die Hufe und zog dabei sein Schwert.

Borion zögerte nicht lange. Mit einer schnellen Bewegung schwang er sein Bein über den Sattel und stieg ab. Kaum, dass seine Füße festen Stand hatten, zog er mit einer weiteren schnellen Bewegung sein Schwert. Borions Pferd war speziell für den Kampf ausgebildet und es schien die Situation zu begreifen. Es schritt langsam aus der Schwertreichweite des Kriegers heraus. Inzwischen waren auch die anderen nahe genug heran. Xzar zögerte nicht lange, stieg ebenfalls vom Pferd und stellte sich neben Borion. Jinnass hatte sein Pferd eine leichte Wendung schreiten lassen und langsam seinen Bogen vom Rücken genommen. Er zog, ohne durch schnelle Bewegungen aufzufallen, einen Pfeil aus dem Köcher, dessen Spitze rötlich schimmerte. Langsam legte er ihn auf die Sehne und beobachtete nun, zwanzig Schritt von den anderen entfernt, das weitere Geschehen.

»Lasst diesen Mann in Ruhe und zieht von dannen, so soll euch nichts widerfahren«, sagte Xzar rau.

»Haltet ihr euch einfach heraus! Es geht euch nichts an und dieser Bastard hat es verdient!«

Nach diesen Worten wollte sich einer von ihnen umdrehen und dem am Boden liegenden Mann erneut einen Tritt verpassen. Noch bevor sein Fuß die Rippen des Wehrlosen treffen konnte, brach der Angreifer plötzlich unter einem Schmerzensschrei zusammen. Nach dem alle, selbst Borion und Xzar, verwirrt auf den wimmernden Mann sahen, bemerkten sie, dass ein blaubefiederter Pfeil in dessen rechter Schulter steckte. Sie mussten sich nicht umdrehen, um zu wissen, wer den Schuss abgegeben hatte. Als Xzar dann dennoch einen Blick zurückwarf, sah er, dass Jinnass bereits einen weiteren

Pfeil auf die Sehne legte. Borion verdrehte unterdessen die Augen in dem Wissen, dass die Situation jetzt nur noch mit Blut zu lösen war.

Die Söldner begriffen dies auch und zogen ihre Waffen, sofern sie diese nicht schon in ihren Händen hielten. Xzar tat es ihnen gleich.

»Das wird das Spitzohr bereuen!«, brüllte der Redner der Gruppe und griff mit seinem Handbeil Borion an.

Dieser parierte den Schlag geschickt, drehte sich seitwärts weg und war somit anderthalb Schritt von dem Gegner entfernt. Er holte mit seinem Zweihänder aus und schlug zu. Sein Gegner war von der Drehung irritiert und führte seine Parade an dem Zweihänder vorbei ins Leere. Er schrie auf, als Borions Klinge sich in seinen Oberschenkel schnitt, Muskeln und Sehnen zertrennte und er dann stark blutend zusammenbrach.

Xzar konnte sich aufgrund seiner Verletzung nicht so schnell bewegen und hielt die anderen Gegner auf Abstand. Kurze Zeit später zischte ein weiterer Pfeil an seinem Kopf vorbei und traf den nächsten Raufbold in die Hüfte. Vor Schreck ließ der Mann sein Schwert fallen und umklammerte ängstlich den Pfeil, der fast um die Hälfte seiner Länge in den Körper des Mannes eingedrungen war. Die restlichen Kerle, die nun merkten, dass sie es mit erfahrenen Kämpfern zu tun hatten, ergriffen panisch die Flucht. Da Borion und Xzar dies sahen, ließen sie von weiteren Angriffen ab. Als ihre fliehenden Gegner den Verwundeten aufhalfen, wäre es ein leichtes gewesen ihnen nachzusetzen, doch sie ließen sie ziehen. Xzar jagte den Männern noch einige Flüche hinterher, bis die Kerle außer Sicht waren.

»Ist bei Euch alles in Ordnung?«, fragte Borion.

Xzar nickte. Die beiden Frauen waren abgestiegen, hatten sich aber aus dem Kampf herausgehalten. Jetzt kamen sie auch näher, gefolgt von Jinnass.

»Geht es Euch gut?«, fragte Shahira.

»Ja, sicher doch«, antwortete Xzar, dem die Kapuze während des Geplänkels kein Stück verrutscht war. Sein verborgenes Lächeln, sah sie somit nicht. »Wir haben uns nur ein wenig die Zeit vertrieben. Und es war uns eine Ehre, euch Damen zu beschützen.«

Seine Stimme klang schmeichelnd und geheimnisvoll und doch auch irgendwie bedrohlich. Shahira hatte diese Tonlage schon mehrfach wahrgenommen und mittlerweile reizte es sie mehr über den Mann herauszufinden. Vielleicht auch nur, um vor ihrer Freundin Kyra zu erfahren, welches Geheimnis er verbarg. Die Magierin rollte genervt mit den Augen. »Wir brauchen wohl kaum Schutz gegen diese Trunkenbolde. Aber ich finde es barbarisch, so gleichgültig vom Kämpfen zu reden und dies als Zeitvertreib anzusehen!«

Bevor jemand etwas dazu sagen konnte, warf Borion mit ernster Stimme ein, »Ob barbarisch oder nicht, das sollte jetzt egal sein. Kümmern wir uns nun erst mal um den armen Kerl hier.«

Xzar und Shahira warfen einen Blick auf den Mann am Boden und nickten.

Doch für Kyra schien die Situation noch nicht geklärt zu sein. »Jinnass, war der Angriff wirklich notwendig?«

Der Elf sah sie fragend an und nickte.

»Vielleicht hätte man sie überreden können und den Kampf so verhindert«, sagte Kyra vorwurfsvoll.

»Dauert zu lange«, sagte der Elf knapp.

Die Magierin seufzte. »Versteh einer euch Elfen.« Sie wandte sich Borion zu, der sich um den Verletzten kümmerte. Es handelte sich um einen mittelgroßen Mann mit kurzen, braunen Haaren, die nun blutverklebt waren. Er hatte ein weißes Leinenhemd an, das an mehreren Stellen zerrissen und ebenfalls vom Blut rot gefärbt war. Seine Hose war aus Leder, die außer ein wenig Staub und Dreck nichts von dem Kampf abbekommen zu haben schien. Borion kniete sich nieder und untersuchte ihn vorsichtig. Er war zum Glück nur bewusstlos und die Verletzungen nicht lebensbedrohlich. Er hob den Mann behutsam auf den Rücken seines Pferdes. Xzar stellte sich neben Shahiras Pferd und bot ihr seine Hand an, um aufzusteigen. Doch mit einem kräftigen Schwung zog sie sich selbst in den Sattel. »Trotzdem, vielen Dank«, lächelte sie.

Sie suchten das nächste Gasthaus. Borion bezahlte dort ein Zimmer und beauftragte den Wirt damit, einen Medikus zu holen. Erst zögerte dieser, doch als er die Silbermünze sah, die Borion ihm reichte, machte er sich auf den Weg. Shahira und die Magierin Kyra begleiteten den Krieger auf das Zimmer, wo sie den verletzten Mann auf das Bett legten und ihm das vollgeblutete Hemd auszogen. Kurze Zeit später klopfte es an der Tür. Shahira öffnete. Vor ihr stand ein Mann in weißen Gewändern, der herbeigerufene Medikus. Sie ließ ihn herein. Hinter ihm streckte sich der Wirt, der versuchte, über die Schultern der jungen Abenteurerin einen Blick in das Zimmer zu werfen.

»Habt Dank, für Eure Hilfe«, sagte Shahira freundlich und schloss die Tür. Sie beachtete das enttäuschte Schnauben des Wirtes nicht, der anscheinend gehofft hatte, mehr zu erfahren.

Borion berichtete dem Heiler, was mit dem Verwundeten geschehen war. Dieser entzündete eine kleine Kerze unter einer Schale mit Kräuterwasser. Es dauerte einen Augenblick bevor sich die Luft des Raumes mit dem Duft der Kräuter vermischte. Ob dieser eine heilende Wirkung hatte oder nur den Geruch des Blutes überdecken sollte, wusste Shahira nicht. Der Heiler reinigte und verband die Wunden sorgfältig, dann bekam er von Borion sein Geld und verließ die Vier wieder. Er verordnete beim Rausgehen, dass der Verletzte nun erst mal ausruhen musste. Borion nahm die blutigen Kleidungsstücke und verließ den Raum ebenfalls. Im Schankraum bat er den Wirt, dass die Kleidung gereinigt und geflickt werden sollte, natürlich gegen entsprechende Entlohnung.

Nach einem kurzen Augenblick, in dem sie feststellte, dass sie hier nicht helfen konnte, verließ Shahira ebenfalls den Raum und ging nach unten in die Schankstube. Kyra blieb bei dem Verwundeten für den Fall, dass er erwachte oder weitere Hilfe benötigte. Nachdem Shahira kurz mit Borion gesprochen hatte, mietete sie für jeden ein Zimmer.

In den nächsten Stunden nutzten sie jeder die Zeit, um sich auszuruhen, zu waschen und ein wenig von dem tagelangen Ritt zu entspannen. Als die Sonne langsam unterging, trafen sie sich zum Abendessen im Schankraum. Kyra war jetzt auch wieder anwesend. Eine der Töchter des Wirts hatte sich bereit erklärt, bei dem Verletzten zu bleiben und ihnen Bescheid zu geben, falls sich etwas veränderte. Borion wartete, bis sie sich alle gesetzt und ihre Bestellungen aufgegeben hatten.

»Ich denke, wir sollten unseren Aufenthalt hier«, eröffnete Borion das Gespräch, »um vier Tage verlängern. Der lange Ritt war anstrengender, als es auf den ersten Blick wirkte, dazu noch der Kampf. Was sagt ihr dazu?«

»Ja, das ist ein guter Plan. Ich glaube nicht, dass der Nekromant vor uns den Tempel findet«, fügte Xzar hinzu. »Eine Rast von einer Woche würde jedem von uns gut tun. Allein schon um unsere Wunden auszukurieren und genügend Vorräte zu kaufen.«

»Ich denke auch, wir sollten eine Woche ausspannen. Das tut uns allen gut«, sagte Shahira, denn sie spürte wie ihre Muskeln und Knochen leicht schmerzten, jetzt wo sie nicht mehr angespannt waren durch den langen Ritt.

»Woher wollt Ihr wissen, dass Tasamin den Tempel nicht schon gefunden hat und bereits durchsucht? Vielleicht sollten wir nur drei Tage rasten«, sagte Kyra mit einem misstrauischen Blick zu Xzar.

Der verhüllte Kopf des Mannes schien zu stutzen, er antwortete dann aber gelassen, »Ich weiß nicht wo Tasamin sich befindet, aber er wird sicher noch nicht so weit sein. Schließlich haben wir die Karte und ohne diese wird er den Weg wohl nicht finden. Anderseits, wenn er schon dort ist und ihn bereits durchsucht, kommen wir eh nicht mehr rechtzeitig, um ihn daran zu hindern. Aber was meint Ihr, Borion? Es ist Eure Entscheidung.«

Der Krieger überlegte einen Augenblick und nickte dann. »Ja, das denke ich auch. Tasamin ist hinterlistig. Er wird uns verfolgen und versuchen uns in einen Hinterhalt zu locken. Spätestens wenn wir den Eingang gefunden haben. Ich stimme Xzar und Shahira zu. Wir rasten eine Woche.«

Kyra verzog verärgert das Gesicht, fügte sich aber der Entscheidung.

Während des Abendessens, das aus Eintopf, Brot, Käse und Wurst bestand, sprachen sie über die Planung der nächsten Woche. Jinnass und Kyra wollten sich um Proviant, Wasser und neue Eisen für die Pferde kümmern. Xzar und Shahira übernahmen die Aufgabe, neue Ausrüstung zu kaufen. Sie benötigten Seile, Fackeln, Feuersteine und andere Kleinteile, die sie in stark bewaldeten Gebieten und dem Gebirge brauchen würden. Zwar lag zuvor noch die Stadt Bergvall auf ihrem Weg, doch wollten sie sich nicht darauf verlassen, dass sie dort alles bekamen. Borion wollte sich um Informationen über den Blaueichenwald bemühen und noch Heilmittel und Kräuter kaufen, die sie bei leichte Wunden und Krankheiten verwenden konnten. Nachdem jeder eine Aufgabe erhalten hatte, verließ Kyra die Gruppe, um sich schlafen zu legen, und Borion ging kurze Zeit später auch auf sein Zimmer. Sogar Jinnass hatte sich für einen Schlafraum entschieden und folgte Borion. Shahira und Xzar blieben.

Eine ganze Weile saßen sie schweigend da. Shahira beobachtete den Mann aus den Augenwinkeln, wie er vor sich hinstarrte und ab und zu an seinem Weinglas nippte. Dann nahm sie sich ein Herz und sprach ihn an, »Sagt Xzar, woher stammt Euer Name? Er klingt so ungewöhnlich für das südliche Königreich.«

Xzars Kopf bewegte sich unmerklich zu ihr hinüber. Er zögerte einen Augenblick, dann sagte er knapp, »Es ist eine Abkürzung für meinen vollen Namen.«

Shahira wartete, ob noch etwas folgte und als er nichts weiter sagte, fragte sie, »Wie lautet Euer Name, wenn Ihr ihn verraten wollt?«

Wieder zögerte der Verhüllte einen Augenblick. »Ich heiße Xzar'illan Marlozar vej Karadoz. Seid Ihr nun schlauer, was meine Herkunft angeht? Und wenn ja, ist dies für Euch wichtig?«

»Nein, eigentlich nicht. Ich war nur neugierig«, antwortete Shahira, irritiert von seinem schroffen Ton. Nachdem sie einen weiteren Schluck ihres Weines getrunken hatte, fuhr sie verärgert fort, »Warum versteckt Ihr Euer Gesicht immer unter der Kapuze? Ihr erzeugt kein Vertrauen bei uns ... Gut, vielleicht wollt Ihr das auch nicht. Wer weiß, vielleicht hat Kyra sogar recht und Ihr versteckt Euch, weil Ihr für den Feind arbeitet.«

Er hielt in der Bewegung, mit der er sein Weinglas greifen wollte, inne. Zu spät bemerkte Shahira, dass sie sich in Rage geredet hatte und sie schluckte leicht beschämt.

Xzar zog seine Hand zurück und setzte sich aufrecht hin, um kaum sichtbar den Kopf zu schütteln. Dann, zu Shahiras Überraschung, schob er mit einer Hand die Kapuze soweit zurück, dass sie über sein glattes, langes, schwarzes Haar, das nun zum Vorschein kam, auf seine Schultern rutschte. Das Erste, was sie wahrnahm, war sein amüsiertes Lächeln.

Shahira starrte ihn einen Augenblick lang an, doch als sein Grinsen breiter wurde, fand sie schnell ihre Fassung wieder. Sie griff zu ihrem Weinglas und nutzte den Augenblick, um ihn genauer zu mustern: Er hatte dunkelblaue Augen, die sie erwartungsvoll ansahen. Ihr Blick wanderte langsam tiefer zu seinen Wangen herab und verharrte kurz auf den hohen Wangenknochen, die ihm ein markantes Gesicht verliehen. Dann blieb ihr Blick bei seinem Lächeln hängen und eine unerwartete Erkenntnis überkam sie. Sie hätte alles erwartet, doch niemals dieses Aussehen. Und dazu kam, dass er jung war. Vielleicht vierundzwanzig Sommer, höchstens sechsundzwanzig. Das hatte sie ganz und gar nicht erwartet, wenn man bedachte, wie er sich ihnen gezeigt hatte: Xzar trug kostbare Schwerter und kämpfte gut. Somit war sie davon ausgegangen, dass er ein erfahrener Krieger war, vielleicht sogar ein Veteran vergangener Schlachten. Sie hatte angenommen, dass dieser Mann, der sie noch immer anlächelte, sein Gesicht so sehr verbarg, weil es mit Narben übersät war oder er andere Entstellungen verbergen wollte. Falsch gedacht!

Xzar schien zu bemerken, was mit Shahira los war und fragte vorsichtig, »Wäre es *dir* lieber, wenn ich die Kapuze wieder überziehe?«, und er bewegte seine Hand langsam an den Rand des Stoffes.

»Nein!«, sagte sie energischer als gewollt und fügte dann ruhiger hinzu, »Ich meine, nein. Warum solltet Ihr?« Sie überlegte einen kurzen Augenblick. ›Hatte er eben *dir* gesagt?‹

»Richtig, es wäre ja auch unhöflich, vor einer so schönen Frau, wie *du* es bist, sein Gesicht zu verbergen«, fuhr Xzar schmeichelnd und immer noch charmant lächelnd fort.

›Tatsächlich, er sagte *du*‹, dachte Shahira. Dies war unter Freunden nichts Ungewöhnliches, aber jemanden, dem man gerade eben zum ersten Mal sein Gesicht offenbarte so vertraulich anzusprechen, war eher selten. Erst wollte sie sich darüber ärgern, doch dann bemerkte sie, dass es in ihr ein wohlgefälliges Gefühl erzeugte. Dennoch versuchte sie, sich nichts anmerken zu lassen. »Verzeiht Xzar, aber ist es nicht noch ein wenig zu früh, für solche Vertrautheiten?«

Er zog die Augenbrauen hoch und hob abwehrend die Hände. »Verzeiht! Ich wollte Euch nicht zu nahe treten.«

Doch dieses Mal war es Shahira, die lächelte. »Nein, das seid Ihr nicht. Nun gut, wir versuchen es.«

Er legte leicht den Kopf zur Seite, wie ein Raubtier, das abwartend lauerte. Als sie weiterhin lächelte, fuhr er vorsichtig mit seiner nächsten Frage fort. Erneut wagte er den vertrauten Tonfall. »Wie bist *du* eigentlich dazu gekommen, mit Borion und den anderen loszuziehen und den Tempel zu suchen?«

Shahira schwenkte langsam ihr Weinglas und die tiefrote Flüssigkeit kreiste im Inneren. Xzars Augen folgten den Wogen des Weins und sahen dann wieder zu ihr auf, als sie zu erzählen begann, »Ich war in Barodon und wollte dort meine Schwester besuchen. Sie lebt dort, mit ihrem Mann ...«

Xzar lauschte ihr aufmerksam. Shahira erzählte ihm die Geschichte, wie sie Kyra getroffen hatte und diese sie eingeladen hatte, die Expedition zu begleiten. Shahira spürte, wie ihr Misstrauen schwächer wurde und die Saat für ein neues Gefühl ihm gegenüber gepflanzt war: Vertrauen. Sie plauderten noch über dies und jenes und nach zwei weiteren Gläsern Wein trennten sich die beiden und gingen dann zu Bett.

Am nächsten Morgen, als Shahira und Kyra zum Frühstück in den Schankraum gingen, saßen Borion, Jinnass, Xzar und der Fremde, den sie gestern gerettet hatten, bereits an einem Tisch. Als Borion die beiden erblickte, rief er, »Ah! Da seid ihr ja, kommt her, setzt euch! Dies sind Shahira und Kyra Lotring, Magistra der Künste zu Barodon«, stellte Borion die beiden Frauen vor.

»Magistra des vierten Grades, der Kampfkünste, aus den Türmen der Magie zu Barodon«, verbesserte Kyra und klang dabei ein wenig verärgert.

»Oh ja, selbstverständlich. Verzeiht, werte Magistra, ich wollte Euch nicht beleidigen«, entschuldigte sich Borion.

Der Fremde erhob sich vorsichtig. »Sehr erfreut Euch kennenzulernen, Magistra Lotring und Euch, Shahira. Seid euch meines Dankes gewiss, dass ihr mir geholfen habt. Mein Name ist Heros. Ich bin Bibliothekar zur ersten Kurvaller Bibliothek. Eure Gefährten haben mir bereits erzählt, was gestern genau vorgefallen ist, nachdem ich bewusstlos wurde.«

»Freut uns ebenfalls Euch kennenzulernen und es ist schön zu sehen, dass es Euch wieder besser geht«, sagte Shahira. »Aber sagt, wie ist es dazu gekommen, dass Ihr in diese Lage geraten seid?«

»Das wollte ich Euren Begleitern gerade erzählen. Ich bin euch so dankbar, bitte setzt euch und frühstückt mit uns.« Heros machte eine einladende Handbewegung und deutete auf zwei Stühle am Ende des großen Tisches. Shahira und Kyra setzten sich.

»Ich habe mir erlaubt, euren Aufenthalt für die letzte und die kommende Nacht zu bezahlen und ebenso das Frühstück. Das war das Mindeste, was ich tun konnte«, sagte der Mann freundlich.

Auf dem Tisch lagen Brote und anderes Gebäck, sogar ein wenig frisches Obst. Daneben stand ein Topf mit warmem Obstbrei und mehrere Kannen mit verschiedenen Getränken. Heros schob den beiden Frauen einen Krug mit aromatisch duftendem Tee zu. »Also es begann gestern Mittag. Da bekam ich eine Nachricht von einem Boten, es wären einige Herren am Eingang der Bibliothek, die mich zu sprechen wünschten. Da ich selbst, zu diesem Zeitpunkt in einer Vorlesung war, wies man sie ab. Sie hinterliessen mir eine Nachricht, mit dem Grund ihres Anliegens. Ich beauftragte einen Pagen, der ihnen einen entsprechenden Ort zukommen ließ, wo ich mich später mit ihnen treffen wollte. In ihrer Nachricht hieß es, dass sie Informationen über den Blaueichenwald und die Ausläufer des Gebirges suchten.«

Bei dem Wort *Blaueichenwald* blickten alle anderen auf und sahen sich mit einem überraschten Blick an. War das ein Zufall? Heros schien ihre Überraschung nicht zu bemerken und wenn doch ließ er es sich nicht anmerken. »Also ging ich gestern am frühen Nachmittag zum Brunnen am Marktplatz, wo ich die Herren treffen wollte ...«

»Wieso habt Ihr sie nicht erneut zu Euch in die Bibliothek kommen lassen, wenn sie mit Euch sprechen wollten?«, unterbrach ihn Borion neugierig.

»Oh, ich wollte eh noch zum Markt und da die Herren es eilig hatten, schien mir ein Platz außerhalb der Bibliothek passender, und ich konnte so zwei Dinge zusammen erledigen. Nun jedenfalls, als ich dann am Marktplatz ankam, sah ich sie bereits. Vier große Kerle in schwarzen, sehr gut gefertigten Plattenrüstungen mit aufwendigen Verzierungen. Ihr müsst wissen, die Sichtung alter und neuer Schmiedeware ist so eine Art Freizeitbeschäftigung für mich. Na ja, jedenfalls waren diese sehr gut verarbeitet und auf ihren Brustplatten waren Symbole eingraviert, die ich noch nie zuvor gesehen habe. Die Gesichter der Krieger, für jene hielt ich sie jedenfalls, waren unter dunklen Helmvisieren verborgen. Einer von ihnen trug eine gewaltige Streitaxt auf dem Rücken. Die beiden runden Blätter der Axt ragten weit über seine Schultern hinaus. Sie glänzten im Schein der Sonne wie feinstes Silber. Zwei der anderen trugen je zwei Schwerter an der Seite. Und der Letzte von ihnen, der von den Vieren, der mit mir über den Wald sprach, hatte ein Langschwert, dessen Griff mit Silber verziert war. Dazu trug er einen großen Bogen auf dem Rücken und zwei Köcher mit Pfeilen. Ich konnte mir die Vier gut merken, denn wir sehen so schwer bewaffnete Reisende eher selten hier.« Er warf der Gruppe einen entschuldigenden Blick zu, denn sie trugen nicht minder viele Waffen.

»Sie schienen keinem Orden oder bekannten Gruppierung anzugehören, denn ich erkannte keine Wappen. Jedenfalls sagte der Letzte nur wenig und auf meine Fragen folgte immer eine Gegenfrage. Während ich mich mit ihnen unterhielt, tauchte jedoch noch einer auf ...«

»Auch ein Krieger?«, unterbrach ihn Borion erneut.

»Ehm... eher ein ...«, wollte Heros gerade erklären, als Borion noch hinzufügte, »Was wollten sie eigentlich genau wissen?«

Heros, der aufgrund dessen, dass er ständig unterbrochen wurde, grimmig in Borions Richtung sah, fuhr nach einer abwartenden Pause fort, »Sie fragten mich über die Gegend aus. Ob ich wüsste wo alte Ruinen oder Tempelanlagen in dieser Region wären, nach Besonderheiten und sehenswerten Orten.« Heros nahm einen Schluck von seinem Wasser, welches er vor sich stehen hatte. »Allerdings konnte ich ihnen darüber nicht viel sagen. Mein Wissen über die Landschaft im Norden ist eher begrenzt, mich interessieren eher die Länder im Süden und die im Westen. Wie ich bereits sagte, mich faszinieren Rüstungen und Waffen. Und die besten Schmiede gibt es nun mal im Süden bei den Menschen und Zwergen.«

»Zwerge? Die gibt es doch schon lange nicht mehr«, warf Borion abwinkend ein.

Heros sah ihn fragend und dann seltsam lächelnd an. »Ist das so?«

Bevor ihm jemand antworten konnte, fuhr er fort, »Aber ich schweife ab. Also ich glaube nicht, dass diese fünfte Person ein Krieger war. Er trug eine schwarzblaue Robe mit seltsamen goldenen Runenzeichen. Er hatte kurze, schwarze Haare und was sehr unheimlich war, er hatte ein graues und ein leuchtend rotes Auge. Von seiner Stirn ging eine schlangenförmige Tätowierung bis zu seinem Kinn hinunter und mir schaudert es jetzt noch bei dem Gedanken an diesen Kerl. Ihn umgab so eine Aura, kennt ihr das? Ich wollte nicht in seiner Nähe sein, ihn nicht in meinem Rücken haben und ich versuchte immer einen Schritt von ihm wegzukommen, doch die Gruppe der anderen ließ dies nicht zu. Wisst ihr, wie ich das meine?«

Shahira nickt zustimmend. Denn so fühlte es sich für sie in der Nähe des Elfen an, vielleicht nicht ganz so stark, aber ähnlich.

»Es fällt mir schwer, das zu erklären, es war einfach so.« Heros atmete tief durch und ein sichtlicher Schauder durchlief ihn, bevor er weitersprach und so einer weiteren Zwischenfrage Borions zuvorkam. »Dieser Mann hat zuerst nicht an dem Gespräch teilgenommen, er starrte mich nur an. Sein Blick war kalt, beunruhigend und er machte mich nervös. Auf seinem Gesicht lag ein seltsames Lächeln, so als ob er schon alles kannte, was ich erzählte, oder zu spüren versuchte, ob meine Worte wahr waren. Jedes Mal wenn ich ihm eine Frage stellen wollte, riss mich der Kerl mit der Axt von seinem Blick los, indem er weitere Fragen zu dem Wald stellte. Nachdem ich ihnen genug Informationen gegeben hatte, stiegen sie auf ihre Pferde und warteten, ihren Blick auf den Fünften gerichtet. Dieser starrte mich weiter an und mir wurde kalt und ich spürte, wie jeder Muskel in mir zur Flucht rief. Seine Lippen verzogen sich zu einem listigen Grinsen, bevor er etwas flüsterte, was anscheinend für mich bestimmt war. Seine Augen waren so bannend und die Worte so leise, dass ich nicht hörte, was er sagte. Er flüsterte einen oder mehrere Sätze. Ich glaube, die Worte *Auge* und *Schuld* gehört zu haben. Danach drehte er sich um und ritt mit den anderen fort. Als sie außer Sicht waren, brauchte ich einige Augenblicke, bis meine Füße mir wieder gehorchten. Ich überlegte, ob ich zurückgehen sollte, aber ich entschied mich dazu, doch noch zum Gemischtwarenladen zu gehen. Der Besitzer ist ein alter Freund und ich war mir sicher, dass die Abwechslung mich ablenken würde. Auf dem Weg zu seinem Laden tauchten dann diese sechs Kerle auf und ehe ich mich versah, hatten sie mich eingekreist. Einer von ihnen sagte nur, *Ja, ja, wer nicht hören will, muss fühlen!* Und ohne auf eine Antwort zu warten oder mich zu Wort kommen zu lassen, schlugen sie auf mich ein. Nach einigen kräftigen Schlägen ging ich dann zu Boden und von da an weiß ich nichts mehr.«

»Ab da wussten wir aber zu genüge, was geschehen war«, warf Borion ein.

»Sagt Heros, was wisst Ihr über den schwarzen Nebel?«, fragte Xzar, ohne dabei seinen versteckten Blick vom Frühstück abzuwenden.

Heros lächelte. »Der schwarze Nebel? Nun ja, er beginnt weit oben im Norden. Wo genau die Grenzen sind, weiß ich nicht; aber man sagt, die Luft im Nebel ist giftig und ätzend und irgendwo im Gebirge liegt, alten Legenden nach, die verborgene Stadt von Bornar dem Schattenfürsten. Und es gibt dort wohl Räuberbanden, sonst weiß ich nichts darüber.« Er überlegte, während er einen weiteren Schluck trank. »Nein, sonst weiß ich wirklich nichts mehr. Aber ich möchte mich noch einmal bei allen herzlich bedanken. Sagt meine Freunde, wo soll eure Reise hingehen, wenn ich fragen darf?«

»Wir sind ebenfalls auf dem Weg in Richtung Blaueichenwald…«, begann Shahira, doch Borion unterbrach sie. »Allerdings nur auf der Durchreise.« Er warf der jungen Frau einen warnenden Blick zu.

Heros schien dieses Zwischenspiel nicht bemerkt zu haben. »Ach, welch ein Zufall. Aber ihr wisst doch sicher, wie gefährlich dieser Wald ist? Schließlich ragt er weit in den Nebel hinein. Hm, wartet, vielleicht kann ich euch helfen über sichere Wege ans Ziel zukommen«, sagte Heros.

»Ihr wollt uns doch nicht etwa begleiten?«, fragte Shahira unsicher.

»Nein, nein, das Abenteurerleben ist nichts für mich. Ich brauche meine Bücher um mich herum; Pergamente, die ich von morgens bis abends studieren kann und ich brauche meine

Familie. Glaubt mir, meine Frau würde mich mit einer Küchenrolle und einem Korb voller Kuchen verfolgen und zurück nach Hause treiben.« Er lachte laut auf und auch die Laune der anderen besserte sich bei dem Gedanken.

»Begleiten kann ich euch nicht, aber ich habe eine Karte von dem Wald und seinen Wegen. Eigentlich wollte ich sie ja den Kerlen von gestern zeigen, doch ihr Anblick machte mich misstrauisch und so hielt ich die Karte versteckt«, sagte der Bibliothekar und Stolz klang in seiner Stimme mit.

»Aber wir haben keine Karte bei Euch gefunden, als wir Eure Sachen waschen ließen und Eure Wunden versorgten«, sagte Borion, der misstrauisch in die Runde blickte.

In Shahiras und Kyras Augen standen Unwissenheit, Neugierde und Überraschung geschrieben. Der Blick des Elfen blieb kalt und Xzars Augen waren unter der Kapuze versteckt. Shahira bemerkte wie sich der Blick des Kriegers und der des Elfen trafen und für einen Augenblick kam es ihr so vor, als würden gleich Funken zwischen den beiden sprühen. Doch als sie blinzelte, war der Augenblick schon wieder verflogen. Hatte sie sich dies nur eingebildet? Sie versuchte sich nichts anmerken zu lassen und sah wieder zu Heros. Dieser begann an seinem Hosenbein zu ziehen, um dann, versteckt hinter den Nähten, eine kleine Tasche zu öffnen.

»Das ist eine wasserdichte Hosentasche. Sie ist von außen kaum zu sehen, wenn man nicht weiß, wo sie ist«, erklärte Heros. »Es kommt öfters vor, dass ich Briefe wegbringen muss und wenn es in Strömen regnet, dann ist so eine Tasche nützlich.« Er griff in die Öffnung und zog ein zweifach gefaltetes Stück Papier heraus, bog die Ecken sorgfältig auseinander und ein Kartenteil kam zum Vorschein.

»Das ist leider nur ein Abschnitt der Karte. Die anderen Teile sind nicht mehr auffindbar. Es wird erzählt, dass diese Karte in vier Teile zerlegt wurde, um zu verhindern, dass sie in den falschen Händen landete. Nur was man damit finden soll, weiß ich nicht. Die alten Lagerfeuergeschichten erzählen von einem mächtigen Drachenauge. Andere berichten von einem gefährlichen Schwarzmagier und wieder andere besagen, dass nichts da sei, außer einer alten verlassenen Ruine. Das einzig Auffällige, und was bei allen Geschichten gleich ist, war, dass sich am Rande des Waldes ein alter Einsiedler aufhalten soll und er einen weiteren Teil der Karte haben soll. Aber wie gesagt, dies sind alles nur Lagerfeuergeschichten.«

»Ihr wisst aber anscheinend doch mehr über die nördliche Gegend, als Ihr es den anderen gesagt habt, oder?«, fragte Borion mit einem Blick, der eine Antwort forderte.

»Ja, das eine oder andere ist mir bekannt, schließlich wohne ich hier in der Gegend schon seit meiner Kindheit. Ich studiere die Geschichte und die Geografie dieses Landes schon lange. Nur suche ich mir die Leute gut aus, denen ich mein Wissen zuteilwerden lasse«, sagte Heros verschwörerisch. »Nehmt diesen Kartenteil und findet einen sicheren Weg durch den Wald und bei den großen Vier, seid vorsichtig! Diese andere Gruppe wird sich sicher in der Nähe aufhalten.«

Borion nahm die Karte und bedankte sich bei dem Bibliothekar.

»Nein, ich habe zu danken und jetzt entschuldigt mich bitte. Ich werde nach Hause gehen und meiner Familie erzählen, was geschehen ist. Sie sorgen sich bestimmt schon um mich«, sagte Heros, während er sich erhob. »Gehabt euch wohl, viel Glück auf euren Reisen und mögen die großen Vier euch wohlgesonnen sein. Wenn ihr wieder mal in der Nähe seid oder etwas wissen wollt, wendet euch an mich. Ihr findet mich in der Bibliothek oder in dem Haus daneben. Dort wohne ich.« Er verbeugte sich einmal kurz vor jedem und verschwand dann aus der Tür.

Sie sahen ihm einen Augenblick lang nach, bevor sie alle auf das Kartenstück blickten. Borion holte ihren Teil aus seiner Tasche. Die beiden Stücke ergänzten sich zu einer Hälfte. Sie konnten drei Wege erkennen, die alle an einem Punkt zusammenliefen, und zwar genau da, wo der Tempel eingezeichnet war. Links über dem Tempel begann die Aufzeichnung eines sehr verwirrenden Labyrinths, doch fehlte hier der dritte und vierte Kartenteil, denn die Notizen wurden durch einen Riss unterbrochen. Einer der drei unteren Wege wurde durch den neu dazugekommenen Kartenteil zu einer breiteren Straße, welche nach Süden bis Bergvall führte. Bevor der Weg auf diese Hauptstraße traf, wurde er von einer weiteren Linie, die wie ein Berg oder ein großes Steingebilde aussah, unterbrochen.

»Der Weg zum Tempel wird versteckt sein. Ich denke nicht, dass er leicht zu finden ist«, sagte Shahira, die interessiert auf die Karte blickte.

»Das werden wir wohl rausfinden müssen«, antwortete Borion nickend. Er packte die Kartenteile ein und sie beendeten ihr Frühstück.

Shahira überlegte, wer wohl die restlichen Teile haben könnte. Der Einsiedler oder vielleicht Tasamin? Die andere Gruppe, falls sie nicht zu Tasamin gehörten? Oder waren sie doch verschollen? Und was war mit Jinnass los? Ihm schien der neue Kartenteil egal zu sein. Und dann dieser Blick zu Borion. Am Ende erklärte sie es sich damit, dass Jinnass schlecht gelaunt war, weil er nicht im Wald schlafen konnte.

Der Marktplatz

Nach dem Frühstück verließen sie das Gasthaus. Borion hatte ihnen Münzen aus der Reisekasse ausgezahlt, womit sie sämtliche Kosten begleichen sollten. Auch wenn sie ihren Auftraggeber nie zu Gesicht bekommen hatten, war er großzügig gewesen und hatte Borion mit allem ausgestattet, was sie für die ersten Abschnitte ihrer Reise benötigten. Somit war dafür gesorgt, dass sie ausreichend Proviant hatten und dass sie, sofern es möglich war, in guten Zimmern nächtigen konnten.

Kyra und Jinnass zogen mit den Pferden los, um sie neu beschlagen zu lassen. Als die Beiden außer Reichweite der anderen waren, fragte Kyra den Elf, »Glaubt Ihr, diese Krieger vom Markt waren Tasamin und seine Söldner?«

»Nein«, antwortete Jinnass knapp.

Kyra, die misstrauisch die Stirn in Falten gelegt hatte, machte mit ihrem Blick deutlich, dass sie mit dieser kurzen Antwort nicht zufrieden war.

»Wenn doch, wird er zum größeren Problem«, fügte Jinnass hinzu. Anscheinend hoffte er, dass diese Antwort der Magierin nun reichen würde, doch damit lag er falsch.

»Bezieht Ihr das jetzt auf die vier Krieger, die er bei sich hatte?«, fragte Kyra.

»Nein.«

»Worauf denn dann?«

»Er weiß jetzt, was wir wissen«, sagte Jinnass.

»Und das macht ihn zu einem großen Problem?«, fragte Kyra zweifelnd.

»Nein.«

Kyra seufzte, »Was denn dann?«

»Seine Magie.«

»Gut, sein Wissen, seine Magie und die Söldner?«, fragte Kyra genervt.

»Nein.«

»Wie, Nein? Ihr sagtet doch gerade ...«, begann Kyra, doch der Elf unterbrach sie, »Nein, sagte ich nicht.«

»Jinnass, was meint Ihr dann?«, langsam verlor die Magierin die Geduld. Warum war es nur so schwer, mit dem Elfen ein Gespräch zu führen?

»Sein Wissen, ja. Seine Magie, ja. Seine Söldner, nein«, erklärte der Elf anscheinend darauf bedacht, dass er kein Wort zu viel sagte.

Kyra atmete tief ein. »Also gut, die Kerle, sofern sie zu ihm gehören, sind eher ein kleineres Problem, da es Mittel und Wege gibt mit ihnen fertig zu werden. Tasamins Magie kann viele unheimliche Wesen für ihn kämpfen lassen und dazu wird er noch den einen oder anderen Zauber beherrschen. Dadurch, dass er weiß, was wir wissen, kann er schlussfolgern, wo wir sind. Habe ich das richtig zusammengefasst?« Kyra blieb stehen und sah Jinnass ernst an.

»Ja«, nickte er.

»Gut. Wisst Ihr, welche Magie er sonst noch beherrscht?«

»Ja«, nickte er erneut.

»Jinnass, ist es Euch mal in den Sinn gekommen, mehr als ein Wort zu sagen? Es ist Euch doch bewusst, dass mich interessiert, welche, wenn Ihr es schon wisst?« Sie stemmte die Hände in die Hüften und schürzte die Lippen, während ihr Blick fordernd auf dem Gesicht des Elfen lag.

Jinnass überlegte einen Augenblick. »Ja, ist es«, und als er sah, dass Kyras Augen sich bedrohlich zusammenzogen, fügte er rasch hinzu, »Er beherrscht Nekromantie, Blut-, Kampf- und Beherrschungsmagie.«

Kyra gab es auf. Immerhin hatte sie eine Antwort bekommen. »Ihr scheint ja doch einiges mehr über ihn zu wissen, als Ihr uns bisher offenbart habt.«

Jinnass lächelte zufrieden und ohne ein weiteres Wort, folgte er der Straße. Kyra blieb einen Augenblick stehen. Sie sah dem Elfen nach und seufzte. Später würde sie Shahira davon erzählen, doch die war nun erst mal mit diesem finsteren Kerl, Xzar unterwegs. Kyra beschleunigte ihren Schritt und schloss zu Jinnass auf.

Zur rechten und linken Seite passierten sie Geschäfte, eine heruntergekommene Taverne und kleine Wohnhäuser. Einige der Händler hatten ihre Waren auf hölzernen Ständen vor ihren Fenstern aufgereiht. Die Taverne war um diese Uhrzeit noch geschlossen. Es war nur eine Magd zu sehen, welche die Fenster putzte und ein Knecht versorgte die Pferde in den Stallungen. Die meisten anderen Häuser waren alt und die Wände verstaubt von den Straßen. Einige wenige, die sauberer waren, gehörten wohl zu den wichtigeren Gebäuden der Stadt. Neben den Eingängen hingen oft Schilder mit Namen des Bewohners oder einer Amtsbezeichnung. Nach einigen hundert Schritt erreichten sie eine Straßenkreuzung. Links an der Kreuzung gab es einen Reitstall, gegenüber war ein Gasthaus.

»Ich werde schauen, ob ich hier zwei neue Lastpferde kaufen kann und dann treffe ich mich mit Euch beim Hufschmied«, schlug Kyra vor. Sie hatte sich vor dem Verlassen des Wirtshauses über Geschäfte und andere Einrichtungen beim Wirt informiert und auch wenn es in der Stadt nicht viele Pferdehändler gab, so hatte dieser ihr mitgeteilt, dass sie bei *Hermanns Laden* namens *Huf und Eisen* Glück haben könnte.

»Ja«, sagte der Elf. Als er gerade weitergehen wollte, hielt er inne und drehte sich noch einmal zu ihr um. »Wir sehen uns später, Kyra Lotring.« Dann ging er weiter.

Kyra sah ihm verwundert nach. Sie verstand den Elfen nicht. Sie hatte immer schon gewusst, dass sein Volk seltsam war und Jinnass war ein Paradebeispiel dafür, zumal er auch noch den Tarakelfen angehörte. Man erzählte sich an der Akademie, dass dieser Stamm viele Mystiker und Zauberweber besessen hatte, doch ebenso hieß es, dass sie die kriegerischste Sippe unter den Elfenvölkern gewesen waren. Im Krieg gegen die Magier aus Sillisyl wurden sie allerdings stark dezimiert. Von diesen Verlusten, so hieß es weiter, hatten sie sich nicht mehr erholt. Soweit sie wusste, gab es nur noch knapp zwei Dutzend seines Stammes. Dies mochte auch ein Grund sein, warum er sich ihnen gegenüber so abweisend verhielt. Kyra hätte gerne etwas mehr über die Tarakelfen erfahren, doch bisher hatte sie sich nicht getraut, den Elfen danach zu fragen. Anderseits, würde solch ein Gespräch ihr auch viel Geduld abverlangen. Immerhin hatte er sich bei seinem Abschied gerade eben sichtlich bemüht, etwas höflicher zu sein. Sie entschloss sich dazu, erst mal nicht weiter darüber nachzudenken.

Kyra betrat den Reitstall und der Geruch von Heu drang ihr in die Nase. Ein kleiner Mann stand hinter einem hölzernen Tresen und schrieb gerade etwas in ein dickes Buch. Als er die Besucherin bemerkte, legte er die Schreibfeder nieder und begrüßte Kyra freundlich, »Guten Tag die Dame, kann ich Euch weiterhelfen?«

Kyra erklärte ihm, weswegen sie da war, und fing an mit ihm zu verhandeln.

Xzar und Shahira schlenderten über den großen Marktplatz, auf der Suche nach neuer Ausrüstung. Nachdem sie sich von den anderen getrennt hatten, hatte Xzar seine Kapuze vom Kopf geschoben und ihr erneut sein Gesicht offenbart.

»Warum verbirgst du dein Gesicht noch immer unter der Kapuze?«, fragte Shahira.

Er sah sie nachdenklich an. »Vielleicht aus Gewohnheit ... Wobei nein, das ist es eigentlich nicht. Ich habe eher das Gefühl, es ist noch nicht der richtige Zeitpunkt«, antwortete Xzar.

»Und ... wie sieht dieser *richtige Zeitpunkt* aus?«

»Hm, ich muss zugeben, darüber habe ich mir noch keine Gedanken gemacht. Aber hier folge ich dem Rat meines Vaters«, sagte er schmunzelnd.

Shahira wartete einen Augenblick, doch Xzar sagte nichts mehr, also stach sie ihm leicht mit dem Finger in den Bauch. »Und der wäre?«

»Schon gut. Ich erzähle es dir ja«, sagte er grinsend, während er sich spielerisch den Bauch rieb. »Er sagte immer zu mir: Xzar, der richtige Augenblick ist immer dann gekommen, wenn alle anderen Möglichkeiten für dich keinen Sinn mehr ergeben.«

Shahira dachte kurz nach, dann schüttelte sie verwirrt den Kopf. »Was? Das war der Rat, dem du jetzt folgst?«

Xzar nickte lächelnd.

»Du weißt aber schon, dass die Aussage dahinter, einen nicht wirklich voranbringt, oder?«

»Findest du?«, fragte er gespielt überrascht.

»Ja, du etwa nicht? Ich meine, wenn der *richtige* Augenblick voraussetzt, dass alle anderen sinnlos sind, dann muss man das ja auch erst mal wissen, dass sie das sind.«

»Ja, ich glaube, das ist der Kern des Ganzen.«

Shahira schüttelte den Kopf. »Das kann man doch nie wissen. Dafür müsste man ja alle anderen versucht haben und die sind ja immer situationsabhängig, oder?«, fragte sie jetzt und sie spürte, wie ihre Gedanken wirr durch ihren Geist flogen.

»Schon gut, schon gut, lassen wir das. Bei philosophischen Diskussionen habe ich noch nie gut ausgesehen«, sagte Xzar. »Lass mich den richtigen Zeitpunkt finden. Ich bin mir sicher, wir werden ihn erkennen, wenn er da ist. Jetzt lass uns weitergehen, bevor uns noch die Haare grau werden.«

»Gut, wobei dir die Weisheit vielleicht bei der Philosophie helfen würde«, neckte sie ihn.

Xzar hob fragend eine Augenbraue, dann lachte er leise. »Ja, vielleicht. Aber wenn dein wundervolles, sonnengelbes Haar jetzt schon ergraut, wäre dies ein unerträglicher Verlust für mich.«

»Wie meinst du das?«, fragte sie überrascht.

»Genauso, wie ich es eben gesagt habe.« Er grinste und ging langsam weiter.

Shahira sah ihm schmunzelnd nach und sie nahm das Kompliment gerne an.

Im vorderen Bereich des Marktes reihten sich die Verkaufsstände aneinander und Händler boten hier allerlei Waren feil. Die Stände selbst waren mit bunten Tüchern und Decken geschmückt, um besonders aufzufallen und so die Kunden anzulocken. Mit großen Holztafeln wiesen die Händler auf die niedrigsten Preise oder die besten Waren hin. Die Ausrüstungsgegenstände, die sie benötigten, bekamen sie fast an jedem der Stände. Also entschieden sie sich erst einmal den gesamten

Markt abzugehen und zu schauen, ob es nicht irgendwo etwas Besonderes gab. Shahira musterte Xzar immer wieder aus den Augenwinkeln. Ihr war aufgefallen, dass er kaum noch humpelte. Die Schmerzen seiner Wunde schienen sich gebessert zu haben. Als sie an einem kleinen Stand einen Becher mit fruchtigem Saft tranken, sprach sie ihn darauf an. »Xzar, geht es deinem Bein besser?«

Er sah an sich hinab zu der Stelle, wo sich die Wunde des Kampfes unter der Lederhose befand und nickte dann. »Ja, die Salbe hat gewirkt. Sie braucht ein wenig, bis sie ihre Wirkung entfaltet.«

»Was genau hat sie denn bewirkt? Wir haben uns alle gefragt, warum es so lang gedauert hat, bis die Wunde heilte?«

Kurz verlor sich sein Blick in der Ferne, bevor er antwortete, »Schon während des Kampfes spürte ich, dass etwas in der Wunde zurückgeblieben war. Ich denke, es war Rost von der Klinge. Wobei, zugegeben, zuerst war ich mir nicht sicher. Ich fürchtete schon, es sei Gift.« Er nahm noch einen Schluck von seinem Saft, bevor er weitersprach, »Diese Salbe, sie sorgt dafür, dass Verunreinigungen aus Wunden gezogen werden. Doch die Prozedur dauert einige Tage, aber dafür ist sie sehr zuverlässig.«

»Und jetzt ist die Wunde verheilt?«

»Ja, fast. Inzwischen ist sie verkrustet und heilt ab.«

»Und woher hast du solch eine kostbare Salbe?«

»Mein Lehrmeister hat mich gelehrt, wie man sie anmischt oder um ehrlich zu sein, er hat sie für mich zubereitet. Das Rezept stammt von den Elfen.« Xzar überlegte einen Augenblick und fasste dann einen Entschluss. »Ich habe im Gasthaus noch eine ganze Dose. Möchtest du etwas davon haben?«, fragte er sie und Shahira war überrascht, dass er ihr etwas so Wertvolles anbot.

»Ja, gerne. Aber nur, wenn du wirklich etwas davon entbehren kannst.«

»Sonst würde ich es nicht anbieten. Ich werde dir später etwas abfüllen. Sie ist sehr ergiebig und man muss nicht viel auftragen. Nur sollte man darauf achten, nichts davon in die Augen zu bekommen, denn die Salbe brennt wie Feuer. Möchtest du noch einen Saft?«

Sie nickte und er ließ ihre Becher erneut füllen, während er sich selbst eine seltsame rotblaue Frucht kaufte. Als sie ihn fragend ansah, lächelte er ihr zu, schnitt sie in zwei Hälften und gab ihr eine davon. »Das sind Karimsbeeren oder auch Streelbeeren genannt. Schon mal gehört?«

Shahira schüttelte den Kopf. Sie roch an ihrer Hälfte, die einen verführerischen und süßen Duft verströmte.

»Sie stammen von einer Insel im Südmeer. Ich zeige dir, wie man sie am besten isst«, sagte Xzar. Er nahm einen Löffel vom Tisch des Händlers und begann das Fruchtfleisch vorsichtig von der harten Schale zu lösen. Xzar achtete darauf, dass alles im Inneren der Schale blieb und diese ihm somit als Schüssel diente. Danach stocherte er leicht mit dem Löffel durch das Fruchtfleisch, sodass sich die kleinen tränenförmigen Kerne mit diesem vermischten und schon während der Zubereitung strömte Shahira ein köstlich süsser Duft entgegen. Als Xzar fertig war, reichte er ihr seine Hälfte. »Hier nimm meine, wenn du magst.«

Sie schüttelte den Kopf und nahm ihm den Löffel aus der Hand. »Nein, danke. Ich möchte es selbst versuchen.«

Er lächelte. Es war keine schwere Vorgehensweise und so meisterte die junge Abenteurerin diese ohne Schwierigkeiten.

»Na dann«, sagte Xzar, »lass es dir schmecken.« Er nahm sich einen weiteren Löffel, mit dem er nun begann seine Frucht zu essen. Shahira tat es ihm gleich. Das Erste was sie wahrnahm, war die klebrige Masse in ihrem Mund, doch dann kam auch gleich der Geschmack, der den Duft noch um einiges übertraf. Sie schloss die Augen und versuchte diesen Augenblick des süßlichen Aromas festzuhalten und als sie auf einen der Kerne biss und dieser dumpf knackte, riss sie die Augen wieder auf und ihr entwich ein leises »Oh!«

Xzar lachte auf. »Verzeih, ich hätte dich warnen sollen.« Was er meinte, war, dass die Kerne eine leichte Schärfe mit sich brachten, die ein Prickeln im Mundraum auslöste. Shahira schüttelte den Kopf, nachdem sie einen Schluck ihres Saftes getrunken hatte. »Nein, schon gut. Dann wäre die Überraschung ja nur halb so groß gewesen. Das ist eine wirklich interessante Frucht. Woher kennst du sie?«

»Ich habe sie durch Zufall einmal gekostet. Das ist schon viele Jahre her. Ich kann dir gar nicht mehr sagen, wo es genau war. Doch den Geschmack habe ich nie vergessen«, antwortete Xzar schulterzuckend.

Shahira genoss die weiteren Löffel der Frucht und sie kicherte jedes Mal, wenn sie einen der Kerne zerbiss. Xzar hatte sichtlich Spaß daran, die junge Frau so gut gelaunt zu sehen. Als er ihr anbot, noch eine Weitere zu kaufen, lehnte sie dankend ab. »Ich mag es, Neues zu probieren. Das hat immer dieses Gefühl des Erforschens, weißt du, was ich meine?«

Xzar nickte.

»Doch mein Mund brennt jetzt von den Kernen, sodass ich die Frucht kaum mehr genießen könnte und das wäre eine Verschwendung des leckeren Geschmacks. Vielleicht können wir später noch einmal hier vorbei schauen?« Sie lächelte schelmisch.

Xzar lächelte zurück. Er spürte eine Wärme in seinem Bauch, die nicht von den Kernen stammte und sagte fügsam, »Wie könnte ich dir diesen Wunsch abschlagen?«

Dann gingen sie weiter. Und es dauerte nicht lange bis ihnen in einem Bereich, ein Stück abseits des Hauptmarktes, etwas ins Auge fiel. Dort stand ein großes Zelt, wie man es in den nördlicheren Regionen ab und an sah. Vor allem in der Nähe der Wüstenstadt Abaxa, die Hauptstadt der Feuerlande, die an einer kleinen Oase lag. Die Region im Nordwesten war bekannt für exotische Güter, die es sonst nirgendwo gab. Entsprechend waren auch ihre Preise und doch, Abnehmer gab es genug. In edleren Kreisen galt man als besonders wohlhabend, wenn man zu einem Fest die Speisen und Getränke aus den Feuerlanden anbot. Immer wieder erreichten Karawanen die südlicheren Städte und ihre Händler bevorzugten diese schnell zu errichtenden Leinenzelte.

Vor dem Zelt wachten zwei, mit mächtigen Krumm-schwertern bewaffnete Scharraz, rechts und links neben dem Eingang. Scharraz waren Krieger aus dem Nordland. Viele dieser Kämpfer besaßen einen eigenen Kampfstil, schnell und tödlich. Es hieß, nur eine einzige Akademie in den Feuerlanden lehrte diesen Stil und nur auserwählte Kinder würden es schaffen, an dieser Schule aufgenommen zu werden. Welche Voraussetzungen erfüllt sein mussten, war hier nicht bekannt. Die beiden Kämpfer vor ihnen waren große Hünen mit freien Oberkörpern. Ihre Muskeln glänzten schweißnass in der Sonne. Als sie näher kamen, erkannten sie, dass ihre Ober-körper eingeölt waren, um diesen Effekt hervorzurufen. Die Krummschwerter der Männer strahlten silbern im Licht, auch wenn die Klingen eher einen dunklen Schatten im Stahl auf-wiesen.

»Wieso wird wohl der Eingang des Zeltes so streng bewacht?«, fragte Shahira.

»Wahrscheinlich verkaufen sie dort Waffen oder andere Wertsachen aus dem Norden. Vielleicht sollten wir um Einlass bitten, um es herauszufinden?«, antwortete Xzar und zog sich seine Kapuze wieder über den Kopf.

Shahira lächelte und folgte ihm, als er sich auf den Weg zum Zelt machte. Sie spürte, dass Xzar sie auf eine eigenartige Weise faszinierte. Er hatte etwas an sich, was sie neugierig machte. Neugierig darauf, wo er her kam und was er erlebt hatte. Sie überlegte, welche Gründe es noch gab, die sie an ihm faszinierten. Zugegeben, er sah gut aus, aber das Alleine war es nicht. Seine Augen strahlten eine Tiefgründigkeit aus, als hätte er schon sehr viel erlebt. Sein Lächeln war offen und freundlich und dann war da noch seine ungezwungene Art mit neuen Situationen umzugehen. Dazu hatte er eine charmante, nicht zu aufdringliche Gemütsart. Jedes Mal wenn Xzar ihr seine Hilfe anbot, war es immer nur soviel, dass es ausreichte, damit sie den Rest selbst schaffte. Das gefiel ihr besonders, denn so hatte sie nicht das Gefühl, er würde sie bemuttern. All diese Eigenschaften an Xzar lösten in ihr den Wunsch aus, mehr über ihn zu erfahren.

Als sie noch zehn Schritt von dem Zelt entfernt waren, lösten die Wachen ihre verschränkten Arme und beide legten ihre Hand auf den Schwertknauf. Die Bewegungen der beiden schienen fast gleichzeitig zu erfolgen und Shahira fragte sich, ob dies eingeübt war? Eindruck machte es auf jeden Fall. Der linke Mann trat einen Schritt vor den Eingang und musterte die Neuankömmlinge genau. Dann fragte er mit stockendem Akzent, »Habt ihr ... Einladung? Wenn nicht, was führt ... zu ... Zelt?« Der Kämpfer starrte sie aus seinen schwarzen Augen misstrauisch an.

Nervös antwortete Shahira, »Dies ist doch ein Marktplatz, oder? Also wollten wir uns die Waren ...«, sie zögerte und versuchte unschuldig zu schauen.

Es war Xzar, der ihr zur Hilfe kam. »Sagt, Herr, wie viel würde uns diese *Einladung* kosten?«

Shahira sah verdutzt zu ihm. Der Kämpfer ihnen gegenüber sah Xzar nicht minder überrascht an oder war er eher amüsiert? Dann nickte er und antwortete, »Fünf Silberstücke pro Kopf.«

Xzar zögerte einen Augenblick, dann griff er in seine Tasche und holte die Münzen aus einem kleinen Lederbeutel und reichte sie dem Mann. Shahira starrte ihn einen Augenblick fassungslos an und sah dann auf die zehn silbernen Münzen, die ihren Besitzer wechselten. Erst jetzt bemerkte sie, dass Xzars Hand leicht bebte. Er schien ebenfalls erzürnt über diese hohe Summe zu sein, doch konnte er seinen Zorn besser verbergen als sie.

Mit einem höhnischen Grinsen trat der Kerl zur Seite und ließ die beiden vorbei. Als sie durch den Zelteingang gingen, betraten sie einen mit Vorhängen abgetrennten Zwischenraum. Noch bevor Xzar weiter gehen konnte, hielt Shahira ihn auf. »Wieso hast du ihm das Silber gezahlt? Wir hätten doch einfach wo anders hingehen können?«

»Das vielleicht, aber wahrscheinlich ist dieses Zelt seine Münzen wert. Nordländische Händler verkaufen oft sehr wertvolle und nützliche Sachen. Und außerdem kennen sie viele

Geschichten, vielleicht ja auch welche über unser Ziel! Aber ja, ich gebe zu, dieser hohe Preis und das Grinsen des Kerls haben mich geärgert.«

Shahira überlegte kurz und verdrehte dann die Augen. Sie war zwar nicht damit einverstanden, folgte ihm aber in das Zelt hinein. Hinter einem weiteren dicken Vorhang betraten sie den Hauptteil des Zeltes. An den Seiten hingen bunt geknüpfte Wandteppiche, auf denen verschiedene Motive zu sehen waren. Sie zeigten Krieger im Kampf gegen große Eidechsen und ein Weiterer, eine Herde weißer Pferde, die Shahira kannte. Es waren Sandläufer, die edelsten Reittiere des Nordlandes. Einige Planen des Zeltdaches waren aufgeknüpft, sodass Sonnenlicht den Innenraum flutete. Vor den Seitenwänden standen Tische, die mit roten und gelben Tüchern abgedeckt waren. Unter diesen schienen sich Gegenstände zu befinden. In der Mitte des Zeltes lag ein großer Fellteppich auf dem Boden.

Auf diesem saß ein älterer, in einen Kaftan gekleideter Nordmann. Auf seinem Kopf befand sich ein großer, blauer Turban, an dem ein grüner Edelstein leuchtete. Er las in einem Buch mit schwarzem Einband. Neben ihm stand ein Krug, aus dem eine Dampfwolke aufstieg, daneben wiederum waren Teller auf denen Datteln und andere Früchte lagen. Zuerst schien er die Neuankömmlinge nicht zu beachten, doch als die beiden weiter in das Zelt gingen, sah er auf, erhob sich rasch in einer fließenden Bewegung und breitete die Arme aus. »Willkommen! Willkommen in meinem kleinen, bescheidenen Zelt. Hier, in meinem persönlichen Reich der Ruhe und Entspannung, aber auch in meinem Reich für gute Freunde und geschätzte Kunden. Tretet ein und fühlt Euch, als meine höchsten Gäste. Edler Herr, werte Dame, es ist mir ein ausgesprochen großes Vergnügen euch hier bei mir begrüßen zu dürfen. Es kommt nicht oft vor, dass jemand den Weg zu mir findet«, grinste der Mann sie an.

»Seid ebenfalls gegrüßt. Es ist auch nicht üblich, dass man am Eingang eines Marktstandes Eintritt bezahlt, wenn man noch nicht mal weiß, ob man etwas kaufen möchte«, antwortete Xzar lächelnd.

Der Händler seufzte theatralisch. »Ach werter Herr, ja, so ist es. Ich verstehe Euren Einwand, ich verstehe ihn zu gut. Und doch kann ich Euch versichern: Ein jeder der bereit war, diesen Preis zu zahlen, fand hier etwas Passendes für sich und hat es dann auch glücklich erworben und sich Ewigkeiten daran erfreut. Und selbst, wenn es nur eine Tasse Tee, ein paar Früchte oder eine Geschichte über den Verlauf der Zeiten und Welten war«, sagte der Händler überzeugt und immer noch freundlich lächelnd.

Shahira sah fragend zu Xzar. Hatte der Händler gehört, was Xzar draußen zu ihr gesagt hatte? Oder wusste Xzar vielleicht doch mehr, als er zuvor zugegeben hatte? Die geschwungene Rede des Mannes beeindruckte sie wenig. ›Sich Ewigkeiten daran erfreuen? Hatte er Nahrung, die nie verdarb? Vermutlich nicht‹, dachte sie.

Als hätte Xzar ihre Gedanken erraten, fragte er neugierig, »Was für Waren verkauft Ihr denn, werter Herr?« Xzar deutete eine knappe Verbeugung an, während er den Händler interessiert musterte.

»Oh, meine Freunde, nennt mich Yakuban. Ich bin Yakuban aus Orsasana in den Feuerlanden.« Er verbeugte sich nun ebenfalls und dazu noch ein Stück tiefer als Xzar. Seine Arme streckte er dabei weit seitlich aus und das schwarze Buch ließ er fließend und unauffällig auf einen Tisch fallen. Für einen Augenblick verharrte er in dieser Pose und Shahira fragte sich bereits, ob Xzar oder sie etwas tun oder sagen mussten, damit er sich wieder erhob, da richtete er seinen Oberkörper auf und lächelte sie weiter an. »Nehmt doch erst einmal ein paar Datteln und darf ich euch eine Tasse Tee anbieten?«

»Sehr gerne, Yakuban«, bedankte sich Xzar und sie ließen sich einen Teller und zwei Tassen reichen.

»Also Yakuban, was habt Ihr anzubieten?«, fragte Xzar dann noch einmal.

»Oh, meine Freunde, ihr scheint es eilig zu haben? Nun gut, ich möchte eure Zeit nicht unnötig lange in Anspruch nehmen, schon gar nicht wenn draußen solch ein herrliches Wetter ist. Die Sonne hier ist deutlich kühler als in meiner Heimat und dennoch erwärmen ihre Strahlen meine Haut und mein Herz, sodass ich einen Funken des Glückes spüre, der mir die Erinnerung an meine Heimat und an meine geliebte Familie näher bringt.« Er sah ihre fragenden Gesichter. »Oh verzeiht, ich schweife ab. Eure Zeit ist kostbar. Aber ihr werdet sehen, die Zeit bei mir lohnt sich, denn ich habe da so die eine oder andere Spezialität«, sagte der Händler. Das linke Auge spitzbübisch zukneifend, drehte er sich zu dem ersten Tisch um. Er zog, mit einer schwungvollen Armbewegung, die Abdeckung weg und die Waren kamen zum Vorschein. Der Tisch war vollgepackt mit goldenen Vasen, Krügen und anderen Schmuckstücken. Darunter auch Edelsteine und Perlenketten von hoher Kunstfertigkeit, die im Licht der Sonne glänzten. Die Edelsteine warfen bunte Spiegelungen auf die Tücher und die goldenen Ketten blitzten so hell, dass ihnen Tränen in die Augen schossen.

»Meine Dame, wunderschöne Rose des Landes, ich glaube, solch eine Kette würde Euren Anblick noch verschönern, auch wenn dies schon fast unmöglich scheint. Bleibt die Kette doch nur ein einfaches Schmuckstück und Eure Schönheit ist so hell und strahlend wie das Licht der Sonne.« Er reichte Shahira eine aufwendig gefertigte Halskette, die in kleinen goldenen Einfassungen fein geschliffene Rubine eingearbeitet hatte. »Und diese edlen Ringe, Herr: Sie würden sich wundervoll an Euren Fingern machen. Ein Edelmann wie Ihr, kann sich nicht mit zu wenig Kleinodien schmücken, um seinen Ruhm und Wohlstand zu zeigen, findet Ihr nicht?«

Obwohl Shahira ihren Blick nur schwer von diesen ganzen goldenen Schönheiten abwenden konnte, lehnte sie das Angebot dankend ab. »Ich ... glaube nicht, dass wir zurzeit an Schmuck interessiert sind. Habt Ihr sonst noch etwas?«

»Oh ja, selbstverständlich«, sagte er und drehte sich mit einer eleganten Bewegung zur Seite weg, packte sich eine Ecke der nächsten Abdeckung und zog diese genauso schwungvoll weg wie die Erste, ohne dass sich die zum Vorschein kommenden Waren verschoben.

Kaum war das Tuch fort, da wehte ihnen ein exotischer Duft entgegen. Sein Ursprung waren die aromatischen Kräuter und Gewürze vor ihnen auf dem Tisch. Zwischen den Kräuterbündeln befanden sich Teller, auf denen Gebäck und andere ihnen unbekannte Speisen lagen.

»Genießt den Duft der Feuerlande, riecht an den Kräutern, versucht den Kuchen oder von den Teesorten«, sagte Yakuban wohlwollend.

Obwohl die beiden gerade erst gefrühstückt hatten und zuvor auch schon die Streelbeere verspeist hatten, probierten sie von den Köstlichkeiten, zu verführerisch war der Duft. Sie kosteten von dem Gebäck, welches süß und klebrig war. Geschmacklich erinnerte Shahira sich nicht daran, jemals zuvor besseren Kuchen gegessen zu haben. Die angebotenen Früchte, sahen sie noch so unscheinbar aus, waren jede für sich eine Delikatesse. Yakuban half beim Schälen und zeigte ihnen, wie sie die Früchte am besten verspeisten. Am Ende erwarben Sie ein paar kleinere Beutel der Leckereien und Gewürze, auch wenn sie acht Silbermünzen zahlten, was durchaus ein stolzer Preis war. Vor allem die getrockneten Obstsorten hatten es Shahira angetan und am liebsten hätte sie noch mehr davon mitgenommen, allerdings lagen noch drei Tische mit Waren vor ihnen.

»Was bietet Ihr noch an, außer diesen Köstlichkeiten?«, fragte Xzar.

»Gewiss, gewiss. Ich zeige es euch«, antwortete Yakuban, der die eben erhaltenen Münzen in eine kleine Holzschachtel fallen ließ. Dann drehte er sich um, zog die nächste Decke weg und ein Berg mit Fellen und Tierhäuten kam zum Vorschein. »Seht her! Die schönsten und saubersten Felle des Landes. Die beste Güte und kaum von der Jagd beschädigt. Benutzt sie als Decken in kalten Nächten oder als Teppiche vor dem heimischen Kamin. Sie halten warm und schmücken euer Heim aus.

An keinem anderen Ort werdet ihr bessere Felle finden. Streicht darüber und überzeugt euch selbst, wie weich und flauschig sie sind. Wenn ihr wollt, so ...«

»Ja, schon gut. Was für Felle sind das?«, unterbrach ihn Shahira etwas härter als beabsichtigt, denn eigentlich hatte sie nur die lange Rede des Mannes unterbinden wollen.

Yakuban zuckte kurz erschrocken zusammen, ließ sich aber nichts anmerken. »Oh, gewiss, gewiss, das hier ist Kamelfell. Man erkennt es an seiner hellgelben Farbe. Die Geschichten erzählen davon, dass die Felle der ersten Kamele vom Sand der Wüste eingefärbt wurden. Oder dieses hier, ein ganz besonderes Stück, von einem Bens'chaui, einem Rennkamel. Das Fell dieses Tieres ist immer hell. Ihr fragt euch sicher, warum sein Fell nicht auch gelblich ist? Nun die Fellpracht dieses Tieres und die Stärke seiner Beine sind von der Sonne des Nordens beschienen und...« Yakuban unterbrach sich dieses Mal selbst, als er Shahiras ungeduldigen Blick bemerkte und er griff sich das nächste Fell. »Oder dieses Fell von einem Wüstenwolf, zwar nicht ganz so edel wie das hier«, er nahm sich das Nächste, »das Fell eines Panthers, eines weißen Panthers noch dazu. Sogar sein Kopf wurde mit ausgestopft. Schaut in seine Augen! So geheimnisvoll wie der Wald, aus dem er stammt.«

»Eure Felle sind ausgesprochen schön, so hochwertig wie Ihr sie beschreibt, doch zur Zeit sind wir auf Reisen und unsere Decken reichen vollkommen aus. Und eines dieser wunderschönen Felle auf einem dreckigen Waldboden zu verschmutzen, dafür sind sie zu schade«, erklärte Xzar freundlich.

»Wahrlich Herr, Ihr seid ein Kenner der Schönheit und des guten Umgangs. Nun denn, wenn Ihr Euch auf Reisen befindet, dann seid Ihr wohl wirklich mehr an anderen Dingen interessiert. Wie wäre es damit?« Letztendlich zog Yakuban die verbleibenden zwei Abdeckungen weg und zwei Tische, einer beladen mit Waffen und einer mit Ausrüstungsgegenständen, kamen zum Vorschein.

Die Zwei staunten nicht schlecht. Zwar waren es nicht viele Gegenstände, die hier lagen, aber was sie sahen, war von ausgesprochen hochwertiger Schmiede- und Kunstfertigkeit. Die Griffe der Waffen waren edel und kostbar verziert und die Klingen meisterlich geschmiedet. Selbst für einen Laien war dies zu sehen und ein Blick auf die Schneiden genügte, um ihre Schärfe zu erkennen. In dem Stahl erkannten sie eingravierte Muster und Symbole, vereinzelt waren auch kleine Edelsteine eingearbeitet. Die Klingen der Krummschwerter wirkten sehr dünn und sie waren beim Schmieden gefaltet, denn Sie wiesen einen feinen schwarzen Rand auf, der bei dieser Schmiedetechnik üblich war. Das machte sie noch schärfer und stabiler. Dasselbe galt für einige der anderen Schwerter. Die Griffe waren reich und aufwendig verziert. Sie bildeten teilweise Figuren vom Knauf über die Parierstange bis zur Fehlschärfe. Mal war es ein Löwe, mal ein Adler oder auch andere für Shahira bisher unbekannte Wesen. Neben den Schwertern gab es auch einige Dolche. Shahira hob mehrere Waffen an, wog sie in der Hand und führte einige Übungsschläge in der Luft aus. Sie spürte, wie leicht die Waffen waren und wie elegant man sie führen konnte.

Xzar sah sich nur die Rüstungen an. Den Klingen schenkte er keine Beachtung, wobei Shahira dies nur beiläufig bemerkte. Vermutlich wollte er seine beiden Schwerter nicht austauschen. Viele Rüstungen waren mit Gold oder Edelsteinen verschönert, sodass man sie eher als Zierwerk bezeichnen konnte, doch vor allem eine weckte Xzars Interesse. Er strich mit den Fingern sanft über die tränenförmigen Platten der Rüstung und murmelte fast unhörbar, »Drachenschuppen.«

Die einzelnen Rüstungsplatten waren so groß wie die Handfläche eines Mannes und meisterhaft aneinandergereiht. In die Rückenplatten hatte der Schmied spitze, halbfingerlange Stacheln eingearbeitet, die in einer Linie den Rücken herunterliefen. Als Xzar mit seiner Hand diese Stacheln prüfte, bogen sie sich sanft unter dem Druck beiseite. Er musterte das Ausrüstungsstück fasziniert und Shahira kam es einen Augenblick so vor, als hätte Xzar sie schon einmal gesehen oder zumindest etwas Vergleichbares. Gerade als er sich die Innenseite anschauen wollte, kam Yakuban zu ihm geeilt. »Ah! Ich sehe, das gefällt Euch schon eher«, sagte der Händler gierig, als er Xzars Interesse an der Rüstung bemerkte. »Dies ist ein besonderes Stück meiner Waren. Ich habe sie von einem Zwerg ... eh.... abgekauft, doch es war nicht leicht, einen guten Betrag dafür auszuhandeln. Zwerge sind nun mal starke ... eh ... ich meine: gute Händler.«

Xzar warf ihm einen argwöhnischen Blick zu und fragte dann, »Diese Rüstung, der Zwerg, wie hieß er?«

»Er sagte mir seinen ... eh ... Namen nicht, aber das ist ja auch gar nicht so wichtig, sie ist leider bereits verkauft. Seht Euch doch hier mal dieses Kettenhemd an«, lenkte der Händler hektisch ab und drehte sich zu einem Rüstungsständer neben dem Tisch um.

Xzar zögerte merklich. Sein Blick war auf die Rüstung vor ihm gewandt. Als der Händler erneut mit den Ringen des Kettenhemdes klimperte, drehte er sich langsam von der Drachenschuppenrüstung weg und ging zu Yakuban. Shahira, die sich in der Zwischenzeit um die ihnen noch fehlenden Ausrüstungsgegenstände gekümmert hatte, bemerkte Xzars plötzliches Misstrauen gegenüber dem Händler und lenkte ihn ab, denn es kam ihr vor, als würde die Luft zwischen den beiden Männern knistern. »Wir benötigen diese drei Seile, die zwei Zunderkästchen, das Paket mit den Fackeln dort, wenn ich richtig gezählt habe, sind es fünfzehn und diese Wasserschläuche«, sagte sie schnell.

Der Händler schien sichtlich erleichtert über die Ablenkung und eilte zu ihr hinüber. »Ja, sehr wohl. Ich packe sie Euch ein.«

Sie bezahlte den Preis, der zu ihrer Überraschung ein wenig günstiger ausfiel, als es auf den Auszeichnungen stand. Dann gingen die beiden rasch aus dem Zelt.

Xzar zog Shahira mit sich. Die wütenden Beschimpfungen der Leute, die er anrempelte, ignorierte er. Shahira fluchte, als sie hinter ihm herstolperte. »Warte, was ist. ...«

»Nicht umdrehen. Schnell, wir müssen in der Menge des Marktes untertauchen!«

Shahira bemühte sich, nicht doch einen Blick zurückzuwerfen, und ließ sich von Xzar durch die Menge führen.

»Was ist los? Warum so eilig und verstohlen?«

»Erkläre ich dir gleich«, sagte Xzar und bog in eine Seitengasse ein. Er drückte Shahira an die Wand in eine Nische zwischen zwei großen Kisten. Ihr Herz raste und ein drückendes Gefühl machte sich in ihrem Magen breit.

»Xzar! Kannst du …«

Sanft und doch bestimmend, legte er ihr seine Hand über den Mund. »Sieh dort!« Er deutete zum Gassenende. Einen Augenblick später eilten zwei Scharraz an der Gasse und somit auch an Ihnen vorbei. Shahira zog seine Hand von ihrem Mund weg, hielt sie aber weiter dabei fest. »Was bedeutet das? Wieso verfolgen uns die Wachen des Händlers? Xzar? Du schuldest mir eine Erklärung!«, forderte sie unsicher, auch wenn ihr die Nähe zu ihm seltsam vertraut vorkam.

»Ich werde es dir erklären«, sagte Xzar. Er sah sie an. Ihre Gesichter waren nur eine Handbreit voneinander entfernt und trotz der Kapuze konnte sie ihm jetzt tief in die Augen blicken. Sie las Anspannung und Sorge darin, aber auch etwas anderes: Sehnsucht. Gerade als dieser Augenblick in Unendlichkeit zu versinken drohte, machte Xzar verlegen und zögerlich einen Schritt von ihr weg. »Dieser Händler, Yakuban oder wie er heißt, er ist ein Lügner! Die Rüstung, die er dort hatte, sie bestand aus Drachenschuppen und er hatte sie auf gar keinen Fall gekauft, nicht von einem Zwerg jedenfalls.«

»Sagte Borion nicht, dass es keine Zwerge mehr gibt?«, fragte sie verwirrt.

»Ja, das sagte er, aber das stimmt nicht. Es gibt sie. Sie leben im Süden - im Schneegebirge.«

Shahira sah ihn überrascht an. Es gab noch Zwerge in Nagrias? Sie zögerte, während ihre Gedanken diese Neuigkeit verarbeiteten. Sagte Xzar die Wahrheit? Aber warum sollte er lügen? Als einige Augenblicke verstrichen waren, sagte sie dann langsam, »Gut ... dann gibt es sie noch und Yakuban hat sie von einem Zwerg gestohlen.« Sie machte eine Pause. »Das erklärt aber immer noch nicht, warum er seine Wächter hinter uns herschickt?«

»Doch! Das erklärt es. Du verstehst nicht: Wenn jemand etwas davon ausplaudert, dass dieser Kerl eine Drachenschuppenrüstung von jemandem geraubt hat, würde man ihn dem Gesetz überstellen oder zumindest würde es eine Untersuchung der Stadtgarde nach sich ziehen. Hat die Stadtgarde erst einmal die Ermittlungen aufgenommen, kann es sein, dass er hier monatelang festsitzt. Für einen reisenden Händler kann dies die Existenz bedeuten. Von wem auch immer er die Rüstung und vielleicht noch weitere Gegenstände *gekauft* hat, er ist sehr wahrscheinlich tot.« Xzar seufzte schwer und Shahira hatte das Gefühl, dass er ihr nicht alles erzählte, doch sie fragte nicht weiter nach. Sie hatte noch genug damit zu tun, zu begreifen, was hier gerade geschehen war.

»Ich denke, dass man ihn im Süden sucht, und er sich, deshalb soweit hier im Mittelland aufhält. Die Krummschwerter mit den verzierten Griffen, das waren Wappen von Adelshäusern im Süden. Woher er diese wohl hatte?«, fragte Xzar mit ironischem Ton.

»Nun gut, da hast du recht. Aber wenn er wirklich ein Dieb ist, sollten wir dies nicht der Stadtgarde melden?«

»Nein. Besser lassen wir alles so, wie es ist, und versuchen nicht weiter aufzufallen. Wenn wir der Garde sagen, was wir gesehen haben, wird man uns als Zeugen genauso lange hier festhalten. Und geben wir ihnen nur einen Hinweis, wird man diesem ohne Zeugen nicht nachgehen«, erklärte er ihr.

»Ja, wohl wahr. Lass uns versuchen zurück ins Gasthaus zu kommen.«

»Das ist wohl erst mal besser«, antwortete er.

Bevor er jedoch losgehen konnte, hielt Shahira ihn noch einmal fest. »Sollen wir Borion und den anderen von der ganzen Sache erzählen?«

»Nein, besser nicht. Borion würde sicher einen riesigen Wirbel machen und dem Dieb das Handwerk legen wollen. Das alles würde uns nur Zeit, Arbeit und unnötiges Aufsehen kosten«, antwortete Xzar schnell und ohne auf ein Wort von Shahira zu warten, wandte er sich ab, spähte um die Ecke der Gasse, nahm dann die Hand der überraschten Frau und verschwand mit ihr auf dem Marktplatz.

Am späten Abend trafen sich alle im Schankraum ihres Gasthauses. Shahira und Xzar warteten bereits an einem Tisch, als Kyra sich zu ihnen gesellte. Sie musterte die beiden argwöhnisch, setzte sich dann aber und lächelte zumindest Shahira freundlich an. »Seid gegrüßt ihr zwei, habt ihr alles bekommen, was ihr holen wolltet?«

»Ja, haben wir und wie lief es bei euch, dir und Jinnass?«, fragte Shahira interessiert.

»Bei *mir* lief es gut, aber wie es bei unserem *Freund* Jinnass gelaufen ist, weiß ich nicht. Wir haben uns beim Reitstall getrennt und wollten uns dann vor der Schmiede wieder treffen. Ich kaufte uns zwei neue Lastpferde und als ich dann zur Schmiede ging, ja ratet mal, wer nicht mehr da war?

Der Hufschmied erzählte mir, dass ein seltsamer Elf, auf den Jinnass Beschreibung passte, da gewesen sei, aber sogleich wieder verschwand.«

»Vielleicht hatte er keine Lust auf Eure freundliche Gesellschaft?«, fragte Xzar und man hörte trotz der Kapuze, die er nun wieder trug, dass er lachte.

Prompt kam von Kyra die Antwort. »Vielleicht ist er auch nur einem dunklen Geschäft nachgegangen. Eins von den Geschäften, denen…«

»Denen ich sonst auch nachgehe, wenn Ihr mich mal gerade nicht im Auge habt? Wolltet Ihr das sagen?«, unterbrach Xzar sie, während er sich langsam erhob. Er machte einen eleganten Schritt und stand dann hinter seinem Stuhl.

»Ihr vertraut mir nicht«, sagte er und schritt langsam um den Tisch herum. »Ihr denkt, ich würde auf einen passenden Augenblick warten, meiner *finsteren und verdorbenen* Seele freien Lauf zulassen«, fuhr Xzar fort und schritt hinter sie. Seine Finger glitten dabei über die Tischplatte, bis sie ihr Ziel auf der Stuhllehne der Magierin fanden. »Und mit welcher

Absicht? Vielleicht Euch oder einen der anderen hinterlistig beiseitezuschaffen?«, fragte er jetzt leise und seine Finger trommelten auf der Lehne. »Nicht wahr, Kyra? Genau das denkt Ihr doch von mir«, stellte er fest und neigte seinen Kopf nun näher an das Ohr der Magierin.

Kyra blieb erstarrt sitzen und versuchte ihm mit ihrem Blick zu folgen. Doch als er hinter ihr war, sah sie zu Shahira. Die Blicke der beiden Frauen trafen sich. Shahira wusste nicht, ob sie etwas darauf sagen oder Xzar einfach sein Spielchen beenden lassen sollte. Sie versuchte Kyra mit einem angedeuteten Lächeln zu beruhigen. Dem Blick der Magierin nach zu urteilen, gelang ihr dies nicht. Shahira erahnte Kyras Gedanken und sie verspürte ein unbehagliches Gefühl, welches wohl auch ihre Freundin empfand.

»Xzar ...«, begann Shahira beruhigend, doch er hob die Hand, was sie einhalten ließ. Sie spürte, dass Xzar ihrer Freundin nichts Böses wollte, doch ob dieses Verhalten das Misstrauen senken würde, welches Kyra ihm gegenüber empfand? Sie bezweifelte es.

»Vielleicht, bin ich ja auch ein Dieb und nutze eure Gesellschaft nur aus?«, flüsterte er, während seine Hand sanft durch das rotblonde Haar der Magierin fuhr. Er ließ zwei, drei Strähnen zart durch seine Finger gleiten. Kyra zog den Kopf beiseite und Xzar richtete sich auf, um weiter, um den Tisch herum zu schreiten. Nachdem er auf der anderen Seite war, legte er sanft seine Hand auf Shahiras Schulter. Zärtlich und fast schon liebkosend spielte er nun mit ihren blonden Strähnen. Er ließ sie ebenfalls durch seine Finger gleiten und machte dann einen weiteren Schritt, um zu seinem Stuhl zu gelangen. Ohne weitere Worte setzte er sich wieder hin. Dann sah er Kyra unumwunden an und nahm sich seinen Krug. »War es das, was Ihr hören wolltet?«

Kyra saß noch immer erstarrt da und blickte zu Shahira, als erwartete sie eine Antwort ihrer Freundin. Nach einem kurzen Augenblick wandte sie ihren Blick von Shahira ab und sah dann gedankenversunken auf den Tisch und kaum hörbar sagte sie, »Nein ... nein, so etwas wollte ich Euch nicht unterstellen. Entschuldigt.«

Shahira wollte die Hand ihrer Freundin nehmen, doch die Magierin zog sie weg.

»Es war doch nur ein Scherz ...«, begann Shahira, als Jinnass an den Tisch herantrat.

»Seid gegrüßt«, sagte er beiläufig. »Ah, Kyra Lotring, Ihr seid schon da, Pferde bekommen?«

Die Magierin sah ihn verwirrt an, dann atmete sie tief ein. Shahira ahnte, was nun folgen würde. Die aufgestaute Wut über Xzars Neckerei, würde nun der Elf zu spüren bekommen.

Kyra funkelte ihn streng an und die Kieferknochen der Magierin mahlten einen Augenblick, bevor sich ihre Wut entlud. »Ihr fragt mich das, als sei nichts gewesen?!«

Jinnass hob die Augenbrauen. Fragend sah Kyra ihn an. Als keine Antwort des Elfen kam, stieg ihr eine drohende Röte ins Gesicht. »Aber gut Jinnass, um Euch keine Antwort schuldig zu bleiben: Ja! Ich habe neue Lasttiere bekommen. Schöne, große und kräftige Lasttiere! Und wo habt Ihr gesteckt, nachdem Ihr beim Hufschmied wart? Im Wald? Auf einem Baum? Singend und zwitschernd mit den Vögeln?«

Jinnass sah sie überrascht an und als er die Blicke der anderen beiden suchte, zuckte Shahira nur mit den Schultern. Von Xzar kam keine Reaktion und dass er unter der Kapuze grinste, sahen sie nicht. Jinnass sah wieder zu Kyra, bevor er versuchte, sich zu erklären. »Ich habe eine Nachricht zurückgelassen. Habe den Rest erledigt, Wasser und Proviant gekauft«, dann schüttelte er irritiert den Kopf. »Wie kommt Ihr darauf, dass ich mit den Vögeln zwitschere?«

Kyra musterte ihn misstrauisch. »Nein, der Schmied hat nichts von einer Nachricht erwähnt. Seid Ihr sicher, dass Ihr ihm etwas gesagt habt?« Seine letzte Frage ignorierte sie.

»Ja. Warum sollte ich lügen?«, fragte Jinnass unschuldig und hob abwehrend die Hände.

Bevor Kyra noch etwas sagen konnte, wurden sie unterbrochen.

»Seid gegrüßt, meine Freunde.« Es war Borion, der sich zu der Gruppe gesellte. »Und habt ihr alles beschafft?« Er setzte sich an den Tisch. Von dem Streit schien er nichts mitbekommen zu haben. Jinnass nutzte die Unterbrechung, um sich ebenfalls schnell hinzusetzen.

»Bei uns lief alles bestens«, antwortete Xzar, um das Thema zu wechseln.

»Bei uns gab es nur ein paar *Abspracheschwierigkeiten*, aber ansonsten lief alles wie erwartet«, sagte Kyra und Jinnass erntete einen finsteren Blick von ihr.

Borion nickte zufrieden. »Das ist gut. Bei mir auch. Ich habe einige Heiltränke und Verbandszeug bekommen zu einem ziemlich günstigen Preis. Die nächsten drei Tage könnt ihr euch erholen und tun, was euch beliebt. Danach wollen wir mit den weiteren Planungen beginnen und das nächste Reiseziel besprechen.«

Die Gruppe saß noch eine Weile zusammen und sie unterhielten sich. Zu späterer Stunde gingen sie dann zu Bett. Kyra hatte den ganzen Abend nicht mehr mit Xzar und Jinnass gesprochen, außer vielleicht mal ein *Ja* oder *Nein*. Shahira hatte ein schlechtes Gewissen, da sie ihrer Freundin gegen Xzars Schauspiel nicht beigestanden hatte. Da sich die beiden Frauen ein Zimmer teilten, wartete Shahira, bis sie alleine waren. »Kyra, bist du wütend auf mich?«

»Sollte ich das sein?«, kam von der Magierin.

Shahira ging hinüber und setzte sich neben ihr aufs Bett. »Weil ich nicht eingegriffen habe, als Xzar ...«

Kyra unterbrach sie. »Was hättest du tun sollen? Ich glaube nicht, dass er sich davon abbringen lassen wollte. Er hatte sichtlich Spaß daran.«

»Ich glaube schon, dass er aufgehört hätte. Kyra, wir beide kennen uns Ewigkeiten, aber ich verstehe dich in diesem Punkt nicht. Warum bist du so davon überzeugt, dass Xzar uns feindlich gesonnen ist?«

»Er und Jinnass«, korrigierte die Magierin ihre Freundin.

»Gut. Er und Jinnass. Bei Jinnass kann ich deinen Unmut sogar verstehen. Doch Xzar hat nichts getan, was darauf hinweist.«

»Er versteckt sich unter seiner Kapuze.«

»Und das ist für dich ein Grund?«, fragte Shahira überrascht. Sie überlegte, ob sie ihrer Freundin erzählen sollte, dass sie wusste, wer sich dort drunter versteckte, doch sie behielt es erst mal für sich.

»Grund genug, um misstrauisch zu bleiben, ja.« Kyra seufzte. »Und nein, ich bin nicht wütend auf dich. Doch jetzt lass uns schlafen, ich bin müde«, beendete Kyra das Gespräch.

Jetzt seufzte Shahira. Sie kannte ihre Freundin gut genug und sie wusste, dass Kyra noch einmal mit ihr darüber reden würde.

Am nächsten Tag stellte Shahira fest, dass die Händlerzelte der Nordländer abgebaut waren. Xzar schien recht behalten zu haben, was die Männer betraf. Vielleicht hätten sie doch die Stadtwache informieren sollen. Doch anderseits, wer wusste schon, wie lange sie das aufgehalten hätte. Immerhin mussten sie den Tempel vor Tasamin und seinen Schergen finden.

Die nächsten drei Tage verbrachte Shahira viel Zeit mit Xzar und Kyra. Auch wenn sich die beiden immer mal gegenseitig angifteten, waren die Tage dennoch sehr erholsam. Von Jinnass fehlte in diesen Tagen jede Spur. Sie vermuteten Ihn außerhalb der Stadt, denn seine Abscheu gegen geschlossenen Räume hatte er ihnen mehr als einmal kundgetan. Borion hielt sich größtenteils in der Bibliothek auf, sprach dort mit Heros, um weitere Informationen zu sammeln, und versuchte etwas über die fehlenden Kartenteile in Erfahrung zu bringen.

Als Shahira am zweiten Tag mit Kyra durch einen großen Park spazierte, bemerkte Kyra irgendwann spitz, »Xzar trifft sich sicher mit Jinnass. Die beiden planen etwas. Da bin ich mir sicher.«

»Kyra, traust du Xzar immer noch so wenig wie Jinnass? Wir waren gestern den ganzen Tag zusammen und er hat sich dir gegenüber nicht unfreundlich verhalten. Im Gegenteil, er hat sich sogar bei dir entschuldigt und uns beiden die Früchte auf dem Markt ausgegeben«, sagte Shahira beschwichtigend.

»Ich weiß, aber er ist dennoch seltsam. Er hat noch keinem sein wahres Gesicht offenbart. Wenn er nichts zu verbergen hat, warum macht er es dann? Und ja, er hat sich gestern nett verhalten, doch vielleicht ist das auch nur Ablenkung. Anfangs hatte ich keine Bedenken gegen Jinnass. Doch er ist mir nicht mehr so geheuer, nach der Sache mit dem Schmied und jetzt treibt er sich ... ich meine, er ist die letzten Tage nicht mehr aufgetaucht«, antwortete Kyra nachdenklich.

Nach kurzem Überlegen sagte Shahira, »Aber er hatte dem Schmied doch eine Nachricht hinterlassen. Was kann er dafür, wenn dieser sie nicht weitergibt? Und dass er jetzt verschwunden ist, kann man auch leicht erklären. Er ist ein Elf, also wird er sich irgendwo draußen im Wald aufhalten. Du hast es doch selbst oft genug gesagt: Elfen sind seltsam.«

»Ja, das mit dem Wald wäre eine Erklärung, nur mit der Nachricht nicht. Ich war gestern noch mal beim Schmied und habe ihn gefragt, ob er vergessen hat, mir etwas von dem Elfen auszurichten, doch er konnte sich nicht erinnern, dass Jinnass ihm mehr als den Auftrag für das Beschlagen der Pferde mitgeteilt hatte. Das ist schon seltsam. Entweder der Schmied lügt, was ich jedoch nicht glaube, denn was für einen Grund hätte er oder Jinnass lügt«, erklärte Kyra überzeugt.

»Ja, das ist schon merkwürdig, aber ...«, fing Shahira an zu reden, als sie von Kyra unterbrochen wurde, »Und Xzar, der ist ebenso merkwürdig. Wie ich es bereits sagte, er versteckt sein Gesicht stets unter der Kapuze. Er zeigt keinem seine Augen. Das macht man nicht, wenn man nichts zu verbergen hat. Und niemand weiß, wo er her kommt. Er erzählt kaum was von sich.«

Shahira musste unwillkürlich lächeln, da sie wieder an Xzars Gesicht dachte. Seine leuchtenden Augen, die glatte Haut und das freundliche Lächeln. Kyra bemerkte den träumerischen Gesichtsausdruck ihrer Freundin und schüttelte ungläubig den Kopf.

»Oh nein!! Was bedeutete dieser Blick? Du hast ... Nein, sag mir nicht, er fasziniert dich? *Dieser* Kerl hat dich verzaubert! Bist du denn völlig blind!«, zeterte sie laut los.

»Jetzt hör aber mal mit deinen Anschuldigungen auf«, fuhr Shahira ihre Freundin schroff an. »Du verhältst dich wie ein kleines Kind. Er hat sich mir bereits offenbart und du irrst dich!«

Kyra, der erst jetzt klar wurde, was sie da eben gesagt hatte, entschuldigte sich. »Oh Shahira, es tut mir leid, ich wollte dich nicht angreifen. Ich bin im Augenblick leicht gereizt wegen der angespannten Situation.«

»Ist schon gut, Kyra. Nur wenn du niemandem vertraust, wird dir bald auch niemand mehr trauen und das gefährdet unsere Reise und vielleicht sogar dein und unser aller Leben«, erklärte Shahira und griff dabei schon fast flehend nach der Hand der Magierin.

Kyra erkannte die ehrliche Sorge in Shahiras Stimme und seufzte. »Ich fürchte nur, dass jemand uns verraten könnte. Auch das Auftauchen des Nekromanten und dieser Schergen auf dem Markt, die den Bibliothekar angriffen, das kann doch kein Zufall sein. Als würde er unsere Schritte vorausahnen. Findest du das nicht auch merkwürdig?«

Jetzt seufzte Shahira. »Ja, ist es. Aber wir haben auch kein Geheimnis um unsere Pläne gemacht. Nachzuverfolgen wo wir sind und wo wir entlang reisen, sollte für jeden mit ein wenig Nachforschung herauszufinden sein.«

Kyra nickte. »Lass uns einfach vorsichtig sein, wem wir vertrauen. Mehr möchte ich doch auch gar nicht.«

Shahira begriff, was ihre Freundin meinte und sie war kurz davor, ihr zu erzählen, was sie von Xzar wusste. Und doch hielt sie damit zurück. Wie hatte er es ausgedrückt: Der richtige Zeitpunkt war noch nicht gekommen.

Die beiden schlenderten noch eine Weile durch die Straßen und unterhielten sich zwanglos. Kurze Zeit später trennten sich ihre Wege, da Kyra noch in den Tempel der Tyraniea wollte, um ihrer Göttin zu huldigen. Vielleicht brauchte sie aber auch nur etwas Ruhe, um über die Ereignisse nachzudenken.

Irgendwann in Kurvall

»Sie haben noch nichts bemerkt?«, zischte die Stimme in der Dunkelheit und klang dabei zufrieden.

»Nein, Herr und Meister. Sie vertrauen mir voll und ganz! Und wir haben einen zweiten Kartenteil erhalten. Ihr hattet recht, Herr. Der Wicht aus der Bibliothek hatte sie.«

»Gut. Sehr gut. Mach weiter so und du wirst deinen Lohn erhalten. Yakuban hat das Schwert und die Rüstung. Er verlässt die Stadt nach Norden. Es läuft alles so, wie es geplant war. Und jetzt geh! Finde den Weg zum Tempel.«

»Ja, Herr und Meister!«

Das dunkle, triumphierende Lachen folgte der davon eilenden Person.

Die Vision

Shahira schlenderte durch die engen Gassen der Stadt. Die Sonne stand schon tief am Himmel und es würde nicht mehr all zu lange dauern, bis sie ganz hinter dem Horizont verschwunden war. Es war niemand mehr zu sehen und an den Häusern, an denen sie vorüber schritt, waren die Verschläge bereits geschlossen. Sie schaute sich um, doch auch hinter ihr war niemand mehr auf der Straße. Ihr fröstelte leicht und unbewusst tastet sie nach ihrem Schwert. Es beruhigte sie, den lederumwickelten Griff zu spüren. Sie ging schneller, doch jeder ihrer Schritte kam ihr schwerer vor als der vorherige. Es fühlte sich fast so an, als würde eine unsichtbare Kraft ihre Beine langsam lähmen. Vielleicht lag es aber auch daran, dass es an diesem Abend ungewöhnlich kühl war für die Jahreszeit.

Shahira blieb stehen. Es war totenstill um sie herum. Ihr Atem schlug kleine Dampfwolken in die Dunkelheit. Dann hörte sie Geräusche, die wie dumpfe Trommelschläge durch das Zwielicht hallten. Zwielicht? Wo war es? Der Himmel war dunkel und das Licht des Tages war fort. Am Ende des Weges fiel ein fahler Lichtschein auf die Straße, in der anderen Richtung war es ebenfalls finster. Sie erstarrte und versuchte nicht zu atmen. Sie lauschte angespannt und die Geräusche wurden lauter. Ihr Körper begann zu zittern und ein eisiges Gefühl lief ihre Arme und Beine herunter. Wo Xzar jetzt gerade war?

Sie legte erneut eine Hand auf ihren Schwertknauf. Wo sollte sie hin? Vielleicht in die nächste Seitengasse?

Nein, der Weg war zu weit. Sie dachte daran wegzulaufen, doch ihre Beine fühlten sich von der Kälte wie betäubt an. Und vor allem, wo sollte sie hin oder besser noch, wovor wollte sie fliehen? Noch sah sie nichts, hörte nur dieses Gestampfe auf dem Boden. Vorsichtig zog sie ihr Schwert. Das Schleifen der Klinge, als es aus der Scheide fuhr, klang verzerrt. Ihre Hände zitterten und kalter Schweiß bildete sich in ihren Handflächen und auf ihrer Stirn. Die Geräusche wurden lauter. Sie konnte es jetzt deutlich hören: Pferdehufe! Wie viele waren es und von wo kamen sie?

Ihr Herz schlug schneller, blanke Panik ergriff sie und erneut wollte sie einfach nur wegrennen, als es geschah: Aus der Dunkelheit preschten drei Reiter auf großen, schwarzen Kriegsrössern auf sie zu. Die Augen der Pferde leuchteten weiß. In den Sätteln saßen Gestalten in dunklen Gewändern. Shahira ging in die Knie, ihr Schwert schlagbereit hinter den Kopf gehoben. Die Reiter kamen schnell auf sie zu, sie schienen keine Anstalten zu machen, um anzuhalten. Shahira wusste, was das bedeutete. Die Pferde würden sie Niederreiten!

Dann zogen die Reiter ihre Schwerter. Trotz der Dunkelheit schimmerten die Klingen in einem matten silbergrau. Shahira spürte, wie ihr Herz schneller schlug. Sie blickte noch einmal zu den Reitern, die Hufe der Pferde schlugen auf die Straße, Staubwolken stießen empor. Shahira kam es plötzlich so vor, als wäre die Zeit um die Reiter herum verlangsamt, so schleichend wie sie sich ihr näherten. Ihr Herzschlag raste inzwischen, Schweißperlen rollten von ihrer Stirn. Noch ein Schritt und sie würde zertrampelt werden, doch dann!

Die Pferde hielten jählings vor ihr an und bäumten sich auf, ein greller Blitz fuhr vom Himmel herab und ließ diese unheimliche Szenerie hell erleuchten. Shahira wurde von dem gleißenden Schein geblendet und als sie dem Reiter vor ihr ins Gesicht sah, tanzten bunte Farbflecken vor ihrem Auge.

Eine der Gestalten wisperte und fauchte irgendwelche unverständlichen Wörter und riss dann das Schwert hoch. Shahira schloss die Augen. War es nun um sie geschehen? Nein, das durfte nicht das Ende sein. Das Wispern des Reiters dröhnte in ihren Ohren. Der Ton riss an ihrem Verstand und löste einen quälenden Schmerz in ihrem Kopf aus. Fast drohte sie in eine Ohnmacht zu stürzen, da spürte sie die Bewegungen des sich schnell senkenden Pferdes.

»Nein!! Noch nicht!!«, brüllte sie und schlug zu. Ihr Schwerthieb ging ins Leere, die Klinge schnitt surrend durch die Luft. Schon drohte sie von dem ins Nichts gegangen

Schwung den Stand zu verlieren, fing sich aber mit einer Hand auf dem Boden ab. Schlagartig spürte Shahira, wie die Kälte von ihrer Haut schwand. War es das gewesen, war sie tot? Hatte der Reiter sie erwischt? Sie hatte nicht einmal den Schmerz gespürt.

Xzar stand bei Bennan ni Madras, einem Schmied mit großer Begabung. Er sah ihm eine ganze Weile bei der Arbeit zu, ohne ihn zu stören. Er war fasziniert, wie der Handwerker mit dem heißen Eisen umging. Xzar fragte sich, was für ein besonderes Geschick es benötigte, solche Waffen zu fertigen. Die noch unförmige Klinge glühte in einem Rotgold. Und immer wieder schlug der Schmied mit seinem dicken Hammer auf sie ein. Die Schneide, die sie einst werden sollte, bog und formte sich. Noch einmal in die heiße Glut, dann folgten weitere Hammerschläge. Die Muskeln des Mannes spannten sich und seine Haut glänzte vor Schweiß. Am Ende würde er die Klinge in einen Eimer mit Wasser tauchen und sie dann über den Schleifstein fliegen lassen, bis die Funken sprühten. Xzar war sich sicher, dass diese Waffe ihr Geld wert sein würde.

Nach einigen Stunden ging er weiter. An einer leicht übersehbaren Straßenecke fand er einen Tempel des Bornar, den man den Herrn der Schatten nannte. Es war ein unscheinbares Haus und ihm fehlte jeder Glanz des Ruhmes und der Lobpreisung, wie Xzar sie in Barodon an den Tempeln gesehen hatte. Er verharrte einen Augenblick und musterte die dunklen Steinstatuen davor. Sie zeigten vermummte Personen mit Schwertern in den Händen. Die Gesichter waren nur schemenhaft angedeutet und dennoch hatte er das Gefühl, dass unsichtbare Augen ihn beobachteten. Nie zuvor hatte er einen Tempel Bornars betreten. Das mochte daran liegen, dass er bisher nicht viele Berührungspunkte mit dem Glauben an die großen Vier gehabt hatte. Zwar hatte er das ein oder andere gehört, aber für ihn selbst war dies alles noch fremd. Anderseits hatte er auch noch nicht so viele Großstädte besucht, in denen Tempel waren.

Wie er jetzt so vor dem Tempel stand, fragte er sich, was wohl an den Geschichten dran war? Er überlegte kurz und mit der Hoffnung auf Antworten führten seine Schritte ihn hinein. Er ging langsam durch einen schwach beleuchteten, steinernen Flur, der in einem weiten Raum endete. In der Halle waren bis auf drei vermummte Gestalten keine anderen Personen. Xzar wusste nicht, ob es sich bei ihnen um Wächter oder Betende handelte. Sie beachteten ihn nicht und doch hatte er das Gefühl, als würden verborgene Augenpaare ihn prüfend mustern. Nervös umschlang er den Griff seines Dolches am Gürtel.

Rechts und links neben dem Mittelgang standen große Säulen aus schwarzem Basalt, in die feine Verzierungen eingemeißelt waren. Der Boden war mit dunklen Platten gepflastert, die mit jedem Schritt einen hallenden Klang von sich gaben. Die Vermummten standen an drei Seiten um eine große, schwarze Kugel herum, doch ihre Blicke wiesen von dieser fort. Also waren es wohl Wächter. Denn die Kugel schien das Einzige in diesem Tempel zu sein, dem man Aufmerksamkeit schenken konnte.

Xzar verlangsamte seinen Schritt. Sein Magen drohte ihm mit einem flauen Gefühl, je näher er der Kugel kam. Dennoch ging er weiter, bis er endlich vor der Sphäre stehen blieb und sie genauer betrachten konnte. In ihrem dunklen Inneren bewegten sich wirre Schatten hin und her, als wären verzerrte Körper dort gefangen. Immer hektischer wirbelten sie herum, je länger Xzar sie beobachtete. Irgendwas drängte ihn, die Kugel zu berühren. Forderten die Schatten von ihm Tribut? Er fragte sich, welche geheimnisvolle Kraft hier am Werke war? Er kämpfte nicht einmal dagegen an und legte seine Hand auf die glatte Oberfläche. Sie fühlte sich warm an. Dann verlor die Kugel ihre feste Masse und Xzars Hand tauchte in eine dunkle, zähe Flüssigkeit ein. Erst wollte er sie zurückziehen, als er aber bis auf ein Kribbeln auf der Haut nichts spürte, ließ er es geschehen. Plötzlich berührte einer der Schatten ihn und ein kalter Blitz zuckte durch seinen Arm, gefolgt von einem eisigen Brennen. Ein gleißendes Leuchten vor seinem inneren Auge riss ihn fort. Er sah Gesichter. Da war sein Bruder, nein doch nicht, sein Lehrmeister und Vater, sie warten tot oder doch nicht? Lagen sie nur am Boden und rührten sich nicht? Ihre Mienen schauten ihn schmerzverzerrt und hilfesuchend an. Sie reckten die Arme nach ihm aus, berührten ihn an der Schulter und den Beinen. Immer mehr Hände kamen aus dem Dunklen auf ihn zu.

Xzars Körper begann zu krampfen und zu zittern. Er versuchte sich von den Gestalten loszureißen. Versuchte wegzukommen, als ihn die Kraft verließ und er zu Boden sank. Seine Beine hatten nachgegeben und nur seine Hand, noch immer gefangen in der wabernden Masse, zitterte und bebte. Dann war da noch ein weiteres, ihm vertrautes Gesicht im Gewirr der Schatten: Es war Shahira! Sie lag auf einer Steinplatte, am Hals hatte sie eine tiefe, blutende Wunde und vor ihr stand ein in schwarze Tücher gehüllter Mann. Er hielt ein blutiges Schwert in seiner Hand, lachte verzerrt auf und schlug dann mit einem Hieb auf Shahira ein.

Xzar wollte schreien, doch seine Stimme versagte. Er wollte nach der jungen Frau greifen, doch ihm fehlte jede Kraft. Er versuchte aufzustehen, bäumte sich gegen die Kraftlosigkeit auf. Mit einem kräftigen Ruck und einem erneuten, fast die Sinne raubendem Schmerz, riss er sich los. Er stürzte nach hinten und schlug hart auf den Steinplatten auf. Für einen Augenblick schummerte ihm, dann erhob er sich vorsichtig und starrte auf die jetzt wieder feste, gläserne Kugel. Die Schatten waren verschwunden und die vermummten Gestalten, die eben noch in dem Tempel gewesen waren, ebenfalls. Er war alleine. Langsam drehte er sich um. Er schleppte sich in Richtung Ausgang, dabei spürte er, wie das Gefühl wieder in seine Beine zurückkam. Mit jedem Schritt wurde er schneller, bis er schließlich rannte. Er musste sich beeilen, um zu Shahira zu kommen.

Er hastete zurück zum Gasthaus, ohne auf die Umgebung um in herum zu achten. Keuchend und mit schmerzenden Stichen in der Seite kam er am Gasthaus an, doch Shahira war nicht da.

Xzar saß vor einem, mit weißen Laken bezogenem, Bett, auf dem Shahira lag. Sie schlief schon seit einem halben Tag. Immer wieder murmelte sie fremdartige Worte oder zischte seltsame Töne vor sich hin. Unverständliches Zeug, als hätte sie der Wahnsinn im Traum gepackt. Dann drehte sie sich im Schlaf weg, doch Xzar hielt sie sanft fest. Der Mann, der Shahira vor seinem Haus gefunden hatte, berichtete ihnen, dass sie einfach umgefallen sei. In ihrer Hand hatte sie ihr Schwert gehalten und ihr Gesicht sei bleich wie Schnee gewesen. Kein Gegner war zu sehen gewesen. Sie hatte ganz alleine auf der Straße gelegen und das in einer Gegend, wo Ortsfremde nur selten hinfanden. Er beteuerte, dass sie Glück gehabt hatte, dass so ein rechtschaffener Bürger, wie er, sie gefunden hatte. Wer wusste schon, was ein anderer ihr alles hätte antun können, so hilflos wie sie gewesen war. Er aber war sich sogleich sicher gewesen, dass sie nicht aus der Stadt war und sie bestimmt in einem der Gasthöfe für Reisende bekannt sein musste. Also hatte er sie in sein Haus gebracht und den Medikus geholt. Dieser hatte sie dann untersucht und er kannte sie von der Hilfe an dem Bibliothekar. Xzar verstand, worauf der *rechtschaffene Bürger* hinauswollte und gab ihm als Dank zwei Silbermünzen.

Seitdem war er nun bei ihr und legte der jungen Abenteurerin immer wieder kalte Umschläge auf die fiebrige Stirn. Er fragte sich, was er im Tempel gesehen hatte? War es eine Warnung gewesen? Was mit Shahira geschehen war, konnte er sich ebenfalls nicht erklären. Vielleicht würde sie ihm etwas mehr darüber berichten, sobald sie wieder wach wurde. Wie lange dies dauern mochte, hatte selbst der Medikus ihm nicht sagen können.

Zwischendurch kamen Kyra und Borion vorbei, um ebenfalls nach ihr zu sehen, doch erst am späten Nachmittag schlug Shahira ihre Augen auf.

»Na, wieder wach?«, fragte er sanft.

»...Xzar? Bin ich tot?«, waren ihre ersten zittrigen Worte.

»Nein, meine Liebe, du lebst. Alles wird wieder gut werden. Shahira, ich habe mich um dich gesorgt. Weißt du noch, was passiert ist? Hat dich jemand angegriffen?«

»Angegriffen? Nein ... ich weiß nicht«, antwortete sie ihm schwach, den Blick von ihm abwendend. Sie erinnerte sich an jede Einzelheit, doch wollte sie den anderen keine Angst machen. Davon hatte sie selbst schon genug.

»Ich bin froh, dass du wieder wach bist«, sagte Xzar sanft und nahm ihre Hand fest in die seine. Zuerst zog Shahira ihre Hand zurück, doch dann ließ sie die Berührung zu. Er reichte ihr einen Becher mit Wasser und gab erst Ruhe, als sie ihn geleert hatte. Dann legte er ihr ein wenig Brot und etwas Käse auf einen Teller, den er ihr reichte. Dankend nahm sie ihn entgegen und aß alles auf. Danach ließ sie sich zurück auf ihr Bett sinken, schloss die Augen und dachte nach. So lag sie eine Zeit still da und Xzar musste denken, sie wäre wieder eingeschlafen. Irgendwann hörte sie, wie er den Raum verließ.

Bis zum Abend hatte Shahira sich körperlich wieder soweit erholt, dass sie sich zu den anderen in den Schankraum gesellte. Kyra und Borion waren erleichtert, dass es Shahira wieder besser ging und sie fragten, ob sie sich an irgendwas erinnern konnte. Xzar erzählte den beiden, was er von Shahiras Retter erfahren hatte und dass sie selbst sich an nichts mehr erinnern konnte. Shahira war innerlich dankbar, dass Xzar das Reden übernahm, denn so musste sie ihren Gefährten nicht mehr Rede und Antwort stehen. Die Erinnerung an das Erlebte jagte ihr noch immer einen Schauer durch den Körper.

An diesem Abend ging Shahira früher als gewohnt schlafen, auch wenn sie den ganzen Tag im Bett gelegen hatte, so waren ihre Albträume eher erschöpfend gewesen. Außerdem drückte ihr die seltsame Vision aufs Gemüt und sie wusste, dass sie sich noch oft Gedanken über das Erlebte machen würde.

Als Shahira nach oben gegangen war, setzte sich Kyra zu Xzar.

»Was glaubt Ihr, dass ihr passiert ist?«, fragte sie ihn.

»Das weiß ich auch nicht.«

»Hat sie Euch nicht vielleicht doch etwas mehr erzählt?«, hakte sie nach.

Xzar schüttelte den Kopf.

»Soll ich Euch das glauben? Man sieht es Menschen ganz gut an den Augen an, wenn sie lügen. Aber das fällt ja bei Euch weg, denn Ihr verbergt Euch ja noch immer.«

Xzar seufzte. »Kyra, was soll das hier werden?«

»Ich frage Euch doch nur etwas«, sagte sie grimmig.

»Ja, Ihr fragt mich aus. Doch dazu habe ich wenig Lust.«

»Und ich habe wenig Lust, immer ein Auge auf meinen Rücken zu haben, nur weil jemand wie Ihr seine Spielchen mit uns treibt. Vielleicht beeindruckt Ihr Shahira, mich jedoch nicht.«

Xzar schob seinen Krug beiseite und stand auf. »Verzeiht, werte Magistra, aber ich ziehe mich jetzt zurück.«

»Würdet Ihr es mir verraten, wenn Shahira in Gefahr wäre?«, fragte sie, ohne sich zu ihm umzudrehen.

Als keine Antwort von ihm kam, sah sie zu ihm. Er war einige Schritte hinter ihr stehen geblieben. Dann wandte er seinen Kopf in ihre Richtung. Unter der Kapuze war ein leichtes Nicken zu erkennen, bevor er sich endgültig von ihr wegbewegte.

Am nächsten Tag trafen sich alle zur Mittagsstunde im Gasthof. Dieses Mal war auch Jinnass anwesend, der Kyras misstrauische Blicke nicht beachtete.

»Seid gegrüßt meine Freunde«, eröffnete Borion das Gespräch. »Ich hoffe, ihr hattet ein paar erholsame Tage, trotz der gestrigen Ereignisse. Ich habe eine schlechte und eine gute Nachricht. Die Schlechte ist: Unsere fehlenden Kartenteile sind sehr wahrscheinlich in den Händen von Tasamin.« Er machte eine Pause, um seine Worte wirken zu lassen, dann fuhr er lächelnd fort, »Die gute Nachricht: Ohne die anderen zwei Teile kann er den Tempel nicht finden. Was aber auch bedeutet, dass wir nicht vor ihm sicher sein werden auf unserer Suche, da unsere Karte den Weg weist. Ich schlage vor, wir brechen schon Morgen auf. Wir werden dann ein wenig abkürzen, indem wir uns nach Nordwesten wenden, wo wir dann auf die Straße zwischen Bergvall und Sillisyl treffen und uns dann Richtung Bergvall bewegen. So vermeiden wir den Umweg über die alte Grenzbastion, was uns eineinhalb Tage Zeitersparnis bringen wird. Was meint ihr?«

Die anderen waren einverstanden und somit war die Planung zum Aufbruch in vollem Gange. Shahira war froh über die Ablenkung, denn obwohl sie fast die halbe Nacht über die Vision nachgedacht hatte, konnte sie sich keinen Reim daraus machen. Sie hatte das Gefühl etwas über diese Reiter zu wissen, doch ihr fiel nicht ein, was es war. Sie wollte jetzt nur aus der Stadt raus und jegliche Erinnerung zurücklassen.

Aufbruch nach Bergvall

Am nächsten Morgen, als Shahira und Kyra beim Frühstück saßen, kamen Borion und Jinnass vom Hof herein. »Ah, seid gegrüßt ihr beiden. Auch noch mal aufgewacht? Jetzt warten wir nur noch auf Xzar. Jinnass hat mir bereits geholfen, die Pferde zu satteln und zu beladen«, sagte Borion gut gelaunt.

»Ebenfalls einen guten Morgen. Ist Xzar noch nicht da?«, fragte Shahira verwundert.

»Nein, bis jetzt noch nicht, aber ich sehe gerade, dort kommt er«, sagte Borion und deutete auf die Treppe, wo Xzar mit langsamen Schritten auf sie zukam. Er hatte seinen Reiserucksack in der Hand. »Guten Morgen, entschuldigt die Verspätung. Sind wir bereit für den Aufbruch?«

»Euch auch einen guten Morgen. Jetzt ja«, erwiderte Borion mit einem Lächeln.

»Nun gut, meinetwegen können wir aufbrechen. Sind die Damen auch bereit?«, fragte Xzar höflich.

Shahira lächelte ihn an, doch bevor sie ihm antworten konnte, nahm ihr Kyra eine Antwort vorweg. »Spart Euch Eure Schmeicheleien, damit beeindruckt Ihr niemanden! Lasst uns lieber aufbrechen.«

Shahira sah, weiter lächelnd, in Xzars Richtung. Dieser hob leicht den Kopf und zog die Kapuze ein Stück nach hinten, sodass Shahira seinen geheimnisvollen Blick und seine strahlend weißen Zähne sehen konnt, die er ihr amüsiert lächelnd preisgab. Ihr Bauch kribbelte leicht. Kyra hatte ihr erzählt, dass er die ganze Zeit an ihrem Bett gewartet hatte. Mochte er sie? Sie jedenfalls tat es.

»Shahira?! Wo bist du nur wieder mit deinen Gedanken, wir wollen uns auf den Weg machen«, sagte Kyra schroff, auch wenn Shahira meinte, einen weichen Unterton in der Stimme ihrer Freundin wahrzunehmen. Dennoch brach sie den Blickkontakt zu Xzar ab und sah hastig zu Kyra rüber. Diese bemerkte ihre Nervosität. »Ist alles in Ordnung, du siehst so durcheinander aus?«

»Ja, sicher, lass uns gehen«, antwortete sie rasch.

Borion bedankte sich freundlich bei dem Wirt für die Gastfreundschaft und die Unterstützung mit dem Verletzten und bezahlte für die vergangenen Tage ihre Unterkunft.

Draußen waren die Lastpferde fertig beladen, so wie Borion es gesagt hatte. Die Reittiere waren gesattelt bis auf Jinnass' weißes Ross. Sein Pferd stand majestätisch neben den anderen und nur eine dünne Decke lag über seinem Rücken. Von diesem Pferd ging eine besondere Aura aus, die Shahira nicht erklären konnte. Das Tier bewegte sich mit einer gleichmäßigen Anmut und der Elf zog es vor, den Hengst nicht mit einem Sattel zu belasten. Er war der Meinung, dass sein Pferd mit ihm schon genug zu tragen hatte.

Die Straßen waren in ein seltsames milchiges Licht getaucht und es war noch kaum eine Menschenseele auf den Wegen zu sehen. Ein leichter Nebel lag über dem Boden und die Pferde schienen beunruhigt, denn sie schnaubten nervös und erst als Jinnass ihnen etwas ins Ohr flüsterte, setzten sie sich in Bewegung.

Shahira überlegte, ob es mit der Magie der Elfen zutun hatte oder ob Jinnass einfach nur gut mit Tieren umgehen konnte, denn seinem Pferd hatte er nichts sagen müssen. Eine Antwort auf diese Frage blieb ihr der Elf schuldig, denn ihre fragenden Blicke ignorierend, ritt er los. Die Wachen am Stadttor beachteten die Reiter kaum und ließen die Gruppe mit einem knappen Gruß passieren. Somit lag der Weg Richtung Bergvall und Blaueichenwald nun vor ihnen.

Sie trabten langsam, da die Straße hier am Nordtor nicht im besten Zustand war. Stellenweise sahen sie hochstehende Steine, die von unterirdischen Wurzeln nach oben gedrückt worden waren. Der tief hängende Morgendunst erschwerte ihnen die Sicht zusätzlich. Dieser Weg wurde normalerweise nicht viel genutzt. Die Straße am Westtor war wesentlich zugänglicher für Reisende und so besserte man eher dort die Wege aus als hier. Zu ihrer Rechten lag ein kleiner Wald und links von ihnen breitete sich eine weite, grüne Ebene aus. Der

Nebel stieg mit fortlaufendem Morgen höher und verhüllte die Landschaft. Das Ganze wirkte wie ein romantischer Zauber. Als dann um die zehnte Stunde des Morgens die Wolkendecke brach und vereinzelte Sonnenstrahlen die Landschaft mit Licht flutete, verflogen die dünnen Nebelschwaden vollends und der Gesang der Vögel wurde lauter. Es schien fast so, als würden sie einen Begrüßungschor für die Sonne bilden. Der frische Tauduft stieg den Fünfen in die Nasen und alles deutete daraufhin, dass es ein warmer Tag werden würde.

Borion und Jinnass ritten vorne weg. Dahinter kamen Xzar und Shahira und ganz am Schluss Kyra. Die Magierin beobachtete die Gespräche zwischen ihrer Freundin und dem Mann neben ihr missmutig. Die beiden erschienen ihr viel zu vertraut. Trotz dieses Ärgernisses genoss auch sie das Wetter, wobei Jinnass sich hier anscheinend am wohlsten fühlte. Er atmete tief durch und die frische Luft, frei von Staub und begleitet vom Duft der Blumenwiesen, schien ihn aufzumuntern. Ein feines Lächeln lag auf den Lippen des Elfen und sein Blick schweifte immer wieder in die Ferne.

»Sagt Jinnass, aus welcher Region kommt Ihr genau? Ich habe noch nicht viele Elfen wie Euch gesehen, jedenfalls keinen mit solcher Haarpracht?«, fragte Borion neugierig.

»Ist es wichtig«, antwortete der Elf kühl.

Borion hob überrascht die Augenbrauen. »Nein, nicht unbedingt wichtig. Es hat mich interessiert, denn ich lerne gerne etwas über die Kulturen anderer Völker, ihre Herkunft und Traditionen. Ihr braucht es mir nicht zu sagen. Wobei eine Frage habe ich noch, wenn Ihr mögt. Habt Ihr schon gelebt, als es noch Zwerge gab?«

Borion erntete einen finsteren Blick des Elfen und somit endete der Versuch des Kriegers, etwas Genaueres über Jinnass in Erfahrung zu bringen. Allerdings war nicht klar, ob der drohende Blick etwas mit Borions Fragen zu tun hatte oder lediglich mit dem Wort *Zwerg*.

»Borion!«, rief Xzar heiter.

»Ja?«

»Es gibt die Zwerge noch. Sie leben nur sehr zurückgezogen«, sagte Xzar amüsiert und ignorierte das erneute Schnauben des Elfen.

»Ist das so? Habt ihr welche gesehen?«, fragte Borion nun interessiert.

»Ja, den einen oder anderen. Wenn Ihr wollt, erzähle ich Euch heute Abend am Feuer davon«, lachte Xzar.

Borion nickte und sein Blick verlor sich in der Ferne.

Xzar schmunzelte, denn er konnte sich vorstellen, was Borion jetzt durch den Kopf ging. Der Krieger war felsenfest davon überzeugt gewesen, dass es das tiefe Volk nicht mehr gab. Zugegeben, da war er bei Weitem nicht der Einzige.

Kyra war in der Zeit an die Spitze zu Jinnass geritten. Shahira und Xzar ritten gemächlich hinterher.

»Sag mal Xzar, wir reisen nun schon seit einigen Wochen, vermisst dich niemand in deiner Heimat?«, fragte Shahira vorsichtig.

Xzar sah sie verwundert an. »Ich«, er überlegte, »denke nicht. Jedenfalls noch nicht. Wenn, dann irgendwann mein Lehrmeister oder mein Vater.« Er stockte und Shahira nahm trotz der Kapuze wahr, wie er heftig schluckte. »Nein, es wird mich noch niemand vermissen.«

Shahira dachte einen Augenblick nach. »Habe ich etwas Falsches gefragt?«

Er schüttelte den Kopf. »Nein, es war nur eine Erinnerung. Was ist mit dir? Wartet ein Mann auf dich?«

Shahira sah ihn überrascht an. »Was? Wie kommst du darauf?«, stammelte sie unsicher. So unverblümt hatte sie solch eine Frage nicht stellen und schon gar nicht hören wollen. Jetzt wünschte sie sich auch eine Kapuze, um ihr Gesicht zu verbergen. Sie spürte wie ihre Wangen sich erwärmten und sie war sich sicher, dass man einen zarten roten Schimmer auf ihnen sehen konnte.

»Oh, verzeih. Ich wollte dich nicht in Verlegenheit bringen. Ich dachte nur ... ich meine, das wolltest du doch auch von mir wissen, oder?«, fragte Xzar, dessen Stimme nun zweifelnd klang.

»Ja, vielleicht. Aber so fragt man das doch nicht!«

»Oh«, sagte er.

Es trat eine Pause ein. Xzar sah zu Shahira, die immer noch gerötete Wangen hatte. Sie starrte nach vorne. Einen Augenblick verharrte Xzars Blick auf ihr, doch als sie sich nicht rührte, wandte er seinen Blick auch wieder ab. Dann, als sie immer noch nichts sagte, seufzte Xzar leise. »Und?«

»Und, was?«, kam von Shahira kühl.

»Wartet jemand auf dich?«, fragte er vorsichtig.

»Nein, bis jetzt noch nicht. Aber ich will auch noch gar nicht an eine eigene Familie denken«, sagte sie und Xzar meinte zu hören, dass ihre Worte gepresst klangen, also fragte er vorsichtig weiter nach, »Wie meinst du das?«

Sie seufzte. »Mir würde das Reisen und die Abenteuer sicher fehlen. Manchmal träume ich von dem Klirren der Schwerter und dem Gefühl, durch den Wald zu reiten, auf der Suche nach neuen Abenteuern. Es ist dann so, als spüre ich den Wind durch meine Haare streifen, die Zügel in der Hand und das Geschrei der Gegner, wenn man sich in den Kampf stürzt.«

»Wirklich? Schade«, antwortete Xzar leise.

Shahira sah fragend zu ihm, doch er blickte nun nach vorne und schwieg.

»Und Ihr seid eine Kampfmagierin aus Barodon?«, fragte Borion derweilen Kyra, nachdem sie zu ihm aufgeschlossen hatte. Jinnass ritt gut eine Pferdelänge vor ihnen her.

»Ich bin eine ausgebildete Kampfmagierin aus den Türmen bei Barodon, ja. Mein Fachgebiet wird im Turm der Kraft gelehrt. Es beschäftigt sich mit der Verformung der Ströme und der Veränderung vorhandener mentaler Kraft sowie dem Einsatz der Kampfmagie«, antwortete Kyra hocherhobenen Hauptes und der Stolz über ihre Ausbildung war deutlich zu hören.

Borion sah sie ein wenig überfordert an und nickte dann langsam. »Barodon also. Eine ausgezeichnete Akademie.« Er dachte einen Augenblick über die Worte der Magierin nach. »Ist es nicht so, dass dort die Adepten auch den Kampf mit fast schon richtigen Waffen beigebracht bekommen?«

»Was soll denn hier *fast* richtige Waffen heißen? Wollt Ihr damit sagen, dass Stäbe keine richtigen Waffen sind?«, zischte Kyra erbost.

Borion bemerkte, dass er die Frage falsch gestellt hatte, und hob beschwichtigend eine Hand. »Beruhigt Euch. So war das nicht gemeint. Für mich sind das keine Waffen, die das richtige Ergebnis bringen, und zwar den ...«

»Was?! Den Gegner zu töten? Oder was wolltet Ihr sagen?«, unterbrach ihn Kyra nun wütend.

»Nun ja, das wäre doch wohl am vorteilhaftesten«, antwortete er leise, doch ihm war sogleich bewusst, dass die Antwort nicht besser als seine erste Frage gewesen war.

»Also ich denke, es ist nicht das Ziel des Kampfes jeden zu töten. Es reicht doch, den Gegner kampfunfähig zu machen. Dass Krieger immer nur an den Tod des Gegners denken.« Kyras Kopf war rot angelaufen und sie schnaubte erbost.

»Ehm ... das kommt doch auf die Situation an, oder? Wenn es nun ein Mörder ist und ihr ihn kampfunfähig macht, wird er sich irgendwann von seinen Wunden erholen und dann vielleicht erneut jemanden ermorden«, fügte Borion in der Hoffnung hinzu, die Magierin zu beruhigen.

»Und das wisst Ihr vorher? Was ist, wenn es kein Mörder war, sondern nur jemand, der sich aus Angst verteidigen wollte? Oder jemand der unter Beherrschung stand?«, erwiderte sie.

»Nun ja, da habt Ihr wohl recht«, musste Borion zugeben. »Aber dennoch, Ihr tragt ja auch noch das Rapier.«

»Ja, aber das ist mehr Zierde unseres Gewandes. Wir kämpfen eher selten damit. Im letzten Jahr des Studiums können wir eine erweiterte Lektion wählen, die sich mit anderen Waffentechniken beschäftigt. Ich habe das Rapier gewählt, da ich denke, es liegt gut in der Hand«, erklärte Kyra.

Borion nickte, während er sich nach hinten umdrehte. »Xzar! Shahira! Kommt doch mal her! Ich würde gerne eure Meinung zu unserer Unterhaltung hören!«

Borion atmete tief durch, als Xzar und Shahira zu ihnen aufschlossen. Jinnass ließ sich dafür zurückfallen.

»Wie können wir Euch helfen?«, fragte Xzar.

»Ganz einfach. Kyra und ich, wir haben uns über das Kämpfen unterhalten. Sie ist der Ansicht, es würde reichen einen Gegner kampfunfähig zu machen, ohne ihn, wie ich denke, schnell zu töten, bevor er noch mehr Schaden anrichten kann. Was meint ihr dazu?«

Shahira lies sich die Frage ein paar Augenblicke durch den Kopf gehen. »Na ja, das ist eine Frage der Waffe, des Verstandes und des Gegners. Wenn die Waffe und die Fähigkeiten im Kampf es zulassen, sollte man es bevorzugen, den Gegner leben zu lassen. Wenn es sich jedoch um irgendwelche Untote oder andere dunkle Wesen handelt, so sollte man ihnen gleich den Garaus machen.«

»Da hast du schon recht. Doch bevorzuge ich es, jemanden mit Verstand auszuschalten: ihn auszutricksen und durch einen taktischen Angriff außer Gefecht zu setzen. Ob der Gegner dann noch lebt oder die Wunden so tief waren, dass er unmittelbar in das Totenreich wandert, ist hierbei einerlei«, sagte Xzar kühl.

»Wir *wandern* nicht in das Totenreich. Dort landen nur verlorene und verdorbene Seelen. Immerhin ist es die Ebene der Dämonen und Geister. Unsere Seelen werden in die Hallen der großen Vier geleitet«, verbesserte Kyra ihn. »Doch zurück zu Eurer Antwort: Was ist, wenn der Gegner unschuldig war und gar nichts Böses wollte?«

»Das kann ich ihm doch nicht ansehen. Wenn er mich angreift und mir somit nach dem Leben trachtet, macht er sich doch in diesem Augenblick schuldig, oder?«, antwortete Xzar, ohne auf ihre Erklärung über das Totenreich einzugehen.

»Wenn man das so sieht, habt Ihr ja auch *mal* recht«, gab Kyra widerwillig zu. »Allerdings sollte man doch vorher wenigstens den Versuch unternehmen zu reden, oder?«

»Natürlich, das habe ich ja auch nie bestritten, Kyra«, verteidigte Borion sich. »Wir waren uns nur über den Ausgang des Kampfes nicht einig.«

»Ich finde, was am Ende eines Kampfes rauskommt, muss jeder mit seinem eigenem Gewissen klären«, sagte Shahira.

Damit waren sie dann alle einer Meinung.

Sie hatten mittlerweile die Hauptstraße erreicht. Diese verlief von Sillisyl, der Stadt der Magier in Richtung Bergvall und war deutlich besser ausgebaut. Sillisyl war wohl das größte Mysterium des Landes Nagrias. In diese Stadt hatten sich die überlebenden Magier zurückgezogen, als der große Krieg endete. Die Magier errichteten die Stadt auf einem Felsen, den sie selbst beschworen hatten. Welche magischen Kräfte dazu nötig gewesen waren, stellte noch immer ein Rätsel dar. Die Magier aus Sillisyl waren nicht gleichzusetzen mit denen, die das Reich ausbildete. Akademiemagier lernten die Magie, Magier aus Sillisyl besaßen sie, ähnlich wie es bei den Elfen war. Ihre Zauber waren gleichwohl mächtiger und vielfältiger. Seit dem Ende des Krieges, vor etwa sechzig Jahren, war es keinem Außenstehenden gestattet worden, die Stadt der Magier zu betreten, auch hatte man keinen der Magier jemals gesehen, vorausgesetzt sie konnten nicht auch ihre Gestalt verändern. Denn sie waren alle unverkennbar. Wo normale Lebewesen ihre Augen hatten, war bei ihnen eine lodernde blaue Flamme.

So verhielt es sich seit langer Zeit und manch einer munkelte sogar, dass die Magier sich auf einen neuen Krieg vorbereiteten, doch bisher gab es keine Anzeichen dafür.

Sie passierten gerade ein Steppengebiet, hinter dem sich die Karanda Berge zu ihrer Rechten erhoben. Linksseitig, etwa in derselben Entfernung, lag der Totenfelsen, ein gewaltiger Bergkegel, bei dessen Erkundung schon etliche Abenteurer ihr Leben lassen mussten. Hier aus der Ferne sahen sie, dass eine dunkle Regenwolke den Gipfel des Berges einhüllte, was dem Ganzen eine bedrohliche Erscheinung verlieh.

»Das ist der Totenfelsen und es gibt eine sehr unheimliche Legende zu ihm, wahrscheinlich ist sie auch an seinem Namen schuld«, erklärte Xzar leise, nachdem er die Blicke seiner Gefährten sah, die den unheilvollen Berg immer wieder musterten.

»Was ist das für eine Legende?«, fragte Shahira, die näher an ihn heran geritten war.

»Es heißt, dass dort oben auf dem Gipfel einst ein geheimnisvoller Zwergenclan gelebt haben soll oder womöglich immer noch lebt. Und dort oben haben sie eine Schatzkammer gebaut, die von Gold und Silber nur so überquillt.«

»Und warum Totenfels?«, fragte Kyra neugierig.

»Na ja, Gold und Silber lockt so manchen Dieb an, aber bisher ist niemand von dort zurückgekehrt. Somit weiß man auch nicht, warum keiner zurückkam. Ob die Witterung dort so schlecht ist, oder ob die Zwerge keine Eindringlinge mögen, wer weiß. Er heißt Totenfelsen, weil jeder der dort hingeht, anscheinend den Tod findet.«

»Wart Ihr schon einmal da?«, fragte Borion jetzt, der ebenfalls interessiert zugehört hatte.

Xzar lachte leise. »Nein, denn dann wäre ich wohl auch nicht mehr zurückgekommen.«

»Und woher wisst Ihr dann davon?«, fragte Kyra jetzt.

»Ich habe davon in einem alten Buch gelesen. Aber bevor Ihr es selbst sagt, ich weiß nicht inwiefern die Geschichten wahr sind. Allerdings glaube ich schon, dass der Berg seinen Namen durch solch eine Legende erhalten hat.«

»Auf jeden Fall macht er einen unheimlichen Eindruck auf mich. Ich möchte ihn gar nicht erst erkunden«, sagte Shahira, die sichtlich fröstelte bei dem Gedanken.

Sie ritten weiter und der finstere Berg blieb noch lange am Horizont erkennbar.

Als Borion sich irgendwann nach hinten umdrehte, bemerkte er, dass Jinnass bereits ein ziemliches Stück zurückgefallen war. »Hey, Jinnass, wollt Ihr nicht mehr weiter?«

Der Elf sah zu ihm und schloss dann gemächlich zu den Vieren auf. Sein Pferd bewegte sich dabei so gewandt über den Boden, dass es schien, als würden die Hufe den Boden nicht ganz berühren. Das Ross kam zwei Schritt vor den anderen zum Stehen.

»Seht ihr den Falken dort? Er hat einen roten Ring am Hals«, er deutete in den Himmel. »Er folgt uns.«

Die anderen folgten dem ausgestreckten Arm des Elfen und tatsächlich, da kreiste ein Vogel. Ob es ein Falke war, konnten sie nicht erkennen und schon gar nicht, ob er einen roten Ring um den Hals trug.

»Was genau wollt Ihr damit sagen?«, fragte Xzar, obwohl er es sich denken konnte.

»Er begleitet uns«, antwortete der Elf.

»Kommt er von Tasamin?«, fragte Shahira besorgt.

»Wer weiß.«

»Können wir ihn loswerden? Wenn er uns ausspäht, bringt er uns in Gefahr«, sagte jetzt Borion.

»Ja, aber ungern«, antwortete Jinnass bitter.

Shahira konnte sich denken, was er meinte, und sie war erneut verwundert darüber, dass Jinnass, der auf sie so unnahbar wirkte, ein großes Herz für die Tiere zu haben schien.

Der Elf nahm seinen Bogen und spannte die Sehne auf. Er griff ihn fest mit der linken Hand, zog einen Pfeil aus dem Köcher, nockte ihn an der Sehne ein und legte ihn auf den Bogen. Der Elf sah noch einmal zu Borion, Xzar und Kyra. Diese nickten zustimmend und aufmunternd. Shahira glaubte, eine ungewohnte Traurigkeit in den sonst so kalten Augen des Elfen zu sehen, doch zu schnell war dieser Augenblick vorbei, um ihn zu ergründen. Jinnass schwang ein Bein halb über den Rücken seines Pferdes und es sah so aus, als kniete er nun auf der Pferdedecke. Den Bogenarm ausgestreckt zielte er mit dem Pfeil unter dem Auge. Man konnte in Jinnass Blick die Schärfe erkennen, die mit einem Blitzen in seinem Auge aufleuchtete. Er konzentrierte sich und bewegte den Bogen ein Stück nach rechts, bevor er dann beide Augen schloss und den Pfeil löste. Die anderen wandten ihre Blicke gen Himmel. Der abgeschossene Pfeil flog schnell und gerade durch die Luft, unmittelbar in die Flugbahn des Vogels. Ein schriller Schrei des Falken und im nächsten Augenblick fiel er wie ein Stein zu Boden. Für einige Herzschläge trat Stille ein.

»Sauberer Schuss, mein Freund«, lobte Borion.

»Ja, leider. Doch es ist nicht gut, die Wunderwerke der Natur zu zerstören. Jedes vernichtete Lebewesen gibt dem Schatten der Welt neue Energie. Vor allem wenn er für solch eine Aufgabe missbraucht wurde«, sagte Jinnass und die anderen sahen ihn staunend an.

Weniger ob der Worte, die er sprach als auf die Länge des Satzes. Keiner von ihnen konnte sich erinnern, dass der Elf jemals zuvor so viele Worte in einem Satz verwendet hatte. Jinnass sah in die Richtung, wo der Falke zu Boden gestürzt war und seine Gedanken schienen plötzlich sehr weit weg zu sein. Dann ritt er zu der Stelle und die anderen folgten ihm. Als Jinnass ankam, glitt er mit einer eleganten Bewegung vom Rücken des Pferdes und kniete sich neben den toten Vogel. Vorsichtig entfernte er den Pfeil.

»Ihr habt dem Vogel genau durch die Brust geschossen, das war wirklich ein guter Schuss«, lobte ihn jetzt auch Kyra, die Trauer des Elfen ignorierend.

»Ja, vielleicht«, antwortete Jinnass, so wortkarg, wie sie ihn kannten.

Kyra hatte zu spät bemerkt, dass sie das falsche Thema angesprochen hatte. Shahira fühlte sich merklich unwohl. Diese Situation kam ihr fremd und unwirklich vor: Jinnass der Elf, ein eiskalter Kämpfer, unnahbar in seiner Art und seinem Umgang mit anderen, betrauerte den Tod eines Vogels, als hätte er ihn schon lange gekannt. Irgendwas passte hier nicht, doch sie vermochte nicht zu sagen, was genau es war. Jinnass zog dem Vogel den kleinen roten Ring vom Hals und zerdrückte diesen zwischen seinen Fingern. Sanft deckte er den Körper des Vogels mit einem Tuch ab. Danach stieg er auf sein Pferd und sagte, als sei nichts gewesen, »Können wir?«

Da keiner von ihnen wusste, was sie noch sagen sollten, ritten sie weiter.

Stilles Opfer

Die nächsten Stunden verliefen ereignislos und am frühen Abend schlugen sie an einem See dicht bei einem Wald ihr Nachtlager auf. Der See war nicht groß und dennoch war das Wasser dunkelblau, fast schwarz. Das musste bedeuten, dass er recht tief war und von irgendwo dort unten stiegen vereinzelt kleine Luftbläschen auf.

Der aufgehende Mond und die ersten Sterne warfen ihre Spiegelbilder auf die ruhige Wasseroberfläche. Xzar holte Holz, Jinnass kümmerte sich um etwas zum Essen, Shahira sattelte zusammen mit Borion die Pferde ab und Kyra entzündete das Feuer. Der Lagerort war gut, denn der Wald bot ihnen ausreichend Deckung. Eine Wildfährte, die Jinnass entdeckt hatte, machte ihnen Hoffnung auf einen schönen Braten, den sie heute Abend verspeisen konnten. Und so sollte es auch sein. Jinnass erlegte ein Reh. Als Shahira ihn fragte, ob das Töten dieses Tieres für ihn etwas anderes war, als der Vogel, nickte der Elf. »Das Reh ist Nahrung.«

»Hm, ich verstehe«, sagte Shahira.

»Nein, Ihr versteht es nicht.«

»Wie meint Ihr das? Dann erklärt es mir.«

»Wir jagen. Wir nehmen so viel, wie wir brauchen. Die Reste holt sich die Natur zurück.«

»Hm, die Reste des Falken holt sich die Natur auch zurück, oder?«, fragte Shahira, die sich Mühe gab, die Denkweise des Elfen zu verstehen.

Jinnass sah sie an und ihr kam es so vor, als begriff er, dass sie es ehrlich wissen wollte. »Das Reh musste nicht für uns spähen und es musste nicht für uns das Gepäck tragen.« Jinnass warf Shahira einen vorwurfsvollen Blick zu und sah dann kurz zu den Lastpferden.

»Habt Ihr deshalb nur so wenig Gepäck bei Euch? Weil Ihr die Pferde nicht belasten wollt?«, fragte sie ihn.

»Ja. Ich trage, was ich brauche. Bin ich zu schwach, brauche ich nicht mehr.«

Shahira überlegte einen kurzen Augenblick. »Nutzt Ihr Eure Magie, um Euch zu stärken, wenn Ihr doch mal mehr braucht?«

Jinnass dachte nach und nickte dann langsam.

»Diese Kraft fehlt uns. Daher brauchen wir die Hilfe der Pferde. Sonst würden wir unsere gesamten Vorräte nicht mitnehmen können«, sagte sie lächelnd.

Jinnass seufzte. »Es ist kein Vorwurf an Euch. Wenn Menschen Tiere missbrauchen, Pferde zu Schande reiten, Wachhunde mit Tritten davon jagen, verdienen sie die Hilfe der Tiere nicht.«

Shahira meinte herauszuhören, dass sein Tonfall nicht ganz so kühl war wie zuvor. Als dann nichts weiter von ihm kam, seufzte sie auch. Warum war es nur so schwer, mit dem Elfen ein Gespräch zu führen?

Xzar hatte inzwischen Holz gesammelt und verharrte an dem See. Sein Blick ruhte auf dem dunklen Wasser, in dem er plötzlich glaubte, einen Schatten zu sehen. Doch der Umriss verschwand genauso schnell, wie er erschienen war. Xzar erinnerte sich an eine Legende aus seiner Kindheit. Ein alter Geschichtenerzähler hatte sie ihnen immer erzählt, wenn er einmal im Jahr, an ihrem Haus vorbei kam. In ihr hieß es, dass Wanderer, die zur Nachtstunde einen schwarzwässrigen See fanden, dort nicht rasten sollten. In diesem geheimnisvollen See hatte Sordorran, der Herr des Wassers einst seine Gemahlin verloren.

Sordorran, einer der großen Vier war ein Wasserdrache, der die Gedanken und die Gefühle anderer Lebensformen lesen und steuern konnte. Seine Liebste wurde einst von einem der alten Drachen getötet. In der Geschichte hieß es, dass der Name dieses Drachen Diniagar war und er galt als einer der ärgsten Feinde der großen Vier. Später wurde er von diesen vernichtet. Sordorran segnete seine einstige Liebe daraufhin, auf dass sie den Mond, der ihr so lieb gewesen war, einmal im Jahr wieder sehen konnte. Es hieß weiter: Seine Gemahlin war über den eigenen Tod so verbittert, dass sie Rache nehmen wollte. So war ihre Nacht eine verfluchte Nacht. In der Geschichte hieß es, dass sich in jener Nacht das Wasser des Sees rot färbte und jene Wanderer starben, die an ihm lagerten. Ihre Leiber würden dann in das Wasser hinabsinken, wo sie auf ewig verloren blieben. Und nur wer bereit war, einen Teil seiner selbst zu opfern, konnte überleben.

Das Schicksal von Sordorrans Gemahlin als Segen zu bezeichnen, hatte Xzar schon immer irritiert. Ihm war es wie ein Fluch vorgekommen. Xzar rieb sich über die Arme, als er an die Geschichte dachte. War es nicht irgendwie unheilverkündend, dass der Name dieses Feindes die Jahrtausende überdauert hatte und man den Namen von Sordorrans Gemahlin vergessen hatte?

Xzar zog seinen Dolch aus dem Gürtel. Er zögerte. Sein Blick schweifte über die dunkle Oberfläche des Sees. Dann schnitt er sich in den Finger und ließ das Blut, welches aus der Wunde trat in den See tropfen. »Diese Nacht soll niemand leiden. Nimm mein bescheidenes Opfer an und verschone uns.«

Ein Reisender hatte ihm später einmal erzählt, dass dies einer der alten Bräuche war, um sich vor dem Zorn der großen Vier zu schützen. Ein kleines Opfer nur. Viele hielten es für einen dummen Aberglauben und vielleicht war dies auch gar nicht der See aus der Geschichte, aber wer konnte das schon wissen? Noch einmal wanderte sein Blick durch die Dunkelheit, dann hob er das Holz wieder auf und ging zu den anderen zurück. Er erzählte ihnen jedoch nichts davon.

Die Gruppe saß am Lagerfeuer, sogar Jinnass. Es war ein milder Abend, der Himmel war wolkenlos und die Sterne strahlten leuchtend auf die Welt hinab. Der Rehbraten hatte ihnen vortrefflich gemundet und sie hatten sich nun zurückgelehnt und unterhielten sich leise.

»Wie seid Ihr eigentlich darauf gekommen, das Tasamin uns verfolgt?«, richtete Shahira die Frage an Borion.

Der Krieger überlegte einen Augenblick. »Nun, als ich mich in Barodon das erste Mal bereit erklärte, diese Expedition zu leiten, wurde ich davor gewarnt, dass noch andere hinter der Tempelanlage her seien. Und nur ein paar Tage nach unserem Aufbruch kam es auch schon zu dem Kampf, nach dem meine Truppe sich teilte. Da sah ich diesen Mann das erste Mal. Genau konnte ich ihn nicht erkennen, da er eine dunkle Robe trug und wie bei dem Angriff auf uns, war er zu weit weg. Doch seine Bewegungen und sein Umriss haben sich in meine Gedanken eingeprägt, wie eine brennende Wunde.«

»Was habt Ihr danach getan?«, fragte Shahira weiter.

»Nach der Schlacht kehrte ich zurück nach Barodon und forderte neue Truppen bei unserem Auftraggeber an. Ich bot mich an, die zweite Expedition zu leiten. So kamen Kyra und Ihr dazu. Einen Tag später schloss sich Xzar uns an und unser Freund Jinnass traf dann ein paar Tage später, wie ihr ja alle wisst, bei uns ein. Und jetzt sind wir hier.«

»Wir sind bestimmt nicht ganz die Unterstützung, die Ihr Euch erhofft hattet, oder?«, fragte Shahira.

»Na ja, sagen wir es anders. Nicht das, was ich erwartet habe«, lächelte Borion. »Aber davon mal abgesehen, sind mir Abenteurer wesentlich lieber als Söldner oder Soldaten.«

»Wie kommt das denn?«, fragte Kyra überrascht.

»Nun ja, Söldner sind ungehobelte Zeitgenossen, die sich jedem anschließen würden, der ihnen mehr Sold bietet. Außerdem hat man mit diesen Kerlen meist in jeder Ortschaft Ärger, weil sie ihre Stärke beweisen, sich betrinken oder die Schankhausmädchen belästigen müssen oder alles zusammen. Wobei zugegeben, es gibt Ausnahmen.

Und Soldaten sind starre Gesellen, immer nur auf Befehle wartend und mit jeder Menge Moralverpflichtungen. Und sie denken selten mal nach rechts oder links. Das kann gut, aber auch schlecht sein«, erklärte Borion, bevor er die anderen fragte, warum sie sich der Reise angeschlossen hatten.

Xzar nahm sich noch ein Stück vom Braten und begann diesen zu essen. Jedes Mal wenn er etwas Fleisch abbiss, kamen schwache Schemen seines Gesichtes zum Vorschein. Doch im Licht des Lagerfeuers war es nicht deutlich zu erkennen und Shahira, die als Einzige wusste, wie er unter der

Kapuze aussah, musste unweigerlich schmunzeln. Sie konnte sich denken, dass dieser Anblick bei den anderen ein unheimliches Gefühl auslöste, wirkte er so noch geheimnisvoller. Sie fragte sich, ob Xzar dies bewusst war?

»Ich war zuvor auf dem Weg nach Barodon. Ich hatte dort etwas zu erledigen«, begann Xzar zu erzählen. »Auf dem Weg dorthin traf ich auf eine Händlergruppe und ich bot mich ihnen als Wachschutz an, da die Wälder vor B'dena bekannt sind für ihre Räuberbanden. Und so kam es dann auch, dass wir etwa zwei Tagesreisen vor der Hauptstadt Barodon angegriffen wurden. Es war dunkel und die Zahl der Banditen war groß. Doch wir konnten sie in die Flucht schlagen. Mich hatte jedoch ein Schwertstreich getroffen und so musste ich den Rest des Weges auf einem Wagen mitfahren. In der Hauptstadt begab ich mich dann zum Orden der Klerinen. Sie heilten meine Wunde. Das Ganze zog sich über zwei Wochen. Die Verletzung war tiefer gewesen, als es für mich den Anschein gehabt hatte«, sagte er und machte dann eine Pause, um noch einmal von dem Fleisch abzubeißen und noch einen Schluck aus seinem Weinschlauch zu trinken. »Die Händler waren schon längst weitergezogen, als ich wieder auf den Beinen war und so überlegte ich, was ich als Nächstes tun sollte. Dann hörte ich den Aufruf für diese Expedition und entschloss mich dazu, daran teilzunehmen. Den Norden erkunden und den Nebel! Das reizt mich. Ich mag die Geschichten darüber. Außerdem ist die Bezahlung auch nicht schlecht. Immerhin muss man ja auch bedenken, dass die nächsten Wintermonate kommen und spätestens dann, ist ein warmes Zimmer in einem Gasthaus viel wert.«

»Das ist wohl wahr. Sagt, wie verdient Ihr sonst Eure Münzen? Ihr wirkt nicht wie ein normaler Abenteurer«, fragte Borion neugierig.

Xzar lachte auf. »Wie wirkt denn ein *normaler* Abenteurer?«

»Also versteht mich nicht falsch, aber Eure Ausrüstung scheint recht kostbar. Eure Klingen sind hervorragend gearbeitet und Ihr führt diesen seltsamen Stab mit Euch«, erklärte Borion seine Frage.

»Die Klingen waren ein Geschenk meines Bruders. Und der Stab ein Erbstück meines Vaters. Bisher habe ich bei meinem Lehrmeister gelebt und gelernt und in dieser Zeit habe ich nicht viele Münzen benötigt.«

»Und welcher Arbeit geht Ihr nach oder habt Ihr vor, jetzt nachzugehen?«, fragte Kyra misstrauisch.

»Das weiß ich noch nicht. Ich habe mir bisher keine Gedanken darüber gemacht. Jetzt bin ich erst mal hier und was danach kommt, werde ich sehen«, antwortete Xzar.

»Ihr wollt mir erzählen, Ihr habt noch keine Pläne für die Zukunft?«, fragte Kyra ungläubig.

»Genau das«, lachte Xzar erneut auf. »Doch was ist Euer Antrieb Kyra? Eine so gut ausgebildete Magierin, wie Ihr eine seid, und dann zieht Ihr dennoch durch das Land?«, lenkte Xzar ab und schien erleichtert, als die Magierin darauf einging.

»Ich bin auf Forschungsreise, das wisst Ihr doch. Die Akademie sandte mich aus. Ich soll die Gerüchte um den Tempel und vor allem das Drachenauge erforschen. Schon als Borion die erste Gruppe anführte, war ich als Leiterin für eine zweite geplant. Nach dem Überfall auf die erste Expedition übernahm Borion auch die jetzige und ich schloss mich ihm an. Shahira traf ich dann in Barodon und bat sie uns zu begleiten«, sagte sie knapp.

»Ja, ich musste diese zweite Expedition leiten, um meine Ehre wieder herzustellen. Das Scheitern der Ersten und der schreckliche Verlust, mein Verlust«, er seufzte schwer. »Ich muss es irgendwie wieder gut machen.«

Als keiner mehr etwas sagte, sahen sie alle gemeinsam zu Jinnass. Der Elf bemerkte ihre Blicke und zuckte mit den Schultern. »Unser Auftraggeber wollte mich dabei haben«, sagte er und drehte sich von der Gruppe weg. Damit machte er mehr als deutlich, dass er nicht mehr darüber reden würde. Die anderen warfen sich Blicke zu, doch sie fragten auch nicht weiter nach.

»Also Xzar, jetzt erzählt mir von den Zwergen, was wisst Ihr über sie?«, platzte die Neugierde aus Borion heraus.

Xzar grinste. »Sie leben im Südosten im Schneegebirge. Ihre Stadt heißt Kan'bja und sie liegt gut geschützt unter den Bergen.«

»Und wie sehen sie aus? Wie in den Geschichten beschrieben?«, fragte Borion nach.

»Ja, zum Teil. Sie sind alle stämmig gebaut. Viele tragen lange Bärte und sie sind widerstandsfähig gegen Magie«, erzählte Xzar ihm.

»Das klingt noch immer so unglaublich. Warum heißt es, dass sie nicht mehr in unserem Land existieren, also warum zeigen sie sich nicht?«

»Ich glaube nicht, dass sie sich verstecken. Aber Zwerge sind sehr heimattreu und es zieht sie selten in die Ferne. Dabei wundert es mich auch ein wenig, denn es gibt in Kan'bja eine vordere Eingangshalle, die ein riesiger Marktplatz ist und dort habe ich selbst schon oft Händler gesehen und auch viele Menschen. Allerdings redeten diese in einer eigenartigen Sprache, die mir nicht bekannt war.«

»Vielleicht Nordländer?«, fragte Borion.

»Möglicherweise, ja.«

»Und was tragen sie für Waffen und Rüstungen?«, fragte Borion jetzt.

Xzar merkte ihm an, dass dem Krieger noch hunderte Fragen auf der Seele brannten. »Das ist sehr unterschiedlich und liegt immer daran in welcher Einheit sie dienen. Das Leichteste ist allerdings das Kettenhemd und wird dann von der Rüstung her immer schwerer, bis zum Eisenpanzer. Die bevorzugten Waffen sind Äxte und Hämmer, aber auch Armbrüste und Lanzen. Ich kann Euch sagen Borion, wenn Ihr die Formationskämpfe der Zwerge einmal sehen würdet, Euch würde es kalt den Rücken herunterlaufen. Ein solcher Schlacht-verband, bestehend aus einhundert Zwergen, kann es mit einer Armee von tausenden Menschen aufnehmen.«

»Das würde ich wirklich einmal zu gerne erleben, ja. Aller-dings glaube ich, dass es so schnell keinen Krieg mehr geben wird, wo Zwerge mitkämpfen. Und wie ist das mit dem Bier?« Borion grinste.

»Dem Bier?«, fragte Xzar.

»Ja, trinken sie so viel und ist es wirklich das beste Bier, das gebraut wurde?«

Jetzt grinste auch Xzar. »Ja, sie trinken schon den einen oder anderen Humpen Bier mehr als wir. Aber ob es das beste Bier ist, kann ich nicht sagen, dafür habe ich bisher selbst zu wenige Sorten probiert. Aber von denen, die ich kenne, liegen die Biere der Zwerge weit vorne.«

»Danke Xzar, dass Ihr mir davon erzählt. Diese Legenden haben meine Kindheit begleitet und ich habe mir immer vorge-stellt, wie es wäre, einen dieser legendären Zwergenkrieger zu treffen, und ich gebe es gern zu, mit ihm einen Humpen Bier zu trinken.«

Xzar nickte unter seiner Kapuze.

Als die Nacht weit vorangeschritten war, teilten sie Wachen ein und legten sich dann schlafen. Die Nacht verlief ruhig und nur ein leises Heulen war in der Ferne zu hören. Es klang eintönig, zwischendurch verstummte es gänzlich. Es war jedoch zu weit weg, um die Ursache dafür zu erkennen.

Am nächsten Morgen ging ihre Reise weiter. Xzar ver-weilte noch ein wenig länger an dem See und als er sich sicher war, dass die anderen ihn nicht sahen, nahm er seinen Dolch und wiederholte die Prozedur des Vorabends.

»Für dieses Jahr sollst du ruhen, Herrin. So nimm mein Blut, anstatt unser Leben, Liebste des Sordorran.« Für einen kurzen Augenblick hatte er das Gefühl, dass eine weibliche Gestalt ihn durch den Schimmer des Wassers anlächelte. Dann blies eine leichte Bö über den See. Die Oberfläche kräuselte sich und das Gesicht verschwand. Hatte er es sich nur eingebildet?

»Xzar kommst du? Wir wollen weiter!«, riss ihn Shahiras Stimme aus den Gedanken. Als er zu ihnen aufschloss, hatte er das Gefühl, das Richtige getan zu haben.

Der Händler

Gegen Mittag durchquerten sie ein kleines Wäldchen, als Borion plötzlich den Arm hob. »Halt! Seht dort!« Er deutete mit der anderen Hand auf eine Lichtung zwischen den Bäumen. Dort waren drei schwarze Zelte um ein Lagerfeuer herum aufgebaut. Neben den Zelten standen vier Planwagen. Xzar und Shahira wurde schnell klar, um wessen Zelte es sich handelte und ihr Verdacht wurde bestätigt, als sie an einem Lagerfeuer einen Scharraz entdeckten.

»Was meint ihr, sollen wir zu ihnen reiten und eine kurze Pause einlegen?«, fragte Borion.

»Nun, ich denke, wir sollten Euch vorher noch etwas dazu erzählen«, sagte Xzar schuldbewusst.

Borion stutzte und sah Xzar fragend an. Nach einer kurzen Pause erzählte dieser ihm die Geschichte aus Kurvall.

»Dann sollten wir uns mit Vorsicht an sie heranwagen. Beim nächsten Mal sagt uns doch bitte gleich, wenn Euch so etwas passiert«, antwortete Borion ein wenig erbost.

»Ich hielt es nicht für wichtig«, fügte Xzar hinzu.

Borion wandte sich an die anderen. »Folgt mir, wir werden zu ihnen reiten.«

Shahira lehnte sich zu Xzar. »Was ist, wenn er uns wiedererkennt?«

»Das wird er mit Sicherheit. Halte dein Schwert bereit, ich ahne Schlimmes.«

Als der Scharraz die Gruppe bemerkte, rief er irgendetwas in einer fremden Sprache, und kurz darauf kamen vier weitere kräftige Kämpfer aus den Zelten.

»Seid gegrüßt!«, rief Borion freundlich.

Jetzt trat auch der Händler Yakuban aus dem mittleren Zelt. »Ah, Gäste hier draußen im Wald und ... Ah!... zwei alte Bekannte sind auch dabei. Wie kann ich euch helfen?«, fragte der Händler, während seine Augen von Borion über Shahira zu Xzar wanderten, auf dem sein Blick wie gebannt verharrte.

»Wir wollen uns nur etwas ausruhen und da dachten wir, wir können uns zu euch gesellen. Gemeinsam lagert es sich doch immer am besten«, antwortete Borion.

Shahira hatte in der Zeit die linke und Xzar die rechte Flanke von Borion eingenommen. Jinnass stand mit seinem Pferd neben Kyra in der Nähe eines Baumes, um den Rücken der anderen zu decken.

»Ich denke, das wird nicht möglich sein. Ich kann euch keine Gastfreundschaft gewähren.« Er zögerte. »Ich kann euch aber auch nicht gehen lassen. Mein Meister wäre darüber sehr enttäuscht. Folglich, wird dies hier doch euer Platz für die Ruhe werden, eurer *letzten* Ruhe«, sagte der Händler überfreundlich und es klang fast schon so, als würde er bedauern, was er soeben gesagt hatte.

»Ihr solltet Euch das besser gut überlegen. Wir wollten keinen Ärger«, sagte Xzar ruhig.

»Oh keine Sorge, das ist es nicht für uns: Ärger. Zum Ersten kann ich euch somit aus dem Weg räumen, was meinem Meister nur recht wäre, und zum Zweiten kann ich mir für die Münzen, welche ich durch eure Ausrüstung bekomme, meine ...«

Xzar unterbrach ihn schroff, »... Eure Morde bezahlen?«

Der Händler grinste jetzt breiter. »Ich würde das eher ... günstige *Warenbeschaffung* nennen, aber ja, ihr habt recht. Also kommen wir zum Geschäft. Tötet sie!«

Die Kämpfer zogen ihre Krummschwerter und griffen an. Borion sprang von seinem Pferd und zog gleichzeitig sein Langschwert, welches er in einer Halterung seitlich, der Satteltasche trug. Dadurch hatte er es jedoch am Griff mit der Klinge nach unten gepackt, sodass ein kraftvoller Angriff noch nicht möglich war. Mit der anderen Hand hatte er seinen Dolch gezogen.

Shahira hatte ihr Schwert und ihren Schild gegriffen. Sie nutzte den kurzen Augenblick vor den ersten Angriffen, um die Lederbänder festzuzurren. Es dauerte nicht halb so lang, wie sie sich erhofft hatte, als einer der Scharraz sie bereits attackierte oder vielmehr versuchte ihr Pferd zu treffen, um es zu

Fall zu bringen. Ihr Pferd hatte zu ihrem Unglück keinerlei Ausbildung für Kampfsituationen erhalten, sodass es einen hektischen Ausweichschritt nach links tat und Shahira aus dem Gleichgewicht brachte. Fluchend rutschte sie aus dem Sattel und stürzte zu Boden. Diese Gelegenheit nutzte der Angreifer und riss sein Schwert zum Schlag hoch, welches gleich darauf wuchtig nach unten raste. Shahira fühlte einen leichten Schwindel nach dem Sturz, aber sie konnte noch rechtzeitig den Plan des Kämpfers durchschauen und zog ihren Schild schützend über sich. Es knallte laut und das Holz knackte, als das Schwert den Schild traf. Shahira fühlte den starken Druck des Schlages und ein kurzer, stechender Schmerz schoss ihr durch den Arm. Der Kämpfer setzte nach und traf erneut den Schild. Dieser wurde von der Wucht nach oben gerissen und der eiserne Rand stieß ihr heftig gegen den Kopf. Für einen Herzschlag wurde Shahira schwarz vor Augen und ihre Hände schmerzten dieses Mal schon mehr. Als das Schwert des Angreifers sie traf, wusste sie, dass sie ihren Schutz nicht lange halten konnte. Ihr Arm pochte noch vom letzten Hieb, da knallte es bereits ein weiteres Mal. Diesmal gab das Holz nach und der obere Rand ihres Schilds zerbarst. Holzsplitter überdeckten ihr Gesicht und sie schloss schnell die Augen. Zum Glück hatte der Eisenrand des Schildes den Schwerthieb größtenteils abgefangen. Shahira versuchte sich mit den Füßen ein Stück von ihrem Gegner wegzudrücken, da sauste die schwere Klinge schon wieder herab. Ihr wurde übel. Der Schmerz in ihrem Arm war inzwischen so stark, dass sie Mühe hatte, ihren Schild weiter festzuhalten. Unsicher tastete sie nach ihrem Schwert. Als sie den Griff fand, fehlte ihr die Kraft es zu heben. Gerade als der Gegner erneut ausholte, glitt Shahira der Schild zur Seite weg. Sie sah den zornigen Gesichtsausdruck des Mannes, der über ihr stand und sie schloss die Augen.

Borion, der derzeit einen Angriff mit dem Dolch zur Seite abwehrte, schwang sein Schwert nun von unten auf seinen Gegner zu, um diesen abzulenken. Er wusste, dass er so den Attacken nicht lange standhalten konnte, also musste er die Klinge des eigenen Schwertes nach oben drehen. Zwar gab es

Kampfstile, die seine jetzige Schwerthaltung durchaus bevorzugten, aber mit einem normalen Langschwert waren diese schwer umsetzbar, also musste er anders vorgehen. Er riss sein Schwert hoch und als es ungefähr in der Waagerechten war, ließ er den Griff kurz los. Er drehte geschwind seine Hand, um es von oben zu packen. Bevor der Gegner reagieren konnte, hatte Borion den Schwertgriff in gewohnter Haltung gegriffen. Er parierte erst den Angriff seines Gegenübers und attackierte dann selbst mit gezielten Hieben.

Xzar hatte bereits einen ersten tödlichen Treffer erzielt und einem Scharraz den Hals seitlich aufgeschlitzt. Ihre Feinde waren hinsichtlich ihrer Rüstungen deutlich im Nachteil, denn sie trugen keine oder wenn doch, nur leichte Lederwesten. Als die Gruppe die Händler erreicht hatte, war diesen keine Zeit zum Anlegen von Rüstungen geblieben. Xzar bahnte sich einen Weg durch die Feinde, indem er ihren Angriffen auswich, denn sein Ziel war Yakuban.

Kyra die noch immer auf ihrem Pferd saß, sah keine Lücke, um erfolgreich am Nahkampf teilzunehmen, und sie entschied sich ihre magischen Kräfte zu nutzen. Einen Herzschlag lang konzentrierte sie sich, dann kreiste die Magierin mit der linken Faust vor ihrer Brust und deutete auf einen Gegner, der Xzar aus dem Hinterhalt angreifen wollte und rief, »Die Macht der unsichtbaren Kraft. Hilf mir!«

Augenblicklich verzerrte sich die Luft um Kyras Hand, dann schrie der Kämpfer schmerzerfüllt auf und ließ seine Waffe fallen. Panisch taumelnd schlug er sich die Hände vor die Augen und senkte sich schreiend auf die Knie, bevor er dann, von einem weiteren unsichtbaren Schlag der Magierin getroffen, zur Seite kippte. Xzar, der diesen jetzt erst bemerkte, drehte den Kopf kurz zu Kyra und nickte dankbar für ihre Hilfe.

Shahira versuchte noch einmal ihren Schild zu heben, doch ihr Gegner hatte jetzt einen seiner Stiefel darauf gestellt. Ihr fehlte die Kraft, um ihn wegzustoßen. Sie öffnete die Augen und das Gesicht ihres Angreifers, hervorgerufen durch den starken Schmerz, verschwamm. Sie sah erneut ihr Ende auf sich zukommen und dieses Mal war es keine Vision von schwarzen Reitern, dieses Mal war es ein Gegner aus Fleisch und Blut und er bedeutete ihren Tod.

Gerade als der Mann sein Schwert zum letzten Schlag hob, gab er einen erstickenden Laut von sich und schon im nächsten Augenblick spuckte er Blut. Shahira spannte den Körper an und versuchte ihren Blick klar zu bekommen. Was war passiert?

Erst wurde alles noch undeutlicher und als sich dann der Nebel vor ihren Augen lichtete, sah sie, wie der Nordländer auf die Knie sank und zur Seite kippte. In seinem Hals steckte ein schwarzer Pfeil. Nur eine Handbreite des Schafts war noch zu sehen und blaue Federn, die jetzt reichlich blutbespritzt waren, ragten aus seinem Hals heraus. Shahira wusste, wem sie dafür danken musste, doch dafür war später hoffentlich noch Zeit. Mit zittrigen Beinen drückte sie sich von dem Toten weg. Ihren Schild ließ sie am Boden liegen. Den Schwertgriff lose in der Hand haltend, schleppte sie sich außer Kampfreichweite.

Borions Kampf dauerte hingegen noch an. Sein Widersacher war geübter im Kampf, als der Krieger es erwartet hatte. Borion begann eine schnelle Angriffsserie, um seinen Gegner in die Parade zu zwingen. Da er eine gute Übersicht über den Kampfplatz hatte, drängte er ihn weiter zurück. Zwar gelang dem Verteidiger die Abwehr, doch hatte er das Lagerfeuer in seinem Rücken. Ein Versuch des Scharraz` aus der erzwungenen Paradeserie auszubrechen, brachte diesem einen tiefen Schnitt am Oberschenkel ein, als Borions Klinge ihn traf. Also blieb ihm nichts weiter übrig, als zurückzuweichen. Dann stand er plötzlich über dem Feuer. Der Scharraz fluchte laut. Borion ließ seinen Angriffsdruck ein wenig weichen, sodass der Kämpfer versuchte aus den Flammen zu kommen. Damit hatte Borion gerechnet und er stieß sein Schwert vor. Erneut bohrte sich sein Langschwert in den Körper des Gegners. Dieser fluchte abermals und dann griffen auch schon die Flammenzungen nach seinem dünnen Gewand. Es dauerte nicht lang, bis dieses den Rücken hoch brannte. Vom Feuer abgelenkt, geriet er in Panik. Mit wilden Bewegungen schlug er auf seine Kleidung ein, in der Hoffnung die Flammen zu ersticken. Dadurch konnte er nicht mehr parieren und ein heftiger Schlag Borions traf ihn tödlich an der Brust. Der Kämpfer stürzte in einer Wolke aus Funken und Blut hinter das Feuer. Borion verschaffte sich schnell einen Überblick über den Kampfplatz. Als er sah, dass in seiner unmittelbaren Nähe kein Feind mehr war, nahm er sich einen Wassereimer, der neben dem Feuer stand, und löschte die Flammen.

Jinnass hatte derzeit einen zweiten Gegner getötet. Der Scharraz hatte versucht, den Elfen anzugreifen. Dieser hatte flink einen Pfeil auf ihn abgefeuert. Zwar hatte er ihn genau auf die Brust getroffen, doch der Pfeil wurde von einem Metallteil auf der Lederweste des Feindes abgefangen, sodass er nicht tief eindrang. Somit kam der Scharraz weiter auf ihn zu. Jinnass Pferd reagierte jedoch deutlich geschickter als das von Shahira zuvor, denn es drehte sich zur Seite und drückte somit auch den Angreifer weg. Der Elf zog aus seinem Sattelköcher schnell einen weiteren Pfeil, legte an und schoss. Diesmal zielte er ein wenig tiefer: Treffer! Der Pfeil wurde von der Wucht der Sehne durch die Lederweste in den Körper des Mannes gepresst. Der Angreifer keuchte auf. Mit deutlicher Kraftanstrengung wollte er noch einen Schritt nach vorne machen und nach den Zügeln des Pferdes greifen, doch dieses tänzelte zur Seite und der Griff des Gegners ging ins Leere. Seinen Halt verlierend und den Schmerzen unterliegend, brach der Mann zusammen.

Der Kampf war jedoch noch nicht zu Ende, denn ein Gegner stand noch: der Händler Yakuban. Ihm gegenüber: Xzar.

Der restliche Kampflärm war verflogen. Es war nur noch ein leises Rauschen der Blätter und ein trauriges Heulen des Windes zu hören. Beides zusammen klang wie ein Klagelied, das jenes Blut betrauerte, welches auf dem unschuldigen Boden vergossen worden war.

»Das ist Euer Kampf Xzar, zeigt es ihm!«, rief Borion. Der Krieger wischte gerade das Blut von seinem Schwert.

Die beiden standen sich gegenüber. Ihre Blicke trafen einander und die Anspannung beider erfüllte die Luft um sie herum. Xzar ließ sein Schwert über den Handrücken rollen und sah Yakuban grimmig an. Der Händler zog an einer Schlaufe seines Umhangs, sodass ihm dieser von den Schultern rutschte und hinter ihm zu Boden fiel. Xzars Blick vereiste, als er die Drachenschuppenrüstung am Leib des Händlers sah. Xzar stand vier Schritte von Yakuban entfernt und langsam hob er jetzt seine Hand zum Griff des zweiten Schwertes. Als er dieses langsam aus der Rückenscheide zog, tat es ihm sein Gegenüber nach und griff ebenfalls nach seinem zweiten Krummsäbel. Die Kämpfer starrten sich kalt in die Augen.

Es war eine eigenartige Szene. Dies musste der Augenblick sein, den Dichter als *die Ruhe vor dem Sturm* beschrieben. Shahira beobachtete die beiden Kämpfer aus sicherer Entfernung und irgendwie kam es ihr so vor, als ständen sich dort zwei alte Feinde gegenüber. Ganz so, als wäre ihr Aufeinandertreffen schon lange vorherbestimmt gewesen.

Xzar spürte, wie sein Herz schneller schlug und sich dann wieder beruhigte. Kalter Zorn, gefolgt von gieriger Rache und brennendem Hass erfüllten sein Herz. Hier sollte es also geschehen. Er würde sein Schicksal mit diesem Kampf wieder in die richtige Bahn lenken und sich für den Mord an seinem Bruder rächen. Er wusste, dass er sich hinterher erklären musste, doch das war jetzt zweitrangig. Dieser Kampf war nicht für ihn, nicht für Shahira oder Borion, auch nicht für Tasamin, dieser sollte lediglich für das Gleichgewicht der Kräfte sein. Eine Rache für seinen Verlust.

Xzar hielt die Luft an. Er verlagerte sein Gewicht nach hinten und ging in Verteidigungsstellung. Seinen rechten Fuß schob er ein wenig nach vorne. Damit bot er Yakuban ein Ziel an und der Händler ging darauf ein. Seine Klingen flogen heran. Xzar, der auf diesen Angriff gehofft hatte, schlug seine Schwerter gegen den Angriff. Der Stahl klirrte laut. Xzar zog seine rechte Klinge nach unten und traf Yakuban so an der Hüfte. Zu Xzars Erstaunen glitt sein Schwert an der Drachenschuppenrüstung ab und hinterließ nur einen winzigen Kratzer. Dann war Xzars Vorteil auch schon verflogen. Von jetzt an folgte ein reger Schlagabtausch. Beide kämpften sehr schnell. Sie griffen jeweils mit einem Schwert an und parierten zugleich mit dem zweiten den Schlag des Gegners.

Die anderen wussten zwar, dass Xzar ein geschickter Kämpfer war, aber solch eine Geschwindigkeit und Präzision, hätten sie ihm nicht zu getraut, umso mehr bestaunten sie den Waffengang der beiden Männer. So mancher Schlag war so schnell, dass man ihn kaum mit dem Auge verfolgen konnte.

Nach einigen weiteren Schlägen und leichteren Treffern trennten sich beide Kämpfer wieder und standen knapp zwei Schwertlängen voneinander entfernt. Noch war nicht zu erkennen, ob einer von ihnen besser war, als der andere. Xzar blutete nur aus zwei kleinen Wunden am Arm und einer dritten am Bein. Seine Kapuze war diesmal durch den Kampf heruntergerutscht, sodass jetzt alle sein Gesicht sehen konnten und den wutverzerrten Ausdruck auf diesem. Der Händler hatte eine Schnittwunde im Gesicht. Ein leichtes Blutrinnsal lief über seine Wange und beide Kämpfer atmeten schnell. Die Drachenschuppenrüstung hatte jedoch jeden Hieb von Xzar abgefangen.

Ein plötzlicher Windstoß brachte die Haare und die Kleidung der Anwesenden zum Wehen und am Himmel zogen dunkle Wolken auf. Erst fielen vereinzelte Tropfen herab, dann wurden es immer mehr und es begann zu regnen.

Xzar und Yakuban standen sich lauernd gegenüber, beide starrten einander grimmig an. Kleine Schweißperlen auf ihrer Haut mischten sich mit dem Regen. Xzars dunkles Haar hing nun in wirren Strähnen in seinem Gesicht und er strahlte eine finstere Aura aus. Yakuban schien das nicht zu beeindrucken und er verzog seinen Mund zu einem hässlichen Grinsen. Er hob eins seiner Schwerter über den Kopf und streckte das zweite voraus.

»Du willst also ein schnelles Ende? Nun gut, mir wird dieses Spielchen eh langsam lästig«, reizte Yakuban ihn.

Xzar antwortete ihm nicht. Er wartete einen Augenblick ab und als eine weitere Windbö über sie hinwegfegte, griff er an.

110

Die Klingen prallten erneut klirrend aufeinander und doch traf Xzar den Händler ein weiteres Mal im Gesicht. Dieser taumelte zurück, konnte sich jedoch schnell wieder fangen und dann folgte eine rasche Angriffsreihenfolge der beiden, bis sie sich erneut voneinander trennten, ohne dass der Kampf einen Sieger hervorbrachte.

»Du bist gut Xzar, aber leider nicht gut genug!«, sagte der Händler siegessicher, während er sich mit der Handrückseite über die zweite Gesichtswunde rieb und sich das Blut ansah, welches nun seine Hand bedeckte, bevor es vom Regen heruntergespült wurde.

»Du weißt, warum du sterben wirst?«, fragte Xzar wütend.

»Ich denke, es hat mit dieser prachtvollen Rüstung zu tun, aber was du damit zu tun hast, das weiß ich nicht.«

»Sie gehört mir und du hast sie meinem Bruder gestohlen. Du hast ihn getötet und ich werde dich dafür töten«, sagte Xzar jetzt deutlich leiser und eine innere Ruhe breitete sich in ihm aus.

»Von deinem Bruder? Ha! Du meinst den Zwerg? Ha, ha, ha, ...*Bruder*.« Yakuban spie das letzte Wort in Xzars Richtung, bevor er loslachte und dann angriff. Aber Xzar dreht sich geschickt zur Seite weg, sodass der Schlag an ihm vorbeiging. Yakuban wollte mit einer schnellen Drehung nachsetzen, doch Xzar konnte den Schlag mühelos parieren. Und dann ging alles noch viel stürmischer zu: Schwerter flogen, Paraden klirrten, blutige Wunden wurden geschlagen. Dann stolperte Xzar bei seinem Angriff, sodass der Händler seine Gelegenheit sah. Yakuban rannte ein Stück auf Xzar zu und holte aus, um mit beiden Schwertern zu zuschlagen. Xzar, der dies von seinem Gegner erwartet hatte, reagierte blitzschnell. Durch den Stolperschritt hatte er Schwung bekommen und diesen wollte er nun nutzen. Er ließ sich nach vorne fallen, machte dabei eine Rolle und stand mit einer Drehung auf. Ein gewagtes Manöver, das wusste er, doch auch ein tödliches für den Angreifer. Das hieß, wenn es ihm gelang, ansonsten würde es seinen Tod bedeuten. Yakubans Klingen flogen heran und Xzar zog seine Schwerter seitwärts an dem heranstürmenden Händler vorbei.

Ebenso schnell, wie dieser Schlagabtausch gewesen war, verstummten die Geräusche des Kampfes. Xzar und Yakuban standen mit dem Rücken zueinander. Der Wind schien plötzlich eisig kalt zu werden und der Regen prasselte mit harten Tropfen auf die Anwesenden hinab. Yakuban sah mit starrem Blick zu Borion, der bei der Gruppe stand. Die Zeit schien still zu stehen, dann rutschten Yakuban seine Schwerter aus den Händen und fielen zu Boden. Fast gleichzeitig schlugen Xzars Klingen hinter dem Händler auf dem nassen Erdreich auf. Dann sanken beide Kämpfer auf die Knie und es wirkte kurz so, als sei dies abgesprochen.

Die anderen erschraken und für einige Herzschläge standen sie wie eingefroren da, bevor Borion langsam auf die Männer zu ging. Kaum war er bis auf zwei Schritt an sie herangetreten, da fiel Yakuban um. Sein Kopf landete einen guten Schritt von seinem Körper entfernt auf dem Boden und ein dicker Blutschwall ergoss sich im Gras. Xzar kniete weiterhin erschöpft da und atmete dann erleichtert auf.

»Xzar? Seid Ihr in Ordnung?«, fragte Borion unsicher. Er musterte den toten Händler immer noch ungläubig. Xzar nickte, seinen Blick zu Boden gerichtet.

Kyra suchte Blickkontakt zu den Gefährten. Sie sah Shahira, die erleichtert aufstand. Dabei zitterten ihre Beine bedrohlich. Borion der langsam auf Xzar zuging und ihm die Hand auf die Schulter legte und Jinnass, der gerade seinen Bogen auszog und in Xzars Richtung zielte.

»Vorsicht!!!«, brüllte sie panisch.

Xzar schreckte auf. Sein Blick zuckte in ihre Richtung, Borion erschrak ebenfalls und drehte sich um, doch es war zu spät, denn der Pfeil zischte gerade los.

Xzar sah Kyras angsterfüllten Ausdruck, wie sie Jinnass anstarrte und um ihre Hand begann die Luft zu knistern und zu verzerren. Xzar reagierte mehr aus der Intuition heraus und drehte schnell seinen Kopf. Er spürte den Pfeil an sich vorbei zischen.

»Arg ... «, erklang es hinter ihm.

Erschrocken blickten alle in die Richtung, aus welcher der Schrei kam und dann sahen sie ihn: Der Scharraz, den Kyra zu Beginn des Kampfes mit ihrem Zauber erwischt hatte, war wieder aufgestanden, einen Dolch in der Hand und jetzt auch einen Pfeil in der Brust. Xzar sah in Jinnass' Richtung und ließ sich rückwärts ins Gras fallen. Er atmete erleichtert auf.

»Bei den großen Vier war das knapp! Guter Schuss, Jinnass. Sind sonst alle in Ordnung?«, fragte Borion, dem die Erleichterung sichtlich anzusehen war.

»Ja«, kam es von Kyra und leise von Shahira, die nun erschöpft in sich zusammensackte. Der Elf nickte stumm. An Kyras Hand war nun keine Veränderung mehr zu sehen. Als sie erkannt hatte, was Jinnass` Plan gewesen war, hatte sie den Zauber abgebrochen.

»Shahira! Alles in Ordnung?«, fragte Sie dann besorgt und ging zu ihr.

Die junge Frau schüttelte den Kopf. Tränen standen ihr in den Augen und ihr Arm hing bewegungslos an ihrer Seite.

Der Elf ritt näher an das Geschehen heran und wandte sich dann zu Kyra um. »Jetzt, ist er kampfunfähig.« Dann richtete er seinen Blick von ihr ab, stieg vom Pferd und ging zu Xzar.

Kyra erinnerte sich an ihr Gespräch über das Kämpfen und das Töten der Gegner und sie verstand die Worte des Elfen. Später würde sie wohl ihre Meinung zu dem Thema neu überdenken müssen.

Jinnass versorgte Xzars Verletzungen und Kyra half ihrer Freundin mit dem verwundeten Arm. Sie verwendete einen ihrer Heilzauber, da eine natürliche Heilung zu lange brauchte. So würde sie den verletzten Arm in einigen Tagen schon wieder voll belasten können, was aber auch bedeutete, dass sie bis dahin größere Anstrengungen vermeiden musste.

Borion sah sich im Lager um. »In den Zelten ist niemand mehr. Lasst mich mal nach Euren Wunden sehen, Shahira.«

»Danke Borion, aber das ist nicht mehr nötig«, sagte Kyra, die nun vorsichtig Shahiras Arm bewegte. »Mein Heilzauber zeigt schon seine Wirkung.«

»Das ist wirklich erstaunlich, Kyra. Ich muss zugestehen, dass mich Eure Magie ein wenig neidisch macht«, gestand Borion staunend.

»Ja, sie kann helfen. Aber sie kann auch sehr gefährlich sein, bedenkt man, was Tasamin mit der Magie anrichtet.«

»Da mögt Ihr recht haben. Dennoch, Euer Zauber ist fabelhaft«, lobte Borion noch ein weiteres Mal.

Nachdem alle versorgt waren, setzten sie sich hin und ruhten ein wenig aus, bevor sie die Leichen zusammenlegten und abdeckten. Sie würden diese später vergraben. Kyra säuberte die Feuerstelle, indem sie die nassen Holzscheite gegen trockene austauschte. Dann entzündete sie ein neues Feuer. Auch hierfür setzte sie ihre Magie ein, da der starke Regen alles andere verhinderte. Als die Flammen dann endlich hoch züngelten, legten sie Holz nach, um es am Brennen zu halten. Borion hatte entschieden, dass sie hier über Nacht lagern würden.

Der Krieger setzte sich zu Xzar. »Ihr erstaunt mich Xzar und das in mehreren Hinsichten. Zuerst einmal hat mich Euer Kampf sehr beeindruckt. Ich hätte Euch so einen guten und ausgereiften Kampfstil nicht zugetraut. Und als Zweites, jetzt so ganz ohne Kapuze scheint Ihr doch ein recht netter Geselle zu sein, warum also dieses Spiel?«

»Nun, man tut, was man kann. Ja, das mit der Kapuze ist eine Angewohnheit von mir. Ich glaube, jetzt ist sie allerdings nicht mehr von Nöten«, antwortete Xzar und wich somit einer ausführlicheren Antwort aus. Dann wandte er sich dem Elfen zu. »Jinnass! Euch gebührt mein Dank. Ihr seid ein ausgezeichneter Schütze.«

»Ich kann mich dem nur anschließen«, fügte Shahira erleichtert hinzu und sah zu dem Elfen.

Dieser nickte nur.

»Und ich muss mich bei Euch, Xzar und Jinnass entschuldigen«, sagte Kyra, »ich hätte euch beiden mehr vertrauen sollen.«

Xzar lächelte. Der Elf warf ihr jedoch nur einen nachdenklichen Blick zu. Xzar stand auf und begann dem toten Händler die Rüstung auszuziehen.

»Was tut Ihr da?«, fragte Borion leicht entsetzt. »Ihr wollt doch wohl nicht etwa die Toten plündern? Auch wenn sie unsere Feinde waren, so sollten wir ...«

»Nein!«, sagte Xzar scharf. »Das, was Ihr vermutet, habe ich nicht vor. Ich hol mir nur zurück, was mir gehört.«

Shahira und die anderen sahen verwundert zu Xzar. Dieser bemerkte die fragenden Blicke und seufzte. Ihm war noch vor dem Kampf klar gewesen, dass er jetzt einiges zu erklären hatte. Allerdings war er noch nicht bereit, ihnen alles zu erzählen, also wählte er seine Worte mit Bedacht.

»Ich habe diese Rüstung vor langer Zeit anfertigen lassen und sie einem Zwerg, einem guten, sehr guten Freund von mir gegeben, damit er darauf aufpasst. Sein Name war Angrolosch, Sohn der Hestados, Sohn des Torgalos, Thronprinz der Zwerge des Schneegebirges. Der Händler hat ihn vermutlich getötet und wenn dem so ist, war Yakubans Tod nicht schmerzhaft genug. Denn dann hat er ihm die Rüstung gestohlen. Verkauft hätte Angrolosch sie niemals«, erklärte Xzar wütend.

Die anderen sagten erst einmal nichts mehr, Xzars Miene war finster und voll schmerzhaftem Zorn. Nachdem er die Rüstung vom Körper des Toten entfernt hatte, klappte er einen Lederstreifen von innen heraus und sagte mit einem finsteren Lächeln, »Hier seht *X.M.v.K.*, das ist die Abkürzung meines Namens. Dieser miese Schweinehund hat sie gestohlen.«

»Und warum habt Ihr sie bei Eurem Freund gelassen?«, fragte Kyra neugierig. »Und dann war es auch noch ein Zwerg? Ich kann es immer noch nicht glauben, dass sie wirklich noch da sind. Selbst an den Akademien ist man sich dessen nicht sicher.«

»Ich sagte doch, dass es sie noch gibt. Ich ließ sie bei Angrolosch, um etwas herauszufinden: Rüstungen aus Drachenschuppen besitzen magische Eigenschaften, die sich erst nach dem Schmieden entfalten und diese wollte ich herausfinden, bevor ich bereit war, die Rüstung selbst zu tragen. Deshalb war ich auf dem Weg nach Barodon. Ich wollte zu Euren Magiertürmen«, erklärte Xzar und ignorierte Kyra, die einwarf, »Türme der Magie zu Barodon.«

Ungerührt fuhr Xzar fort, »Um dort einen Bekannten zu befragen, der sich mit diesen Dingen auskennt. Leider wurden wir, er und ich, in einer Seitenstraße Barodons überfallen. Mein Begleiter wurde von drei Bolzen tödlich verwundet und starb noch am selben Abend. Ich wurde durch einen Treffer ebenfalls schwer verletzt und wäre mein Freund nicht vor mich geschritten, dann wäre auch ich jetzt womöglich tot. Und um ehrlich zu sein, das war die Verletzung, von der ich euch erzählt habe. Die Händler hatten mich zwar mit nach Barodon genommen, aber überfallen wurde ich erst dort. Verzeiht mir die Lüge, ich war mir nicht sicher, ob es schon so weit war, euch die Wahrheit anzuvertrauen. Jedenfalls, mein Freund war Magister Leurand. Kyra Ihr müsstet ihn kennen?«

Kyra nickte zustimmend und fragte dann verunsichert, »Wollt Ihr sagen, er ist tot?«

Xzar senkte den Blick. »Ja, zu meinem tiefsten Bedauern. Er starb am selben Abend, noch bevor er mir das Geheimnis der Drachenschuppen preisgeben konnte, auch wenn das im Angesicht seines Todes nur noch nebensächlich für mich war.«

Kyras Blick verlor sich. Xzars Worte hatten in ihr eine tiefe Wunde gerissen. Tiefer als es für die anderen verständlich war. Ja, sie kannte den Mann. Mehr noch, als ihn nur zu kennen. Sie hatte ihn vor ihrem Aufbruch allerdings eine Zeit lang nicht gesehen, jetzt wusste sie auch warum. Doch weshalb hatte sie nichts davon gehört, dass er umgekommen war? Xzar war bei dem Überfall gewesen, war er etwa ... nein, sie verwarf den Gedanken wieder. Sie spürte, wie ihr Herz schneller schlug und ihre Hände zu zittern begannen. Doch Kyra unterdrückte die Panik, die in ihr Aufstieg und sah dann Xzar an. »Drachenschuppen? Hm ... Ich glaube, da kann ich Euch was zu erzählen. Aber nicht jetzt. Später.«

Xzar nickte stumm. Irgendwie spürte er, dass Kyra der Verlust seines Freundes auch naheging.

»Sagt, wer waren Eure Angreifer?«, fragte Kyra nach wenigen Augenblicken.

»Ich weiß es nicht. Aber auf keinen Fall Wegelagerer, sie waren zu gut gerüstet und auch zu organisiert. Bis heute bin ich davon ausgegangen, dass es ein Zufall war. Aber jetzt nach dem Händler und auch nach dem Überfall mit Tasamin bin ich mir nicht mehr sicher.«

»Ihr glaubt, dass es zusammenhängt?«, fragte Kyra überrascht.

»Vielleicht ja, ich schließe es jedenfalls nicht mehr aus«, sagte Xzar und wickelte die Rüstung in ein Fell ein. Danach verstaute er sie bei seinen Sachen.

»Sagt mal, hat der Kerl vorhin nicht erwähnt, dass es seinem Meister auch recht wäre, wenn wir tot seien?«, fragte Shahira gedankenversunken.

»Stimmt, jetzt wo du es sagst, erinnere ich mich wieder. Hm ... ob er wohl mit seinem Meister ...? Ob er wohl Tasamin meinte?!«, überlegte Kyra.

»Und ob er ihn meinte! Seht her!«, antwortete Xzar. Er hatte eine Papierrolle in der Hand, die er aus der Tasche des Toten herausgezogen hatte. »Hier ist ein Brief an Yakuban, in dem er beauftragt wird, die Rüstung zu Tasamin zu bringen. Die Rüstung und hier ist noch die Rede von einer Karte und einem Drachenschwert. Er ist mit Tasamins Namen unterschrieben und einem Siegel.«

»Vielleicht handelt es sich um einen der fehlenden Kartenteile? Ich würde vorschlagen, dass wir zuerst die Leichen vergraben. Dann sollten wir die Zelte und die Wagen durchsuchen. Die Zelte werden wir heute als Nachtlager nutzen. Morgen können wir entweder jemanden als Boten zurückschicken, damit man die Waren hier wegholt oder wir verbrennen den ganzen Plunder«, schlug Borion vor.

»Ja, das halte ich für eine gute Idee«, stimmte Xzar zu. Die anderen schlossen sich an.

Während sie eine Grube für die Leichen aushoben, nahm Kyra ihre Freundin Shahira zur Seite. »Du hättest mir auch sagen können, dass Xzar nicht zu den hässlichsten Zeitgenossen gehört.«

Shahira lächelte. »Hättest du es mir geglaubt? Ich habe mich schon sehr lange mit ihm unterhalten und bereits in Kurvall hat er mir sein Gesicht gezeigt. Ich bin froh Kyra, dass du ein wenig deines Misstrauens ablegst. Das macht Vieles leichter.«

»Ja, er scheint doch anders zu sein, als ich zuerst dachte, aber *vertrauen* kann ich ihm noch nicht. Das muss er sich noch erarbeiten«, sagte Kyra, doch sie lächelte dabei.

»Wie meinst du das, mit dem anders sein?«, fragte Shahira erstaunt.

»Nun ja, nicht mehr so verstohlen und geheimnisvoll. Und er hat einen Freund aus erlesenen Magierkreisen in Barodon, oder vielmehr hatte er diesen ...«, antwortete die Magierin und ihr Blick wurde traurig.

Doch auch wenn Shahira ihr einen fragenden Blick zu warf, ging Kyra nicht weiter darauf ein.

Drachenschwert

Nachdem sie die Leichen des Händlers und der gefallenen Scharraz etwa einhundert Schritt vom Lager entfernt vergraben hatten, begannen sie die Zelte zu durchsuchen. Borion besah sich mit Kyra das erste Zelt, Shahira und Xzar das Zweite. Jinnass kümmerte sich in der Zwischenzeit um das Abendessen. Im Proviant der Händler gab es einige seltene Speisen und sie hatten kurz darüber abgestimmt, dass sie diese probieren wollten.

»Woher der Kerl den ganzen Plunder hier hatte, will ich gar nicht wissen«, sagte Borion kopfschüttelnd.

»Jedenfalls nicht« ehrlich erworben. Seht her Borion!« Kyra drehte einen fein gearbeiteten, schlanken Dolch zwischen ihren Fingern hin und her. Wobei Dolch beschrieb ihn nicht richtig, denn es war eher ein Stilett und eindeutig die Waffe einer feinen Dame. Auf dem Griff, der mit goldenen Bändern umwickelt war, sah man ein Wappen: Eine eiserne Faust auf weißem Grund; durch die Faust, als würde sie den Stiel umklammern, lag eine rote Rose: Es war das Wappen des Königshauses Mandum'n.

Das Herrschergeschlecht Mandum regierte das südliche Königreich in Nagrias nun schon seit fast zweihundert Jahren, was durch den Namensanhang Mandum'n erkenntlich wurde. In etwa drei Jahren würden sie diese zweihundert Jahre überschreiten und der Name würde zu Mandum'in geändert werden. Alle hundert Jahre, die ein Geschlecht herrschte, bekam es eine weitere Endung. Das älteste Geschlecht, das je regiert hatte, war das Königshaus Grembal'darosin gewesen. Doch der letzte König dieser Herrscherlinie starb, ohne Kinder zu hinterlassen. Und so rückte die Tochter seiner bereits verstorbenen Schwester in der Thronfolge nach. Sie hatte einige Jahre zuvor in das Geschlecht Mandum eingeheiratet. Durch ihren Anspruch auf den Thron hatte eine neue Herrschaftsperiode begonnen, die bis heute anhielt. Auch wenn man zugeben musste, dass mit dem großen Krieg gegen die Magier einige Stimmen laut geworden waren, die eine Abdankung forderten. Mittlerweile waren aber auch diese wieder verstummt oder falls noch vorhanden, waren sie viel, viel leiser geworden. Denn der König hatte es verstanden das Land schnell wieder aufzubauen.

»Wir sollten den Dolch einpacken und ihn mit nach Bergvall nehmen. Dort könnten wir ihn einem Boten mitgeben. Dieser kann ihn dann zum Königshaus zurückzubringen«, sagte Kyra.

»Ja, in Ordnung«, antwortete Borion.

Plötzlich zog Borion seinen Arm zurück. Er musterte überrascht eine Felldecke und schob dann die Hand wieder vor. Langsam zog er ein Langschwert aus dem Fellbündel heraus und ihrer beider Augen weiteten sich. Das Heft, welches zuerst zum Vorschein kam, war mit schwarzem Leder gebunden und spiralförmig liefen goldene Einbindungen vom Knauf bis hinauf zur Parierstange. An dieser endeten sie in einem schwarzgoldenen Drachenkopf. Aus dem Maul des Drachen entsprang dann die glänzende, silberne Klinge von etwas mehr als einem Schritt Länge. Die Parierstange hatte die Form von zwei weit gespannten Drachenflügeln und die Augen des Drachen bestanden aus zwei kleinen, blauen Edelsteinen, die einen leicht tränenförmigen Schliff besaßen. Borion hob die Klinge schwungvoll an, bis er sie senkrecht vor seinem Gesicht hielt. Die Klinge summte, als würde eine Bogensehne beim Schuss die Luft zerteilen.

»Das muss das Drachenschwert sein, von dem in dem Brief die Rede ist! Es ist ... es ist atemberaubend«, brachte Kyra heraus.

»Ja, das ist es: Wundervoll!«, bestätigte Borion. Dann zog er noch eine Schwertscheide heraus. Sie war geformt und gefärbt wie ein Flammenstrahl. Borion steckte das Schwert hinein. Im Zusammenspiel sahen Klinge und Scheide nun so aus, als würde der Drache seinen Feuerodem über das Land speien. Alles war sehr akkurat und edel verarbeitet. Der

Schmied dieses Schwertes musste ein Großmeister seines Faches gewesen sein. Die Lederkunst deutete darauf hin, dass auch hier kein Lehrling am Werk gewesen war.

Borion schnallte sich das Schwert an den Gürtel. »Ich werde es erst mal an mich nehmen, bis wir wissen, was wir damit machen sollen.«

Kyra nickte zögerlich. »Suchen wir weiter nach der Karte.«

In der Zwischenzeit durchsuchten Shahira und Xzar das zweite Zelt. Kyras Zauber hatte sehr geholfen, sodass sie sich fast wieder schmerzfrei bewegen konnte. Aber ihr Arm würde noch ein paar Tage Ruhe brauchen, bis sie ihn wieder im Kampf einsetzen konnte.

»Eigentlich ist es Verschwendung, das ganze Zeug hier zu verbrennen«, sagte Shahira schwärmerisch. »Anderseits wäre es ungerecht, wenn irgendein Streuner sich mit den Waren ein schönes Leben machen würde.«

»Ich glaube, es ist besser, wir verbrennen alles. Ich kann mir nicht vorstellen, dass es ehrlich erworben ist«, antwortete Xzar kopfschüttelnd.

Shahira stellte einen silbernen Trinkpokal zurück auf einen Tisch. »Ja, das wird das Beste sein.«

In diesem Zelt hatten wohl die Kämpfer gelagert, denn auf dem Boden lagen mehrere Decken und Felle verteilt. Auch das Fell des Rennkamels lag hier.

›Soviel zu dem wertvollen Fell, das zu schade war, um es als Lagerdecke zu nutzen‹, dachte Shahira. Vereinzelt lagen neben den Schlafplätzen noch Rüstungen und Waffen, aber nichts von Bedeutung.

»Hier sind so viele Sachen, aber ich finde keine Karte oder ähnliches und auch kein Schwert«, sagte Shahira, als sie mit dem Fuß einige Decken am Boden beiseiteschob. Dann blickte sie wieder zu Xzar. »Darf ich dich was fragen?«

Er nickte.

»Verrätst du mir, wo du so gut kämpfen gelernt hast?«
»Ist das wirklich so wichtig für dich?«

»Ich würde es nur gerne wissen. Du klingst, als wäre es ein schreckliches Geheimnis oder gar etwas Verbotenes. Oder vielleicht vertraust du mir auch nur nicht?«, fragte sie nachdenklich.

Xzar zögerte. »Das ist es nicht.« Nach einer kurzen Pause fügte er hinzu, »Shahira ich mag dich und ich vertraue dir. Es ist nur so, ich rede nicht gerne darüber. Dazu kommt, dass es sich anfühlt, als läge das alles schon Jahre zurück, dabei bin ich nicht mal ein halbes Jahr von zu Hause fort.« Er seufzte. »Aber ich werde dir etwas dazu erzählen. Setzen wir uns dafür einen Augenblick?«

Sie nickte. Xzar zog zwei der weichen Felle heran und er musste zugeben, dass sie wirklich sehr bequem waren.

»Es begann alles in den frühen Tagen meiner Kindheit. Ich wurde von meinen Eltern in der Nähe von Kan'bja ausgesetzt. Kan'bja ist eine, wenn nicht sogar *die einzige* verborgenen Zwergenstadt. Kaum einer weiß, dass es sie gibt, was nicht schwer zu glauben sein dürfte, du siehst ja, viele denken, es gäbe nicht mal mehr Zwerge.

Doch weiter zu mir: Meine Eltern waren wohl sehr arm, jedenfalls nehme ich das an, und konnten mich nicht ernähren. Sie wurden noch am selben Tage, an dem sie mich aussetzten von Räubern getötet. Somit retteten sie mir mit ihrer schändlichen Tat mein Leben. Zumindest habe ich das später herausgefunden. Ein Späherbericht in den Archiven der Zwerge berichtet von jenem Tag. Aber ich hege keinen Gram ihnen gegenüber. Wenn ich selbst in dieser Situation gewesen wäre, wer weiß, was ich getan hätte.

Und in meinem Unglück hatte ich Glück und wurde gerettet. Ein alter Schmied, ein Zwerg Namens Hestados, Sohn des Torgalos nahm mich auf. Er lebte mit seiner Frau schon seit hunderten von Jahren dort am Rande des Schneegebirges, ein wenig abseits von Kan'bja. Sie hatten auch einen Sohn, Angrolosch.« Xzar stockte, bevor er leise weitersprach, »Er war mein Bruder. Später folgten noch weitere Geschwister. Meine Schwester Serasia und meine zwei kleineren Brüder: Tidalox und Farandolosch. Auch wenn unser Blut nicht gleich ist, so waren wir eine Familie. Wenn Yakuban die Rüstung hatte, so muss er sie ermordet haben. Ich hoffe innerlich so sehr, dass sie entkommen konnten. Aber sie sind nun mal Zwerge und sie werden die Rüstung niemals kampflos hergegeben haben.«

»Das tut mir leid«, sagte Shahira und legte ihre Hand auf Xzars Schulter.

»Das braucht es nicht. Ich hatte jetzt einen Teil meiner Rache, auch wenn es sich nicht besser anfühlt. Hestados zog mich auf, bis ich zwölf Jahre wurde. Er hatte schon früh bemerkt, dass mich seltsame Ereignisse begleiteten. Ich bewegte Gegenstände mit meinen Gedanken oder ließ sie an einem Ort verschwinden und an einem anderen wieder auftauchen. Für die Zwerge war dies eine seltsame Natur, da sie so ganz anders war, als die Magie des Zwergenvolks. Deshalb schickte er mich zu einem Freund von ihm, einem Gelehrten und Magier. Sein Name ist Diljares. Dieser Mann war zu Beginn für mich ein seltsamer Kauz.« Xzar machte eine Pause und musste unwillkürlich lächeln. »Eigentlich ist er das noch immer, aber ich liebe ihn, wie einen Vater. Wie einen Zweiten, wenn ich Hestados als meinen Ersten mitzähle. Jedenfalls Diljares: Er wohnt in einem Baumhaus im Wald Illamines. Er lehrte mich zehn Jahre den Umgang mit der Magie. Seine Lehre folgt der Schwarzen Kunst, die sich vor allem mit der Zerstörung und dem Schaden befasst, also der Ursprung jedweder Kampfmagie. Er brachte mir mehr bei, als ich jemals an einer Akademie hätte lernen können und auch Pfade der Magie, die zwar über alle Maße gefährlich sind, aber heute auch weitestgehend nicht mehr gelehrt werden.

Weitere drei Jahre unterrichtete er mich in der Kunst des Schwertkampfes in einem der Kampfstile, den die Scharraz anwenden. Es geht dabei darum, dass man die Angriffe seines Gegners für sich nutzt, Überleitung von Kraft und Schwung. Paraden sind zweitrangig, dafür gewinnt das Ausweichen an Aufmerksamkeit und man lernt kleinere Wunden während des Kampfes nicht zu beachten. Nie hat er mir eröffnet, wo er selbst diese Kunst gelernt hat. Zugegeben, ich habe auch nie danach gefragt. Wenn ich Fragen hatte, war er immer offen und ehrlich zu mir, er lehrte mich fast jedes Geheimnis der Magie.

Kurz bevor er mich zum ersten Mal fortschickte, gab er mir diesen Stab und zeichnete mir den Weg zu einer Drachenhöhle auf. Er erzählte mir, dass dort einst ein Drache gelebt haben sollte und mit ein wenig Glück, könne ich dort etwas finden was mir nutzt. Ach ja, ich sollte Angrolosch mitnehmen. Diljares sagte, dem dicken Kerl täte es gut, mal aus seiner Schmiede heraus zu kommen. Vermutlich hatte er recht, anderseits wäre Angrolosch mir mit der heißen Esse hinterhergerannt, hätte ich ihn nicht gefragt.« Xzar lächelte erneut und machte eine Pause.

»Warum hat er dich fortgeschickt?«

»Das habe ich mich auch gefragt. Mittlerweile denke ich, er wollte, dass ich die Welt kennenlerne. Wenn ich heute so darüber nachdenke, war es kein richtiges Fortschicken. Damals dachte ich, er wollte mich prüfen.«

»Prüfen?«

»Ja, ob ich zurechtkomme im Leben und mit dem, was er mich gelehrt hatte. Ob ich einen Weg finden würde mein Wissen zu nutzen und ob ich bereit war, mein eigenes Leben zu leben. Ich konnte ja auch nicht ewig bei ihm bleiben.«

»Dann hat er beides erreicht. Er prüft dich, indem du die Welt kennenlernst. Und, konntest du ihn zufrieden stimmen?«, fragte Shahira interessiert.

Xzar dachte einen Augenblick über ihre Worte nach und lächelte dann traurig. »Das ... weiß ich noch nicht. Ich habe ihn seither nicht mehr gesehen, denn aus Barodon bin ich dann mit euch weitergereist. Aber ja, ich glaube, er wäre stolz. Wenn ich jetzt an ihn zurückdenke, dann kommt es mir im Nachhinein vor, als hätte er es gewusst.«

»Was gewusst? Das du uns triffst und mit uns den Tempel suchen würdest?«

»Nein, vielleicht nicht so genau. Aber das ich das erste Abenteuer greifen würde, was sich mir bietet. Wobei zugegeben, es ist ja schon das Zweite«, lachte er auf.

Shahira hob eine Augenbraue und sah ihn fragend an. »Wie meinst du das? Was hast du vorher schon erlebt?«

»Nun, ich meine die Suche nach der Drachenhöhle. Ich ging mit Angrolosch los, um sie zu finden. Und ich sage dir, dies war für uns beide unser erstes großes Abenteuer. Wir hatten ja nur eine grobe Wegbeschreibung und wir suchten tagelang. Und wir benahmen uns wie blutige Anfänger. Zugegeben, das waren wir ja auch. Wir rasteten in der Höhle einer großen Wildkatze, pflückten Pilze neben einer Wildschweinrotte, kletterten den ungünstigsten Bergpass hinauf und durchquerten den Sumpf an seiner tiefsten Stelle. Kurz: Wir haben alles falsch gemacht, was man nur falsch machen konnte.« Xzar lachte und schüttelte dann den Kopf, als er die Bilder dieser Ereignisse vor seinem inneren Auge noch einmal sah.

»Oh ja, das klingt wahrlich nach einem Abenteuer. Und, habt ihr die Höhle gefunden?«

»Ja, und den Lohn unserer Mühe, denn dort fanden wir einen Drachen, er war tot. Sein Schädel war zerschnitten und man hatte ihm die Krallen, die Zähne und ein paar Dornen seines Kamms entfernt. Vielleicht waren seine Vollstrecker Drachentöter gewesen, wer weiß. Aber das interessierte uns damals nicht und wir schnitten uns einige Drachenschuppen aus dem toten Körper. Angrolosch schmiedete jedem von uns mithilfe von Hestados einen Schuppenpanzer. Hestados nannte sie *Kajabuun,* was nichts anderes bedeutet als *Drachenschuppenrüstung.* Hestados konnte mir allerdings nichts über die Schuppen sagen und so sandte er mich nach Barodon an die Akademie und dort zu einem alten Freund. Mittlerweile bin ich mir sicher, dass mein Meister und Hestados alles über Drachen und auch diese Schuppen wussten, doch sie wollten mir den Weg in die Ferne ermöglichen. Doch jetzt ...« Xzar stockte und seine Hände zitterten leicht. Seine Augen bekamen einen feuchten Glanz.

Shahira sah ihn besorgt an. »Was meinst du?«

»Zu welchem Preis! Welch teurer Preis, den ich zahlen muss, wenn mein Bruder und mein Vater tot sind. Doch wie es auch ausgehen mag, es gibt noch jemanden, der mir eine Antwort schuldet. Ich werde herausfinden, was Tasamin mit der Sache zu tun hat.«

Shahira spürte eine Unsicherheit in ihr aufsteigen. »Xzar? Ich wusste nicht, dass deine Vergangenheit so schlimm ist und dass dich die Erinnerung so schmerzt. Ich wollte dich nicht dazu überreden, es mir zu erzählen. Entschuldige bitte«, sagte sie und umarmte Xzar zaghaft.

»Nein, ist schon in Ordnung. Es wurde ja erst schlimm, als ich die Rüstung bei Yakuban sah. Mein Leben bei den Zwergen war wahrscheinlich das Beste, was mir je geschah. Ich litt nie Hunger, noch mangelte es mir an irgendetwas anderem. Nicht einmal andere Menschen vermisste ich. Bei Hestados fühlte ich mich wohl. Er war mein *Vater*. Und doch, um ehrlich zu sein, es fühlt sich gut an, mal mit jemand wie dir darüber zu reden. Und ich bin sehr froh, dass ich es *dir* erzählt habe«, antwortete Xzar.

»Jemand, wie ich?«, fragte Shahira und zog die Augenbrauen hoch.

Xzar lächelte. »Ja, einem Menschen.«

Einen Lidschlag später wurde die Plane des Zeltes beiseitegezogen und Borion blickte durch einen Spalt herein. »He! Ihr zwei Turteltauben, ihr solltet doch nach was suchen! Aber nicht schlimm, wir haben das Schwert und eine Karte gefunden. Kommt mit raus!«

Shahira lockerte verlegen ihre Umarmung und sie spürte, wie ihr die Röte ins Gesicht stieg. Xzar lächelte ebenfalls unbeholfen.

»Dann lass uns mal rausgehen«, sagte sie hektisch zu Xzar.

In ihrer beiden Blicke lagen plötzlich tausende Worte, die sich keiner von ihnen auszusprechen traute. Bevor Shahira aus dem Zelt gehen konnte, hielt Xzar sie auf, »Shahira! Warte. Ich … ich…. Ach nein, nicht so wichtig. Lass uns rausgehen.« Daraufhin schritt Xzar mit einem leisen Seufzer an Shahira vorbei nach draußen. Für einen Augenblick stand die junge Frau noch verlassen im Eingang, dann folgte sie Xzar nachdenklich.

Vor den Zelten saßen Borion, Jinnass und Kyra bereits um ein loderndes Feuer herum, über dem ein Braten schmorte.

»Das ist zwar die Karte von einem Gewölbe, jedoch ist es keiner der fehlenden Karteinteile. Hier ist auch ein Ritualplatz eingezeichnet und viele kleine, wild verzweigte Gänge. Vielleicht können wir sie dennoch brauchen. Eine Randnotiz weist auf eine *untere Ebene* hin«, erörterte Borion seinen Fund. »Xzar seht Euch mal dieses Schwert an«, fuhr er fort und hielt Xzar das Drachenschwert entgegen, der es nahm und tief einatmete.

Als Xzar den Griff nahm, spürte er ein Kribbeln in seiner Handfläche. Er zuckte unweigerlich zusammen, als einer der Holzscheite im Feuer laut knackte. Borion sah ihn fragend an, doch Xzar hatte nur Augen für das Schwert in der dicken Lederscheide. Er fuhr mit der Handfläche noch einmal über den Griff, nahm mit der anderen Hand die Scheide und zog die Klinge heraus. Erneut gab sie dieses seltsame Geräusch von sich, als würde das Schwert summen. Von dem blanken Stahl brach das Licht des Feuers in viele kleine Strahlen und es sah aus, als würden diese wie Funken auf der Klinge tanzen, um dann hinabzugleiten und in der nassen Erde zu versinken. Shahira fehlten die Worte. Sie starrte wie gebannt auf die edle Waffe. Die Eleganz dieser Klinge hatte sie in ihren Bann gezogen. Xzar drehte das Schwert im Lichtschein hin und her. Da es bereits dämmerte, sah man die reflektierenden Lichtstrahlen umso deutlicher. Diese Schmiedearbeit ließ den Drachenkopf wahrlich Feuer speien.

»Es sieht wundervoll aus. Eine schönere Schmiedekunst ist mir noch nie untergekommen. Ich habe bereits einen einfachen Analysezauber auf das Schwert gewirkt und es scheint eine sehr starke magische Aura von dem Drachenkopf auszugehen. Aber was genau dahinter steckt, konnte ich nicht herausfinden. Dafür sind die arkanen Geflechte zu verworren. Ich weiß es nicht besser, doch ich glaube, dass kein sterbliches Wesen in der Lage sein sollte, solch eine Waffe zu schmieden«, sagte Kyra ratlos und bewundernd zugleich.

Xzar führte das Schwert zurück in seine Scheide und gab es behutsam an Borion zurück, ganz so als fürchtete er, es zu beschädigen.

»Diese Waffe ist wirklich einzigartig. Ich habe solch ein Schmiedewerk ebenfalls noch nie gesehen. Nichtmal bei den Zwergen«, sagte Xzar ehrfürchtig.

Jinnass schnaubte verächtlich.

Xzar warf ihm einen fragenden Blick zu. »Kennt Ihr bessere Schmiedemeister, Jinnass?«

Der Elf nickte, doch er schien ihnen nicht mitteilen zu wollen, wen er meinte.

Sie sahen ihn noch einen Augenblick fragend an, dann fuhren sie mit ihrer Unterhaltung fort.

»Was will Tasamin mit diesem Schwert und der Rüstung?«, fragte Shahira.

»Nun vielleicht will er sie, um zu kämpfen?«, versuchte Borion zu erklären, bemerkte jedoch die Sinnlosigkeit in seinen Worten.

»Nein, nein, das glaube ich nicht ... Hmm ... Nehmen wir mal an, mit diesem Schwert wurde einst ein Drache getötet oder irgendwas an ihm ist von einem Drachen: Mit der Rüstung hätte er Drachenschuppen und wenn es wirklich stimmt, dass in der Tempelruine ein Drachenauge versteckt ist, dann wäre er vielleicht in der Lage einen Drachen zu beschwören und sogar ihn zu befehligen«, spekulierte Kyra nachdenklich. Sie stutzte erschrocken, als ihr bewusst wurde, welch gefährliche Worte sie damit ausgesprochen hatte.

»Ja, das wäre möglich. Nur hat er die Rüstung und das Schwert *jetzt* nicht mehr«, spottete Xzar.

Die anderen begannen zu lachen.

»Was ist eigentlich mit den Drachen geschehen? Gibt es sie noch?«, fragte Shahira.

Sie sahen einander schulterzuckend an. Zu ihrer aller Verwunderung war es Jinnass, der antwortete. »Zwerge und Menschen haben sie gejagt und fast ausgerottet.«

»Wie konnte so etwas geschehen, ich meine Drachen sind doch nicht gerade leicht zu töten, oder?«, hakte Shahira weiter nach.

»Ihre Eier wurden geraubt, ihre Nester zerstört«, sagte Jinnass knapp.

»Und, gibt es sie noch?«

Der Elf sah missmutig zu ihr und man merkte ihm deutlich an, dass die Fragen ihn ermüdeten. »Ja, vereinzelt.«

Shahira wartete, doch der Elf fügte nichts mehr hinzu, also fragte sie erneut nach, »Und die hohen Drachen?«

Jinnass zögerte, dann nickte er langsam, »Ja.«

»Müsste man sie denn nicht mal sehen, sie sind doch sicher groß?«, fragte Shahira jetzt in die Runde ihrer Gefährten.

Kyra räusperte sich und sie schien erleichtert, endlich auch etwas beitragen zu können. »Es heißt, sie können jede beliebige Gestalt annehmen und so verborgen bleiben, vielleicht sogar unter uns wandeln.«

»Heißt es nicht, die großen Vier seien alte Drachen?«, fragte Xzar nun.

»Ja, so ist es«, kam Jinnass' Antwort und da keiner der anderen mehr etwas sagte, war dieses Gespräch wohl beendet.

Später aßen sie etwas, teilten die Wachen ein und legten sich schlafen. Die Nacht verlief ungewöhnlich ruhig, auch wenn keiner von ihnen wirklich fest schlief. Jeder wurde von seinen eigenen Gedanken im Traum gejagt. Xzars Gedanken drehten sich vor allem um seinen Bruder, die Drachenschuppenrüstung und was wohl passiert war. Wie war Yakuban an diese Rüstung gekommen? Seine zwergische Familie lebte zwar außerhalb der Stadt Kan'bja, aber sie waren ganz sicher nicht wehrlos. Und was war mit den anderen? Seine Schwester und die beiden Kleinen, hatte Yakuban diese auch ermordet? Über diese Gedanken hinweg, fiel er in einen unruhigen Schlaf.

Shahira und Kyra hatten wieder eine gemeinsame Wache und nachdem alle anderen eingeschlafen waren, setzte sich die junge Abenteurerin zu ihrer Freundin. »Sag mal, darf ich dich was über die Magie fragen?«

»Ja, sicher. Solange es nicht zu theoretisch wird, denn dann wird es schwer, dir alles zu erklären«, sagte Kyra zweifelnd.

»Wieso? Glaubst du, ich bin nicht schlau genug?« Shahira klang enttäuscht.

»Nein Sari, darum geht es nicht.«

›Hatte sie gerade Sari zu ihr gesagt? Diesen Spitznamen hatte sie bestimmt zehn Jahre nicht mehr gehört. Kyra schien das nicht mal bemerkt zu haben‹, dachte Shahira.

»Es liegt an den ganzen Thesen und Formeln und all die Zusammenhänge. Das hat wenig damit zu tun, ob jemand schlau ist oder nicht. Es erfordert nur eine lange Zeit des Studiums, bis man das alles versteht. Aber frage ruhig, egal was es ist, ich werde versuchen dir zu antworten«, ermutigte Kyra sie jetzt.

Shahira nickte. »Was sind die dunklen Künste?«

Kyra zog misstrauisch die Augenbrauen hoch. »Wie kommst du auf diese Frage?«

Shahira schluckte sichtlich. Was sollte sie ihr nur sagen? Sie wollte ihr nicht erklären, was Xzar ihr erzählt hatte. »Ich habe Borion darüber reden gehört, über Tasamin und ...« Sie hielt inne und war froh, als Kyra nickte.

»Ja, die Totenbeschwörung ist das Schlimmste, was es gibt. Ein Frevel gegen alles Leben. Es gibt bei uns verschiedene Magieausrichtungen und man spricht dabei von Weißmagie und Schwarzmagie. Einige sehen noch einen Mittelweg dazwischen und sie wird spöttisch als Graumagie beschrieben, allerdings ist dies kein anerkannter Begriff. Eigentlich sind die anderen beiden auch keine wirklichen Namen für das, was wir Magier machen. Wenn man von reiner weißer Magie spricht, dann muss man diese wohl den Elfen zuschreiben, denn sie bedienen sich nur an dem, was auch wirklich da ist: der Natur. Wir Menschen nutzen die Kraft anders, aber das geht zu sehr in die Theorie, bleiben wir beim Thema dunkle Kunst. Man bezeichnet nur jene Magier als Schwarzmagier, die sich über die vorhandenen Grenzen der Magie hinwegsetzen.« Kyra machte eine Pause, um nachzudenken. »Wie soll ich es am besten erklären: Elfen zaubern mit dem, was da ist, sie wandeln vorhandene Energien der Natur um. Magier, wie ich, wandeln dagegen vorhandene Kraft in eine andere um und verstärken sie. Zum Beispiel nehme ich von der Natur und mische sie mit einem Element, um Feuer zu erzeugen. Schwarze Magier nehmen die Kraft und wandeln sie in etwas, was hinterher weg ist. Ein erhobener Untoter wird irgendwann zerfallen und die Magie, welche für seine Erhebung von Nöten war, verschwindet. Kannst du das nachvollziehen?«

Shahira überlegte einen Augenblick, dann nickte sie langsam. »Ich glaube schon. Zumindest grob. Also die dunklen Künste sind nicht gut.«

»Nein, sind sie nicht. Und nicht selten verdirbt es auch den Magier, sodass er mehr nach dem Unheil trachtet oder nur noch für seine eigenen Zwecke arbeitet«, fügte Kyra bei.

»Aber es muss nicht so sein?«, fragte Shahira und in ihrem Ton lag ein seltsamer Anflug von Hoffnung.

Kyra sah sie stirnrunzelnd an. »Eine merkwürdige Frage ... aber nein, es muss natürlich nicht so sein.«

Shahira nickte und bedankte sich lächelnd bei ihrer Freundin für das Gespräch. Dann stand sie auf, um eine Runde durch ihr Lager zu machen. Xzar kannte also Sprüche der schwarzen Magie, aber das bedeutete nicht, dass er auch einst böse sein würde. Das beruhigte Shahira irgendwie. Ob er sich selbst darüber Gedanken machte?

Am nächsten Morgen füllten sie ihren Proviant an den Vorräten der Händler auf. Shahira fand den Vorrat an Gewürzen und Trockenobst und nahm sich noch etwas davon mit. Borion faltete eine der Zeltplanen zusammen und packte sie auf den Rücken eines der Lastpferde. Jinnass füllte seinen Pfeilbestand auf und nahm sich einen zusätzlichen Pfeilköcher samt Pfeilen mit. Danach ließ er sämtliche Pferde der Nordländer frei. Sie waren sich sicher, dass diese schon bald neue Besitzer fänden. Vielleicht folgten sie auch ihrem Instinkt und suchten die Wege zurück in den Norden, wo viele Wildpferde lebten.

Xzar hatte einen kleineren Rucksack aus einem der Zelte mitgenommen, in dem sich etwas Schweres befand. Auf Nachfragen winkte er ab, dass es nur zusätzlicher Proviant wäre. Doch Shahira war sich sicher, dass es für Proviant zu schwer war. Hatte er sich von den Waren etwas mitgenommen?

Sie stapelten die restlichen Gegenstände in einem der Zelte und zündeten es an. Zuerst hatten sie überlegt, ob es Sinn machte, einen Boten zurückzuschicken, doch dann hätten sie zu lange warten müssen. Durch den Kampf mit den Händlern hatten sie bereits einen halben Tag verloren. Also entschlossen sie sich, die Waren, von denen das meiste eh gestohlen schien und dazu noch Tasamin gehörte, zu vernichten.

Da es in der letzten Nacht noch einmal stark geregnet hatte, war sich Borion sicher, dass die Flammen nicht auf den umliegenden Wald überschlagen konnten. Zwar waren auch die Zelte nass geworden, aber Lampenöl aus dem Warenlager half das Ganze zu beschleunigen. Trotzdem war die dunkle Rauchfahne sicher meilenweit zu sehen. Als alles brannte, gab er den Befehl zum Aufbruch und ihre Reise ging weiter.

Geheimnis eines Schwertes

Der Reisetag verlief ohne Zwischenfälle. Es hatte bereits kurz nach ihrem Aufbruch wieder zu regnen begonnen und mittlerweile war ihre Kleidung durchnässt. Sie ritten über eine weite Ebene und nur vereinzelt gab es kleinere Erhebungen und Baumgruppen, die gegen Nachmittag immer dichter wurden und man schon von kleinen Wäldern sprechen konnte.

Als der Tag sich dem Ende zu neigte, suchten sie sich einen geeigneten Ort für die Nacht. Jinnass fand eine kleine Lichtung zwischen den Bäumen. Hier konnten sie die mitgenommene Zeltplane aufspannen, die somit ein breites Dach bildete und der Regen nach hinten abfloss. Zu ihrer aller Bedauern war auf dem nassen Boden kein trockenes Holz für ein Lagerfeuer zu finden, aber Borion hatte vorgesorgt, denn er hatte einige Scheite aus dem Vorrat der Händler eingepackt. Er entfachte unter der Zeltplane ein kleines Feuer und stapelte einige der nassen Äste daneben in der Hoffnung, dass sie rasch trocknen würden, um später zu brennen.

Jinnass saß ebenfalls am Feuer. Er nahm sich die Pfeile, die er aus den Händlerzelten mitgenommen hatte zur Hand, dann öffnete er seinen Rucksack. Shahira beobachtete den Elfen aufmerksam, vielleicht würde sie endlich erfahren, was Jinnass in diesem verbarg. Zuerst holte der Elf zwei Holztöpfchen und dann einen Lappen heraus. Er öffnete einen der Töpfe und tauchte das Tuch mit der Spitze ein wenig hinein. Dann begann er vorsichtig und in gleichmäßigen Zügen die Pfeilspitzen einzureiben. Durch die schwarze, kernige Flüssigkeit bekamen die Spitzen einen leichten Rotstich, andere Veränderungen waren allerdings nicht zu erkennen. Nachdem er alle Pfeile fertig poliert hatte, öffnete er den zweiten Topf. Dazu holte er noch eine flache Holzschüssel aus seinem Rucksack und vermischte den Inhalt beider Gefäße. Damit färbte er jetzt die Federn der Pfeile ein. Shahira war enttäuscht, was den Inhalt des Rucksacks anging, denn es waren nicht die rätselhaften Dinge gewesen, die sie sich in ihren Gedanken ausgemalt hatte.

Plötzlich ruckte der Kopf des Elfen hoch und er sah sie kühl an. Ein höhnisches Grinsen lag auf seinen Lippen und er nickte unmerklich, bevor er sich erneut seiner Arbeit widmete. Was sollte das? Fand er das lustig? Kyra hatte recht: Elfen waren seltsam. Nachdenklich lehnte sie sich zurück und ließ ihre Gedanken ziehen.

Später gesellte sich Kyra abseits der anderen zu Xzar. »Darf ich?«, fragte sie und deutete auf den Platz neben ihm.

Er nickte.

»Ich wollte Euch doch etwas über Eure Rüstung erzählen«, sagte die Magierin, nachdem sie sich neben ihm niedergelassen hatte.

Xzar sah sie interessiert an und nickte erneut.

»Nun gut. Also es ist nicht viel, was wir ... was Euer Bekannter herausfand. Er hat mit mir darüber gesprochen.«

Xzar sah sie fragend an, doch Kyra ging nicht weiter auf ihre gemeinsame Verbindung ein, stattdessen fuhr sie mit ihrer Erklärung fort. »Die Schuppen, die Ihr ihm mitbrachtet, waren von einem Sturmdrachen. Sie leben zumeist in hoch gelegenen Höhlen, also ich meine, wenn es sie noch gibt. Die Schuppen sind um einiges härter als geschmiedeter Stahl. Greift man mit einem Schwert an, so kann die Schuppe dem Schlag völlig widerstehen, sticht man zu, ist sie empfindlich. Wenn ein magischer Schadenszauber die Schuppe trifft, absorbiert diese die Energie fast vollständig. Und dann hat die Rüstung noch eine ganz besondere Eigenschaft. In der Natur der Drachen liegt vor allem die Fähigkeit, sich selbst zu heilen und das geht von ihren Schuppen aus.«

Xzars Augen wurden groß, doch Kyra schüttelte den Kopf. »Das bedeutet nicht, dass die Rüstung Eure Wunden heilt. Aber wird die Rüstung an den Schuppen beschädigt, wachsen diese wieder zusammen«, sie machte eine Pause. »Das war leider alles, was wir rausgefunden haben.«

Xzar sah sie mit offenem Mund an. »Das war alles?«

Kyra zuckte mit den Schultern und lächelte entschuldigend. »Ja, leider.«

Schnell fügte er hinzu, »Nein! So meinte ich das nicht. Das war viel. Viel mehr als ich erwartet hätte. Danke Kyra, doch sagt Kyra, mein und Euer Bekannter ...«

Sie hob eine Hand und unterbrach ihn. »Nein, nicht jetzt.« Mit diesen Worten erhob sie sich und ging auf die andere Seite des Lagers, wo sie begann an ihrem Rucksack herumzunesteln und den anderen den Rücken zukehrte.

Xzar übernahm an diesem Abend die erste Nachtwache. Er hatte sich noch einmal das Drachenschwert von Borion geben lassen, um es genauer zu untersuchen. Erneut wog er es in seiner Hand und stellte fest, dass es für ein Langschwert ungewöhnlich leicht war und dennoch lag es gut in der Hand. Weder der mit dunklem Leder umwickelte Griffbereich, noch die gewellte Schneide waren zu schwer. Und obwohl die Parierstange, durch die ausgeformten Drachenschwingen und der Griff, durch den Drachenkopf, der als Übergang zwischen Griff und Klinge diente, etwas länger als normal waren, war das gesamte Schwert meisterhaft ausbalanciert.

Und auch wenn die Schmiedearbeit schon ausreichte, um dieses Schwert zu einem Meisterwerk zu machen, hatte Xzar das Gefühl, dass er noch nicht alles herausgefunden hatte. Nur was war es? Vielleicht ein versteckter Mechanismus oder geheime Schriftzeichen? Xzar vergewisserte sich, dass die anderen eingeschlafen waren. Ein leises Schnarchen Borions und die langsamen Atemzüge der Frauen deuteten darauf hin. Jinnass war in den Wald gegangen, um sich, wie so oft, ein wenig zu erholen. Mittlerweile fragten sie nicht mehr, was er wirklich tat, zu normal war sein Verhalten schon geworden.

Als er sich sicher war, dass ihn keiner mehr beobachtete, konzentrierte er sich auf das Schwert und ganz besonders auf den Griff, in dem auch Kyra schon eine magische Aura wahrgenommen hatte und flüsterte eine Spruchformel. »Magie in seiner Natur, ich folge deiner Spur!«

Xzar kannte die anfängliche Wirkung des Zaubers und so verwunderte es ihn nicht, als sein umliegender Sichtbereich dunkler wurde und nur noch das Schwert für Xzar zu sehen war. Dann verblasste die Klinge ebenfalls langsam, bis nur noch das Heft des Schwertes und der Drachenkopf erkennbar blieben. Rein physisch war das Schwert noch da und nur die unwichtigen Partien waren durch den Zauber unsichtbar. Jeder, der Xzar so sah, musste denken, dass er das Drachenschwert untersuchte. Andere Magiekundige, die den Zauber selbst auch beherrschten, konnten das Wirken der Magie erkennen.

Xzar sah, wie sich ein Gewirr aus silberblauen Kraftfäden um den Griff des Schwertes wickelte. Sie pulsierten, wurden intensiver, sogen an seiner Kraft und plötzlich, mit einem Ruck, wurde Xzar aus seiner Konzentration gerissen. Er zuckte zusammen. Ein kalter Schauer kroch ihm über die Arme, bevor ihm dann ein stechender Schmerz vom Kopf bis in die Füße schoss, der genauso schnell verflog, wie er gekommen war. Nur ein dumpfes Pochen seiner Schläfen blieb noch etwas länger. Ihm war so, als hätte er gerade eine nebelige Erscheinung in Form eines fliegenden Drachen um den Griff kreisen gesehen. Aber er war sich nicht sicher, ob er sich das nicht nur eingebildet hatte. Was er wusste, war, dass die Magie dieses Schwertes monumentaler war als alles andere, was er kannte, oder wie Kyra es bereits formuliert hatte: Mächtiger, als dass es von einem sterblichen Wesen geschmiedet worden war. Er schauerte bei dem Gedanken. Dann verschwamm auch schon die Dunkelheit um das Schwert herum und die arkanen Fäden verblassten wieder, bis nichts außer der geschmiedeten Klinge vor ihm lag. Xzar war verwirrt und ein leichtes Angstgefühl machte sich in ihm breit. Was verbarg sich hinter dem Drachenschwert?

»Xzar? Was macht Ihr da?«

»Oh, Jinnass!«

Der Elf zog misstrauisch die Augenbrauen zusammen und musterte Xzar streng.

»Gut dass Ihr da seid. Ich habe versucht etwas mehr über das Schwert heraus zu finden. Irgendwas ist mit der Klinge, nur was, weiß ich noch nicht genau«, erklärte ihm Xzar dann kurz. Er wollte ihm nicht zu viel verraten, allerdings fürchtete er, dass er das schon getan hatte.

Jinnass' Blick verlor sich einen Augenblick tief in Gedanken und Xzar hatte das Gefühl, dass sich hunderte Empfindungen auf dem Gesicht des Elfen abzeichneten. Ob es Hass, Furcht oder Trauer waren, vermochte Xzar nicht zu sagen. Doch die Regung verflog schnell wieder und Xzar wusste nicht, ob er sich das ganze im unsteten Licht des Feuerscheins nur eingebildet hatte.

»Legt Euch hin, ich werde wachen, Xzar. Ihr werdet es noch herausfinden«, ermutigte ihn Jinnass mit einem schiefen Lächeln.

Xzar stutzte. Er nahm ihm diese Aufmunterung nicht ab, ließ sich aber nichts anmerken. Allerdings war ihm schon im Laufe des Nachmittags aufgefallen, dass der Elf sich vermehrt an ihren Unterhaltungen beteiligte. Zugegeben, er war immer noch verschlossen, aber es war bereits jetzt schon kein Vergleich mehr mit dem Beginn ihrer Reise. Vielleicht war dies eine günstige Gelegenheit mehr über den Elfen herauszufinden. »Müsst Ihr nicht auch mal schlafen?«

»Kaum«, antwortete Jinnass knapp.

»Was heißt kaum?«

»Nicht jede Nacht.«

Xzar musste lächeln und auf den fragenden Blick des Elfen, winkte er ab. Vielleicht hatte er zuviel erwartet. »Dann bis morgen«, sagte Xzar, bevor er das Schwert zurück in das Fell wickelte und sich hinlegte. Und dennoch, der Sinneswandel des Elfen brachte Xzar zum Nachdenken. Warum war Jinnass gerade jetzt aus dem Wald zurückgekommen? Hatte er ihn beobachtet? Und Borion verhielt sich auch seltsam, seit sie den Händler und seine Schergen getroffen hatten. Für Borion schien der Fund des Schwertes und des Kartenteils ein normales Ereignis auf der Reise zu sein. Dass der Händler ein Handlanger Tasamins war, hatte ihn auch nicht sonderlich überrascht oder besorgt. Anderseits mochte das auch daran liegen, dass Borion allgemein nicht sehr furchtsam war. Aber war ihm dies zu verdenken? Er war immerhin ein Krieger und jenen Gesellen stand Angst nun mal nicht gut zu Gesicht. Kurze Zeit später schlief er über seine Gedanken ein.

Jinnass ließ seinen Blick über die schlafenden Gefährten schweifen. »Arme Menschen. Ihr seid alle so mit eurem eigenen Schicksal beschäftigt, dass es euch an Weitsicht mangelt. Schlaft gut ... schlaft gut«, flüsterte Jinnass leise in der Sprache der Elfen. Sein Blick fiel auf das Fellbündel, in dem sich das Drachenschwert befand. Er seufzte schwer, bevor er sich an einen Baum lehnte und wachte.

Ihre Weiterreise verlief ohne Zwischenfälle. Sie kamen trotz der Wassermassen, die vom Himmel stürzten, zügig voran, da die dichten Baumkronen sie weitestgehend schützten. Allerdings drückte der anhaltende Regen auf die Stimmung der Gruppe. Es folgten drei weitere nasse und kalte Tage. Als die Dunkelheit sich über den Wald senkte, schlugen sie wie die Abende zuvor ihr Lager unter der Zeltplane auf. Ihre Kleidung und Ausrüstung war nicht mehr trocken zu bekommen. Das Lagerfeuer half auch nicht viel und so wickelten sie sich in ihre Decken und Felle ein, um sich vor der Kälte der Nacht zu schützen.

Diesmal waren Shahira und Xzar gemeinsam zur Wache eingeteilt. Borion hielt es für besser, zwei Wachen aufzustellen, da sie in der letzten Nacht ganz in der Nähe ein Wolfsrudel gehört hatten. Jinnass beunruhigte dies, denn er befürchtete, dass das Rudel ihnen folgte. Als sie ihn darauf ansprachen, erklärte er, dass Wölfe zu dieser Jahreszeit nicht hungern würden und es für sie andere Beute gäbe, als eine Gruppe von Reisenden. Xzar hatte in den letzten Tagen das Schwert immer öfter untersucht und sich Aufzeichnungen dazu gemacht. Er hatte jede Kleinigkeit notierte, in der Hoffnung, später einen Zusammenhang feststellen zu können. Was er bisher wusste, war nicht aufschlussreich.

Er saß am Rande des Zeltes und der Regen prasselte über ihm auf die Zeltplane. Einige der Tropfen liefen die Plane herunter, sammelten sich am Rand zu einer kleinen Lache, um dann vereinzelt auf Xzars Arm herunterzufallen. Dabei landeten einige Spritzer auch auf der Klinge, was Xzar jedoch nicht weiter störte, denn das Wasser perlte von der Oberfläche ab. Er starrte eine Weile auf die funkelnde Klinge und war tief in Gedanken versunken, als er plötzlich etwas bemerkte. »Das ist es! Shahira, sieh doch mal die Wassertropfen auf der Klinge.«

»Was ist mit ihnen? Sie laufen herunter«, antwortete Shahira gelangweilt, während sie mit einem Holzstück im weichen, nassen Boden herum stocherte. In den letzten Tagen hatte sie ähnliche Ideen von Xzar oft vernommen, doch jedes Mal hatte es sich als unwichtig erwiesen. Doch diesmal irrte sie sich.

»Ja, das tun sie tatsächlich. Aber sie laufen alle in eine Richtung!«, sagte Xzar voller Eifer.

»Wie meinst du das: In eine Richtung?«, fragte Shahira, die jetzt wieder aufsah.

»Egal wie ich das Schwert drehe; ob die Klinge nach unten zeigt oder nach oben, die Tropfen laufen alle zum Drachenkopf in der Parierstange. Dort sammelt sich das Wasser.«

»Hm. Und was soll das bedeuten? Wahrscheinlich ist die Klinge doch nicht so perfekt geschmiedet, wie ihr es sagt«, schlussfolgerte sie desinteressiert und strich sich ihre nassen Haare aus dem Gesicht.

»Nein, Unfug! Aber so wie sich das Wasser verhält, gehe ich davon aus, dass sich in dem Griff ein Behälter oder eine Phiole befindet und dort könnte sich Flüssigkeit ansammeln.« Er stockte und sagte dann gedankenversunken, »Nur wie bekäme man diese wieder heraus? Und wie wird verhindert, dass noch mehr eindringt und sich mit der vorhandenen Flüssigkeit vermischt? So wie jetzt. Das Wasser dringt nicht ein, sondern läuft seitlich ab. Man muss den Griff lösen können. Es muss einen Hebel oder einen Knopf geben. Diesmal bin ich mir sicher, ich habe recht!«

Shahira war sich nicht sicher, ob er dies zu ihr oder mehr zu sich selbst sagte. Xzar hingegen betrachtete sich den Griff nun wieder Genauer. »Das muss die Lösung sein: Nicht der Drachenkopf, sondern der Griff selbst! Aber ich kann ihn nicht bewegen. Nach unten ziehen kann man ihn nicht und auch der Knauf lässt sich nicht drehen. Warte, was ist das?« Xzar hielt inne. Am untersten Rand des Knaufs war ein kleiner Ring angebracht. Bisher hatte er ihn als Zierrat abgetan, da er filigran in die Struktur eingearbeitet war. Als Xzar ihn jetzt mit etwas Kraft zur Seite schob, ertönte ein leises Klicken, noch ein Stück und es klickte erneut, dann war er eingerastet. Doch es geschah nichts weiter. Xzar stutzte sichtlich und Shahira, die ihm erwartungsvoll zugesehen hatte, lachte auf, ehe sie sich kopfschüttelnd wieder an den Baum hinter sich lehnte.

»Nun ja, wenigstens ein kleiner Fortschritt«, sagte sie schmunzelnd.

Xzar hatte jedoch nicht vor schon aufzugeben. Also versuchte er den Ring wieder zurückzuziehen, ohne Erfolg. Er legte die Hand über die Parierstange und zog kräftig am Griff. Doch auch das brachte ihn nicht weiter. Er zog erneut und da spürte er es: Eins der blauen Drachenaugen unter seiner Hand gab nach und es klickte leise. Der Knauf glitt aus dem Griff heraus und eine Glasphiole mit einer dunkelroten Flüssigkeit kam zum Vorschein. Auf der Phiole saß ein runder, schwarzer Korken. Xzar nahm die kleine Flasche heraus und versuchte den Knauf wieder auf den Griff zu schieben, aber er ließ sich so nicht aufsetzen. Dann kam Xzar eine Idee. Er holte eine leere Glasphiole aus seinem Rucksack, deren Form gleich war. Er hatte immer einige Behältnisse dabei, welche er in einer kleinen gepolsterten Kiste transportierte. Er atmete erleichtert durch, da er sich vor ihrer Abreise überlegt hatte, ob er sie wirklich bräuchte. Jetzt war er froh sie mitgenommen zu haben. Er steckte die Phiole in den Knauf, tauschte die Korken aus und schob alles zusammen in den Griff. Schon während des Aufsetzens klickte der kleine Ring, der sich wieder vorschob und die Verriegelung rastete ein. Später würde er schauen, wie man die Phiole wieder versiegelte. Er legte das Schwert erst mal beiseite und betrachtete die kleine Flasche gründlicher. Die Außenwand war ungewöhnlich warm, wesentlich wärmer als die Luft um sie herum.

Jetzt sah auch Shahira wieder zu ihm und hob überrascht die Augenbrauen. So genau wusste sie nicht, was sie davon halten sollte. »Du hattest recht? Was ist das in der Phiole? Es sieht aus wie Blut oder es hat zumindest dieselbe Farbe.«

Xzar sah sie fragend an. »Ja, oh Wunder. Ich hatte recht.« Er zögerte einen Augenblick und öffnete dann erneut den Korken. Vorsichtig führte er die Flasche an seine Nase. Ihm stieg ein bitterer, beißender Geruch entgegen, der ihm fast die Sinne raubte. Er schloss sie schnell wieder und musste sich ein Niesen verkneifen. »Ich kenne diesen Geruch. Damals in der Drachenhöhle, da hat es genauso gerochen, nur nicht mehr so stark. Ich denke, es handelt sich hierbei wirklich um Blut. Das Blut eines Drachen. Hmm ...« Er überlegte kurz, denn ihm kam ein wichtiger Gedanke, »das würde dann auch Tasamins Interesse an dem Schwert begründen.«

»Wenn es echtes Drachenblut ist, was kann man damit anfangen? Und vor allem, was ist mit dem Besitzer des Schwertes passiert? Jemand der so eine Waffe besitzt, kann doch nicht einfach so verschwinden?«

»Da hast du ja *mal recht*«, antwortete er verschmitzt lächelnd und sie streckte ihm spielerisch die Zunge heraus. Dann wurde Xzar wieder ernst. »Drachenblut ist eine mächtige alchemistische Substanz. Aber kann das wirklich sein? Das wäre ja unglaublich! Ich habe mal eine Legende von einem Drachentöter gehört. Sein Name war Krimbel Schlangenhaut. Man erzählt sich, er habe damals ein Schwert, wie dieses besessen, das heißt, eine Drachentöterklinge«, sagte Xzar, während er mit der Hand über die Klinge neben sich fuhr. »Also, gehen wir mal davon aus, dass das Schwert so geschmiedet wurde, dass zum Beispiel Blut die Klinge herunterläuft und sich in dieser Phiole sammelt. Vielleicht hat der ehemalige Besitzer den Drachen getötet. Doch was könnte mit ihm geschehen sein? Eventuell war er unvorsichtig oder wusste nicht, dass frisches Drachenblut kochend heiß ist. Was, wenn er die Klinge in den Körper des Drachen rammte, das Blut sich im Griff sammelte und der Besitzer durch das restliche versprizte Drachenblut zu Tode kam? Oder zumindest so in der Art.«

»Wir sollten das morgen mit den anderen besprechen. Vielleicht wissen sie ja mehr darüber«, sagte Shahira nachdenklich.

»Ja, vielleicht sollten wir das, obwohl ich glaube, dass Borion und Jinnass es besser nicht wüssten.«

Die letzten Worte murmelte Xzar so leise, dass Shahira ihn nicht mehr hören konnte. Xzar steckte die Phiole in seinen Lederbeutel. Irgendwie musste er verhindern, dass Borion oder Jinnass von dem Blut erfuhren. Borion beobachtete ihn jedes Mal, wenn er das Schwert in den Händen hielt, wie ein eifersüchtiger Junge, der nicht das besaß, was ein anderer hatte. Und Jinnass zeigte so wenig Interesse an dem Schwert, dass es schon auffällig war. Er wollte es weder untersuchen, noch mehr darüber erfahren.

Xzar und Shahira sahen sich einen langen Augenblick in die Augen und Shahira spürte, wie es in ihr kribbelte. Xzars Blick bannte sie und ihr wurde warm. Sie konnte es selbst nicht mehr leugnen, aber irgendwie mochte sie Xzar. Und wenn sie seinen Blick richtig deutete, waren seine Gefühle zu ihr ähnlich. Dazu kamen noch die vielen kleinen Einzelheiten, die ihr dies immer wieder bestätigten. Andere würden es vielleicht nur als Nebensächlichkeiten abtun, doch sie spürte, dass es mehr war. Zum Beispiel fiel ihr auf, dass wenn er sich etwas Käse, Brot oder Wurst abschnitt, er ihr das erste Stück reichte. Er deckte sie zu, wenn ihre Decke verrutschte, und glaubte, sie würde schon schlafen. Dann ließ er ihr stets den Platz näher am Feuer und reichte ihr eine helfende Hand, wo immer sie diese brauchte. Shahira war sich sicher, dass er Gefühle für sie hegte und doch machte sich auch Unsicherheit in ihr breit, denn in den letzten Tagen hatte er sie wenig beachtet, so versessen war er gewesen, das Geheimnis dieses Schwertes herauszufinden. Doch jetzt wusste er es ja, also nahm sie ihren ganzen Mut zusammen und atmete tief ein. »Sag mal, Xzar, was wolltest du mir im Zelt des Händlers sagen, kurz bevor wir es verließen?«

Xzar sah sie lange und wortlos an. Er wusste, wovon sie sprach, doch fürchtete er, dass seine Antwort alles zu kompliziert machen konnte. Er dachte an jenen unvergesslichen

Augenblick zurück, als er Shahira das erste Mal sah, diesen Anblick würde er nie vergessen. Als wäre es gerade eben erst gewesen, sah er die Bilder in seinen Gedanken: Es war in Barodon gewesen, als sie sich für die Expedition versammelten. Xzar war in das Stadthaus des Auftraggebers gerufen worden und dort in dem großen Empfangssaal hatte er sie das erste Mal gesehen. Shahira hatte an einer Säule neben dem Fenster gelehnt und ihm misstrauisch entgegengeblickt. Dann hatte sie einen fragenden Blick mit Kyra gewechselt und die Arme vor der Brust verschränkt. Aber für all das hatte er nur nebensächliche Blicke übrig gehabt. Denn Shahiras tiefe, gutmütigen Gesichtszüge und nicht zuletzt ihre strahlenden Augen hatten ihn gleich gebannt. Das Licht der Sonne, das durch die Fenster hereingefallen war, hatte ihre zarte, leicht blasse Haut glitzern lassen und obwohl sie ihn misstrauisch gemustert hatte, war es Xzar so vorgekommen, als träfe er jemanden wieder, den er seit langer Zeit schon kannte. Dieses Gefühl war bis heute so geblieben und doch spürte er in seinem Herzen Angst aufkeimen. Er fürchtete, zu verlieren, was er so lieb gewonnen hatte. Wenn er ihr jetzt sagte, dass er mehr Zeit mit ihr verbringen wollte, würde sie das vielleicht abschrecken. Noch nie zuvor hatte er für eine Frau so empfunden und auf eine sonderbare Weise irritierten ihn seine Gefühle. Zugegeben, durch sein Leben bei den Zwergen hatte es auch nicht viele Möglichkeiten gegeben menschliche Frauen zu treffen. Shahira war etwas Besonderes für ihn, doch vielleicht war es falsch, ihr dies jetzt mitzuteilen; falsch für ihn, jetzt solche Gefühle zu entwickeln. Ihre Reise stand vor einem ungewissen Weg. Von Tag zu Tag wurde es gefährlicher und vielleicht würde ein Offenlegen seiner Gefühle einen von ihnen in eine ungewollte Situation bringen oder schlimmer noch, sie könnte nicht dasselbe für ihn fühlen. Und was sollte er ihr sagen? Er wollte mehr Zeit mit ihr verbringen, sie besser kennenlernen, sie in seine Arme nehmen, in diesen wundervollen Augen versinken, ihre zarten roten Lippen ... Xzar senkte seinen Blick und atmete tief durch, bevor seine Gedanken zu weit führten. Was hatte sein Lehrmeister immer zu ihm gesagt: »*Manchmal muss man aus dem Schatten treten, um im Licht zu schreiten.*« Also warum nicht jetzt!

»Shahira, es fällt mir nicht leicht, es dir so offen zu sagen, aber ich mag dich sehr. Du bist eine besondere Frau für mich geworden, obwohl wir uns erst so kurz kennen.« Er sah ihr tief in ihre blauen Augen. Was war das? Hielt sie die Luft an? Ja, tatsächlich, aber warum? Er zögerte kurz, um dann weiterzusprechen, »Und doch habe ich ein wenig Angst davor, was du in mir auslöst. Es ist eine sonderbare Empfindung und ich weiß nicht, wie ich es am besten beschreiben soll. Mal ist es nur ein kurzes Kribbeln in mir, mal ein Pochen in meiner Brust.« Er machte erneut eine Pause. Was war nur mit ihm? Sonst hatte er doch auch nicht solche Schwierigkeiten sich auszudrücken. »Gut, ich versuche es. Ich möchte, dass du weißt, dass ich …«, begann Xzar, als plötzlich unmittelbar neben ihm ein Geräusch seine Aufmerksamkeit auf sich zog. Er drehte seinen Kopf und sah zwei leuchtende Augen im Wald. Sie starrten ihn an und er bemerkte, dass außer dem plätschernden Regen nichts anderes mehr zu hören war. Durch den Regen konnte er nicht genau erkennen, was ihn da anstarrte, aber es wurde ihm schnell klar, als ein lang gezogenes Heulen in der Dunkelheit erklang.

»Wölfe! Alarm!! Aufwachen!!!«, brüllte er und sprang auf. Fast wäre er in der Zeltplane hängen geblieben, doch er konnte gerade noch einen schnellen Schritt nach vorne machen. Durch seine schwungvolle Bewegung wurde Shahira nach hinten geworfen. Den Schmerz, als sie gegen den Baum prallte, bemerkte sie kaum, als ihr Blick die Umrisse des großen Wolfes erkannte, der nur wenige Schritt von ihnen entfernt war. Xzar hatte das Drachenschwert mit der rechten Hand gepackt und mit der linken einen brennenden Ast aus dem Lagerfeuer gezogen. Doch in seiner Hektik hatte er den Stock zu hoch gegriffen und verbrannte sich die Finger. Fluchend ließ er den Ast durch die Hand gleiten, bis er ihn am Ende wieder fester packte. Den Schmerz seiner Finger ignorierend, hieb er mit dem Drachenschwert nach seinem Gegner. Er verfehlte ihn! Erst jetzt erkannte er, dass dieser noch ein Stück von ihm entfernt war. Also trat Xzar auf die leuchtenden Augen in der Dunkelheit zu und stand nun auf der Lichtung. Er blickte sich um und konnte noch weitere Augenpaare in der Dunkelheit erkennen. Der Schein des brennenden Feuers brach sich in ihnen. Ihm wurde unwohl zumute. Es schienen große Wölfe zu sein, denn ihre Augen waren auf Xzars Bauchhöhe. Die Körper konnte er immer noch nicht sehen, nur vereinzelte dunkle Umrisse, die sich wie Geister auf das Lager zu bewegten.

Shahira, die von dem Wandel dieses gefühlvollen Augenblicks überrascht wurde, taumelte als sie überhastet aufstand und ihr Schwert zog. Weder sie noch Xzar hatte die Wölfe kommen gehört.

Jinnass war durch Xzars Ruf augenblicklich wach geworden, falls er überhaupt geschlafen hatte. Seinen Kampfstab fest gepackt, stand er an Xzars Seite.

»Es sind viele«, sagte Xzar zu ihm.

Borion und Kyra waren auch dazu gekommen. Borion sah über den Kampfplatz und zählte ihre Gegner leise durch.

»Im Kreis aufstellen! Deckt euch den Rücken gegenseitig! Lasst die Wölfe zuerst angreifen. Verteidigt und attackiert sie gezielt, sodass keine Lücke zwischen uns entsteht!«, befahl Borion, als er die Situation erfasst hatte.

Sie taten, wie es der Krieger geheißen hatte, denn was Kampftaktik anging, hatte er am meisten Erfahrung. Sie bildeten einen Kreis und standen nun mit den Rücken zueinander. Rund herum im Wald waren leuchtende Augenpaare zu sehen. Knurrlaute und wütendes Fauchen erklang von allen Seiten. Nur vereinzelt kamen die Wölfe in ihre Nähe, doch es reichte nicht aus, um sie anzugreifen. Der starke Regen und die bedrohliche Dunkelheit behinderten die Sicht der Gruppe erheblich. Immer wieder mussten sie sich die Haare aus dem Gesicht streifen oder sich über die Augen wischen. Aber die Wölfe griffen nicht an. Sie warteten. Es schien, als lauerten sie darauf, dass die Fünf zuerst angriffen und somit ihren Verteidigungsring öffneten.

Borion versuchte sie zu locken, indem er ein Bein weiter vor stellte, doch auch darauf gingen die Biester nicht ein. Sie kreisten mehrere Augenblicke um die Gruppe. Die Zeit schien sich hinzuziehen.

»Bleibt ruhig! Zeigt ihnen keine Furcht und wartet auf ihren Angriff. Es muss einen Leitwolf geben. Wir müssen ihn finden und irgendwie auszuschalten, sobald sie angreifen«, ermutigte Borion die anderen.

Kyra lehnte ihren Stab kurz an ihre Schulter, zeichnete dann ein Schildsymbol vor sich in die Luft und flüsterte leise, »Wie ein Felsen lass mich sein, meine Haut sei hart wie Stein.« Kyras Körper erzitterte kurz, dann legte sich ein grauer Schimmer auf ihre Haut. Wieder heulten die Wölfe. Plötzlich zuckten mehrere Blitze vom Himmel herab, gefolgt von einem lauten, grollenden Donnerschlag, der den Boden erzittern ließ. Für einen kurzen Augenblick erleuchtete der Wald in einem grellen Licht. Shahira erschrak, als sich im Schein des Blitzes die vielen Umrisse zeigten und sie einen Bruchteil später wieder in der Dunkelheit verschwanden. Dann folgte ein scharfes und lautes Heulen, worauf mehrere andere Tiere mit einstimmten.

»Achtung, sie werden angreifen!!«, brüllte Borion.

Und so geschah es dann auch. Die Wölfe begannen mit mehreren kurzen Angriffen auf Borion, um diesen augenscheinlich nach vorne zu locken. Der Krieger ging darauf allerdings nicht ein und so blieb der Verteidigungsring stehen. Dann änderten die Tiere ihr Vorgehen. Sie begannen abwechselnd immer ein anderes Gruppenmitglied anzugreifen. Es schien, als versuchten sie nun die Gruppe auseinanderzutreiben. Zwar waren es keine gefährlichen Attacken, dennoch zehrten sie an ihren Kräften. Der peitschende, eiskalte Regen nahm den Abenteurern mehr und mehr die Sicht und machte ihre Lage noch gefährlicher.

Jinnass spähte zwischen den Angriffen immer wieder durch die Bäume; ihn schien das Wetter und die Dunkelheit weniger zu behindern, als den Rest der Gruppe. Und nach einiger Zeit entdeckte er ihn: den Leitwolf. »Dort hinten, ich sehe ihn! Ein schwarzer Wolf mit einem weißen Aalstrich am Rücken. Verdammt, ist das Biest groß!«

»Und wie sollen wir an ihn rankommen, immerhin sind da noch die anderen Wölfe vor ihm?«, rief Xzar, der gerade wieder einen Wolfsbiss abwehrte.

»Ich brauche meinen Bogen aus dem Zelt. Gebt mir Rückendeckung!« Jinnass musste brüllen, um den lauten Regen und das Fauchen der Wölfe zu übertönen.

»Wartet Jinnass! Damit verlieren wir die Deckung!«, versuchte Xzar es zu verhindern, doch Jinnass blickte ihm entschlossen entgegen und Xzar wusste in diesem Augenblick, dass der Elf es versuchen würde, egal ob er es schaffte oder nicht, zumal Xzar auch wenig Möglichkeiten hatte, den Elfen aufzuhalten. Dazu kam, dass ihm keine Zeit blieb, weiter darüber nachzusinnen, denn Jinnass drehte sich um und machte einen gewaltigen Sprung Richtung Zelt. Einer der Wölfe versuchte, nach ihm zu schnappen, doch Xzar hatte aufgepasst. Mit einem gezielten Schlag konnte er den Wolf davon abhalten. Und schneller als Xzar es erwartete, war Jinnass im Zelt verschwunden.

»Wir müssen unseren Kreis enger ziehen. Jinnass wird versuchen den Leitwolf auszuschalten«, rief Xzar.

Die anderen verstanden ihn und schritten näher zusammen. Was sie jedoch nicht sahen, war, dass einer der Wölfe Jinnass ins Zelt folgte.

Nach einer Weile und mehreren zu Boden gestreckten Gegnern bemerkte Xzar, dass Jinnass noch immer nicht wieder da war und rief, »Jinnass was ist los? Wir brauchen Eure Hilfe hier draußen!« Er spähte hastig zum Zelt und sah, wie sich die Plane zur Seite schob. Er atmete erleichtert auf. Aber schon im nächsten Augenblick gefror seine Miene, als er nicht den Elfen, sondern einen der Wölfe herauskommen sah. Ihm lief blutiger Geifer aus seinem Maul.

Kyra, die ihren Blick ebenfalls zum Zelt wandte, bemerkte den Wolf auch. Erst stockte ihr der Atem, dann begann ein inneres Brodeln sie zu erhitzen. »Nein! Jinnass?!«, schrie sie voller Wut. Sie trat einen Schritt nach vorne auf den Wolf zu und verpasste ihm, mit ihrem Stab, einen gewaltigen Hieb gegen den Schädel. Dem Tier gelang es nicht rechtzeitig auszuweichen und er bekam die volle Wucht des massiven Kampfstabes ab. Der Wolf brach mit einem Jaulen zusammen. Kyra schlug wie in Raserei um sich und noch zwei Mal traf sie einen der anderen Wölfe. Dann attackierte sie einen weiteren, der nach einem gleißenden Feuerstrahl aus Kyras Hand zu Boden ging. Die Magierin atmete erschrocken aus, sah Borions verständnislosen Blick und schloss dann hastig den Verteidigungsring. Ihr Herz raste und wenn der Regen nicht in diesen Massen vom Himmel geprasselt wäre, dann hätte man die dicken Schweißperlen gesehen, die ihr über das Gesicht rollten. Kyra wusste nicht, was da gerade in ihr vorgegangen war. So einen Wutanfall hatte sie noch nie zuvor gehabt und auch ihre Magie war noch nie so unkontrolliert und intuitiv erfolgt. Aber sie würde später mehr Zeit haben, darüber nachzudenken, hoffte sie jedenfalls.

Xzar kam sich hilflos vor und befürchtete, dass ohne Jinnass` Pfeile nur der Kampf gegen alle Wölfe übrig blieb und dieser war nicht sehr aussichtsvoll. Die anderen wehrten weiter die Wölfe ab, doch die Anzahl der Feinde schien sich nicht zu verringern. Im Gegenteil, die Wölfe drängten die Gruppe jetzt langsam immer weiter zurück. Ihnen würde nicht mehr viel Zeit bleiben, sich erfolgreich zur Wehr zu setzen. Immer öfter taten sich Lücken auf, welche die Wölfe umgehend nutzten, indem sie versuchten sich zwischen sie zu drängen. Dazu kam, dass die Kräfte der Verteidiger schwanden. Die Wölfe waren wesentlich ausdauernder. Somit wurde der Kampf mit jedem Angriff hektischer und Xzar sah bald nur noch eine Möglichkeit, die Überlegenheit ihrer Feinde zu brechen. Er spähte in die Richtung, in der Jinnass den Leitwolf gesehen hatte. Doch seine menschlichen Augen konnten nichts außer Regen und schemenhaften Umrissen erkennen. Eine schlimme Befürchtung überkam ihn, als er sah, dass Borions Kräfte nachließen. Einer der Wölfe hatte ihn ins Bein gebissen, war jedoch an dem metallenen Beinschutz gescheitert. Borion war der Kern des Verteidigungsrings. Wenn er den Wölfen unterlag, würde alles in eine blutige Niederlage führen. Außerdem wusste Xzar, dass, wenn Borions Kräfte schwanden, es um die anderen beiden noch schlechter stand.

Wieder, und diesmal mit fester Entschlossenheit, packte ihn die wahnwitzige Idee, das Schicksal der Gruppe zu wenden. Er musste den Leitwolf finden. Ihn irgendwie in diesem Gewirr aus Schatten und Regen suchen und ausschalten. Er zögerte einen kurzen Augenblick und bevor er es sich anders überlegen konnte, rannte er los. Das Drachenschwert in der einen und die wild flackernde Fackel in der anderen Hand. Die Rufe der Gefährten wurden hinter ihm vom Regen erstickt. Vor ihn stellte sich ein Wolf in den Weg und erneut schlug ein Blitz vom Himmel herab, der diesmal neben Xzar in einem Baum einschlug. Der Stamm zerbarst unter der rohen Kraft des Unwetters. Xzar holte aus und schlug mit dem Schwert zu. Die Klinge sauste mit einem leuchtenden Schweif auf den Wolf zu. Er spürte keinen Widerstand, als er den Körper des Tieres traf, ihn in zwei Hälften spaltete und dieser tot zu Boden fiel. Xzar achtete nicht darauf, er rannte weiter. Immer wieder peitschten ihm Äste ins Gesicht oder zerrten an seiner Kleidung.

Als die anderen bemerkten, dass Xzar losrannte, riefen sie nach ihm, bis er in der Dunkelheit verschwand.

Shahira spürte, wie die Angst in ihr stärker wurde. Erst war Jinnass gefallen, jetzt rannte Xzar fort. Warum machte er so was? Wo wollte er hin und wie sollten sie den Kampf jetzt noch bestehen?

Als ein gleißender Blitz vom Himmel herab zuckte, beleuchtete er für einen kurzen Augenblick den Kampfplatz und sie sahen die schier erdrückende Masse ihrer Feinde. Als das Licht wieder schwand, ließ es nur die Schwärze der Nacht zurück, so wie das Wissen um ihren hoffnungslosen Kampf.

Da Xzar fort war, gab es nun auch keinen Verteidigungsring mehr. Borion war gezwungen ihre Strategie aufzugeben. Noch bevor Jinnass verschwunden war, war Shahira schon klar geworden, dass diese Wölfe von einer unnatürlichen Kraft angetrieben wurden. Sie zeigten nicht im Geringsten das Verhalten von normalen Wölfen.

»Verteidigt euch, so gut ihr könnt! Wir sind nun auf uns allein gestellt!«, rief Borion und sprang einem angreifenden Wolf in den Weg, der Kyra sonst gebissen hätte.

Die Magierin konzentrierte sich gerade angespannt und schien keinen Blick für ihre Umgebung zu haben. Dies hatte Borion zum Handeln gezwungen. Kurz darauf zeigte sich auch schon der Lohn für diesen Einsatz, denn Kyra deutete mit den Fingern auf einen Punkt in der Dunkelheit und drehte sich ein Mal schnell im Kreis. Der wirbelnden Bewegung ihrer Hand folgend, schossen plötzlich Flammen aus dem Boden und formten einen Kreis um die Gruppe. Für einen kurzen Augenblick schienen die Wölfe dem Feuer zu weichen, doch die Hoffnung der Drei wurde unmittelbar im Keim erstickt, als die Bestien trotz der Flammen auf sie zu kamen. Die fehlende Furcht der Tiere, selbst vor Feuer, war für Shahira ein weiteres Zeichen ihrer Widernatürlichkeit. Das hinzugekommene Licht offenbarte ihr nichts Gutes. In der sich erhellenden Dunkelheit sah sie nun mindestens ein Dutzend der kampfbereiten Wölfe.

Borion machte ihnen Mut. »Los! Die schaffen wir! Egal mit welchen Mitteln, wir werden nicht aufgeben!«

Shahira war bewusst, dass sie auch keine andere Möglichkeit hatten als weiterzumachen. Denn es hieß entweder sie oder die Wölfe. Dennoch schienen ihr die Worte des Kriegers noch ein wenig neue Kraft zu geben und sie warf sich erneut mit einem lauten Kampfschrei in die Schlacht.

Nach einer gefühlten Ewigkeit, die ihre Kräfte ans Äußerste gebracht hatte und nach vielen Biss- und Kratzwunden, aber auch sechs weiteren gefallenen Wölfen zogen sich die restlichen Tiere plötzlich, wie durch ein Wunder zurück. Kurz zuvor war ein markerschütterndes Heulen, gefolgt von einem zornigen Schrei zu hören gewesen. Die Wölfe jaulten erschrocken auf und rannten winselnd von dannen. War das Xzars Schrei gewesen? Shahira lauschte in den Regen hinein, doch sie hörte nichts. Es trat eine drückende Stille ein und nur noch ihre heftigen Atemgeräusche und das harte Prasseln der Wassertropfen waren zu hören.

Die Wölfe schienen tatsächlich verschwunden, kein Knurren mehr, kein Heulen. Die Drei blickten sich erschöpft an. Borions Blick flackerte und dann sank er kraftlos zu Boden. Shahira erschrak und auch wenn sie selbst kaum mehr Stehen konnte, eilte sie zu ihm. »Borion, wie geht es Euch?«

Er stöhnte schmerzerfüllt auf. »Es geht schon, ich brauche nur einen Augenblick. Wie geht es Euch und Kyra?« Sie half ihm sich aufzurichten. Erschrocken atmete sie aus, als sie die tiefen Wunden sah, die von den Wölfen in sein Fleisch gerissen worden waren.

»Es geht schon. Kyra, kannst du uns helfen? Kyra?«, rief sie und suchte mit den Augen nach ihrer Freundin. Sie sah gerade noch, wie diese im Zelt verschwand. »Kommt, ich helfe Euch. Wir müssen Euch ins Zelt bringen. Kyra muss sich Eure Wunden anschauen.«

Als Kyra sah, dass Shahira sich um Borion kümmerte, war sie zum Zelt gestürzt. Sie schob die Plane vom Eingang fort und ein grausiges Bild zeigte sich ihr: Jinnass lag reglos und blutüberströmt auf dem Boden. In einer Hand hielt er seinen Bogen. Die Pfeile des Köchers waren überall um ihn herum verteilt. Er blutete aus mehreren tiefen Wunden am Rücken und am Hals. Kyra kniete sich eilends neben ihn.

»Er atmet noch schwach! Ich versuche ihm zu helfen«, sagte sie, auch wenn keiner da war, um sie zu hören. Vorsichtig drehte sie ihn um und legte ihm ihre Hand aufs Herz. »Heile deine Wunden mit der Macht der ruhigen Stunde, heile deine Wunden, mit der Macht der ruhigen Stunde!«, intonierte sie einen Sprechgesang, den sie immerzu wiederholte.

Erst geschah nichts, doch dann, als Kyra schon befürchtete, ihre Magie sei wirkungslos, ließen die Blutungen langsam nach. Sie atmete erleichtert auf. »Morgen wird er wieder ganz der alte mürrische Elf sein, bis auf die schreckliche Erinnerung an den Kampf«, sagte sie leise zu sich selbst.

Im nächsten Augenblick wurde die Zeltplane aufgezogen und Kyra schrak auf, bis sie Shahira erkannte, die Borion stützte. Der Krieger ließ sich unter Schmerzen auf den Boden sinken. »Du musst ihm helfen Kyra! Die Wunden sehen sehr schlimm aus. Wie geht es Jinnass?«

Die Magierin bewegte sich zu Borion hinüber, denn ein Blick hatte gereicht, um zu sehen, dass Shahira nicht übertrieb. »Jinnass wird überleben, aber es war sehr knapp. Borion, wir müssen die Rüstung ausziehen. Ich muss Euch mit Magie heilen.«

Der Krieger nickte langsam und ließ sich dann von den beiden Frauen helfen, den schweren Ringpanzer über den Kopf zu heben. Danach ließ er sich auf den Rücken sinken und atmete schwer aus. Kyra bettete den Kopf des Mannes auf einen Umhang und konzentrierte sich auf ihren Zauber.

»Brauchst du mich hier noch?«, fragte Shahira, doch Kyra schüttelte den Kopf.

»Gut, ich werde sehen, ob ich Xzar finden kann.«

Shahira sah sich im Lager um. Noch immer war es still und am Regnen. Zu ihrer Erleichterung war Kyras Flammenring noch nicht ganz erloschen, sodass er ihr ein wenig Licht spendete. Ihre Augen suchten die Baumreihen ab, doch so sehr sie sich auch bemühte, sie konnte weder Xzar noch seinen Fackelschein irgendwo erkennen. Von den Wölfen war nichts mehr zu sehen. Die Körper der gefallenen Tiere lagen wie dunkle Hügel um ihre Lagerstätte herum. Der Kampf war hektisch gewesen und ihre Sicht mehr als schlecht. In welche Richtung war Xzar gerannt?

»Xzar! Wo bist du?«, rief sie leise. Sie wartete. Keine Antwort. »Xzar? Kannst du mich hören?!«, rief sie erneut, dieses Mal ein wenig lauter.

»Shahira?« Die Stimme erklang hinter ihr und als sie sich umdrehte, sah sie Kyra. Ihre Freundin wirkte erschöpft und ein bitteres Lächeln spiegelte sich auf ihrer Miene wieder. »Es bringt heute nichts mehr, nach ihm zu suchen. Es ist zu dunkel. Lass uns bis morgen warten, dann haben wir eine bessere Sicht.«

»Aber wir können ihn doch nicht in der Dunkelheit alleine lassen. Was ist, wenn er schwer verwundet ist? Hast du den Schrei nicht gehört?«

»Doch habe ich. Aber wenn er verwundet ist und sich noch nicht gemeldet hat, werden wir ihn ohne das Licht des Tages sicherlich nicht finden. Uns bleibt nichts anderes übrig als auf die Götter zu vertrauen, dass sie über ihn wachen.«

Shahira wollte erneut widersprechen, doch als sie den ernsten Blick ihrer Freundin sah, nickte sie. »Du hast recht.«

»Wie geht es dir, hast du Wunden?«, fragte Kyra jetzt, die sah, dass Shahira leicht hinkte.

»Ja, ich glaube, ich habe einige Kratzer abbekommen.«

»Komm ins Zelt und lass mich diese *Kratzer* mal untersuchen«, sagte Kyra zweifelnd.

Also folgte Shahira ihrer Freundin. Bevor sie ins Zelt eintrat, sah sie sich noch einmal um. Hinter ihr erlosch gerade die letzte Flamme des Feuerrings und ließ den Wald in der Dunkelheit verschwinden.

Im Zelt versorgte Kyra die Wunden der jungen Abenteurerin. »Deine Kratzer sind tiefer, als ich dachte, aber nicht so schlimm, dass wir unbedingt Magie brauchen, zumal meine Kräfte auch deutlich erschöpft sind. Wir müssen die Wunden reinigen, damit sie sich nicht entzünden. So etwas kann schlimme Folgen haben, bis hin zum Tod. Wir haben noch einige Heilkräuter, die ich mit unter die Verbände lege. Es kann sein, dass die betroffenen Stellen ein wenig warm werden, also nicht erschrecken. Wahrscheinlich wirst du eh schlafen und es nicht spüren.«

Shahira hatte die Worte ihrer Freundin über sich ergehen lassen, ohne richtig zu zuhören. Ihre Gedanken waren bei Xzar. Was war ihm nur geschehen und was bedeutete der Rückzug der Wölfe? Hatte er den Leitwolf gefunden und sogar besiegt? Doch was war dann mit ihm geschehen? War er vielleicht verwundet oder konnte den Weg nicht mehr zurückfinden?

All diese Fragen schwirrten in ihrem Kopf herum, doch sie wusste auch, dass Kyra recht hatte. Heute Nacht würde sie ihn nicht mehr finden.

»Shahira? Hörst du mir überhaupt noch zu?«, riss Kyras Stimme sie aus den Gedanken.

»Bitte, was? Oh! Ja, schon, aber nicht so richtig. Mich holt die Müdigkeit ein. Verzeih, Kyra.«

»Ich verstehe. Du solltest dich jetzt hinlegen und schlafen. Deinen Verwundungen wird es guttun. Ich werde versuchen den Rest der Nacht Wache zu halten.«

»Bist du nicht auch erschöpft?«

»Das schon, aber im Gegensatz zu euch, bin ich ohne Wunden davon gekommen.«

»Wie hast du das geschafft?«

»Ein magischer Schild. Und jetzt schlaf.«

»Ja, gut«, sagte Shahira. Als sie sich hingelegt hatte, fragte sie noch einmal, »Kyra?«

»Ja?«

»Manchmal beneide ich dich um deine Magie. Sie macht dich so unangreifbar.« Mit diesen Worten drehte Shahira sich um und fiel schon bald in einen unruhigen Schlaf.

Kyra sah auf ihre Freundin hinab und lächelte. Ja, die Magie war schon nützlich, aber manchmal reichte auch diese nicht aus. Kyras Gedanken schweiften zu Jinnass. Sie dachte über ihre Reaktion im Kampf nach, als der Elf nicht aus dem Zelt zurückgekehrt war.

Am nächsten Morgen, hatte es aufgehört zu regnen. Shahira wachte früh auf. »Xzar?«, fragte sie, doch sein Schlafplatz war kalt und leer.

Die Schlafplätze von Borion, Kyra und Jinnass waren ebenfalls verwaist und sie erschrak, als sie das viele Blut wahrnahm. Sie stand auf und trat vors Zelt, um dann erleichtert aufzuatmen, denn die anderen, bis auf Xzar, saßen vor einem kleinen Feuer. Jetzt erinnerte sie sich wieder an den Vorfall der letzten Nacht und erneut stieg Furcht in ihr auf.

»Guten Morgen Shahira, geht es dir besser?«, fragte Kyra besorgt.

»Ja, ich glaube schon.« Sie bewegte ihren Fuß und tatsächlich war das schmerzhafte Ziehen der Wunde deutlich weniger als noch am gestrigen Abend. »Wie geht es euch, Borion, Jinnass?«

»Besser. Dank Eurer Freundin Kyra. Ihre Magie ist wirklich etwas Großartiges«, antwortete Borion.

Jinnass nickte nur. Er sah noch immer ziemlich blass aus und seine Bewegungen wirkten ungelenk.

»Ist Xzar nicht zurückgekehrt?«, fragte Shahira dann unsicher.

»Es tut mir leid«, sagte Borion. »Ich habe die Fackel und einige Fetzen seiner Kutte im Wald gefunden. Von ihm und dem Schwert fehlt jede Spur.«

Shahira stockte sichtlich und sie sah sich um, in der Hoffnung Xzar würde irgendwo auftauchen und ihr sagen, dass sie sich einen Scherz mit ihr erlaubt hatten. Nichts dergleichen geschah. »Ich werde ihn noch einmal suchen!«

»Ich sagte doch, ich war bereits draußen und habe nichts gefunden«, sagte Borion.

»Vielleicht finden wir ihn, wenn wir mit mehreren suchen!«, sagte Shahira jetzt bestimmt.

Kyra stand auf und ging zu ihrer Freundin hinüber. »Shahira, iss erst mal etwas. Dann überlegen wir ...«

»Ich muss nichts essen und schon gar nicht überlegen. Wir müssen ihn suchen, und zwar jetzt!« Shahiras Hände zitterten. Warum wollten sie ihr nicht helfen?

»Ich weiß, du mochtest ihn und er hat sicher tapfer gekämpft, aber Borion hat doch gesagt, dass er ...«

»Was sagst du da? Du redest, als sei sein Tod sicher. Ich kann das nicht glauben! Mein Gefühl sagt mir, dass er noch lebt!« Shahira war jetzt wütend. Würde Kyra bei ihrem Verschwinden auch so schnell aufgeben? »Ich werde ihn suchen und zurückbringen!« Shahira bebte innerlich. Sie konnte ihn nicht aufgeben, noch nicht. Vor allem nicht jetzt, wo sie gerade angefangen hatten, einander näherzukommen.

Hinter ihnen knackten plötzlich Äste. Borion fuhr hoch, sein Schwert in der Hand. Jinnass blieb ruhig sitzen. Kyras Augen weiteten sich.

»Ich nehme dir einen Teil des Weges ab, Shahira!«, erklang eine vertraute, brüchige Stimme aus dem Hintergrund.

Shahira fuhr herum. Und da stand er: Da stand Xzar. Mit einer blutbeschmierten Hand an einen Baum gestützt und in der anderen das Drachenschwert, dessen Klinge in einem reinen, silbernen Glanz schimmerte. Xzars Kutte war zerfetzt und über seine Wange verlief ein tiefer, blutiger Schnitt. Shahiras Gedanken drehten sich und ein leichter Schwindel überkam sie. Der Trotz, der sie soeben noch gepackt hatte, wich nun der Freude und ein warmes, fast schon brennendes Gefühl durchflutete ihren Körper. Sie wollte auf ihn zu rennen, doch dann hielt sie inne. War er das wirklich? Sie verwarf den Gedanken gleich wieder und ließ ihrer Freude freien Lauf. Sie rannte auf Xzar zu und umarmte ihn. Xzar ließ sich geschwächt in Shahiras Arme sinken.

»Ich hatte solche Sorge um dich! Ich bin so froh, dass dir nichts passiert ist«, flüsterte sie.

»Ich bin auch froh, dich wieder zu sehen, und danke für deine aufrichtige Sorge um mich.«

Borion kam auf sie zu und nahm Xzar das Schwert aus der Hand, während er ihn mit dem anderen Arm stützte. »Kommt erst mal rüber und setzt Euch zu uns. Ihr seid ja völlig entkräftet.«

Shahira stützte ihn an der anderen Seite. Nachdem er sich gesetzt hatte, blickte er zu Jinnass. »Alles in Ordnung bei dir?«

»Ja. Ich bin froh, dass du noch lebst«, antwortete Jinnass mit ungewöhnlich freundlichen Worten.

»Was ist dir passiert?«, fragte Shahira, während sie Xzar etwas zum Essen reichte.

»Das, weiß ich selbst nicht so genau. Es ging alles so schnell. Ich sah, dass der Kampf nicht gut für uns stand, also bin ich losgerannt, um den Leitwolf zu finden. Jinnass hatte dies ja bereits zum Kampfbeginn angedeutet.« Er biss ein Stück Käse ab und atmete erleichtert auf. »Mhm, ist das gut. Ich verhungere. Danke.« Dann biss er eine weitere Ecke ab. »Wo war ich? Ach ja: Ich rannte ... dann dieser helle Blitz, der gespaltene Baum und ein Wolf. Obwohl es dunkel war, konnte ich auf einmal alles sehen.« Xzars Blick verlor sich kurz in der Erinnerung, bis er seinen Kopf schüttelte und den Gedanken fortjagte. »Es war seltsam. Ich rannte schneller als je zu vor. Ich fühlte mich wie in einem Rausch. Meine Sinne schienen schärfer zu sein. Und dann sah ich ihn, den Leitwolf. Er war größer als die anderen Wölfe, seine Augen waren dunkelgrau oder so ähnlich, kaum zu erkennen. Doch als der Schein der Fackel seine Augen traf und diese rot aufblitzen, lief es mir eiskalt den Rücken hinab. Es schien, als wolle er mich mit seinem Blick töten, und seine Zähne waren wie lange, spitze Dolche. Ich hätte schwören können, der Wolf lachte mich aus. Ich weiß, das klingt verrückt, aber es war so. Ich weiß noch, dass ich geflucht habe und mich selbst einen Narren gescholten habe, solch ein Wagnis eingegangen zu sein.« Xzar lächelte, bevor er einen Schluck vom Wasser trank, das Jinnass ihm reichte. »Dann kämpfte ich schon gegen ihn. Wie genau, kann ich nicht mehr sagen. Ich kann mich nur schwach daran erinnern, dass er mich irgendwann mit einem Sprung zu Boden warf. Er zerfetzte mir die Kleidung und ich spürte, wie seine scharfen Krallen mir tief ins Fleisch drangen. Was ich jedoch noch am klarsten sehe, als er da über mir stand und mir in die Augen sah: Sein Blick war kalt, so fürchterlich eiskalt. Kalt, wie die Augen eines Mörders und ich spürte plötzlich ein eisiges Gefühl auf meinen Körper übergehen und von da an sind sämtliche Erinnerungen weg. Vor ungefähr einer halben Stunde, wenn nicht noch länger, bin ich neben einem hohlen Baum aufgewacht. Ich lag auf einer Art Blumenteppich. Er war trocken, als hätte es tagelang nicht geregnet. Rundherum waren Büschel von Wolfsfell und die ein oder andere Blutspur. Ich bin aufgestanden und fühlte diesen stechenden und ziehenden Schmerz an der Wange. Und im Boden neben mir steckte das Schwert. Es war frei von Blut.

Dann bin ich einfach losgegangen, ohne genau zu wissen wohin und ich habe das Lager gefunden.« Er machte erneut eine Pause und überlegte, ob er noch etwas vergessen hatte.

»Die toten Wölfe waren heute Morgen verschwunden. Ob die anderen Wölfe damit etwas zu tun haben?«, fragte Kyra jetzt. Als die anderen sie fragend ansahen, erläuterte sie es, »Ich habe nichts davon bemerkt. Ist es nicht ungewöhnlich, dass Wölfe so lautlos sind?«

Ohne etwas Weiteres zu Xzars Geschichte zu bemerken sagte Borion, »Zum Glück haben sie Euch dabei in Ruhe gelassen, Xzar. Jetzt lasst erst mal Eure Wunde versorgen.«

Kyra sah sich die Verletzung an Xzars Wange an. »Glück gehabt, es ist mehr ein Kratzer, als ein Schnitt. Er wird verheilen, ohne dass eine Narbe zurückbleibt.«

»Würdet Ihr mir helfen sie zu verbinden?«

Kyra sah ihn streng an. »Wenn Ihr das zulassen wollt, dass ich meine Hände an Euer Gesicht lege, jetzt wo Ihr es nicht mehr vor uns verbergt?«

Xzar zog erschrocken die Augenbrauen hoch, doch dann grinste Kyra. »Kommt mit, wir kümmern uns im Zelt darum.«

Bevor Xzar ihr folgte, sah er zu Shahira. »Hat sie ... hat sie sich gerade einen Scherz mit mir erlaubt?«

Shahira grinste breit und nickte dann.

»Dass ich das noch erleben darf«, sagte Xzar und folgte der Magierin erheitert.

Shahira sah ihnen nach. Das war diese Art an Xzar, das Leben so zu nehmen, wie es kam. Als wäre nichts gewesen, war er gut gelaunt. Und sie? Sie war froh, dass er lebte und wieder bei ihnen war ... bei ihr.

Borion und Jinnass begannen gemeinsam das Zelt abzubauen und ihre Sachen zusammen zu packen. Xzar war wieder zu Shahira ans Feuer gekommen, nachdem Kyra ihm geholfen hatte, die Wunde zu versorgen. Er wärmte sich noch etwas auf und aß noch zwei Scheiben Brot, ein weiteres Stück Käse und das Ende der Wurst, die Shahira ihm reichte. Er hatte Hunger, wie schon lange nicht mehr. Der Kampf in der Nacht hatte ihn einiges an Kraft gekostet.

»Ich bin wirklich froh, dass du noch lebst«, sagte Shahira.

»Oh und ich erst. Letzte Nacht hatte ich wirklich Zweifel, ob ich zu dir ... zu euch zurückkomme.« Er zögerte und seine Augen blieben an einer Stelle im Feuer hängen, bevor er einen Schluck Wasser trank. »Nein, ehrlich Shahira, ich bin auch wirklich froh, wieder hier zu sein. Was ich dir gestern im Zelt sagen wollte ...«

»Es ist schon gut, Xzar. Ich glaube, ich weiß es.« Shahira lächelte. In ihr regte sich allerdings die Frage, ob sie es wirklich wusste. Vielleicht hatte sie ihn zu schnell unterbrochen. Aber Xzar war es, der ihr dann doch noch sagte, dass sie sich nicht geirrt hatte. »Gut, dann lass uns mehr Zeit miteinander verbringen und uns besser kennenlernen.«

Zu Shahiras völliger Überraschung lehnte er sich ihr entgegen und gab ihr einen flüchtigen Kuss auf die Wange.

Xzar sah ihren überraschten Blick und fragte sich, ob dies zu vorschnell gewesen war, doch ein zartes Rot auf ihrer Wange verkündete, dass er nicht ganz falsch gehandelt hatte.

Borion hatte das Drachenschwert wieder in die Felle gewickelt und an seinem Sattel befestigt. Dann hatte er mit Jinnass die Pferde beladen. Nach ein paar Augenblicken kamen Xzar und Shahira dazu. Xzar betrachtete jetzt seine zerfetzte Kutte. »Na, die ist hinüber.« Er zog sie aus und zum ersten Mal wurde seine Statur offenbart. Er war stattlich gebaut. Seine Schultern und sein Oberkörper waren von trainierten Muskelpartien geprägt, die deutlich durch sein Leinenhemd zu sehen waren. Auch wenn dieses den einen oder anderen Riss abbekommen hatte, behielt er es an. Er hatte eine rotbraune Lederhose an, die an der Seite mit mehreren Lederbändern zusammengehalten wurde. An den Armen trug er Armschienen aus einem bläulich-schwarzen Material. Borion sah ihn verwundert an. »Ihr habt keine Rüstung an? Es ist erstaunlich, dass Ihr so selten Wunden im Kampf davontragt.«

»Bisher habe ich noch keine Rüstung benötigt«, sagte Xzar beiläufig, während sein Blick auf ein Fellbündel am Boden fiel. Er kniete sich nieder und öffnete es. Vorsichtig holte er seine Drachenschuppenrüstung heraus. Die tränenförmigen Schuppen waren in präziser Feinarbeit aneinandergereiht, sodass keine Lücke zwischen ihnen zu sein schien. Die Schuppen selbst hatten eine dunkelblaue Färbung. Auf dem Rücken waren spitze Dornen, oder vielleicht waren es auch Wildkatzenzähne, sodass es aussah, als würde ein Kamm in V-Form seinen Rücken hinablaufen. Sie waren jedoch so biegsam, dass sie nicht störten, wenn man sich mit dem Rücken irgendwo anlehnte und doch so stabil, dass sie auch nicht brachen.

Xzar betrachtete die Rüstung in Gedanken versunken und atmete dann kurz durch, bevor er sie anlegte. Die anderen traten einen Schritt zurück, als sie Xzar in der Rüstung sahen. Sie staunten, denn die Rüstung war ihm wie auf den Leib geschmiedet. Was sie ja auch tatsächlich war. Die hellen Strahlen der Sonne, die durch die Wolken und durch die Bäume auf die Lichtung drangen, spiegelten sich auf der Rüstung in allen Farben des Regenbogens wieder. Er sah beeindruckend aus und er selbst nickte anerkennend, als er an sich hinabblickte. Sie saß wie eine zweite Haut und die Schuppen gingen jede seiner Bewegungen mit. Dann schnallte er sich seine Schwerter auf den Rücken und warf einen Umhang darüber, sodass nur die Griffe sichtbar blieben und er diese noch ungehindert ziehen konnte. Damit hatte er allerdings so seine Mühe und so war es Shahira, die ihm dabei half, alles an seinen Platz zu bekommen.

»Es wird der Tag kommen, an dem ich den Tod meines Bruders Angrolosch endgültig rächen kann. Das wird dann der letzte Tag in Tasamins Leben sein«, sagte Xzar mit einer hasserfüllten Miene, während er die Schnallen der Rüstung noch einmal festzog.

»Euer Bruder? Angrolosch, der Zwerg, dem ihr die Rüstung anvertraut hattet?«, fragte Borion neugierig.

»Ja, ich wuchs bei ihm auf. Doch darüber möchte ich nicht sprechen. Wir sollten sehen, dass wir hier wegkommen«.

»Ja, da habt Ihr recht«, stimmte ihm Borion zu und klang enttäuscht.

Sie packten ihre Sachen zusammen und brachen auf. Shahira ritt neben Xzar, während Borion an der Spitze, gefolgt von Kyra und Jinnass, ritt.

»Wieso hast du Borion nichts von dem Drachenblut erzählt?«, fragte Shahira Xzar leise.

»Es ist mir lieber, es ihm nicht zu sagen. Irgendwie habe ich das Gefühl, dass es besser wäre, es erst mal für uns zu behalten.«

»Na gut, wenn du das meinst, dann werde ich ihm auch nichts davon erzählen.«

Xzar dankte ihr mit einem zärtlichen Kuss auf ihren Handrücken.

Sie hatten den Wald hinter sich gelassen und ritten nun über eine weite, grüne Ebene. In der Ferne sahen sie vereinzelte Berge und Wälder, die mehrere Tagesmärsche von ihnen entfernt lagen. Die Luft roch nach Regen. Allerdings war die Wolkendecke aufgelockert. Die Stimmung war auch wieder ein wenig besser, da sie froh waren, den Kampf überlebt zu haben, auch wenn ihre Meinungen über die Wölfe auseinandergingen. Borion und Shahira waren der Überzeugung, dass es sich um natürliche Wölfe gehandelt hatte, die vom Hunger getrieben waren. Jinnass` und Kyras Meinung unterschied sich lediglich in der Aussage, dass es dämonische Wesen waren, worauf zumindest Kyra bestand. Dämonen waren Kreaturen, die in einer Art Zwischenwelt lebten. In Magierkreisen gab es diesbezüglich viele Theorien. Kyra hatte sich der Meinung angeschlossen, dass diese Zwischenwelt eine verdrehte Existenz ihrer eigenen Welt sei. Mithilfe von Ritualen waren Magier, zu meist jene der schwarzen Künste, dazu in der Lage diese Dämonen zu beschwören, sie also aus der anderen

Ebene, in diese Welt zu holen. Der Tatsache, dass sie auf alle Fälle widernatürlich waren, stimmte Jinnass zu. Xzar äußerte sich nicht. Er vertrat eine ganz andere Meinung, die er allerdings für sich behielt.

Kyra ritt in einigem Abstand zu den anderen neben dem Elfen. »Jinnass, ich muss etwas mit Euch besprechen! Ich weiß, Ihr seid kein Freund vieler Worte, aber Ihr seid der Einzige, mit dem ich über Magie reden kann. Vielleicht wisst Ihr etwas darüber, was mit mir während des Kampfes gegen die Wölfe geschehen ist. Ich ... hatte plötzlich keine Kontrolle mehr über meine Magie. Sie hat einfach ... gewütet. Es geschah, als ich den Wolf aus dem Zelt kommen sah, der Euch zu Fall gebracht hatte.«

Der Elf blickte der Magierin einen Augenblick tief in die Augen und dann schien mit dem unnahbaren Elfen eine Art Wandlung zu geschehen. Während seine ersten Worte noch steif und ungeschickt klangen, wurden sie dann immer gefühlsbetonter. »Klingt merkwürdig. Wenn ich raten müsste: Kampfrausch. Also ja, es war einer Art Kampfrausch, doch das geschieht bei Magiern nicht oft. Meistens wird er durch eine starke Gefühlsregung hervorgerufen, wenn die Strömungen der Emotionen in ein Ungleichgewicht geraten.«

»Was kann es für Auslöser haben?«

»Hm ... vor allem Angst, Hass und Wut. Allerdings ist der Kontrollverlust über Eure Magie eigenartig.« Jinnass musterte sie nun noch intensiver und der Magierin wurde unbehaglich zu Mute. So viele Worte aus dem Mund des Elfen und sie klangen nicht mal *genervt*. Sein Blick schien sie jetzt zu durchbohren. Hastig sah sie weg und wollte weiterreiten. »Danke Jinnass, ich muss darüber nachdenken.«

»Kyra, warte!«

Die Magierin hielt inne. »Ja?«

»Die Magie wird wild bei starken Gefühlsregungen, wie ich es sagte: Bei Wut und Hass und ...«, Jinnass unterbrach sich kurz, um dann freundlich fortzufahren, »Aber vor allem bei Angst und ... wenn man jemanden mag.«

Innerlich hatte sie gehofft, dass sie nicht dasselbe hören würde, was sie sich schon gedacht hatte und wenn sie ehrlich zu sich selbst war, dann mochte sie Jinnass mehr, als sie zugab. Er war der Einzige, der ihre Magie verstand und wusste, wie sie sich fühlte. Die schwere Last der arkanen Kraft in ihnen, auch wenn seine einen anderen Ursprung hatte. Sie atmete tief durch. »Ja, es war so. Ich mag Euch wirklich, aber bitte versteht das nicht falsch. Es ist mehr wie ...«

Er hob die Hand, um sie zu unterbrechen. Sie stockte, doch es war eine beruhigende Bewegung, keine drohende. »Ich verstehe es, es ist wie das Vertrauen für etwas oder jemand Fremden.«

Kyra dachte über die Worte nach und ja, er hatte recht. Sie sah ihn an und in seinem Blick erkannte sie jetzt deutlich, was er meinte. Es war derselbe Ausdruck in seinen Augen, den sie auch bei Shahira sah. Ihrer Freundin. Bisher hatte sie den Elfen immer als seltsamen Kauz eingestuft und auch wenn sie zuvor noch nicht viele seines Volkes getroffen hatte, so war dieses Bild immer durchgedrungen. Vielleicht war es an der Zeit, eine Mauer zu durchbrechen, denn wenn sie es richtig deutete, dann hatte er dies soeben auch getan. »Jinnass? Magst *du* mir etwas über die Tarakelfen erzählen?«

Zu ihrer Überraschung lächelte Jinnass freundlich. »Wenn du es hören magst, gerne.«

Sie nickte.

Ohne lange zu zögern, fuhr er fort, »Wir leben im Tarak. Dies ist der Wald, der an die Weißpforten im Süden grenzt. Er ist der westlichste Teil Eliares, den Ländern der Elfen. Mein Stamm zählt etwas mehr als sechshundert.« Er machte eine Pause, als er ihren fragenden Blick sah. »Die Gerüchte, wir wären fast ausgerottet worden?«

Sie nickte.

»Ja, unsere Krieger fielen fast alle. Doch nicht unsere Frauen und Kinder. Wobei es heute deutlich weniger Männer als Frauen gibt.«

»Wie viele Elfenstämme gibt es insgesamt? Ich kenne nur die Tarakelfen durch dich und Burg Donnerfels, doch weiß ich nicht wie sie genannt werden«, sagte Kyra interessiert.

»Sie heißen bei uns Silmiarjes: die Donnerberger. Was auch nicht viel aufregender ist als der Name *Burg Donnerfels*.«

»Aber es klingt besser in euren Worten.«

»In menschlichen Ohren, ja. Bei uns ist dies ein harter Ton. Aber er passt zu seinem Herrscher, Prinz Fildriarias Tarosis. Insgesamt gibt es vier Elfenstämme. Die beiden, die du nicht kennst, heißen Vendanien und mendàn Floris.«

Kyra nickte zufrieden. Nie hätte sie solch ein Gespräch mit Jinnass erwartet. Fast alles was er ihr berichtete, war neu für sie. »Ist es wahr, dass dein Stamm der kriegerischste unter den Elfenvölkern ist?«

»Wie man es nimmt. Wir haben, oder vielmehr hatten, die besten Kämpfer, ja. Wenn auch nicht viele. In den Kriegen waren wir in der ersten Reihe, also die Front. Erst drei Schuss mit dem Bogen, dann der Speerwurf und dann die Schwertlanze. Das hat unsere Feinde das Fürchten gelehrt und daher haben wir unseren Ruf. Aber eigentlich sind wir Mystiker: Traumdeuter. Ihr nennt es Hellseher, was in unseren Augen ein seltsamer Begriff ist, für das, was wir mit dieser Gabe erreichen können.«

Kyra nickte. Sie wusste, was der Elf meinte. Hellsehen wurde immer mit dem Blick in die Zukunft gleichgesetzt, doch das Traumdeuten der Elfen war viel mehr: Sie sahen die Zukunft, die nie wahrhaftig, sondern immer wandelbar war. Sie konnten die Vergangenheit ergründen und Ursachen für Ereignisse verstehen und einige sahen die Gegenwart und das, was vielleicht in wenigen Augenblicken geschehen konnte, je nach dem wie man als Nächstes handelte. Noch keinem Menschen war es gelungen, eine vergleichbare Kraft zu nutzen. »Ich verstehe. Wofür stehen die anderen Elfenvölker?«

Jinnass sah sie an und nickte, denn er glaubte ihr, dass sie es tatsächlich verstanden hatte. »Silmiarjes nennen sich selbst

Elfen des Lichts. Sie sehen sich als die ersten Elfen, die es je gab, daher auch Burg Donnerfels und dieser prunkvolle Herrschaftssitz. Warst du schon einmal dort, Kyra?«

»Nein, bisher konnte ich die Reiche der Elfen noch nicht besuchen.«

»Es würde sich lohnen. In Burg Donnerfels verweilen die Legendensänger meines Volkes, dort kann jeder Besucher etwas über unsere Geschichte lernen. Ebenso über Vendanien und die Treuen der Mondgöttin, die Göttin der Elfen. Vendanien stellt dazu die Priester unseres Volkes. Und nicht zuletzt ist da noch mendán Floris, die versiegte Quelle der Magie. Hier gab es einst den Funke von Taros, der unsere Welt mit Magie speiste, bis er gestohlen wurde.« Jinnass machte eine Pause, seine Gedanken schienen in weite Ferne zu schweifen.

Kyra spürte, dass sie das Thema wechseln sollte, also fragte sie, »Wieso reist du herum? Also versteh mich nicht falsch, ich bin froh, dass du bei uns bist, aber solltest du nicht bei deinem Stamm sein? Wenn es doch nicht mehr so viele Kämpfer gibt?«

Die Miene des Elfen veränderte sich unmerklich. Seine Züge wurden härter, ein Teil der Offenheit schwand und Kyra fürchtete schon, sie habe etwas Falsches gesagt.

»Ich ... gehöre nicht mehr zu ihnen.« Jinnass zögerte einen Augenblick und wechselte dann abermals das Thema. »Es sollte nicht mehr all zu lange dauern, bis wir einen geeigneten Lagerplatz finden. In der Nähe Bergvalls gibt es kleinere Seen.«

Kyra lag die Frage auf der Zunge, was er damit meinte, dass er nicht mehr dazu gehörte, doch sie hielt sich zurück. Sie spürte, dass er nicht bereit war, dieses Geheimnis preiszugeben, jedenfalls noch nicht. Und doch war sie froh, dass er solch ein Gespräch mit ihr geführt hatte. Sie hoffte, dass es später noch einmal Gelegenheit dazu geben würde.

Nach einigen Stunden erreichten sie einen der Seen, die Jinnass angekündigt hatte. Man nannte ihn den Fasansee. Woher er diesen Namen hatte, war ihnen unbekannt. Die Hoffnung, hier die gleichnamigen Vögel zu erjagen, erwies sich als Irrglaube. Weit und breit gab es keinen einzigen, dafür aber Hasen und davon genug.

Sie entschlossen sich dazu, hier noch eine Nacht zu rasten, und dann am morgigen Tag das letzte Stück bis nach Bergvall zu reiten. Jinnass erlegte ein paar Hasen für sie und so genossen sie die knusprigen Braten. Sie scherzten und lachten miteinander und Shahira fiel auf, dass mit der Gruppe etwas geschehen war. Sie alle wirkten näher beisammen. Vielleicht hatte der Kampf gegen die Wölfe dies bewirkt.

Am nächsten Morgen, machten sie sich in aller Frühe wieder auf den Weg. Sie ritten gerade eine leichte Bergkuppe empor, als Borion plötzlich oben anhielt. Die anderen folgten ihm.

»Seht! Dort liegt unser nächstes Reiseziel«, sagte er und deutete mit der Hand auf einen Punkt in der Ferne. Als die anderen auf dem Hügel ankamen, sahen sie, was Borion meinte. Vor einem großen Wald konnte man die Stadtmauern von Bergvall sehen. Noch gut ein halber Tagesritt, dann hatten sie es geschafft. Die Wolken hingen in dicken, schwarzen Gebilden vom Himmel herab und in diesem düsteren Licht zeichneten sich die Dächer der Häuser und Türme wie spitze Zähne vor dem Horizont ab. Und doch wirkte die Stadt immer noch freundlicher als die Wälder die sich als unscharfe, dunkle Linien am Horizont ankündigten.

Östlich hinter Bergvall waren die Ausläufer eines Gebirgs-massivs zu erkennen, das von drei gleich hohen Bergspitzen geprägt wurde. Shahira dachte an ihre Karte. Dies musste die Linie sein, die den Weg durchbrach, der in den Blaueichenwald führte.

Bergvall

Es begann gerade wieder zu regnen, als sie eine steinerne Brücke überquerten. Ein kleines Holzschild wies sie darauf hin, dass sie den Waldbach vor sich hatten. Wobei das Wort *Bach* eine etwas untertriebene Beschreibung war, da er gut zwölf Schritt breit war und hier sogar kleine Flussschiffe fuhren. Und nicht nur das. Einige hundert Schritt von ihnen entfernt sahen sie mehrere Männer, die auf dem Wasser zu laufen schienen. Als sie die Szenerie ein wenig beobachteten, erkannten sie allerdings, dass sie nicht auf dem Wasser, sondern auf dicken Holzstämmen balancierten. Jeder von ihnen hatte eine dicke Stange in der Hand, die sie in den Grund des Flusses stachen, um die Baumstämme in der Flussrinne zu halten. So kamen sie ihnen immer näher und winkten der Gruppe zu, als sie unter der Brücke hindurchfuhren.

Xzar hatte aus seinem Rucksack Brot und Käse geholt, beides zusammen in ein Tuch gepackt und pfiff nun durch die Zähne einem der Männer zu. Als dieser zu ihnen hochsah, warf Xzar ihm das Bündel zu. Spielerisch fing der Mann es auf und als er sah, was sein unbekannter Gönner ihnen schenkte, lachte er und rief zu ihm hinauf, »Danke, Herr! Möge Sordorran, der Herr des Wassers Euch schützen!« Xzar hob dankend eine Hand.

»Warum hast du das gemacht?«, fragte Shahira sichtlich überrascht.

»Mir war danach den Männern etwas Gutes zu tun. Ich kann mir vorstellen, dass diese Arbeit sie einiges an Kraft kostet. Außerdem werden wir genug neuen Proviant in der Stadt bekommen.« Er lächelte sie an.

Shahira dachte einen Augenblick nach, dann sagte sie strahlend, »Du hast recht!« Sie griff in ihren Rucksack und holte ebenfalls ein Bündel heraus. Elegant glitt sie aus dem Sattel und rief den Männern nach, »He, ihr!«

Der Mann, der zuletzt Xzars Bündel gefangen hatte, drehte sich um, als Shahira auch schon ihr Paket warf. Allerdings waren die Baumstämme samt Besatzung bereits ein ganzes Stück weg, sodass es aussah, als würde das Paket im Wasser landen. Bevor es jedoch dort eintauchte, bekam es einen heftigen Ruck und wurde dem Mann gerade zu in seine Arme geschleudert. Dieser schien die unnatürliche Richtungsänderung nicht zu bemerken und rief nur etwas in ihre Richtung. Der aufkommende Regen und die Entfernung schluckten allerdings seine Worte. Shahira konnte sich aber denken, dass er sich nochmals bedankte. Dann sah sie zu Xzar, der geheimnisvoll lächelte. Als sie ihn fragend ansah, schüttelte er unmerklich den Kopf und nickte zu Jinnass. Als sie den Blick des Elfen suchte, hatte sie das Gefühl, ein kurzes Lächeln zu sehen. Hatte Jinnass seine Magie eingesetzt, um ihren Wurf zu unterstützen? Wenn sie Xzars und Jinnass` Gesicht richtig deutete, dann war es wohl so gewesen. Kyra hatte sich mit Borion unterhalten und die beiden schienen nichts davon mitbekommen zu haben.

»Wir sollten weiter. Der Regen nimmt zu«, sagte Borion gerade zu Kyra, während Shahira und die anderen den Männern auf dem Fluss nachsahen. Und er hatte recht. Die Regentropfen sorgten für immer größer werdende Ringe auf der dunklen Oberfläche des Flusses. Zum Glück war es nicht mehr weit bis zur Stadt.

Die Stadtmauer und das Tor sahen sehr mitgenommen aus. Der Zahn der Zeit hatte deutlich an ihnen genagt. Vor der Pforte waren immer noch die Überreste der einstigen Verteidigungsanlagen zu sehen, die Überbleibsel aus dem Krieg gegen die Magier. Für viele dienten sie als melancholische Erinnerung an die einst so glorreiche und größte Stadt der Westmark. Für andere waren sie ein Mahnmal zur Abschreckung vor einem weiteren Krieg. Der Krieg endete vor etwas mehr als sechzig Jahren in einer Waffenruhe. Auch wenn dieser Waffenstillstand schon lange fortwährte, so war es noch ein weiter Weg bis zu einem Friedensvertrag. Das mochte auch daran liegen, dass kein Außenstehender Sillisyl, die Stadt der Magier betreten durfte und seit Kriegsende auch keiner der Magier mehr gesehen wurde.

Bergvall war in Kriegszeiten über ein Jahrzehnt belagert worden und hatte bis zuletzt dem Feind Widerstand geleistet. Jetzt war sie nur noch eine kleine, befestigte Stadt mit einer ruhmreichen Geschichte und auch diese drohte mehr und mehr in Vergessenheit zu geraten.

Die Kämpfe hatten die Innenstadt fast gänzlich zerstört. Einzig die große Kaserne im Stadtzentrum hatte standgehalten. Hier hatten sich die Soldaten erbittert gewehrt und am Ende den Sieg davon getragen. Nach dem Krieg, als das ganze Land zerrüttet war, entschloss man sich, dass Bergvall kein Teil des südlichen Königreiches mehr sein sollte. Zu nah lag die Stadt an den Feuerlanden und der Stadt der Magier Sillisyl. Was jedoch viele vermuteten, war, dass man sich aus Trotz vom Reich losgesagt hatte, da keine Hilfe kam, als man sie am dringendsten gebraucht hatte.

Bergvall war die größte Grenzstadt vor den Feuerlanden, den Wüstengebieten von Nagrias. Gewöhnlich war es hier sehr warm und regnete eher selten. Doch in den letzten Tagen hatte das Wetter einen Tiefpunkt erreicht und der Regenanteil war enorm hoch gewesen. Die Luft in der Gegend löste bei Ortsfremden oft stechende Schmerzen in der Lunge aus, denn bei starken Windböen wurden kleine Nebelschwaden vom Gebirge herübergeweht. Manchmal mussten Menschen sogar nach dem Einatmen von Heilkundigen behandelt werden.

Die Straßen der Stadt waren ungepflastert und besonders im Herbst sehr schlammig. Nicht selten wühlten hier frei laufende Schweine im Straßendreck. Bergvall bestand heutzutage größtenteils aus Fachwerkhäusern, in denen sich große Handelshäuser des Südens angesiedelt hatten. Dazu gab es hier einige Tempel zu Ehren der großen Vier. Doch die größte Sensation für Reisende waren die Kaserne und das Kriegsgrab des Helden Silberherz. Er hatte die letzte Verteidigung der Stadt geführt und den Soldaten Mut und Hoffnung gegeben. Er starb Jahre nach dem Krieg, als er mit einem Banner Kürassieren die Ländereien um Bergvall von plündernden Banden säuberte. Sein Leben hatte er ganz dem Schutz der Stadt gewidmet. So war sein Tod in vielen Legenden besungen und nicht gerade selten wurden die Räuber, die ihn ermordeten zu Monstern und Bestien schier unglaublicher Kraft. Die Kaserne, auch nach ihm benannt, war an vielen Stellen neu aufgebaut worden und nur das große, metallverstärkte Haupttor war noch unverändert. Hier steckten immer noch die Pfeile der letzten Schlacht im dicken Holz und vor dem Tor lagen zwei Skelette der Feinde, die im Kampf vor den Mauern fielen. Auch bei diesem Anblick gingen die Meinungen auseinander, warum man sich so an die Erinnerungen klammerte. Für die Einen ein Zeichen des Triumphes, für die anderen ein Mahnmal, dass man nie mehr einen Krieg wollte.

Viele Häuser machten einen baufälligen Eindruck, obwohl die meisten schon erneuert worden waren. Doch der äußere Anblick täuschte den fremden Beobachter, denn viele Gebäude waren von innen kostbar eingerichtet. Dem Bergvaller Einwohner sagte man eine raue Art nach, die wenig Gnade und umso weniger Verständnis für Schwäche kannte. Die Leute waren deutlich durch den Krieg geprägt, auch wenn nur wenige der hier Lebenden die Schlacht noch selbst bestritten hatte.

Für die fünf Reisenden war Bergvall aus mehreren Gründen etwas Besonderes. Nach den letzten kampfgeprägten und verregneten Tagen hatten sie die Hoffnung auf eine gemütliche Taverne mit weichen Betten. Dazu kam noch, dass es wohl auch die letzte passable Unterkunft sein sollte auf ihrem Weg in den schwarzen Nebel.

Borion und die anderen ritten gemächlich durch das Tor. Auf der Mauer und an einem kleinen Wachhaus standen vier Stadtwachen. Sie musterten die Reisenden kurz und ließen sie dann unbehelligt ziehen. Vielleicht half ihnen auch das Wetter, denn die Soldaten traten nicht mal aus ihrem Unterstand heraus. Nur Kyra musterten sie einen Augenblick länger, doch als sie ihr Akademiezeichen auf der Robe sahen, verloren sie auch an ihr das Interesse. Kyra fragte sich, was die Männer getan hätten, wäre sie eine Magierin aus Sillisyl gewesen: sie aufgehalten? Sie verhaftet?

Wohl kaum, denn stimmten die Geschichten über die Magier, hätte sich ein jeder hier in seinen Häusern eingeschlossen und gehofft, dass sie weiterreisten. Den Magiern aus Sillisyl sagte man nach, sie seien die mächtigsten Magiebegabten nach den Drachen.

Sie suchten sich ein Gasthaus, das ihnen die Möglichkeit bot, ihre Pferde unterzubringen, was sich als schwieriger herausstellte, als sie angenommen hatten. Viele der gepflegteren Tavernen befanden sich in der Innenstadt und besaßen keine Ställe, da dort nicht ausreichend Platz vorhanden war. Nach dem Krieg hatte man dafür gesorgt, dass kaum breite Straßen zurückblieben. So wollte man sich davor schützen, dass große Armeen hindurch marschieren konnten. Dass es aber im Falle einer langen Friedenszeit schwer werden würde, den Marktplatz mit Fuhrwerken zu erreichen, hatte man dabei außer acht gelassen. Jetzt stauten sich jeden Tag im inneren Bereich der Stadt die Wagen, um die Handelszentren zu erreichen.

Da sie diesem Gedränge entgehen wollten, suchten und fanden sie eine Taverne im äußeren Ring der Stadt mit dem Namen *Der Barbar*. Es war ein großes, gemütliches Gasthaus und anders, als es sein Name vermuten ließ, war es sauber und gut gepflegt. Was sich natürlich auch im Preis für die Übernachtungen ausdrückte. Borion fragte nach freien Zimmern und als der Wirt nickte, ruhten sie sich erst mal aus. Die beiden Frauen ließen sich einen Badezuber bringen und Borion und Xzar gönnten sich einen Krug mit warmem Met. So versuchten sie auf unterschiedliche Weisen, die Kälte der letzten Tage aus den Knochen zu bekommen. Später trafen sie sich gemeinsam in der Schankstube, um eine ordentliche Mahlzeit zu sich zu nehmen.

»Jetzt sind wir kurz davor. Schon bald werden wir am ersten großen Ziel sein, dem Blaueichenwald, wo es für uns dann richtig losgeht. Wir sollten uns morgen mal über das Gelände unterhalten, um fehlende Ausrüstungsgegenstände zu kaufen«, begann Borion.

»Das bedeutet, es gibt kein Zurück mehr für uns«, sagte Shahira leise.

Borion sah sie erstaunt an. »Wollt Ihr denn zurück?«

»Nein! So war das nicht gemeint. Ich wollte nur sagen, dass wir dann in den Nebel gehen, weg von jeglicher Zivilisation.«

»Ja, aber ein Zurück, gibt es ja immer. Immerhin wollen wir den Tempel ja auch irgendwann wieder verlassen«, beruhigte Xzar sie und wandte sich dann an den Krieger. »Borion, ich habe allerdings noch eine Frage an Euch. Woher habt Ihr Euer Wissen über die Gegend? Und von welcher Akademie seid Ihr? Ihr tragt kein Wappen auf der Rüstung.«

Borion zögerte einen Augenblick nachdenklich. »Nun, auch wenn es zwei Fragen sind, will ich sie Euch gerne beantworten. Ich war auf der Akademie: *mit dem Schwert zum Sieg oder in den Tod* in der Felsenburg Satation im Fürstentum Daris. Schon zu meiner Akademiezeit habe ich mich für unser Land interessiert und mit der Zeit sammelte sich da einiges an Wissen an. In Kurvall konnte ich dazu noch Bücher mit Kartenausschnitten von dieser Umgebung finden und Beschreibungen zum Gelände. Habt Ihr noch eine Frage oder konnte ich Euren überschwänglichen Wissensdurst stillen?«

»Ja, ich glaube, das war erst mal alles, was mich interessierte«, antwortete Xzar, der bemerkt hatte, dass sein Verhalten auf allgegenwärtiges Misstrauen stieß, denn auch Jinnass und Kyra sahen ihn fragend an. Aber wie konnte er es ihnen verübeln, seine Fragen waren unüblich. Xzar überlegte, was ihn in den letzten Tagen an Borion störte, doch er beließ es erst mal bei seinen Fragen. Später würde er noch genug Zeit haben, darüber nachzusinnen.

»Gut, dann treffen wir uns morgen zum Frühstück wieder hier«, sagte Borion.

Sie aßen noch zusammen und gingen danach auf ihre Zimmer, um sich von den Strapazen der letzten Tage zu erholen. Jinnass hatte sich entschlossen diese Nacht auch in einem Zimmer zu verbringen, da es erstens bis zum Wald zu weit und zweitens die Wälder in dieser Region viel zu gefährlich waren. Seit dem Krieg, so erzählten es die Leute, hatten sich hier viele seltsame Kreaturen eingenistet, die nachts aus ihren Verstecken kamen. Und der Überfall der Wölfe hatte ihnen ja mehr als deutlich gemacht, dass an den Geschichten etwas Wahres dran war.

Jinnass öffnete das Fenster so weit, wie es die Holzbeschläge zuließen und setzte sich auf das Fensterbrett. Immer wieder schweiften seine Gedanken zu dem, was Kyra ihm berichtet hatte. Ausbrüche der Magie bei Menschen waren selten. Mochte sie ihn wirklich? Er dachte einen Augenblick über sich selbst nach und fragte sich, ob er ebenfalls dabei war mit ihnen Freund zu werden? Das war befremdlich für ihn, wo er doch derzeit nur eine weitere Person als wirklichen Freund ansah. Er seufzte. Dann zog er eine kleine Flöte aus der Tasche und begann eine leise, seelenvolle Melodie zu spielen. Bis spät in die Nacht saß er da und spielte ununterbrochen seine Lieder.

Kyra entschloss sich dazu noch ein zweites, nicht minder erholsames, Bad wie ihr erstes zu nehmen. Danach begann sie die vergangenen Ereignisse in ihr Tagebuch zu schreiben. Sie hatte das Gefühl, dass ihre Gedanken von einer seltsamen Melodie berührt wurden, doch dass musste wohl am Stress der letzten Tage liegen. Sie spürte, wie in ihrem Inneren die Kraft der Magie wallte. Dieser ungewollte Gefühlsausbruch im Kampf hatte sie schwer mitgenommen. Er hatte eine bedrückende Vorahnung ausgelöst, die sie jedoch nicht näher deuten konnte. Sie dachte noch einmal an die Situation im Kampf zurück, an Jinnass und warum sie so reagiert hatte. Der Elf war ihr ein Freund geworden und jetzt, da Shahira mit Xzar zunehmend mehr Zeit verbrachte, fühlte sie sich nicht mehr ganz so einsam. Jinnass gab ihr das Gefühl nicht alleine zu sein und das war gut. Kurz vor Mitternacht legte sie sich ins Bett und fiel in einen traumlosen Schlaf.

Shahira gönnte sich ebenfalls ein ausgiebiges Bad. Der Regen der letzten Tage hatte ihr zugesetzt. Da war das warme Wasser des Zubers eine Wohltat und sie konnte sich seit Tagen das erste Mal wieder richtig entspannen. Danach legte sie sich hin, um die Ereignisse der letzten Tage noch einmal in Gedanken durchzuspielen. Zuerst war da das Aufeinandertreffen mit dem Händler Yakuban gewesen, nach dem Xzar ihr einen Teil seiner Geschichte anvertraut hatte. Und nach den Wölfen hatte er ihr gestanden, sie besser kennenlernen zu wollen und mehr Zeit mit ihr zu verbringen. Was er wohl jetzt gerade machte? Ob er auch an sie dachte, so wie sie an ihn?

Shahira schüttelte ihren Kopf, als sie bemerkte, wie ihre Gedanken zu Xzar abschweiften. Und doch kribbelte ihr Bauch. Sie legte vorsichtig eine Hand darauf und rieb ihn leicht, aber das Gefühl verschwand nicht. Im Gegenteil, es wurde stärker, je mehr sie an ihn dachte. Nach einer Weile, in der sie hin und her gerissen war, stieg sie aus dem Zuber und warf sich ein Nachthemd über. Sie hatte vor zu ihm zu gehen. Doch als sie an der Tür angekommen war, zögerte sie. Was war, wenn sie ihn zu sehr bedrängte und was würde er wohl denken, wenn sie so, wie sie jetzt war, vor ihm auftauchte, mit nassem Körper und nur im Nachthemd bekleidet? Sie nahm die Hand vom Türknauf, ging zurück und legte sich auf ihr Bett. Seufzend zog sie die Decke über sich. Schon bald schlief sie über ihre Gedanken hinweg ein.

Xzar versicherte sich noch einmal, dass seine Tür verriegelt war, und zog dann die Drachenschuppenrüstung aus. Vorsichtig strich er mit den Fingern über die Schuppen und spürte feine Strukturen auf ihnen. Er legte seine Hand auf eine einzelne Schuppe und schüttelte ungläubig den Kopf, denn seine Handfläche war zu klein, um die ganze Drachenschuppe abzudecken. Angrolosch hatte viele Stunden damit zugebracht, diese Rüstung zu fertigen. Noch bevor er seine Arbeit beendet hatte, war Xzar bereits aufgebrochen. Jetzt überlegte er, ob und wie er die Schuppen pflegen sollte. Am Ende beließ er es dabei, nur die Lederteile zu fetten. So war es gut, jetzt konnte Tasamin kommen. Er war bereit, den Tod an seinem Bruder Angrolosch zu rächen. Xzar hatte das Fenster eine handbreit geöffnet und vernahm leise eine Melodie in der Nacht. Er kannte diese Töne. Abends am Lagerfeuer hatte er ab und zu diese Klänge aus dem Wald hallen gehört. Inzwischen war er sich sicher, dass es Jinnass` Flötenspiel war. Er summte leise mit, dass er dabei nicht alle Töne traf, störte ihn nicht. Nachdem er sich um seine Ausrüstung gekümmert hatte, legte er sich auf sein Bett und genoss den weichen Stoff.

Seine Gedanken wanderten, von der Melodie getragen, zu Shahira. Was sie wohl gerade machte? Wahrscheinlich würde sie sich ausspannen nach den letzten Tagen. Der Regen und die dadurch eingekehrte Kälte hatte sie alle mitgenommen. Er überlegte, ob er zu ihr gehen sollte, vielleicht um noch ein paar Worte miteinander zu wechseln, ein Glas Wein zusammen zu trinken? Auch wenn es ihn innerlich aufwühlte, musste er feststellen, dass ihm ihre Nähe fehlte. Dieses Gefühl war für ihn so neu und befremdlich, doch er ahnte, was gerade mit ihm geschah. Er war dabei einen Teil seines Herzens zu verlieren. Xzar stand auf und schritt zur Tür, doch im letzten Augenblick drehte er sich um und legte sich wieder auf sein Bett. Er entschloss sich, nicht zu gehen, auch wenn ihn dies Überwindung kostete. Aber er wollte Shahira nicht bedrängen. Vielleicht würde sie ja auch zu ihm kommen?

Also blieb er auf seinem Zimmer und dachte über die bisherige Reise nach. Er spürte innerlich, dass sich etwas verändert hatte in den letzten Tagen. Noch fehlte ihm ein genauer Ansatz, um dieses Gefühl zu greifen. Besonders durch Borions Verhalten war es ihm aufgefallen. Der Krieger, so wirkte es auf ihn, schien ihm gegenüber sehr argwöhnisch geworden zu sein, seit er das Drachenschwert untersucht hatte. Xzar konnte sich jedoch nicht erklären, warum dies so war. Er hatte nie Besitzansprüche auf das Schwert gestellt und Borion hatte es ihm ja auch zum Untersuchen überlassen. Er hoffte, dass sich das legen würde, denn diese Spannung konnten sie auf ihrer Reise nicht gebrauchen. Gegen Mitternacht schlief er ein.

Am nächsten Morgen nach dem Frühstück trennten sich die Wege der Reisenden für den Tag. Gegen Abend wollten sie sich alle wieder in der Gaststätte treffen. Jinnass sagte ihnen, dass er sich einen gemütlichen Platz im Wald vor den Toren der Stadt suchen würde, um ein wenig Ruhe zu bekommen. Er hatte die Nacht nicht erholsam geschlafen und suchte nun Zuflucht in der Natur.

Etwas später setzte er sich bequem in eine versteckte Baumkuhle und versank in Meditation. In seinen Gedanken entstanden Bilder seiner Heimat. Jinnass legte die Hände neben sich auf die Äste und spürte ein sanftes Beben in den Armen. Er nahm wahr, wie die Energie des Baumes, seiner Blätter und Wurzeln, der Erde darunter sich mit ihm vereinigten, wie die Ströme des Lebens ihn mit neuer Kraft erfüllten und seinen Geist stärkten. Er fühlte jene Energie, die er benötigte, um Magie zu wirken. Anders als die Akademiemagier, die das Zaubern durch ihre Spruchformeln lernten, besaßen Elfen diese Gabe schon bei ihrer Geburt. Sie war in ihm, zu jeder Zeit und wurde mit den vielen Lebensjahren immer stärker. Bei den Magiern war es das Lernen der Zauberformeln und das Erweitern ihres Geistes für den Fluss der arkanen Ströme. Das beides zusammen verstärkte mit den Jahren die Magie. Je weiter hier das Studium fortgeschritten war, umso komplexere Zauberthesen konnten sie lernen.

Die Zauberkunst beider Völker war so unterschiedlich, dass sie es sich gegenseitig nicht lehren konnten. Es dauerte meist etliche Jahre der Forschung, bis Magier die Zauber der Elfen begriffen und noch viele weitere Jahre, bis sie passende Thesen zu entsprechenden Sprüchen formulierten, die den Zaubern der Elfen nahe kamen. Die Worte dieser Akademiesprüche waren recht einfacher Natur, das Verweben der Kraftfäden umso komplexer. Was ihn an den Menschen am meisten verwunderte, dass sie einen Hang dazu entwickelt hatten, ihre Formeln in Reime zu verfassen. Jinnass war sich sicher, dass dies für die Magie selbst nicht von Bedeutung war.

Die Elfen formten die Zauber aus ihren Gedanken. Selten nutzte ein Elf die arkane Kraft mit Absicht und sie waren immer darauf bedacht, dass ihre Kraftfäden im Einklang mit der Natur flossen. Anders, als es bei Kyra war, erschufen Elfen nichts Neues aus dem arkanen Strom, sondern wandelten etwas Vorhandenes aus der Natur um.

Kyra war eine Kampfmagierin und er respektierte sie. Ihre Magie war zielgerichtet und präzise, so wie er es von Magiern kannte. Wenn sie jedoch ihre Zauber wirkte, spürte Jinnass das Beben im Gefüge zwischen den Strömungen der Natur und der Magie, ein Zerren an den Kraftfäden. Jinnass mochte dieses Gefühl zwar nicht, aber er hatte in den langen Jahren seines Lebens gelernt, dass jede Art zu zaubern, seine Vor- und Nachteile hatte.

Er streckte sich aus und genoss die frische Luft. Es tat ihm gut die Sonne zu fühlen, die mit sanften Strahlen durch das lichte Blattwerk des Waldes drang. Die Vögel und Insekten, die um ihn herum zwitscherten und summten, erfüllten ihn mit Erinnerungen. Er ließ seinen Gedanken freien Lauf. Auch wenn er sich hier befreit fühlte, lag eine schwere Last in seinem Herzen. Die Gruppe, die mit ihm reiste, erinnerte ihn an einen dunklen Teil seines Schicksals. Etwas das viele hunderte Jahre verborgen gewesen war, und jetzt Schritt für Schritt wieder ans Licht kam. Schon bald würden sich die Grenzen zwischen Freund und Feind immer deutlicher zeigen.

Erst als die Sonne langsam in der Ferne zu verschwinden drohte, kehrte er in die Stadt zurück.

Kyra war in der Innenstadt unterwegs, um einen Kartografen aufzusuchen. Dort ließ sie sich mehrere Karten der Gegend zeigen. Es konnte nicht schaden, wenn sie sich auch in der Region auskannte, für den Fall, dass Borion etwas zustoßen würde. Der Kampf mit den Wölfen hatte ihr gezeigt, dass er auch nicht jeder Gefahr gewachsen war, denn es hatte nicht viel gefehlt und der Kampf wäre sein letzter geworden. Wie es den anderen in diesem Fall ergangen wäre, wollte sie gar nicht erst wissen.

Nachdem sie einen Landeskundigen gefunden hatte und von diesem so einiges über die Gegend um Bergvall erfahren hatte, suchte sie noch einen Alchemisten auf, um ein paar Tinkturen und Kräuter für die Reise zu erwerben. Den Rest des Tages verbrachte sie damit, durch die Straßen zu schlendern. Sie sah sich das Tor der Kaserne an, welches ihre unangenehmsten Vorstellungen noch bei Weitem übertraf. Kyra hätte dieses Denkmal, wie man es hier nannte, bereits beseitigt und der Stadt etwas von ihrer alten Eleganz zurückgegeben. Ihrer Meinung nach, sollte die Bevölkerung nicht vergangenen Zeiten nachsinnen, sondern sich auf das Kommende vorbereiten. Das Holz des Tores war von getrocknetem Blut dunkel gefärbt. Hunderte Kämpfer mussten vor dieser Pforte ihr Leben gelassen haben.

Kyra fragte sich, ob das überhaupt möglich sein konnte, dass die Spuren des Krieges nach all diesen Jahren noch so deutlich zu erkennen waren. Wäre das Blut nicht schon längst vom Wetter hinfort gewaschen? Auch die Pfeile, die noch immer im Holz des Tores steckten; waren sie nicht zu neu, um sechzig Jahre alt zu sein? Wahrscheinlicher war es, dass die Stadtoberhäupter dieses Denkmal instand hielten und wann immer es nötig war, die alten Zeichen erneuerten.

Ihr Blick wanderte weiter an den unteren Rand des Tores. Dort waren teilweise ganze Bretter zersplittert, wo die Rammen der Angreifer ihr Werk verrichtet hatten. Der schwere Eisenriegel auf der Rückseite war nach innen gebogen und mittlerweile stark verrostet. Kyra war sich sicher, dass ein Axthieb ihn zerbrechen würde. Sie betrachtete angewidert die beiden Skelette links und rechts neben dem Tor. Ihnen waren Holzschilder zwischen die leblosen Hände gelegt worden, die darauf verwiesen, dass sie hier nicht siegreich gewesen waren. Kyra schüttelte den Kopf und ging weiter.

Shahira kaufte sich unterdessen bei einem Händler Reinigungsmaterialien für ihre Waffen und später noch, auf Xzars Rat hin, einige günstige Heiltränke und Bandagen. Auch wenn die Tränke sicher nicht die schwersten Wunden heilten, halfen sie, um Blutungen zu stoppen und Schmerzen zu lindern. Dazu besaßen sie noch eine reinigende Wirkung. Und dies konnte sehr viel wert sein, denn falls sich solch eine Wunde entzündete, starben nicht selten auch die stärksten Recken nach tagelangem Kampf gegen den Wundbrand. Und ging es gut für sie aus, verloren sie oft dennoch ein Körperteil. Daher war

es das Wichtigste, eine Wunde gut zu reinigen und mit saube-
ren Verbänden zu versorgen. Zwar hatte sie auch noch Xzars
Heilsalbe, aber die Verwundungen durch die Wölfe hatte ihren
Vorrat fast aufgebraucht.

Shahira spazierte in aller Ruhe durch die Stadt. Erst hatte
sie vorgehabt Xzar zu begleiten, doch als sie in die Wirtsstube
kam, war er schon weg gewesen. Er hatte ihr eine Nachricht da
gelassen, dass er fort war, um einen Alchemisten zu suchen.
Also hatte sie sich dazu entschlossen, ein wenig die Stadt zu
erkunden.

Sie hatte sich zuerst die neuen Wohngebiete angesehen,
die bereits wieder in kostbarem Glanz erblüht waren und sie
folgte nun einer Straße, die in die Außenbezirke führte, wo vor
allem Schmiede ihrem Handwerk nachgingen. Hier sah man
noch deutlich, dass längst nicht alle Gebäude nach dem Krieg
neu aufgebaut worden waren. Als sie an einem Totenacker
ankam, blieb sie stehen. Am Tor der Ruhestätte hing ein großes
Schild, welches an rostigen Ketten leicht hin und her schau-
kelte. In dunklen Lettern stand dort: *Gedenkstätte zu Ehren der
Gefallenen des großen Krieges, Jahr 1 ndK.* Shahira wurde neugierig und beschloss, sich den Totenacker genauer anzuschau-
en.

Mit leisem Knarren öffnete sich das eiserne Tor und kaum
war sie über die Schwelle getreten, tauchte sie in eine andere
Welt ein. Im Inneren des Friedhofgeländes umgab sie eine völ-
lige Ruhe und Friedlichkeit. Hohe Mauern, bewachsen von
Efeu und Moos umrahmten das Gräberfeld und es kam ihr fast
so vor, als würde der Totenacker meilenweit von der Stadt entfernt liegen, auch wenn sie über die Mauer hinweg noch die
Dächer der Kleinstadt sehen konnte. Jegliche Geräusche, die
von den Straßen herüberschallten, schienen hier von der Ruhe
der Toten verschluckt zu werden und es war plötzlich völlig
still um sie herum. Selbst das Knirschen des feinen Kies unter
ihren Stiefeln klang gedämpft, also wanderte Shahira langsam
und andächtig über die Begräbnisstätte.

Viele Grabsteine waren verwittert und nur wenige sahen
gepflegt aus. Als sie dann an drei eng nebeneinanderliegenden

Gräbern vorbeikam, blieb sie stehen. Sie hatten jeweils nur einen großen, halbrunden Grabstein und die Schrift war fast unleserlich von Wildwuchs bedeckt. Shahira kniete sich neben eins und rieb mit der Hand über einen der Steine, um die Schrift zu entziffern. Irgendwas fesselte ihren Blick an diesen drei Steinen und als sie den Schmutz einigermaßen entfernt hatte, kam eine altertümliche Schrift zum Vorschein.

Drei von Fünfen

Ihre Seelen sollten ruhen in Stille,
Doch war es nicht der Großen Wille.
So wie Er einst die Dunkelheit wob,
So erhoben sie sich nach dem Tod.

Fünf Klingen, schwarz wie die Nacht,
Großes Unheil über uns alle gebracht.
So sollten sie uns nun weiter nützen,
Unsere Heiligtümer ewig beschützen.

Sie jagen dich mit bösem Plan,
Treiben dich in den dunklen Wahn.
Erscheinen sie dir in dieser Runde,
Schlägt für dich bald die letzte Stunde.

Shahira überkam ein schauriges Gefühl. Sie erinnerte sich zu gut an ihren Tagtraum aus Kurvall. Sie ließ ihren Blick über das Grab schweifen aus Angst, etwas würde aus der Erde emporsteigen und sie nach unten zerren. Shahira sah sich um und atmete erleichtert auf. Sie war vollkommen alleine. Dann fiel ihr Blick auf etwas Glänzendes, dass zwischen den wilden Pflanzen silbern schimmerte. Shahira strich die Gewächse beiseite und sah, dass dort ein kleines Metallkästchen auf dem Grab lag. Vorsichtig streckte sie die Hand danach aus und sie spürte, dass die Luft um das Kästchen herum kälter wurde. Sie wollte ihren Arm zurückziehen, doch irgendetwas trieb sie an danach zu greifen.

»Verflucht, warum immer diese Neugier ...«, flüsterte sie noch leise und es geschah, als ihre Hand die Kiste berührte. Augenblicklich wurde es kalt und ihr blieb keine Zeit mehr, sich über ihre Dummheit zu ärgern. Wieder schlug ihr Atem Dampfwolken in die Luft und das Licht des Tages erlosch, bis sie in tiefster Schwärze da stand, doch dieses Mal hörte sie keine Pferdehufe auf sie zu kommen. Dennoch, da war irgendwas anderes in ihrer Nähe. Es klang wie aufeinanderschlagendes Metall, dann das Splittern von Holz und da war noch etwas: Schreie! Schmerzerfüllte, panische und wütende Schreie, flehende Rufe und ein grauenvolles Wimmern drangen in ihren Geist. Immer lauter wurden die Geräusche und als sie aufblickte, sah sie, wie sich die Dunkelheit lichtete. Sie stand mitten auf einem Schlachtfeld und eine grauenvolle, blutige Schlacht tobte zu allen Seiten.

Krieger in schweren, blutverschmierten Rüstungen, bewaffnet mit Schilden und Schwertern stürzten sich gerade in den Kampf. Auf ihren Waffenröcken prangte das Wappen des Königreiches Mandum'n: Die eiserne Faust, die eine Rose umklammert. Die königlichen Soldaten kämpften gegen eine Armee aus Magiern und Minotauren. Diese großen, stierköpfigen Monster rannten etliche Ritter im Sturm nieder. Ihre Hörner durchbohrten die Panzer und rissen tiefe Wunden. Blitze und Feuerbälle der Magier sprengten die Reihen der Ritter auseinander wie Spielzeugfiguren, die von einem Stein getroffen wurden. Immer weiter lichteten sich die Reihen der Ritter. Unter den Magiern war ein einzelner Krieger, der Shahira vor Angst fesselte. Er war ein Hüne in der Größe der Minotauren und auf dem Haupt trug er einen gewaltigen schwarzen Helm, geformt wie ein Löwenkopf mit geöffnetem Maul. Seine Wangenstücke waren geziert von scharfen Zähnen. In der Hand hielt er etwas Großes.

Shahiras Körper zitterte vor Kälte und sie spürte ihren schneller werdenden Herzschlag. Der Krieger hatte ein Zepter über seinem Kopf erhoben. Es sah aus wie das heilige königliche Zepter, welches im Krieg damals verschwand, so man den Legenden traute. Dann plötzlich verstummten die Kriegsgeräusche, obwohl die Schlacht noch in vollem Gange war. Shahiras Angst wuchs, diese Stille war noch viel unheimlicher. Und sie kam ihr bekannt vor. Sie hörte nichts außer ihrem Herzschlag und als sie zu den Kämpfenden sah, bemerkte sie, wie diese sich langsamer bewegten. Und dann das! Sie vernahm das schauerlich bekannte Geräusch von dumpf auf den Boden schlagenden Pferdehufen. Heftige Blitze zerrissen den schwarzen Himmel, gefolgt von bedrohlichen Donnerschlägen, die den Boden erzittern ließen. Panik drohte Shahiras Körper zu übernehmen. Sie wollte rennen, fliehen, sich verstecken, doch eine unheimliche Kraft band sie an Ort und Stelle und plötzlich preschten hinter den Reihen der Kämpfer drei schwarze Pferde aus der Dunkelheit und ritten jeden nieder, der ihnen im Weg stand. Sie machten keinen Unterschied, wen sie trafen. Auf den Rössern saßen die drei geheimnisvollen Gestalten mit ihren silbergrauen Klingen. Als die Reiter durch die ersten Reihen der Kämpfenden hindurch waren, bemerkten die übrigen das nahende Unheil und begannen panisch zu fliehen, doch es war zu spät. Jeder Schlag der Reiter traf, Blut spritzte in weiten Fontänen. Das laute Knacken und Krachen von brechenden Knochen ließen einem Mark und Bein erzittern. Krieger warfen sich zu Boden, versuchten sich zu verstecken. Doch keiner entkam den scharfen Klingen der Reiter. Zuletzt stand noch der große Kämpfer mit dem Zepter vor den Reitern. Zuerst dachte Shahira, er würde sich ihnen entgegenstellen, doch dann kam es anders. Zitternd fiel er vor den schwarzen Gestalten auf die Knie und streckte ihnen das Zepter entgegen. Die Reiter waren abgestiegen und umringten den Krieger.

Shahiras Blick verschleierte langsam, ihr Körper krampfte und ein heftiges Zittern schüttelte sie. Noch einmal konnte sie die Augen öffnen und sie sah wie alle drei Reiter ihre Klingen zum Schlag erhoben und diese dann hinab zuckten. Dann durchlief sie ein letzter eisiger Schauer und sie verlor das Bewusstsein.

Xzar war auf dem Weg zu einem Alchimisten, da er sich bestätigen lassen wollte, dass es sich bei der roten Flüssigkeit um Drachenblut handelte. Kurz bevor er den Laden betrat, sah er Kyra dort herauskommen und fast hätte er nach ihr gerufen. Doch er besann sich, denn sie hätte ihm sicherlich eine Menge Fragen gestellt, was er denn dort wollte. Also wartete er einen Augenblick, bis sie weg war, und ging dann hinein. Er verließ den Alchemisten mit der Bestätigung, dass es Drachenblut war. Er lenkte seine Schritte zum Marktplatz, wo sein Blick unwillkürlich auf einen kleinen Eisenkäfig fiel, der mitten auf dem Platz aufgebaut war. In ihm kauerte eine kümmerliche Gestalt und als er näher heranging, sah er, dass es sich um einen ausgehungerten Mann handelte, dessen Körper mit Striemen und Wunden übersät war. Schlimmer noch, seine rechte Hand war mit einem großen Metallspieß durch die Gitterstäbe des Käfigs hindurch an den Boden gepfählt. Vor dem Käfig baumelte ein Schild, auf dem geschrieben stand: *Für seine Dieberei und seinen Verrat soll er hier büßen.*

Xzar empfand dies als eine sehr harte und brutale Strafe und wenn die Bergvaller so andere Diebe abschrecken wollten, dann war ihnen das wohl gelungen. Er ging näher an den Käfig heran, die misstrauischen Blicke der Leute auf dem Marktplatz ignorierend. Er kniete sich zu dem Mann und versuchte ihn anzusprechen. Von dem Gefangenen kam keine Antwort. Er starrte apathisch auf den Metallspieß und die blutende Wunde in seiner Hand. Ab und an zuckte sein Körper kurz, aber heftig zusammen. Lange würde er wohl nicht mehr leben. Xzar sah keine Möglichkeit, um dem Mann zu helfen. Aber sein Gewissen hielt ihn an, nicht einfach wegzugehen. Somit holte er einen Apfel und ein Stück Brot aus seinem Rucksack und legte sie dem Mann in den Käfig. Es dauerte einen kurzen Augenblick und Xzar war gerade im Begriff wieder aufzustehen, da hob der Mann den Kopf und flüsterte, »Danke, mein F...reu...nd. Dan...ke. Geh zum Pa...rk, zwischen den Ro...sen.« Dann senkte er wieder seinen Blick.

Xzar stand verwirrt auf und entfernte sich schnell von dem Käfig. Inzwischen hatten auch zwei Stadtgardisten sein

Treiben dort argwöhnisch beäugt, doch sie sagten nichts, als er sich entfernte. Später, nachdem er ein um das andere Mal über die Worte des Mannes nachgedacht hatte, entschied er sich, zum Park zu gehen und sich dort umzusehen.

Kyra hatte sich am Tempel des Deranart von Borion getrennt. Der Krieger hatte diesen aufgesucht, um dem Himmelsfürsten zu spenden. In seinen Gebeten wollte er für das erfolgreiche Gelingen ihrer Expedition bitten. Gleichzeitig würde er ihm danken, dass sie die Reise bis hierher trotz der Kämpfe überstanden hatten. Kyra selbst huldigte Tyraniea, die als Herrin der Elemente bekannt war. Sie lenkte die Kräfte von Eis und Feuer. Sie erblickte die Welt durch jeden Funken und jede Schneeflocke. Ihre Zeichen waren vor allem kalter Zorn und brennende Leidenschaft, doch auch die Schönheit des Wesens an sich. So verwunderte es nicht, dass man Tyraniea nachsagte, sie würde ab und an in der Gestalt einer wunderschönen Elfe durchs Land wandeln.

Die großen Vier waren alte Drachen. Die einzigen Überlebenden aus dem Drachenkrieg. Für Kyra war daher klar, dass sie bereits mehrere tausend Jahre auf dieser Welt wandelten. Das machte ihre Magie allübergreifend, denn sie lenkten die Geschicke der Menschen, halfen und straften und nahmen Einfluss auf die Welt. Kyra hatte sich schon oft gefragt, warum der Glaube an die Götter erst seit dem Ende des Krieges wieder erwachte. Was war zuvor geschehen, warum hatte man die großen Vier vergessen?

Die Magierin hatte den Tempel der Elemente bereits in der Frühe aufgesucht und somit war sie gerade auf dem Weg zurück zur Gaststätte, als sie Shahira sah.

Ihre Freundin saß am Straßenrand auf einer brüchigen Holzkiste und rieb sich mit der Hand über die Stirn. Kyra eilte zu ihr und half ihr auf. »Was hast du? Du siehst schrecklich aus! Was ist geschehen?«, fragte sie besorgt und begann ihr den Dreck von der Kleidung zu wedeln.

Doch Shahira schüttelte nur müde den Kopf, was sie sogleich bereute. »Kann ich dir das später erzählen? Bringst du mich bitte erst mal zurück?«

Kyra folgte ihrer Bitte widerwillig und ging mit ihr zurück zum Gasthaus. Auf ihrem Zimmer angekommen, fiel Shahira ihrer Freundin in die Arme und brach in Tränen aus. Als die junge Abenteurerin mit ihrer Geschichte fertig war, dachte die Magierin angespannt nach. »Das klingt nach den Schattenmännern. Den alten Legenden zufolge kommen sie immer dann, wenn jemand etwas Heiliges gestohlen hat«, sagte Kyra und sah nachdenklich zu Shahira. »Warum hast du uns nicht schon früher von deiner ersten Vision erzählt?«

Shahira schüttelte den Kopf. »Ich hatte Angst, ihr würdet mich für verrückt halten. Außerdem wollte ich euch nicht noch zusätzlich beunruhigen.«

Kyra umarmte sie und drückte sie fest an ihre Brust. »Du weißt doch, du kannst mir immer alles erzählen. Hab ich dir jemals etwas nicht geglaubt? Ja gut, das mit Xzar, aber das ist was anderes, oder? Nun gut, erhol dich jetzt erst mal. Ich werde darüber nachdenken.« Kyra versprach Shahira noch, dass sie vorerst niemandem davon erzählte. Ganz besonders Xzar nicht.

Xzar war inzwischen auch wieder in seinem Zimmer und holte ein kleines, schmutziges Holzkästchen aus seiner Tasche, das er zwischen den Rosen im Park gefunden hatte. Es war verschlossen, doch mit einem Dolch ließ es sich schnell öffnen. Xzar staunte nicht schlecht, als er dort ein paar Schriftrollen fand. Er nahm eine und entrollte sie vorsichtig. Das Pergament war vergilbt und vom Rand rieselten einige Pergamentfetzen herunter, die mit der Zeit brüchig geworden waren. Er musste sich anstrengen, um die Schrift, die stellenweise verblasst war, lesen zu können. Seine Augen weiteten sich: Das konnte nicht wahr sein! Er entrollte eine weitere Schriftrolle und staunend stand er auf, während er, das Pergament in der Hand haltend, zum Fenster ging. Er spürte wie die Aufregung in ihm wuchs, denn was auch immer er erwartet hatte zu finden, das hier war es ganz bestimmt nicht gewesen. Er hielt eine alte Zauberthesis in den Händen. Eine jener Zauberformeln, die seit vielen Jahren als verschollen galt. Wenn er sich richtig entsann, war es eine Formel, mit der man sich oder eine zweite Person von einem Ort zum anderen bringen konnte: der arkane Sprung. Er vergaß über diesen Fund völlig die Frage, woher der Mann im Käfig davon wusste, und nahm sich schnell ein frisches Pergament und begann die Thesis zu übertragen. Schon während er die ersten Zeilen abschrieb, erkannte er die Genauigkeit des Zaubers. Sie konnte nur von einem wahren Meister der Magie niedergeschrieben worden sein. Xzar lachte auf. Er nahm sich vor, jeden Abend ein wenig den Zauber zu studieren und ihn zu lernen.

Xzars Zweifel

Am späten Nachmittag traf Xzar Shahira alleine in der Gaststube.

»Da bist du ja. Ich hatte gehofft, dich zu sehen«, sagte er freundlich und setzte sich neben sie auf einen Stuhl.

»Ist das so?«, lächelte sie.

»Ja, das ist so. Sag, ist alles in Ordnung bei dir, du siehst ein wenig abgehetzt aus?«

»Nein, alles ist gut. Ich habe einen langen Spaziergang gemacht und dabei die Zeit vergessen. Am Ende taten mir dann meine Füße weh.«

»Oh, das tut mir leid«, sagte Xzar und klang dabei weniger traurig, als enttäuscht.

Sie nickte nur bedauernd und fragte dann, »Was ist? Habe ich etwas Falsches gesagt?«

»Nein, nicht doch. Ich hatte nur vor dir etwas vor dem Abendessen zu zeigen, aber dafür müssten wir ein Stück laufen. Allerdings will ich nicht, dass deine Füße ...«

»Schon gut, was ist es?«

»Das behalte ich vorerst für mich, vielleicht ergibt sich ja noch mal eine Gelegenheit«, sagte Xzar verschmitzt lächelnd.

»Das ist ziemlich gemein von dir, weißt du das?«

»Vielleicht ...«

»Na gut, ich komme mit dir mit, wenn du mir versprichst, dass es sich lohnt?«

»Das wird es, meine Liebe, das wird es«, sagte Xzar geheimnisvoll, stand auf und reichte ihr die Hand.

Sie nahm sie dankend und folgte ihm aus dem Gasthaus hinaus. Xzar nahm einen Weg, der sie zum Westende der Stadt führte, dabei ging er langsamen Schritts.

»Also willst du mir sagen, wo wir hingehen und was in deinem Rucksack ist?«, fragte Shahira und deutete auf die Tasche auf Xzars Rücken.

»Nein, noch sage ich dir nichts. Du wirst es schon bald sehen.«

Shahira schürzte die Lippen, fragte aber nicht weiter nach. Nach gut einer halben Stunde durchschritt Xzar mit ihr das westliche Tor und Shahira blieb stehen. »Warte, willst du wirklich die Stadt verlassen, es wird bald dunkel?«

»Ja, es ist nicht mehr weit. Und wir werden zum Abendessen zurück sein. Es sind noch mindestens zwei Stunden bis dahin. Kommst du?« Er lächelte ihr entgegen und reichte ihr die Hand. Als sie zögerlich danach griff, zog er sie mit einem kleinen Schwung näher an sich heran, sodass ihre Körper sich berührten. Sie konnte seinen Herzschlag spüren. Sein Gesicht war keine Handbreit mehr von ihrem entfernt und er lächelte sie verführerisch an. Als der Augenblick unendlich zu werden schien, sagte er leise, »Wenn wir allerdings noch lange hier stehen, werden wir das Abendessen verpassen.«

Mit errötenden Wangen löste sie sich aus seiner Umarmung und nickte nur. Ihre Hand ließ er allerdings nicht mehr los. Sie folgten der Straße und überquerten eine kleine Brücke, als sich plötzlich im Dämmerlicht eine hohe Baumgruppe zeigte. Dazwischen konnte sie die Umrisse eines alten Bauwerks erkennen.

»Da ist es!«, sagte Xzar aufgeregt.

Er beschleunigte seinen Schritt und kurz danach tauchten sie zwischen den Bäumen unter, um dann die alte Ruine eines hohen Turmbaus zu betreten. Der Turm war noch immer gut zwanzig Schritt hoch, doch man sah deutlich, dass oben die Mauersteine weggebrochen waren und auch sonst hatte die Witterung hier deutliche Spuren hinterlassen. Xzar stieg mit Shahira eine Treppe nach oben, die noch einigermaßen gut zu begehen war und dann erreichten sie eine Plattform, von der aus man über die Bäume hinweg auf einen kleinen See blicken konnte. Hinter ihnen befand sich die Stadt und vor ihnen lag die weite Wildnis der Westmark. Die Sonne stand tief am Himmel und hüllte die Landschaft in ein wundervolles Farbenmeer. Bäume leuchteten Rot, Felder orange und der See spiegelte das rotviolett des Himmels wieder. Während Shahira erstaunt in diese Ferne starrte, hatte Xzar seinen Rucksack abgenommen und als Shahira sich zu ihm umdrehte, jauchzte sie verzückt auf. Xzar hatte zwei weiche Kissen auf den Boden gelegt und eine Flasche Wein, sowie zwei Gläser davor gestellt. Auf einer kleinen Holzplatte lagen allerhand süße, getrocknete Früchte. Jene, die Shahira so liebte.

Xzar nahm die Gläser und trat an sie heran, während er ihr eines der beiden reichte.

»Die Aussicht ist wunderschön«, sagte Shahira und ließ ihre Augen nicht von den seinen.

»Du hast recht, sie ist herrlich, aber sie ist nicht der Grund, warum wir hier sind, jedenfalls nicht nur.«

Shahira sah ihn fragend an und er nickte nur in die Richtung des Sees.

Sie folgte seinem Blick, doch zuerst sah sie es nicht. Plötzlich spürte sie Xzars Körper an ihrem, wie er sich hinter sie stellte und seinen Arm um ihren Bauch schlang. Auch wenn dies für sie sehr überraschend kam, ließ sie die Berührung zu, mehr noch, sie ließ sich in seinen Arm sinken. Dann deutete Xzar mit dem Weinglas auf den See und ihr entwich ein staunender Ton. Denn wie aus dem Nichts stiegen nun bunte Funken von der Wasseroberfläche auf. Sie schimmerten in allen Farben des Regenbogens, flogen durcheinander und spielten mit dem leichten Wind, der über das Wasser blies. Als sie in das Licht der Abendsonne gerieten, begannen sie funkelnde Schweife hinter sich herzuziehen, um dann langsam wieder hinab zu sinken, bis sie die Oberfläche des Sees erreichten. Dann stiegen sie wieder empor, höher als zuletzt, tanzten wilder und fielen schneller hinab. Doch ein drittes Mal stiegen sie nicht empor. Nein, dieses Mal knisterten sie in bunten Farben, als sie das Wasser berührten, bis der See wieder ruhig dalag.

Shahira sah noch einen langen Augenblick wie gebannt auf den See, doch als nichts mehr geschah, seufzte sie. Ihr Bauch kribbelte und ihr Herz schlug wild. Noch immer hielt Xzar sie in seiner Umarmung. Sie spürte seinen Mund nahe an ihrem Ohr und fragte, »Was war das?«

»Das waren Magiefunken. Sie tauchen jeden Jahreszyklus an einem Abend auf und entladen ihre Kraft. Dann sammeln sie wieder ein ganzes Jahr neue Energie und das Schauspiel von eben wiederholt sich. Sie sind von dem großen Krieg übrig geblieben«, flüsterte er sanft.

Shahira atmete tief ein, dann drehte sie sich in seiner Umarmung zu ihm um und sah ihm tief und lange in die Augen. »Einmal im Jahr?«

Er nickte lächelnd. Shahira spürte Xzar, fühlte seinen Körper, seine Hand, die ihr zärtlich über den Rücken strich, mit den Spitzen ihrer Haare spielte. »Was ein Zufall, dass dies heute ist.«

»Ja, das ist ...« Weiter kam er nicht, denn Shahira hatte ihren Kopf zu ihm gelehnt und küsste ihn. Erst trafen sich ihre Lippen zögerlich, dann liebkosten sie sich inniger und endeten in einem langen Kuss, voller Gefühle. Xzar presste sie fest an sich, umarmte sie mit beiden Armen, hob sie an und sie schmiegte ihren Körper an den seinen.

Nach einer Ewigkeit ließ er sie langsam herunter und sie lösten sich voneinander. Shahira lächelte Xzar verlegen an und er gab ihr einen schnellen Kuss auf die Lippen.

»Und jetzt?«, fragte sie unsicher.

»Jetzt? Jetzt kümmern wir uns um die süßen Früchte, wobei ich fürchte, den Wein, werden wir aus der Flasche trinken müssen.«

Shahira sah sich um und erst jetzt bemerkte sie, dass sie beide ihre Gläser fallengelassen hatten.

Borion traf erst am späten Abend wieder im Wirtshaus ein, wo die anderen schon ungeduldig auf ihn warteten. »Entschuldigt bitte meine Verspätung. Ich hoffe, ihr habt euch nicht gelangweilt?«

»Nein, gelangweilt haben wir uns nicht«, sagte Xzar und warf Shahira einen verstohlenen Blick zu, den diese grinsend erwiderte.

»Wir haben noch einmal über die Ereignisse der letzten Tage gesprochen und uns gefragt, ob das alles mit rechten Dingen zu gegangen ist. Auch das mit den Wölfen«, erklärte Kyra jetzt weiter.

»Hm ... ja, das werden wir wohl nicht erfahren. Wir können nur froh sein, dass wir alle überlebt haben. Jedenfalls ... bin ich nun hier und wir können uns über wichtigere Themen unterhalten«, lenkte Borion das Gespräch in eine andere Richtung.

»Wieso, weicht Ihr dem Thema aus?«, fragte Xzar.

»Das mache ich nicht. Ich denke nur, dass es für uns nun nicht mehr wichtig ist, da wir es ja, wie ich bereits sagte, alle überlebt haben. Es liegt jetzt viel Wichtigeres vor uns, wie zum Beispiel die Planung für die Weiterreise!«, fuhr Borion ihn leicht erbost an.

»Wenn Ihr so darüber denkt, muss ich wohl annehmen, dass Ihr der Meinung seid, diese Wölfe wären ihrem *Instinkt* gefolgt und auf der Suche nach Nahrung über uns hergefallen?«, fragte Xzar zynisch.

»Ja in der Tat. Davon gehe ich aus.«

»Dann seid Ihr wohl auch der Meinung, dass die Wölfe später in der Nacht zurückgekommen sind und säuberlich alle Spuren des Kampfes beseitigt haben. Danach haben sie meine Kutte in Fetzen gerissen und diese zusammen mit der Fackel genau auf die gegenüberliegende Seite des Lagers gebracht. Und die Wunde an meiner Wange, so gerade und sauber wie der Schnitt eines Dolches, das waren wohl auch die Wölfe? Ist das Eure Meinung?«, fragte Xzar bissig. Er hatte sich inzwischen in das Thema hineingesteigert und wollte nun Klarheit gewinnen, was geschehen war.

»Also Xzar, ich glaube, das reicht jetzt!«, fiel ihm Kyra ins Wort. »Auch wenn der Vorfall etwas merkwürdig war, so wollt Ihr doch nicht einem von uns die Schuld dafür geben, oder?«

Xzar, der während des Gesprächs kalt in Borions Augen starrte, wandte seinen Blick nun zu Kyra und sagte in einem deutlich milderen Ton, »Nein ... Ihr habt recht.« Er zögerte und seufzte dann, »Ich ... ich muss mich entschuldigen. Borion, es lag nicht in meinem Interesse, irgendwen aus der Gruppe zu verdächtigen.«

Borion sah ihn noch einen Augenblick abwartend an, dann antwortete er, »Ist schon in Ordnung, Xzar. Die Ereignisse der letzten Tage nagen an unser aller Nerven. Da kann es schon mal passieren, dass die Einbildungskraft mit einem durchgeht. Geht vielleicht schon mal zu Bett und ruht Euch noch etwas aus. Die kommenden Tage werden anstrengend.«

Xzar sah zu Shahira und er erkannte ihren besorgten Blick. »Ja, das ist wohl besser«, sagte er, während er mit einer Hand sanft über Shahiras Handrücken strich. Shahira wollte aufstehen und ihn begleiten, doch er deutete ihr an, zu bleiben. Shahira war sich nicht sicher, aber war in Borions letztem Satz ein Unterton mitgeklungen, der keineswegs fürsorglich gewesen war?

Nachdem Xzar weg war, räusperte Borion sich. »Also lassen wir das Thema einmal bei Seite. Ich habe einige interessante Dinge über unser Reiseziel gewinnen können. Zuerst einmal werden wir ja den Blaueichenwald betreten. Er wird mit wenigen Bäumen beginnen, die dann immer dichter werden. Sobald ein Gebirgsmassiv den Wald schneidet, wird es ernst und wir gelangen in den schwarzen Nebel. Was für uns bisher noch ein Rätsel war, war die Frage, wie wir dem giftigen Nebel entgegentreten können. Also, da habe ich etwas: Es gibt einen Schutztrank! Er hat zwar einen stolzen Preis, aber den bin ich gerne bereit zu zahlen, nachdem ich gehört habe, was die Dämpfe ausrichten. Die Einzelheiten möchte ich euch ersparen, aber lasst euch gesagt sein, sie führen zum Tod.«

»Das klingt doch schon mal sehr gut. Dann müssen wir ja nur noch den Tempel finden«, sagte Kyra zufrieden.

Xzar war auf seinem Zimmer. Gedämpft hörte er die Stimmen der Gäste von unten. Wütend schlug er mit der Faust auf den Tisch. Bereitgestelltes Geschirr und ein kleiner Kerzenhalter fielen von der Wucht um. Warum hatte Kyra sich nur eingemischt? Er war sich sicher gewesen, Borion reizen zu können. Vielleicht hätte er so erfahren, was den Krieger umtrieb. Ob ihn etwas ärgerte oder er mit Handlungen der Gruppe nicht einverstanden war. Sein schönes Ereignis mit Shahira hatte er sich selbst, wegen solch eines unnötigen Streits getrübt. Wieso hatte er sich nur so aus der Fassung bringen lassen? Und andererseits, vielleicht irrte er ja auch mit seinem Verdacht. Was war, wenn er Schatten jagte, die es nicht gab? Dann war er es am Ende, der die Unruhe verursachte.

Er seufzte, denn das war nicht seine Absicht. Jedenfalls noch nicht. Irgendwie gingen ihm die Ereignisse der letzten Tage nicht aus dem Kopf. Vor allem fragte er sich, was mit ihm in der Nacht geschehen war, als die Wölfe angriffen? Diese Tiere hatten ganz und gar nicht so angegriffen, wie er es von Wildtieren kannte. Im Gegenteil, sie waren organisiert vorgegangen und man konnte es fast schon taktisch nennen. Hatten diese Wölfe vielleicht unter einem Beherrschungszauber gestanden? Doch wenn es Tasamin gewesen wäre, hätten sie dann lebend aus dieser Situation entkommen können? Oder wollte jemand nur ihn: Xzar, aus dem Weg räumen? Doch wer und aus welchem Grund? Borion hatte ihn jedes Mal so seltsam behandelt, wenn er das Schwert untersucht hatte. Und wenn er sich irrte und es nur Vorsicht gewesen war? Wer würde ihm sonst schaden wollen? Es blieben ja nur noch Jinnass und Kyra. Shahira schloss er aus. Nachdem was vorhin zwischen ihnen beiden geschehen war, war er sich mehr als sicher, dass sie keinem etwas Böses wollte. Arglist lag nicht in ihrem Wesen. Es war nichts Verräterisches in ihrem Blick und ihren Worten, keine Lüge in ihrem Lächeln, ihren Augen. Nein, wenn musste es einer der anderen sein. Vielleicht Kyra? Doch was sollte sie für einen Grund haben? Immerhin war sie Shahiras beste Freundin. Gut, zugegeben, zu Beginn ihrer Reise hatte die Magierin ihm nicht vertraut, aber inzwischen waren viele Tage vergangen und sie hatten sich angefreundet. Und Jinnass? Er war einen Teil des Kampfes im Zelt gewesen, dort war er schwer von einem der Wölfe verletzt worden. Ein finsterer Gedanke beschlich ihn. Keiner hatte den Wolf ins Zelt gehen sehen, nur hinauskommen. Jinnass war also eine ganze Zeit lang unbeobachtet gewesen und doch hatte er zuvor bei ihnen draußen gekämpft. Und auch Borion hatte mit ihnen gekämpft, Schulter an Schulter, Rücken an Rücken. Wie hätte er da die Wölfe kontrollieren sollen? Irrte er sich? Was, wenn sein Misstrauen schon zu tief saß und es wirklich nur Zufälle waren? Xzars Gedanken überschlugen sich, es passte nicht alles zusammen. Es gab zu viele Unstimmigkeiten. Er lehnte sich an den Fensterrahmen und sah auf die Straße hinab. Draußen waren nur noch Schatten in Bewegung und er entschloss sich, vorerst nicht weiter darüber nach zu denken. Die nächsten Tage würde er die anderen genauer beobachten und versuchen mehr zu erfahren.

Seine Gedanken schweiften wieder zu Shahira und jenem unvergesslichen Augenblick auf dem Turm, als ihre Lippen sich trafen und ihre Gefühle füreinander ihren ersten großen Schritt gemacht hatten. Sein Herz hatte so wild gepocht, dass er befürchtete, es spränge aus einer Brust und er hatte Sorge gehabt, dass sie es bemerkte. Xzar war sich jetzt sicher, dass sie etwas für ihn empfand und wenn er es zugelassen hätte, wären sie dort oben auch noch den nächsten Schritt gegangen. Im Nachhinein hatte er es bereut und er spürte auch jetzt, wie sehr er sie vermisste. Er seufzte und begann die umgefallenen Gegenstände auf seinem Tisch wieder aufzurichten, als es zaghaft an seiner Tür klopfte.

Er sah überrascht auf. »Wer da?«

»Ich bin es«, erklang Shahiras Stimme. »Lässt du mich ein?«

Da war es schon wieder, das Pochen in seiner Brust. Schnell eilte er zur Tür und schob den Riegel fort, um die Tür zu öffnen.

»Wie geht es dir? Hast du dich wieder beruhigt?«

»Nein, noch nicht ganz«, sagte er mürrisch. »Der Kampf gegen die Wölfe beschäftigt mich zu sehr. Ich kann mich nicht erinnern, was in der Zeit passiert ist, bevor ich bewusstlos wurde. Und als ich morgens ins Lager zurückkam, war das Erste, was Borion machte, mir das Schwert aus den Händen zu nehmen. Und die Fackel und die Stofffetzen, die er fand, sie waren an einer ganz anderen Stelle als da, wo der Kampf mit dem Leitwolf stattgefunden hatte. Wer hatte den Rest der Nachtwache übernommen?«

Shahira seufzte und antwortete dann nachdenklich, »Kyra. Aber ich würde meine Hand für sie ins Feuer legen. Und zu

Borion, den du am meisten verdächtigst: Er hat dir das Schwert aus der Hand genommen und dich gestützt, während er dich zum Lagerfeuer brachte. Ich kann mir nicht vorstellen, dass er böse Absichten hegte. Er leitet die Expedition. Welchen Grund hätte er, gegen uns zu arbeiten? Wir sollten abwarten, glaube ich.«

»Nun, vielleicht hast du recht, warten wir ab. Lass uns nicht weiter darüber reden.

Weißt du eigentlich, wer der Auftraggeber der Expedition ist? Ich habe nur einen seiner Diener kennengelernt, als dieser die Gruppenmitglieder zusammen mit Borion aussuchte«, fragte Xzar, dessen Ärger immer mehr verflog, seit Shahira zu ihm gekommen war.

»Ich weiß es nicht genau. Nur, dass er ein angesehener Edelmann aus Barodon sein soll, der sehr viel dafür bezahlt, dass wir uns in diese Gefahr bringen«, antwortete Shahira lächelnd.

›Was ein Lächeln!‹, dachte Xzar.

»Stimmt, über die Bezahlung kann ich mich nicht beschweren. Vor allem hat er mich zur Hälfte im Voraus bezahlt.« Er seufzte. »Ich glaube, das reicht mir für heute an Überlegungen.«

Shahira nickte und gab ihm einen schnellen Kuss auf die Lippen. Dann stand sie auf und trat an die Tür. Als sie den Riegel wegzog, hörte sie Xzars Stimme noch einmal hinter sich. »Wenn du magst, dann bleibe heute Nacht hier bei mir?«

Shahira spürte, wie ihr Herz höherschlug. Insgeheim hatte sie schon auf dem Turm gehofft, er würde sie fragen. Und jetzt, wo er es getan hatte, fehlten ihr die Worte.

»Willst du nicht?«, erklangen seine Worte jetzt dicht hinter ihr. Wenn sie sich nicht täuschte, dann bebte seine Stimme leicht.

Mit einem Ruck zog sie den Riegel wieder zu und drehte sich um. »Doch, ich will. Ich war nur ...«

Diesmal war es Xzar, der sie nicht zu Ende sprechen ließ. Er trat einen Schritt auf sie zu und küsste sie. Sie spürte, wie ihr Körper bei seiner Berührung erzitterte. Als ihre Lippen sich berührten, ließ sie diese Gefühle vom Turm erneut zu und die beiden versanken ineinander. Dieses neue und doch so vertraute Empfinden, das Kribbeln in ihrem Bauch, die wärmenden Berührungen seiner Hände. Sie glitten sanft von ihrer Schulter aus über ihren Körper, schoben sich behutsam unter ihr Hemd, streiften es ab. Dann hob Xzar sie leicht vom Boden und sie schlang ihre Beine um seine Hüfte. Sie spürte, wie er einige Schritte tat und sie langsam auf sein Bett legte. Im nächsten Augenblick, als seine Lippen ihren Körper liebkosten, schwanden all ihre Sorgen und ihre Ängste wichen der Freude. Als sie sich bis lange in die Nacht hinein liebten, empfand sie nur pures Glück.

Als Shahira viele Stunden später eingeschlafen war und sich ihr warmer Körper unter der Wolldecke an Xzar schmiegte, lag er noch eine ganze Weile wach und genoss das beschwingende Gefühl ihrer Nähe. Was bedeutete das nun für sie beide? Er verwarf den Gedanken gleich wieder. Darüber wollte er heute Nacht wahrlich nicht nachdenken. Als auch ihn die Müdigkeit überkam, begann er wirr zu träumen. Er lag unter dem Leitwolf, der ihn brutal zu Boden geworfen hatte. Er spürte die scharfen Krallen auf seiner Brust, die sich spitz durch den Stoff der Kutte schoben. Das Drachenschwert blitzte auf und Blut rann dem Wolf zwischen den Zähnen aus dem Maul. Sein Blut. Das Ungetüm stand über ihm und sah ihn zähnefletschend an. Dann plötzlich sah er, wie das Drachenschwert in seiner Hand zu leuchten begann, der Griff wurde glühend heiß. Sein Arm verkrampfte und er konnte die Klinge nicht mehr loslassen. Er spürte, wie die Hitze auf ihn übersprang und eine innere Kraft in ihm freisetzte. Die Krallen des Wolfes drückten ihm weiter auf die Brust, nein sogar schon in die Brust. Schmerzen durchfuhren ihn. Der Regen prasselte mit harten Tropfen wie ein gewaltiger Steinschlag auf sie herab. Ein Schrei, ein Fauchen, lautes Knurren und der Geruch frischen Blutes lag in der Luft. Xzar hob das Schwert, so gut er es im Liegen vermochte. Die Klinge leuchtete jetzt gleißend hell, der Drachenkopf glühte und dann ...

Er wachte schweißgebadet auf. Es war mitten in der Nacht. Ein kalter Wind blies durch das offene Fenster in sein Zimmer. Xzars Blick fiel auf Shahira, die immer noch nah bei ihm lag. Durch seine Bewegungen war ihr die Decke vom Leib gerutscht. Im fahlen Licht des Mondes, das durch das Fenster schien, sah er ihren schlanken Körper und das Kräuseln der Haut durch den kühlen Wind. Xzar zog die Decke wieder hoch, küsste sie auf die Schulter und ließ sich zurück auf sein Laken sinken. Er lauschte in die Stille. Heute Nacht war keine Melodie von draußen zu hören und auch sonst war es still auf den Straßen um das Gasthaus. Er versuchte weiter zu schlafen, aber es gelang ihm nicht mehr. In seinen Gedanken ging er den Traum noch einmal durch und er hoffte, sich noch an den Rest seines Kampfes zu erinnern. Immer wieder sah er den kalten Blick des Wolfes vor sich, diese frostigen Augen, die ihm nach dem Leben trachteten. Nein, das war kein Hunger gewesen, sondern das pure Verlangen ihn zu töten.

Unerwartete Hilfe

Er erwachte, als Shahira sich langsam neben ihm rührte. Er öffnete die Augen und sah ihr Gesicht, das sich zu ihm gedreht hatte. Schlief sie noch? Er strich ihr zärtlich eine Haarsträhne zur Seite und gab ihr einen Kuss. Sie grummelte irgendwas vor sich hin und öffnete dann vorsichtig ein Auge, nur um es gleich wieder zu schließen.

»So ist es gut«, murmelte sie leise.

»Was meinst du?«, fragte Xzar ebenso leise und gab ihr einen weiteren Kuss.

»Es war kein Traum«, sagte sie verschlafen.

Xzar lachte leise. »Nein, das war es nicht. Und wenn es einer gewesen wäre, dann ein sehr schöner Traum.«

»Stimmt. Müssen wir schon aufstehen?«

Er gab ihr einen Kuss auf die Schulter. »Ich fürchte, wenn wir ...« Er gab ihr noch einen Kuss auf die Stirn. »... es nicht machen, dann wird ...« Ein weiterer Kuss auf ihre Wange. »Kyra bald hier auftauchen und ...« Ein letzter Kuss auf ihre Lippen, den sie nun innig erwiderte. »... mich persönlich zu ihren großen Vieren befördern.«

»Das würde sie nicht tun«, sagte Shahira und lachte leise.

Xzar hob die Augenbrauen an.

»Na, vielleicht doch. Allerdings könnten wir auch noch einen Augenblick warten.« Sie bewegte ihre Hüfte und Xzar spürte, wie sein Körper dem Verlangen nach ihr nachzugeben drohte.

»Bist du dir sicher ...«, begann er, doch da war es bereits zu spät. Shahira hatte sich mit einem kleinen Schwung auf ihn gesetzt und überwand sein Zögern. Also liebten sie sich noch ein weiteres Mal vor dem Frühstück.

Als sie nach unten gingen, erwartete Borion sie bereits in der Gaststätte und wenn er Xzars Verhalten vom Vorabend noch missbilligte, so zeigte er es nicht. So sehr Xzar Shahiras morgendlichen Überfall genossen hatte, so sehr ärgerte er sich auch darüber. Zu gern hätte er mit ihr darüber gesprochen, was diese Nacht nun für sie bedeutete, doch dazu war es nicht mehr gekommen. Jetzt hatte er sich dazu entschlossen abzuwarten, wie sich die Dinge zwischen ihnen entwickelten.

Borion lächelte ihnen fröhlich zu. »Guten Morgen. Habt ihr gut geruht? Ich habe mir erlaubt, schon ein Frühstück anrichten zu lassen.«

Xzar und Shahira sahen sich verstohlen an und setzten sich zu Jinnass und Kyra. Die Magierin warf ihrer Freundin einen fragenden Blick zu, dem Shahira auswich. Kyra konnte sich sicher denken, was passiert war. Sie würde es ihr später erklären.

Borion bot ihnen indes an, ihre Tassen zu füllen, und sie reichten ihm diese dankbar. Während sie die frischen Brote schmierten, wurde plötzlich die Tür zur Gaststätte heftig aufgestoßen. Staub wirbelte auf und das Sonnenlicht, welches jetzt in den Raum hineinfiel, blendete die Gäste für einen kurzen Augenblick. Als sich die Augen an die Helligkeit gewöhnt hatten, sah man, dass die Tische und Stühle am Eingang einen langen dunklen Schatten am Boden abzeichneten. Eine leichte Windböe fegte durch den Raum.

Als sich der Staub ein wenig gelegt hatte, sahen sie den Umriss einer großen Gestalt im Türrahmen. Das Licht blendete sie noch immer, sodass sie das Gesicht nicht erkannten. Was allerdings nicht verborgen blieb, waren die Konturen einer schweren Rüstung und eines Schwertes am Gürtel. Ein Umhang lag über den Schultern des Ankömmlings und bewegte sich sanft im Wind. Borion kniff leicht die Augen zusammen, um etwas mehr von der Person zu erkennen. Vergeblich. Langsam legte er seine Hand an den Schwertknauf. Der Fremde rührte sich einige Augenblicke nicht und so warteten sie weiter, was nun geschah. Dann griff die Person mit einer Hand zur Tür und schob diese langsam hinter sich zu. Wenn vorher noch nicht alle auf die Tür geachtet hatten, dann taten sie es jetzt. Es wurde still und der Staub sank langsam zu Boden. Die anderen Gäste blickten sich nervös im Gastraum um, in der Hoffnung jemand würde die Stille brechen und etwas unternehmen oder wenigstens etwas sagen. Doch niemand rührte sich.

Nachdem sich die Augen der Fünf wieder an das dunklere Licht gewöhnt hatten, konnten sie den Neuankömmling deutlicher sehen. Der großgewachsene Mann war ein stattlicher Krieger. Er trug eine schwere Lederrüstung, die mit vielen Nieten versehen war. Am unteren Ende der Rüstung sahen sie die Ringe eines Kettenhemds, welches er allen Anschein nach unter der Lederrüstung trug und das ihm bis zu den Knien reichte. Seine Hände verbarg er in dicken Lederhandschuhen. Er trug eine schwarze Lederhose, über die an der unteren Hälfte schwarze Beinschienen lagen, die ein Stück in seinen schweren Reiterstiefeln verschwanden. An einem breiten Gürtel, welchen er über die Rüstung geschnallt hatte, hing neben dem Schwert ein kleines Beil. Der Form nach war es eine Wurfaxt. Das Gesicht des Mannes war noch immer von den Schatten der Deckenbalken verborgen.

Der Kopf des Fremden drehte sich jetzt langsam und sein Blick wanderte durch die Schänke von Tisch zu Tisch, bis er die Gruppe erblickte. Er schien jeden von ihnen kurz zu mustern und kam dann auf sie zu. Eine Hand locker auf seinem Schwertknauf liegend, griff er sich einen Apfel von einem der anderen Tische und biss hinein. Wem dieser Apfel gehörte, schien für ihn nicht von Bedeutung, obwohl der ängstliche Blick des ehemaligen Besitzers ihm auch nichts entgegensetzen konnte. Er kam näher. Sie warteten. Keiner sagte etwas. Shahira spürte, dass Kyra und Xzar sich anspannten. Borion zog unauffällig einen Dolch aus seinem Gürtel.

Selbst als der Fremde aus dem Schatten trat, konnten sie sein Gesicht noch immer nicht erkennen, denn ein breiter Hut auf seinem Kopf nahm ihnen die Sicht. Shahira musste an die erste Zeit mit Xzar und seiner Kapuze denken. Irgendwie erinnerte sie der Neuankömmling an ihn, wenn er auch deutlich massiger gebaut war als Xzar. Sein zielsicherer Schritt und sein bisheriges Auftreten waren geheimnisvoll und doch lag eine große Selbstsicherheit in beidem. Der Klang seiner Stiefel hallte leise durch den Raum. An einigen der anderen Tische hörte man die Leute tuscheln. An anderer Stelle sah man, wie verstohlen Messer aus Stiefelscheiden gezogen wurden. Dann war der Fremde bei der Gruppe und sie sahen ihn an, wie er auf sie herab starrte. Hochmut lag in seinem Blick, aber auch Selbstsicherheit und noch etwas anderes, das Shahira nicht zu deuten wusste.

Er musterte sie alle mit braungrünen, stechenden Augen. Dunkelbraune Haare waren zu einem kurzen Zopf zusammengebunden, der unter dem Hut hervorlugte. Sein Gesicht war scharf geschnitten und er hatte hochstehende Wangenknochen. Seine Nase verlieh ihm etwas *Falkenartiges*. Ein stoppeliger Bartansatz füllte den Rest seines Gesichts aus. An der Stirn hatte er eine kleine Narbe, die noch nicht sehr alt zu sein schien. Mit ihm war der Geruch von Lederfett und Waffenöl zu ihnen heran geweht. Der Mann kaute in Ruhe seinen Apfelbissen zu Ende und deutete dann mit dem Rest der Frucht auf den Elfen.

»Ich geh davon aus, dass du Jinnass bist?«, und ohne auf eine Antwort oder eine Frage der anderen zu warten, fuhr er fort, »Wie ich darauf komme? Du bist der einzige spitzohrige Geselle in diesem Haufen hier.« Seine Stimme klang tief und doch sehr klar.

»Wer will das wissen?«, fragte Borion misstrauisch.

Der Mann ignorierte den Krieger. »Bist du es, oder nicht? Für Ratespielchen habe ich keine Zeit«, sagte der Mann fordernd und biss erneut in den Apfel.

Borion wollte gerade aufstehen, als Jinnass knapp antwortete, »Ja, ich bin es.« Der Elf musterte den Mann aus wachsamen Augen. Sein Blick war unergründlich, doch Shahira spürte die Anspannung im Raum.

»Siehst du, war doch gar nicht so schwer. Ich habe eine Nachricht für dich«, kam von dem Fremden und er schob die Hand in eine Tasche unter seinem Umhang.

Borion sprang auf und hielt dem Mann mit einer schnellen Bewegung seinen Dolch an die Kehle. »Langsam! Schön langsam. Ich frage noch einmal: *Wer* seid Ihr?«

Der Fremde blickte Borion unbeeindruckt an und grinste sogar spöttisch. »Du machst einen großen Fehler!«

»Ihr seid ganz schön frech, obwohl Ihr einen Dolch an Eurer Kehle habt«, antwortete ihm Borion ruhig.

Shahira bewunderte die feste Stimme Borions, auch wenn seine zweite Hand fest zur Faust geballt war. Die anderen sahen sich das Ganze unruhig an und Xzar war ebenfalls aufgestanden.

»Eigentlich ... habe ich keinen Dolch an der Kehle«, sagte der Fremde kühl.

Borion stutzte und wollte gerade spöttisch auflachen, da machte der Fremde einen schnellen Schritt zurück, zog dabei sein Wurfbeil vom Gürtel und schlug blitzgeschwind und mit großer Wucht Borion den Dolch aus der Hand. Gleichzeitig hatte er sein Schwert gezogen und hielt dieses jetzt an Borions Kehle. Das Manöver hatte Borion und die anderen völlig überrascht.

»Eigentlich ...«, sagte der Mann kühl und mit einem amüsierten Grinsen, »hast du ein Schwert an der Kehle.«

Borion stand mit vor Schreck offenem Mund da und wusste anscheinend nichts zu sagen, daher ließ er sich langsam wieder auf seinen Stuhl sinken. Die Klinge des Fremden verharrte an Ort und Stelle und somit war Borions Kehle wieder frei. Die anderen hatten keine Waffen dabei, deshalb konnten sie Borion nicht helfen. Nur Xzar stand noch vor ihm und musterte den Mann mit einem tiefen, bohrenden Blick, während er in Gedanken einen Zauber formte. Der Fremde erwiderte den Blick hart und sagte dann eisern, »Mach du nicht den nächsten Fehler.«

Der Fremde wartete kurz und als er sah, dass Xzars Anspannung nachließ, steckte er langsam seine Waffen weg. Dann zog er eine Schriftrolle aus der Tasche, die er Jinnass reichte. »Streng vertraulich, versteht sich.« Der Fremde warf Borion ein finsteres Lächeln zu.

»Ihr seid *ein Mal* schnell gewesen, aber Ihr solltet vorsichtig sein«, sagte Borion, der seine Fassung langsam wiedererlangte und sich erneut drohend erhob. Als er die besorgten

Blicke seiner Gefährten sah, riss er sich jedoch zusammen. Dann ging er seinen Dolch zurückholen, der fast durch den ganzen Raum geflogen war. Wie durch ein Wunder hatte er niemanden verletzt. Die anderen Gäste mieden es Borion anzusehen, als wäre ihnen die Situation genauso peinlich wie dem Krieger selbst.

Der Fremde hatte den Tisch inzwischen umrundet und stand nun neben dem Elfen. Shahira erkannte auf der Rückseite seines Umhangs ein Wappen. Es zeigte eine grüne Schlange, die sich um einen Baum mit blauen Blüten schlängelte. Das Wappen kam ihr bekannt vor. Sie meinte, es in ihrer Heimat bereits gesehen zu haben, aber so richtig zuordnen konnte sie es nicht. Jinnass stand auf und ging ein paar Schritte zur Seite, bevor er das Siegel brach und die Schriftrolle las. Der Fremde biss noch ein paar Mal in den Apfel und legte ihn dann auf den Tisch, da er das Frühstück der Gruppe anscheinend als besser erachtete und so bediente er sich, ohne zu fragen, an den Köstlichkeiten.

»Könnt Ihr nicht um Erlaubnis bitten, bevor Ihr Euch einfach so bedient?«, fauchte Kyra ihn an und riss ihm ein Stück Brot aus der Hand, welches er sich gerade genommen hatte.

Der Fremde sah sie gelangweilt und unbeeindruckt an, nahm sich ein neues Stück und antwortete frech, »Ja, können schon, wollen nicht!«

Xzar konnte sich gerade so ein Grinsen verkneifen, als er Borions und Kyras verdrossene Blicke sah. Dennoch fragte er sich, wer dieser Mann war, der sogar bemerkt zu haben schien, dass er ein Magier war. Nicht mal Borion und Kyra war dies bisher aufgefallen. Bei Jinnass war er sich nicht sicher. Der Elf hatte ihn schon einige Male intensiv gemustert und im Wald, als er das Schwert untersuchte, hatte er ihn ja auch fast erwischt. Doch wenn er es wusste, dann hatte er noch nichts dazu gesagt. Shahira war wenig beeindruckt von dem Fremden und aß in aller Ruhe weiter, sie war diese schroffe Art von Söldnern gewohnt. Bevor der Fremde nach dem Milchkrug greifen konnte, zog sie ihm diesen weg und goss sich ein. Der Mann lachte und deutete tadelnd mit dem Finger in Shahiras

Richtung, dabei grinste er anerkennend. Shahira zuckte mit den Schultern und als er nun erneut nach dem Krug griff, ließ sie es geschehen. Jinnass, der sich die Schriftrolle durchgelesen hatte, kam zurück zum Tisch.

»Nun gut. Hier steht, dass Ihr uns begleiten sollt. Dann willkommen, Euer Hochgeboren. Willkommen, Graf Adran von B'dena.«

Kyra ließ ihr Brotmesser fallen und starrte den Mann ungläubig an. Die anderen sahen ebenfalls erstaunt zu dem Fremden. Dieser nickte und schob sich gerade ein weiteres Stück Brot mit Honig in den Mund.

»*Graf??!* Und dann so ungehobelt und unmanierlich?«, rief Kyra empört. Der Elf zuckte mit den Schultern. Der Fremde, oder besser Graf Adran von B'dena, lehnte sich zurück und sagte dann, »Das habe ich mir schon fast gedacht. Und vergesst diese förmliche Anrede. Das braucht es nicht. Nennt mich einfach nur Adran oder Adran von B'dena. Aber Adran reicht mir eigentlich.«

Jetzt sah auch Shahira etwas verwundert zu ihm rüber. Adran entging der Blick nicht und er grinste sie frech an. Dabei zog er beide Augenbrauen hoch, als sei er sich keiner Schuld bewusst.

»Was dachtet Ihr Euch? Und warum hat man mir diese Nachricht nicht geschickt? Schließlich leite ich diese Expedition!«, forderte Borion wieder deutlich aufgebrachter eine Antwort.

»Ich dachte mir, dass das hier mehr für mich werden würde als nur ein Botengang. Sonst hätte man mir ja wohl nicht nahe gelegt, mich passend auszurüsten. Die Nachricht sollte an Jinnass gehen. Was weiß ich, warum! Außer vielleicht ...« Er musterte Borion frech. »... deine Nase! Sie gefällt mir nicht. Zu groß für einen Menschen! Jetzt zufrieden? Und, wer seid ihr alle so?«

Borion hob empört die Faust und schlug sie hart auf den Tisch, sodass die Teller schepperten. »Ihr übertreibt es, Adran von B'dena!«, donnerte er zornig. Er machte einen Schritt vor, doch Kyra packte ihn am Arm und hielt ihn zurück, bevor er zuschlagen konnte. Sie hatte sichtlich Mühe, den Krieger festzuhalten, zumal auch ihre Lippen leicht bebten.

»Ich bin Borion von Scharfenfels! Wenn Ihr meint, mich zu beleidigen, dann fordere ich Euch!«, sagte Borion wütend.

»Noch nie gehört. Von Scharfenbaum?«, begann Adran, als Shahira aufsprang. »Es reicht! Alle beide, jetzt ist Schluss damit! Borion, lasst Euch nicht provozieren! Ich weiß, dass Ihr wütend seid, aber das hilft uns jetzt nicht weiter. Und Ihr, Euer *Hochgeboren*. Benehmt Euch! Dies ist Borion von *Scharfenfels*, er leitet unsere Reisegruppe. Es mag ja sein, dass Ihr uns begleiten sollt, aber wenn Ihr Euch nicht zu benehmen wisst, dann nehmen wir Euch nicht mit.«

Adran zog jetzt überrascht die Augenbrauen hoch, doch diesmal schien er ehrlich beeindruckt.

»Also Graf von B'dena wenn es Euch genehm ist, speist mit uns und begleitet uns, aber benehmt Euch«, sagte Shahira jetzt schon wieder ein ganzes Stück ruhiger.

Er musterte die junge Frau mit erstaunter Miene und als nichts weiter von ihr kam, nickte er akzeptierend.

Jinnass brach die folgende Stille. »Das sind Shahira und ihre gute Freundin Kyra Lotring, Magistra des vierten Grades der Kampfkünste aus den Türmen der Magie zu Barodon.«

Kyra hob erstaunt eine Augenbraue. Jinnass hatte sich tatsächlich ihren vollen Titel gemerkt. Sie lächelte.

Jinnass fuhr indes fort, »Borion von Scharfenfels ist, wie Shahira es bereits sagte, der Anführer unserer Gemeinschaft und jener dort ist Xzar.«

Adran sah die Vorgestellten der Reihe nach an, wobei sein Blick einen Augenblick länger auf Shahira haften blieb. »Nun gut, ich grüße euch! Ich hoffe, wir werden die anfänglichen Schwierigkeiten vergessen und von jetzt an gut miteinander auskommen«, sagte er überfreundlich. Borions wütenden Blick ignorierte er. Er nahm sich noch etwas vom Frühstück und grinste Kyra dabei schelmisch an. »Und wann reisen wir los?«

»Morgen! Wir wollten heute noch fehlende Ausrüstung fürs Gebirge kaufen«, beantwortete Kyra schroff seine Frage.

205

»Braucht ihr nicht, ich habe alles Nötige dabei. Ebenfalls habe ich die zweite Hälfte eures Soldes mit, den ich euch aushändigen soll, wenn ihr brav seid«, sagte er mit grinsender Miene, fügte aber, als er das Augenrollen Shahiras sah, gleich hinzu, »War nur ein Scherz! Versteht ihr so überhaupt keinen Spaß?«

Shahira schüttelte den Kopf. Sie konnte die Wut der anderen verstehen. Die letzten Tage waren alles andere als ein Spaß gewesen. Wer immer dieser Adran von B'dena war, Freunde hatte er sich sicher keine gemacht bei seiner Ankunft.

Adran zog indes vier Lederbeutel aus der Tasche seines Umhangs und warf sie Shahira, Xzar, Kyra und Jinnass auf den Tisch. Borion der sich freiwillig gemeldet hatte, erhielt keinen.

»Also brechen wir morgen in aller Frühe auf? Dann werde ich mir erst mal ein Zimmer nehmen. Ich bin die letzten Nächte oft durchgeritten, da kann ich ein weiches Bett gebrauchen«, sagte Adran.

»Ja, das werden wir«, antwortete Borion, der noch immer wütend war.

Adran stand auf und ging zum Wirt.

Kaum war er außer Hörweite, sagte Borion, »Was soll das? Wieso wird jemand wie er zu uns geschickt? Der Kerl soll aufpassen, was er macht! So ein Drecksack! Ich werde ihm persönlich Manieren beibringen, wenn er so weitermacht!«

»Borion, ich glaube, er ist ein Aufschneider. Ihr seid unser Anführer und nicht er. Wenn er uns begleiten möchte, dann wird er sich anpassen und benehmen müssen, sonst kann er Graf sein, wie er möchte und bleibt zurück«, sagte Shahira beruhigend.

»Danke, für Eure Worte«, antwortete Borion erleichtert.

Shahira konnte den Krieger nur zu gut verstehen. Doch eine Spaltung der Gruppe durch solch einen Unruhestifter, da war Shahira sich sicher, würden sie nicht zulassen. Dafür hatten sie gemeinsam zu viel erlebt.

Nur Xzar beäugte Borions aggressive Art misstrauisch, denn so hatte dieser sich bisher noch nicht gezeigt. Und auch Jinnass beobachtete er, denn Xzar war sich sicher, in diesem

Brief hatte mehr gestanden, als er preisgegeben hatte. Doch es war schier unmöglich, in dem Gesicht des Elfen eine Regung festzustellen.

»Warten wir es doch erst mal ab, vielleicht ist er ja gar nicht so schlecht, wie wir jetzt im ersten Augenblick denken. Er hat ja schließlich eine lange Reise hinter sich und ist vielleicht nur müde«, versuchte Shahira, Borion weiter zu beruhigen.

»Ich hoffe, Ihr habt recht«, zweifelte der Krieger.

Nach dem Frühstück gingen sie in die Stadt. Borion hatte ihnen gesagt, sie sollten sich noch einmal richtig erholen, da Adran tatsächlich alles Notwendige mitgebracht hatte. Zuvor hatte Borion dies ausführlich überprüft und konnte nichts davon beanstanden, sogar eine Kiste mit Zelten hatte er dabei. Woher der Mann allerdings wusste, was sie noch alles brauchten, konnte er sich nicht erklären.

Kyra besuchte ein weiteres Mal den Tempel der Tyraniea, um ihrer Göttin zu huldigen. Vielleicht würde sie später noch in die Halle Bornars gehen, immerhin waren es seine Diener: Die Schattenmänner, die Shahira in ihren Visionen sah. Kyra bedauerte es ein wenig, dass ihre Freundin von dem Glauben an die großen Vier nicht viel hielt. Die junge Abenteurerin war der Meinung, dass ihr eigenes Handeln ihr Schicksal beeinflusste und nicht die Götter. Kyra konnte verstehen, dass sie so dachte. Doch eigentlich sprach diese Einstellung nicht mal gegen die Lehren der Götter, denn sie ermutigten einen auch, seinen eigenen Weg im Leben zu gehen. Sie stellten nur Wegbegleiter dar, die dazu rieten, das eigene Handeln zu überdenken und ihren Lehren anzupassen.

Der Glaube an die großen Vier hatte sich erst vor einigen Jahren in der Bevölkerung verbreitet. Um genau zu sein, erst nach dem Ende des Krieges. Langsam erkannten die Menschen, welche Kraft und Erlösung sich dort hinter verbarg, mehr noch: Denn die großen Vier waren wirklich in der Welt und lenkten ihre Geschicke, indem sie mit ihren Kräften den Menschen halfen. In Kyras Leben hatte es schon so manche Situation gegeben, in der sie sicher war, dass die Herrin Tyraniea ihr Handeln gelenkt hatte. Sie erinnerte sich an die Zeit in der Akademie zurück. An einem Winterabend war sie sehr spät von ihren Studien zurückgekommen. Als sie durch den großen Gemeinschaftsraum ging, bemerkte sie, dass dort einige der jüngeren Schüler in den breiten Lederstühlen eingeschlafen waren. Das Feuer im Kamin war fast gänzlich erloschen und die Kälte der Nacht hatte sich schon ihren Weg ins Innere gesucht. Sie selbst war sehr müde gewesen und nichts hätte sie lieber getan, als gleich weiter zu gehen und in ihr Bett zu fallen. Doch an jenem Abend entsann sie sich an die Worte der Herrin Tyraniea: *Die Kälte ist dein Freund, aber lass sie nicht zu jemand anderes Feind werden, der sich ihr nicht erwehren kann.*

Also war sie an den großen Kamin gegangen und hatte dort die Glut mit einigen Holzscheiten wieder zum Brennen gebracht. Und als sie mit dieser Arbeit beschäftigt gewesen war, hatte sie eine kleine Kanne mit Lampenöl gefunden, die jemand unachtsam neben dem Kamin platziert hatte. Diese nahm sie mit auf ihr Zimmer und dort stellte sie fest, dass ihr eigener Kamin ebenfalls nicht mehr brannte. Das Öl aus der Kanne half ihr dieses wieder zu entzünden und Kyra war sich sicher, dass dies ein Zeichen ihrer Göttin gewesen war. Hätte sie den Schülern nicht geholfen, so hätte auch sie in dieser Nacht gefroren.

Xzar und Shahira hatten sich zu einen Spaziergang durch den kleinen Stadtpark entschlossen. Zwar war er nicht sehr gepflegt, dafür aber auch nicht überlaufen, was ihnen ein wenig Ruhe zu zweit brachte.

Die Blumenbeete waren zum Teil zerrupft und von Wildwuchs überwuchert. Ein kleiner Brunnen, aus dem schon lange kein Wasser mehr sprudelte, war von Algen und Moos bedeckt. Eine Figur auf seiner Spitze, die einst einen prächtigen Krieger mit Speer und Schild dargestellt hatte, war inzwischen alt und brüchig. Die Spitze des Speeres fehlte sogar ganz.

Sie folgten kleineren Wegen, die sie immer wieder zum Brunnen in der Mitte des Parks führten.

»Findest du nicht auch, dass dieser Park irgendwie zu klein wirkt?«, fragte Shahira.

»Ja, er ist auf der Westseite kürzer.«

»Es sieht so aus, als hätte man etwas von ihm weggenommen.«

»Wahrscheinlich ist das auch so. Ich denke, dieser Park wird irgendwann ganz verschwinden. Die Innenstadt ist ja so schon viel zu dicht bebaut und wenn man feststellt, dass ihn keiner mehr besucht, dann wird man ihn gegen Wohnhäuser eintauschen«, sagte Xzar bedrückt.

»Schade, er hat etwas Romantisches.«

»Ja, und außerdem ist er eine der letzten Erinnerung von einer Zeit vor dem Krieg.«

»Lass uns einen Augenblick dort auf die Bank setzen und dieses Gefühl hier zu sein genießen«, sagte Shahira und deutete auf eine kleine Steinbank, die hinter dem Brunnen stand und schon ziemlich verwittert war.

Er stimmte ihr zu und so nahmen sie Platz. Eine Weile betrachteten sie den Park um sich herum und keiner schien so recht, etwas sagen zu wollen, als Shahira Mut fasste und fragte, »Xzar? Willst du über das, was passiert ist reden?«

Er sah sie fragend an. »Du meinst unsere gemeinsame Nacht?«

Sie nickte.

»Hm, ich bin mir nicht sicher. Was sagst du?«

»Ich denke, dass dir die gleiche Frage im Kopf herumgeistert wie mir. Was bedeutet das jetzt alles für uns?«

Xzar zögerte und nickte dann langsam. Shahira sagte nichts weiter, denn sie war sich nicht sicher, was es bedeutete. Ja, sie mochte ihn, vielleicht war es auch schon mehr als das. Doch wofür reichte dieses Gefühl noch? Wann immer sie ihn sah, kribbelte es in ihr und sie spürte ihr Herz schneller schlagen. Wenn sie sich so nahe waren, dass ihre Körper sich sanft berührten, verspürte sie ein inneres Verlangen ihn zu küssen, in seine Arme zu gleiten und ...

Sie verwarf den Gedanken, als sie die Erregung spürte, die diese in ihr auslösten.

Xzar schien ihren Blick falsch zu deuten und räusperte sich. »Ich weiß, dass wir uns noch nicht so lange kennen und doch fühlte sich diese Nacht für mich richtig an. Und nur zu gerne würde ich es wiederholen und um die Frage, die uns beide beschäftigt, zu beantworten: Lass uns sehen, was die Zeit mit sich bringt. Wir haben keine Eile.« Er hoffte, dass er die richtigen Worte gewählt hatte, doch Shahiras Gesicht nach zu urteilen, waren sie es. Zu gerne hätte er ihr gesagt, dass er mit ihr zusammen sein wollte, aber dies erschien ihm noch zu früh. Denn drängen wollte er sie nicht.

»Danke«, sagte sie nur und beugte sich zu ihm hinüber und gab ihm einen langen und innigen Kuss.

Nach einer Weile, in der sie sich nur in den Armen gehalten hatten, fragte Shahira, »Glaubst du Adrans Geschichte?«

»Da bin ich mir noch nicht sicher. Ich weiß derzeit nicht, wessen Geschichte das war.«

»Wie meinst du das?«

»War es Adrans Geschichte oder Jinnass`.«

Sie nickte. »Ja, das war schon seltsam. Aber eins muss man ihm lassen«, sagte sie lächelnd und als Xzar sie fragend ansah, fuhr sie fort, »geheimnisvolle Auftritte habt ihr beide wohl bei dem gleichen Lehrer gelernt.«

Xzar sah sie verdutzt an und sie musste lachen. Nach einem kurzen Augenblick musste auch er lachen. Dann sah er sie schmollend an, was sie nutzte, um ihm auf seine geschürzten Lippen einen weiteren Kuss zu drücken. Danach genossen sie noch eine Weile das schöne Wetter im Park.

Als sich nach einiger Zeit dickere Wolken vor die Sonne schoben, wurde es kühl und sie entschlossen sich zu gehen. Sie schlenderten zum Marktplatz, der sie mit seinen Stimmen und Gerüchen lockte. Xzar stellte fest, dass der Käfig mit dem Gefangenen nicht mehr dort war. Als er einen der Stadtsoldaten fragte, was mit ihm geschehen sei, zuckte dieser nur mit den Schultern. Xzar war zwar verwundert, dachte aber nicht weiter darüber nach, da Shahira mit dem Finger auf etwas deutete. Als er ihrem Arm folgte, sah er, dass es ein jemand war, und zwar Adran von B'dena.

»Sollen wir zu ihm gehen?«, fragte Shahira.

»Warum nicht. Schauen wir mal, nach was er sucht.«

»Und, habt Ihr schon was gefunden, Graf von B'dena?«, fragte Xzar in Adrans Rücken.

Dieser drehte sich langsam um. Seine Reaktion deutete nicht daraufhin, dass er sich von Xzars plötzlicher Anrede überrascht fühlte. »Nur wertlosen Plunder. Und wie sieht es bei euch aus? Ach, und nebenbei ihr könnt *du* sagen. Ich bin kein Freund von den ganzen Höflichkeitsfloskeln. Wer sind wir schon vor den großen Vier, dass wir uns mit Titeln und Namen behängen, wo wir doch selbst nur so klein sind.«

Shahira sah ihn mit hochgezogener Augenbraue an und schüttelte leicht den Kopf. »Wir gehen nur etwas Spazieren. Das ist erholsam, bevor wir morgen wieder aufbrechen. Sagt, warum seid Ihr ... ich meine bist *du* uns erst jetzt nachgeschickt worden? Versteh mich nicht falsch, aber die Frage beschäftigt mich seit deiner Ankunft«, fragte Shahira interessiert.

Adran stellte einen Blechkrug zurück auf den Ladentisch und drehte sich zu ihr um. »Ich sollte ja eigentlich nur die Nachricht an Jinnass überbringen und euch die Ausrüstung. Dass ich jetzt bei euch bleiben soll, *als Verstärkung*, habe ich auch erst heute Morgen erfahren. Zwar nicht ganz überraschend, aber ich denke, es ist besser so. Irgendwer muss ja schließlich auf euch aufpassen, oder?« Er grinste breit.

Shahira schüttelte lachend den Kopf. Sie verabschiedeten sich von Adran, dessen nächstes Ziel das Badehaus war und gingen dann wieder getrennte Wege.

Xzar war sich unsicher, was er von diesem Adran von B'dena halten sollte. Seine spöttische Art mochte ja Borion reizen und aus der Fassung bringen, aber ihn lenkte das nicht ab. Unter dieser Fassade versteckte sich ein ganz anderer Mann. Und dann der Brief an Jinnass; kannten die beiden sich? Wenn dem so war, dann hatte Xzar nun auch jemanden, der die Wölfe hätte kontrollieren können. Immerhin kam es Xzar so vor, als hätte Adran den nahenden Zauber gespürt, den Xzar beim Frühstück vorbereitet hatte. Und um das zu bemerken, musste er selbst die magischen Ströme spüren.

»Er ist ein seltsamer Kerl, oder?«, fragte Shahira, als hätte sie seine Gedanken gelesen.

»Adran? Ja, irgendwie schon. Noch kann ich mir kein wirkliches Urteil bilden, aber bei einem bin ich mir sicher. Er hat schon einiges erlebt und ist sicherlich kein Anfänger mehr. Und was denkst du?«

»Mir geht es ähnlich. Er soll ein Graf sein? Und zwar von B'dena. Das ist meine Heimat, doch ich habe noch nie von ihm gehört, wobei ich zugeben muss, dass ich sein Wappen schon mal irgendwo gesehen habe. Allerdings ist es nicht jenes von B'dena. Da ist zwar der Baum mit blauen Blüten, aber keine Schlange. Gut, ich habe mich auch noch nie für die Adelshäuser interessiert, vielleicht fehlen mir da nur die nötigen Kenntnisse. Mir selbst ist es erst aufgefallen, als Jinnass ihn vorgestellt hat«, sagte Shahira.

»Es erinnert mich ein wenig an Jinnass«, sagte Xzar, ohne auf ihre Worte einzugehen.

»Was meinst du?«

»Er kam auch ein paar Tage später zu uns. Und jetzt Adran. Woher weiß der Auftraggeber, wo wir sind? Was wir brauchen? Und warum Verstärkung? Wir schlagen uns doch bisher ganz gut, oder?«, sagte Xzar und Shahira meinte Enttäuschung zu hören.

»Der Kampf gegen die Wölfe war schon knapp. Oder aber, wir schlagen uns zu gut. Wir sollten ihn im Auge behalten und dann entscheiden, was wir tun«, schlug sie vor.

»Du hast recht. Warten wir ab und bleiben wachsam.«

Sie folgten der Straße und Xzar verdrängte weitere Gedanken an Adran, als Shahira ihn auf einen Warenstand mit exotischen Früchten aus Abaxa aufmerksam machte. Die zweite Hälfte ihres Soldes war jedenfalls zu rechten Zeit gekommen.

Am späten Nachmittag

»Du sollst dich nicht mit ihnen anfreunden«, sagte die Gestalt in der dunklen Robe.

»Herr, sie sollen mir doch vertrauen!«

»Ja, das sollen sie. Aber behalte deinen Auftrag im Sinn«, zischte die Gestalt.

»Wir sind auf dem Weg. Alles verläuft nach Plan.«

»Ist das so?«, lachte der Unbekannte höhnisch, während seine bleichen Finger über ein rissiges Stück Pergament fuhren.

»Herr?«

»Stell dich nicht so dumm. Ich brauche das Schwert!«, dröhnte die Stimme des Verhüllten erregt.

»Herr, Yakuban ...«

»Yakuban!«, unterbrach ihn die Gestalt wütend. »Er war ein unbedeutendes Opfer. Die Wölfe sollten es zurückbringen. Doch du hast es verhindert.«

»Herr, ich habe nicht ...«

»Schweig! Geh jetzt zurück, *zu deinen Freunden.*«

»Herr, verzeiht ...«

»Geh, sogleich!«

Das Zerbrechen eines Kruges hallte durch die Dunkelheit.

»Ja, Herr und Meister.«

Leise verklangen hastige Schritte.

Von Schweinekeulen und Minotauren

Xzar und Shahira waren den ganzen Tag durch die Stadt spaziert und gegen Abend noch mal auf den alten Turm geklettert. Dort hatten sie sich gemeinsam den Sonnenuntergang angesehen. Xzar hatte recht behalten, denn die bunten Funken waren an diesem Abend nicht mehr zu sehen gewesen. Shahira hatte sich eng an Xzars Brust geschmiegt und genoss seine Nähe. Als die Sonne am Horizont verschwand und das Sonnenlicht dem Zwielicht wich, verließen sie den Turm und gingen zurück. In der Dunkelheit wollten sie nicht außerhalb der Stadtmauern sein.

Als sie an der Taverne ankamen und den Schankraum betraten, sahen sie die anderen wie noch nie zuvor. Kyras Haare waren durcheinander und sie stützte ihren Kopf mit dem Arm auf dem Tisch ab. In der anderen Hand hielt sie einen Krug. Adran, der neben ihr saß, hatte auch einen Krug vor sich stehen und war lauthals am Lachen. Jinnass lachte ebenfalls ausgelassen. Der Grund dafür war Borion, denn der stand auf einem Stuhl und erzählte mit lallender Stimme eine Geschichte. Die restlichen Gäste waren ebenfalls in guter Stimmung. Sie feierten und tranken. Jetzt stand auch Kyra auf und deutete auf Borion. »Und wasch... hadde der Minnotaurusch an?«, fragte sie, während sie sich mit der anderen Hand auf den Tisch stützte. Sie konnte kaum noch gerade stehen und schwankte leicht hin und her. Shahira starrte ihre Freundin mit offenem Mund an. Was war denn hier passiert?

»Er war beschtimmt drei Schritt grosch und hadde ein la.. la ... langesch Keddenhemdchen an. Ja, ja, jedenfalls schtand er nun da so vor mir...«, lallte Borion weiter.

Shahira musste lachen, als sie das sah und hörte, und auch Xzar konnte sich ein Lächeln nicht mehr verkneifen. Sie gingen auf den Tisch zu und setzten sich neben Jinnass, der als einziger noch nüchtern zu sein schien. Der Elf nickte ihnen breit grinsend zu. »Na ihr zwei, gesellt ihr euch zu uns? Ihr habt viel verpasst.«

»Was ...? Ich meine wieso ...? Ach, erzähl uns einfach, was hier los ist?«, fragte Shahira verwundert.

Jinnass nickte zu Adran hinüber. »Unser neuer Begleiter hat Borion gereizt, bis dieser sich auf ein Wettzechen mit ihm eingelassen hat.«

»Borion hat sich auf ein Wetttrinken eingelassen?«, fragte Xzar erstaunt.

Jinnass nickte. »Ja. Adran hat ihm vorgeworfen, dass Krieger in Akademien nur Wasser und Brot bekämen und nur die Besseren auch mal ein Dünnbier.«

»Lass mich raten: Er hat Borion bemitleidet, da er in seinen Augen nur den Geschmack von Wasser kennt?«, fragte Xzar.

Jinnass nickte erneut. »Daraufhin hat Borion erwidert, dass der hohe Herr Graf nicht mal wüsste, was richtiges Bier ist, da es am Hofe doch nur Wein gäbe. Und dann hat Adran bestellt ...«

Xzar lachte auf.

»Das erklärt Borions Verhalten, aber was ist mit Kyra los? Hat sie mitgetrunken?«, fragte Shahira mit großen Augen.

»Kyra? Ach nein, die ist bei ihrem ersten Krug«, antwortete Jinnass lachend.

Xzar und Shahira lachten mit. Shahira traute ihren Augen und Ohren nicht. Was war passiert? Heute Vormittag wollten die beiden Krieger sich noch gegenseitig an den Hals und jetzt tranken sie zusammen, als wären sie die besten Freunde? ›Männer‹, dachte sie schmunzelnd.

Borion hatte sich mittlerweile eine Schweinekeule von einer Platte auf dem Tisch in die rechte und einen Krug Met in seine linke Hand genommen. Ungeachtet des Inhalts gestikulierte er wild in der Luft. Anscheinend wollte er jetzt den Kampf mit Schwert und Schild darstellen. Er fuchtelte mit den Armen herum, sodass der Krug in seiner Hand schon komplett entleert war und ab und zu etwas Fleisch von der Keule durch den Raum flog, was den Hund des Wirts mehr als erfreute.

Die anderen Gäste amüsierten sich blendend an Borions Aufführung. Adran hatte bereits eine neue Runde Met bestellt. Kyra, die sich wieder hinsetzen wollte, versuchte gleichzeitig einen weiteren Schluck zu trinken. Dabei verfehlte sie die Sitzfläche ein Stück und landete, mit einem »Huch!«, auf dem Boden. Shahira stand auf und half ihr hoch.

»Isch glaub isch kenne disch... jaa! Du bischt Schaschiira. Schajihraa....nein, Schahschischa....ach nischt suu wichtisch...«, brabbelte Kyra los, während sie ihre Arme nach Shahira ausstreckte, »Lasch disch mal umamen! Tu deiner Freundin ein Verfallen und hilf mich auf mein Schimmer, eh meine Tschimmer. Du weischt schon wasch!«

Shahira warf Xzar einen lächelnden Blick zu und deutete mit dem Finger Richtung Treppe. Dieser nickte ihr verständnisvoll zu.

Als sie an den Stufen ankamen, drehte Borion sich in ihre Richtung und rief ihnen nach, »Gude Nacht, meine deure Magikustikerin, wir schehen uns in aller Frühe widder. Tschlaft gut, Küra Lotling.« Dann drehte er sich wieder zu der Menge um, die immer noch grölte und lachte. »So, wo war isch, ah ja. Der Minodingsbums griffff alo mein Zwert und ich...«

Adran saß zu Borions Füßen und klatschte herzhaften Beifall auf den Tisch.

Shahira stützte Kyra und brachte sie auf ihr Zimmer, wo diese sich sogleich aufs Bett fallen ließ und mit einem tiefen Atemzug einschlief. Augenblicklich begann sie zu schnarchen. Shahira zog ihrer Freundin die Stiefel aus und deckte sie zu. Sie betrachtete ihre Gefährtin noch einmal grinsend und schüttelte den Kopf. So betrunken kannte sie Kyra nur ein einziges Mal. Das war nun schon viele Jahre her. Damals hatten Sie aus den Vorräten ihres Vaters eine Flasche Branntwein gestohlen und diese mit zwei Freunden im Wald geleert. Das Donnerwetter ihres Vaters am nächsten Tag, gepaart mit den hämmernden Kopfschmerzen, würde sie nie vergessen. Zwei Monde lang hatte er sie beide den Gastraum reinigen lassen und der Geruch von schalem Bier und das Gefühl klebrige Holzbretter zu schrubben, hatte ihr die Lust an Bier ordentlich verdorben. Als sie sich versichert hatte, dass Kyra gut lag, ging sie wieder nach unten zu den anderen.

Borion saß inzwischen wieder auf seinem Stuhl. Anscheinend hatte er den Kampf mit dem Minotauren siegreich beendet, wo immer er ihn auch getroffen haben mochte, galten sie doch seit dem Krieg als ausgerottet. Jetzt sang Borion fröhlich lallend Lieder von Abenteurern, Kämpfen und Legenden, auch wenn der Text an manchen Stellen nicht mehr zu verstehen war. »Zum Ruhm schind wir aufstanden, und kämpfen bis schum Toood....«

Shahira erinnerte sich erneut zurück an die Taverne ihres Vaters und ihr kam die ein oder andere Stelle des Liedes bekannt vor, doch lautete der Text eher, *zum Thron sind wir aufgegangen, für den König bis in den Tod*. Ein altes Soldatenlied, zum Ruhm an den König.

Einige der anderen Gäste hatten bereits in Borions Gesang mit eingestimmt und es kamen immer noch Leute von draußen herein, denen die hier herrschende und einladende Stimmung nicht entgangen war. Der Wirt bemerkte dies natürlich auch und brüllte, »Die nächste Runde geht aufs Haus!«

Wildes Gegröle bekräftigte dieses Angebot zustimmend.

Kurze Zeit später kamen mehrere Schankmägde mit Krügen hereingeeilt und brachten jedem in der Schänke einen davon. Auch wenn es nicht das beste Bier war, es war Bier und die meisten waren schon nicht mehr in der Lage, einen Unterschied zwischen gut und schlecht festzustellen. Die aufreizenden Kleider der Mägde sorgten zusätzlich für Erheiterung bei den überwiegend männlichen Gästen. Shahira fragte sich, ob es eine glückliche Fügung für die Männer oder Absicht des Wirtes war, dass die Ausschnitte der Frauen besonders tief saßen und ihre üppigen Formen somit deutlich ins Auge sprangen.

Sie sah zu Xzar, der sich gerade einen der Krüge reichen ließ. Zu ihrer Freude schenke er dem Mädchen nicht mehr als ein dankbares Nicken und ein freundliches Lächeln, bevor er sich wieder Jinnass zu wandte. Sie beobachtete das gelassene Treiben noch eine Weile, dann entschloss sie sich, zu Bett zu gehen.

Die restlichen Gäste tranken und sangen noch eine ganze Zeit miteinander, bis sich ihre Wege in den frühen Morgenstunden trennten. Xzar und Jinnass stützten Adran und Borion, die noch immer versuchten irgendwelche Lieder zu singen. Allerdings konnte man weder einen Text noch eine Melodie erkennen. Nachdem die beiden im Bett lagen, kam das Wirtshaus endlich zur Ruhe.

Shahira, Xzar und Jinnass waren die Ersten, die zum Frühstück erschienen. Die Schänke war bereits zum größten Teil wieder aufgeräumt und der Biergeruch schon fast verflogen, wofür Shahira recht dankbar war. Der Wirt, dem man die lange Nacht nicht ansah, servierte ihnen ein gutes Frühstück, erkundigte sich nach dem Wohlbefinden ihrer Gefährten und bedankte sich noch mal dafür, dass sie seine Gäste waren. Kurze Zeit später kam Adran die Treppe hinab, seinen Rucksack in der Hand, seine Rüstung an und seine Waffen dabei. Er kam auf sie zu und setzte sich. »Guten Morgen zusammen, gut geruht?«, fragt er mit heiserer Stimme und glasig roten Augen, »Wirt! Bringt mir ein Bier!«

Die anderen sahen ihn erstaunt an.

Als er ihre Blicke bemerkte, erklärte er, »Warum so erstaunt, das ist die beste Medizin gegen meine Kopfschmerzen.«

Knapp eine Stunde später kam Borion die Treppe herunter. Sein Gang war, im Gegensatz zu dem von Adran, wackelig und er suchte vorsichtig mit seiner Hand halt. Er setzte sich und sagte mit knurrender Stimme, »Morgen. Sagt nichts!« Er griff sich etwas Brot und ein Hühnerei. Die anderen konnten sich das Lachen gerade so verkneifen. Wenn Xzar Adrans Miene richtig deutete, dann schien dieser Borion auch ein Bier anbieten zu wollen, sprach dies aber nicht aus. Etwas später kam dann auch endlich Kyra herunter. Ihre Haare hatte sie noch immer offen. Sie hingen in verklebten Strähnen in ihrem Gesicht. Ihr Blick war glasig und ihr Gang unsicher.

»Guten Morgen Kyra, geht es dir wieder besser?«, fragte Shahira besorgt.

Kyra, die kaum gerade stehen konnte, sah Shahira leer an. Ihr Blick war Antwort genug. Sie ging zum Ausgang der Gaststube, Shahira folgte ihr. Als sie beide draußen waren, fragte Shahira erneut, »Geht es dir gut?«

Kyra schüttelte leicht den Kopf, was sie sogleich bereute. »Nein, im Gegenteil, mir ist schwindelig und es fühlt sich an, als würden ganze Kolonnen von Soldaten in meinem Kopf auf und ab marschieren.«

»Komm mit und wasch dich erst mal. Hinter dem Gasthof ist ein Brunnen mit frischem Wasser«, sagte Shahira und begleitete Kyra.

Die anderen hatten fertig gefrühstückt, als die beiden zurückkamen. Kyra sah schon etwas besser aus. Ihre Haare waren gewaschen und ihr Gesicht hatte wieder mehr Farbe. Sie entschuldigte sich und ging noch mal auf ihr Zimmer. Nach etwa fünfzehn Augenblicken kam sie wieder herunter mit all ihren Sachen.

»So, da bin ich. Von mir aus können wir los«, sagte sie, als sei nichts gewesen. Die anderen sahen sie verwundert und verwirrt an.

»Und was ist mit deinen Kopfschmerzen?«, fragte Shahira.

»Weg! Alle weg. Mir geht's gut«, antwortete sie gelassen.

Shahira runzelte die Stirn, doch als sie noch etwas fragen wollte, schüttelte Kyra langsam den Kopf und Shahira schluckte ihre Frage herunter.

»Gut, meine auch. Reisen wir los?«, fragte Adran stattdessen.

Borion knurrte leise vor sich hin, »Na, wenn es denn sein muss.«

»Übrigens, ich habe für jeden noch einen Trank, der uns gegen den schmerzenden, schwarzen Nebel schützt. Sobald wir die ersten Ausläufer der dunklen Schwaden sehen, sollten wir ihn einnehmen«, sagte Adran. Er überreichte jedem eine kleine Glasflasche, mit einer gelben, öligen Flüssigkeit.

Während Borion noch sitzen blieb, suchten die anderen ihre Sachen zusammen und packten sie auf die Pferde. Adran hatte zwei weitere Pferde mitgebracht. Eins war mit zwei großen Ledertaschen und einer hölzernen Kiste beladen. Das Andere war ein wunderschönes, schwarzes Tier mit einem silbernen Glanz im Fell. Es war ein Manndun, die bevorzugten Reittiere des Adels und der Magier aus Sillisyl. Es hieß, dass diese Pferde sehr treu waren und sie folgten ihrem Reiter oft bis in die letzte Schlacht. Die Ähnlichkeit im Rassenamen der Pferde mit dem Königreich Mandum`n kam nicht von ungefähr, denn die Tiere stammten aus der Zucht der Herrscherfamilie. Da war also der erste Hinweis, dass Adran wirklich von Adel sein musste, anderseits hätte er sich dieses Pferd niemals leisten können. Gestohlen, konnte es auch nicht sein. Diese Tiere wurden schon früh auf ihre Besitzer geprägt und sie ließen sich später von niemand anderes mehr reiten.

Kyra achtete darauf, das keiner der anderen in ihrer Nähe war und trat dann an Shahira heran. »Die Kopfschmerzen konnte ich mit einem Zauber loswerden, aber ich fühle mich noch immer sehr wackelig auf den Beinen.«

»Mit Magie? Ihr habt auch gegen alles eine Heilung, oder?«

»Nicht gegen alles, aber so manchen Zauber gibt es da schon«, sagte sie und lächelte schief. »Ich wünschte, ich würde einige mehr davon beherrschen.«

»Gut, reite bitte vorsichtig. Nicht, dass du mir noch aus dem Sattel fällst«, lächelte Shahira ihre Freundin besorgt an.

Die Magierin nickte zustimmend und ging dann wieder zu ihrem Pferd.

Adran streichelte indes zärtlich den Kopf seines Pferdes, der sich immer wieder zu ihm nach hinten drehte. »Ist ja gut, mein Freund«, sagte der Krieger. »Ich habe sogar zwei Äpfel für dich mitgenommen.«

Adran zog diese aus seiner Tasche und gab sie dem Pferd.

»Wie heißt er?«, fragte Shahira vorsichtig und trat näher an das Pferd heran, um es dann sanft unter dem Hals zu kraulen.

»Sein Name ist *Keidran*, das bedeutet so viel wie *der Gedul-dige*.«

Shahira lächelte. »Das wird es bei dir wohl auch brauchen, oder?«

»Was soll das denn heißen?«, empörte sich Adran, doch ein feines Lächeln lag auf seinen Lippen.

Shahira zuckte unschuldig mit den Schultern und wandte sich wieder ihrem Tier zu.

Die anderen waren schon fast fertig, als Borion mit seinen Sachen kam und begann sein Pferd zu satteln. Es war somit schon kurz vor Mittag, als sie endlich losreiten konnten.

»So, jetzt kann ich es euch ja sagen, wo ihr alle bereit seid«, fing Adran an, bevor sie aufbrachen. »Bevor wir in den Blaueichenwald reiten, suchen wir noch einen Mann am Rande des Waldes auf. Er soll im Besitz einer weiteren Karte für den Tempel sein. Allerdings wird er sie uns wohl nicht freiwillig geben.«

»Na so was. Warum habt Ihr es uns nicht früher gesagt, dass Ihr eine so wichtige Information habt?«, fragte Borion in gereiztem Ton.

»Nun, das war nicht so wichtig, ich weiß wo wir ihn in etwa finden und ich hoffe, wir haben jemanden in der Gruppe, der gut im Verhandeln ist.«

Kyra schüttelte den Kopf. »Wir hörten doch bereits von dem Einsiedler. Lasst ihn uns erst mal finden. Alles Weitere sehen wir dann. Ich finde auch, Ihr hättet uns früher davon berichten können, dann hätten wir wenigstens gewusst, dass es nicht nur eine Legende ist.«

Borion grummelte seine Zustimmung, da er nicht in der Stimmung war mit Adran zu streiten.

Das Waldhaus

Vor ihrer Weiterreise hatten sie sich über den Weg nach Norden informiert. Die Teile ihrer Karte wiesen auf eine Unterbrechung des Weges durch eine dicke Linie hin und von hier aus konnten sie das Bergmassiv deutlich erkennen. Es bestand aus drei Bergen, deren Gipfel fast alle gleich hoch waren. Ihre Nachforschungen hatten ergeben, dass es dort einen breiten Pass gab. Es hieß, dass sich dort ein alter Außenposten der Magier aus Sillisyl befand, in dem es allerdings Geister geben sollte. Die Leute in Bergvall munkelten zwar davon, dass dies nur Gerüchte waren und in Wirklichkeit die Magier selbst noch immer dort hausten und die Befestigung bewachten. Für Borion war dies Grund genug, diesen Weg nicht zu nehmen, und hatte er sich für eine Umgehung des Bergmassivs entschlossen.

Somit verließen sie die Stadt durch das Nordtor und ritten vorerst entlang eines kleinen Baches. Er entsprang hoch im Norden und mündete dann irgendwo in den Waldbach. Die Bevölkerung nannte diesen zweiten, kleineren Fluss den Blaubach und er kam unmittelbar aus der Richtung des Blaueichenwalds, weshalb er diesen Namen trug. An dem Wasser konnte es jedenfalls nicht liegen, denn das war eher eine trübe Flüssigkeit.

Nach einigen Meilen entfernte die Gruppe sich dann vom Fluss und folgte einem kleinen Pfad in den Valldorwald hinein. Zu Kriegszeiten hatte dieser Wald als Schutzwall gedient. Die Bäume hatten damals so dicht zusammengestanden, dass ein Durchkommen mit schwerem Kriegsgerät unmöglich gewesen war. Mittlerweile waren große Flächen abgeholzt worden, um das Holz für Reparaturen der Stadt zu verwenden. Auch wenn die Eichen hier noch nicht so massiv waren wie die Blaueichen, so war es dennoch stabiles Bauholz. Erst vor einigen Jahren hatte man sich in Bergvall darauf geeinigt, erneut einen Waldhüter einzusetzen, der sich um den Baumbestand kümmerte. Jetzt sahen sie überall zwischen den dicken Stämmen kleinere

Setzlinge, die erst in vielen Jahren kräftige Bäume werden würden. Da der schwarze Nebel die starken Blaueichen vor dem Rest der Welt schützte, waren es nur wenige Holzfäller und vor allem die Magier aus Sillisyl, die dieses Holz beschafften. Die Magier handelten die Baumstämme mit Bergvall und Kurvall. Von dort verschiffte man sie bis ins Königreich Mandum'n. Auch wenn man immer von den Magiern aus Sillisyl sprach, so waren es nie sie selbst, sondern ihre Arbeiter und Bedienstete, die diese Handelsbeziehungen pflegten. Auch das führte im südlichen Königreich zu der Frage, ob es die Magier wirklich noch gab und wenn ja, wie viele sie noch waren.

Adran führte die Gruppe an, da er den Weg durch den Wald kannte. Borion ließ es sich dennoch nicht nehmen, unmittelbar neben ihm zu reiten. Adran belustigte sich daran, indem er immer wieder scharf die Richtung wechselte, was Borion dann zu unbeholfen wirkenden Reitmanövern nötigte.

Shahira verstand es wirklich nicht. Gestern Abend tranken die Männer wie die dicksten Freunde und heute war die vorausgegangene Abneigung wieder da. Shahira schüttelte den Kopf: Männer!

Sie ritten einen kleinen Trampelpfad entlang, der zu beiden Seiten von hochgewachsenen Bäumen flankiert wurde. Dieser Wald bildete die Grenze zu den valldorischen Westfeuerlanden, einem großen Steppengebiet. Von dieser Steppe waren es dann etwa dreißig Meilen bis sich die ersten Sandfelder der Wüste zeigten, die eigentlichen Feuerlande. Von der dort herrschenden Hitze war hier jedoch noch nichts zu spüren, da der Wald sich fast hundert Meilen weit über das Land erstreckte.

Sie spähten durch die Bäume, doch das Unterholz im hinteren Teil des Waldes war so dicht, dass sie nur Schwärze sahen. Östlich ihres Reiseweges hatten sie die drei Berge schon hinter sich zurückgelassen. Von hier aus und zwischen den Bäumen hindurch, war nichts von einem Wachposten der Magier aus Sillisyl zu sehen gewesen. Shahira hatte es ein wenig enttäuscht.

Sie hatte gehofft, dort vielleicht wirklich einige der sagenumwobenen Magier aus der Nähe zu sehen. Ob sie wie Kyra und andere Magier waren? Wobei, eigentlich, so dachte sie, kannte sie nur eine Magierin: und das war Kyra. Gut, wenn sie Xzar mitzählte, dann waren es zwei. Und die beiden konnten unterschiedlicher nicht sein.

Wie sie so darüber nachdachte, verging die Zeit und irgendwann hielt Adran inne und deutete am Rand des Pfades auf ein kleines, rundliches Haus zwischen den Bäumen. Als sie näher ritten, erkannten sie, dass die hintere Hälfte des Hauses an einen kleinen Berg angebaut war. Seitlich war ein Mühlrad angebracht, welches von einem Wassersturz des Berges angetrieben wurde. Die Bergspitze überragte das Haus noch um gut fünf Schritt. Wie weit der Berg sich nach hinten erstreckte und was danach folgte, konnten sie nicht erkennen. Der vordere Teil des Hauses war von Ranken bewachsen, die nur vereinzelt den Blick auf den grauen Mauerstein zuließen. Zwei kleine Glasfenster waren frei von Gewächs gehalten, doch schien das Glas stumpf zu sein, sodass sie von außen nicht hindurch sehen konnten.

Als die Gruppe vor dem Haus ankam, sahen sie, dass die Vorderseite keine Tür hatte. Vor der Wand standen mehrere Beete, die mit Kräutern und Gemüse bepflanzt waren und die zu dieser Jahreszeit in voller Blüte standen. Shahira stieg von ihrem Pferd ab und sah sich die Umgebung etwas genauer an. In den Bäumen rundherum hingen Figuren aus Stroh, Holz und Stoff. Sie zeigten Gesichter von irgendwelchen Monstern oder unheimlichen Wesen, wenn man sie überhaupt erkennen konnte. Entweder dienten sie zur Abschreckung von Vögeln oder jemand hatte einen sehr seltsamen Geschmack, was die Verschönerung seines Gartens anging. Auch an der Hauswand hinter einigen der Ranken waren Bilder zu sehen, die eher den Kritzeleien von Kindern ähnelten, als dass jemand sie absichtlich so gezeichnet haben konnte.

Shahira schüttelte kurz den Kopf und schaute durch eines der Fenster. Der matte Schein, den sie aus der Ferne erkannt hatte, war eine dünne Staubschicht, die sie, zumindest von außen, wegwischen konnte. Erst war kaum etwas zu erkennen, doch dann gewöhnten sich ihre Augen langsam an das schwache Licht in der Hütte. Sie sah einen Tisch mit zwei Stühlen in der Mitte des Raumes und an der hinteren Wand war eine Tür zu erkennen, welche anscheinend weiter in den Berg hineinführte.

»Und siehst du etwas?«, fragte Adran neugierig.

Shahira beschrieb ihm, was sie sah und machte dann Platz. »Vielleicht kannst du mehr erkennen.«

Adran nickte dankend und spähte durch das Fenster. An der linken Wandseite erkannte er eine seltsame Konstruktion, die sehr wahrscheinlich in Verbindung mit dem Mühlrad stand. Zur Rechten war ebenfalls eine Tür. Sonst war nichts Besonderes zu erkennen. Adran ging zu dem Fenster auf der anderen Seite und schaute auch dort hinein. Der Raum musste ein Nebenzimmer sein. An der hinteren Wand war ein Kamin, in dem auch ein kleines Feuer brannte. Adran wunderte sich kurz, da von außen kein Rauch zu sehen war. Des Weiteren konnte er mehrere Regale erkennen, jedoch nicht was sich darin befand. Also versuchte er die Scheibe des Fensters mit seinem Handschuh ein wenig sauberer zu bekommen. Als er erneut in den Raum spähte, behalf er sich damit, die Augen mit seinen Händen seitlich abzuschirmen. Seine Nase drückte jetzt fast an die Scheibe, so dicht stand er davor. In den Regalen erkannte er Fläschchen und Töpfe, kleine Pakete und Holztassen. Sonst schien der Raum leer.

Er zog die Augen zusammen. »Augenblick! Wa ...?«

Rumms!

Aus der Dunkelheit unter dem Fenster sprang Adran etwas entgegen. Ein großer, dunkler Schatten stieß gegen die Scheibe. Der Krieger stolperte erschrocken zurück. Dann stürzte er unsanft zu Boden. Die anderen sahen überrascht zu Adran. Shahira zog ihr Schwert. Als sie dann aber das dunkel grollende Bellen eines Hundes hörten, atmeten sie erleichtert auf. Zumindest schien hier jemand zu leben.

Gerade als Shahira ihre Waffe wieder wegstecken wollte, bemerkte sie, wie sich eine kleine Grasfläche neben dem Haus einen Spaltbreit anhob. Leise wies sie die anderen auf ihre Entdeckung hin. Borion und Jinnass sahen sich kurz an und stiegen, als wenn sie es nicht bemerkt hätten, ab. Sie bewegten sich langsam auf das Haus zu, so als wollten sie sehen, wie es Adran ging. Der Krieger hatte nichts von der Bewegung mitbekommen und fluchte noch leise vor sich hin, während er aufstand und sich den Staub von der Kleidung klopfte.

Dann machte Borion plötzlich einen schnellen Schritt auf die Grasfläche zu und auch Jinnass spurtete an Adran vorbei. Im selben Augenblick senkte sich die Fläche wieder ab und schnelle Schritte waren unter der Erde zu hören. Borion erkannte, dass es sich bei der Grasfläche nur um eine mit Bewuchs getarnte Holzplatte handelte. Schnell riss er sie hoch und konnte unmittelbar darunter eine Treppe aus Erdreich erkennen. Jemand hatte sie beobachtet und wer auch immer gerade weggerannt war, würde noch irgendwo da unten sein.

»Hier führt eine Treppe hinab. Xzar! Kyra! Ihr kommt mit mir! Wir folgen dem Gang. Jinnass ich möchte, dass Ihr versucht, oben auf den Felsen zu klettern und nachseht, ob eventuell noch ein zweiter Eingang zu entdecken ist. Shahira, Ihr sichert die Vorderseite. Wenn jemand auftaucht, versucht ihn aufzuhalten«, teilte Borion die Positionen ein. Adran ließ er dabei außer Acht.

»Ich komme mit runter!«, teilte sich Adran selbst ein, als er bemerkte, dass Borion ihm keine Anweisung gab. Dieser ignorierte ihn, ließ ihn aber gewähren.

Shahira brachte die Pferde ein Stück von dem Haus weg, um sie an den Bäumen neben dem Wasserlauf festzubinden. Danach beobachtete sie aufmerksam die Gegend. Sie sah, wie Jinnass im Wald neben dem Haus verschwand, um sich umzusehen.

Der Elf hatte schnell einen geeigneten Aufstieg gefunden und kletterte geschickt den Felsen hinauf, seinen Bogen und den Köcher mit Pfeilen auf dem Rücken. Seinen Stab hatte er bei seinem Pferd gelassen. Oben angekommen stand er auf einem flachen Plateau. Es war zwar nur zehn Schritt breit, was auch ungefähr der Länge der Hausfront entsprach, aber dafür war es mindestens dreißig Schritt lang, bevor es langsam abflachte und im Wald verschwand. Hier am höchsten Punkt war er etwa zwölf Schritt über dem Erdboden. Das Plateau wirkte irgendwie unnatürlich, als sei es erst später angelegt worden. Das störte den Elf jedoch nicht. Er war mittlerweile daran gewöhnt, dass die Menschen alles um sich herum veränderten. Als er sich auf der Ebene umschaute, sah er auch, woher das Wasser kam, welches das Mühlrad bewegte. Unter einem kopfgroßen Stein lag eine blaugelbe Vase schräg in der Erde. Aus der Öffnung sprudelte unermüdlich eine Quelle klaren Wassers.

Also war hier Magie mit am Werk. Jinnass suchte nach einem Auslöser für das Wasser oder der Magiequelle, doch er konnte keinen hier wirkenden Zauber erkennen, auch wenn die Vase von einer magischen Aura umgeben war. Er lächelte in sich hinein. Jemand, der solche Zauberkunst beherrschte, musste ein guter Magier sein, denn hier waren keine Erschütterungen im magischen Gefüge zu erkennen. Er ließ die Vase liegen und schaute sich die Umgebung noch genauer an. Um die magische Quelle herum blühten, ungewöhnlich für den felsigen Boden, viele Blumen. Dazu waren es noch Blumen, die in dieser Region des Landes nicht vorkamen. Er fragte sich, ob hier ebenfalls Magie am Werke war, doch auch hier spürte er keinen gewirkten Zauber. Sein Blick folgte dem Wasserlauf. Der Strom des Wassers floss nicht gleich über die Klippe des Felsens ab. Zuvor sammelte sich das Wasser in einer großen Mulde, die schon fast einem kleinen Teich ähnelte. Das Wasser hatte eine tiefblaue und beruhigende Farbe und doch war der Teich nicht so tief, denn Jinnass vermochte noch die Schemen eines Grunds erkennen. Als er seinen Blick schärfte, sah er dort unten etwas aufblitzen. Ein goldener Schimmer, der die Lichtstrahlen der Sonne reflektierte. Jinnass kniete sich neben den Rand des Sees und atmete tief ein. Es roch nach Tauwasser, Gras und Erde.

Nachdem er ansonsten nichts fand, gab er Shahira ein Zeichen, dass alles in Ordnung war und machte sich daran einen zweiten Eingang zu suchen.

Borion und die anderen waren inzwischen die Treppe hinabgestiegen, die in einem langen Gang endete. Als das Tageslicht von der Dunkelheit verschluckt wurde, entzündeten sie eine ihrer Fackeln, die den Gang vor ihnen erhellte. Die Wände waren grob aus dem Stein gehauen und die Decke wurde von mehreren Querbalken abgestützt. Ihr Fackelschein leuchtete den Tunnel voll aus. Borion ging voraus, dahinter kamen Kyra, Xzar und Adran. Der Boden war mit loser Erde bedeckt und kleine Fußabdrücke wie die von Kindern waren im weichen Lehm zu erkennen. Nach ungefähr zwanzig Schritt bog der Gang scharf nach links ab.

»Wartet hier! Ich schaue nach, was hinter dieser Ecke liegt«, sagte Borion.

»Und?«, fragte Adran ungeduldig, der hinter ihnen allen stand.

»Da ist eine Holztür und in der Wand kann ich Scharniere erkennen. Lasst uns weitergehen, ich versuche sie zu öffnen. Kyra, würdet ihr die Fackel halten?«

»Ja.« Die Magierin nahm diese von Borion entgegen, während er an die Tür herangetreten war und sie aufzudrücken versuchte.

Schon nach wenigen Versuchen stellte er allerdings fest, dass sie so nicht weiterkommen würden. Er betrachtete das einfache Schloss im Zentrum der Tür. »Kann einer von euch Schlösser mit einem Dolch öffnen?«, flüsterte Borion, um nicht zu laut zu sein.

»Ja, lasst mich mal versuchen!«, bot sich Adran an.

Borion sah misstrauisch zu Adran und dann zu den anderen. »Noch jemand? Nein?! In Ordnung, Herr Graf. Dann kommt her!« Borion ging einen Schritt beiseite und ließ Adran vor die Tür. »Bitte sehr! Dann versucht mal Euer Glück, *Graf Alleskönner*«, sagte er spottend und wollte ihm den Dolch reichen.

Adran lehnte ab. »Nein, danke, *Herr Bierkrugkrieger*. Ich habe dafür mein eigenes Werkzeug.«

Borion ignorierte Adrans Anspielung auf den letzten Abend und drehte sich kopfschüttelnd weg. Adran strich sanft mit den Fingern über das Holz, lauschte dann daran und schüttelte leicht den Kopf. »Hmmm, puh!«, sagte er und als hätte er darauf gewartet, kam von Borion die spöttische Frage, »Problem?«

»Nein, nein, es ist, wie ich es mir dachte«, sagte Adran und Xzar glaubte, einen amüsierten Unterton zu vernehmen. Er war gespannt, was Adran plante. Dieser vollführte irgendwelche Gesten mit den Händen, als wolle er die Tür nun aufzaubern, dann streifte er mit seinen Fingern kurz über die Scharniere, drückte leicht gegen die Tür und fuchtelte wieder mit den Armen in der Luft herum. Borion verdrehte die Augen. »Seid Ihr jetzt unter die Magier gegangen?«

Adran ignorierte ihn und Kyra seufzte. Der Krieger legte sich seine beiden Zeigefinger auf die Schläfen, blickte noch mal kurz zu Borion und lächelte hämisch, bevor er plötzlich Schwung nahm und mit seiner Schulter gegen die Tür rammte. Für einen Lidschlag schien nichts zu passieren, bevor die Tür dann doch seinem Gewicht nachgab und die Scharniere aus der Wand brachen. Die Tür fiel mit einem lauten Krachen nach innen. Borion, der Adrans Plan zu spät durchschaute, stöhnte. »So viel, zum Thema *leises Eindringen*«, mummelte er kopfschüttelnd.

»Reg dich jetzt nicht gleich wieder auf. Erstens war nie die Rede davon leise durch die Tür zu kommen und zweitens«, Adran hob beschwichtigend die Arme, »als ob unser *Gastgeber* nicht bereits wüsste, dass wir hier sind. Und wenn er taub ist und auch das Bellen des Hundes vorhin nicht gehört hat oder uns nicht sogar schon gesehen hat, dann hat er das hier auch nicht mitbekommen.«

Xzar grinste innerlich, denn wo Adran recht hatte .... Xzar gefiel Adrans Verhalten mittlerweile. Der Mann hatte Schneid und seine Schlussfolgerung war ja nicht so weit hergeholt. Und dass Borion sich immer wieder so reizen ließ, untermauerte Xzars Verdacht, dass mit dem Krieger irgendwas nicht stimmte. Xzar konnte sich nicht vorstellen, dass Borion sich in seiner Anführerrolle von Adran bedroht fühlte, daher musste es etwas anderes sein. Von dem Gedanken, er könne gegen sie arbeiten, war Xzar aber wieder weg gerückt. Dafür unterstützte er die Gruppe zu sehr. Dennoch war er sich sicher, dass der Mann ein Geheimnis hatte, welches er verborgen halten wollte. Aber dieses Gefühl hatte er auch bei Jinnass.

Borion riss Kyra gereizt die Fackel wieder aus der Hand und drängte an Adran vorbei. Vor ihm führte diesmal eine Treppe nach oben. Er machte einen Schritt über die eingerissene Tür hinweg und stand dann am oberen Ende vor einer zweiten Tür. Als Adran ihm folgte und diese sah, fragte er unschuldig, »Brauchst du noch einmal meine Hilfe?«

Borion warf ihm einen finsteren Blick zu und schob Adran unsanft zurück. Dann drückte der Krieger vorsichtig die Klinke herunter, als er plötzlich wieder davon abließ.

»Was ist los Borion? Wieso öffnet Ihr die Tür nicht?«, fragte Kyra. Sie stand hinter Adran und blickte an diesem vorbei.

»Seht hier! Von der Klinke geht ein Faden weg und führt nach oben. So wie es aussieht, verschwindet er in der Decke«, antwortete er ihr.

Durch den Staub, den Adran mit seiner Methode die Tür zu öffnen aufgewirbelt hatte, konnte man den Faden leicht erkennen. Er war straff gespannt, fast durchsichtig und verschwand dann in einer dünnen Spalte in der grob behauenen Decke.

»Siehst du Borion, da komm ich daher und rette dir mit meinem Können das Leben. Und da ich so großzügig bin, reicht mir ein einfaches *Danke* von dir völlig aus«, sagte Adran stolz, so als hätte er den Faden entdeckt.

»Ja, Ihr seid unser Held. Tut uns allen einen Gefallen und haltet Euren frechen Mund«, antwortete Borion gereizt, bevor er mit einer ausladenden Handbewegung fortfuhr, »Jetzt geht alle ein Stück zurück und bereitet euch darauf vor, dass etwas passieren wird.«

Kyra stieß indes Adran heftig in die Seite. »Könntet Ihr nicht wenigstens in solchen Situationen Euren Spott zurückhalten? Er hilft uns hier auch nicht weiter.«

Adran keuchte kurz auf und sah sie dann achselzuckend an. »Geschadet hat es bisher auch nicht.« Als er Kyras genervten Blick sah, fügte er schnell hinzu, »Aber gut, ich reiße mich zusammen. Nur für dich, meine Liebe. Nur für dich.« Er lächelte breit.

»Ist das so? Ich bin gespannt, wie lange Ihr diesen guten Vorsatz halten könnt ... ach, und für Euch immer noch Magistra!«

»Sehr wohl, meine liebe Magistra!« Adran verbeugte sich tief, doch sein hämisches Grinsen verriet ihn schon jetzt.

Borion ignorierte das Geplänkel und zog sein Langschwert, da der Gang für seinen Zweihänder deutlich zu niedrig und zu eng war. Er erkannte schnell, dass selbst ein Kampf mit diesem Schwert ihm ernste Schwierigkeiten bereiten würde. Vorsichtig ging er einen Schritt zurück und schnitt die Schnur durch. Diese zischte daraufhin wie eine Peitsche nach oben und es gab einen kurzen, lauten Knall als die Schnur gegen die Decke schlug. Sie warteten angespannt, doch es passierte nichts. Als Borion gerade wieder einen Schritt auf die Tür zugehen wollte, ertönte ein schabendes Geräusch. Kurz danach gab die Decke oberhalb der Tür ein wenig nach, bevor einige Gesteinsbrocken sich lösten und unmittelbar dahinter mehrere Eisenspitzen senkrecht herunter schnellten. Im letzten Augenblick sprang Borion ein Stück zurück und entkam somit der tödlichen Falle. Er atmete tief durch, als er sich an die Seitenwand lehnte. Die Tür war jetzt erst mal durch das Gitter versperrt.

»Könnt ihr da auch durchbrechen, Adran?«, fragte Borion bissig, als er sich von dem Schreck erholt hatte.

Adran sah zu Kyra und grinste, dann wandte er sich an Borion und sagte, »Wenn wir genug Zeit haben, dann kann ich ja mal versuchen es einfach wegzudenken. Oder du könntest das Gitter durchknabbern, bissig genug, scheinst du dafür ja zu sein.«

Borion hob sein Schwert. »Wie war das jetzt gemeint? Ich warne Euch Adran: Überspannt den Bogen ...«

»Hört auf mit euren dummen Streitereien! Zeit, euch wie kleine Jungen zu balgen, habt ihr später. Fragt euch lieber mal, wie unser *Gastgeber* die Falle scharf gestellt hat, wenn er zuvor die Tür passiert hat. Und jetzt geht dort weg und lasst mich etwas versuchen«, sagte Xzar genervt und drängte sich an den beiden Streithähnen vorbei.

Borion und Adran sahen sich an, diesmal gleichwohl verdutzt, denn Xzar hatte recht. Diese Falle war nicht vorzubereiten, wenn man die Tür von innen geschlossen hatte.

Xzar tastete vorsichtig die Wand neben dem Gitter ab, bis er kurz innehielt. Sanft drückte er dann einen kleinen Stein in die Wand und es machte *Klick*. Das Gitter knirschte und wurde von einem unbekannten Mechanismus langsam wieder hinauf in den Felsen gezogen. Und aus der vorher schon entdeckten Öffnung in der Decke kam die dünne Schnur herunter, die Xzar nun festhielt. Er betätigte die Klinke und die Tür schwang auf, dabei hielt er den Faden fest in der Hand.

»Woher wusstet Ihr das?«, fragte Kyra überrascht.

»Als das Gitter herunterkam, drückte sich der Stein ein wenig aus der Wand heraus. Ich hatte Glück, dass Borion einen Schritt zurückmachte, somit hatte ich freie Sicht auf die Wand«, antwortete er.

Borion nickte anerkennend. Er sah fragend zu Xzar und als dieser nichts weiter sagte, durchschritt er mit dem Schwert in der Hand vorsichtig die Tür. Kaum war er hindurch, sicherte er die rechte Seite ab. Adran, der sein Schwert ebenfalls gezogen hatte, übernahm die andere Seite. Kyra blieb in der Mitte.

»Gibt es dort einen Balken oder etwas, woran ich die Schnur befestigen kann?«, fragte Xzar.

Kyra schaute sich um und reichte ihm dann einen der Querbalken, der von der zuvor zersplitterten Tür übrig geblieben war. »Hier, reicht Euch das?«.

Xzar packte ihn und nickte dankbar. Er verkeilte den Balken im Gang, band dann die Schnur um ihn und ließ sie vorsichtig los. Zuerst spürte er, wie das Gitter langsam wieder nach unten sackte, bis sich der Faden straffte, den Balken noch ein kleines Stück nach oben zog und dieser sich endgültig in den Wänden verkeilte.

»Welch seltsames Material, dass solch eine dünne Schnur so viel Gewicht halten kann«, sagte Xzar zu niemand bestimmten und folgte den anderen.

Adran schaute indessen in den Raum vor ihm. Schnell erkannte er, dass dort die Konstruktion aufgebaut war, die mit dem Mühlrad verbunden war. Wenn er sich nicht täuschte, dann führte die Tür zu seiner Linken in den Raum mit dem Hund. Auf dem Tisch vor ihm lag ein einfaches Jagdmesser. Daneben stand ein Teller, auf dem ein Laib Brot lag. Vorsichtig drückte er gegen die Kruste. Es war weich, also noch frisch. Er schnitt sich ein Stück ab, roch daran und schob es sich in den Mund. Kaum bissen seine Zähne zu, da zerplatzte der Teig und verwandelte sich zu Staub. Adran hustete und spuckte.

»Alles in Ordnung?«, fragte Kyra hinter ihm.

Immer noch hustend, versuchte Adran den Staub auszuspucken. »Nein ... es ... ist alles gut.« Er griff nach seinem Wasserschlauch und trank hastig ein paar Schluck, gurgelte und spie das schmutzige Wasser aus. Argwöhnisch sah er auf den Laib Brot hinab. »Verfluchte Magie!«.

»Da hat wohl jemand seinen Mund zu voll genommen?«, fragte Kyra spöttisch.

Adran warf ihr einen abschätzenden Blick zu und drehte sich dann wieder zu Borion. Dieser hatte auf seiner Seite eine weitere geschlossene Tür vor sich.

»Wohin sollen wir gehen?«, fragte Adran.

»Sichert alle Räume auf Eurer Seite, Graf«, sagte dieser mürrisch.

Adran nickt. Erstaunlich fügsam ging er mit gezogenem Schwert auf die nächste Tür zu. Er lauschte an dem dunklen Holz und als er nichts hörte, öffnete er sie vorsichtig. Er schluckte, denn sein Blick fiel auf den großen Hund. Dieser saß ungefähr zwei Schritt von der Tür entfernt, inmitten des Raumes und starrte ihn an. Adran ließ leise die Luft aus seinen Lungen entweichen, als er sich selbst zu beruhigen versuchte.

Es war ein großer, zottiger Hund mit graubraunem Fell. Sein Kopf war recht massig und die Schnauze lief spitz zu. Das Tier regte sich nicht. Es sah lauernd, mit dunklen und intelligenten Augen, in Adrans Richtung. Der Krieger konnte nicht genau unterscheiden, ob es sich um einen Wolf oder einen normalen Hund handelte. Sein Fell war zerzaust und in seinem Blick lag eine Wildheit, die er bei einem normalen Hund noch nie so gesehen hatte. Zugegeben, er hatte Hunde bisher weitestgehend gemieden, daher schätzte er es jetzt so ein. Das Tier sah ihn immer noch abwartend an.

Adran ließ seinen Blick durch den Raum schweifen und erkannte, dass sonst niemand hier war. Er versuchte die Tür wieder zu schließen. Als das Tier bemerkte, was Adran vorhatte, zeigte er Adran mit einem bedrohlichen Knurren, gefolgt von beängstigendem Zähnefletschen, was er von dem Plan des Kriegers hielt. Leichter Geifer rann ihm aus den Mundwinkeln. Adran ließ vorsichtig von seinem Vorhaben ab und überlegte, wie er am einfachsten die Tür schließen konnte, ohne dass der Hund ihn vorher angreifen würde. Er hörte die anderen im Eingangsraum miteinander reden, aber sie zu rufen würde wahrscheinlich einen Angriff des Hundes provozieren.

Dann hatte er eine Idee. Er steckte sein Schwert langsam weg, ohne dabei hektische Bewegungen zu machen, und zog eine Silbermünze aus seinem Lederbeutel. Wahrscheinlich war dies einer der ältesten Tricks der Welt, doch aus eigener Erfahrung waren es genau diese, die funktionierten. Er schnippte die Münze mit den Fingern in den Raum und wie auf Kommando sprang der Hund hoch, um nach dem Silbertaler zu schnappen. Auch wenn das nicht ganz die Reaktion war, die Adran sich erhofft hatte, nutzte er die Gelegenheit und zog in diesem Atemzug die Tür zu. Im nächsten Augenblick hörte er noch das Geräusch, wie das Tier von innen an die Tür sprang, dann atmete er erleichtert durch und lachte kurz auf. Kopfschüttelnd ging er zu den anderen zurück.

»Hier ist alles gesichert. Ich habe den Köter im hinteren Zimmer eingesperrt!«

»In Ordnung, dann lasst uns hier weitergehen. Adran und Xzar, ihr bleibt hinter uns!«, befahl Borion, während er die Tür öffnete.

Jinnass war derzeit den Abhang hinuntergegangen und stand nun wieder vor den hohen Bäumen des Waldes. Er drehte sich um, doch von einer Hintertür war hier nichts zu sehen. Zuerst stutzte er, doch dann musste er lachen. Vorne gab es auch keine Tür, aber eine Luke im Boden. Also tastete er mit den Füssen die Erde ab, bis er plötzlich ein hohles Pochen unter sich hörte. Er suchte mit der Hand nach einer Fuge und als er eine kleine Vertiefung fand, hob er eine ähnliche Luke an, wie jene auf der Vorderseite. Und auch hier gab es einen Tunnel. Der Elf entschied sich, hinein zu gehen. Als Kennzeichnung, wo der Eingang sich befand, steckte er zwei seiner Pfeile in den Boden, nur zur Sicherheit, falls die Luke zufiel. Als er hinab gestiegen war, bemerkte er, dass die Wände hier leicht schräg waren und somit unten breiter als oben. Der Boden war sehr uneben und die Decke niedrig. Vom Ende des Tunnels her spürte er einen kühlen Luftzug. Er konzentrierte sich auf die Dunkelheit und den sanften Wind. Ein Kribbeln im Nacken und eine Spannung in der Brust bedeuteten ihm, dass hier nicht alles mit rechten Dingen zu ging. Er schloss die Augen und konzentrierte sich noch stärker auf den Wind. Nach einigen wenigen Augenblicken fühlte er, wie der Lufthauch ihn berührte, spürte dessen Fluss; den Strom, mit dem er in den Tunnel drang.

»Zu gleichmäßig für Wind. Zu stark und zielstrebig«, flüsterte er leise zu sich selbst. Er ließ sanft den Fluss seiner eigenen Magie in den Strom der Luft einströmen, vereinte sich mit ihm, verstärkte die Kraft und um ihn herum begann ein Leuchten die Dunkelheit zu zerreißen. Er öffnete die Augen und sah durch das helle Licht je zwei faustgroße Löcher, auf jeder Seite des Ganges. Ob dies eine Falle war? Jinnass bewegte seinen Bogen langsam vor den Löchern auf und ab, doch nichts passierte. Er zuckte schnell mit der Hand vor und zurück, doch auch hierbei tat sich nichts. Vorsichtig blickte der Elf in das

Loch zu seiner Rechten und er erkannte einen kleinen goldenen Schlüssel, der auf einer Art Podest ruhte. Er schaute zum gegenüberliegenden Loch und sah dort eine Kiste mit Schlüsselloch. Die anderen beiden Öffnungen waren leer. Jinnass ignorierte den Schlüssel und das Kästchen, denn irgendwas war ihm dabei nicht geheuer. Erst recht nicht, wenn Schlüssel und Schloss so offensichtlich beisammen waren. Außerdem erinnerte er sich an die seltsame Wasserquelle oben auf dem Hausdach. Warum sollte jemand etwas so herausfordernd in diesen engen Durchgang legen?

Er ging weiter. Vor ihm blockierte nun eine Holztür seinen Weg. Das Licht seines Zaubers war fast verblasst, sodass die Dunkelheit nun wieder den Gang beherrschte. Jinnass Augen waren besser im Dunkeln als die der Menschen, aber ganz ohne ein Restlicht, sah er auch nur wenig. Er drückte gegen die Tür und stellte dabei fest, dass diese nicht verschlossen war. Der Elf zögerte, als er einige scharrende Geräusche auf der anderen Seite hörte.

Borion ging langsam in den Raum vor ihnen. Hier brannte ein kleines Feuer im Kamin. In der hinteren Ecke des Raumes war ein Bett zu sehen, auf dem ein zerwühltes Laken lag. Das Bett war schmal und nicht länger als ein Schritt und ein halber. Die Decke und die Wände waren aus Stein. In die linke Wand war ein kleines Becken eingelassen, in das stetig Wassertropfen fielen. Auf der gegenüberliegenden Seite war der Kamin, dessen Auslass nach oben in den Felsen führte. In der hinteren Wand war dann noch eine weitere Holztür. Borion ging auf den Kamin zu und betrachtete die tanzenden Flammen für einen Augenblick. »Also, wer immer hier wohnt, er war vor Kurzem noch da«, sagte Borion leise.

Xzar und Adran waren jetzt auch in den Raum getreten.

»Ach und das stellst du erst jetzt fest? Und dann hast du das auch noch ganz alleine herausgefunden?«, lachte Adran los, dabei die Hände in die Hüften gestemmt.

Borion drehte sich mit einem verärgerten Blick zu ihm um, doch er schüttelte nur genervt den Kopf und ignorierte Adran.

Kyra funkelte Adran böse an. »So viel also dazu, dass Ihr Euch zusammenreißt?«

Adran hob abwehrend die Hand und machte eine unschuldige Miene. »Es sollte doch ein Spaß sein.«

»Ja, alles ist immer nur Spaß für Euch. Doch vielleicht stände Euch ein wenig Ernsthaftigkeit gut zu Gesicht. Zumindest bis wir hier wieder raus sind«, sagte Kyra ernst.

Adran seufzte und nickte dann. »Gut, weil du es bist.«

»Das, werter Herr Graf, höre ich jetzt schon zum zweiten Mal von Euch. Zu schade, dass Euer guter Vorsatz nicht lange angehalten hat«, sagte die Magierin und wandte sich von Adran ab, dessen höhnischer Gesichtsausdruck verschwand. Nachdenklich sah er der Magierin nach, die ihn keines Blickes mehr würdigte.

Xzar betrachtete unterdessen die Wände des Raumes genauer. Er tastete vorsichtig mit der Hand über den rauen Stein.

»Na Xzar, wieder ein versteckter Schalter?«, fragte Borion spöttisch.

Xzar beachtete diese Bemerkung nicht und drehte sich zu den beiden anderen um, die ihn interessiert musterten. Plötzlich hörten sie ein leises Knarren. Es kam aus Richtung der geschlossenen Tür. Adran zog sein Schwert wieder und stellte sich kampfbereit in den Raum. Die Tür schwang auf und sie sahen eine Person den Raum betreten.

»Bleibt stehen!«, rief Borion fordernd.

»Ich bin es, Jinnass«, antwortete der Elf, der seine Gefährten zuvor an den Stimmen erkannt hatte.

»Ihr? Woher kommt Ihr denn jetzt auf einmal?«, fragte Borion verwirrt.

»Ich sollte nach einem zweiten Eingang suchen! Wie Ihr seht, ich habe einen gefunden«, antworte Jinnass schulterzuckend.

»Schon gut. Verzeiht, ich war nur ... überrascht. Doch wenn ihr von der Rückseite kommt und dort niemanden getroffen habt und wir auf unserem Weg auch mit keiner

Person den Weg gekreuzt haben, dann passt hier etwas nicht zusammen«, schlussfolgerte Borion mit einem siegessicheren Blick zu Adran, der ihn jetzt fragend ansah.

»Der Hund?«, fragte Adran.

»Ja, der Hund! Vielleicht war es keiner! Nur ein guter Verwandlungskünstler, gar ein Magier!«, rief Kyra erfreut auf und sie klang fast so, als hätte sie gerade die Lösung zu einer Aufgabe gefunden, über die sie bereits seit Langem gegrübelt hatte.

»Da könntet Ihr recht haben«, sagte Borion, »Lasst uns zurückgehen und es herausfinden. Jinnass, Ihr geht wieder nach draußen und beobachtet mit Shahira weiter die Gegend.«

Dem Elf war dies nur recht, da er in den engen Gängen und Zimmern ein beklemmendes Gefühl hatte.

Shahira hatte sich inzwischen bequem auf einen Stein gesetzt und entspannte sich. Hier war alles ruhig und sie war sich sicher, dass ihnen von außen keine Gefahr drohte. Der Regen der letzten Tage hatte ihrem Gemüt und Körper nicht unbedingt gutgetan, aber das war das Los derer, die sich auf Reisen begaben. Umso mehr hatte sie das warme Bad im Gasthaus und die Zeit mit Xzar genossen.

Zum Glück schien nun auch die Natur hier im Norden zu bemerken, dass es Sommer wurde. Die Sonne ließ sich häufiger sehen und der blaue Himmel strahlte in einem breiten Band über den Bäumen. Wenn auch das Licht in Nagrias sonst eher trüb war, so war in den Sommermonaten der Himmel immer in einem strahlenden Blau zu sehen. Shahira hatte sich ein wenig umgesehen, während sie auf ihre Gefährten wartete. Die Pferde hatte sie in der Nähe des kleinen Baches angebunden, der von dem Mühlrad wegfloss. Sie standen im weichen Gras des Waldbodens. Hier und da gab es dichte Moosteppiche, auf denen weisser Klee blühte. Die Natur schien an diesem Ort so unberührt. Keine Spuren deuteten darauf hin, dass hier schon einmal die Holzfäller aus der Stadt ihrer Arbeit nachgegangen waren. Was verwunderlich war, da die Bäume hier höher und dicker schienen, als im südlichen Mittelland.

Shahira wünschte sich, es würde immer so bleiben. Sie hörte das Zwitschern der Vögel in den Bäumen und Sträuchern, das Plätschern des Wassers, welches sich seinen Weg durch den Wald suchte und sie sah bunte Falter und dicke Hummeln, die von einer Blüte zur nächsten flogen, um dort den süßen Nektar zu sammeln. Auf einem der Bäume in ihrer Nähe hörte sie das aufgeregte Piepsen von Jungvögeln. Über ihr zog ein Greifvogel weite Kreisen am Himmel auf der Suche nach Beute. Seine Flügel glänzten im Sonnenschein, als er diese plötzlich zusammenlegte und im Sturzflug in den Wipfeln der Bäume verschwand.

»Gute Jagd«, sagte Shahira. In einiger Entfernung sah sie das dunkle Gebirge inmitten des Blaueichenwalds, welches sich drohend in den Himmel erhob und die Idylle ein wenig störte.

Shahira saß eine ganze Weile an den Stein gelehnt und schloss ihre Augen, dabei ließ sie ihre Gedanken schweifen. In ihren Erinnerungen sah sie ihre Eltern, ihre Geschwister und frühere Freunde, ihr kamen Eindrücke aus ihrer Kindheit und dem Leben in einem wohlbehüteten Zuhause in den Sinn. Und dann sah sie sich selbst, die erwachsene Shahira. Sie saß alleine vor einem Gebäude und aus einem Fenster unter dem Dach musterte sie eine seltsame Gestalt mit wachsamen Augen. Sie schreckte hoch und die Gedanken verflogen. Um sie herum war alles wie vorher. Sie blinzelte kurz. War sie eingeschlafen? Sie sah sich um und zum Glück hatte sie keiner dabei erhascht.

Als sie ihren Blick über das Waldhaus schweifen ließ, bemerkte sie unter der Dachkante eine kleine Holztür, die ihr und den anderen bisher nicht aufgefallen war. Sie war nicht groß, aber groß genug, um ins Haus zu gelangen. Shahira stand auf und schaute sich die Hauswand etwas genauer an. Eine Leiter gab es hier nicht, also vermutete sie, dass es sich nur um einen Speicher handelte, und sie setzte sich wieder auf den Stein. Dieses Mal riss sie sich zusammen und ließ ihre Augen offen, auch wenn die wohligwarmen Sonnenstrahlen dazu einluden, sich zu entspannen.

Die anderen waren mittlerweile wieder an der Tür zu dem Raum angekommen, wo der vermeintliche Hund eingesperrt war. Borion stellte sich seitlich vor die Tür und nickte Adran zu. »Öffnet die Tür auf mein Kommando.«

Dann sah er zu Kyra und Xzar.

»Kyra, Ihr versucht mit mir, den Hund außer Gefecht zu setzen. Xzar Ihr bleibt mit dem Schwert im Hintergrund für den Fall, dass er doch einen Angriff wagt.«

Sie nahmen ihre Positionen ein und Adran öffnete auf ein erneutes Nicken von Borion hin die Tür. Genau wie beim letzten Mal saß der Hund zwei Schritt von der Tür entfernt auf dem Boden und als er Adran sah, kam er ein Stück auf ihn zu. Er blieb kurz vor der Tür stehen, neigte den Kopf leicht zur Seite und starrte den Krieger wieder mir diesem gefährlichen Blick an. Adran wich einige Schritte zurück in der Hoffnung, dass der Hund ihm folgen würde. Doch er tat ihm den Gefallen nicht.

»Was ist los? Lockt ihn heraus!«, flüsterte Borion leise.

Adran zuckte mit der Schulter. Vorsichtig löste er sein Wurfbeil vom Gürtel und rief dann, »He, du blöder Köter, komm und hol mich!«

Doch der Hund blieb stehen. Als Borion sah, dass Adran seine Axt in der Hand hielt, lehnte er sich kopfschüttelnd an die Wand und wartete. Adran hatte sein Wurfbeil inzwischen locker am unteren Griffende gepackt, mit dem Arm ausgeholt und warf dann das Beil mit Schwung auf den Hund. Die Waffe rotierte in der Luft, bevor sie dann zur Überraschung aller durch den Körper des Tieres flog und im Holzboden hinter dem Hund einschlug. Weiter geschah nichts. Ungläubig starrten die beiden Krieger in den Raum. Adran sah verwundert zu Borion und kopfschüttelnd zu Kyra, die neben der Tür standen, und schritt dann in den Raum. Er umrundet den Hund vorsichtig und riss sein Beil aus dem Boden. »Ich glaube es nicht, eine Illusion hat mich erschreckt. Verfluchte Magie!«

Die anderen beiden, die außer dem Aufprall der Axt nichts gehört hatten, sahen jetzt ebenfalls in den Raum hinein. Adran fuhr mit der Hand durch die Illusion, worauf diese sich auflöste. Der Krieger sah sich um. »Wo ist meine Silbermünze?«

»Was meint Ihr?«, fragte Kyra ihn.

Adran schüttelte den Kopf. »Vergiss es, ich dachte nur … na egal, nicht so wichtig.«

Nach einem Augenblick der Verwirrung untersuchten die Vier den Raum. In den Regalen standen viele kleine und große Fläschchen. Einige waren leer und auf anderen seltsame Symbole gemalt. Unter ihnen befand sich auch eine Tonflasche mit Branntwein.

Jinnass war inzwischen wieder draußen bei Shahira.

»Und hast du was gefunden?«, fragte sie neugierig.

»Ja, einen kleinen Hintereingang und oben auf dem Dach einen See. Und hier unten?«

»Nichts, alles ruhig«, sagte sie, um dann etwas leiser hinzuzufügen, »Und langweilig.«

»Langeweile ist etwas für Menschen, die sich nicht zu beschäftigen wissen«, sagte Jinnass gleichmütig.

Sie sah ihn fragend an. Er lächelte und zog nun ein kleines Holzstück heraus, das die halbe Form einer Figur besaß.

»Ich kann nicht Schnitzen«, sagte sie enttäuscht.

Jinnass zögerte, dann zuckte er mit den Schultern und steckte die Holzfigur wieder weg.

»Ach, noch etwas, dort oben ist eine Tür«, sagte Shahira jetzt und deutete auf die Dachluke. »Aber ich weiß nicht, wie wir da hochkommen sollen.«

Jinnass überlegte kurz. »Shahira, ich habe eine Idee. Du kannst hier warten.«

Shahira war vor einiger Zeit schon aufgefallen, dass Jinnass sie, Xzar und Kyra mit dem vertraulichen ›Du‹ ansprach, doch es störte sie nicht. Was ihr noch viel mehr aufgefallen war, dass der Elf ihnen gegenüber offener geworden war. Man konnte sich mit ihm inzwischen besser unterhalten und er war sichtlich bemüht, ihre menschlichen Eigenarten zu begreifen.

Das beruhte allerdings auf Gegenseitigkeit, denn auch sie waren bestrebt, ihn besser zu verstehen. Borion und Adran gegenüber benutzte er weiterhin die Höflichkeitsanreden und wahrte einen gewissen Abstand. Adran, das hatte sie auch bemerkt, sagte zu jedem ›du‹. War er wirklich ein Graf? Gerade jene waren es, die diese Umgangsformen so sehr befürworteten, um sich vom gemeinen Volk abzuheben. Es war eigenartig: Lernte man jemanden kennen, so verwendete man immer diese gutgesitteten Anreden und wenn man es mal vergaß, fühlte man sich gleich schuldig. Doch vielleicht war dies nur ein anerzogenes Gefühl. Sie nahm sich vor, darauf zu achten, und vielleicht gelang es ihr, dies abzulegen.

Jinnass war inzwischen zu dem Haus hinüber gegangen. Er betrachtete sich die Holztür und nickte erkennend. Er holte sich seinen Stab und ein Seil von den Pferden und kletterte dann erneut auf den Felsen. Oben angekommen knotete er das Seil um die Mitte des Steckens. Er verkeilte den Stab dann unter den Rändern des Sees. Das Seil warf er vorne über das Dach vor Shahiras Füße. Dann seilte er sich vorsichtig hinab. Als er auf Höhe der Tür war, drückte er dagegen und sie öffnete sich nach innen. Er holte ein wenig Schwung und verschwand in der Öffnung. Shahira machte ein paar Schritte zurück und versuchte über den Rand in den Dachboden zu schauen, doch es war zu dunkel. Sie überlegte sich, ob es sinnvoll wäre das Seil hochzuklettern, entschied sich dann aber dazu, unten zu warten.

Dank seiner Elfenaugen und dem hereinscheinenden Licht war es für Jinnass taghell in dem Schober. Auf den Holzbrettern war Stroh ausgelegt und einige Felle. An einer Seite lag eine Leiter auf dem Boden. Damit war dem Elfen klar, dass es einen weiteren Weg hier raus gab. Im hinteren Teil sah er Kisten und Fässer, auf die er sich zu bewegte.

Die Vier im Inneren des Hauses hatten ihre Suche fortgesetzt. In einem der Regale hatten sie sogar brauchbare, alchemistische Elixiere gefunden. Xzar und Kyra waren obendrein in der Lage gewesen ein paar der Tränke zu identifizieren. Sie packten sich drei Krafttränke und zwei Heiltränke ein. Für Jinnass hatte Xzar eine kleine Phiole mit Schlangengift eingepackt. Vielleicht konnte er dies für seine Pfeilspitzen verwenden. Um eine Klinge damit zu bestreichen, war es zu wenig. Einige der größeren Behälter wiesen dagegen seltsame Inhalte auf.

»Was ist das für ein Zeug? So etwas habe ich noch nie gesehen?«, fragte Xzar, der neben Kyra stand.

»Wenn mich nicht alles täuscht, sind das Reagenzien von Alchemisten. Seht her, das sind Eidechsenzehen und dies hier Moderschleim. Ich weiß, die Namen sind ... ausgefallen«, sagte die Magierin lächelnd.

»Hm, noch nie davon gehört. Was macht man damit?«, fragte Xzar.

Kyra sah ihn fragend an. »Interessiert Euch das wirklich?«

Er erwiderte überrascht, »Ja, sonst würde ich Euch doch nicht fragen.«

Sie nickte zögernd. »Gut, die eben genannten nutzt man, um damit Krafttränke zu brauen. Diese erhöhen die Ausdauer und die Stärke für mehrere Stunden. Dann kenne ich noch diese beiden: Mooskäferbeine und Löwenherzblüten. Die Blüten braucht man vor allem für Abwehrtränke, sei es gegen Magie, gegen Gifte oder Krankheiten. Die Beine sind nur eine Zutat, um die Tränke länger haltbar zu machen.« Sie öffnete eine weitere Flasche und verzog angewidert das Gesicht. »Bäh, ist das ekelig. Es stinkt nach Verwesung!« Kyra stellte die Flasche zurück in das Regal.

»Woher weißt du das alles?«, fragte Adran, der nun auch neben sie getreten war. Er wollte gerade eine der Flaschen greifen, als Kyra ihm einen Klaps auf seinen Handrücken gab. »Finger weg!«

»Autsch!« Adran schüttelte die Hand.

»So etwas lernt man auf einer Akademie, wenn man sich ein Jahr mit dem Studium des Trankbrauens beschäftigt. Ihr solltet besser nichts anfassen, Graf von B'dena. Wer weiß, was Ihr sonst anrichtet«, sagte sie ernst.

»Schon gut, ich wollte doch nur mal daran riechen«, antwortete Adran und wandte sich ab.

Kyra lächelte verschmitzt zu Xzar. Dann sah sie wieder auf die Reagenzien und erklärte ihm noch einige Sachen dazu. Xzar hörte ihr interessiert zu. Er hatte schon manches über die Kunst des Trankbrauens gelesen, doch er selbst hatte kein Geschick darin bewiesen. Sein Lehrmeister hatte einst von ihm verlangt, einen Heiltrank herzustellen und um ihm die nötige Sorgfalt dabei zukommen zu lassen, sollte er den Trank hinterher selbst zu sich nehmen. So weit war es dann aber nicht gekommen, denn die Glaskolben, die er für das Erhitzen verwendet hatte, waren über der zu heißen Flamme geschmolzen und hatten blitzschnell die Arbeitsplatte entflammt. Dabei war die Hälfte aller Zutaten verbrannt, die sein Meister gesammelt hatte. Xzar hatte sich einige Stunden lang die Zurechtweisung seines Lehrers angehört, dass es doch eigentlich nicht möglich sein konnte, dass jemand Krötenschleim anstelle von Krötenstein verwendete. Danach hatte er ihn nicht mehr an die Alchemieausrüstung gelassen. Xzar hatte unterdessen viel Zeit damit verbracht einen großen Weidenkorb zu tragen, während sein Lehrer neue Zutaten sammelte. Es lag zwar schon so viele Jahre zurück und doch sah er den wütenden Ausdruck auf dem Gesicht des Meisters noch vor sich, als wäre es gestern gewesen.

Xzar war noch tief in Gedanken, als sie alle plötzlich ein Geräusch über sich hörten. Es klang nach Schritten, gefolgt von einem leisen Knarren. Als sie hinauf sahen, erkannten sie in der Decke eine Falltür, die durch einen Holzbalken gesichert war.

»Geht beiseite. Ich werde den Balken wegschieben«, warnte Borion die anderen, dann zog er sein Schwert und drückte gegen den Riegel. Zwar brauchte er einiges an Kraft, doch dann löste sich die Verriegelung und die Falltür schwang nach unten auf.

Jinnass stand vor einigen vernagelten Kisten in der Dachkammer. Auf einer von ihnen lag eine kleine Strohpuppe, die

244

er mit Interesse betrachtete. Das unterschied die Kinder der Elfen nicht von denen der Menschen: das Spielzeug. Meist waren es Puppen bei den Mädchen oder kleine Holzfiguren bei den Jungen. Jene, die hier vor Jinnass lag, trug ein rotes Kleidchen und aus Wolle waren ihr schwarze Zöpfe auf den Kopf genäht worden. Ihr Innenleben war mit Stroh ausgestopft. Auf ihrem Rock war das Wort *Dai'ana* aufgestickt. Er schob die Puppe ein Stück zurück und als er sich zu den Fässern drehte, verlor er schlagartig den Boden unter den Füssen und stürzte in die Tiefe.

Adran und Xzar sprangen erschrocken einen Schritt nach hinten. Für einen kurzen Augenblick wurde es hektisch, als jeder versuchte dem Herunterfallendem auszuweichen. Kyra wurde von Borion zur Seite gestoßen, der im letzten Augenblick erkannte, wer da hinab stürzte und sein Schwert zur Seite riss. Sie staunten nicht schlecht, als der Elf durch die Falltür niederstürzte und geschickt und mit gezogenem Dolch, vor ihnen auf den Füßen landete. Für einen Augenblick schwiegen sie alle, während Stroh und Staub hinter Jinnass zu Boden fielen.

»Noch ein Eingang«, sagte Jinnass gepresst, bevor Borion etwas fragen konnte.

»Wo ... wie, kommt Ihr jetzt her?«, fragte er dann doch sichtlich verwirrt.

»Shahira fand eine Tür unter dem Dach«, antwortete der Elf.

Borion zog eine Augenbraue hoch. »Hm, wie dem auch sei. Das Haus ist leer und wir haben nichts außer der Illusion eines Hundes gefunden.«

»Aber irgendwer muss hier sein. Die Illusion; jemand muss sie erschaffen haben«, fügte Kyra hinzu.

»Ja, das hat auch jemand ...«, sagte Xzar, während Jinnass die Wände des Raumes genauer musterte.

Kyra fuhr indes mit ihrer Ausführung fort. »Eine materielle und dichte Illusion: Also ich meine eine die körperlich ist und nicht durchscheint. Dazu mit Geräuschen und Bewegungen, das braucht Sichtkontakt. Und wenn man dann noch bedenkt, wie lange sie aufrecht erhalten wurde, dann reden wir von einem Meister der Magie.«

Sie sah nun ebenfalls zu dem Elfen. Dieser wanderte durch den Raum und plötzlich ruckte seine Hand zur Wand. Er griff durch den Stein, dorthin wo sich das Fenster befand und packte etwas. Als er die Hand zurückzog, sog Kyra scharf die Luft ein. Auch Borion und Adran gaben zeitgleich ein erstauntes ›Oh!‹ von sich. An Jinnass` Hand hing eine etwa sechs Spann große Frau, die vorher gänzlich wie die Wand ausgesehen hatte. Sie trug eine grüne Stoffhose und eine gewöhnliche braungrüne Bluse.

»Tu mir nicht weh, bitte, bitte!«, flehte sie mit einer piepsigen Stimme. Sie starrte Jinnass verängstigt an, der sie ein Stück über dem Boden hielt.

»Lasst sie los, Jinnass«, sagte Borion ruhig.

Der Elf tat, wie geheißen und setzte sie vorsichtig ab. »Danke, danke, danke, danke…«, plapperte die Frau schnell hintereinander.

»Schon gut! Schon gut. Warum versteckt Ihr Euch vor uns?«, unterbrach Borion sie, der sich mittlerweile in die Tür gestellt hatte, um eine Flucht zu verhindern.

Die Frau sah ihn überrascht an. »Was würdest du denn tun wenn auf einmal eine bewaffnete Gruppe großer und starker Männer mit unheimlichen Gesichtern und wilden Bärten und … und … und … Waffen und Alles in dein Haus kommt und dann ohne zu fragen alles durchsucht? Vor allem wenn sie dann noch deine Türen aufbrechen, dein Brot essen, deinen Hund erschlagen und dein Zimmer durcheinanderbringen, he!? Was würdest du tun?«, schimpfte die Frau, ohne Pausen zu machen, so schnell los, dass sie Schwierigkeiten hatten ihr zu folgen.

Borion starrte sie mit offenem Mund an. Es schien, als würde er immer noch versuchen zu begreifen, was gerade geschah.

»Für den Schrecken, den wir Euch eingejagt haben, und die Unordnung, die unser Eindringen verursacht hat, möchten wir uns in aller Form entschuldigen. Uns wurde gesagt, dass wir hier einen Einsiedler finden, einen weisen Mann, der uns eventuell helfen könnte, einen alten Tempel im Blaueichenwald zu finden. Ihr scheint die falsche Person zu sein und das bedauern wir umso mehr. Können wir Euch etwas Gutes tun, um Euch für jegliche Unannehmlichkeiten zu entschädigen?«, entschuldigte sich Adran fragend und mit einer Stimmlage, die sowohl wohlklingend als auch schmeichelnd zugleich war.

Jetzt starrte Kyra den Krieger mit offenem Mund an. Solch geschwungenen Reden hatte er bisher noch nie verwendet. Die Frau, deren Gesichtsausdruck sich binnen Augenblicken von ängstlich über verärgert zu freundlich verändert hatte, schaute Adran offen an und sagte dann, »Huch, so nett und zuvorkommend und das zu mir«, sie blinzelte Adran aufgeregt zu, »Nun gut, es sei euch verziehen. Also einen Mann werdet ihr hier nicht finden, nur mich. Was genau wollt ihr denn wissen? Vielleicht kann ich euch ja doch helfen?«

»Man hat mir berichtet, jener Einsiedler, oder in diesem Falle wohl Ihr, wärt im Besitz einer Karte. Und diese Karte würde den Tempel zeigen, den wir suchen. Aber woher man auf die Idee kam, hier einen Einsiedler zu vermuten, weiß ich nicht«, sagte Adran achselzuckend.

»Nun das ist einfach. Eine gute Illusion und das Talent, meine Stimme ein wenig zu verändern, konnten so manchem Reisenden einreden, dass hier ein alter Barbar wohnt oder zwischendurch auch mal ein Oger oder doch nur ein alter Mann, der seine Ruhe wollte. Obwohl es sogar schon zum Troll gereicht hat, als man mir zu aufdringlich wurde und mit Feuer und Waffen drohte. Und die meisten, die hier waren, trauten sich nicht wieder her«, ein kurzes bösartiges Grinsen lief ihr über die Lippen. »Aber eine Einsiedlerin bin ich schon, das stimmt. Ich bin gerne hier und habe meine Ruhe. Und ja, auch eure zweite Annahme ist richtig. Ich besitze den Teil einer alten Karte.«

»Sehr gut, gebt Ihr uns die Karte? Dann können wir weiter und Ihr habt wieder Eure Ruhe«, sagte Borion ungeduldig und erntete dafür einen bösen Blick von Adran.

Xzar sah den Krieger überrascht an. Da war es wieder gewesen: der bissige und kalte Unterton in Borions Stimme. Bevor er jedoch weiter darüber nachdenken konnte, wurde Xzar abgelenkt, denn die Frau fing lauthals an zu kichern. »Hihihi, so einfach mach ich es euch nicht.«

Sie tippte sich nun listig grinsend mit einem Finger ans spitze Kinn, »Was könntet ihr mir denn dafür bieten?«

Borion schien nun auch klar zu werden, dass seine vorschnelle Frage unklug gewesen war. »Was benötigt Ihr denn, was wir Euch bieten könnten? Wir könnten Euch bezahlen?«

»Es gäbe da einiges, was ich brauchen kann, aber das wird mir keiner von euch geben. Münzen? Was soll ich denn hier mit Münzen. Ich habe Wasser und mein Gemüse und der Wald gibt mir alles andere, was ich brauche«, antwortete sie. Die Frau hatte sich inzwischen einen kleinen Hocker herangezogen und saß nun Beine schaukelnd vor ihnen.

»Borion, würdet Ihr mit den anderen draußen warten, ich regele das hier«, sagte Xzar selbstsicher.

»Was? Warum ... ich meine, wie wollt Ihr das anstellen?«, fragte Borion sichtlich überrascht.

»Auf ein Wort unter vier Augen?«, fragte Xzar.

Die beiden entfernten sich ein wenig von den anderen.

»Also, was wollt Ihr der Frau bieten?«, flüsterte Borion skeptisch.

Xzar hatte befürchtet, dass Borion seinem Wunsch nicht so einfach folgen würde und er hoffte, seine Ausrede überzeugte ihn. »Ich habe mit Kyra die ganzen alchemistischen Zutaten gesehen und ich habe eine Salbe der Elfen in meinem Besitz. Ich glaube, das könnte sie interessieren.«

»Und warum sollen wir dann gehen?«, fragte er weiter nach.

»Glaubt Ihr mit Adran in einem Raum, würde das Gespräch erfolgreich? Und Kyra? So sehr ich ihre Fähigkeiten schätze, sie würde zu viele Fragen stellen.«

Der Krieger sah ihn verwundert an. »Seid Ihr sicher, dass Ihr das schafft?«

Xzar lächelte hintergründig und nickte überzeugt.

Borion trat wieder einen Schritt in den Raum hinein, »Gut, wir gehen.«

Kyra schien protestieren zu wollen, doch Borion schüttelte nur den Kopf. Die kleine Frau lachte wieder, rutschte von ihrem Sitzplatz und tänzelte fidel von einem Bein aufs andere, dabei klatschte sie in ihre kleinen Hände. Borion, Adran, Kyra und Jinnass verließen das Gebäude. Kyra eher zögerlich, folgte dann aber Borions Anweisung.

»So und was meinst du, was du mir geben könntest? Etwas, das die anderen nicht haben? Oder was die anderen nicht mitbekommen sollen?«, fragte die Frau misstrauisch. Plötzlich schien ihre Stimme fester zu werden und der piepsige Ton war gänzlich verschwunden. In ihr lag ein Unterton, der Xzar ein leichtes Frösteln über die Arme laufen ließ.

»Also Gold braucht Ihr wirklich nicht. Ich habe die Wand in Eurem Zimmer gesehen und die feinen Adern, die Ihr geschickt mit Farbe und Steinpulver verborgen habt. In diesen Felsen ist genug Gold für zwei gute Leben. Oder ist es nur ein Trugbild?«

»Du bist ein guter Beobachter, mein Junge. Warum hast du dir denn nichts davon genommen. Oder warum hast du deinen Freunden nichts davon gesagt? Und sag, was willst du mir geben? Sag schon, na los, sag es mir, sag es der kleinen *Dai'ana*, bitte!!«, piepste sie jetzt plötzlich wieder aufgeregt.

Doch Xzar war sich sicher, dass vor ihm nur eine weitere Illusion saß. Oder besser, die Person war da, aber ihr Auftreten und das Erscheinungsbild waren nicht echt. Xzar spürte die Aura der Macht, die Aura der Magie, die alles hier umgab und selbst sein Lehrmeister war nicht von solcher Energie umgeben gewesen, wie diese Frau. Dass sie ihn *mein Junge* genannt hatte, beachtete er nicht, obwohl es aus ihrem Mund fast genau so wirkte, als wäre er ein Schüler, der vor einer alten Meisterin zum Rapport angetreten war. Xzar entschied sich, den Ton seiner Sprache zu verändern. Wer immer dort vor ihm saß, verdiente Respekt und den wollte er ihr zollen. Und es war keineswegs gespielt. Er meinte jedes Wort, wie er es sagte. »Ich bin kein Dieb, Herrin. Und das Gold gehört nicht mir, sondern

Euch. Wenn die anderen es nicht wissen, dann müssen sie sich auch keine Gedanken darüber machen. Dieses Haus, Euer Haus, es ist ein magisches Konstrukt. Alles hier ist reine Magie. Ich weiß, es steht mir nicht zu, darüber zu spekulieren, noch von Euch eine Antwort zu fordern, aber wenn meine Beobachtung und das, was ich einst las, mich nicht täuschen, dann seid Ihr eine Magierin ... aus Sillisyl?«

Die Frau musterte Xzar nun mit einem interessierten Blick und ein amüsiertes Lächeln entstand auf ihren Lippen, bevor ihre Stimme wieder fest und klar wurde. »Du bist ein wirklich guter Beobachter, Junge. Nicht jeder Schein ist gleich dem Sein und nicht alles, was zu sein glaubt, besitzt einen Schein ... Also sprich nun, was kannst du mir bieten?«

Xzar ließ die Worte einen Augenblick auf sich wirken und kurz glaubte er einen blauen Flammenschein in den Augen der Frau zu sehen, doch der Augenblick, war so schnell verflogen, dass er sich auch getäuscht haben konnte. Dann nickte er. »Als wir vorhin Eure kostbaren Flaschen und Phiolen untersuchten, ist mir ein Geruch aufgefallen, der sehr vergleichbar mit diesem hier war«, erklärte Xzar, während er die Phiole mit dem Drachenblut herauszog. Die Augen der Frau weiteten sich, als sie den Korken öffnete und der Geruch ihr in die Nase stieg. Xzar holte noch die Tränke heraus, die er vorher aus ihren Regalen eingepackt hatte. »Diese hier, sind auch die Euren. Wir wussten ja nicht, ob wirklich jemand hier ist.«

Die Frau hörte auf zu zappeln und wurde plötzlich noch ernster. Sie streckte sich und beugte sich zu Xzar, die Tränke ignorierte sie. »Du hast recht, das könnte ich wirklich brauchen. Und du willst nur die Karte als Gegenleistung?«, fragte die Frau listig.

»Hm. Wenn Ihr so fragt«, lächelte Xzar, »eigentlich ist das Blut wesentlich mehr wert. Die Beschaffung ist ja nicht gerade einfach.«

Xzar machte eine geschäftstüchtige Handbewegung. Die Frau schien zu überlegen. An Drachenblut zu gelangen war schwer, denn nicht jeder war in der Lage einen Drachen zu töten oder ihm Blut abzunehmen. Vor allem in Zeiten, wo ihre Anzahl nur noch gering war.

»Nun gut, ich werde dir noch einen meiner Heiltränke mitgeben und ein magisches Amulett, welches ich früher selbst auf meinen Reisen getragen habe. Die Flaschen behalte ebenfalls. Ist das ein Angebot?«

»Ja, Herrin. Ich gehe auf den Handel ein.«

Die Frau nahm sich ein Amulett vom Hals, welches Xzar vorher nicht einmal wahrgenommen hatte.

»Es wird dich vor böser Energie schützen, pass also gut darauf auf«, sagte sie geheimnisvoll. Sie reichte es ihm.

Die Kette schien aus Silber geschmiedet und an ihrem Ende baumelte ein halbmondförmiger Anhänger. Mittig war ein leuchtend gelber Stein eingearbeitet und um den Rand des Amuletts schlängelte sich eine Rosenranke aus schwarzem Gestein. Sie war so filigran gearbeitet, dass man Blätter, Dornen und Blüten genauestens erkannte. Dann holte sie eines ihrer Fläschchen aus dem Regal und gab es ihm. Ebenso ein Stück Papier, welches sie aus ihrer Tasche zog. Und als Xzar es auseinanderfaltete, sah er, dass es tatsächlich einer der fehlenden Teile ihrer Karte war. Er atmete durch, denn ihm wurde jetzt erst bewusst, dass er den Handel abgeschlossen hatte, bevor er wusste, was er bekam. Es hätte ja auch eine ganz andere Karte sein können. Xzar bedankte sich bei der Frau und verabschiedete sich. Draußen angekommen gab er Borion lächelnd die Karte und den Heiltrank. Das Amulett verschwieg er.

Dieser nickte ihm anerkennend zu. »Ich weiß zwar nicht, wie Ihr das angestellt habt, aber ich will es auch gar nicht wissen, glaube ich.«

»Och, mir fiel da schon etwas ein, was so ein strammer Kerl wie Xzar ...«, begann Adran ihn zu ärgern, doch ein Blick von Xzar ließ ihn verstummen. Sein hämisches Grinsen behielt der Krieger jedoch bei.

Obwohl sie den dritten Teil der Karte jetzt besaßen, fehlte noch immer der Vierte. Dieser letzte Teil, zeigte die genaue

Lage des Tempels. Die Drei, die sie besaßen, wiesen zumindest den Weg bis zum Gebirge, was auch schon viel wert war. Einen Hinweis, ob es den vierten Teil noch gab und wo sie danach suchen sollten, hatten sie nicht. Auch die Karte aus Yakubans Zelt hatte ihnen bisher nicht geholfen.

Xzar stieg auf sein Pferd. Als sie losritten, sah Shahira sich noch einmal um und konnte die Frau sehen, welche jetzt auf dem Rand der Dachtür saß, die Beine herunter baumeln ließ und ihr freundlich und breit grinsend hinterher winkte. Shahira ritt neben Xzar. Sie sah ihn vorwitzig an. »Was hast du ihr für die Karte gegeben?«

Xzar sah sie an, lenkte sein Pferd etwas näher und lehnte sich ihr ein Stück entgegen. »Nur das Drachenblut. Dafür habe ich einen Heiltrank, ein Amulett und die Karte bekommen«, flüsterte er ihr zu.

»Du hast ihr das ganze Drachenblut gegeben? Das ist aber ein verdammt hoher Preis«, sagte Shahira.

»Ich habe ihr nicht alles davon gegeben. Nachdem mir in Bergvall ein Alchimist bestätigt hatte, dass es sich um Drachenblut handelte, habe ich etwas davon umgefüllt«, grinste Xzar.

Shahira atmete erleichtert auf. »Na, dann bin ich ja beruhigt. Glaubst du, wir finden den Tempel jetzt?«

»Ich weiß es nicht, aber ich hoffe schon. Nur irgendein Gefühl sagt mir, dass es noch Ärger geben wird.«

Er ließ sich mit Shahira ein wenig zurückfallen. »Adran provoziert Borion ziemlich oft. Das ist irgendwie seltsam, findest du nicht auch? Ich hoffe mal, dass es zwischen den beiden nicht noch zu einem ernsten Streit kommt.«

Shahira überlegte kurz und fragte dann vorsichtig nach, »Xzar, glaubst du, dass sich unter uns ein Verräter befindet?«

Xzar sah sie nachdenklich an und ließ dann seinen Blick über die anderen Gruppenmitglieder schweifen, »Ich bin mir unsicher. Was ich aber als seltsam empfinde: Adran taucht so plötzlich auf. Angeblich als unsere Unterstützung und dann bekommt Jinnass den Brief von ihm. Das Borion dies nicht gefallen hat, kann ich verstehen. Borion ist in letzter Zeit leicht zu reizen. Er regt sich über Sachen auf, die ihn zu Beginn unserer Reise völlig kalt gelassen haben. Andererseits hat er schon einmal Freunde und auch seine Frau verloren, daher sehe ich ihm eine gewisse Anspannung nach. Und dann wieder Jinnass: An einem Tag fühlt es sich an, als kennen wir uns seit Jahren, und am nächsten Tag verhält er sich wie ein Fremder«, antwortete Xzar. »Wir sollten auf jeden Fall vorsichtig sein, wem von ihnen wir im Ernstfall den Rücken zuwenden. Deiner Freundin Kyra traue ich noch am meisten, nach dir natürlich. Ich glaube, mittlerweile ist sie mir auch nicht mehr so unwohl gesonnen«, fügte er leise hinzu.

Shahiras Magen zog sich bei dem Gedanken zusammen, dass einer ihrer Gefährten eventuell zu Tasamins Männern gehörte. Zum Teil konnte sie Xzars Ausführungen nachvollziehen, doch Borion war im Kampf immer auf ihrer Seite gewesen und seine Entscheidungen hatten sie nie in Gefahr gebracht. Er hütete die Kartenteile und auch hier hatte er nichts getan, was diese eventuell in Tasamins Hände spielen könnte. Was sie von Jinnass hielt, wusste sie selbst nicht. Am meisten irritierte sie, dass er eine Nachricht des Auftraggebers erhalten hatte und nicht Borion. Diese Situation verwirrte sie vollends: Adran brachte eine Botschaft zu Jinnass, der wiederum teilte dann Borion mit, dass Adran sie begleitet und somit Borion unterstellt wurde.

In ihr keimte der Verdacht, dass Adran und Jinnass das Ganze sogar geplant haben könnten. War dann die Nachricht gefälscht gewesen? Aber warum sollte dies so sein? Und jetzt Xzars Handel mit der alten Frau. Hatte er tatsächlich nur ein Teil des Drachenbluts zum Handeln dagelassen? Außerdem gab es da noch etwas, was ihr in den Gedanken herumspukte. Nach dem Kampf mit den Wölfen war es ihr erst richtig bewusst geworden. Xzar zog das Wort Drache regelrecht an. Er trug eine Drachenschuppenrüstung, dann fanden sie das Drachenschwert, in dem sich Drachenblut befand. Und sie suchten einen Tempel, der angeblich Deranart dem Himmelsfürsten geweiht war, ebenfalls ein Drache und im Inneren des Tempels sollte sich eines der legendären Drachenaugen befinden. Waren das nicht zu viele Zufälle? Oder war es genau das, was sie so neugierig auf ihn machte? Vielleicht war es das wirklich, doch irgendwo in ihrem Inneren mahnte sie ein Gefühl zur Vorsicht. Verbarg er etwas vor ihr? Shahira konnte sich im Augenblick keinen Reim darauf machen und so verdrängte sie die trübseligen Gedanken vorerst.

Während sie weiterritten, verdichtete sich der Wald und zwischen die anderen Bäume mischten sich jetzt schon vereinzelt die mächtigen Blaueichen. Ihren Namen trugen sie zu recht, da ihre Blätter einen bläulichen Farbton hatten und selbst die Rinde des Stammes schien von feinen blauen Adern durchzogen.

Shahira sah sich um und erkannte nun, dass sich dünne Nebelfäden um die Beine ihrer Pferde kräuselten. Sie rief kurz eine Warnung nach vorne und als Borion den Nebel ebenfalls bemerkte, wies er die Gruppe an, stehen zu bleiben. Der Krieger stieg von seinem Pferd ab und ging ein paar Schritte weiter in den Wald. Xzar war ihm gefolgt. Borion deutete auf die dünnen Schwaden am Boden und als Xzar tief einatmete, spürte er ein Stechen und Brennen in seinem Hals.

»Es wird Zeit, dass wir den Schutztrank nehmen!«, forderte Borion die anderen auf.

Adran verteilte daraufhin die Fläschchen. Shahira öffnete ihres und verzog angewidert das Gesicht. »Den sollen wir trinken? Der riecht nach verfaulten Eiern!«

»Solange er uns schützt, sollte das unwichtig sein«, sagte Borion und stürzte den Trank hinunter.

Adran und Xzar taten es ihm nach. Kyra zögerte, doch dann trank auch sie. Shahira sah sie alle an. »Ich glaube, ich kann ihn nicht trinken. Mir wird schon übel, wenn ich nur daran denke.«

»Ich wollte sie eigentlich aufheben, aber wenn du mir keine Wahl lässt ...« Xzar war zu ihr getreten und zog nun ein kleines Tuchbündel hervor, welches er entfaltete. Shahira weitete die Augen und ihr entfuhr ein, »Oh!«

Xzar hielt zwei Streelbeeren in der Hand. »Trink den Trank und sie gehören dir. Sie sollten gegen den Geschmack des Trankes helfen.«

Shahira überlegte kurz. Ihr Blick hing wie gebannt an diesen Früchten, denn nie hatte sie etwas köstlicheres gegessen. »Würdest du mir eine Hälfte zubereiten?«

Xzar nickte lächelnd und begann die Frucht aufzuschneiden. Als Shahira den Trank zu sich nahm, verzog sie angewidert das Gesicht. Xzar reichte ihr die Frucht und sie begann diese sogleich zu essen. Die andere Hälfte hielt er Kyra hin. Die Magierin, überrascht von dem Angebot, sah ihn fragend an.

»Sie wird auch Euch helfen, den Geschmack zu vergessen, glaubt mir Kyra.«

Sie nahm die Frucht und folge Shahiras Beispiel. Als sie beide fertig waren, leuchteten die Augen der beiden Frauen.

»Danke Xzar, das war sehr köstlich«, sagte Kyra.

Shahira beugte sich aus ihrem Sattel und gab Xzar einen flüchtigen Kuss. Dann reichte Xzar Shahira die zweite Frucht. »Hier, für dich.«

»Danke«, sagte sie leicht verlegen.

Sie ritten weiter. Es dauerte eine ganze Weile, bis die Wirkung des Trankes einsetzte. Die erste Zeit rochen sie den Nebel noch und das Brennen im Hals ließ sie husten. Doch nach etwa einer Meile Reiseweg verschwand dieses Gefühl langsam.

Als sie den Rand des Gebirges erreicht hatten, war es dunkel geworden und nur die letzten, vereinzelten Sonnenstrahlen drangen noch durch das dichte Blattwerk der Eichen. Plötzlich scherte Jinnass aus und tat etwas sehr Merkwürdiges. Er ritt auf einen der Bäume zu und legte seine Hand auf die rissige, bläulich schimmernde Rinde. Dann glitt er elegant vom Rücken seines Pferdes. Eine Hand an der Rinde, umrundete er mehrere Male den Baum. Er blickte die vierzig Schritt bis zum Wipfel hinauf und sagte leise, »Aval`Benin«.

Die anderen verstanden nicht, was es bedeutete, bis auf Xzar. Er übersetzte die Worte des Elfen in seinen Gedanken. »In Freundschaft.«

Sie fragten nicht weiter nach, denn Jinnass hatte plötzlich einen sehnsüchtigen Glanz in den Augen.

Borion wartete einen Augenblick, doch als der Elf sich noch immer nicht von dem Baum löste, entschied er, hier zu lagern.

Das Grauen in der Dunkelheit

Sie hatten das Nachtlager errichtet und ein Feuer entzündet. Da das Holz der Blaueichen nahezu als nicht brennbar galt, verwendeten sie Holzscheite aus ihrem Vorrat. Jinnass hatte sich bereit erklärt, die Umgebung auszuspähen. Nach knapp einer Stunde gesellte er sich wieder zu ihnen. »Wir sind nicht die Einzigen in der Gegend. Ich habe Hufabdrücke gefunden, etwa eine Meile westlich von hier. Ich schätze, dass sie nicht älter als ein Tag sind. Und sie sind tief, also schwer beladene Pferde.«

»Dann sollten wir jeweils zwei Personen zur Nachtwache einteilen. Jinnass Ihr übernehmt mit mir die Erste, Xzar und Adran die Zweite und Kyra und Shahira die Dritte. Seid ihr einverstanden?«, fragte Borion und sie stimmten zu.

Nachdem sie von ihrem Proviant gegessen hatten, legten sie sich schlafen. Gegen Mitternacht wurden Xzar und Adran zur Wachablösung geweckt. Als Jinnass sich sicher war, dass die beiden wach waren, wandte er sich ab und verschwand bis zum Morgen im Wald. Er suchte sich einen geschützten Ort und versank in Meditation. Wie so oft in den letzten Tagen erinnerte er sich an frühere Zeiten zurück, an eine Epoche in Frieden. Er dachte an seinen Garten und die prachtvollen Blumenfelder, an die farbenfrohen Blüten, die einen heilvollen Nektar spendeten. Er sah die Sträucher vor seinem inneren Auge, an denen saftige Früchte hingen, und glaubte sich sogar an ihren Geschmack zu erinnern. In der Ferne erkannte er die großen Wälder. Überall standen gesunde und kräftige Bäume. Er sah es und fühlte es, als wäre er dort. Majestätisch wuchsen sie den hohen Berghang hinauf und an ihm entlang. Der sich dort neu gebildete Forst war voller Leben. Die Tiere waren lebendige, gutgesonnene Lebewesen, deren Wesen noch nicht verstört war und die in friedlichem Einklang mit den Bewohnern der Waldsiedlungen lebten. Doch das alles lag weit in der Vergangenheit. So viele schreckliche Ereignisse hatten seit damals stattgefunden. Er ahnte es mehr, als das er es wusste, dass ebenso Schreckliches vor ihm lag und in den kommenden Tagen würden auch seine Gefährten immer mehr davon erkennen.

»Sag Adran, bist du schon viel gereist?«, fragte Xzar den Krieger, der gerade dabei war, ein Loch in seinem Umhang zu stopfen.

»Ein wenig. In jüngeren Jahren reiste ich viel. Allein die ganzen Höflichkeitsbesuche an anderen Höfen haben mich schon viel herum gebracht und du?«

»Noch nicht sehr weit. Nur von meiner Heimat nach Barodon und dann bis hier her«, gestand Xzar und fragte dann, »Gibt es Orte, an die du dich besonders erinnerst?«

Adran überlegte und grinste dann breit. »Oh ja, schon. Da gab es so eine kleine Insel im Südmeer. Wir ankerten dort einige Tage und ich sage dir, die Frauen dort sind unbeschreiblich schön. Ihre Haut ist dunkler als unsere, sie hat einen leichten Kupferton und sie alle haben lange, schwarze Haare und lustvolle, rote Lippen. Ihre Körper sind so elegant und wenn sie mit uns in dem kristallklaren Wasser schwammen, trugen sie nichts mehr an ihren Leibern. Wobei eigentlich hatten sie sowieso nur recht wenig Kleidung an.«

»Wenig Kleider?«, fragte Xzar zweifelnd nach.

»Ja, nur kurze, lichte Röcke aus Pflanzenblättern, wenn überhaupt.«

Xzar überlegte einen Augenblick. »Pflanzenblätter?«

Adran nickte und seine Mundwinkel zuckten verräterisch nach oben.

»Du machst dir einen Spaß mit mir!«, empörte sich Xzar.

Adran prustete los. »Ja, aber gib es ruhig zu, du hast kurz daran geglaubt?!«

Xzar hob einige Äste auf und warf sie in Richtung des Kriegers, doch ohne Absicht ihn zu treffen. Dann lachte auch er leise. Nach einer Weile wechselte Xzar das Thema. »Wie ist es so, als Graf?«

Adran sah ihn überrascht an, dann lachte er. »Überwältigend. Ich muss kein Tagwerk verrichten, ich lerne die schönsten Töchter anderer Edelmänner kennen, ich habe immer genug Gold in der Tasche und ich muss mich um nichts kümmern und sorgen«, sagte er, doch der Hohn war mehr als deutlich zu hören.

Als Xzar nichts darauf erwiderte, sondern ihn nur entschuldigend ansah, seufzte Adran und fuhr fort, »Es ist schrecklich. Es ist eine Kette, die mir bei meiner Geburt angelegt wurde. Die Würde der Familie sollte ich erhalten. In ein anderes, genauso würdevolles Haus einheiraten. Einen Erben zeugen und all diese Dinge ...«

Xzar dachte einen Augenblick nach. »Lass mich raten, deine Eltern sind nicht zufrieden mit deinen bisherigen Entscheidungen?«

»Wie kommst du darauf?« Adran machte ein erschrockenes Gesicht, doch das Lächeln verriet Xzar, dass er den Kern getroffen hatte. »Mein Vater war höchst erfreut, als ich ihm meine Liebste vorstellte: Eine selbsterkorene Kriegerin, ohne Titel und Ländereien, deren Eltern Bauern auf seinen Feldern waren. Und meine Mutter erst, als wir beide uns heimlich trauten und dann von zu Hause durchbrannten, um die Welt zu sehen.« Adran lachte bitter.

»Und ... hast du nicht vor, die Nachfolge deines Vaters noch anzutreten?«, fragte Xzar neugierig.

»Nein! Mir meine Kette wieder anlegen? Eher würde ich mich erhängen. Wobei ich glaube, mein Vater würde mich vorher eigenhändig erhängen, als dass ich ihm in sein Amt folge. Ich habe einen jüngeren Bruder, der wird dies sicher nur zu gerne übernehmen.«

»Wie heißt er?«

»Glitschaal«, spuckte Adran angewidert aus.

»Was?«, fragte Xzar, der sich nicht sicher war, ob er richtig gehört hatte.

»Glitschaal, so habe ich ihn genannt. Meine Mutter bevorzugte allerdings den Namen Engstbert Wilmor. Er ist ein schleimiges kleines Etwas und er hat mich stets genervt.«

»Oh ja, kleine Brüder können so was.«

»Ja, und doch ist es seltsam. Ihn vermisse ich fast noch am meisten aus meiner Familie.« Adrans Blick verlor sich für einen Augenblick in den flackernden Flammen des Lagerfeuers.

Xzar ließ ihm Zeit, bevor er fragte, »Du erwähntest deine Frau?«

Unerwartet legte sich ein dunkler Schatten voller schmerzhafter Erinnerung auf Adrans Gesicht. »Ja. Sie ist tot. Sie wurde ermordet.«

»Oh, verzeih. Ich wollte nicht ...«

Doch Adran hob die Hand. »Schon gut. Du wusstest es ja nicht. Ich jage ihren Mörder und ich werde mich rächen. Das habe ich ihr geschworen.«

Xzar sah ihn an. In den Augen Adrans lag eine tiefe Entschlossenheit und er hielt es für besser, nichts mehr dazu zu sagen, denn er wusste, wovon Adran sprach. Er würde den Mörder seines Bruders auch zur Rechenschaft ziehen, sobald er ihn fand.

Nachdem ihr Gespräch beendet war, holte Xzar die Schriftrolle mit dem Zauber des arkanen Sprungs heraus. Er entrollte sie und begann darin zu lesen.

»Was hast du da?«, fragte Adran neugierig.

»Einen Zauber. Ich habe ihn durch Zufall gefunden.«

»Was bewirkt er?«

»Er bringt Personen an einen anderen Ort.«

Adrans Augen wurden groß. »Der arkane Sprung?«

Xzar nickte und Adran stand auf, um sich neben Xzar zu setzen. »Woher hast du ihn?«

Xzar zögerte. »Er war in diesem Holzkästchen. Es lag versteckt in einem Rosenbeet.«

Adran nahm die Schatulle und wischte mit seinem Ärmel den Dreck vom Deckel. Zum Vorschein kam ein Wappen. Fein eingraviert erkannten sie ein Schwert, das ein brennendes Buch zerteilte. Adran sog scharf die Luft ein und auf Xzars fragenden Blick hin, erklärte er, »Das ist das Wappen Sillisyls. Woher hast du es noch mal?«

Xzar zögerte erneut. Was sollte er ihm sagen? Er entschied sich für die Wahrheit. »Ein verkrüppelter Mann auf dem

Marktplatz von Bergvall gab mir den Hinweis, dass es im Rosengarten versteckt sei. Er saß in einem Käfig, verurteilt als Dieb.«

Adran runzelte die Stirn, »Bist du dir sicher?«

»Ja, warum?«

Jetzt war es Adran, der zögerte. »Ein Eisenkäfig, die Hand zwischen den Stangen und ein Speer durch die Hand?«

Xzar nickte stumm.

Adran reichte ihm das Kästchen zurück. »Die Strafe für Diebstahl an Adelshäusern.«

»Ja, und was ist daran so ungewöhnlich?«, fragte Xzar irritiert.

Adran stand auf, um auf seinen Wachposten zurückzugehen. »Sie wurde nur bis zum Krieg gegen die Magier verhängt. Nach dem Krieg wurde sie abgeschafft. Die Adelshäuser, die solche Urteile forderten, waren meist loyale Untergebene der Magier, also jenen die jetzt in Sillisyl leben. Das bedeutet also, dass da kein Mann im Käfig gewesen sein kann oder wenn doch, wollte vielleicht jemand, dass *du* ihn so dort siehst und vielleicht sogar, dass du den Zauber findest.«

Xzar schluckte. Was sollte das bedeuten? Warum sollte jemand ihm einen Hinweis geben wollen? Und warum dieser Mann im Käfig? Xzar dachte nach. Wie hatte er ausgesehen? So sehr er auch in seinen Erinnerungen suchte, so recht fiel ihm kein Gesicht mehr zu dem Mann ein. Als Nächstes dachte er an die Frau in dem Waldhaus und ihre Illusionen. Konnte das sein? Aber warum? Das passte nicht zusammen.

Er seufzte und packte die Zauberthesis wieder weg. Heute würde er nichts mehr davon lernen, denn dafür waren seine Gedanken zu durcheinander.

Die restliche Wache von Xzar und Adran verlief ohne Vorfälle. Die beiden Männer unterhielten sich leise weiter über die Orte, die Adran schon bereist hatte, doch diesmal ohne Schalk und Xzar erfuhr eine Menge Neues. Hinterher wurde ihm klar, dass die Welt um so vieles größer sein musste, als er es kannte und er nahm sich vor diese Orte, von denen Adran ihm erzählt hatte, selbst irgendwann zu besuchen. Und wenn sie es wollte, würde er Shahira mitnehmen. Mit ihr zusammen dieses Land erkunden, würde sie von einem Abenteuer in das nächste führen und war dies nicht auch genau das, was Shahira wollte? Er würde sie fragen, wenn die Zeit dafür gekommen war. So nahe sie sich mittlerweile auch waren, so spürte Xzar immer noch, dass etwas fehlte, um einen weiteren Schritt zu gehen. Aber die Zeit gab er ihnen, was blieb ihm auch anderes übrig.

Zur vierten Morgenstunde weckte Xzar die beiden Frauen. Doch bevor Xzar sich hinlegte, gab er Shahira einen langen und innigen Kuss und als sie fragte, wofür dieser gewesen sei, lächelte er nur, bevor er sich schlafen legte.

Nach einiger Zeit kamen Kyra und ihre Freundin wieder auf die Reise zu sprechen.

»Jetzt sind wir fast am Ziel«, sagte Kyra.

Shahira nickte. »Ja, fast am Ziel und Tasamin hat uns bisher keine Probleme mehr bereitet.«

»Nein, bisher nicht ... Sag mal Shahira, macht es dir nicht auch Angst, wenn du daran denkst, dass wir vielleicht nicht mehr aus dem Tempel herauskommen? Immerhin soll es dort drinnen jede Menge Fallen geben.«

»Erst einmal müssen wir ihn überhaupt finden. Aber ein wenig Angst ist immer da, doch manchmal ist die Sehnsucht nach dem Abenteuer größer. Außerdem ist Xzar ja auch noch da, er verleiht mir Zuversicht«, antwortete Shahira.

»Ja, du hast wenigstens jemanden, der dir nahe ist«, sagte Kyra traurig.

»Du meinst Xzar?«

»Ja, ich meine du bist ja nicht mit Borion aus seinem Raum gekommen in Bergvall.«

»Mhm. Bist du wütend darüber?«

Kyra sah ihre Freundin überrascht an, anscheinend bemerkte sie, dass ihr Tonfall unfreundlich gewesen war. »Nein, eigentlich nicht. Ich freue mich für dich. Ihr habt in Bergvall fast jeden Abend zusammen verbracht und das haben ... sonst wir beide gemacht.« Sie seufzte.

Shahira rückte zu ihr und lehnte ihren Kopf an Kyras Schulter, während sie einen Arm um sie legte. »Mach dir mal keine Sorgen, du findest bestimmt auch noch jemanden. Außerdem liebe ich dich wie eine Schwester«, versuchte Shahira, ihre Freundin zu trösten.

Kyra legte ihren Kopf zurück in den Nacken und suchte zwischen den Baumwipfeln den Sternenhimmel ab. »Ja, irgendwo wartet wohl jemand auf mich ...«, flüsterte sie leise.

Tränen traten ihr in die Augen und sie hoffte, dass Shahira diese in der Dunkelheit nicht sah. Xzars Bekannter aus Barodon, Magister Elmon Leurand war ihr Geliebter gewesen. Sie waren inoffiziell ein Paar gewesen. Doch wenn es stimmte, was Xzar ihr erzählt hatte, war er tot. Sie betete still zu Tyraniea, dass er noch lebte und für den Fall, das er wirklich tot war, betete sie, dass er in die Halle der Göttin eingegangen war, wo sie sich einst wiedersehen würden.

Mittlerweile war das Feuer heruntergebrannt und es wurde kühler.

»Ich werde Holz sammeln gehen, damit wir das Feuer am Brennen halten können«, sagte Kyra und stand auf.

»In Ordnung, aber bitte geh nicht zu weit. Wer weiß, wer noch hier herumstreift. Oder soll ich dich besser begleiten?«

»Nein, Shahira, einer muss hierbleiben und das Lager bewachen. Ich werde vorsichtig sein und mich beeilen.« Kyra nahm ihren Stab und schloss kurz ihre Augen. In der Kristallkugel an der Spitze entstand eine kleine Flamme, von weißblauer Färbung. Shahira sah ihrer Freundin nach und fragte sich, ob sie etwas Falsches gesagt hatte. Erst als Kyra für sie nicht mehr zu sehen war, erinnerte sie sich daran, dass hier kein Brennholz zu finden war. Das Holz der Blaueichen war für den Häuserbau beliebt, da es massiver war, als andere Holzarten. Und kam man mit einer Flamme zu nahe, sonderte es noch viele Jahre später, ein seltsames Sekret ab, das es vor Feuer schützte. Shahiras Blick wanderte über die dunklen Umrisse der Bäume, in der Hoffnung, das Leuchten von Kyras Stab zu erblicken, doch es blieb finster.

Kyra entfernte sich vom Lager. Sie hatte das Holzsammeln nur als Vorwand genommen, um etwas für sich zu sein. Als sie irgendwo in wildem Geäst stehen blieb, lehnte sie sich an einen Baum und sah zurück. Da sie das abgezehrte Lagerfeuer noch erkannte, wusste sie, dass sie sich noch nicht zu weit entfernt hatte. Sie betrachtete ihren Stab und es kam ihr so vor, als sei ihr magisches Licht dunkler als üblich. Plötzlich spürte sie, dass der Baum, an dem sie lehnte, sich zu bewegen schien, dazu kam, dass er sich feucht, warm und weich zugleich anfühlte. Ihr kamen Zweifel, ob sie da wirklich an einem Baum stand, also drehte sie sich langsam um und hob ihren Stab an.

Shahira hörte einen panischen Schrei im Wald und sah ein kurzes aber grellrotes Aufleuchten. Sie war sich sicher, dass dies Kyra gewesen war, zumindest der Schrei. »Kyra! Was? ... Alarm, wacht auf!!«, rief sie. Shahira sprang auf und zog ihr Schwert. Dann rannte sie los, ohne auf die anderen zu warten. Sie folgte grob der Richtung, von wo der Aufschrei gekommen war. Es dauerte auch nicht lange, bis sie den undeutlichen Schein des Magierstabs zwischen den Bäumen entdeckte. Xzar war durch Shahiras Schrei gleich aufgewacht und er sah, wie die junge Frau in den Wald rannte.

»Borion, Adran macht schnell! Die Frauen haben Schwierigkeiten! Ich folge ihnen!«, rief er und zog eins seiner Schwerter. Er packte sich einen der brennenden Holzscheite aus dem Feuer und sprintete Shahira hinterher. Als Xzar bei den beiden ankam, hielt Shahira Kyra im Arm. Die Magierin schluchzte laut und ihr Körper zitterte leicht. Shahira hatte alle Mühe, sie zu beruhigen. Xzar wurde bewusst, dass er Kyra noch nie so verletzlich gesehen hatte. Er überlegte, ob er etwas sagen sollte, doch er schwieg. Stattdessen dreht er sich weg, denn er wollte nicht, dass Kyra sich von ihm in ihrer Lage ertappt fühlte. Das Letzte was sie jetzt noch gebrauchen konnte, war vor ihm in Verlegenheit zu geraten. Also suchte er nach dem Grund für die Panik. Kaum dass er sich umgedreht hatte, fand er diesen auch. An einem Baum hing ein grässlich zugerichtetes Wesen und Xzar erschauderte. Im ersten Augenblick dachte er, er sähe ein Gespenst, denn das Wesen vor ihm sah wie ein Minotaure aus und diese galten im Land Nagrias als ausgerottet.

Er trat einen Schritt auf ihn zu und erkannte dann, dass es kein Stiermensch war, auch wenn es eine enorme Ähnlichkeit zu ihnen besaß. Xzar erinnerte sich an ein Buch über den großen Krieg gegen die Magier, in dem man die Rasse der Stiermenschen beschrieben hatte. Und diese Wesen wurden ebenfalls erwähnt. Denn dort am Baum hing ein sogenannter *Minore*, eine verkümmerte Unterart der Minotauren. Während die Minotauren einen massigen Bullenkopf besaßen, hatte dieser hier einen eher menschlichen Umriss, aus dem zwei verkrüppelte Hörner ragten. Lediglich seine Nasenflügel erinnerten an die Nüstern eines Stieres. Der Körper des Mannes oder des Wesens war mit struppigem Fell überdeckt.

Die Stiermenschen hatten zwar auch Fell, aber es war kurz, glatt und glänzend. Der Minore an dem Baum war übel zugerichtet. Seine Kehle war durchbohrt und Arme und Beine waren mit einem grobschlächtigen Werkzeug abgetrennt worden. So wie die Stümpfe aussahen, hatte man ihn danach ausbluten lassen. Der Unterkörper war auf einen massiven Pfahl gespießt worden. Ob dies geschehen war, bevor oder nachdem man ihn am Baum erhangen hatte, war nicht zu erkennen. Vom Hals bis zum Bauch klaffte ein langer Schnitt, sodass man den darunterliegenden Brustkorb sehen konnte. Zwei Knochen des Brustkorbs waren herausgebrochen und das Herz war dem Wesen herausgeschnitten worden. In seinem Schädel steckten zwei Pfeile, die grotesker Weise so platziert worden waren, als seien es zwei Hörner. Xzar vermutete, dass die Leiche schon länger dort hing, da das Fleisch stellenweise bereits faulte und sich dicke Maden in den Wunden tummelten. Xzar hatte Mühe, eine aufkeimende Übelkeit zu unterdrücken.

Shahira hielt Kyra noch immer fest im Arm. Die Magierin hatte sich nicht so gut beherrschen können und sich bei dem

Anblick übergeben. Xzar ging zu den beiden Frauen. »Lasst uns zurück ins Lager gehen. Hier können wir nichts mehr machen«, sagte er sanft.

Shahira nickte ihm zu und die beiden folgten ihm. Im Lager standen Borion und Adran wachsam am Feuer. Die Frauen setzten sich hin. Kyra war kreidebleich und Shahira hatte tröstend ihren Arm um die Schulter ihrer Freundin gelegt.

»Kyra, was ist passiert?«, fragte Borion entsetzt.

Xzar warf ihm einen ernsten Blick zu und schüttelte leicht den Kopf. »Dort draußen im Wald befindet sich ein Minore. Er wurde grässlich zugerichtet. Ich glaube, er wurde zu Tode gefoltert.«

Xzar reichte Kyra einen Becher mit klarem Wasser.

»Ein Minore?«, fragte Borion.

»Ja, eine Abart der Minotauren. Man sagt, sie sind Kinder von Stiermenschen, die sich mit Menschen vereinigt haben.«

»Sind die Minotauren nicht ausgestorben oder im Krieg gegen die Magier alle vernichtet worden?«, fragte Borion nach.

»Ja, so sagt man. Aber vielleicht war er ein Überlebender? Ich weiß nicht, wie alt diese Wesen werden, aber der Krieg ist ja erst seit 60 Jahren vorbei«, suchte Xzar nach einer Erklärung.

Borion kratzte sich nachdenklich am Kinn. »Hm, gut. Lasst uns morgen bei Tageslicht schauen, ob wir noch was entdecken. Vielleicht finden wir ja den Grund für seinen Zustand.«

Xzar nickte. »Ich werde die restliche Nachtwache übernehmen, schlaft ihr alle noch etwas.«

»Danke«, sagte Borion und sie legten sich wieder zur Ruhe.

Noch lange wälzte Kyra sich hin und her. Als der Schlaf sie endlich einholte, dämmerte es bereits.

Als Shahira sich am Morgen aufrichtete, sah sie Jinnass am Feuer sitzen. Er schnitzte an einem Holzstück. Xzar döste neben ihr auf seiner Decke.

»Guten Morgen, Jinnass. Seit wann bist du wieder hier?«, fragte sie und unterdrückte ein Gähnen.

»Kurz nachdem ihr euch wieder hingelegt habt. Ich habe Xzar die Wache abgenommen«, murmelte er.

»Danke, dass du aufgepasst hast«, sagte Shahira, als sie sich zu ihm ans Feuer setzte.

Während des Frühstücks erzählten sie Jinnass ausführlich von Kyras Entdeckung. Der Elf runzelte die Stirn. »Das kann nicht sein. Ich habe mich vorhin in der Gegend umgesehen, da war nichts, was auf einen toten Minoren oder Minotauren hindeutet.«

»Wir zeigen dir die Stelle«, sagte Shahira und stand auf.

Die anderen sahen fragend zu Borion.

»Ich komme mit, lasst mich nur mein Schwert holen.«

»Adran, was ist mit dir?«, fragte Shahira.

»Ich bleibe mit Kyra hier.«

Kyra nickte dankbar.

»Hier iss noch etwas Brot und Käse«, sagte Adran beruhigend und reichte Kyra einen Teller mit dem Essen und auch einen Krug mit Wasser. Sie nahm ihn entgegen und nickte erneut dankbar.

Die anderen drei folgten Shahira zu der Stelle, wo sie vor einigen Stunden Kyra vorgefunden hatte. Jetzt im Hellen war die Spur deutlich leichter wiederzufinden, aber als sie den Ort erreichten, erkannten sie, was der Elf meinte. Es gab keine Spur von einer Leiche. Jinnass sah Shahira die Ratlosigkeit an und kniete nieder. Er strich mit der Hand über den Boden.

»Hier sind Stiefelabdrücke, sie sind schwer zu erkennen. Entweder waren es sehr leichte Personen oder sehr geschickte. Ich sehe keine abgebrochenen Äste und auch die Pflanzen sind nicht zertreten, nur leicht zu Boden gedrückt.« Jinnass schob einige Äste sanft beiseite und zog ein gerades, dünnes Holzstück hervor. Es war eine Pfeilhälfte »Wer immer die Leiche weggeholt hat, war sehr leise. Ich habe nichts davon mitbekommen.«

Der Elf richtete sich auf und spähte aufmerksam die Umgebung aus. Shahira hatte das Gefühl, dass der Elf irgendwie beunruhigt wirkte.

Jinnass konzentrierte sich auf den Wald, spürte die Bäume und roch die Blätter. Er nahm den Boden unter sich wahr, die Unebenheiten der Erde und fühlte die Luft um ihn herum. Diese Luft war durchzogen von einem dunklen Schlieren, der an seinem Gemüt zerrte. Er spürte, wie die Kraft der Magie in ihm zunahm. Die Sinne des Elfen wurden intensiver und vor allem sensibler. Er hörte in weiter Ferne den Schrei eines Falken. Von Westen drang das Knurren einer Wildkatze zu ihm, die dabei war einen Hasen zu jagen. Im Norden plätscherte ein kleiner Bach vor sich hin. Und er hörte, wie Adran und Kyra im Lager miteinander redeten. Aber ansonsten gab es keine Auffälligkeiten. Jinnass sah konzentriert in alle Richtungen. Nichts. Er schüttelte den Kopf und sah fragend zu Shahira. Diese senkte ihren Blick nachdenklich und atmete enttäuscht aus. Xzar starrte Jinnass tief in die Augen und deutete den beiden anderen an, ins Lager zurückzukehren. Er und der Elf sahen sich weiter um, möglicherweise entdeckten sie ja doch noch andere Spuren. Shahira sah ihn kurz nachdenklich an, folgte dann aber Borion, der sich schon umgedreht hatte. Im Lager angekommen erzählten sie Adran und Kyra von der verschwundenen Leiche.

»Das ist ja fast genauso unheimlich, wie mit den Wölfen!«, erinnerte sich die Magierin schaudernd.

»Ja, genau das ist es. Ich denke, es ist besser, wenn wir bald weiterreisen«, schlug Borion vor.

Die anderen Drei stimmten zu. Adran ließ sich von Kyra das Ereignis mit den Wölfen erzählen, nachdem er interessiert nachgefragt hatte. Xzar und Jinnass kamen nach mehreren Minuten wieder zurück. Shahira bemerkt, dass der Blick des Elfen seltsam wirkte. Er schien tief in Gedanken und mied es die anderen anzusehen. Xzar verzog keine Miene, als er Shahiras besorgten Blick sah. Im Gegenteil, er lächelte ihr zu. Dann half er ihr dabei, die Ausrüstung auf das Pferd zu laden, bevor er sich um sein Gepäck kümmerte.

Der Hinterhalt

An diesem Morgen war es angenehm warm, obwohl die Sonne kaum durch die hohen Baumwipfel drang. Die Gruppe folgte dem Gebirgsgrad. Der Weg, den ihre Karte zeigte, deutete darauf hin, dass der Tempel irgendwo rechts der Berghänge lag. Das Gelände war hier noch mühelos zu Pferd passierbar. Zwar wurde der Boden deutlich steiniger, aber er blieb weitestgehend ebenerdig. Sie ritten langsam weiter, die Umgebung genau beobachtend. Gerade nach dem seltsamen Ereignis mit dem Minoren waren sie besonders wachsam. Wer wusste schon, was hier auf sie lauerte.

Da das Gebirge im Laufe des Vormittags unregelmäßig steil anlief, entstanden teilweise tiefe Schluchten, die nicht leicht zu erkennen waren. Sie boten günstige Orte, um einen Hinterhalt zu planen. Von dem gefährlichen Nebel sahen sie immer öfter dichtere Schwaden und sie nahmen besorgt wahr, dass diese allmählich dunkler wurden.

»Wieso ist der Nebel hier noch so hell?«, fragte Shahira, als sie an einem kleinen Teich vorbeiritten, um den sich eine dicke graue Dunstwolke sammelte.

»Er bekommt erst später die tiefschwarze Farbe, die ihm seinen Namen gibt. Ich denke, er verliert sich hier in den äußeren Bereichen des Waldes zunehmend«, antwortete Adran.

»Aber der beißende Geruch war ja schon viel früher zu riechen und selbst in Bergvall kann man ihn manchmal wahrnehmen.«

»Ja, das ist wahr. Aber dafür muss es schon recht stürmisch sein«, sagte Adran, der sein Pferd neben die Abenteurerin lenkte und ihr einen Apfel anbot. »Der Geruch trägt viel weiter, als der Nebel. Dadurch dass der Nebel erst später schwarz wird, ist er ja auch so heimtückisch.«

Shahira nahm den Apfel dankend entgegen. »Wie meinst du das?«

»Stell dir vor, der Wind weht in den Wald hinein und zum Gebirge hin, dann bemerkst du den Geruch fast gar nicht und auch die Schwaden sind kaum zu sehen. Und sobald der Wind nachlässt, werden die Nebelschwaden wieder zurückkehren und du stehst plötzlich mitten darin. Und wehe dir, du hattest keinen Trank.« Adran fuhr sich gespielt mit dem Finger über die Kehle.

Shahira kaute nachdenklich auf einem Apfelstück, während sie über die Worte des Kriegers nachdachte.

»Keine Sorge, wir hatten ja Schutztränke«, beruhigte Adran sie.

»Wie lange hält deren Wirkung?«, fragte jetzt Kyra, die Adrans Ausführungen gelauscht hatte.

»Mach dir keine Sorgen, meine liebe Magistra, wir können den Nebel zweimal durchqueren.«

Shahira betrachtete eine der Nebelwolken und ihr schauderte. Von Nahem sah es so aus, als krieche der Nebel über den Boden. Als tasteten sich einzelne kleine Finger aus dunklem Rauch vorwärts, um dann alles, was sie berührten, kurz zu untersuchen, bevor sie weiter schlichen.

»Warum breitet der Nebel sich nicht weiter aus? Also warum ist er nur hier im Wald?«, fragte sie dann.

»Das weiß ich auch nicht. Vielleicht gefällt es ihm hier besser?« Adran grinste und Shahira gab ihm einen spielerischen Hieb auf die Schulter.

Es war Kyra, die ihre Frage beantwortete. »Das wird an den warmen Luftströmungen aus den Feuerlanden liegen. Sie vertreiben die kühle, feuchte Luft.«

»Wartet! Ruhe!« Borion stoppte sein Pferd und hob die Hand.

Die anderen hielten inne und unterbrachen ihr Gespräch. Jinnass ritt zu ihm. Der Krieger kniff die Augen zusammen und atmete tief ein. Der Elf sah sich kurz um und sagte dann, ohne auf eine Bemerkung Borions zu warten, »Ja, es riecht, als würde irgendwo ein Feuer brennen. Vielleicht ein Lager von Tasamins Männern?«

Der Krieger sah Jinnass verwundert an. »Nein, der ... das ist unwahrscheinlich.« Borion zögerte. »Ich glaube nicht, dass er so offensichtlich lagern würde. Aber dennoch sollten wir uns vorsichtig nähern, man kann ja nie wissen. Dort hinten!« Borion deutete auf eine Stelle am Gebirgshang.

Der Elf nickte.

»Jinnass, schleicht Euch an und schaut nach, was dort vor sich geht. Danach werde ich entscheiden, wie wir weiter vorgehen.«

Jinnass hatte den schwarzen Bogen schussbereit in der Hand und nickte. Er schlich los und bewegte sich lautlos auf die Stelle zu, die Borion ihm gedeutet hatte. Es dauert nicht lange, bis sie den Elfen nicht mehr sahen.

Nach einer ganzen Weile tauchte er plötzlich neben ihnen auf und auch dieses Mal hatten sie ihn nicht gehört.

»Und, was ist dort?«, fragte Borion.

»Ich konnte zehn Minotauren und zehn Menschen sehen. Sie waren alle bewaffnet«, antwortete Jinnass. »Wenn wir hier vorbei wollen, werden sie uns bemerken.«

»Minotauren? So viel dazu, dass sie ausgerottet wurden. Ich meine, der Minore letzte Nacht war ja schon eine Überraschung, aber jetzt auch noch Stiermenschen?«, fragte Shahira beunruhigt.

»Ja, so heißt es. Aber wie sollte diese Ausrottung ausgesehen haben?«, fragte Jinnass. »Ihre Stämme wurden ja nie gejagt oder verfolgt. Nach dem Krieg ging man davon aus, dass sie alle tot seien, doch ihre Frauen und Kinder haben nie mitgekämpft. Die Armee des Reiches war zu geschwächt, als dass sie noch in die Dunkellande einmarschieren konnten.«

»Wo liegen diese Dunkellande?«, fragte Xzar nach.

»Nördlich der Feuerlande und dann irgendwo bis hier in den Nebel hinein. Genaue Grenzen sind nicht bekannt. Doch jetzt zurück zu uns«, beantwortete Borion die Frage und dachte einen Augenblick nach. »Gibt es einen anderen Weg?«

Jinnass nickte. »Es gibt einen Weg südlicher, er ist gefährlich, da er durch ein Sumpfgebiet führt, aber ich kann uns hindurch leiten.«

»Wie viel Zeit?«

Jinnass überlegte kurz. »Etwa einen halben Tag mehr.«

»Wir sollten den Umweg nehmen. Einen Kampf gegen so viele würden wir nicht bestehen«, sagte Kyra.

»Wir wissen doch gar nicht, ob es wirklich Banditen sind. Wen können sie denn hier überfallen? Ich kann mir nicht vorstellen, dass hier viele Reisende vorbeikommen«, sagte Shahira irritiert.

»Uns zum Beispiel. Und bis Bergvall ist es nicht so weit, dass Raubzüge sich nicht lohnen würden. Und die Einsiedlerin erzählte uns doch auch, dass immer mal wieder Leute vorbei kommen. Dazu kommt, dass sie zu gut bewaffnet sind, um nur Händler oder Holzfäller zu ein«, sagte Borion.

»Ich bin dafür, einfach an ihnen vorbei zu reiten. Vielleicht beachten sie uns ja auch nicht. Immerhin haben sie uns bis jetzt auch noch nicht bemerkt«, brachte Adran seine Meinung ein.

»Ihr würdet doch am liebsten in ihr Lager reiten und gegen sie kämpfen, oder?«, fragte Borion spitz und entlockte so Adrans eigentlichen Wunsch.

»Ja, mit unserer Schlagkraft und dem Überraschungsmoment auf unserer Seite, würde ich genau das am liebsten machen. Diese Stierköpfe sind nun mal eine Plage. Im Süden erzählt man sich, dass sie ausgerottet worden sind. Und ich würde wirklich nur zu gerne helfen, diesem Gerücht Wahrheit zu verleihen«, antwortete Adran kalt.

Für einen Augenblick wurde es still. Alle musterten zuerst Adran, dann Borion, bis dieser sagte, »Nein, wir werden einen Umweg hinnehmen und einem möglichen Kampf aus dem Weg gehen.«

Adran riss theatralisch die Arme in die Höhe, fügte sich aber der Entscheidung.

Sie ritten jetzt quer in den Wald hinein und es dauerte nicht lange, bis der Boden weicher wurde. Vor ihnen erkannten sie die ersten Ausläufer des Sumpfgebietes und stellenweise gab es bereits größere, nasse Flächen. Das Blattwerk der Blaueichen war zwar immer noch dicht, aber zwischen den dicken Stämmen klafften nun breite Lücken, dort wo sich das Wasser bereits einen Weg gebahnt hatte.

Jinnass ritt voraus und führte sie sicheren Weges durch das immer größer werdende Moor. Für die Pferde war der Untergrund heimtückisch. Wasserlöcher, die man zu spät erkannte, stellten gefährliche Fallen dar und brachten Tier und Reiter ernsthaft in Schwierigkeiten. Der Weg durch dieses Gebiet kostete sie viel Zeit, da der Elf immer wieder abstieg, um dann mit einem langen Stock die Tiefe des Wassers zu überprüfen. Am Ende verloren sie durch den Umweg fast sieben Stunden. Das war deutlich weniger Zeit, als sie zuvor befürchtet hatten, aber dennoch neigte sich der Tag langsam dem Ende zu. Als die Sonne unterging, hatten sie wieder den Rand des Gebirges erreicht.

Über dem Boden hatte sich inzwischen eine sichtbare Nebeldecke gelegt. Sie bedeckte ihre Füße bis zu den Knöcheln und es war eine deutliche dunkle Färbung zu erkennen. Sie schauten sich um und fanden eine größere Einbuchtung im Berg, unter der sie ihr Nachtlager aufschlugen. Die Felswand war steil und bildete einen Überhang, was sie vor Steinschlägen absicherte. Auch für einen Hinterhalt eignete sich diese Stelle nicht, da zu viele spitze Felsen einen schnellen Angriff verhinderten. Wenn jemand es dennoch wagte, würden sie zumindest dafür sorgen, dass die vermeintlichen Feinde sich bereits vor dem Kampf, die eine oder andere Blessur zu zogen. Das Wichtigste daran war allerdings, dass die Gruppe somit rechtzeitig gewarnt wäre.

Sie entschieden sich dazu, in dieser Nacht nur ein kleines Feuer abzubrennen, sodass zumindest Wildtiere sich fernhielten. Borion teilte die Wachen ein und sie legten sich schlafen.

Am nächsten Morgen war das Wetter diesig. Eine drückende Feuchtigkeit hing in der Luft und selbst die warme Sonne, die über den Grat des Gebirges strahlte, schaffte es nicht, den schwermütigen Nebel zu verscheuchen. Jinnass war seit dem Aufstehen beunruhigt. Immer wieder lauschte er nach Geräuschen und suchte mit seinen scharfen Augen den Wald ab. Er bestand darauf, dass sie rasch aufbrachen.

Es war ruhig im Wald und kaum ein Vogel war zu hören, einzig der Schrei einer Krähe zerriss ab und an die Stille. Jinnass sah sich ruhelos um. Er war immer noch beunruhigt, die Natur war nicht so still, gewöhnlich drang wenigsten ein Echo aus den Bergen zurück. Ob es Vogelrufe, das Poltern von Steinen oder nur der Wind war, der durch die scharfen Schluchten eilte, heute war es still, unnatürlich still. Die Unruhe des Elfen griff auf die anderen über. Selbst Borion, der sonst von einer inneren Ruhe erfüllt schien, schaute sich angespannt um.

Plötzlich rutschen einige Steine von einem Felsvorsprung herunter und brachen die unheimliche Stille. Xzar riss erschrocken an seinen Zügeln, sodass sein Pferd einen kleinen Sprung zur Seite ausführte und den Steinen auswich. Fast hätte er das Gleichgewicht verloren, da er noch kein geübter Reiter war. Er hatte mit dem Beginn ihrer Reise zum ersten Mal auf einem Pferd gesessen und er war froh darüber gewesen, dass man ihm ein gelassenes Tier zugewiesen hatte. Das Pferd hatte viel Geduld mit ihm gehabt, denn gerade zu Beginn waren seine Kommandos ungestüm und mit Sicherheit auch nicht immer richtig gewesen. Er erinnerte sich daran, dass es Shahira gewesen war, die ihm hilfreichen Rat gegeben hatte, wie er sich besser im Sattel halten konnte.

Seine Erinnerungen verflogen, als er weitere Steine poltern hörte. Er suchte nach der Herkunft des herunterrutschenden Gerölls und sah eine Gestalt hinter einem Felsvorsprung verschwinden.

»Wir werden beobachtet«, sagte er gerade so laut, dass Borion ihn hören konnte.

»Ja, das ist ... Vorsicht!«

Es war zu spät, denn mit lautem Gebrüll stürmten plötzlich Gestalten aus den Büschen um sie herum hervor. Als sie sich umsahen, stellten sie fest, dass fünf Minotauren vor ihnen und drei weitere Stiermenschen und fünf Menschen in ihrem Rücken aufmarschiert waren. Die Angreifer hatten sie eingekreist.

»Wir hätten sie alle töten sollen, als wir die Gelegenheit dazu hatten und noch im Vorteil waren«, schrie Adran ärgerlich, während er sein Pferd bändigte und dabei sein Schwert aus der Halterung am Sattel riss.

Die Angreifer fächerten sich auf, um einen Durchbruch der Reiter zu erschweren. Denn jetzt gab es kaum mehr eine Lücke, die eine schnelle Flucht ermöglichte. Ihre Gegner trugen leichte Rüstungen, was sie im Kampf beweglicher machte. Zwar boten diese nicht viel Schutz, aber alleine die Minotauren mit ihren furchteinflößenden Waffen und ihrer enorme Körperkraft waren durchaus ernst zu nehmen. Einer der Stiermenschen trat einen Schritt auf die Gruppe zu und grunzte, »Bordar! Neffrt forna piersa filgrom!«

»Diese Hornköpfe wollen, dass wir ihnen unsere Waffen geben. Andernfalls spalten sie uns die Köpfe«, übersetzte Jinnass angewidert von der gutturalen Sprache.

»Die müssen sie sich schon holen!«, lachte Adran grimmig.

»Bordar! Neffrt forna piersa filgrom!!«, wiederholte der Minotaure.

»Er sagt, dass wir eure Waffen haben wollen und was ihr sonst noch dabeihabt!«, übersetzte jetzt einer der menschlichen Räuber, der Jinnass anscheinend nicht gehört hatte.

»So? Und wie viele von denen, die ihr überfallen habt, haben euch ihre Sachen freiwillig übergeben?«, fragte Adran spöttisch, seine Klinge dabei auf den Feind gerichtet.

Shahira verdrehte die Augen, als Adran anfing, die Gegner zu provozieren. Zuerst dachte sie, es wäre die unverkennbare und ungestüme Art des Mannes, doch schon im nächsten Augenblick erkannte sie den Plan des Kriegers. Er hatte sein Pferd ein wenig zur Seite gelenkt und stand jetzt in einer Linie zu zweien der Gegner. Sein Hengst war ein ausgebildetes Schlachtross und wenn er von dort aus schnell nach vorne preschte, traf Adran mit einem gezielten Angriff gleich drei der Feinde. Shahira wusste, dass sie aus dieser Situation nicht ohne Kampf heraus kamen. Ihre Widersacher waren in der Überzahl und es gab keinen Grund für sie, sich auf einen Handel einzulassen.

»Da habt ihr recht. Außerdem dürstet es meine Freunde hier, nach einem guten Kampf«, sagte der Mann nickend und gab den Befehl zum Angriff.

Die Minotauren brüllten und hoben ihre Waffen zum Kampf. Borion sprang als Erster von seinem Pferd und war in Kampfhaltung gegangen. Die anderen, bis auf Adran, folgten seinem Beispiel. Shahira sah aus den Augenwinkeln, dass sie Adrans Plan richtig eingeschätzt hatte. Sein Pferd preschte auf ein Kommando des Kriegers vorwärts. Das Pferd zögerte nicht, es folgte dem Befehl seines Reiters und Shahira verstand, was man über diese Pferde sagte: Treu bis in den Tod. Und der Angriff hatte Erfolg, denn die eisenbeschlagenen Hufe trafen einen der menschlichen Kämpfer hart vor die Brust. Der Mann brach augenblicklich zusammen. Einen weiteren Kämpfer stieß der schwere Pferdekörper hart zur Seite, während ein aggressiv geführter Abwärtshieb Adrans dem dritten Mann den Schädel spaltete. Der Krieger war waghalsig vorgegangen, aber der Angriff konnte sich sehen lassen. Shahira war beeindruckt.

Die Minotauren griffen jetzt auch Adran an, nachdem sie ihre erste Überraschung überwunden hatten. Dadurch verlor Shahira Adrans Kampf vorerst aus den Augen. Gefolgt von den Menschen attackierten sie die Gruppe. Kriegsschreie und das Klirren der Waffen hallten durch das Gebirge und den Wald. Die Stille war endgültig verflogen.

Borion und Jinnass stellten sich jeweils zwei Gegnern.

Xzar war nahe an der Felswand geblieben und verschwand vorerst zwischen den Pferden.

Kyra hatte sich einen der Gegner gesucht und fixierte ihn mit eisernem Blick.

Shahira sah sich um. Sie versuchte einen Überblick auf dem Kampfplatz zu bekommen, doch noch fehlte ihr dafür das geübte Auge der Krieger, die für so was ausgebildet wurden. Sie entschied sich dazu, Adran zu helfen, denn er würde gegen die Überzahl an Gegnern ernsthafte Schwierigkeiten bekommen. Hier zeigte sich jetzt der Nachteil seines Manövers. Die Feinde, die nun auf ihn eindrangen, drohten ihn vom Rest der Gruppe abzuschneiden.

Borion und Jinnass ließen ihren insgesamt vier Kontrahenten nur wenig Hoffnung auf einen Sieg. Borions Zweihänder erwies sich als äußerst tödlich aufgrund seiner größeren Reichweite. In jeden Schlag legte er zusätzliche Kraft, sodass ein Treffer mit dem langen Schwert tiefe Wunden riss.

Jinnass führte hingegen eine Reihe von schnellen Stichen und Hieben aus. Er kämpfte nur mit seinem Langdolch und war somit nahe bei den Gegnern. Das stellte die Widersacher vor ein nicht zu unterschätzendes Problem. Ihre Schwerter waren für den Kampf auf Faustreichweite zu lang, sodass ihre Hiebe keinen Schwung bekamen. Jinnass nutzte das gnadenlos aus. Sein Dolch traf; stach, schnitt und riss. Dazu kam, dass er eine enorme Geschwindigkeit im Kampf hatte.

Kyra wich unterdessen einem Angriff aus und nutzte dabei die Gelegenheit, ihr Gegenüber mit dem Stab zu berühren. Aus der gleißend aufleuchtenden Stabkugel entwich augenblicklich ein weisser Rauchfaden, der sich um den Körper des Minotauren wandt. Sein dünnes Fell, welches die Haut bedeckte, wurde aschfahl, dann grau und sein Blick starr. Der Stiermensch war versteinert. Kyra schmunzelte. Sie hatte diesen Zauber einst als Fokus auf ihre Waffe gelegt, umso erfreuter war sie, dass er erfolgreich seine Wirkung entfaltete. Ein weiterer Angreifer, den die Magierin nicht kommen sah, traf sie plötzlich am Arm. Sie wandte sich erschrocken um und als sie das grimmig böse Lachen des Angreifers sah, lief es ihr kalt den Rücken runter. Der nächste Hieb würde sie schwer treffen und sie hatte kaum noch Zeit, um diesen abzuwenden. Panisch riss sie ihren Stab in die Höhe, obwohl sie ahnte, dass der Angriff des Gegners sie zuerst treffen würde. Doch noch bevor das Schwert sie erreichte, gurgelte der Mann entsetzt und sein Blick wurde starr. Eine Klinge schob sich von hinten durch den Hals des Mannes und brach vorne wieder heraus, was Kyra mit warmen Blut besprühte. Sein Schwert fiel ihm aus der Hand und streifte Kyras Robe nur noch oberflächlich. Als er zu Boden sank, erhob sich hinter ihm ein dunkler Umriss und Kyra erkannte das blutbespritzte Gesicht Jinnass`, der ihr grimmig zunickte.

Adran war inzwischen vom Rücken seines Pferdes abgestiegen und blutete schon aus mehreren Wunden. Sein Schwert zischte durch die Luft und schnitt Fleisch, Muskeln und Sehnen. Dann tauchte Xzar bei ihm auf und unterstützte ihn bei den restlichen Gegnern.

Shahira wehrte unterdessen einen Schlag ihres Gegners mit ihrem Schild ab. Schon im nächsten Augenblick führte sie einen geschickten Gegenangriff, der den Mann vor ihr hart im Bauch traf. Die Rüstung riss auf und die Klinge schnitt sich tief durch die Gedärme des Angreifers. Stöhnend sackte er zusammen. Dann bemerkte sie, dass Xzar nun bei Adran war, der noch immer von drei Feinden bedrängt wurde. Gerade als sie zu ihnen eilen wollte, stellte sich ihr einer der Stiermenschen in den Weg. Sie wich ein Stück zurück. Die massige Gestalt vor ihr war ein regelrechtes Ungetüm. Er maß über zwei Schritt und seine Schultern waren so breit wie ihr Schild. Er starrte sie hasserfüllt aus zwei großen, orangeroten Augen an. Sein Maul, so musste man es wohl nennen, war durchzogen von gesplitterten und scharfen Zähnen. Über seinen Ohren entwuchsen zwei große Hörner, so lang wie Dolche. An einigen Stellen waren die Hörner von dicken Eisennägeln durchschlagen. Drohend hob der Minotaure seine Zweihandaxt, ein Monstrum von einer Waffe. Dann stieß er heiße Luft aus seinen Nüstern aus und Shahira stockte der Atem, als sie die Luft kurz flimmern sah. Kochten diese Wesen innerlich?

Dann schlug er auch schon zu. Das Axtblatt schmetterte heftig auf ihren Schild. Die Wucht, die sie zurücktrieb, presste ihr die Luft aus der Lunge. Unter dem zweiten Hieb duckte sie sich weg und schlug nun ihrerseits zu. Ihr Gegner machte keine Anstalten auszuweichen, also traf sie sein Bein. Sie riss Fell und Haut auf und hinterließ einen roten Streifen Blut. Der Minotaure grunzte und rammte nun den Griff der Axt in Shahiras Richtung. Sie riss den Schild hoch, um den Stoß abzuwehren. Ein Gefühl ihn ihr mahnte sie, dass dieser Angriff nur Ablenkung war. Entschlossen sprang sie nach hinten. Und sie behielt recht, denn der Minotaure schwang nun die Axt einhändig in ihre Richtung und verfehlte sie. Dann folgte ihr nächster Angriff. Der Minotaure hatte seine Axt noch nicht wieder beidhändig gepackt und Shahira war sich sicher ihn zu treffen, da ruckte sein Kopf nach unten und das Schwert traf auf eines der Hörner, ohne etwas auszurichten. Der Stiermensch nutzte seine Kopfhaltung und preschte nach vorne. Shahira fluchte, als sie ihren Schild noch im letzten Augenblick vor sich brachte. Die spitzen Hörner schlugen hart gegen das Holz, brachen durch und spießten es regelrecht auf. Shahira hielt den Griff fest. Durch die Kraft des Minotauren und das brutale Hochreißen seiner Hörner hob sie kurz vom Boden ab. Sie verlor jeglichen Halt und als dann die schwere Axt heran flog, wurde Shahira hart in die Seite getroffen. Sie spürte wie die schartige Axt ihre Haut aufriss und im nächsten Augenblick stürzte sie zu Boden, als sie ihren Schild losließ. Der Minotaure schüttelte das Holzschild von seinem Kopf und wollte sich gerade wieder auf die junge Frau stürzen, da hörte sie einen Kriegsschrei hinter ihrem Angreifer.

Der Minotaure fuhr herum. Schon im nächsten Augenblick knallte seine Axt auf den schweren Zweihänder Borions. Es entbrannte ein Kampf, der seinesgleichen auf diesem Schlachtfeld suchte. Borion führte seine Waffe mit Eleganz und tödlicher Schnelligkeit, die Shahira noch nie zuvor wahrgenommen hatte. Der Minotaure tat es ihm in nichts nach. Es folgten heftige Schläge und wilde Paraden. Mehr als einmal traf Borion seinen Gegner und dennoch wankte dieser nicht. Im Gegenzug klirrte und schepperte es laut, wann immer das schwere Axtblatt Borion auf die Rüstung traf. Inzwischen hatte der Krieger schon mehrere Ringe des Panzers verloren und er blutete heftig aus etlichen Wunden. Shahira konnte ihm nicht helfen. Sie hatte alle Mühe zu atmen, denn der Hieb, der sie getroffen hatte, schmerzte enorm.

Gerade warf ein Axthieb Borion nach hinten, als der Minotaure den Kopf senkte. Shahira ahnte, was nun folgte. Der Stiermensch rannte auf Borion zu, der grimmig auf das Ungetüm blickte. Doch dann, anders als es Shahira erwartet hatte, ging Borion in die Knie. Er rammte den Zweihänder mit dem Griff in den Boden und stemmte sich mit einem lauten

Schrei dagegen. Der Minotaure konnte seinen Lauf nicht mehr unterbrechen. Der Stahl des Zweihänders schnitt sich brutal durch den Oberkörper des Stiermenschen und spießte diesen auf. Er brüllte Borion im Sterben an, bis ein letzter kochender Atemstoß seine Nüstern verließ und er in sich zusammensackte.

Shahira erhob sich schwer atmend und blickte über den Kampfplatz. Die Schlacht war geschlagen. Sie und die Gefährten waren siegreich. Dieses Mal hatte sie deutlich mehr Wunden davongetragen und ihren Begleitern war es nicht besser ergangen. Jinnass schritt durch die Reihen der Gefallenen, es hatte niemand überlebt. Kyra war kaum verletzt. Die Magierin hatte sich erneut mit einer magischen Rüstung geschützt, sodass nur ihre Robe an einigen Stellen aufgerissen war.

»Wie geht es Euch?«, fragte Borion, der zu Shahira gegangen war.

»Danke, es geht. Der Schmerz ist stark, doch die Wunde selbst nicht so tief. Der Rest sind nur Kleinigkeiten. Danke Borion, für Eure Hilfe«, sagte sie lächelnd.

Der Krieger machte eine wegwischende Handbewegung. »Dafür doch nicht. Es war selbstverständlich. Nur ... beim nächsten Mal solltet Ihr Euch nicht den Anführer aussuchen.« Er schmunzelte und drehte sich dann um.

Shahira stutzte. »Der Anführer?«

»Ja. Er war es.« Borion deutete auf den toten Minotauren, »Aber vergesst meine Worte. Er hat sich ja Euch in den Weg gestellt«, sagte Borion zu ihr und dann zu allen anderen, »Wie geht es euch? Keiner ernsthaft verwundet?«

»Ich bin unverletzt«, sagte Kyra. »Adran und Jinnass haben mehrere tiefe Schnitte, aber nichts lebensbedrohliches. Adran hat deutlich mehr abbekommen. Xzar hat auch Glück gehabt und kaum Verletzungen. Und Ihr Borion?«

»Es könnte schlimmer sein. Aber auch besser. Ich werde mir einen der Heiltränke nehmen, die Wunden müssen nur vorher gereinigt werden. Adran ihr bekommt auch einen. Wir reisen erst mal ein wenig fort von hier. Dann versorgen wir unsere Wunden sorgfältiger. Ich will nicht in einen weiteren Angriff geraten. Haltet ihr solange aus?«

Die anderen stimmten erschöpft zu.

Sie suchten sich einen Rastplatz, der etwa eine Meile vom Kampfplatz entfernt war. Jinnass prüfte, ob es hier Spuren von weiteren Feinden gab. Er fand jedoch keine. Borion reichte Adran einen Heiltrank und nahm sich selbst auch einen. Als diese ihre Wirkung getan hatten und Borions Wunden sich weitestgehend geschlossen hatten, sah er sich ihre Rüstungen an. Jede der Panzerungen war durch Hieb und Stich zerfetzt, von Xzars Drachenschuppenrüstung einmal abgesehen. Wie Kyra es ihm berichtet hatte, begannen sich die Schuppen bereits wieder zu schließen, wo die Waffen der Gegner sie durchdrungen hatten. Xzar hatte aber auch kaum Treffer abbekommen, bemerkte Shahira. Den anderen war es nicht so glimpflich ergangen und so war es nicht zu vermeiden, dass sie grobe Reparaturen vornehmen mussten. So wie die Ausrüstung aussah, würden sie es nicht schaffen, alles einwandfrei wiederherzustellen. Auch wenn sie hier nicht gestört wurden, hatte Borion noch immer Sorge, dass weitere Banditen auftauchten. Als alle wieder einigermaßen auf den Beinen waren, zogen sie noch eine Stunde weiter, um dann in sicherer Entfernung ein Lager aufzuschlagen.

Borion legte die Rüstungen und Shahiras Schild auf einen Stapel und begann die Metallteile auszubeulen. Jedenfalls so gut, wie es ihm hier möglich war. Einen Teil der Kettenhemden konnte er reparieren, da Adran Ersatzringe mitgebracht hatte. Jinnass gesellte sich bald zu ihm und flickte die Lederrüstungen, indem er mit Nadel und Faden die Schnitte zunähte. An Shahiras Rüstung tauschte er die Bänderung aus. Kyra half den beiden, wenn sie eine Hand zu wenig hatten. Xzars Drachenrüstung war mittlerweile wieder unbeschädigt, die heilende Wirkung der Schuppen war wirklich erstaunlich. Es war nicht ein Kratzer zurückgeblieben.

Xzar und Shahira setzten sich etwas von den anderen ab, um ein wenig Zweisamkeit zu genießen. Sicherheitshalber hielten sie sich in der Nähe des Lagers auf.

»Der Kampf war knapp und ohne Adrans mutiges Manöver es mit dreien aufzunehmen, wäre es sicher anders ausgegangen«, sagte Shahira.

»Ja, wobei er fast teuer dafür bezahlt hätte. Diese Wunde an seiner Brust war tiefer, als es erst den Anschein machte. Der Heiltrank war eine gute Entscheidung von Borion. Er hat die Wunde fast gänzlich geschlossen. Wer weiß, was ohne passiert wäre.«

»Du vergisst Kyras Zauber. Ihre Magie ist sehr stark.«

»Stimmt. Sie hätte ihm sicher geholfen. Sie hat deine Wunde auch geheilt?«

Shahira nickte nachdenklich und sah ihn dann bewundernd an. »Du hast keinen Kratzer abbekommen, nicht mal deine Rüstung wurde ernsthaft beschädigt. Wie hast du das angestellt?«

Xzar zögerte einen Augenblick, dann sah er zu ihr und lächelte. »Doch, sie haben mich auch erwischt, aber ich hatte auch einiges an Glück. Die Rüstung ... es ist, wie Kyra mir erzählt hat. Sie heilt sich selbst. Ja, ich weiß, das klingt seltsam, aber ich habe es selbst gesehen. Was den Kampf angeht: Es gibt da etwas, was ich dir erzählen muss ...«

Als die beiden zurück ins Lager kamen, wirkte Shahira sehr nachdenklich und sie warf Xzar verstohlene Blicke zu. Jinnass bemerkt es, sagte aber nichts.

Die Suche nach dem Tempel

In der folgenden Nacht wurde es eiskalt. Etwas schien in der Gegend einen düsteren Einfluss auf die Natur zu nehmen. Kamen sie dem Tempel näher und war er schuld an diesem Wetterumschwung? Shahira betrachtete besorgt die Felsen. Sie bildeten teilweise groteske Formen, die gewaltigen Zähnen glichen. Andere waren scharf wie Klingen und reckten sich drohend ihrem Lager entgegen. Die Rinde der Bäume in diesem Gebiet fühlte sich rissig an und der Blauton der Blätter war hier um einiges dunkler als zu Beginn des Waldes.

Als sie am nächsten Morgen weiterreisten, verschwand die Kälte bis zum Mittag immer mehr, bis sich ein mildes Klima eingestellt hatte. Nur der unheimliche Nebel und die Stille der Nacht blieben zurück. Der fast schwarze Schleier überzog hier das gesamte Land. Zwischendurch zogen sich seichte Schwaden an den Bäumen hoch, um dann unverrichteter Dinge zurückzusinken. Bewegte man sich durch den Dunst wich er eilig zurück, um danach schleunigst zurückzufließen und die entstandenen Lücken wieder zu füllen. Der Himmel war kaum mehr zu sehen und selbst die Bergspitzen verschwanden irgendwo in der finsteren Wolkendecke. Jetzt hatten sie ihn endgültig erreicht: den schwarzen Nebel. Das ganze Gebiet war von einem aschgrauen Leuchten erfüllt, dessen Ursprung nicht auszumachen war. Sämtliche Farben des Waldes wurden von dem diffusen Schein abgeschwächt und es kam ihnen so vor, als sei hier alles grau.

Borion prüfte immer wieder ihre Karte, um einzuschätzen, wo in etwa sie sich aufhielten. Auf den drei Kartenteilen war eine gespaltene Eiche markiert. Vor Kurzem hatten sie solch einen Baum passiert. Er war senkrecht in der Mitte auseinandergebrochen. Im ersten Augenblick kam es ihnen so vor, als sei der Baum von einem Blitz gespalten worden. Dies zumindest war nichts Ungewöhnliches, seltsamerweise war er aber oberhalb des Spaltes wieder zusammengewachsen und das konnte nur bedeuten, dass das Loch in den Baum hineingesprengt worden war. Wodurch, ließ sich jedoch nicht erkennen. Xzar vermutete, dass hier einst ein Blitz eingeschlagen war. Kyra bezweifelte dies, denn ihrer Meinung nach, hätte der Baum dann abbrennen müssen. Da sie sich aber alle einig waren, dass dies ihre Markierung auf der Karte war, ritten sie weiter nach Nordwesten, wo sie nun einem stark bewaldeten Gebirgspass folgten.

Je tiefer ihr Weg sie in den Wald führte, desto unheimlicher wurde der Bodennebel. Teilweise sah es so aus, als versuchten einzelne Hände aus Nebel, nach den Füßen der Pferde zu greifen. Dann wieder schlängelte sich ein Dunstfaden einen Baum hoch, um von oben auf sie herabzusinken. Kaum berührte jemand den Schleier, verlor er seine Form, um wie ein träger Vorhang zu Boden zu sinken. An anderer Stelle ragten armdicke Säulen in den Himmel auf, wo sie sich mit der Wolkendecke vereinigten. Einige blieben konstant stehen, andere zerfielen wie poröser Stein, nur um sich ein paar Augenblicke später erneut zu erheben.

Shahira war froh, dass sie diesen Trank gegen den Nebel bekommen hatten. Hier war es unmöglich, den dunklen Wolken zu entgehen. Aber sie beschäftigte eine Frage. Ihre Pferde schienen völlig unbeeinträchtigt von den Auswirkungen des Nebels zu sein. Was war ihre Besonderheit? Auch Kyra und Xzar wussten darauf keine Antwort. Shahira dachte noch eine ganze Weile darüber nach, konnte es sich aber nicht erklären.

Das Terrain wurde deutlich steiniger und Borion gab den Befehl, von nun an die Tiere an den Zügeln zuführen. Die Gefahr einer Verletzung war zu groß und der dichte Nebel machte es ihnen auch nicht leichter. Als sie eine kleine Plattform erreichten, errichteten sie ein Lager. Von hier aus planten sie die Suche nach dem Tempel anzugehen. Das Plateau bot eine weite Sicht über das tiefer liegende Land und sie sahen es früh genug, falls sich ihnen jemand näherte. Adran lud die Kisten von dem Packpferd ab. Er holte drei Zelte aus ihnen hervor, die sie zusammen aufbauten. Hier im Gebirge wehte

ein rauer Wind und da war es deutlich angenehmer eine Zeltplane, um sich herum zu haben. In der Mitte des Lagers entzündeten sie ein Feuer. Ihr Vorrat an Brennholz neigte sich
langsam dem Ende zu, aber ein oder zwei Nächte würde er
noch ausreichen. In einem der Zelte verstauten sie ihren Proviant und die Wasservorräte. In dem zweiten bereiteten Borion,
Kyra und Jinnass ihr Nachtlager vor. Die anderen Drei teilten
sich das letzte Zelt.

»Jinnass und Xzar! Ihr kommt mit mir. Wir werden uns
mal nach einem Tempeleingang oder einer Höhle umsehen.
Die anderen warten und kümmern sich um das Abendessen«,
teilte Borion die Aufgaben ein.

Nachdem Borion und seine Begleiter außer Hörweite
waren, beschwerte sich Adran. »Langsam geht mir dieser Kerl
mit seinen Befehlen auf die Nerven. Macht dies, macht das!«

»Er ist nun mal der Führer dieser Expedition und weiß am
besten, was zu tun ist«, nahm Kyra ihn in Schutz.

»Ich finde, Adran hat recht. Borion verhält sich irgendwie
seltsam in letzter Zeit. Vor allem seit wir das Drachenschwert
haben«, sagte Shahira.

»Drachen.... Das Drachenschwert?« Adran riss die Augen
und den Mund weit auf. Wortlos formte er erneut das Wort
Drachenschwert. Shahira nickte.

»Glänzende Klinge? Griff endet in einem Drachenkopf?
Parierstange wie ausgebreitete Flügel? Meint ihr das Drachenschwert?«, fragte er nach einem Augenblick ungläubig.

»Ja«, antwortete Shahira zögerlich.

Der Krieger stand auf. »Dieses Schwert ist vor mehr als
vierhundert Jahren verloren gegangen. Und dazu ist es von
großer Macht. Und ihr wollt mir sagen, dass Borion im Besitz
dieser Waffe ist?«, hakte er entsetzt nach.

»Ob es nun *dieses* Schwert ist, weiß ich nicht. Jedenfalls
nannte Borion es so. Und die Beschreibung passt auch.«

Adran starrte sie mit weit aufgerissenen Augen fassungslos an, bis sein Blick sich in Gedanken verlor. Shahira sah erst

ihn und dann Kyra fragend an. Die Magierin zuckte nur mit den Schultern. Adran drehte sich von ihnen weg und trat an den Rand des Plateaus, von wo aus er in die Ferne starrte.

Borion und die anderen kletterten unterdessen den Felsen hinauf. Sie stiegen über größere Steine hinweg und das Gelände wurde immer unwegsamer. Mit den Pferden wären sie hier nicht weitergekommen. Nach einigen Stunden entdeckten sie eine Höhle im Berg. Bevor sie diese betraten, entzündeten sie eine Fackel.

»Dann lasst uns mal sehen, was wir hier finden. Vielleicht haben wir ja Glück und es handelt sich um den Tempel«, sagte Xzar ironisch.

Sie passierten vorsichtig den Eingang, doch nach etwa dreißig Schritt wurde der Gang enger und enger, sodass letztendlich nur noch ein Tier von der Größe eines Hundes hindurch passte.

»Das war wohl nichts. Ich glaube wir müssen woanders weitersuchen«, sagte Borion mit enttäuschter Miene.

Somit stiegen sie weiter den Berg hoch. Der Nebel kam ihnen hier wie eine zähe Flüssigkeit entgegen und sobald sie einen Augenblick stehen blieben, kletterte dieser an ihnen hinauf. Dort wandte er sich wie eine Ranke um ihre Beine. Zu ihrer Erleichterung hüllte der Nebel sie stets nur bis zur Hüfte ein. Dennoch drückte es ihre Stimmung. Nachdem sie eine Stunde bergauf geklettert waren, erstreckte sich vor ihnen eine hohe Felswand und sie kamen nicht weiter.

»Nun, das war wohl auch nichts«, seufzte Xzar.

»Nein. Irgendwie will uns dieses Gebirge ärgern. Aber ich hatte nichts anderes erwartet, als dass wir lange suchen würden. Lasst uns umkehren«, entschloss Borion.

Als sie wieder im Lager ankamen, hatten Shahira und Kyra einen Topf über dem Feuer hängen, aus dem es heiß dampfte.

»Ah! Da seid ihr ja wieder und habt ihr etwas gefunden?«, fragte Kyra voller Hoffnung.

»Nichts, außer einem Tierbau, Felsen und noch mehr Felsen«, antwortete Borion missgelaunt.

»Ich glaube nicht, dass der Eingang zum Tempel so einfach zu finden ist«, sagte Adran in besserwisserischem Tonfall.

»So? Was denkt ihr denn, wie der Eingang aussieht?«, fragte Borion.

»Nun, ich glaube, dass er eine Geheimtür hat und sich irgendwo unter der Nebelschicht befindet«, erklärte Adran.

»Nur schade, dass der Nebel überall ist«, sagte Borion zynisch.

»Ja, das ist wirklich schade. Dann müssen wir halt besser auf den Boden achten, oder ... vielleicht kannst du, statt zu reden, die heiße Luft ... ach, egal«, erwiderte Adran provozierend.

»Was soll das heißen, du ungehobelter Drecks ....«, fing Borion an zu fluchen, die Hand schon auf dem Schwertknauf.

»Beruhigt euch. Es ist der falsche Zeitpunkt, um zu streiten. Wir sind alle gereizt. Diese Landschaft, der Nebel, es schlägt jedem von uns aufs Gemüt. Jetzt esst erst mal was!«, beruhigte Shahira den aufgebrachten Krieger. Borions Blick sprach Bände, doch er beherrschte sich.

Sie aßen von dem Eintopf, der aus Gemüse und Brühe bestand. Jinnass erklärte sich bereit, die Nachtwache zu halten. Xzar wollte sich zu ihm gesellen, doch der Elf hatte freundlich abgelehnt, mit den Worten, »Du wirst noch genug Zeit haben, um wach zu bleiben. Schlafe, es ist besser für dich.«

Bevor Xzar sich hinlegte, sah er, wie Adran mit Jinnass flüsterte und der Krieger immer wieder verstohlene Blicke zu Borion warf. Was hatte das nur zu bedeuten? So sehr er sich auch anstrengte, er konnte sie nicht verstehen. Nach einiger Zeit trennten sich die beiden. Adran schüttelte wütend den Kopf und Jinnass, der den Krieger aufhalten wollte, bemerkte plötzlich Xzars Blick. Der Elf verzog sein Gesicht zu einer undeutbaren Grimasse und wandte sich dann ab, um seinen Wachposten einzunehmen. Xzar biss sich auf die Unterlippe. Was ging hier nur vor sich?

Als Ruhe im Lager eingekehrt war, zog Jinnass ein kleines Holzstück heraus, an dem er seit einigen Nächten schnitzte. Als er so da saß, bemerkte er plötzlich ein helles weißes Licht zwischen den Bäumen und ein trauriges Wispern drang an sein Ohr. Als er genauer hinsah, erkannte er eine junge Frau in einem langen weißen Kleid und sie schien von innen heraus zu leuchten. Mit unsicheren Schritten und immer wieder die Richtung wechselnd, bewegte sie sich durch den Wald. Sie wanderte hin und her, als suche sie etwas. Dabei klagte sie bitterlich vor sich hin. Der Elf überlegte kurz und nahm dann seinen Bogen, während er aufstand. Vorsichtig folgte er der Frau. Als er näher kam, erkannte er, dass ihr Körper durchscheinend war und das Leuchten aus ihrer Mitte heraus schien. Sie lief auch nicht, sondern schwebte über dem Nebel. Als sie den Elfen bemerkte, kam sie ein kurzes Stück auf ihn zu. Jinnass blieb ruckartig stehen, als er unter seinen Füßen spürte, wie der Boden weicher wurde.

»Halt ein, Liebster! Halt ein! Komme nicht zu mir, nimm mich nie wieder in deine starken Arme! Keine Küsse deiner zarten Lippen mehr für mich! Lass mich zurück! Folge mir nicht, es wäre dein Tod!«, warnte ihn der Geist mit wehleidiger Stimme.

Jinnass überkam ein unheimliches Gefühl bei diesem Anblick. Noch nie zuvor hatte er so etwas gesehen. Er spürte, wie sein Körper unerwartet zitterte. Zwar hatte er schon von Irrlichtern gehört, aber nicht gewusst, dass sie solche Gefühlsregungen auslösten.

»Wer ... bist du?«, fragte Jinnass beklommen.

»Du musst aufpassen, der Nebel verdeckt den Sumpf. Nicht du auch noch! Nicht auch du, mein Liebster! Ich sehne mich nach dir. Ich vermisse dich, doch dieses Opfer darfst du nicht bringen«, antwortete das Irrlicht.

Jinnass verspürte einen inneren Drang ihr zu folgen und dann überkam ihn die Sehnsucht. Er musste zu ihr, bei ihr bleiben, sie retten, war sie doch *seine Liebste*. Er stutzte kurz, verwarf den Gedanken aber sogleich wieder. Dann bewegte er sich einen Schritt vorwärts. Das nasse Gras unter dem Nebel schmatzte, als sein Fuß ein Stück einsackte.

»Warte, meine Liebe!«, stammelte der Elf und machte einen weiteren Schritt, dass er dabei bis über den Knöchel im sumpfigen Boden einsackte, spürte er nicht.

Die Frau lächelte ihm zu, drehte sich weg und verschwand hinter den Bäumen. Panik stieg in ihm auf, er durfte sie nicht verlieren. Wer war er denn ohne sie?

Er wollte losrennen, als ihn ein harter Ruck zurückkriss. Jinnass stürzte rückwärts zu Boden und mit einem lauten Platschen saß er im nassen Gras. Wie aus einem Traum gerissen, spürte er einen dumpfen Druck von seinen Schläfen weichen. Erst jetzt bemerkte er ein wogendes, violettes Licht hinter sich und als er den Kopf drehte, sah er Xzar, der ihn angrinste. Jinnass stand langsam auf und wandte sich zu dem Gefährten um. Xzar hatte seinen Stab in der Hand und das diffuse Leuchten strahlte aus dem Edelstein zwischen den Schlangenschnitzereien des Stabs. Jinnass sah sich um und suchte nach der Frau, die er eben noch gesehen hatte und dann dämmerte ihm, was geschehen war. Er war dem Bann des Geistes erlegen gewesen.

»Danke«, sagte Jinnass knapp.

»Sehr gerne, doch wofür? Du schienst in einer ganz anderen Welt gewesen zu sein. Ich habe dich angesprochen und dich gerufen. Doch du hast nur in die Dunkelheit gestarrt und ...« Xzar zögerte grinsend.

»Und was?«

»Und nanntest mich *deine Liebste*.« Jetzt grinste er noch breiter. Zu seiner Überraschung legte sich ein feiner roter Schimmer auf Jinnass` Wange, wobei das magische Licht des Stabes ihn hier auch zu täuschen vermochte.

Der Elf sah ihn an. »Hast du die Frau nicht gesehen?«

Xzar spähte an ihm vorbei und schüttelte langsam den Kopf. »Nein, ich habe nur dich gesehen. Als du das Lager verlassen hast, bin ich dir gefolgt. Ich fand es zu gefährlich, dich alleine gehen zu lassen, zumal mir auch nicht ganz klar war, wohin du gingst. Jetzt bin ich froh, dass ich meinem Bauchgefühl vertraut habe.«

Jinnass nickt und ein feines Lächeln legte sich auch auf sein Gesicht. »Das bin ich auch.«

Die beiden kehrten zusammen ins Lager zurück. Jinnass zitterte, denn er fror am ganzen Leib. Schnell wickelte er eine Decke um sich und setzte sich ans Feuer. Xzar bedeutete ihm, sich hinzulegen und auszuruhen. Diesmal nahm der Elf das Angebot an. Später in der Nacht erkannte Xzar einen weißen Schimmer zwischen den Bäumen. Dies war also die Frau, die Jinnass gesehen hatte. Xzar wusste, um was es sich handelte. Dies war ein Irrlicht. Diese Wesen waren zurückgebliebene Seelen von Verstorbenen. War es auf der Suche nach einem neuen Opfer für den Sumpf? Er beobachtete es eine Weile, bis es irgendwann in den frühen Morgenstunden nicht mehr auftauchte.

Als es hell wurde, wachte Jinnass auf.

»Guten Morgen«, sagte Xzar.

Jinnass nickte nur und stand dann auf. »Ich muss zurück zu der Stelle im Wald, wo ich den Geist gesehen habe.«

Xzar sah ihn fragend an, doch an dem Blick des Elfen sah er, dass dieser nicht davon abzubringen war. »Gut, aber sei vorsichtig.«

»Ja«, sagte Jinnass und ging den Hügel hinab.

Xzar legte sich hin und döste noch ein wenig. Es würde nicht lange dauern, bis seine Gefährten erwachten.

Jinnass folgte dem Pfad bis zu jenem Ort, wo sich der Vorfall der letzten Nacht ereignet hatte. Er sah sich um und suchte den Boden ab. Als er mit seinem Stab einen vermoderten Ast beiseiteschob, erkannte er etwas unter der Nebeldecke im morastigen Boden. Dort lag ein verblichenes, menschliches Gerippe. Still gedachte er der Frau, die selbst jetzt in ihrem Tod noch litt. Jinnass wusste nicht, wie er sie erlösen konnte, aber wenn sein Plan gelänge, würde er zurückkehren und alles daran setzen ihr Frieden zu schenken. Aber dafür musste er seinen Auftrag erfüllen und sein Plan durfte nicht scheitern.

Als er zurück zum Lager kam, war Shahira aufgewacht. Xzar lag ruhig da und entweder schlief er oder spielte nur den Schlafenden.

»Morgen Jinnass. Wie war die Wache?«, fragte Shahira.

Der Elf erzählte ihr, was er in der letzten Nacht gesehen hatte und was die Frau zu ihm gesagt hatte. Xzar erwähnte er nicht und auch nicht, dass der Geist ihn betört hatte. Shahira überkam ein mulmiges Gefühl bei der Geschichte. »Dann müssen wir besonders vorsichtig sein, wenn wir weiter nach dem Tempel suchen. Nicht dass einer von uns Opfer des Sumpfes wird.«

Jinnass warf kurz einen Seitenblick zu Xzar und sagte dann, »Wir sind ja auch nicht alleine.«

Nacheinander wachten die anderen auf. Xzar blieb noch liegen. Erst nachdem Kyra wach war, richtete er sich auf. Er zwinkerte dem Elfen kurz zu und dieser verstand Xzar ohne Worte. Er würde sein Geheimnis wahren und keinem erzählen, was Jinnass geschehen war.

»Wir sollten jetzt mit der Suche nach dem Tempel fortfahren«, sagte Borion, nachdem sie mit dem Frühstück fertig waren. »Xzar und Adran, ihr werdet in den Osten gehen und das Tal erkunden. Shahira und ich, wir gehen den Bergpass weiter hinauf und sehen uns die Höhle noch einmal an. Irgendwas daran lässt mir keine Ruhe. Kyra Ihr bleibt hier und achtet auf unser Lager. Jinnass, Ihr habt von uns allen die schärfsten Sinne, Ihr solltet mit Xzar gehen. Gerade im Nebel dort unten können die beiden jedes Augenpaar mehr gebrauchen.«

Der Elf sah Borion misstrauisch an, nickte dann aber.

»Gut, lasst uns nicht mehr als vier Stunden suchen, damit wir vor der Nacht wieder im Lager sind.«

Als die anderen fort waren, holte Kyra ein Buch aus ihrem Rucksack. Sie hatte es in Bergvall erworben. Es enthielt die Geschichte der Schattenschwerter. Anders als es ihr Name vermuten ließ, waren dies keine Waffen, sondern die Krieger des Schattenfürsten Bornar. Des Weiteren sollten in dem Buch die Geheimnisse des schwarzen Nebels beschrieben sein. Zumindest Zweiteres erwies sich bisher als enttäuschend, denn, dass der Nebel eine schwarze Färbung hatte und gefährlich für Leib und Leben war, hatten sie auch vorher schon gewusst. Dazu kam, dass Shahiras Tagträume Kyra beunruhigten. Sie erhoffte sich in dem Buch Hinweise darauf zu finden, was diese bedeuteten.

Als Borion und Shahira bei der Höhle ankamen, entzündeten sie eine Fackel und schritten hinein. An dem schmalen Spalt angekommen, legte der Krieger sein Schwert ab. Langsam kroch er hinein, die Klinge vor sich her schiebend. Shahira folgte ihm mit der Fackel. Nach einigen Schritten wurde der Durchgang dann wieder breiter und auch heller und vor ihnen lag ein großer Raum. Als sie die Höhle betraten, verlor sich das Licht der Fackel fast vollends. Hoch über ihnen gab es einen großen Durchbruch im Felsen und schummriger Lichtschein fiel zu ihnen herein. Als sich ihre Augen an dieses seltsame Zwielicht gewöhnt hatten, sahen sie ein erschreckendes Bild vor sich. Tausende schwarze Fliegen kreisten wild um einen blutigen Kadaver, bei dem es sich eindeutig um den Leib eines riesigen Bären handelte. An vielen Stellen war das Fleisch von den Knochen gerissen und die Rippen standen vom Körper ab. Es sah aus, als wäre der Brustkorb mit enormer Kraft nach außen gebrochen worden, um an die Innereien zu gelangen. Solch ein brutales Vorgehen hatten beide noch nie zuvor gesehen. Am Hals sahen sie tiefe Wunden, ähnlich denen eines Klauenschlages, nur glatter, ganz so, als hätte jemand eine Klinge benutzt.

Borion machte einen Schritt auf den Leichnam zu, als sich dort etwas bewegte. Hinter dem Umriss erhob sich knurrend ein Wolfskopf. Die Fliegen stoben in wilder Hektik auseinander, nur um sich an anderer Stelle erneut niederzulassen. Borion packte sein Schwert fester. Er sah, dass es sich nicht um einen Wolf handelte, denn der Hinterleib ähnelte eher einer Raubkatze und da, wo man an den Pfoten die Krallen erwartete, saßen fingerlange Messerklingen.

»Eine Chimäre!«, fluchte Borion.

Kaum war Borions Stimme in der Höhle verhallt, da sprang das Wesen auch schon über den toten Bären hinweg und stand vor den Beiden. Alles geschah so schnell, dass Shahira nicht mal ihre Waffe ziehen konnte.

Das Wesen richtete sich auf und stand jetzt auf den Hinterbeinen, wobei es mit dem Raubkatzenschwanz das Gleichgewicht hielt. Somit erreichte es eine Größe von zweieinhalb Schritt und überragte sogar Borion. Das Manöver, wenn man es so zu nennen wagte, hatte den Krieger völlig aus der Fassung gebracht. Fast zu spät reagierte er auf den ersten Angriff der Chimäre. Borion brachte sein Schwert gerade noch zwischen sich und die Klauen des Gegners. Die Klingen klirrten laut, als sie auf den blanken Stahl des Zweihänders trafen. Das schrille Kreischen hallte durch die Höhle und Borion hatte sichtlich Mühe, der Wucht standzuhalten. Die Chimäre gab ein schreckliches Jaulen von sich, das Shahira durch Mark und Bein fuhr. Offenbar hatte sich die Bestie an Borions Schwert verletzt. Shahira nutzte diesen Augenblick und zog schnell ihre Klinge. Sie holte aus und traf das Wesen am Vorderbein. Erneut kreischte es auf und sah jetzt die junge Frau in erster Linie als Gegner an. Borion bemerkte das Verhalten und rief, »Wir nutzen das!«

Shahira hörte seine Worte, begriff aber mitten im Gefecht nicht, was er meinte. Sie bemerkte aber, wie Borion einen Schritt zur Seite machte. Der Krieger stand nun fast hinter der Chimäre, die sich nicht mehr um ihn kümmerte. Das Wesen schnappte gerade, mit dem Wolfskopf, nach Shahira, doch die Abenteurerin wich geschickt aus. Indes holte Borion weit aus und schlug mit aller Kraft zu. Der Hieb war genau gezielt und Borion durchtrennte der Chimäre einen der Hinterläufe. Die Bestie brüllte schmerzvoll auf und brach ein. Augenblicklich ergoss sich dunkles Blut aus der offenen Wunde und färbte den Boden rot. Das Wesen machte eine ungelenke Bewegung, um sich aufzurichten. Es scheiterte daran, dass ihr nun ein Bein fehlte. Sie war hilflos. Borion holte erneut schwungvoll aus, ließ sein Schwert einmal über seinen Kopf kreisen und schlug zu. Die Chimäre kreischte ein letztes Mal auf, als die Klinge des

Kriegers ihr tief in den Brustkorb fuhr und sie starb. Eine fast schwarze Blutlache breitete sich unter dem Körper der Chimäre aus.

»Das war unerwartet einfach, oder?«, fragte Borion, der sichtlich irritiert war.

Shahira nickte. Sie starrte das Wesen an. Dann schritt sie vorsichtig auf den Leichnam zu. »Was war das für ein Monster?« Sie verzog das Gesicht zu einer Mischung aus Ekel und Neugier.

»Ich weiß selbst nicht viel über sie. Tasamins erster Angriff damals ... er hatte Wesen, wie dieses bei sich: Chimären. Es sind magisch erschaffene Kreaturen. Ich kann es nicht gut beschreiben: Magier *erstellen* sie in Ritualen, bei denen sie mehrere Tiere miteinander *verschmelzen*.« Er seufzte. »Ich sagte ja, ich kann das nicht so genau erklären. Ich verstehe auch nicht, wie das geht. Aber wer auch immer für dieses hier verantwortlich war, hoffen wir, es war sein einziges Geschöpf. Lasst uns zurück zu Kyra gehen. Für den Fall, dass es noch weitere gibt, sollten wir sie nicht zu lange alleine lassen.«.

»Ja, das ist vielleicht besser.« Sie seufzte. »Ich weiß, was ihr meint, mit dem Erklären. Sagt, Borion, was haltet Ihr von dem Nebel? Mich bedrückt er. Egal wann und egal wohin man sieht, er ist überall«, sagte Shahira, um von dem Thema abzulenken.

»Ich sage mir, dass wir den Tempel bald finden werden. Dann wird es besser ... hoffe ich. Shahira habt Ihr das Gefühl, wir nähern uns dem Tempel?«, fragte er die junge Frau.

Sie sah ihn überrascht an. »Ich ... weiß nicht. Ich kenne den Weg ja auch nicht. Durch den Nebel sieht alles gleich aus.«

»Und was denkt Ihr? Ist der Eingang hier im Gebirge oder eher im Wald?«, fragte Borion weiter nach, während sie durch den Spalt zurück kletterten.

»Hm, ich denke im Wald. Das Gebirge ist doch zu schwer zu erreichen«, entschied sie sich.

Als sie wieder in der vorderen Höhle waren, sah sich Shahira den Spalt noch einmal an. »Also hier ist die Chimäre jedenfalls nicht mit dem Bärenkadaver hindurch gekommen.«

»Nein, wohl kaum. Sie wird durch die obere Öffnung hinein geklettert sein«, sagte Borion.

»Wie auch immer. Lasst uns beeilen und zu Kyra zurück. Borion, darf ich Euch noch eine andere Frage stellen?«

Er sah sie verdutzt an und nickte dann.

»Wie seht Ihr solche Situationen im Kampf?«

»Wie meint Ihr das? Was für Situationen?«

»So, wie mit der Chimäre, also Eure taktische Einschätzung, dass sie sich von unseren Angriffen ablenken lässt.«

»Ah, die Kriegskunst meint Ihr. Hm, das ist auch nicht ganz so einfach zu erklären«, sagte Borion und kratzte sich am Kinn.

»Würdet Ihr es dennoch versuchen?«

Er nickte nach einem Augenblick. »Vieles ist Erfahrung. Auf der Akademie lernt man das Kämpfen mit der bevorzugten Waffe und auch wie man auf neue Situationen reagiert. Das Wichtigste dabei ist, sich zu merken, was vor einem passiert, ohne auf seine eigenen Handlungen achten zu müssen. Ich versuche es an einer Kampfsituation zu erklären: Wenn ich gegen einen Schildkämpfer vorgehe, dann weiß ich, dass seine verwundbaren Stellen unter dem Schildrand oder am Kopf liegen. Der Kopf ist mehr als schwer zu treffen, also konzentriere ich mich auf die Beine. Ich werde mehrere Schläge oben ansetzen, damit er immer seinen Schild heben muss, um zu parieren. Und dann setze ich plötzlich eine Finte an, ziehe die Klinge im Schwung nach unten und treffe sein Bein. Dieses Vorgehen ist mittlerweile tief in mir und meinem Kampfablauf verankert und ich muss nicht mehr darüber nachdenken. Das wiederum verschafft mir Zeit. Zeit, die ich dafür nutzen kann, mir den Kampfplatz anzuschauen.«

»Das klingt einleuchtend. Und wie gewinnt Ihr eine Übersicht?«, fragte Shahira weiter.

»Als Erstes zähle ich die Gegner und immer von mir ausgehend. Wie viele links und wie viele rechts von mir sind. Dann welche Bewaffnung haben sie: Gibt es Fernkämpfer oder nicht? Sind Fernkämpfer dabei, verlagere ich meine Stellung, sodass mindestens einer der Feinde in der Schussbahn steht. Ist kein Fernkämpfer dabei, sieht es wieder anders aus. Haben meine Gegner kurze Waffen wie Äxte oder Kurzschwerter kämpfe ich vorzugsweise mit weiten Schwüngen, das hält sie auf Abstand ...«

Borion erklärte Shahira noch einige weitere Dinge über die Kriegskunst und sie hörte begeistert zu, denn dies war etwas, dass sie sehr interessierte. Ihr Gespräch dauerte an, bis sie wieder zu Kyra ins Lager kamen.

Xzar, Adran und Jinnass waren inzwischen einige Stunden unterwegs und hatten, so gut es ging, die Sumpflöcher umgangen. Der Nebel war hier so dicht, dass sie keine zwanzig Schritt mehr sehen konnten. Die Sicht hatte ihre Suche deutlich erschwert, sodass sie nicht einschätzen konnten, wie weit sie sich von ihrem Lager entfernt hatten. Jinnass war sich aber sicher, dass er den Weg zurückfinden würde. Jetzt standen sie auf einer Erhöhung, zu der Jinnass sie geführt hatte, und blickten über die weiten Nebelfelder, ob sie etwas Auffälliges entdecken konnten. Der Himmel war auch hier mit dicken schwarzen Wolken behangen und es fehlte nicht viel, bis sie die gleiche Farbe hatten wie der Nebel am Boden. Dieser begann sich langsam um Xzars Körper zu winden, und löste ein kaltes Kribbeln auf seiner Haut aus. Anfänglich hatten sie noch versucht die Schwaden zu verscheuchen, doch das war eine Aufgabe für die Ewigkeit und mit wenig Erfolg gekrönt. Überall um sie herum wuchsen entstellte Bäume, deren Äste wild verworren nach unten ragten und große Büsche, die wie zerzauste Haare aus dem Boden wuchsen.

»Ich habe das Gefühl, wir sind hier völlig falsch«, beschwerte sich Adran und trat dabei gegen einen Stein. Er fluchte und sagte dann, »Hier gibt es nichts, außer ... ahhh!«

Augenblicklich verlor er den Boden unter den Füßen und stürzte in ein Erdloch. Der Nebel folgte ihm wie ein strömender Wasserfall und füllte das Loch aus.

Xzar sah den Krieger unter der Nebeldecke verschwinden, und bewegte sich in die Richtung. Dabei tastete er mit dem Fuß vorsichtig den Boden ab, bis er eine Stelle fand, wo er ins Leere trat. »Adran! Adran? Ist dir was passiert?«, rief Xzar, der am Rand des Loches kniete und versuchte etwas zu erkennen. Er sah nichts, da der Nebel ihm die Sicht nahm.

»Kann mir einer von euch eine Fackel herunterwerfen?«, echote Adrans Stimme dumpf herauf.

Xzar beeilte sich, um eine zu entzünden, und mit einem »Vorsicht!«, warf er sie in das Loch.
Als diese am Boden ankam, erhellte sich für Adran die Höhle. Der Nebel floh vor den Flammen. Adran hob die Fackel auf und sah sich um. Der Boden und die Wände waren mit dunklem Moos bewachsen und dazwischen erkannte er drei Halterungen, in denen die Stümpfe von alten Kerzen steckten. Adran entzündete die Dochte und es wurde heller, und jeder Winkel der Höhle war nun gut zu erkennen.

»Adran? Was ist dort unten?«, fragte Xzar angespannt.

Jinnass hatte inzwischen ein Seil um einen Baum gebunden und warf es in das Loch. »Geh runter und sieh nach! Ich werde hier warten und aufpassen, dass keiner das Seil klaut!«, grinste er.

Xzar packte vorsichtig das Seil und ließ sich hinab. Er stutzte kurz. Da war etwas im Blick des Elfen. Sein Lächeln wirkte irgendwie gequält? War dies eine Falle und Jinnass wusste davon?

Nein! Xzar verwarf den Gedanken wieder. Wie kam er nur auf die Idee? Seit dem Vorfall mit dem Irrlicht war Xzar mehr denn je davon überzeugt, dass Jinnass ihr Freund war.

Als Xzar unten ankam, sah er sich um. Adran wartete in einer großen Höhle und winkte ihn zu sich. Er stand staunend vor einem riesigen Portal, dass den Kopf eines Drachen darstellte. Von der Decke ragten lange Säulen herunter, die wie Zähne unten spitz zusammenliefen und dann im Erdreich versanken. Über einem großen Holztor erstreckte sich das Maul des Drachen weit in die Höhle hinein und über dem hinteren Maulende saßen zwei glänzende schwarze Edelsteine, die seine Augen darstellten. Sie schienen die Ankömmlinge streng und bedrohlich zu mustern. Obwohl es sich nur um ein Monument aus Stein handelte, lief Xzar ein kalter Schauer über den

Rücken. Auf dem Boden vor der Tür waren Runen mit silbernen Ornamenten eingelassen, deren Bedeutung er nicht kannte. Adran drückte vorsichtig gegen die Tür, doch sie bewegte sich nicht. Auch ein kräftiger Tritt des Kriegers half nicht. Xzar beachtete Adrans Bemühungen erst einmal nicht mehr, vielmehr folgte sein Blick dem Nebel, denn dieser floß unter der Tür hindurch, und zwar in ihre Richtung. Wenn Xzars Sinne ihn nicht täuschten, dann musste hier der Ursprung des schwarzen Nebels sein.

»Ich habe das Gefühl, wir sind am Ziel angekommen«, sagte Adran, während dieser mit den Fingerspitzen vorsichtig über einige Kerben in der hölzernen Tür strich. Xzar trat neben ihn und betrachtete die Kratzer. Bei genauerer Untersuchung schien es so, als seien diese nicht zufällig im Holz.

»Warum sollte der Eingang einzig durch ein Erdloch erreichbar sein? Das macht keinen Sinn«, sagte Xzar nachdenklich. »Und vor allem hier unten. Ich habe ein großes Bauwerk erhofft!«

»Vielleicht hast du recht, aber anderseits könnte das auch der Grund sein, warum ihn zuvor niemand gefunden hat«, sagte Adran, der jetzt die Wände musterte.

»Hmm, dann hat uns der vierte Kartenteil auch nicht gefehlt. Aber dennoch, ein Erdloch als Eingang?«

»Da hast du recht mit der Karte. Aber das Erdloch ist auch nicht der Eingang, sieh dort!«

Xzar folgte seinem Fingerzeig, sah jedoch nichts und zuckte mit den Schultern. Adran verdrehte gespielt genervt die Augen und schritt auf die andere Seite der Höhle, zog einen Dolch und schnitt an einer der Wände entlang. Der Dolch kratzte erst nur oberflächlich über den Stein, um dann mitten durch eine dicht bewachsende Moosschicht zu schneiden. Xzar staunte nicht schlecht, als diese wie ein Vorhang zu Boden fiel. Hinter dem Bewuchs kam ein Treppenaufgang zum Vorschein.

»Siehst du, das Erdloch, durch das wir hier hinunter kamen, scheint nur der Rand einer aus Ästen und Blättern bestehenden Decke zu sein.« Adran stieg einige Stufen hinauf, bis er mit seinem Schwert die oberen Äste wegschlug. Das trübe Licht der Umgebung fiel zu ihnen hinunter und der Ausgang wurde frei. Oben wartete Jinnass.

»Ich sehe, ihr habt den Eingang zum Tempel gefunden«, sagte er belustigt.

Xzar stutzte. Es lag keine Überraschung in den Worten des Elfen. Hatte er etwa schon gewusst, wo sie sich befanden?

»Sehr witzig. Das Loch war ja auch nicht zu sehen gewesen, wegen des verfluchten Nebels und dazu noch dieses seltsame Tageslicht. Dir hätte das genauso passieren können«, versuchte Adran sich rauszureden.

Xzar folgte ihm über den Treppenaufgang. Er warf dem Elfen einen fragenden Blick zu, doch als dieser nicht auf ihn reagierte, sagte er, »Lasst uns die Stelle markieren und zurück zu den anderen gehen. Sie werden erfreut sein, von unserer Entdeckung zu hören.«

Xzar beobachtete Jinnass bei seinen Worten, doch es zeigte sich keine unerwartete Gefühlsregung auf dessen Gesicht. Vielleicht hatte er sich getäuscht, sein Misstrauen schien ihm Streiche zu spielen.

Zurück im Lager berichteten sie den anderen von dem Eingang. Borion lachte erfreut auf. »Sehr gut! Endlich mal gute Neuigkeiten! Dann packt zusammen. Morgen früh brechen wir auf.«

Mit dem Fund der drei setzte die Aufbruchstimmung deutlich spürbar ein. Sie packten zusammen, was sie mitnehmen wollten, reinigten ihre Waffen und Rüstungen und scherzten, was sie alles im Tempelinneren zu finden hofften.

»Shahira, kommst du mal her?«, rief Adran.

Als sie bei ihm war, reichte er ihr eine schwere Ledertasche.

»Was ist das?«, fragte sie sichtlich überrascht von dem Gewicht.

»Schau hinein«, grinste Adran und als Shahira dies tat, entwich ihr ein freudiger Ausruf. »Das ist ein Kettenhemd!«

»Ja, so ist es. Wenn du magst, schenke ich es dir«, sagte Adran und deutete auf die Tasche.

»Brauchst du es denn nicht selbst?«

»Meins ist noch gut genug und du kannst es sicherlich besser brauchen, wenn ich mir deinen Lederpanzer so anschaue. Er ist ein wenig ... löchrig. Ihn kannst du über dem Kettenhemd anlegen.«

»Danke Adran, ich weiß nicht, was ich sagen soll.«

»Hast du doch bereits.« Er grinste. »Soll ich dir zeigen, wie man es am leichtesten anlegen kann?«

»Das wäre wirklich sehr freundlich, danke.«

Und so half Adran ihr beim Anlegen des Kettenhemdes und auch wenn das Gewicht auf Shahiras Schultern recht ungewohnt war, fühlte sie sich gut darin.

Am Abend saßen Xzar und Shahira zusammen am Rand des Plateaus und sahen dem schwarzen Nebel zu, wie er sich ab und an leicht teilte und wieder ineinanderfloss.

»Wir haben den Tempel wirklich gefunden und so wie es scheint noch vor Tasamin«, sagte Shahira freudig.

»Ja, wobei ich mich frage, ob er uns wirklich noch jagt«, sagte Xzar.

»Wie meinst du das?«

»Na ja, überleg mal, wie lange wir von ihm nichts mehr gesehen haben. Vielleicht hat es ihn abgeschreckt, dass wir Yakuban getötet haben. Ich weiß nicht, aber ich habe das Gefühl, dass irgendwas an der ganzen Sache nicht stimmt«, sagte Xzar nachdenklich.

Shahira dachte einen Augenblick nach. »Glaubst du nicht, dass Jinnass ihn bemerkt hätte, wenn er uns folgt?«

Xzar erwiderte nichts und sein Blick ging starr geradeaus. Er erinnerte sich an das seltsame Lächeln des Elfen, als sie den Tempel fanden. Shahira schien seine Nachdenklichkeit nicht zu bemerken. »Wir werden sehen, was passiert. Wir können es ja auch nicht ändern, jedenfalls jetzt nicht.«

Jetzt drehte Xzar seinen Kopf zu ihr. »Du hast recht.«

Er fuhr ihr mit der Hand durch die Haare und strich sie sanft zurück, bevor er sich vorbeugte und sie auf den Mund küsste. Dann ein weiterer Kuss auf ihren Hals und wieder zum Mund zurück. Dann schob sich seine Hand vorsichtig unter ihr Hemd. Seine Finger streichelten ihr über den Bauch und wanderten langsam nach oben. Shahira entfuhr ein leises Stöhnen, als er ihre Brust erreichte und seine Finger eine ihrer Brustwarzen liebkosten.

Wie sehr sie sich zu der Nacht in Bergvall zurücksehnte. Ihn bei sich zu spüren, mit ihm die Nacht zu verbringen. Zu wenig Zeit der Zweisamkeit hatten sie bisher gehabt und die nächsten Tage im Tempel würden sie diese ebenfalls nicht genießen können.

»Xzar ... nicht. Die anderen«, kam es über ihre Lippen, ohne dass sie es sagen wollte. Ein weiteres zärtliches Streicheln über ihre Haut und Xzar zog die Hand langsam zurück. Dann ließ er von ihren Lippen ab und seufzte leise. Auf seinem Gesicht lag jetzt ein trauriges Lächeln. »Du hast recht. Entschuldige bitte.«

»Nein ... ich meine nein ... du brauchst dich nicht entschuldigen. Lass uns schlafen gehen und morgen den Tempel erforschen. Sobald wir wieder zurück sind, suchen wir uns eine warme Taverne und dann holen wir das nach«, sagte Shahira und fuhr sich mit der Zunge über ihre Lippen.

Borion weckte die Gefährten kurz vor Tagesanbruch. »Aufstehen! Es geht los.«

Shahira nahm Schild und Schwert mit. In ihren Rucksack packte sie etwas zusätzlichen Proviant und frisches Wasser. Xzar hatte die Drachenschuppenrüstung angelegt und sich seine beiden Schwerter auf den Rücken geschnallt. Er trug einen Rucksack über einer Schulter, an dem ein längliches Fellbündel hing.

»Eine Ersatzklinge«, teilte er den anderen mit. Er führte nun den Magierstab in der Hand, den bisher nur Jinnass in Verwendung gesehen hatte.

Borion betrachtete ihn und sagte dann bärbeißig, »Wollt ihr noch einen Karren mitnehmen? Und was soll dieser sperrige Stab bringen? Kämpft ihr nicht mit Schwertern?«

Xzar warf Shahira bei diesen Worten einen ernsten Blick zu. Da war es wieder, das *gereizte Verhalten*. Sie bemerkte es ebenfalls, doch sie verstand den Einwand des Kriegers sogar. Ihr selbst war der Stab kaum aufgefallen. Xzar hatte sich bisher nicht um ihn gekümmert. Was war der Grund, ihn jetzt mitzunehmen? War er zu kostbar, um ihn hier zurückzulassen?

Xzar grinste schelmisch und sagte dann überfreundlich, »Wenn er mir zu schwer wird, habe ich ja einen starken Krieger an meiner Seite, der mir hilft, stimmts Adran?«

Adran sah überrascht zu Xzar und lachte dann laut auf. »Jawohl, Herr! Stets zu Diensten!«

Borion knurrte verärgert und wandte sich dann ab.

Shahira trat neben Xzar und flüsterte, »Das war gemein. Doch ich frage mich auch, warum du den Stab mitnimmst?«

Xzar lachte. »Ich konnte es mir nicht verkneifen, verzeih. Ich nehme ihn mit, weil wir in den Tempel gehen. Vielleicht brauche ich dort meine Magie und da hilft er mir. Er verstärkt meine eigenen Zauber und er besitzt selbst auch einige hilfreiche Fähigkeiten.«

»Und warum konntest du das Borion nicht so sagen?«, fragte sie.

»Sein Tonfall hat mich geärgert. Er selbst rennt ja auch nicht gerade mit wenig Gepäck in den Tempel.«

Shahira sah zu Borion und ja, Xzar hatte damit gar nicht so unrecht. Borion hatte zusätzlich zu seiner Rüstung einen offenen Helm angezogen, an dessen Seiten zwei Hörner herausragten. Den Zweihänder auf dem Rücken und sein Langschwert am Gürtel stapfte er gerade den Abhang hinunter. Neben seinem Rucksack hatte er das Fellbündel mit dem Drachenschwert geschnallt. Auch die anderen waren gut ausgestattet, bis auf Jinnass, er war gerüstet wie immer: Bogen, Köcher, Wanderstab, Dolch und Rucksack. Shahira fragte sich, ob der Elf überhaupt weitere Ausrüstung besaß. Sie hatte ihn nie anders gesehen. Kyra hatte sich feierlich ihre Akademierobe angezogen. Es war ein graues Ornat, über das eine leuchtend rote Schärpe lag. Neben einem goldenen Pentagramm hatte man den Namen der Akademie mit silbernen Lettern aufgestickt. Sie trug ihr Rapier am Gürtel und ihren Magierstab in der Hand. Shahira musste schmunzeln. Kyra hatte ihr oft gesagt, dass sie die Erste ihrer Zunft sei, die den Versuch wagte, zum Tempel des Drachen zu reisen. Jetzt sah sie allerdings aus, als wollte die Magierin zu einem fürstlichen Empfang schreiten. Adran hatte sich die spärlich geflickte Lederrüstung über das Kettenhemd gezogen und sein Bastardschwert umgeschnallt.

»Seid ihr bereit? Dann lasst uns mal losgehen. Jinnass zeigt uns den Weg!«, befahl Borion.

Das Lager und die Pferde mussten sie zurücklassen. Sie hatten den Tieren ein provisorisches Gatter gebaut und genug Hafer und Wasser bereitgestellt. Hier oben wuchs nicht viel Gras, aber das, was da war, würde ausreichen, um die Tiere noch zusätzlich zu versorgen. Auf dem Rückweg würden sie die Reittiere wieder mitnehmen.

Sie wanderten durch das sumpfige Gelände bis zu der Stelle, wo Jinnass einen Ast in den Boden gedrückt hatte und an dessen Ende er zwei seiner Pfeile gesteckt hatte.

Der obere Tempelbereich

Sie schritten die Treppe hinab und erschraken. Die große Tür, welche gestern noch verschlossen und nicht zu öffnen gewesen war, hing zersplittert in den Angeln und dahinter breitete sich ein langer, beleuchteter Gang aus.

»Verdammt! Das darf doch nicht wahr sein!«, rief Adran wütend.

»Tasamin, er war es bestimmt! Er muss uns beobachtet haben. Jetzt müssen wir noch vorsichtiger sein, denn unsere Karte endet hier«, sagte Borion.

Shahira spürte einen Stich im Herzen; der Nekromant war hier. Insgeheim hatte sie gehofft, er hätte die Verfolgung aufgegeben, da er nicht mehr in Erscheinung getreten war. Doch wie war es ihm möglich gewesen, ihnen unbemerkt zu folgen? Jinnass hatte stets die Umgebung ausgespäht und bis auf die Hufspuren vor ein paar Tagen hatte er nichts entdeckt. Anderseits hatte er den Hinterhalt durch die Minotauren auch nicht erkannt. Oder wollte er ihn nicht erkennen? Dazu kam, dass die Eingangsmarkierung noch da gewesen war. Warum hatten ihre Gegner nicht versucht, die Suche für sie zu erschweren? Ein bohrender Zweifel wuchs in ihr und sie musterte die Gefährten einen nach dem anderen besorgt. Dann schüttelte sie den Kopf und verwarf die Gedanken ... vorerst.

Sie passierten das zersplitterte Tor. Vor ihnen lag ein langer Stollen, der tiefer in die Erde führte. Jemand hatte die Fackelreste in den Wandhaltern entzündet und da sie noch nicht abgebrannt waren, konnte dies noch nicht so lange her sein. Nach etwa fünfhundert Schritt entfaltete sich der Gang zu einer riesigen Höhle, die ebenfalls ausgeleuchtet war. Zwar brannten auch hier einige Fackeln, doch das Gewölbe war in wesentlich hellerem Licht erleuchtet. Die Lichtquelle blieb allerdings verborgen.

Was sie dann alle in Staunen versetzte, war die gewaltige Statue eines dreißig Schritt langen Drachens. Er war aus schwarzem Stein geformt, welchen Kyra nach eindringlicherer

Untersuchung als Obsidian erkannte, der ungewöhnlicherweise von dunkelblauen Adern durchzogen war, die dem Drachen lebensechte Konturen gaben. Sein riesiger Leib saß auf den Hinterbeinen. Der Schwanz lag in einem Bogen neben seinem Körper und wickelte sich dann um eine Säule. Der Kopf streckte sich dem Gang, aus dem sie kamen, entgegen und es schien, als musterten die geschlitzten Augen jeden der Neuankömmlinge mit strengem Blick. Das erinnerte sie sehr an den Drachenkopf aus dem Eingangsbereich, allerdings war der Blick von diesem hier bei Weitem durchdringender. Hinter seinem Kopf lief ein Hornkamm den Rücken hinab und Xzar schluckte, als er an die Ähnlichkeit zu seiner Rüstung dachte. Etwa dort, wo ein Mensch den Schulteransatz hatte, entsprangen dem Drachen Flügel. Diese waren leicht entfaltet und spannten einen Teil der Decke ab. Sein Maul, welches mit lebensechten, scharfen Zähnen besetzt war, stand ein wenig offen und eine gespaltene Zunge ragte ein Stück heraus.

Wenn dieser Anblick noch nicht ausreichte, um die wackeren Abenteurer zu faszinieren, dann war es mit Sicherheit der weiße Nebel, der unerbittlich aus den großen Nüstern des Drachen strömte. Zart fielen die hellen Schwaden zu Boden, um sich kaum, dass sie ihn berührten, erst gräulich und dann finster schwarz zu färben. Hier kräuselte er sich wie Wasser, welches von einem stetigen Wind bedrängt wurde. An den Wänden der Höhle kroch der Nebel aufwärts und verschwand dann durch kleinere Spalten und Öffnungen zu unbekannten Orten. Zwischen den großen Vorderfüßen des Drachen befand sich ein Tor. Die vorderen Klauen standen dabei auf großen Säulen, die das Tor einrahmten. Schritt man nun durch das Tor, so war es, als ginge man in den Leib des Drachen hinein. Dies war er also: der Eingang in den Tempel des Drachen.

Langsam rissen sie sich von dem überwältigenden Anblick los. Borion schritt gefolgt vom Rest auf die Tür zu. An der Stelle, wo der Nebel hinab floss, blieb Shahira stehen. Langsam bewegte sie ihre Hand in den wabernden Dunst hinein. Er war eisigkalt, fast schmerzhaft und es kribbelte auf ihrer Haut. Zögerlich windend und erforschend formte sich der Nebel zu einzelnen Fingern und diese tasteten sich langsam um Shahiras Unterarm. Sie sah sich das Schauspiel verwundert an. Die Nebelranken wurden zu gierigen Händen, die weiter nach ihrem Oberarm griffen und fordernd an ihrer Kleidung zerrten. Sie sah, wie sich der Nebel immer dichter um ihre Füße, Beine und den restlichen Körper schlang. Sie stand regungslos da und betrachtete das Geschehen mit unheimlicher Faszination.

»*Komm! Komm zu mir!*«, hörte sie eine leise flüsternde Stimme in ihren Gedanken. Sie blickte empor in das drohende Gesicht des Drachen und es kam ihr vor, als musterte das dunkle Augenpaar sie gebieterisch. Ihr war, als flammte tief im Inneren ein rotes Feuer in ihnen auf. Hatte er sie gerufen? Der Drache? Sie starrte gebannt in die Augen, das Lodern schien anzuwachsen, der Blick sie zu fordern. Sie hob den Arm ...

»Shahira, komm weiter! Bevor der Nebel dich komplett verschlungen hat!«

Sie schreckte auf. Sie kannte die Stimme. Dann riss sie den Blick von dem Drachen los und sah Xzar. Er stand vor ihr und berührte sanft ihre Schulter. »Kommst du? Die anderen sind an der Tür.«

Shahira sah an ihm vorbei und erkannte die Gefährten. Sie schaute wieder zu Xzar. »Ich finde, wir sollten lieber umkehren. Es ist unheimlich hier.«

»Was denn? Jetzt, wo wir am Ziel sind? Hast du Angst?«, fragte Xzar mit sorgenvoller Stimme.

»Nein, ... dass nicht, es ist nur ... ach, lass uns weitergehen«, willigte sie ein.

Xzar sah sie fragend an, doch als sie nichts mehr sagte, wanderte sein Blick nach oben. Er sah in die schwarzen Augen des Drachen und ein kalter Schauer lief ihm über den Rücken. Dann folgte er Shahira.

Sie schlossen zu ihren Gefährten auf. Über ihnen erstreckte sich der lange Hals des Drachen, bevor dieser dann in den Körper überging. Borion tastete die rechte Säule des Durchgangs ab. »Das ist es! Das ist das Tor zum Tempel. Wir haben es geschafft.«

Ohne zu zögern, drückte er gegen das Tor, doch es regte sich nicht. Er versuchte es noch einmal, dieses Mal mit deutlich mehr Kraft. Doch wieder rührte sich die schwere Holztür nicht. »Was soll das?«, fragte er enttäuscht.

»Wenn Tasamin vor uns hier war, hat er sie vielleicht von innen verriegelt«, sagte Kyra nachdenklich.

Jetzt drückte auch Adran dagegen, eindeutig mit der Hoffnung Borion erneut eins auszuwischen. Doch auch bei ihm geschah nichts.

»Hm, dieses Mal kein Zaubertrick, Herr Graf?«, spottete Borion.

»Nein, aber vielleicht kannst du es ja einrennen ...«, begann Adran.

»Nicht schon wieder«, unterbrach sie Kyra und stemmte ihre Arme in die Hüften.

Borion wollte gerade etwas erwidern, als Shahira an ihm vorbei auf die Tür zu schritt.

»Irgendwas ist seltsam an der Tür. Sie muss doch nur geöffnet werden«, flüsterte sie so leise, dass sie keiner der anderen verstand. Sie stellte sich vor das Tor und drückte sanft gegen das Holz. Es klickte und mit etwas Kraft schob sie die Tür auf. Eine dunkle Nebelwand tauchte auf und ein kleiner Luftstoß, der wie ein Seufzen klang, wehte ihnen entgegen. Er verwirbelte den dunklen Dunst und vermischte sich dann mit ihm, bis wieder eine Nebelwand vor ihnen war.

»Wie hast du das gemacht?«, fragte Adran ungläubig.

»Ich weiß nicht«, sagte Shahira, »Ich hatte so ein Gefühl.«

»Ein Gefühl?«, fragte nun auch Xzar, der Shahira interessiert musterte.

»Ja, so als müsste ich nur drücken.«

»Jetzt ist sie ja offen. Gut gemacht«, lobte Borion und ohne auf ein weiteres Wort zu warten ging er an ihnen vorbei. Er passierte das Tor und verschwand in der Nebelwand.

Einen Augenblick zögerten die anderen und dann folgten zuerst Adran, dann Jinnass. Kyra drehte sich kurz um und nickte Shahira und Xzar freundlich lächelnd zu, bevor sie ihnen nachging. Shahira und Xzar waren die Letzten, die vor dem Portal standen.

»Jetzt gibt es kein Zurück mehr, oder? Was machen wir, wenn wir uns dort drinnen verlieren?«, fragte Shahira mit zittriger Stimme.

Xzar umarmte sie kurz und sah sie lange an. Dann zog er sie an sich heran. Er gab ihr einen innigen Kuss und für Shahira vergingen Ewigkeiten. Als ihre Lippen sich wieder voneinander trennten, sagte er, »Wir verlieren uns nicht, *ich* verliere dich nicht. Ich werde diesen Tempel nicht ohne dich verlassen. Versprochen!« Xzar wartete nicht auf eine Antwort, sondern küsste sie noch einmal. Danach ergriff er ihre Hand und gemeinsam schritten sie in die Nebelwand.

Die Halle der Wahrheit

Shahira spürte, wie der kalte Nebel ihren Körper einhüllte. Ihre Augen brannten und das Atmen fiel ihr schwer. Ein feucht modriger Geschmack legte sich auf ihre Zunge und sie verspürte den Drang nach frischem Wasser. Sie wollte etwas sagen, doch der Nebel verschluckte jedes ihrer Worte. Sie musste Husten und selbst dabei versagte ihre Lunge. Immer weiter liefen sie durch den Nebel und sie spürte, wie eine innere Panik sie einzunehmen drohte. Sie wollte zurück, wieder atmen können, doch Xzars Hand hielt sie fest. Sie versuchte ihn zu rufen, doch kein Ton drang aus ihrer Kehle. Als sich die Sicht vor ihr schlagartig klärte, standen sie in einer großen Halle. Endlich bekam Shahira wieder Luft und sie hustete. Ein stechendes Kratzen lag ihr im Hals und sie räusperte sich mehrfach, bis das Gefühl nachließ. Erst ein tiefer Schluck kühlen Wassers aus ihrem Trinkschlauch verjagte die Auswirkung des Nebels vollends.

Dann sah sie sich um. Der Boden war mit glänzenden Kacheln gepflastert, die ihre Schritte widerhallen ließen. Diese waren spiegelblank und schienen nicht im Geringsten von der Zeit berührt zu sein, denn es gab hier keine Staubschicht. An den Wänden erkannte sie alte Zeichnungen. Die verwendeten Farben waren an manchen Stellen abgesplittert und dennoch erkannte man die Motive noch ganz gut.

Kyra betrachtete eine Reihe von Bildern an einer Wand.

»Weißt du, was das alles bedeutet?«, fragte Shahira, die neben sie getreten war.

»Ich vermute es. Es ist nicht ganz einfach, dies alles zu zuordnen.«

»Und was vermutet Ihr, Kyra?«, fragte Xzar jetzt, der sich zu ihnen gesellte.

»Seht her: Hier bekämpfen mehrere kleine Drachen einen wesentlich größeren Drachen und sie scheinen ihn zu besiegen.«

Xzar fragte weiter, »Woraus schließt Ihr das?«.

»Aus dem zweiten Bild: Denn hier schlagen einige Gestalten in langen Roben den großen Drachen in Ketten. Und auf dem dritten Bild wird angedeutete, dass ein Tempel über dem Gefängnis errichtet wird und wenn mich nicht alles täuscht, dann hat dieser Drachenschädel dort eine große Ähnlichkeit mit dem Eingangstor.«

Xzar musste zugeben, dass Kyras Erklärungen schlüssig waren. »Und was ist das auf dem letzten Bild?«

Kyra besah sich das Gemälde und klatschte entzückt in die Hände. Auf dem Bild sah man, wie eine weiße Kugel in den Tempel gebracht wurde. »Das muss das Drachenauge sein!«

»Also kann es tatsächlich hier sein?«, fragte Xzar nachdenklich und mehr zu sich selbst.

»Ja, so sieht es aus!« Kyra lachte fröhlich auf und es klang so, als hätte sie das Drachenauge soeben gefunden.

»Kommt mal hier herüber!«, rief Adran sie zu sich.

Als sie zu ihm gingen, deutete er auf ein weiteres Bild. Dort sahen sie einen schwer bewaffneten Krieger, der gegen ein Wesen mit Flügeln und einem Pferdekörper kämpfte, dessen Kopf, dem eines Löwen glich.

»Was ist das für ein Wesen?«, fragte der Krieger die Magierin.

»Das kann ich Euch nicht sagen. Es sieht aus wie ein ...«

»... Löwenpferd?«, beendete Adran den Satz.

»Ja, so kann man es fast bezeichnen. Allerdings mit Flügeln«, sagte Xzar.

»Sieht aus wie eine Chimäre«, sagte Borion hinter ihnen und klang dabei gelangweilt.

Shahira sah Adrans fragenden Blick. »Das sind Geschöpfe, die mit Magie erschaffen werden. Wie du siehst, werden verschiedene Lebewesen vermischt. Frag mich aber nicht, wie das genau geht.«

»Magie kann wirklich abscheulich sein. Wobei dieses Wesen auf seine Art eine seltsame Eleganz ausstrahlt«, sagte Adran und warf einen erneuten Blick auf das Löwenpferd.

Das beendete ihr Gespräch vor diesem Bild und sie teilten sich wieder auf, um die anderen Gemälde in dem Saal zu betrachten.

Shahira schritt im hinteren Teil des Raumes auf eine weitere Zeichnung zu. Auf dieser war ein Wolf zu sehen, der gegen eine Gruppe von Bewaffneten kämpfte. Sie rief Xzar zu sich. Er besah sich das Bild, während Shahira sich zum nächsten begab. Er starrte fasziniert auf das Bild, etwas kam ihm bekannt vor. Ein einzelner Wolf, größer als andere, dann ein hochgewachsener Kämpfer mit einer prachtvollen Klinge vor ihm. In Xzar regte sich eine dunkle Erinnerung. Er sah sich plötzlich selbst, im strömenden Regen stehend, dann ein Sprung, der Wolf ... über ihm, ein Augenpaar, das ihn fixierte, ein graues und ein rotes Auge! Xzar schrie auf. Seine Gefährten drehten sich erschrocken um.

»Was ist mit dir?«, rief Shahira besorgt, die zu ihm geeilt kam.

Xzar schüttelte den Kopf. »Ich ... weiß es nicht. Ich hatte einen seltsamen Gedanken. Eine Erinnerung.«

Plötzlich stand Jinnass neben ihnen. »An was hast du dich erinnert, Freund?«

Das Wort *Freund* klang bedrohlich und Xzar musterte ihn misstrauisch. Jinnass zwang ein Lächeln auf seine Lippen und als Shahira ihn an der Schulter berührte, schreckte er aus seinen Gedanken. »Es ist immer noch verschwommen. Ich kann es nicht recht begreifen.«

Jinnass nickte nachdenklich und wandte sich wieder ab. Xzar und Shahira sahen ihm nach. Xzar gab den anderen ein Handzeichen, dass alles in Ordnung war, und schaute mit Shahira auf ein weiteres Bild, ohne darauf zu achten, was dort zu sehen war.

»Ein Teil meiner Erinnerung ist zurück. Bei dem Kampf mit den Wölfen, ich weiß wieder, wer der Leitwolf war«, flüsterte er aufgeregt zu Shahira.

Die junge Frau zog die Augenbrauen hoch. »Was meinst du?«

Xzar sprach nun noch leiser. »Der Wolf, er war keiner. Es war der Mann aus Kurvall, der mit den zwei Augenfarben. Einer von Tasamins Schergen, der Leitwolf hatte seine Augen. Er muss ein Gestaltwandler sein, oder jemand, der Tieren seinen Willen aufzwingen kann. Ich erinnere mich an ihn. Ich weiß nur noch immer nicht, was mit mir danach geschehen ist. Das Drachenschwert, es leuchtete und ich sah mich, wie ich dabei war einen Hieb gegen den Wolf auszuführen. Und dann spürte ich das Blut des Wolfes, hörte sein wütendes Knurren. Sein Prankenschlag traf mich im Gesicht. Als Nächstes verblasst alles und ich sehe ... dich ... im Lager.«

Shahira schluckte ängstlich. Sie wusste nicht, was sie darauf sagen sollte. Das unheimliche Gefühl, dass sie hier nichts Gutes erwartete, verstärkte sich. Also gab sie ihm einen flüchtigen Kuss auf die Wange und lenkte seine Aufmerksamkeit wieder auf die Bilder. Xzar blieb stehen und grübelte noch weiter über das nach, was er soeben erlebt hatte.

Kyra bewunderte indes die restlichen Zeichnungen. Sie war fasziniert von den Bildern und der alten, längst vergessenen Geschichte des Tempels. Schon immer hatte sie sich für Legenden interessiert. Zu schade, dass ihr keine Zeit blieb, sie abzuzeichnen. Bei einer der Zeichnungen hielt sie inne. Sie zeigte drei schwarze Reiter mit Schwertern in den Händen, ihre Klingen gekreuzt. Vor ihnen stand eine größere, von dunklen Schatten umgebene Person in nachtfarbenem Mantel, die Arme beschwörend nach vorne gestreckt. Kyra sagte leise und zu niemand bestimmten, »Das ist Bornar und die drei Schattenschwerter, seine Diener.«

Shahira, die inzwischen bei ihr angekommen war, trat neben sie und ihr lief ein kalter Schauer über den Rücken. Sie erinnerte sich an ihre Visionen und dann diese Stimme vorhin am Eingang. Erst hatte sie gedacht, es wäre Xzar gewesen, doch je länger sie darüber nachsann, desto mehr zweifelte sie. Besorgt drehte sie sich um und ließ ihren Blick über die Gruppe schweifen. Borion lehnte gelangweilt an einer Wand und starrte sie an, als würde er ihre Gedanken lesen.

›Unheimlich‹, dachte sie. Dann brach der Krieger den Blickkontakt ab. Jinnass hatte sich ihnen in den Weg gestellt. Er warf Shahira einen finsteren Blick zu und sprach dann mit Borion. Jinnass? Und Borion? Ihr drückendes Gefühl in der Magengegend wurde stärker. Was hatte das zu bedeuten? Ihr Blick suchte die anderen. Adran betrachtete noch immer das seltsame, fliegende Löwenpferd. Ihn schienen die Bilder nicht zu beunruhigen. Gemütlich vor der Wand stehend, fuhr er mit dem Finger über die Zeichnung und biss in einen Apfel. Xzar betrachtete sich ein Bild nach dem anderen, doch in seinem Blick erkannte sie, dass seine Gedanken weit weg waren. Wie sie Xzar inzwischen kannte, grübelte er über das nach, was er ihr eben erzählt hatte. Kyra blätterte neben ihr in einem Buch und verglich einige Bildteile mit ihren Aufzeichnungen. Dann richtete Shahira ihren Blick wieder auf Borion und den Elfen. Was die beiden wohl gerade besprachen? Sie flüsterten energisch miteinander, worum es ging, verstand sie nicht. Dann plötzlich war sie wieder da, diese fremde Stimme. »*Bilder der Zeit. Bilder der Wahrheit.*«

Sie sah sich um, doch keiner der anderen schien die Worte zu vernehmen.

»*Vergangene Zeiten und kommende.*«

Shahira fröstelte. Was und wem war diese Stimme? Und warum hörte nur sie diese Worte? Shahira versuchte die Gedanken aus ihrem Kopf zu vertreiben. Sie rieb sich aufwärmend über die Arme und drehte sich zu Kyra und der Zeichnung um.

»Es hat was mit deinen Visionen zu tun«, flüsterte Kyra besorgt.

Shahira hörte ihre Worte kaum, denn sie starrte wie gebannt auf die Wand. Diese drei Reiter! Werden sie bald wieder auftauchen? Meinte das die Stimme?

Von Borion aus ihren Gedanken gerissen, drehten sie sich zu ihm um. »Lasst uns kurz zusammenkommen. Dort vorne teilt sich der Gang auf. Wir müssen entscheiden, welchem Weg wir folgen.«

Während der Krieger sprach, hielt Jinnass sich im Hintergrund. Sein bohrender Blick lag immer noch auf Shahira. Obwohl sie den stechenden Blick spürte, versuchte sie ihn zu ignorieren. Was geschah hier nur? Waren Borion und Jinnass am Ende doch Komplizen, die ihnen Böses wollten? Schon wieder so viele Fragen, ohne Antworten. Mittlerweile konnte sie Xzars Misstrauen verstehen, auch wenn er sich Mühe gab, dass sie davon nichts mitbekam.

»Wir haben hier eine Gabelung des Tunnels. Es liegen drei Wege vor uns. Ich denke, wir sollten uns erst mal aufteilen. Zwei gehen in den ersten und weitere zwei nach links in den zweiten Gang. Zwei halten hier die Stellung. Falls eine Gruppe Hilfe benötigt, ruft sie uns«, schlug Borion vor.

»Wenn wir hier durch die Gegend schreien, dann weiß wenigstens jeder das wir hier sind«, sagte Adran.

Borion sah überrascht zu ihm. »Sonst seid Ihr ja auch nicht gerade leise und unauffällig«, antwortete er bissig.

Adran zuckte mit gespielter Unschuld die Schultern. »Ich gebe mir Mühe, mich zu bessern.«

Xzar und Adran entschieden sich für die rechte Seite und Jinnass fragte Shahira, ob sie mit ihm die andere Richtung untersuchen wollte. Sie zögerte einen Augenblick zu lange, denn der Elf hob fragend die Augenbrauen an. Um sich ihr Misstrauen nicht anmerken zu lassen, stimmte sie schnell zu.

»Geht nicht zu weit und passt auf Fallen auf«, warnte Borion die Vier.

Die Seitengänge waren nicht beleuchtet, sodass sie eine Fackel mitnahmen. Xzar hatte seinen Stab dabei, doch er hatte auf das magische Licht verzichtet. Nach etwa hundert Schritt bog der Gang ab. Xzar spähte um die Ecke und erkannte, dass sich dort ein weiterer Raum anschloss.

»Gib mir die Fackel«, sagte er zu Adran.

Der Krieger reichte sie ihm. Xzar streckte sie um die Ecke und schritt dann vorsichtig herum. Er betrachtete die Wand und sah hier einige dünne Schlitze, die fein in das Mauerwerk eingearbeitet waren. Als er sich den Boden ansah, bemerkte er, dass die Fugen einer einzelnen Steinplatte leicht brüchig waren.

»Achtung! Hier ist schon eine dieser Fallen«, warnte Xzar.

»Das fängt ja gut an«, sagte Adran, während er einen Schritt nach hinten machte.

Xzar achtete darauf, nicht unmittelbar vor den Schlitzen zu stehen. »Sehen wir mal, was passiert.« Dann stellte er seinen Stab schräg auf die lose Platte und drückte sie herunter. Kaum dass sie ein leises Klicken vernahmen, schossen aus den Spalten der Wand Flammen heraus, die den Durchgang vollständig erfüllten. Xzar machte einen rettenden Schritt zurück, zu heiß war das Feuer. Er fluchte, als er mit Adran zusammenstieß. Die Bodenplatte schob sich indes wieder in ihre Ausgangsposition. Der Krieger grinste Xzar belustigt an und man sah, dass er einen passenden Spruch auf den Lippen hatte. Xzar fiel es nicht schwer, zu erraten, was Adran zu sagen gedachte und musste lachen.

Jinnass und Shahira hatten auf ihrer Seite auch einen Raum betreten, dessen Grundriss ein Dreieck bildete. In der spitz zulaufenden Ecke stand eine Steinstatue. Sie stellte eine Frau dar und dem fein geschliffenem Stein nach, war diese noch sehr jung. Sie hielt ein Zepter in der rechten und ein Buch in der linken Hand. Das Zepter hatte sie schützend von sich weg gestreckt, während sie das Buch krampfhaft umklammerte. Ihr Gesicht sah aus, als würde sie um Hilfe rufen. Der Blick aus den steinernen Augen wirkte verängstigt, als bedrohte sie etwas und doch lag ein gewisser Stolz in ihrem Blick. Shahira strich sanft mit der Hand über ihr Gesicht. Die Steinschicht war sehr glatt und sie spürte keine Unebenheiten in der Struktur des Steins.

»Vor was fürchtest du dich?«, flüsterte Shahira nachdenklich und folgte dem Blick der Frau. Sie sog scharf die Luft ein, denn dort stand Jinnass. Der Elf runzelte die Stirn, doch sie schüttelte nur den Kopf, das konnte sie ihm nicht erklären. Jinnass kam zu ihr und schritt nun um die Statue herum. Er betrachtete die Rückseite und zog die Augenbrauen zusammen. Überrascht stellte er fest, dass dort im Stein ein Dolch steckte. Er bedeutete Shahira, sich dies mit anzusehen. Es war seltsam, denn die Waffe war aus Metall. An der Stelle, wo die Klinge in den Stein eindrang, gab es eine dunkelrote Verfärbung. Den beiden kam ein unheimlicher Verdacht.

Der Elf tastete vorsichtig über den Bereich und packte dann den Dolch am Griff. Er sah fragend zu Shahira und als diese nickte, zog er. Nichts geschah. Jinnass überlegte kurz und drückte dann vorsichtig gegen die Figur. Bedrohlich schob sie sich nach vorne und im letzten Augenblick verhinderten beide, dass sie umkippte.

»Shahira, würdest du die Statue festhalten, während ich ziehe?«, fragte der Elf.

»Ja. Was glaubst du, wird passieren, wenn wir ihn entfernen?«

Jinnass packte erneut den Dolch fest am Griff. »Das werden wir sehen.«

Xzar und Adran betraten in der Zeit ihren Raum. Sie achteten darauf, die Falle nicht erneut auszulösen. Wie bereits in der Eingangshalle verzierten auch hier Bilder die Wände. Ein kurzer Blick genügte, um zu erkennen, dass es dieselben Motive waren. Auf einer Seite des Raums befand sich ein einfacher Schwertständer. Das Holz war morsch und brüchig. Einige Klingen, die hier noch standen, hatten eine dicke Rostschicht. Daneben entdeckten sie ein menschliches Skelett. Reste einer Lederrüstung wiesen Brandspuren auf. Doch zum Tod hatten wohl die beiden Bolzen geführt, die in Brusthöhe zwischen den Rippen steckten. Adran betrachtete die gegenüberliegende Wand. Dort waren drei kleine Löcher. »Dieser Tempel ist ja voll mit Fallen.«

Xzar nickte. »Ja, wobei diese hier bereits ein Opfer gefunden hat.«

»Merkwürdig, ich finde den Auslöser nicht«, sagte Adran, der sich umsah. Er schob das Skelett mit seinem Fuß ein Stück zur Seite, als er fluchend wegsprang. Im gleichen Augenblick schoss ein dritter Bolzen an ihm vorbei und prallte an die Wand.

»Was ...?«, wollte Xzar fragen, als er eine weitere lose Steinplatte unter dem Gerippe wahrnahm. »Oh!«

Adran sah in an. »Sag nichts.«

Xzar schmunzelte.

Danach schien der Raum so weit gesichert zu sein, dass sie ihn durchsuchen konnten. Zu ihrer Enttäuschung war in dem alten Plunder nicht das Geringste zu finden, was sich für sie als nützlich erweisen konnte und so entschlossen sie sich dazu, zurück zu Borion und Kyra zu gehen.

Jinnass zog mit aller Kraft an dem Dolch, während Shahira die Statue von vorne stützte, doch nichts geschah. Er packte den Griff dann andersherum, um mehr Kraft nutzen zu können, doch auch die folgenden zwei Versuche endeten ohne Erfolg. Jinnass überlegte kurz, dann wusste er, was zu tun war. Er stellte sich mit dem Rücken gegen die Wand und setzte einen Fuß auf die Statue. Er öffnete seinen Geist für die Magie, ließ die Kraft durch seinen Körper fließen, spürte wie seine Muskeln sich verstärkten und dann zog er erneut. Mit einem Ruck löste sich der Dolch und Jinnass hielt ihn in der Hand. Shahira hatte ihre Mühe, die Figur gegen die Kraft des Elfen zu stützen, doch es gelang ihr mit einiger Anstrengung. Jinnass betrachtete die Klinge und er war wenig überrascht, dass sie voller Blut war. Doch der Augenblick der Erkenntnis wich schnell dem Entsetzen, als ihnen beiden klar wurde, was dies bedeutete. Die Stelle, wo der Dolch zuvor gesteckt hatte, begann jetzt zu bröckeln. Und ehe sie sich versahen, spaltete sich der Stein und die Schicht platzte ab. Sie sahen nun, wie ein blaues Kleid zum Vorschein kam. Schlimmer noch: Blasse Haut, rotes wallendes Haar und grüne Augen waren unter der Steinschicht verborgen gewesen. Als diese von ihrem Gesicht abfiel, meinten sie ein leises Seufzen zu hören, bevor der gesamte Körper in sich zusammenbrach.

Shahira legte ihren Handrücken einen fingerbreit über den Mund der Frau, doch kein weiterer Atemstoß verließ ihre Lungen. Sie war tot, daran bestand kein Zweifel. Am Rücken erkannten sie deutlich die Dolchwunde. Das hellblaue Kleid war hier eingerissen und dunkelrot verfärbt. Ihr Blick war noch immer voller Angst. Jinnass streifte mit seinen Fingern behutsam über ihr Gesicht und schloss ihr die Augen. Vorsichtig drehte er sie auf den Rücken und faltete ihre Hände auf ihrem Bauch. Dann sagte er, »*Eifren indam fierra.*«

Als er Shahiras fragenden Blick sah, fügte er hinzu, »Ruhe in Frieden, Schöne.«

Das Zepter war ihr beim Sturz aus der Hand gefallen. Jetzt sahen sie, dass es größtenteils aus Holz und nur der obere Teil aus Metall war. Das Buch lag daneben. Über dem Einband lag eine breite Kette, die mit einem Schloss gesichert war, welches zuvor dadurch verdeckt gewesen war, dass sie das Buch an ihren Oberkörper gepresst hatte. Wollte sie es so schützen? Wusste sie, was mit ihr geschah, als der Dolch sie traf? Auf dem Folianten standen Worte in einer fremden Sprache. Jinnass übersetzte sie als *Todesblick* oder *Sicht der Toten*. Er erklärte ihr, dass es sich um eine alte Sprache handelte und die Übersetzung schwierig sei. Er vermutete, dass es ein Zauberbuch war. Shahira wusste nichts mit dem Namen anzufangen. Sie sah auf die Leiche hinab. »Wie kann man nur so grausam sein, jemanden von hinten zu ermorden und sie dann sterbend zu versteinern?«

Jinnass sah zu ihr auf und trat neben sie. Dann sagte er mit einer sanften Stimme, die Shahira nicht von ihm erwartet hatte, »Sie kann jetzt ruhen und Frieden finden. In den Hallen der großen Vier wird sie ihre Familie und ihre Freunde wieder treffen«, er machte eine Pause. »Die Versteinerung ist wahrscheinlich durch den Dolch verursacht worden.«

Sie nickte und sah noch einmal zu der Frau am Boden. Leise sprach sie ein Gebet und bat die großen Vier ihre Seele zu sich zu holen. Sie hatte sich bisher nicht damit beschäftigt, was die Priester der großen Vier den Leuten erzählten und sie hatte die Tempel noch nicht besucht. Bis zum jetzigen Zeitpunkt hatte sie angenommen, dass es nur eine verrückte Idee der Menschen war oder etwas an dem sie sich festhalten konnten.

Shahira gestand sich ein, ihr gefiel die Vorstellung, dass nach dem Tod eine andere Welt auf sie warten würde. Vielleicht wie Jinnass sagte, sah man all seine Liebsten wieder und lebte dann zusammen an einem anderen Ort. Doch welchem dieser *Götter* sie sich zuwenden sollte, wusste sie noch nicht. Ihre Visionen hatte sie von den Dienern Bornars, dem Fürst der Schatten. Was waren seine Ideologien? Was machte ihn aus? Und warum beteten Menschen zu ihm? Shahira nahm sich vor, nach ihrer Rückkehr einen der Tempel zu besuchen, das hieß, falls sie zurückkehrte.

Jinnass entschied sich, die junge Abenteurerin nicht bei ihren Gebeten zu stören, also nahm er den Dolch und verließ den Raum. Das Buch, das die Frau vor ihrem Tod verteidigt hatte, legte Shahira ihr wieder unter die Hände. Einen Augenblick später, folgte sie dem Elfen.

Kurz danach trafen alle wieder bei Borion ein und berichteten ihm und Kyra von ihren Entdeckungen. Jinnass holte den Dolch hervor und Kyra studierte ihn ein wenig. Die etwa handlange Klinge war leicht gebogen und der Griff hatte die Form eines Kreuzes. Sonst war nichts Besonderes zu erkennen.

»Wenn ihr wollt, dann werde ich eine magische Analyse durchführen«, bot Kyra sich an.

»Das wird nicht nötig sein«, antwortete Xzar, der den Dolch mit wachen Augen musterte. »Darf ich kurz?« Er streckte die Hand aus und Kyra gab ihm den Dolch. Xzar drehte die Waffe zwischen den Fingern. Er strich über die Schneide und nickte dann. »Das ist eine Handriss-Klinge und das ist merkwürdig. Sie gehören einem Volk, welches nicht mehr lebt. Den ...«

»... Dunkelelfen«, beendete Jinnass, dessen Miene plötzlich härter und kälter wurde als sonst.

»Ja, genau«, bestätigte Xzar.

Sie alle sahen von Jinnass zu Xzar und wieder zurück, doch der Elf sagte nichts weiter.

»Ich habe von den Klingen gelesen. Es gibt Berichte darüber in den Archiven der Zwerge. Die Dunkelelfen setzten diese Waffen in einem Krieg gegen die Zwerge ein. Da sie nicht von ihrer Magie beeinflusst wurden, nutzten die Dunkelelfen solche Dolche im Kampf, um sie durch die schweren Rüstungen der Zwerge zu treiben und um diese so in Stein zu verwandeln.« Xzar dachte einen Augenblick nach. »Sie spotteten so gleich doppelt ihren Feinden. Sie zeigten ihnen, dass ihre Magie den Zwergen doch schaden konnte und sie verwandelten sie so in das, woraus die Zwerge ursprünglich erschaffen wurden.«

»Zwerge sind aus Stein erschaffen?«, fragte Borion ungläubig.

»In ihren Legenden, ja. Der große Berggeist, so heißt ihr Gott, schuf sie aus den Steinen der Berge. Doch die gesamte Geschichte ist zu lang, um sie jetzt zu erzählen. Jedenfalls wundert es mich, dass dieser Dolch hier ist. Ihr sagt, dass er in einer jungen Frau steckte?«

»Ja«, bestätigte Shahira.

»Vielleicht hat ihn jemand gefunden und dann verwendet?«, suchte Kyra nach einer Erklärung.

»Ich weiß nicht«, sagte Xzar nachdenklich. »Wenn meine Erinnerung mich nicht täuscht, dann kann diese Magie nur von den Dunkelelfen selbst ausgelöst werden.«

»Nun, wir wissen ja auch nicht, wie lange diese arme Frau schon dort stand. Vielleicht ist sie aus einer Zeit, wo es die Dunkelelfen noch gab?«, sagte Shahira traurig.

»Ja, das wird es wohl sein«, sagte Xzar und gab den Dolch an Kyra zurück, die ihn einsteckte.

Shahira blickte zu den anderen und nahm wahr, wie Adran Jinnass einen fragenden Blick zu warf. Dieser schüttelte unmerklich den Kopf. Dann wurde sie von Borion aus ihren Gedanken gerissen. »Lasst uns weitergehen. Der Tempel wird uns sicher noch mehr Rätsel aufgeben.«

Sie entschieden sich dafür, den dritten Weg gemeinsam zu erkunden, also übernahmen Borion und Jinnass die Spitze der Gruppe. Kyra und Adran folgten ihnen unmittelbar und den Schluss bildeten Shahira und Xzar. Einige Zeit später kamen sie erneut an eine Abzweigung. Von ihrem Gang führte hier ein Weg rechtwinklig ab.

»Ist da hinten ein Raum?«, fragte Borion.

Der Elf spähte in den Gang. »Ja, soll ich vorausgehen und nachschauen, ob wir gefahrlos hinein können?«

Borion nickte.

Der Elf schlich los. Er bewegte sich vorsichtig und beobachtete sorgfältig seine Umgebung. Jinnass suchte nach Lücken und Löchern in den Wänden und der Decke, prüfte jede Steinplatte mit seinem Stab, bevor er sie betrat. Zu seiner Erleichterung fand er keine Fallen, aber auch keinen Raum, oder besser gesagt, nur die Überreste eines Raumes. Denn dort wo sich einst eine größere Kammer befunden haben musste, war die Decke eingebrochen und Steine und dunkles Erdreich hatten alles, was einst hier gewesen war, verschüttet.

Also folgte die Gruppe weiter dem ursprünglichen Weg, bis dieser einen Knick nach rechts machte und sie erneut vor einer Abzweigung standen. Der Hauptweg war zwei Schritt breit, der linke Weg etwa nur die Hälfte. Sie schlossen daraus, dass die schmalen Gänge lediglich Nebengänge waren, die in irgendwelchen Räumen endeten.

Borion bewegte sich langsam in den schmalen Tunnel hinein, bis er mit dem Fuß plötzlich gegen etwas stieß. Er schaute nach unten und erkannte einen Leichnam, der fast gänzlich verwest war. Nur der bittersüße Geruch nach Tod zeugte davon, dass er hier noch nicht lange lag. Der Krieger bemerkte, dass es kein Mensch war, der dort lag. Aus seinem bleichen Schädel waren zwei Hörner entwachsen. Die Brust des Stiermenschen war von einem schweren Eisenspeer durchschlagen, der schräg von oben aus der Wand herausragte. Borion stieg vorsichtig über den Toten und suchte dabei die Wand ab, ob noch weitere Öffnungen zu erkennen waren. Er erreichte den Raum, ohne dass etwas passierte. Er fand mehrere Holzkisten, einige offen, andere zugenagelt. In jenen, die für ihn einsehbar waren, lagen durchwühlte Kleidungsstücke, schlichte Hosen und Hemden, sowie normale Schuhe. Er vermutete auch in den anderen Kisten nichts von Wert für sie und kehrte zu der Gruppe zurück. Fortan ließen sie die Nebengänge außer Acht.

Lebender Stein

Sie folgten dem Hauptgang und bemerkten, wie dieser abschüssig wurde und in einem weiten Bogen nach rechts führte. Irgendwann verbreiterte sich der Gang ein Stück, sodass er etwa drei Schritt von Wand zu Wand maß. Die Luft hier war sehr stickig und trocken. Ab hier war der Weg von Säulen gesäumt und der Boden war mit schwarzen und weißen Marmorplatten gepflastert. An den einzelnen Säulen waren Fackeln, die alle brannten. Irgendwer musste sie vor ihnen entzündet haben oder war dies wieder eine der unerklärlichen Merkwürdigkeiten des Tempels?

An den Wänden saßen Steinfiguren auf Marmorsäulen, drei rechts und drei auf der anderen Seite. Sie sahen aus wie kleine geflügelte Dämonen mit spitzen Ohren und langen, dünnen Schwänzen. Ihre Körper wirkten irgendwie zusammengestaucht. Jedes Gesicht zeigte eine andere unförmige Fratze und es kam ihnen so vor, als beobachteten diese listigen Augen die Gruppe genau. Am Ende sahen sie ein großes Holztor, auf das sie zu gingen.

Xzars Gefühl, dass die Augen der Statuen verstohlen auf ihm ruhten, verstärkte sich je länger er die steinernen Fratzen musterte. Während die anderen Fünf weiterliefen, hielt er inne. Er trat vor eine der Figuren und betrachtete das starre Gesicht. Die Statue hatte zwei kleine, nach oben gebogene Hörner aus der Stirn hervorstehen und lange, spitze Ohren. Xzar war nun auf Armeslänge an das Gesicht der Figur herangetreten. Diese Steinmetzkunst war eine meisterliche Arbeit. Es sah so aus, als wäre jede Falte des Gesichts einer eigenen Mimik entsprungen und fein säuberlich nachgearbeitet worden. Und ihre Augen wirkten lebensecht. Xzar fragte sich, wer sie wohl erschaffen hatte? Der Blick der Skulptur erweckte den Anschein intelligent zu sein, und er hatte das Gefühl, dass die Figur ihn ebenso forschend musterte, wie er sie. Wenn er an die versteinerte Frau zurückdachte, bekam er ein flaues Gefühl im Magen. Zwar hatte er sie nicht gesehen, aber spätestens jetzt verstand er, wie Shahira sich gefühlt haben musste.

Xzar drehte sich gerade von der Statue weg, als sich die Augenlider schnell zusammenschoben und die Figur blinzelte. Xzar schrak zurück und fluchte laut. Er stolperte und sein Stab glitt ihm aus der Hand. Dann brüllte er, »Vorsicht! Es lebt!!«

Die Figur vor Xzar breitete ihre Flügel aus und gab ein klackerndes Schnalzen mit seiner spitzen roten Zunge ab. Hinter Xzar kreischten zwei weitere Figuren auf und kamen in Bewegung.

»Das sind Gargyles!«, rief Kyra erschrocken, als sie sich umdrehte.

Das Wesen vor Xzar erreichte eine Größe von elf Spann und schoss jetzt, angetrieben von einem schnellen Flügelschlag, auf ihn zu. Xzar wich dem Biest geschickt aus und griff mit beiden Schwertern, die er inzwischen gezogen hatte, an. Schnell zischten die Klingen durch die Luft und trafen das Wesen in den Rücken. Der unverhoffte Schwung brachte es aus dem Gleichgewicht und als Xzar nachsetzte, schmetterte er den Gargyle zu Boden. Dumpf krachte es auf die Steinplatten. Zu Xzars Glück lag das Wesen unmittelbar vor Borion und Shahira. Die beiden reagierten schnell und schlugen zeitgleich zu. Das Wesen war mehr als unbeholfen am Boden und hatte den Angriffen nichts entgegenzusetzen. Somit beendete Borions Treffer sein Leben.

Der Kampf hatte allerdings gerade erst begonnen, denn die anderen beiden lebenden Monster nahmen mittlerweile am Kampf teil. Sie attackierten die Gruppe mit ihren Klauen und erhoben sich danach mit einem Flügelschlag hoch in die Luft. Das machte es für die Gefährten schwierig, denn sie konnten nur etwa fünf Schritt nach oben sehen, danach verlor sich alles in der Dunkelheit.

Jinnass hatte den Langdolch weggesteckt, den Bogen von der Schulter genommen und hakte gerade die Sehne ein.

Adran hatte seine Wurfaxt vom Gürtel gelöst.

»Wir können sie nicht bekämpfen, wenn sie immer nach oben verschwinden!«, brüllte Borion, der schon zum zweiten Mal an einem Gargyle vorbeischlug. Noch unangenehmer als nicht zu sehen, wohin die Biester sich zurückzogen, war es nicht zu wissen, von wo der nächste Angriff kam. Die lebenden Steinfiguren hatten anscheinend keine Probleme mit der Dunkelheit. Jedes Mal wenn sie hinabstießen, waren ihre Attacken zielgenau. Adran hatte inzwischen ein dünnes Seil um den Griff seiner Wurfaxt gebunden. Für diese Handlung hatte er einen Treffer der scharfen Klauen hinnehmen müssen und er blutete aus einer Wunde an der Schulter. Als jedoch erneut einer der Gargyle aus der Schwärze zum Angriff stürzte, schleuderte er das Beil nach ihm. Adran fluchte, denn er verfehlte das Biest knapp. Er zog schnell an dem Seil und holte sich seine Axt zurück.

Borion und Kyra griffen an, als der Gargyle sich wieder nach oben zurückziehen wollte. Adran bemerkte dies und warf sein Beil erneut mit aller Wucht. Das Ende des Seiles hatte er fest um seine Hand gewickelt und wartete nun auf den Widerstand des Treffers. Der Geflügelte verschwand in der Dunkelheit, genauso wie das rotierende Wurfbeil, dem das ebenfalls wirbelnde Seil folgte. Plötzlich hörten sie ein leises Kreischen, verwirrtes Flattern und dann hing das Seil in einem lockeren Bogen herunter. Adran grinste und einen Augenblick lang passierte nichts, doch dann verspürte er einen heftigen Ruck nach oben. Er packte das Seil fester und versuchte es herunter zu ziehen. Doch das Biest dort oben im Dunkeln war stärker. Adran erkannte seinen Fehler zu spät, denn schon im nächsten Augenblick verlor er den Boden unter den Füßen. Mit einem harten Ruck wurde er von dem Gargyle in die Luft gerissen. Sein Grinsen wich einem überraschten Schrei und er hatte alle Mühe, das Seil festzuhalten. Fast hätte er Kyra getroffen, als er stolpernd auf sie zu geschlittert kam. Doch die Magierin wich ihm fluchend aus.

Jinnass, der Adrans Plan verfolgt hatte, eilte ihm zur Hilfe, indem er sich um seinen Körper klammerte. Das Gewicht der beiden reichte aus, um am Boden zu bleiben. Sie spürten, wie der Gargyle heftig mit den Flügeln schlug. Das Seil peitschte wie eine Angelschnur, an die ein Fisch angebissen hatte, hin und her und zusammenzogen die beiden Gefährten das Seil zurück. Mit vereinten Kräften schafften sie es, dass der Gargyle aus dem Schleier der Dunkelheit auftauchte. Das Wurfbeil steckte fest in seiner Hüfte und das Seil hatte sich in den Füßen des Wesens verfangen. Als er endlich in Reichweite war, griffen die anderen an. Der verletzte Gargyle verteidigte sich mit wilden Flügelschlägen, doch gegen die Überzahl am Boden war es nur eine Frage der Zeit, bis er unterlag.

Die Gruppe hatte jedoch eins völlig außer Acht gelassen: In der Luft war noch ein weiterer Gargyle, der jetzt pfeilschnell aus dem Hinterhalt auf Kyra hinab stürzte. Sie bemerkte ihn zwar, konnte aber nicht rechtzeitig ausweichen und somit schnitten sich scharfe Krallen in ihren Rücken. Die Magierin schrie auf und die Wucht des Angriffes stieß sie zu Boden. Xzar drehte sich um und sah, was passiert war. Er stand zu weit entfernt, um den Gargyle anzugreifen. Er sah sich um, ob einer seiner Gefährten helfen konnte.

Borion und Shahira schlugen weiter auf den am Seil hängenden Feind ein. Zwar parierte er die Schläge nicht ernsthaft, aber da er sich panisch aus dem Seil befreien wollte, war der Kampf sehr hektisch und dauerte an. Bei Jinnass und Adran stand es nicht besser, da sie noch immer das Seil festhielten. Keiner der anderen konnte also rechtzeitig bei der Magierin sein und somit war sie dem Gegner wehrlos ausgeliefert. Xzar überlegte nicht lange. Mit einem wütenden Schrei auf den Lippen schleuderte er eins seiner Schwerter auf den Gargyle, um ihn von Kyra abzulenken: Knapp vorbei! Xzar fluchte und ohne zu zögern, warf er sein Zweites: Treffer! Und sein Plan ging auf, denn das Biest ließ augenblicklich von Kyra ab und drehte sich geschickt in der Luft zu ihm um. Kreischend flog es jetzt auf Xzar zu. Dieser grinste, bis er den Fehler seines Plans erkannte, denn nun hatte er selbst keine Waffen mehr. Dies schien der Gargyle auch zu begreifen und beschleunigte seinen Anflug.

Borion traf gerade mit einem gewaltigen Hieb den Gegner vor sich, sodass dieser einen Flügel einbüßte, der noch bevor er den Boden erreichte zu Staub zerfiel. Das zwang die Kreatur zu einer sehr holprigen Landung.

Jinnass ließ Adran los und sah sich um. Er blickte zu Xzar, dem die Klauen des Feindes gerade über die Drachenschuppenrüstung kratzten. Der Elf reagierte schnell. Er hob seinen Bogen auf und zog einen Pfeil aus seinem Köcher. Xzar sprang hinter eine der Steinsäulen, auf der ein weiterer Gargyle still und unbewegt verharrte. Sein lebender Gegner traf das Podest hart und Steinbrocken flogen zu Boden. Der Gargyle setzte noch einmal nach, verfehlte Xzar jedoch knapp. Zu einem weiteren Angriff kam es nicht, denn wuchtig schlug dem Gargyle ein Pfeil in den Rücken. Dieser wirbelte herum, als ein zweiter in seine Brust einschlug und ein dritter in den Schädel. Mit einem letzten gequälten Kreischen brach er nach hinten über dem Steinpodest zusammen. Die kleine Säule und der unbewegte Gargyle zersprangen unter der Wucht. Auf Xzar ging ein Hagel aus Steinen und Staub nieder.

Borion und Shahira hatten ihren Gargyle inzwischen auch besiegt. Einmal am Boden waren diese Wesen keine ernst zu nehmenden Gegner mehr. Nachdem sich der Staub ein wenig gelichtet hatte, den der Tod der Gargyle hervorgerufen hatte, sahen sie sich um. Dieser Kampf hatte sie alle außer Atem gebracht.

»Seid ihr alle in Ordnung?«, fragte Shahira nach Luft ringend.

Xzar hustete hinter der Säule, während er loses Geröll von sich wegschob. »Ich glaube, das Vieh hat mich beerdigt.«

Sie lachten, als Xzar sich erhob, denn er war, von oben bis unten mit einer grauen Staubschicht bedeckt. Kyra hatte sich inzwischen auch wieder aufgerappelt und Jinnass sah sich ihre und Adrans Wunden an. Die Klauen hatten einige tiefe Schnitte verursacht. Der Elf holte ein kleines Salbendöschen heraus und rieb eine zähe Paste auf die Verletzung. Kyra zischte leise, da die Salbe brannte.

»Schon bald werden die Wunden heilen, Kyra«, sagte der Elf sanft.

Die Magierin sah ihn zweifelnd an. »Im Augenblick fühlt es sich an, als würde es schlimmer werden.«

»Das liegt an den Filistrapilzen. Sie schützen die Wunde vor Verunreinigungen. Die Pilze wachsen lediglich in den Tarakwäldern. Sie sind den Elfen sehr wertvoll, da sie nur zu jeder sechsten Vollmondnacht geerntet werden können und es nicht viele von ihnen gibt«, lächelte Jinnass.

»Dann danke ich dir besonders«, sagte sie und biss die Zähne zusammen.

»Sag mir eins Jinnass, wie schaffst du es, deine Pfeile so schnell abzuschießen?«, fragte Xzar, der sich keuchend neben sie setzte.

Jinnass sah ihn an und es hatte den Anschein, als verstand er die Frage nicht. »Ich ziehe sie, lege sie auf die Sehne, ziehe die Sehne nach hinten, ziele und schieße.«

Xzar hob beide Augenbrauen an, doch er fragte nicht weiter. Sollte Jinnass dieses Geheimnis ruhig behalten. Wahrscheinlich nutzte er seine Magie dafür.

Adran ertrug Jinnass` Wundversorgung ohne eine Miene zu verziehen. Als seine Verletzungen verbunden waren, schaute er sich um. »Was machen wir mit den anderen Steinfiguren?«

»Sie sind bereits tot, sonst hätten sie uns auch angegriffen«, antwortete Kyra erschöpft.

Adran stellte sich vor einen der noch übrig gebliebenen Gargyle und drückte ihn mit aller Kraft vom Sockel. Die Figur rutschte über den Rand und fiel mit einem lauten Krachen zu Boden, wo sie in mehrer Teile zersprang. Er wiederholte dies bei dem letzten Gargyle und klatschte sich gespielt den Staub von den Händen. »Jetzt sind sie tot.«

»Eigentlich ist es schade um sie«, seufzte Xzar.

»Schade?«, fragte Adran entsetzt.

Xzar zuckte nur mit den Schultern und sagte nichts weiter dazu.

Sie machten eine kurze Pause, um sich von dem Kampf zu erholen.

»Wie entstehen solche Wesen?«, fragte Shahira, während sie ein wenig Brot aß.

Borion zuckte mit den Schultern. »Magie? Oder Beschwörungen?«

Kyra nickte zustimmend. »Ja, Magie trifft es schon ganz gut. Aber es ist nicht so einfach, zu erklären. Ich muss ein wenig weiter ausholen. Es gibt Orte auf unserer Welt, die von besonderen Kraftströmen durchflossen werden. Von Magie, könnte man sagen, aber es ist viel mehr, als das. Es sind Strömungen voller Energie und Kraft, welche die Magie speisen. Und sie sind überall. Sie umgeben alles und jeden. Man spürt sie nicht, wenn man nicht weiß, was man spüren soll.« Sie machte eine Pause und seufzte, als sie die ratlosen Gesichter um sich herum sah. »Ich weiß, es ist kompliziert zu verstehen, wenn man es nicht studiert hat. Ich versuche es noch mal anders: Unsere Zauber entstehen aus Kraftströmen, das heißt, wir formen Magie, indem wir Energie umwandeln. Möchte ich zum Beispiel Feuer erschaffen, muss ich einen Strom Luft und einen Strang Humus ...« Sie lachte kurz, als die anderen sie fragend ansahen. »Schon gut, schon gut. Ich überspringe diesen Teil. Die Gargyles sind eigentlich leblose Steinfiguren. Sie dienten einst alten Gemäuern als abschreckende Wächterbilder. Dann wurden sie von Magie beeinflusst. Das heißt, ihre Körper wurden durch magische Ströme belebt. Was in der Theorie so einfach klingt, muss ein komplizierter und langwieriger Prozess gewesen sein. In den Büchern gibt es keine Erklärung, die schlüssig ist, und man geht sogar davon aus, dass Deranart der Himmelsfürst und die Herrin der Elemente Tyraniea an ihrer Erschaffung mitgewirkt haben. Daher auch ihre Ähnlichkeit mit Reptilien und Echsen.« Sie blickte belustigt in die Runde.

»Hm, aber wie kommen sie dann hierher?«, fragte Shahira, die der Erzählung ihrer Freundin gespannt gelauscht hatte. »Müssten sie dann nicht alle zusammen an einem Ort leben?«

Kyra zuckte mit der Schulter. »Wir leben ja auch nicht alle an einem Ort. Vielleicht sind diese hier später entstanden, vielleicht gibt es ja auch eine Möglichkeit sie anders zu erschaffen. Darauf kann ich dir keine Antwort geben.«

Shahira besah sich einen der zerbrochenen Körper aus der Ferne. Sie fragte sich, was wohl die Geschichte hinter diesem Wesen war, hinter dem gesamten Ort, an dem sie sich befanden. Sie atmete schwermütig aus, denn sie wusste, dass es für diese Fragen keine Antworten gab.

Der Weg in die Tiefe

Als sie sich ein wenig erholt hatten, setzten sie ihren Weg durch das Holztor fort. Borion bemerkte, dass es nur angelehnt war, also drückte er es auf. Die Scharniere quietschten leise. Ein kleiner Flur führte sie zur nächsten Höhle. Fackeln und Feuerschalen erhellten die Umgebung. Wer hatte hier alles entzündet?

Vor ihnen entfaltete sich ein gewaltiger Raum, dessen Boden ebenfalls mit Marmorplatten gepflastert war. Von hier aus gab es mehrer Ausgänge. Zwei steinerne Treppen führten nebeneinander in die Tiefe. Und sowohl zu ihrer Rechten, als auch zu ihrer Linken, führten Gänge ab. In der Mitte des Raumes sahen sie ein kleines rundes Podest. Oben auf stand eine Phiole, die von einem diffusen Licht, dessen Ursprung unbekannt blieb, angestrahlt wurde. In der Flasche, die anscheinend keinem besonderen Zweck zu dienen schien, brodelte eine weiße, schäumende Flüssigkeit. Als sie näher kamen und sich das Podest genauer besahen, mussten sie feststellen, dass es hier keine Hitzequelle gab. Xzar ging verwundert um die Säule herum und auch wenn er neugierig war, was dies für eine seltsame Konstruktion war, so riss er sich zusammen und mied es zu nahe an die Phiole zu kommen.

Shahira schaute sich in dem Raum um und erst jetzt bemerkte sie, dass an den Wänden Skelette hingen. Ihre Arme waren in eiserne Ketten geschlagen. Sie erschauderte bei dem Anblick. Wer immer sie einst gewesen waren, jemand hatte sie vor ihrem Tod elendig gequält und gefoltert. Ihre Knochen wiesen unnatürliche Verformungen auf. Teilweise waren ganze Stücke der Knochen herausgebrochen. Über jedem Skelett sah sie eine seltsame Rune mit leuchtend roter Farbe an die Wand gemalt. Dieselbe Rune war zusätzlich noch einmal in jeden der bleichen Schädel eingeritzt. Insgesamt zählte Shahira zehn. Kyra sah sich die Runen genauer an. Sie kannte diese Symbole und doch passten sie nicht zusammen. »Diese Schriftzeichen ergeben keinen Sinn, egal wo man den Anfang setzt. Vielleicht sind es die Anfangsbuchstaben der Namen der Gefolterten?«, suchte Kyra nach einer Lösung. »*I. R. T. I. U. L. I. R. A. R.*«, buchstabierte sie nachdenklich.

Zu ihrer aller Überraschung war es Jinnass, der eine Erklärung lieferte. »Wenn man das Ganze zu einem Wort zusammensetzt und dann rückwärts liest, kommt *Rariluitri* dabei raus. In der Sprache der Elfen gibt es ein Wort *rar`ilu`itri*. Das bedeutet wiederum *die Verfolgten*.« Der Elf wirkte besorgt.

»Ja, das mag sein. Aber wenn das letzte *i* ein *l* ist, dann hieße es übersetzt *die Verfolger*«, sagte Xzar.

Jinnass warf ihm einen verblüfften Blick zu, der den anderen entging. Xzar wusste, was dieser Blick bedeutete, denn er hatte ihm nie gesagt, dass er die Sprache der Elfen verstand.

»Vielleicht haben sie auch keine Bedeutung«, fügte Borion gelangweilt hinzu.

»Das glaube ich nicht. Warum sollte jemand so einen großen Raum anlegen, nur um hier Skelette aufzuhängen und dann noch diese seltsame Flasche hier hinstellen? Magie ist wirklich abartig! Verzeiht Kyra, aber ich mag sie nicht«, sagte Adran, der einen weiten Abstand zu der Phiole hielt und auch darauf achtete, dass er den Skeletten nicht zu nahe kam.

Shahira hatte sich das Gefäß inzwischen genauer angesehen und festgestellt, dass es keine Flüssigkeit im Inneren war, sondern Rauch. Als sie noch genauer hinsah, erkannte sie, dass es sich um viele einzelne Dunstfäden handelte. Vorsichtig führte sie ihre Hand näher heran. Augenblicklich bemerkte sie, dass der Wirbel immer unruhiger wurde, je kleiner die Distanz zwischen Flasche und Hand wurde. Xzar stutzte. Er fühlte sich an die dunkle Kugel im Tempel des Bornar erinnert.

»*Nimm sie! Nimm sie! Zehn Opfer hat es gebraucht, sie zu füllen. Sie gehört dir! Entfessele die Macht des Tempels und befreie ihn!*«, hörte Shahira die Stimme in ihren Gedanken. Gequält zog sie ihre Hand zurück und entfernte sich schnell von dem Podest. Diese Stimme zerrte regelrecht an ihrem Geist. Wen sollte sie befreien? Und welche Macht sollte sie entfesseln?

»Wir sollten hier besser nichts anfassen und weitergehen«, sagte Xzar beunruhigt.

Shahira aus ihren Gedanken gerissen, sah ihn an und nickte dann. Die anderen stimmten ebenfalls zu, da sie hier nichts ausrichten konnten. Nur Jinnass zögerte einen Augenblick, bevor er mit einem letzten Blick auf die Skelette seinen Gefährten folgte. Sie entschieden sich, eine der Treppen nach unten zu nehmen, da sie die Schatzkammern dort vermuteten. Vorsichtig schritten sie die alten, steilen Steinstufen hinunter. Die Luft wurde modriger und die Wände waren an einigen Stellen feucht. Somit wurden auch die Stufen gefährlicher, denn hier wegzurutschen bedeutete einen schmerzhaften Sturz in die Tiefe. Ein fauliger Geruch füllte den Treppengang aus, der vor einer geschlossenen Holztür endete. Als sie unten ankamen, hörten sie plötzlich Stimmen.

»Wir sollten wieder rausgehen. Er wird schon wissen, was er macht!«

»Nein, wir werden nicht gehen. Wir warten hier und verteidigen den Eingang zum unteren Tempel.«

Die beiden Sprecher befanden sich hinter der geschlossenen Tür und so lauschten sie weiter.

»Wir könnten uns einfach das Gold nehmen und von hier verschwinden. Er würde es nicht mal mitbekommen«, erklang eine der Stimmen. Sie klang rau.

»Ja, dann hätten wir zwar das Gold, aber wir wollen doch den Stein haben. Außerdem treibt sich dieses Gesindel aus Kurvall hier irgendwo rum. Wir wollen doch nicht, dass sie ihn stören«, antwortete die andere Person.

»Ach die! Wenn die uns überhaupt finden. Seldorn weiß schon, was dann zu tun wäre. Außerdem, die Skelette werden ...«

Borion und Xzar reagierten zu langsam, denn Adran war an ihnen vorbei gedrängt und trat nun wuchtig die Tür auf. Die anderen sahen ihm völlig entsetzt hinterher, als er sein Schwert zog und dann im Türrahmen eine provozierende Verbeugung machte. »Das Gesindel ist hier!«

Sie konnten nun alle in den Raum sehen, da Adran noch zwei Schritte nach vorne und einen zur Seite ausführte. In der Mitte standen die Zwei, die sich unterhalten hatten. Es waren zwei große Männer in schwarzen Rüstungen. Einer von ihnen hatte seinen Arm auf den Griff einer riesigen Streitaxt gestützt, die er augenblicklich kampfbereit packte. Sein Gegenüber war mit zwei Schwertern ausgerüstet. Ihre Rüstungen bestanden aus einzelnen Plattenteilen. In die Brustplatte war eine eigenartige Rune eingraviert. Sie sah aus wie das Auge eines Drachen, umgeben von einem Edelstein.

Beide Kämpfer hatten schwarze Helme auf den Köpfen. Die Visiere waren nach oben geschoben, sodass man ihre Gesichter sah. In der hinteren Ecke des Raumes stand ein weiterer Krieger, einen Kriegsbogen neben sich an die Wand gelehnt. Rechts von ihm saß ein Vierter. Sein linkes Bein war mit einem Verband umwickelt, auf dem dunkles Blut zu sehen war. Die Männer sahen sich verwundert an, als Adran in den Raum stolzierte.

»Na sieh mal einer an, wenn man vom Dämon spricht ...«, begann einer der Krieger kopfschüttelnd.

»... dann ist er auch schon da, um euch zu töten«, unterbrach ihn Adran frech.

Der Mundwinkel des Kämpfers zuckte verdächtig nach oben, während der zweite Kerl schallend loslachte. Als dann der Rest der Gruppe Adran folgte, sah er ungläubig seinen Gefährten an und packte die Streitaxt fester.

»Wird auch Zeit! Es wurde gerade langweilig. Na dann, wollen wir euch mal die letzte Ruhe schenken«, sagte er überzeugt.

»Das, höre ich nicht zum ersten Mal«, antworte Xzar kühl, der sich inzwischen an Adrans Seite gesellt hatte.

Der Krieger mit dem Bogen hatte diesen nun auch schon in der Hand und legte gerade einen Pfeil auf die Sehne. Vorher hatte er seinem verletzten Kameraden aufgeholfen, der sichtlich Mühe hatte einen festen Stand zu finden, denn er lehnte mit dem Rücken an einer Säule. Der Verwundete hatte seine Schwerter in der Hand. Sein Griff wirkte zittrig und dennoch machte er den Eindruck, dass man ihn nicht unterschätzen sollte.

Shahira hatte Schild und Schwert kampfbereit, während Xzar nur seinen Stab in der Hand hielt. Borion zog gerade den Zweihänder und stellte sich in eine Linie mit Adran und Xzar auf. Kyra blieb mit dem Rapier im Hintergrund und auch Jinnass, der mit geschickten Handgriffen seinen Bogen spannte. Shahiras Herz pochte heftig. Sie spürte immer noch die Anstrengung des letzten Kampfes in ihren Knochen und sie war sich sicher, den anderen erging es ähnlich. Wieso hatte Adran das getan? War er denn jetzt von allen guten Geistern verlassen? Sie hatten doch nicht einmal gewusst, wer hinter der Tür auf sie wartete, und vor allem nicht, wie viele es waren.

Für einen Augenblick standen sie alle abwartend da, die Anspannung im Raum war deutlich zu spüren. Es fühlte sich an, als könnte ein einziger Funken die Luft im Raum entzünden und alles in einem gewaltigen Feuersturm vergehen lassen.

Und dann entlud sich die Spannung schlagartig, als Adran mit einem wütenden Schrei nach vorne sprang und angriff. Sein Gegner, der mit den zwei Schwertern, parierte mit gespielter Leichtigkeit und stieß Adran hart mit einem Tritt zurück. Xzar fing den stolpernden Gefährten auf.

Der Angegriffene machte jedoch keine Anstalten, mit Adran jetzt schon die Klingen zu kreuzen. Im Gegenteil, er hob beschwichtigend die Hand, um dann grinsend zu verkünden, »Wie hitzköpfig. Wo bleibt denn Eure Höflichkeit, Adran von B'dena? Oder sollte ich sagen, Graf von B'dena?«

Die Gruppe rund um Adran sah ungläubig auf den Fremden, als der Mann bereits weitersprach, »Ich sehe Eure Verwunderung, hübsche Shahira.« Er blickte nun charmant, lächelnd zu der jungen Abenteurerin. Die überraschten Blicke der anderen und das wütende Schnauben Xzars übergehend, fuhr er fort, »Ja, wir kennen euch alle gut. Wir wissen alles, was man über seine *Feinde* wissen muss. Aber, ich möchte mir an der ungehobelten Art eures Freundes kein Beispiel nehmen. Ich werde uns«, dabei deutete er auf sich und seine Kameraden, »euch vorstellen, denn immerhin sollt ihr wissen, wer euch gleich töten wird. Es wäre doch schade, wenn ihr in die ewigen Hallen des Ruhmes einkehrt und dort nicht erzählen könntet, wer die edlen Recken waren, die euch nun doch bezwangen. Welch unrühmlicher Empfang würde dann uns eines Tages erwarten?«

Adran spannte sich an und wollte gerade wieder auf den Mann zu stürzen, als Xzar ihn aufhielt. »Halte ein, Adran! Und Ihr, erzählt mir, warum Ihr für diesen Nekromanten arbeitet und woher Ihr so viel über uns wisst?«, rief Xzar verärgert.

Der Krieger mit den beiden Klingen verbeugte sich nun seinerseits höflich. »Mein Name ist Peradan Bellento, Kriegsmeister zu Targis. Mein Kamerad hier vor mir ist Darian«, er deutete auf den Krieger mit der Streitaxt. »Dort hinten der Mann mit der Wunde ist Thallian Ulfran und der Herr neben ihm, mit dem Bogen, ist Kalman Borkenheld. Ihr wollt wissen, warum wir mit Tasamin reisen? Nun, das ist leicht zu beantworten, und so langweilig es auch klingen mag, wir sind Söldner und er hat uns königlich bezahlt. Und woher wir euch kennen? Nun, auch hier, hat Gold uns geholfen. Aber nun genug der Höflichkeiten, ihr dürft jetzt angreifen, wenn ihr wollt«, sagte er lachend.

Xzar und die anderen waren sichtlich erzürnt. Nur Shahira fragte sich, was diese Posse sollte.

»Ihr solltet euch lieber überlegen, was ihr sagt. Ihr seid vier und wir sind sechs. Und jetzt stellt euch eurem Schicksal entgegen«, wütete Adran.

Peradan lachte laut auf. Dann machte er einen raschen Ausfall nach vorne und schlug mit beiden Schwertern auf Adran ein. Dieser, überrascht von dem schnellen Angriff, konnte nicht ausweichen oder parieren und somit trafen ihn beide Klingen hart an der Brust. Leder riss und Kettenringe flogen, bevor ein dicker Blutschwall aus der Wunde spritzte. Adran keuchte schmerzerfüllt auf und fiel zu Boden.

»Fünf!!«, brüllte Peradan lachend.

Shahira blickte geschockt zu Adran. Der Krieger lag reglos am Boden und Blut sickerte aus seiner Brust. Die Posse war eine Ablenkung und sie hatte ihren Gegnern Zeit verschafft.

Borion fluchte laut, als er sein Schwert hob und Peradan mit finsterem Blick angriff. Shahira spürte Wut in sich hochkochen. Diese ehrlosen Kerle würden es bereuen. Sie drängte sich an Kyra vorbei und mit einem lauten Kampfschrei stürzte sie sich auf Darian. Xzar hatte sich schützend über Adran gestellt und hielt nun seinen Stab abwehrend vor sich. Er schloss die Augen und murmelte eine seltsame Formel in einer fremden Sprache. Noch während er sprach, begann der Rubin an der Stabspitze in einem unheimlichen Rot zu pulsieren. Als Xzar seine Augen aufriss, war nur noch das Weiß in ihnen zu erkennen. Er schmetterte das untere Ende des Stabes auf den Boden und stieß einen kurzen Schmerzenslaut aus. Xzar kannte das Gefühl. Die zerstörerische Art der Zauberei, die er verwendete, verursachte Wunden im eigenen Körper. Als der Schmerz ihn traf, sprühte gleichzeitig eine Flammenfontäne aus dem Rubin hervor. Sie formte sich zu einem unterarmdicken Strahl und mit einer gewaltigen Hitze schoss diese auf Darian zu. Der Krieger hatte gerade seine Streitaxt hoch über den Kopf erhoben und war im Begriff diese auf Shahira niederzuschmettern. Dazu kam es aber nicht, denn Xzars Flammengeschoss traf ihn vorher. Der Zauber schmolz sich durch die Plattenrüstung und verbrannte das Fleisch darunter. Durch die Ablenkung raste seine Doppelblattaxt an Shahira vorbei und spaltete eine der Marmorplatten am Boden.

Jinnass hatte den Bogen gespannt und visierte mit scharfem Blick Kalman an. Dieser hatte seine Waffe ebenfalls schussbereit und zielte seinerseits auf Xzar. Kalman ließ den Pfeil von der Sehne schnellen, der auf Xzar zuflog. Die Flugbahn lag deutlich zu hoch für den Oberkörper und würde so Xzars Kopf treffen. Jinnass reagierte schnell. Er bewegte seine Waffe ein Stück nach rechts und die eigene Pfeilflugbahn zum Ziel veränderte sich. Dann löste er den Schuss. Der Pfeil des Elfen zischte durch den Raum und traf das Geschoss des Söldners im Flug. Die Pfeile zersplitterten in der Luft.

Kalman lächelte respektvoll Jinnass zu und beide wussten in diesem Augenblick, dass dies ein Duell der Schützen sein würde. Mit stechendem Blick auf den jeweils anderen gerichtet, legten sie bereits den nächsten Pfeil auf die Sehne.

Der verletzte Thallian bewegte sich indes langsam auf Kyra zu. Sie hatte sich soeben mit einem Schutzzauber gerüstet und war zum Kampf bereit. Kyra erkannte, dass sie mit ihrem Rapier bei Thallians schwerer Rüstung kaum Schaden anrichten konnte. Sie überlegte kurz und ein neuer Plan formte sich in ihren Gedanken. Sie lächelte grimmig. Kyra wartete, bis ihr Gegner auf drei Schritt an sie heran war, konzentrierte sich kurz und reckte die Faust schnell in die Höhe und dabei flüsterte sie, »Dein Körper soll ein Felsen sein, hart und schwer wie aus Stein!«

Von Kyras Hand aus entstand ein grelles Licht, das Thallian in einen grauen Nebel einhüllte. Der Körper des Kriegers überzog sich mit einer steinähnlichen Schicht. Er machte einen weiteren, deutlich trägeren Schritt und hob dabei sein Schwert. Doch bevor er seinen ersten Hieb ausführte, verharrte er in der Position. Er war versteinert. Kyra atmete auf, denn sie war ein Wagnis eingegangen. Dieser Verwandlungszauber war sehr schwer, wenn der Gegner so gut gerüstet war. Metallrüstungen verhinderten oft den Fluss der Magie und nur ein konzentrierter Strom der arkanen Kraft konnte diese durchdringen. Und diesmal konnte sie nicht auf den Zauber in ihrem Stab zurückgreifen, den hatte sie bereits bei dem Angriff der Minotauren verbraucht.

Borion holte mit seinem Zweihänder aus und schlug auf Peradan ein. Dieser hob zwar noch eines seiner Schwerter zur Parade, verhinderte aber damit nicht mehr, dass Borions schwere Klinge ihm eine Wunde in den Arm riss. Trotz der Plattenteile an seinem Arm war der Hieb durchgedrungen. Peradan sah den dünnen Blutstreifen und schlug voller Wut mit beiden Schwertern auf Borion ein. Einmal, zweimal und noch ein drittes Mal. Der Krieger parierte den Ersten und schnell den Zweiten, machte dann einen raschen Schritt nach hinten und war außer Reichweite für den dritten Angriff. Seine

Klinge zerschnitt nur Luft. Peradan schien dies jedoch nicht zu beunruhigen. Er hob sein Schwert vor das Gesicht, um Borion zu grüßen. Eine hochmütige Geste, doch Borion ließ sich nicht provozieren.

Shahira nutzte die Ablenkung durch Xzars Zauber und traf Darian mit einem gezielten Hieb an der Schulter. Dieser sah sie erstaunt an, dann nickte er anerkennend. Er zögerte nicht und stieß dann die Axt mit Wucht vorwärts, sodass die schweren Blätter Shahira gegen den Schild rammten. Die Abenteurerin war so überrascht von dem Stoß, dass sie zurücktaumelte. Darian schien genau das erwartet zu haben. Schnell riss er die Axt nach oben und schlug zu. Es krachte, als die schwere Waffe Shahiras Schild brechen ließ. Der metallene Rand riss entzwei und das Holz darunter splitterte. Die Wucht trieb Shahira weiter zurück.

Unter Xzar rührte sich Adran. Der Krieger tastete sich über die schmerzende Brust und fühlte den tiefen Schnitt. Übelkeit überkam ihn. Er sah hoch und erkannte über sich stehend Xzar, der konzentriert die Augen geschlossen hatte. Adran drehte den Kopf und suchte den Boden ab. Etwa eine halbe Manneslänge von ihm entfernt lag sein Schwert. Er holte tief Luft, was er jedoch bereute. Ein stechender Schmerz durchfuhr seinen Körper. Adran atmete flach weiter und unterdrückte den nächsten Stich in der Brust. Er versuchte den Blutfluss, der sich aus der Wunde ergoss, zu ignorieren. Langsam zog er sich mit einer Hand auf seine Waffe zu.

Jinnass und Kalman zielten gegenseitig aufeinander. Auch wenn sich der Anblick der beiden sehr glich, war doch etwas anders. Der Pfeil auf der Sehne des Söldners war pechschwarz und die Spitze schimmerte blau. Am Schaftende befanden sich keine Federn. Jinnass war sich sicher, dass es einen Grund dafür gab, also versuchte er schneller zu zielen als sein Gegner. Er ahnte, dass Kalmans Pfeil ihn diesmal treffen würde, wenn er nicht aus der Schussbahn wich oder den Schuss verhinderte, dasselbe galt allerdings auch für seinen eigenen Angriff. Er zielte Auge in Auge mit Kalman und dann lösten beide die Sehne und doch, Jinnass war nicht schnell genug gewesen. Das

Geschoss des Söldners war einen Lidschlag früher in der Luft. Trotz der fehlenden Federn löste er sich sauber von der Sehne und raste in gerader Flugbahn auf den Elfen zu. Kaum hatte dieser einige Schritt überwunden, entfaltete sich die leuchtende Spitze zu einem gleißenden Blitz. Der Pfeil selbst hatte sich dabei aufgelöst und der Blitz flog jetzt knisternd auf Jinnass zu. Die beiden Geschosse passierten sich nur knapp. Kalmans Pfeil verzerrte erhitzt die Luft um ihn herum. Der Söldner versuchte Jinnass` Pfeil auszuweichen, doch durch sein Blitzgeschoss waren die Federn an dem Pfeil des Elfen versengt worden und dieser driftete nach rechts weg, genau in die Bahn, in die der Krieger gerade sprang. Jinnass' Pfeil traf den feindlichen Bogenschützen knapp über der Brustplatte und schlug hart in den Körper ein. Einen Lidschlag starrte er zu Jinnass, dann sank Kalmen mit einem überraschten Gesichtsausdruck in die Knie. Er berührte den Schaft noch einmal kurz, bevor er tot umfiel. Das war ein echter Glückstreffer gewesen, doch das Glück hielt nicht lange an, denn nun traf der Blitz Jinnass. Der Elf konnte zwar noch ein Stück ausweichen, wurde aber dennoch am Arm getroffen. Ein kalter, stechender Schmerz zuckte durch seinen Körper. Augenblicklich begannen seine Muskeln zu verkrampfen und mit wild zuckenden Gliedern ging auch er zu Boden.

Xzar konzentrierte sich auf seinen Magierstab. Der Rubin an dessen Spitze leuchte bläulich auf, als Xzar eine weitere fremdsprachige Formel rief, »*Karanistor Aranis Veris Zorkan Aeis!!!*«

Xzars Umhang wurde von einem unsichtbaren Wind gepackt und tanzte wie wild auf und ab. Die langen Haare peitschten um ihn herum und seine Augen leuchteten nun in einem eisblauen Farbton. Er streckte seinen Stab nach vorne und aus dem Rubin schossen plötzlich mehrere kleine Eisstacheln heraus. Sie schlugen krachend in Darians Rüstung ein, der sichtlich zusammenzuckte. Der Krieger musste Xzars Magie erneut hinnehmen, ohne sie abwehren zu können. Er hatte sich nur auf Shahira konzentriert und somit Xzars Zauber nicht kommen gesehen. Anders als Xzar es sich erhofft hatte, blieb der Mann stehen. Auf seiner Rüstung hatte sich eine deutliche Eisschicht gebildet und doch hob er die Axt wieder an. Dennoch hatte Xzars Zauber eine Wirkung erzielt, denn der Arm des Kriegers zitterte. Xzar hoffte, dies würde ausreichen, um seine Angriffe weniger gefährlich zu machen. Aber er wurde enttäuscht, als die Waffe nach unten schmetterte.

Shahiras verzweifelter Versuch dem Schlag noch zu entgehen, misslang ihr. Die sperrigen Reste des Schildes an ihrem Arm behinderten sie und so riss sie lediglich hilflos ihr Schwert nach oben. Der wuchtige Hieb des Axtkämpfers schmetterte ihren Arm beiseite, das Schwert fiel klirrend zu Boden und dann traf sie die Axt. Sie schrie vor Schmerz auf, als ihre Schulter brach und die Schneide tief in ihren Oberkörper fuhr. Die Lederrüstung und das Kettenhemd hatten dieser Waffe wenig entgegenzusetzen. Shahira sah hoch und sah das gehässige Grinsen Darians. Ihre Augen suchten Xzar, doch sie fanden ihn nicht und dann verschwamm ihre Sicht. Shahira verlor das Bewusstsein und sackte zusammen.

Xzar, der dies sah, ließ seinen Stab fallen und zog wutentbrannt seine Schwerter. Voller Zorn stürmte er auf Darian zu. Der Söldner setzte nach. Sein Ziel war eindeutig: Er wollte Shahira töten.

Borion hatte bemerkt, wie Shahira neben ihm zu Boden ging. Er führte einen raschen Schritt in ihre Richtung aus und im letzten Augenblick sauste die Klinge des Zweihänders über Shahira hinweg in den Angriff des Söldners hinein. Schwert und Axt sprühten Funken, als ihr Stahl krachend aufeinander schlug. Borion hatte Shahira zwar vor dem sicheren Tod gerettet, konnte so aber Peradans folgenden Angriffen nicht ausweichen. Also traf ihn sein eigener Widersacher mit seiner Klinge über den Rippen. Zwar bremste sein Panzer den Schlag noch etwas ab, aber dennoch hinterließ der Angriff eine blutende Wunde.

Kyra, die wie gebannt den Schlagabtausch beobachtet hatte, griff nun ebenfalls mit ihrer Magie in den Kampf ein. Sie deutete mit ausgestreckten Fingern auf Peradan und rief, »Die Macht der unsichtbaren Kraft, hilf mir!«

Nichts schien zu geschehen, als Peradan plötzlich aufschrie und zurück stolperte. Mit einer Hand hielt er sich den Kopf und schon im nächsten Augenblick lief ihm eine dünne Blutspur aus der Nase. Der Söldner schüttelte wirr den Kopf, als wolle er verworrene Bilder zur Seite scheuchen. Dann setzte er, ohne Kyra weiter zu beachten, zu einem kraftvollen Stoß mit seiner Klinge an, der auf Borions Bauch gezielt war.

Dann geschah allerdings etwas, womit niemand gerechnet hatte: Bevor Peradan den tödlichen Streich ausführen konnte, tauchte ein schwankender Adran neben dem Söldner auf und mit einem hasserfüllten Schrei stieß er Peradan sein Schwert zwischen die Rippen. Dessen Plattenpanzer riss auf und als Adran sein Schwert zurückzog, ergoss sich ein Blutschwall auf den Boden. Peradan sackte keuchend auf ein Knie. Adran hob sein Schwert an und stieß es dann mit aller Kraft vorwärts durch den offenen Helm des Mannes. Die Klinge durchbohrte Kopf, Schädelknochen und Helm und drang auf der anderen Seite wieder hinaus. Die Klinge war mit dickem roten Blut verklebt. Dann fiel Adran ebenfalls wieder auf die Knie und hielt sich schwer atmend und mit blassem Gesicht seine Brustwunde, aus der immer noch Blut floss.

Xzar war inzwischen bei Darian angekommen. Der Söldner sah den Magier zu spät kommen. Die Axt, noch immer mit Borions Zweihänder verkeilt, ließ er fallen und versuchte sich mit einem Sprung außer Reichweite zu bringen. Dabei rutschte er in der Blutlache aus, die sich unter Shahira gebildet hatte. Zwar entging der Mann so Xzars Angriff, da dieser nicht mit solch einem unglücklichen Manöver gerechnet hatte, stürzte aber stattdessen hart zu Boden. Erschrocken sah er zu Borion auf, der nun über ihm stand.

»Bori ...«, begann er zu stammeln, als Xzars Klingen ihn am Hals trafen. Ein Strahl dunklen Blutes spritzte heraus und der Mann gurgelte. Er versuchte, noch etwas zu sagen, und sah dabei mit flehendem Blick zu Borion auf, doch außer einem weiteren Schwall Blut, kam nichts mehr über seine Lippen. Borion stieß seine schwere Klinge auf ihn hinab und beendete das Leben des Söldners endgültig.

Xzar kümmerte sich nicht mehr um den Gegner, sondern war bereits zu Shahira geeilt. Sie lag regungslos am Boden. Ihr Oberkörper war blutüberströmt. Die Axt hatte ihre Rüstung durchschlagen und ihr fast den Arm abgetrennt.

»Shahira! Lebst du? Sag was!«, rief er, doch er bekam keine Antwort. Er versuchte, an ihrer Brust einen Herzschlag zu erfühlen, doch er fand ihn nicht. Ohne noch lange zu überlegen, konzentrierte er sich auf einen alten Zauber. Er wusste, dass diese Magie ihn etwas kosten würde. Eine uralte Art der Zauberei, die in sämtlichen Akademien des Reiches verachtet wurde und zum Teil auch verboten war, doch es war ihm gleich. Er musste Shahiras Leben retten, selbst wenn er dafür Gesetze brach. Kaum, dass er die magischen Kraftfäden in der Umgebung spürte, verflocht er seine eigene Lebenskraft mit ihnen und die schwere Wunde an Shahiras Schulter begann sich augenblicklich zu schließen. Er nahm die Fäden der Magie wahr, wie sie sich mit Knochen, Muskeln und Sehnen verbanden. Sie legten sich über die zerstörten Bereiche des Körpers und bildeten sie neu. Sehnen fügten sich aneinander, Muskeln verbanden sich, dann schob sich das Fleisch wieder zusammen und die Haut heilte. Und Xzar bezahlte bereits den Preis der eigenen Magie. Ihm platzten Adern an den Händen und blutige Tränen rannen aus seinen Augen. Sein Blick verschwamm in einem roten Schleier und seine Arme zitterten. Er ging weit über die ihm verfügbare magische Kraft hinaus, doch Shahiras Wunde war lebensgefährlich und wahrscheinlich war sie bereits auf der Schwelle des Todes, also durfte er nicht aufgeben. Nein, noch war es nicht zu spät. Er riss sich zusammen und verstärkte seine Konzentration. Sein eigens Blut lief ihm mittlerweile die Arme hinunter und mischte sich mit dem kalten Schweiß, der ihm von der Stirn rann. Doch dann, kurz bevor er selbst vor Erschöpfung schwankte, hob sich der Brustkorb der jungen Frau, bäumte sich regelrecht auf, bevor er, begleitet von einem Seufzen Shahiras, wieder nach unten sank. Dann spürte er Shahiras Atem und ihr Herzschlag setzte wieder ein. Die Schulterwunde war gänzlich verheilt. Xzar sackte erschöpft neben der jungen Frau zu Boden, doch er brachte seine letzte Kraft auf und bettete ihren Kopf auf seinem Schoß, während er der Bewusstlosen sanft über die Haare strich.

Kyra kümmerte sich derweilen um Adran. Seine Wunde war nicht minder schwer als die von Shahira und die Magierin heilte ihn mithilfe ihrer Magie. Sie dachte dabei über das nach, was sie gerade bei Xzar gesehen hatte. Und das betraf nicht nur die Heilung, sondern auch den Kampf zuvor. Dass er magische Fähigkeiten besaß, hatte sie sich inzwischen schon gedacht. Warum sonst, sollte er einen Magierstab mit sich in den Tempel nehmen? Die Magie, die er angewandt hatte, besorgte sie weit mehr. Sie hatte die Art des letzten Zaubers erkannt. Diese Wirkung war unverwechselbar. Es war die gefährlichste aller Magierarten: Es war Blutmagie. Xzar hatte soeben mehrere Gesetze der Magierzunft gebrochen, aber er hatte auch ihrer Freundin das Leben gerettet. Ja, sie hätte ihre eigene Magie aufgewandt, aber sowohl Adran, als auch Shahira war dem Tode nahe gewesen. Sie hätte sich entscheiden müssen: sie oder er. Einer von beiden wäre jetzt womöglich tot.

Sie stand da und musterte ihre Freundin und den Mann bei ihr, der sich nun so zärtlich um sie sorgte. Kyra entschied, dass sie ihn nicht zur Rechenschaft ziehen würde und somit hatte sie sich abgewandt und war zu Borion gegangen. Der Krieger half gerade Jinnass auf. Der Elf hatte eine schwere Brandwunde am Arm. Er war jedoch bei Bewusstsein und Kyra entschied sich für einen ihrer Heiltränke, da die Wunde für normale Heilkunde zu kompliziert war. Auch der Heilzauber, den sie kannte, war bei Brandwunden nur verschwendete Kraft.

Borion zog sich seine Rüstung aus und ließ sich ebenfalls von Kyra die Wunde verbinden. Bei ihm legte sie Heilkräuter unter die Wundwickel, nachdem sie den Schnitt gereinigt und genäht hatte.

»Wie geht es euch anderen?«, fragte Xzar besorgt. Er hatte gerade Shahiras Kopf auf seinen Umhang gelegt und war dabei, sich das Blut von den Armen und aus dem Gesicht zu wischen. Die Abenteurerin war noch immer nicht wieder bei Bewusstsein.

»Jinnass geht es wieder besser«, antwortete Kyra erschöpft für den Elfen. Sorge und Angst schwangen in ihren Worten mit. »Adran hat es schwerer erwischt. Ich konnte seine Wunde heilen, doch er wird Ruhe brauchen. Borion ist nur leicht verwundet und mir fehlt nichts. Meine Magie hat mich geschützt.«

Adran hatte sich inzwischen aufgerichtet und lehnte nun an der Wand. »Mir geht es gut. Ich brauche keine Ruhe. Doch sagt mal, was machen wir denn hier mit diesem Klotz?«, fragte er und deutete dabei auf den versteinerten Thallian.

»Er wird sich in ungefähr sieben Stunden wieder zurückverwandeln«, sagte Kyra nachdenklich.

Adran stand auf und ging langsam zu ihm hinüber. Der Krieger verzog leicht die Mundwinkel, als seine Brust schmerzte. Dennoch hielt ihn das nicht davon ab. Er kratzte sich kurz am Bartansatz und versuchte dann die Steinstatue umzukippen. Er drückte, so fest es sein Zustand zu ließ, doch nichts geschah.

»Das wird Euch nicht gelingen«, sagte Kyra und deutete mit der Hand nach unten. »Außerdem solltet Ihr Euch ausruhen. Wenn die Wunde aufreißt und meine Heilung umsonst gewesen war, dann steht Ihr neben dem Versteinerten!«

Adran folgte ihrem ausgestreckten Arm und sah, dass die Füße des Söldners mit dem Steinboden verwachsen waren. »Ich passe schon auf«, sagte er und zog sein Schwert.

Kyra hielt ihn vom Zuschlagen ab. »Der Stein ist magisch erschaffen und nur Magie kann ihn zerstören. Schlagt zu und Eure Klinge wird zerbrechen.«

Auch wenn es Adran reizte, seinen Stahl an dem Stein zu versuchen, überzeugten ihn Kyras Worte. Somit spuckte der Krieger der Statue nur ins Gesicht und setzte sich an die Wand. Borion zog derweil die Leichen in einer Ecke zusammen, um sie aus dem Weg zu haben. Aus einer Tasche Peradans zog er einen Beutel heraus, den er nachdenklich musterte.

»Was ist darin?«, fragte Adran.

»Fühlt sich wie Münzen an«, sagte Borion und warf ihm den kleinen Sack zu.

Adran fing und öffnete ihn. Er pfiff durch die Zähne. »Das ist eine stolze Summe.«

»Wie viel ist es?«, fragte jetzt Kyra.

»Bestimmt zweihundert Goldmünzen. Ich zähle es und teile es dann auf, als Entschädigung für den Ärger, den sie uns bereitet haben«, sagte Adran grimmig.

Kyras Heiltrank hatte Jinnass inzwischen wieder auf die Beine gebracht. Er untersuchte den Köcher Kalmans. Hier fand er die magischen Pfeile, mit denen sein Gegner ihn zuletzt erwischt hatte. Sie waren länger als die anderen und bestanden aus schwarzen Holzschäften, deren Spitzen aus einem unbekannten Metall waren. Ein blauer Schimmer lag auf ihnen. Er berührte sie und spürte, dass sie kühler waren als normaler Stahl. Jinnass nahm sich die übrigen sechs Pfeile und zerbrach sie.

»Warum hast du das getan und sie nicht selbst verwendet?«, fragte Kyra ihn.

»Der Zauber auf diesen Pfeilen ist heimtückisch. Wer immer sie verzaubert hat, hat schwarze Magie angewandt«, erklärte er.

Kyra gab sich mit dieser Antwort zufrieden, auch wenn sie das Gefühl hatte, Jinnass verheimlichte noch etwas.

»Borion?«, fragte Xzar.

»Ja?«

»Danke, dass Ihr Shahira das Leben gerettet habt.«

Er machte eine wegwischende Handbewegung. »Das war doch nichts.«

»Doch, ich finde schon und es war nicht das erste Mal. Ich wollte Euch danken, dass Ihr uns so gut führt.«

Xzar hatte das Gefühl, der Krieger wirkte plötzlich verlegen und beschloss, ihn nicht weiter zu stören. So oft hatte er vermutet, dass mit Borion etwas nicht stimmte und doch rettete er Shahira zum zweiten Mal das Leben. Hatte er sich so in ihm geirrt?

Sie ruhten sich aus. Nach ungefähr einer Stunde wachte Shahira aus ihrer Bewusstlosigkeit auf. Sie sah sich um, sah die anderen und bemerkte, dass sie in Xzars Armen lag. Sie sah ihn an und sagte mit einem leichten Lächeln, »Mein Xzar, ich lebe noch. Du lebst noch. Die anderen?«

»Ja, meine Liebe, alle sind wohlauf. Ruh dich noch etwas aus«, antwortete er mit beruhigender Stimme.

Shahira fasste sich an die Schulter, wo sie die Axt getroffen hatte, und sah Xzar verwundert an, als sie keine Verletzung spürte. »Hatte mich der Kerl nicht erwischt? Die Wunde!? Bin ich doch schon auf dem Weg ins Jenseits? Sag mir! Was ist mit mir!?«, begehrte sie panisch auf.

»Ganz ruhig, meine Liebste. Beruhige dich. Nur ein Heilzauber. Nicht mehr.« Als er hochblickte, sah er Kyras doppeldeutigen Blick, in dem Sorge und Mahnung zu gleich standen. Schuldbewusst sah er die Magierin an, die sich soeben neben ihre Freundin niederkniete.

»Hättest du nicht…«, fragte er leise.

»Doch Xzar, ich hätte«, antwortet sie ihm, bevor er die Frage beenden konnte.

Xzar nickte langsam.

Kyra rang sich ein schwaches Lächeln ab, bevor sie die Hand ihrer Freundin nahm und sich neben die beiden setzte.

»Du bist also doch ein Magier?«, fragte Kyra Xzar jetzt, um eine Bestätigung für ihre Vermutung zu erhalten.

»Ja, schon, irgendwie, aber bei Weitem nicht so gut ausgebildet wie du.«

»Die Zauber, die du im Kampf verwendet hast, sagen mir aber etwas ganz anderes. Wie konntest du sie lernen?«, fragte die Magierin.

»Ich … hatte einen guten Lehrmeister. Aber du irrst dich, die Zauber sind stärker durch meinen Magierstab. Er ist ein Kraftfokus«, erklärte Xzar.

»Hm, ist das so?«, hakte Kyra zweifelnd nach.

»Ja, so ist es. Doch jetzt genug davon«, er drehte sich zu Borion um, »Wie lange wollen wir rasten?«

»Nun wir sind jetzt seit knapp zehn Stunden unterwegs. Der Kampf hat uns allen sehr zugesetzt. Ich denke, wir sollten uns was länger ausruhen und etwas schlafen. Außerdem will ich diesen versteinerten Kerl nicht in unserem Rücken wissen, wenn wir jetzt weitergehen«, überlegte Borion.

Sie stimmten ihn zu. Adran stand auf und reichte jedem · einen kleinen Beutel, den er provisorisch mithilfe einiger Stofffetzen und einem Lederband zusammengeschnürt hatte. »Fünfunddreißig Goldmünzen für jeden, das nenne ich mal eine nette Belohnung«, sagte er.

»Von den Söldnern?«, fragte Shahira.

»Ja, sie haben sich entschlossen, dass sie es nicht mehr benötigen«, grinste Adran.

Xzar faltete seinen Umhang neu und bettete ihn dann wieder unter Shahiras Kopf. Er half ihr, sich von dem Blut zu befreien, so gut es hier möglich war. Dann stellte er seinen Rucksack neben sie und legte den Magierstab dazu.

»Ich lasse dich noch ein wenig schlafen. Du brauchst Erholung«, sagte er leise zu Shahira.

Sie nickte zustimmend.

Xzar führte die Handfläche über Shahiras Schläfen und murmelte leise, »Heile jede Wunde, mit der Macht der ruhigen Stunde, heile deine Wunden.«

Unmittelbar nach den letzten Worten fiel Shahira in einen tiefen, erholsamen Schlaf. Jinnass und Borion ruhten sich ebenfalls aus. Der Elf hatte die Augen geschlossen, auch wenn nicht sicher war, ob er schlief.

»Wartet hier auf mich. Wenn ihr euch erholt habt, werde ich wieder da sein! Sieben Stunden? Das reicht«, sagte Xzar und stand auf.

»Wo wollt ihr hin?«, fragte Borion irritiert.

»Zurück ins Lager. Ich beeile mich« und bevor ihn jemand aufhalten konnte, hatte er sich seine Schwerter auf den Rücken geschnallt und war die Treppen hinauf gespurtet.

»Wo will er denn hin? Er weiß doch, dass es zu gefährlich ist, allein durch den Tempel zu laufen«, sagte Borion verärgert und sah irritiert zu Kyra und Adran.

»Du hast recht«, bestätigte Adran und ohne zu zögern, stand auch er auf, packte sein Schwert und rannte hinter Xzar her.

Borion war sprachlos. »Ich fasse es nicht, jetzt rennen die Zwei einfach weg.«

Kyra grummelte zustimmend. »Vor allem da Adrans Wunde noch Ruhe benötigt. Wenn sie wieder aufreißt, dann kann unser Herr Graf etwas erleben.«

»Verflucht! Diese beiden Schwachköpfe nötigen uns zur Rast und dazu, dass wir uns nicht alle erholen können, da wir zu wenige sind, um vernünftige Wachen aufzustellen«, antwortete Borion.

Kyra sah Borion erstaunt an. »Ihr habt recht, die beiden handeln unüberlegt, aber Schwachköpfe sind sie nicht.«

Borion verzog das Gesicht angewidert, fing sich dann aber wieder. »Ja, verzeiht. Ich war nur so wütend im ersten Augenblick. Hoffen wir, dass alles gut geht und wir nicht noch mal angegriffen werden.«

»Und die beiden auch nicht«, fügte Kyra hinzu.

Sie warteten einige Stunden, ohne dass irgendwas passierte. Und weder Xzar noch Adran kamen zurück.

»Glaubt Ihr, ihnen ist etwas geschehen?«, fragte Kyra besorgt.

»Ich hoffe ... nicht. Wenn sie nicht zurückkommen, bis Eure Freundin erwacht, müssen wir uns beraten, was wir tun. Ich bin sicher, sie werden ni... ehm ... rechtzeitig zurückkommen. Bedenkt, dass es sicher schon sieben Stunden sind, das Lager überhaupt zu erreichen«, antwortete Borion gereizt.

Kyra nickte besorgt.

Einige Stunden später wurde die Stille im Raum von leisem Steinbröckeln gebrochen. Die Steinschicht, die über Thallian lag, wurde rissig und begann abzufallen.

»Borion! Er verwandelt sich zurück!«, sagte Kyra laut, während sie ihren Stab nahm und aufstand.

Der Krieger zog sein Schwert. Jinnass schien weiterhin zu schlafen. Nachdem Thallian sich von der Steinschicht befreit hatte, sah er sich kurz um und bemerkte seine gefallenen Kameraden in der Ecke. Er ließ sein Schwert fallen. Vorsichtig hob er beide Arme. »So, ihr habt also gesiegt und jetzt? Was wollt ihr machen? Wollt ihr mich jetzt auch noch umbringen?«, fragte er misstrauisch.

»Wir greifen keine Unbewaffneten an. Ihr könnt gehen, wenn Ihr wollt. Aber nur aus dem Tempel hinaus. Wir werden Euch nicht aufhalten«, sagte Kyra bestimmt, nachdem von Borion keine Reaktion kam.

»Und was glaubt ihr, wie weit ich kommen würde, so ganz ohne Waffen und Ausrüstung? Ihr habt meine Freunde getötet und Ihr werdet auch mich töten«, sein Blick wanderte zu Borion. »Es wäre ja nicht die erste dreckige Tat, die er begeht.«

»Ich werde Euch nicht töten«, widersprach Borion.

»Doch! Du wirst es, Borion von Scharfenfels«, antwortete er laut. Den Namen des Kriegers spie er förmlich in dessen Richtung.

»Woher wollt Ihr das wissen?«, fragte Kyra verwirrt.

»Das kann ich Euch erzählen, denn Euer *Freund* hier, ist ein feiger ...«, erklärte er, als plötzlich leise und schnelle Schritte auf der Treppe zu hören waren.

Kyra und Thallian schauten überrascht zur Tür. Die Geräusche wurden lauter. Dann hörten sie einen erstickten Schrei. Als sie sich, in dessen Richtung drehten, sahen sie, wie Borion den Kopf von Thallians Schultern schlug. Blut spritzte in hohem Bogen auf, als Xzar und Adran durch die Tür traten. Für einen Augenblick herrschte entsetztes Schweigen, das nur durch den zu Boden polternden Kopf des Söldners unterbrochen wurde. Einen Augenblick später kippte auch der restliche Körper zur Seite.

Kyra, deren Gesicht vom warmen Blut des Mannes bespritzt worden war, schaute fassungslos zu Borion. Dieser kniete schnell über dem Körper des Kriegers ab. Als er die Blicke der anderen bemerkte, hielt er einen glänzenden Wurfdolch hoch. »Er wollte ihn auf Kyra werfen. Ich habe ihn im letzten Augenblick aufgehalten.« Borions Stimme klang nervös.

Jinnass stand nun auch mit wachem Blick da. Anscheinend hatte ihn der Lärm geweckt.

»Borion. Was wollte er über Euch erzählen?«, fragte Kyra misstrauisch.

»Wie erzählen? Was ist hier passiert, während wir weg waren?«, keuchte Adran, der wie Xzar stark außer Atem war.

»Thallian hat sich zurückverwandelt und wollte gerade etwas über Borion erzählen«, erklärte Kyra. Sie musterte den Krieger immer noch fragend.

»Lasst mich versuchen, es zu erklären«, seufzte Borion. »Also ... diese Söldner. Sie waren in der Gruppe, mit der ich die erste Expedition durchführte. Sie haben uns nach dem Überfall von Tasamin verlassen. Als ich die Beschreibung von Heros in Kurvall hörte, wurde mir klar, wer die Kerle sind.«

Für einen Augenblick schwiegen die anderen.

»Wer auch immer sie waren, das ist jetzt wohl egal«, sagte Adran dann skeptisch.

»Jedenfalls hatte er recht, als er sagte, dass er durch Eure Hand sterben würde, Borion«, bemerkte Kyra mit ernstem Blick. »Und dennoch, was meinte er mit: *nicht Eure erste dreckige Tat?*«

Borion seufzte erneut. »Damals habe ich auch Sold dafür bekommen, dass ich die Expedition leitete. Und nach dem verlorenen Kampf weigerte ich mich, die Söldner auszubezahlen. Ich denke, er meinte dies mit *schmutzig*. Ich bekam meinen Sold und enthielt ihnen ihre Münzen vor. Ich bin mir sicher, dass haben sie mir übel genommen.«

Kyra kniete sich zu Borion hinunter. »Ich danke Euch, dass ihr mir das Leben gerettet habt.«

Der Krieger sah ihr tief in die Augen, antwortete ihr jedoch nicht, sondern senkte den Kopf und zog den toten Körper zu den anderen Leichen in die Ecke.

Jinnass musterte die Gruppe. Sein Blick war durchdringend. Xzar hatte einen Rucksack auf der Schulter und stellte ihn zu seinem anderen.

»Was habt ihr Zwei im Lager gemacht?«, fragte Kyra Adran und Xzar.

»Wir sind nur hin und her gelaufen. Zur körperlichen Ertüchtigung. Wirklich erfrischend so ein Dauerlauf«, witzelte Adran.

Kyra stemmte ihre Hände in die Hüfte. »Adran, könnt Ihr nicht ein einziges Mal ernst bleiben?«

Er wollte gerade mit erhobenem Zeigefinger etwas erwidern, als Shahira aufwachte und Xzar das Geplänkel unterband. »Ausgeschlafen? Geht es dir wieder besser?«

»Ja, danke für deine Hilfe«, antwortete sie und rappelte sich auf.

»Ich habe etwas für dich. Deine Rüstung ist nicht mehr zu reparieren«, sagte er froh.

Shahira erhob sich. »Und das freut dich?«

Xzar nickte. »Ja, in der Tat. Warte, ich zeige dir, warum.«

Adran, der Kyras Maßregelung somit aus dem Weg ging, gesellte sich nun zu den beiden. Xzar kniete sich nieder und holte etwas aus dem mitgebrachten Rucksack.

»Das ist die Rüstung, die mein Bruder damals für sich selbst angefertigt hatte. Sie hat in etwa deine Größe.« Er zog eine weitere Drachenschuppenrüstung hervor, die seiner eigenen in Pracht und Handwerkskunst in nichts nachstand.

Shahira und die anderen staunten. Shahira stammelte, »Woher hast du ...?«

Xzar antwortete lächelnd. »Der Händler hatte sie in seinem Zelt. Ich fand sie und nahm sie mit. Ich wollte sie nicht mit verbrennen. Wobei ich mir nicht mal sicher bin, ob das bei Drachenschuppen überhaupt möglich wäre.«

Kyra schüttelte den Kopf. »Nein, würden sie nicht.«

Shahira fuhr vorsichtig über die glatten Schuppen. »Aber ich kann sie nicht ...«

»Nimm sie, bitte! Mein Bruder Angrolosch wäre stolz, wenn eine so begabte Kriegerin wie du, sie tragen würde«, erklärte Xzar und gab ihr die Rüstung.

»Das kann ich nicht ...«

»Nimm sie, ich kann sie nicht zusätzlich tragen ... Bitte!«

Adran grinste amüsiert. »Also ich würde mich anbieten, wenn du ...«

Shahira lächelte. »Doch ich nehme sie! Adran es tut mir leid, dich enttäuschen zu müssen«, unterbrach sie ihn mit gespielt ernster Miene.

Kyra sah zu Adran und zum ersten Mal, seit sie zusammen reisten, grinste sie ihn jetzt auch mal an. »Für Euch, werter Graf von B'dena, müssten wir noch mindestens einen zweiten Drachen töten, um die Rüstung in der passenden Größe zu bekommen.«

Adran sah erstaunt zu Kyra, öffnete den Mund und schloss ihn dann wieder. Dann zuckte er mit den Schultern und lachte laut.

Shahira nahm derweil die Drachenschuppenrüstung von Xzar entgegen und zog sie an. Sie passte ihr fast einwandfrei. Ein wenig Luft im Bauchbereich war vorhanden, doch Sie legte sich einen Gürtel um, sodass alles stramm anlag. Shahira erinnerte sich an Xzars Worte. *Begabte Kriegerin.* So hatte sie sich noch nie gesehen. Sie war doch immer nur eine normale Abenteurerin gewesen, in ihren Augen ohne nennenswerte Talente. Doch Xzar sah in ihr mehr, wie es schien. Er vertraute ihr und schätzte ihre Fähigkeiten. Und er empfand viel mehr für sie, das wurde ihr nun bewusst. Nie zuvor hatte sie ein Geschenk von so hohem Wert erhalten. Für Xzar musste es viel bedeuten, dass sie die Rüstung trug, vor allem, da an ihr auch die traurige Erinnerung an seinen Bruder haftete. Umso mehr schwor sich die junge Abenteurerin, dass sie Xzar und seinem Bruder Angrolosch alle Ehre erweisen würde.

»Und du hast sie im Lager gelassen? Ungeschützt?«, riss Jinnass sie aus ihren Gedanken. Er kniete am Boden und betrachtete sich Thallians Wurfdolch gerade genauer.

»Sie war in einem Felsspalt versteckt«, erläuterte Adran, bevor Xzar etwas sagen konnte.

»Und sie war die ganze Zeit in deinem Gepäck? Warum hast du sie ihr noch nicht früher gegeben?«

»Jinnass, sie war in seinen Satteltaschen. Und so eine Rüstung gibt man doch nicht einfach weg.«

Xzar stutzte. Es klang, als würde Adran mit Jinnass ein Gespräch beenden, das sie vor Längerem begonnen hatten. Den anderen schien das Ganze nicht so aufzufallen.

»In nur sieben Stunden hin und zurück? Das ist unmöglich!«, sagte Borion ungläubig und lenkte Xzar von den beiden anderen ab.

Adran beugte sich zu Kyra und flüsterte in verschwörerischem Tonfall, aber laut genug, dass Borion ihn hörte, »Verrate es ihm nicht, aber wir haben uns in Löwenpferde verwandelt und sind geflogen.«

Borion wollte sich gerade wieder beschweren, als Xzar einwarf, »Später, wir müssen weg hier. Die Skelette von oben sind verschwunden.«

Der untere Tempel und das Labyrinth

Sie sammelten ihre Ausrüstung zusammen und machten sich auf den Weg. Vor ihnen lag ein breiter Durchgang, der gut ausgeleuchtet war. Zur linken und rechten Seite führte jeweils ein kleinerer Tunnel weg. Die Seitengänge waren nicht beleuchtet, doch fiel ein heller Lichtschein vom Hauptkorridor in sie hinein. Shahira fragte sich, ob der fehlende Kartenteil auch diese Tunnel zeigte, als sie sich daran erinnerte, dass sie noch ein weiteres Pergament hatten. Und auf diesem war ein Irrgarten abgebildet. Als sie es erwähnte, nickt Borion. »Ja, daran habe ich auch schon gedacht. Leider ist es nicht ersichtlich, ob es dieses Gebiet hier ist.«

»Aber es würde Sinn ergeben. Warum sollte Yakuban die Karte sonst haben, wo er doch in Verbindung mit dem Nekromanten Tasamin stand«, fügte Kyra hinzu.

»Wir werden es uns ansehen, vielleicht finden wir markante Orte, die zu der Karte passen«, sagte Borion abschließend.

Shahira sah in einen der dunklen Tunnel hinein. Hier warteten hunderte Geheimnisse und Gefahren auf sie. Welche würden sie erkunden? Welche Rätsel lösen? Und wo war ihr Feind? Selbst wenn Tasamin hier irgendwo lauerte, er hatte sich mit Sicherheit noch nicht durch das ganze Labyrinth bewegen können. Es bestand also noch Hoffnung, dass sie das Drachenauge vor ihm fänden.

Die Wände waren hier aus dem Felsen geschlagen und erneut waren Gemälde aufgehangen. Dieses Mal erschienen die Abbildungen deutlich furchterregender. Sie stellten grauenvolle Wesen dar: geflügelte und gehörnte Geschöpfe mit Reißzähnen und Klauen. Kreaturen, die aus den tiefsten Abgründen und Alpträumen entsprungen sein mussten. Dann gab es Bilder von Menschen: ihre Körper auf Speere gespießt und auf weiten Feldern aufgestellt. Andere wiederum zeigten grausame Fallen und ihre schrecklich zugerichteten Opfer. Die Fülle der zu Tode gekommenen war erdrückend. Und es wurde noch grauenhafter, denn im nächsten Gangabschnitt waren Darstellungen von Untoten, die sich an dem Fleisch der Gefallenen sättigten. Gegenüber hingen Zeichnungen von dunklen Gestalten, die blutrünstige Rituale abhielten. Shahira schauderte und fragte sich, ob diese Bilder zur Geschichte des Tempels gehörten oder ob nur jemand seinen grausamen Hang zur Kunst ausgelebt hatte. Doch eigentlich, da war sie sich innerlich sicher, wollte sie das gar nicht wissen.

Aus dem linken Gang drang das Geräusch von Wasser-tropfen zu ihnen herüber. Ein leiser Wind pfiff durch Felsspal-ten in der Decke und den Wänden und brachte modrige Luft zu ihnen heran. Aus dem rechten Gang erklang ab und zu ein schleifender Laut, so als würde jemand sein Schwert an einem Schleifbock schärfen. Und von vorne war nur das Knistern der Fackeln zu hören, die den breiten Weg ausleuchteten. Die Gruppe entschied sich zuerst für den linken Durchgang, um vielleicht etwas frisches Wasser zu finden. Sie bewegten sich langsam durch den Flur und nach einer kleinen Biegung endete er in einer runden Höhle, die in einem seltsamen Licht erhellt war. Der Lichtschein wirkte, als wären Schlieren in der Luft und diese wiederum schienen von sich aus gräulich zu leuchten.

Sie standen vor einem großen, unterirdischen See und in der Mitte führte ein dünner, begehbarer Holzsteg auf die andere Seite, wo er wieder in einen schmalen Gang überging. Das Wasser war trüb und von einer grünen Farbe. Somit blieb ihnen verborgen, wie tief der See war und ob sich etwas darin befand. Im Fackelschein sahen sie, dass über der Wasserober-fläche ekelerregende Dämpfe aufstiegen, die sich mit den Schlieren in der Luft vereinten. Es roch faulig und nach Schwe-fel. Die Wände waren gelblich verfärbt und von der Decke ragten spitze, dolchartige Steinzapfen herab, von denen eine seltsame, grüngelbe Flüssigkeit tropfte. Der aufsteigende Dampf schien die Grotte zu beleuchten, wenn auch nicht ersichtlich war, wie.

Jinnass tauchte seinen Stab an einzelnen Stellen in das Wasser, doch er kam nicht bis zum Grund. An einem Punkt stieß er plötzlich auf Widerstand. Er drückte den Stab noch etwas tiefer und verlor beinahe das Gleichgewicht, als etwas kurz und ruckartig an dem Holzstab riss. Der Elf schaffte es gerade noch den Stecken aus dem Wasser zu ziehen, ohne dabei nach vorne zu fallen. Sie starrten alle wie gebannt auf Jinnass, der nun den Stab sanft über die Oberfläche führte. Plötzlich schoss etwas aus dem Wasser. Es sah wie eine verfaulte Hand aus, die nach dem Stab griff. Jinnass reagierte augenblicklich und brachte seine Waffe in Sicherheit. Die Hand schob sich weiter aus dem Wasser, sodass der von grüngrauen Schuppen bedeckte Arm für alle zu sehen war. Er tastete nach rechts und nach links und wieder nach rechts. Dann, als er sein Ziel nicht fand, verschwand er wieder im Wasser, bevor er oder vielleicht war es auch ein anderer, in der Nähe des Stegs abermals aus dem Wasser emporkam. Die Hand tastete den Steg erneut ab, als suchte sie nach ihnen.

Shahira fröstelte und hoffte, dass der Rest des Wesens nicht auch noch heraus kam. Jinnass schlug derweil mit dem Stab auf die Hand ein, als sie ihm bedrohlich nahekam. Es gab ein schmatzendes Geräusch und einige Luftblasen stiegen neben dem Steg auf, als die Hand sich ins Wasser zurückzog. Sie beratschlagten sich kurz, was sie nun machen sollten. Trotz der Gefahren im Wasser entschieden sie sich dazu, den See zu überqueren.

Sie eilten über den Steg. Ihre Augen hatten sie dabei auf die Wasseroberfläche gerichtet, aus Angst eine dieser Hände würde erneut nach ihnen greifen. Vereinzelt stiegen weitere Luftblasen auf, blähten sich zäh auf, um dann mit einem widerlichen Laut zu zerplatzen. Als sie etwas mehr als die Hälfte des Weges hinter sich gelassen hatten, änderte der See unerwartet seine Farbe. Von dem Grün war bald nichts mehr zu sehen und der See nahm ein dunkles Rot an. Hier roch es anders. Schnell erkannten sie, dass es stank wie in einem Schlachthaus, denn die Flüssigkeit hier bestand aus Blut, dickflüssigem und geronnenem Blut. Erst langsam, dann immer heftiger begann es zu brodeln und zu zischen. Hier und da spritzten vereinzelte Tropfen an die Wände. Es wurde deutlich wärmer in der Grotte. Die Gruppe beschleunigte ihren Schritt, bis sie alle rannten. Kurz vor Ende des Wegs schoss dann doch noch eine Hand, nein zwei Hände aus dem Wasser und packten Adrans Beine. Der Krieger rannte einfach weiter, doch der Griff war zu stark und er stürzte.

»Verflucht, was soll das!«, rief er laut. Dann schlug er auch schon hart auf die Holzplanken, die unter dieser Wucht bedrohlich knackten. Adran wurde sämtliche Luft aus den Lungen gepresst. Sein unbekannter Gegner hatte ihn fest gepackt und zerrte ihn jetzt zum Rand des Stegs. Der Krieger klammerte sich mit aller Kraft an den Holzplanken fest. Schnell begriff er, dass er das nicht lange durchhalten würde. Die Kreatur im See war stark und das Holz des Steges glitschig und vermodert.

Kyra, die vor Adran rannte, und Jinnass, der ihnen allen folgte, blieben stehen. Jinnass schlug mit seinem Stab nach den Klauen, doch kurz bevor er traf, rutschte Adran ein Stück mehr zum Wasser hin und der Elf brach seinen Angriff ab. Um ein Haar hätte er Adran getroffen.

Kyra reagierte blitzschnell und in ihren Gedanken formten sich Flammenzungen, die schon im nächsten Augenblick auf die Hände des unbekannten Feindes zu schossen. Es zischte laut und hektisch stiegen einige Luftblasen in dem Blutsee empor, bevor die Hände von Adran abließen.

Jinnass half ihm auf und sie rannten weg; weg von diesem Steg; weg von diesem verfluchten See. Kaum erreichten sie die andere Seite, verschwanden Blut, Gestank und Wärme augenblicklich, als wäre nie etwas gewesen. Der grünliche See lag nun wieder ruhig hinter ihnen.

»Was ... geht hier nur vor sich?«, stammelte Adran, der seine Beine abtastete, um zu sehen, ob die Hände eine Wunde verursacht hatten. Zu seinem Glück war dies nicht der Fall, allerdings war seine Beinschiene durch den Griff schwer eingedrückt und er zog sie aus. Bei näherer Betrachtung sahen sie die tiefen Fingerfurchen in dem Stahl. Adran schüttelte erschaudernd den Kopf und warf sie achtlos weg.

»Unheimlich. Dieser Tempel ist ein verfluchter Ort«, sagte Kyra beunruhigt. »Ich kann mir nicht erklären, was wir dort gerade erlebt haben. Ich hoffe, wir finden einen anderen Weg zurück.«

»Ich muss gestehen, ich mochte Magie noch nie. Was immer ihr Magier da macht, es soll bloß von mir wegbleiben. Anderseits muss ich zugeben, deine Heilungen waren sehr gut. Und ich habe mich noch nicht bedankt. Und auch für jetzt, danke Kyra, für deine Hilfe«, sagte Adran kleinlaut.

Kyra sah ihn an, den Mund erstaunt geöffnet. »Adran? War das tatsächlich mal etwas Nettes von dir?«, fragte sie schmunzelnd.

Adran lächelte und nickte dann einmal.

Verlorene Freundschaft

Den unheimlichen See hinter sich lassend, folgten sie weiter dem Weg. Dieser war nicht mehr beleuchtet und so entzündeten sie Fackeln. Kyra brachte ihre Stabkugel zum Leuchten, sodass der Gang jetzt hell wurde. Beunruhigt stellten sie fest, dass die Seitenwände hier tiefe Kratzer aufwiesen. Diese endeten in Einbuchtungen, wo vereinzelte, menschliche Schädel und Knochen lagen.

»Wie alt mag der Tempel wohl sein?«, fragte Shahira nachdenklich.

Kyra dachte nach. »Ein genaues Alter ist schwer einzuschätzen. Aber es muss tausende Jahre her sein, dass man ihn baute. Wenn ich mich festlegen müsste, mindestens viertausend Jahre.«

Die anderen sahen sich staunend die Nischen an, als Kyra hinzufügte, »Das bedeutet nicht, dass diese Knochen auch so lange hier liegen.«

Die Gefährten nickten.

»Aber wer waren sie dann?«, fragte Shahira.

»Vielleicht Diener des Tempels oder gar seine Priester«, vermutete Kyra.

»Wie eine Grabkammer sieht mir das hier nicht aus und vor allem, was für einen Zweck hatten sie hier so nah an diesem See?«

»Vielleicht waren es Opfer, für die Wesen im See?«, merkte Borion grimmig an.

»Wie dem auch sei, können wir weitergehen? Dieser Ort jagt mir einen Schauer über den Rücken«, sagte Adran.

»Interessiert es Euch nicht, was hier geschehen ist?«, fragte Kyra überrascht.

»Nein, meine Liebe. Ich möchte nur unser Ziel erreichen und dann wieder raus hier. Dieser Tempel ist mir eindeutig zu *magisch*!«

»Vielleicht habt Ihr Euch nur noch nie richtig damit befasst? Wenn Ihr wollt, werde ich versuchen Euch etwas mehr darüber zu erklären?«

Adran wollte widersprechen und hob schon mahnend einen Finger, als er diesen wieder zurückzog und Kyra anlächelte. »Warum eigentlich nicht? Es wäre mir eine Freude, wenn du dich mit mir darüber unterhältst.«

»Gut, dann ist das abgemacht. Heute Abend wenn wir rasten?«

»Sehr gerne, meine Liebe«, sagte Adran schmeichlerisch und verbeugte sich.

»Seid ihr zwei jetzt fertig? Gut, dann lasst uns weitergehen«, sagte Borion missmutig.

An einer Stelle an der Decke verlief ein feiner Riss. Durch ihn sickerte der schwarze Nebel wie eine teigige Masse an der Wand hinunter. Am Boden sammelte er sich und staute sich dort leicht auf. Ein paar Schritte weiterfloss er dann durch eine Bodenspalte in unbekannte Tiefen ab. Es war ihnen aufgefallen, dass der restliche Tempel weitestgehend frei von den schwarzen Schwaden war. Xzar führte seinen Stab vorsichtig durch die dunkle Substanz. Sein Stab schnitt wie ein Messer durch Butter. Am unteren Ende der Waffe blieb eine klebrige, schwarze Masse hängen. Sie roch nach kalter Asche und Erde und Xzar wischte sie mit einem Tuch weg. Er wollte gar nicht er wissen, was das war.

Jinnass ging vorweg und bemerkte plötzlich vor seinen Füßen dünne Kerben im Boden, als sei etwas Schweres verschoben worden. Adran bückte sich, nachdem der Elf ihn darauf aufmerksam gemacht hatte und fühlte über die Risse. Der Krieger wusste nicht, was sie bedeuteten. Kaum hatte er sich wieder erhoben, als überraschend ein lautes Knirschen zu hören war. Adran ahnte, dass er es gleich erfuhr. Hinter ihnen senkte sich eine Wand von oben herunter und versperrte der Gruppe den Rückweg. Adran sah noch einmal zu den Kerben vor sich auf dem Boden und begriff es. »Lauft!!!«

Sie hasteten los, denn auch hier senkte sich nun rasant eine Wand herunter, die sie einsperren würde. Borion, Jinnass und

Adran schafften es, dem zu entgehen. Xzar schob Shahira vor sich her und drückte sich nach ihr in gebückter Haltung durch das nur noch kleine Loch. Für Kyra war es zu spät. Die Öffnung war zu schmal und so blieb sie zurück. Einem Geistesblitz folgend, hatte sie im letzten Augenblick ihren Stab unter die herabsinkende Mauer geschoben. Es knallte. Die schwere Platte schlug auf den Stab der Magierin auf. Doch das widerstandsfähige und fast nicht zu zerstörende Holz hielt der Wucht stand. Somit war ein schmaler Spalt zurückgeblieben.

Kyra hoffte, dass es ausreichen würde den schweren Stein hochzuheben. Vielleicht konnten sie ihren Stab sogar als Hebel einsetzen. Die Stabkugel, die jetzt am Boden lag, erhellte die kleine Kammer noch schwach und Kyra sah sich um, ob irgendwo ein Hebel zu sehen war. Und tatsächlich fand sie etwas an der Wand, denn dort gab es einen kleinen Stein, der durch eine hellere Färbung auffiel und dadurch, dass er ein wenig hervorstand. Kyra überlegte kurz und drückte auf den Stein, der sich fast unmerklich in die Wand schob.

Shahira bemerkte, dass Kyra nicht mehr durch den Spalt gekommen war. »Kyra? Hörst du mich?«, rief sie und kniete sich nieder.

Die Magierin antwortete nicht. Die Gefährten mussten nicht lange überlegen und so versuchten Borion, Xzar und Jinnass die Mauer mithilfe von Kyras Stab anzuheben, doch die Platte wog zu schwer. Kaum hatten sie es geschafft, unter die Steinplatte zu greifen und sie einen weiteren Fingerbreit hochzuschieben, da hörten sie auf der anderen Seite ein Klicken, gefolgt von einem fremdartigen Zischen. Die Magierin sagte etwas, doch der genaue Wortlaut blieb ihnen verwehrt. Dann donnerte es laut auf der anderen Seite und Kyras Stab wurde fortgezogen. Von dem Ruck wurde Jinnass, der den Stab noch immer festhielt, vor die Mauer gezogen, wo Borion und Xzar standen. Alle drei Männer verloren den Halt an der Steinplatte und diese schlug hart auf den Boden. Staub wirbelte auf. Es breitete sich eine bedrohliche Stille aus.

»Kyra?! Ist alles in Ordnung bei dir?«, brüllte Adran dicht an der Wand. Er hämmerte mehrmals mit der Faust gegen die Steinplatte. Eine Antwort blieb aus.

»Lasst uns meinen Stab nehmen. Wir versuchen ihn als Hebel anzusetzen!«, rief Xzar.

»Ja, gute Idee. Beeilen wir uns«, bestätigte Adran.

So versuchten sie es, doch die Steinplatte saß fest auf dem Boden und es gab keine Möglichkeit den Stab darunter zu schieben. »Verdammt! Und was jetzt?«, fragte Adran aufgeregt.

»Ich weiß es nicht. Lasst uns die Wände abtasten, ob irgendwo ein versteckter Schalter ist«, schlug Xzar vor.

Also machten sie sich daran, die Steine abzutasten. Shahira wurde unwohl zu Mute und auf einmal überkam sie ein seltsames Gefühl. Irgendwas war mit ihrer Freundin geschehen und sie fürchtete Schlimmes. Und dann nach einigen weiteren Augenblicken, die ihnen wie Stunden vorkamen, fuhr die Mauer wie von Geisterhand geführt wieder nach oben.

Kyra hatte den Stein in die Wand gepresst, als es plötzlich klickte. Dann folgte über ihr ein beunruhigendes Scharren und unmittelbar danach ein bedrohlicher Zischlaut. Sie sah auf und erkannte, wie sich in der Decke eine Steinplatte wegschob und etwas herunterfiel. Sie sprang zur Seite, was ihr nicht ganz gelang und ein klebriges Gewirr aus Fäden traf sie an den Beinen. Aus dem Dunkeln über ihr seilte sich der Körper einer riesigen Spinne ab. Das Biest hielt kurz inne, als musterte sie ihre Beute, klackerte dann kurz einige Male mit den scharfen Scheren, die ihrem Gesicht entsprangen und ließ sich dann unvermittelt herabfallen. Verflucht, was war das für ein Wesen? Eine Spinne mit Krebsscheren am Maul?

Kyra versuchte sich mit hektischen Bewegungen aus dem Netz zu befreien, stattdessen verklebten ihre Arme und Beine immer mehr, bis sie sich kaum mehr bewegen konnte. Die Spinne, die nun knapp einen Schritt über ihr an der Wand hing, hatte mehrere Reihen spitzer Zähne im Maul. Mit ihren faustgroßen, runden, roten Augen, starrte sie geifersprühend auf die junge Frau. Verflucht, war das eine Chimäre?

Kyra konzentrierte sich sehr angespannt, denn sie erkannte ihre gefährliche Situation, und sagte dann laut, »Flammen der Zeit, seid schnell bereit! Leiht mir eure Macht, von einem Funken entfacht!«

Es dauerte keinen Lidschlag, als aus ihren Armen lodernde Säulen schossen, die zu leuchtend roten Feuerzungen wurden. Sie schlugen in den Wänden, der Decke und den Boden ein und mit einem heftigen Knall füllte ein Flammenring die kleine Kammer aus. Kyra hielt nun ihre andere Hand empor. Ein unsichtbarer Schild schien sie selbst vor den Flammen zu schützen. Das Wesen über ihr zischte laut auf, als das Feuer den Leib versengte. Kyra wusste, dass der Zauber nicht ausreichte, das Monster zu töten. Ein nützlicher Nebeneffekt war jedoch, dass der Zauber sie von den Spinnweben befreite. Schnell konzentrierte sie sich noch ein weiteres Mal und formte einen unhörbaren Befehl mit den Lippen. Sie brauchte ihren Stab. Mit einem Ruck zog sich dieser unter der Wand hervor und schlug dann, von einem unsichtbaren Kämpfer geführt, auf die Spinne ein. Die Magierin spürte ihre Kraft schwinden. Schlimmer noch, die Zauber hatten ihr so sehr am Leib gezehrt, dass ihr das Bewusstsein schwand. Ihre Hoffnung lag auf dem tanzenden Stab, der mit heftigen Hieben weiter auf diesen seltsamen Gegner einschlug. Dann zerstörte etwas diese aufkeimende Hoffnung schlagartig: Die Spinne sprang neben dem Stab von der Wand und besprühte diesen mit einer klebrigen Substanz. Kyras Zauber erlosch. Der Stab blieb an der Wand haften. Sie zog ihr Rapier und holte zum Schlag aus. Im Schwung verließ sie jedoch die Kraft. Die Spinne stieß die Klinge mit Leichtigkeit zur Seite. Kyra drehte sich weg: Kein Platz! Wo sollte sie hin?

Dann geschah es: Die Spinne spuckte plötzlich einen gelblichen und übel riechenden Schleim auf die Magierin. Kyra schrie auf. Kein Lidschlag später setzte die verheerende Wirkung des Auswurfs ein. Kyras Haut brannte fürchterlich. Es bildeten sich Pusteln und Blasen auf ihr. Ihre schmerzerfüllten Schreie erstickten in der wabernden Masse. Die Spinne stieß ein Zischen aus und schnappte mit ihren Greifzangen zu. Kyra spürte einen Stich an ihrem Hals und sie zuckte heftig zusammen. Die Zangen pressten ihr die Kehle zu. Dann schwanden Kyra die Sinne. Ihre Bewegungen erschlafften, ihr Körper gab nach und sie sackte zusammen. Sie spürte noch einen weiteren Stich an ihrem Hals, das Brechen der Knochen und dann fiel sie in eine Dunkelheit. Ein Gefühl der Endgültigkeit empfing sie und der letzten Gedanke, der ihr in den Sinn kam, war: *Adran ... leb wohl ...*

Als die Wand mit einem dumpfen Schlag in der Decke verschwand, erschraken Shahira und die anderen. Kyra war nicht mehr da. An der Wand klebte ihr Zauberstab, umwickelt von weißen Spinnweben. Vor ihnen lag ein deformiertes Skelett, von dessen Knochen ein seltsamer gelber Schleim tropfte und modriger Verwesungsgeruch gemischt mit bitterem Gallgeruch stieß ihnen entgegen. Neben dem Gerippe lag Kyras Rapier, Fetzen ihrer Robe und ein Teil ihres Rucksacks. Es brauchte keiner weiterer Worte. Jedem wurde auf der Stelle klar, was sie dort vor sich sahen.

Shahira drehte ihren Blick weg und brach in Tränen aus. Sie warf sich in Xzars Arme, der sie auffing und fest umarmte, während er selbst weiter fassungslos auf den Anblick vor sich starrte. Shahiras Gefühle brachen sich Bahn. Angst und Panik überfielen sie wie eine Schneelawine im tiefsten Winter. Ihr Körper begann zu zittern und sie schrie ihre Trauer in Xzars Umarmung. Niemand sagte etwas. In ihren Gesichtern lag das pure Entsetzen. Adran stützte sich mit beiden Händen an die Wand und musste ein Würgen unterdrücken. Ihm war sämtliche Farbe aus dem Gesicht gewichen und Tränen standen ihm in den Augen. Borion schritt etwas weiter in den Gang und lehnte sich dann ebenfalls an die Wand, den Rücken zur Gruppe gekehrt. Jinnass stand vor dem Skelett und rührte sich nicht.

Keiner von ihnen hatte mit einer solch grausamen Situation gerechnet. Ihre Gefährtin Kyra, eine gute Freundin war tot. Von jetzt auf gleich, ohne dass sie wussten warum, ohne dass sie es hatten verhindern können. Was war nur geschehen? Was konnte so etwas auslösen? Der einzige, schmerzhafte Hinweis war dieser widerliche, gelbe Schleim.

Adran schrie wuterfüllt und voller Seelenschmerz auf. Er trat gegen die Wand. Die Schmerzen in seinem Fuß ließen ihn dabei kalt. »Warum haben wir uns nicht beeilt? Wenn wir die Mauer schneller angehoben hätten, dann wäre Kyra vielleicht noch am Leben!« Er sank auf die Knie und stützte sich mit den Händen schwer auf seine Oberschenkel. Keine halbe Stunde zuvor waren sie näher zusammengerückt. Sie wollten sich heute Abend unterhalten. Warum musste das geschehen? Diese Gedanken quälten ihn. Er schämte sich, dass er sie so oft geneckt hatte.

Shahira weinte bittere Tränen und all ihre Kraft war aus ihr gewichen. Xzar hielt ihren schwer zitternden Körper in seinen Armen. Er selbst starrte weiterhin mit leerem Blick auf das Skelett der Magierin. Sein Verstand wollte nicht begreifen, was hier geschen war. Hatte er zu wenig riskiert mit der Wand? Er durchforstete seinen Verstand nach einem Zauber, der ihnen hätte helfen können, doch seine Gedanken verschwammen. Er wollte etwas zu Shahira sagen, aber ihm fielen keine Worte ein, also hielt er sie einfach nur fest.

Jinnass stand vor den Knochen und eine einsame Träne schlich sich über seine blasse Wange davon, um dann unwiederbringlich von seinem Kinn in die Ewigkeit hinab zu fallen. Jinnass seufzte schwer. Er kniete sich vor Kyras Überresten nieder und besah sich den Rucksack. Ein Buch in ihm war noch erhalten, auf dessen Einband *Expeditionstagebuch und Reiseberichte Kyra Lotring* stand. Jinnass schob es unter seine Rüstung und löste einen kleinen Stoffbeutel von seinem Gürtel, den er behutsam öffnete. Wie lange war es jetzt her, dass er diese Macht angerufen hatte? Würde der Herr der Schatten ihn noch erhören?

Er griff mit zwei Fingern in den Beutel hinein und entnahm ihm ein bräunliches Pulver. Es war nur eine Prise und doch erfüllte sie den Gang mit dem Geruch von Holz, Morgentau und Erde. Er überlagerte sogar den schrecklichen Gestank des Schleims. Vorsichtig ließ Jinnass das Pulver über die Knochen rieseln. Dann streckte er seine Arme in Richtung Skelett aus und sprach leise, »*Bagoniâ sel pie Nantess! Ner waran ui Zarkaran, zarasan di wâs Korsonia! Wes Dunja, Dunja wis èja van dun!*«

»Hüter der Dunkelheit! Herr, nimm diesen Körper in dein Reich auf, leite ihn zu deinen Geschwistern. Nimm sie mit Liebe, liebe sie ewig«, übersetzte Xzar leise die elfischen Worte.

Kaum waren diese zu Ende gesprochen, erfüllte ein unheimliches Raunen den Gang und ein verzerrter Schrei, kaum hörbar für die anderen, hallte ihm nach. Kyras Knochen zerfielen langsam zu Staub und von den Händen des Elfen ging ein sanfter, wispernder Wind aus und das Knochenmehl verflog im Tunnel. Jinnass atmete schwer aus. Trauer umwehte sein Herz. Wie sehr er die Magierin, mit ihrer eigensinnigen Art und Weise, doch gemocht hatte. Sie war allzeit selbstbewusst gewesen und es war ihm so erschienen, als dass sie nichts aus der Ruhe hatte bringen können. Sie war eine gute Freundin gewesen und ihr Tod ließ eine leere Stelle in seiner Seele zurück.

Ihr Stab klebte noch immer an der Wand und Jinnass erkannte die dicken Fäden einer Spinne. Als er nach oben blickte, sah er die bewegliche Steinplatte, die nun geschlossen in der Decke saß. Nach einem Augenblick des Angedenkens drehte er sich weg. »Was immer auch mit ihr geschehen ist, sie wird nun in Frieden ruhen. Lasst uns diesen Ort der traurigen Erinnerung verlassen und unsere Reise fortsetzen.«

Dann trat er neben Shahira und legte der jungen Frau beruhigend eine Hand auf die Schulter. »Sie wird in die ewigen Hallen der großen Vier einkehren. Sie glaubte an Tyraniea, die Herrin der Elemente und an ihrer Tafel wird sie sitzen und Tag ein, Tag aus über Magie und deren Herkunft philosophieren, bis ihr euch eines Tages wiederseht.«

Shahira sah zu Jinnass, ihre Augen vom Weinen rot. Sie starrte ihn einen langen Augenblick an, bis sie zu Xzar blickte, der versuchte aufmunternd zu nicken. Sie ließ den Kopf sinken und begann, immer noch schluchzend, ihre Ausrüstung aufzuheben. Xzar sah ihr hilflos dabei zu. Dann bemerkte er den Blick des Elfen, der ihn skeptisch musterte. Jetzt war Xzar es, der den Kopf sinken ließ und ebenfalls seine Sachen zusammensuchte.

Adran hatte sich zu ihnen gesellt und stand nun noch einen Augenblick reglos neben Jinnass, als die anderen bereits schweren Mutes weitergegangen waren. Er sah auf seine Hände hinunter. »Stark genug ein Schwert zu führen. Im Kampf hunderte von Gegnern zu töten. Aber nicht so stark und schnell ein einzelnes Leben zu retten. Schon zum Zweiten mal nicht. Wie konnte das nur geschehen?«

Jinnass legte seine Hand auf Adrans Schulter. »Mein Freund, wir haben es versucht. Wir konnten nicht mehr tun, als das, was wir taten. Die Wand fuhr erst hoch, nachdem die Falle ihren schrecklichen Blutzoll gefordert hatte. Nicht wir waren es, die sie töteten. Auch das schon zum Zweiten mal nicht. Tief in unserem Herzen werden Kyra und *sie* weiterleben und irgendwann, das weißt du, werden wir sie beide wiedersehen in den großen Hallen. Doch jetzt müssen wir unseren Auftrag erfüllen. Komm, lass uns gehen.«

Adran nickte traurig, sah noch einmal in den Gang zurück und schloss dann zum Rest auf.

Der Meister und sein Diener

Shahiras Schritt war schwer und Xzar half ihr, indem er einen Teil ihrer Ausrüstung trug. Die junge Abenteurerin stand kurz vor dem Zusammenbruch, doch auf Borions Frage, ob eine Pause ihr helfen würde, hatte sie lediglich mit einem Kopfschütteln reagiert. Also folgten sie weiter dem Weg. Jedem von ihnen hingen schwere Gedanken nach, was wohl mit Kyra passiert war? Doch niemand sprach ein Wort.

Shahira war tief in Gedanken versunken. Sie begriff es noch nicht; Ihre liebste und teuerste Freundin Kyra war tot. Sie war noch so jung gewesen. Keine drei Jahre Lebenserfahrung hatten sie voneinander getrennt. Shahira liefen Tränen die Wangen herunter, ohne dass sie weinen wollte. Ihr Bauch wurde von Krämpfen durchfahren und ihre Kehle fühlte sich wie zugeschnürt an. Ihre Hände zitterten und sie wollte schreien, doch sie konnte nicht. Ihr Schmerz war fürchterlich und ihre Angst vor diesem Ort wuchs.

Jinnass ließ sich ein wenig zurückfallen, um neben Xzar zu gehen. »Xzar, beantworte mir eine Frage«, sagte er leise. »Warum verstehst du meine Sprache?«

Schon früh hatte der Elf bemerkt, dass Xzar eine Person voller Geheimnisse war. Der Tod der Magierin hatte ihm gezeigt, dass ihre Zeit zusammen zu kurz sein konnte. Aus irgendeinem Grund vertraute er Xzar. Der Magier, oder war er ein Krieger, war immer freundlich zu ihm gewesen und es lag keine Falschheit in seinem Handeln und Denken. So dachte Jinnass, wäre es an der Zeit etwas mehr über den Gefährten zu erfahren. Besonders jetzt, wo das Grauen der Vergangenheit sich zum ersten Mal auf solch schreckliche Weise gezeigt hatte.

Xzar sah ihn nachdenklich an und zögerte. »Ich ... nun ich habe sie beigebracht bekommen.« Xzar seufzte und entschied sich dazu, dem Elfen zu vertrauen. »Ich werde dir einen Teil meiner Geschichte erzählen. Sie ist noch nicht lang, aber ich habe viel in dieser kurzen Zeit erlebt.«

Die beiden ließen sich ein wenig mehr zurückfallen, sodass keiner mithören konnte.

»Ich habe deine Sprache von meinem Lehrmeister Diljares beigebracht bekommen, so wie viele Zauber. Auch einige der Elfen. Mein Meister selbst, ist ein Elf.«

Jinnass sah ihn überrascht an. Hatte Xzar eben Diljares gesagt? Jinnass kannte diesen Namen. Xzar, der den Blick des Elfen falsch deutete, fuhr fort, »Ich weiß, es klingt unwahrscheinlich, da er doch bei den Zwergen lebt. Aber er verstand sich gut mit ihnen. Ich kam früh zu ihm, vielleicht war ich zwölf oder dreizehn, doch er nahm mich auf und half mir die Magie zu verstehen, die durch meine Adern floss. Und noch viel mehr, er half mir aus zehn Jahren Lehrzeit, das vierfache heraus zu holen ...«

Xzar erzählte Jinnass seine Geschichte, auch wenn er sich im Nachhinein nicht sicher war, ob so manches Detail wirklich wichtig gewesen war. Jinnass jedenfalls schien sein Vertrauen zu genießen und hörte interessiert zu. Nachdem Xzar geendet hatte, fühlte er sich selbst seltsam berührt. Diese Erinnerungen hatten ihn schmerzlich daran erinnert, dass sein Bruder und Vater tot waren.

Währenddessen folgten sie weiter dem Gang, welcher sich nach einiger Zeit gabelte. Sie entschieden sich für den rechten Tunnel. Borion beteuerte, dass dieser ungefähr in die Richtung führte, wo sich der Hauptgang befinden musste. Hier war es dunkel und selbst der Fackelschein erhellte die Umgebung nur spärlich. Jinnass hatte die Führung übernommen und er tastete mit seinem Stab den Boden vor sich ab, bis er plötzlich ins Leere stieß. Er leuchtete mit der Fackel den Tunnel aus und sie erkannten, dass er hier in einer tiefen Schlucht endete. Durch die alles umfassende Dunkelheit war nicht zu erkennen, wie weit diese nach unten reichte und sie entschlossen sich zurück zugehen. Sie folgten dem anderen Gang und dieser war etwas heller. Nach einigen hundert Schritt sahen sie vor sich eine Höhle. Sie wurde von mehreren blauen Lichtkugeln erleuchtet, die an der Decke schwebten. Von diesem seltsamen blauen

Leuchten erfüllt, funkelten die Wände wie glänzende Diamanten. Bei genauerem Betrachten erkannten sie, dass es daran lag, dass die Wände feucht waren. Wenn man sich auf die Kugeln konzentrierte, verschwammen ihre Konturen vor den Augen und wirkten dann, als blicke man in den nächtlichen Himmel, wo die Sterne leuchteten. Es stand außer Frage, dass hier Magie wirkte. Doch wer hatte sie geschaffen?

In den Wänden sahen sie fünf Löcher, die gerade so groß waren, dass vielleicht ein Kind darin aufrecht stehen konnte. In der Mitte des Raumes war ein kleiner Brunnen aufgebaut, dessen Wasser silbern schimmerte. Von ihm stieg ein eigenartiger Duft auf. Es roch mal nach Wein, mal nach Frucht und Stroh, dann plötzlich nach Schweiß, Hefe und verbranntem Holz, und dann doch wieder nach was anderem. Das Atmen fiel ihnen schwerer hier, da die Luft wegen des Brunnens sehr feucht und stickig war.

Xzar hob einen Stein vom Boden auf und warf ihn in das Wasser. Er tauchte geräuschlos ein und verschwand. Eine beunruhigende Stille lag im Raum. Xzar ging vorsichtig auf den Brunnen zu und fühlte mit der Hand über die Wasserschicht, ohne in sie einzutauchen. Der Windhauch, der von seiner Hand ausging, ließ leichte Nebelwolken aufsteigen. »Das ist kein Wasser, das ist Rauch!«

Jinnass kam zu ihm. Er versuchte, den Rauch mit der Hand ganz zu vertreiben, doch es gelang ihm nicht. Verschwand er an einer Stelle, floss neuer von unten nach.

»Es scheint, als sei dies eine Art Dampfkammer zur Entspannung gewesen«, sagte der Elf.

»Mit Magie bewirkt? Sehr seltsam und irgendwie unheimlich. Lasst uns lieber weitergehen«, sagte Adran, der nun auch vor dem Brunnen stand.

Shahira sah von weiter hinten auf die Drei, als plötzlich wieder die Stimme in ihren Gedanken erklang. »*Sie werden hier alle Sterben. Deine Freundin war die Erste, wer wird ihr folgen?*«

Shahira drückte sich zitternd an die Wand und sie spürte, wie ihr Tränen in die Augen schossen. Wer sprach da zu ihr? Was sollten diese Worte? Sie wusste, dass ihre Freundin tot war. Warum quälte jemand sie so? Als sie merkte, dass Xzar zu ihr blickte, zwang sie sich ein Lächeln ab. Er lächelte zurück, doch sie sah auch den Schmerz ihn seinem Blick. Er hatte sich bemüht sie aufzumuntern, ihr gesagt, dass alles gut werden würde, doch wie sollte er das wissen? Kyras Tod lag noch zu nah. Noch wollte ihr Verstand diesen Worten nicht glauben.

Borion hatte sich derweilen ein wenig im Raum umgesehen, aber außer dem Brunnen und den fünf Röhren nichts entdeckt. Der Elf hatte ihn dabei beobachtet und sein Gesicht ärgerlich verzogen. »Jetzt müssen wir wohl wie das Zwergenvolk durch die engen Gänge kriechen.« Jinnass schüttelte angewidert den Kopf. Er vermisste die freie Natur. Je eher sie aus den oberen Tunneln herauskamen, desto schneller würde er die Bäume und die Wiesen seines heimatlichen Gartens wiedersehen. Wie lange sehnte er sich nun schon danach, ihn endlich wieder betreten zu können?

Da sie nicht wussten, welcher Tunnel der richtige war, wählten sie einen aus, der von der Richtung her weiter zum Hauptweg führte und angetrieben von der Hoffnung nach draußen zu gelangen, kroch Jinnass trübsinnig in einen der Tunnel. Die vier anderen folgten dem Elfen. Der Tunnel neigte sich leicht abwärts und egal, wo er endete, sie würden wohl irgendwo im Labyrinth rauskommen. Dann wurde der Gang langsam breiter und höher, sodass sie schon bald wieder aufrecht standen. Der Weg führte sie weiter abwärts, bis auf einmal mehrere unheimliche Geräusche zu hören waren. Zuerst ertönten ein Knirschen und dann ein Schleifen. Es kam ihnen bekannt vor, so als würde erneut eine Platte in einem Gang nach unten fahren. Dann folgte ein Klappern und kurz darauf erklang ein regelmäßiger, schlagender Ton. Es ähnelte einem Hammer, der gleichmäßig auf einen Amboss schlug, nur das die Klänge dumpfer waren. Unmittelbar danach setzte ein leises Rauschen in der Ferne ein, welches stetig anschwoll. Sie lauschten angespannt und beobachteten den Weg vor und hinter sich. Erst als das Tosen stärker wurde, erkannte Jinnass das Unglück, das auf sie zu kam. »Lauft weiter! Schnell!«

Doch es war zu spät, hinter ihnen brauste eine wildschäumende Wasserfront auf sie zu. Ein Entkommen war unmöglich, auch wenn sie es versuchten. So erfasste sie die Flut und drückte sie mit atemraubender Wucht durch den Tunnel. Der eiskalte Sog riss sie abwärts. Sie schlugen gegen die Decke und auf dem Boden auf, dann wurden sie hochgespült. Ein Herzschlag lang konnten sie nach Luft japsen, dann riss der Strom sie wieder nach unten. Schmerzen schossen durch ihre Körper und immer wieder drang Wasser in ihre Lungen. Lange würden sie das nicht überleben.

Shahiras Gedanken rasten wie wild. Wo war Xzar nur? Würden sie jetzt alle ertrinken? Sterben im Tempel, so wie Kyra? War es das, was die Stimme ihr sagen wollte? War sie die Nächste? Oder Xzar? Einer der anderen? Luft! Sie brauchte Luft!!

Das Wasser wirbelte sie herum. Sie schrammte über den Boden, spürte einen stechenden Schmerz in ihrem Arm, dann das Gefühl in die Tiefe gerissen zu werden. Sie nahm ihn nur halb wahr, einen schweren Schlag am Kopf. Noch einmal kam sie kurz an die Oberfläche und sah Xzar, der wesentlich besser mit dem Wasser zurechtkam als sie und dann verlor sie das Bewusstsein.

Xzar stieß sich, so gut er es vermochte, vom Boden ab, um dabei nach oben zu kommen. Er atmete dann kurz ein, bevor das Wasser ihn wieder nach unten riss. Allmählich wurde ihm schwarz vor Augen und als er noch ein weiteres Mal Luft holte, schwanden ihm die Sinne und er erlag der Flut. Den anderen erging es nicht besser und somit wurden sie alle durch den Gang gespült.

Nach einiger Zeit erwachte Shahira in der Dunkelheit und ein brennender Reiz in ihrem Hals brachte sie zum Husten. Sie spie einen Schwall Wasser aus und während sich ihre Lunge gegen die eingedrungene Flüssigkeit erwehrte, spuckte und würgte sie weiter. Um sich herum hörte sie Geräusche, das mussten die anderen sein. So hoffte sie jedenfalls. Als sie an sich hinab tastete, spürte sie den eiskalten und nassen Stoff ihrer Kleidung und doch war ihr Oberkörper warm. Ob das an der Magie der Drachenschuppenrüstung lag? Ihr Hemd und ihre Hose waren an manchen Stellen eingerissen. Als sie um sich herum tastete, fand sie ihre verteilte Ausrüstung, zumindest war alles noch da. Der Boden, auf dem sie lag, war nass und unter sich spürte sie kleine Löcher in der Erde. Anscheinend war hier das Wasser abgeflossen. Es dauerte eine ganze Weile, bis sie begriff, was geschehen war.

»Ist alles in Ordnung bei euch?«, hörte sie Xzars Stimme.

Er lebte! Shahira sah sich um, als ein violettes Licht den Raum erhellte. Als Nächstes erkannte sie, dass es von dem Rubin in Xzars Stab ausging; ein diffuses Leuchten, das unnatürlicher nicht sein konnte. Aber besser als die Dunkelheit war es auf jeden Fall. Adran und Jinnass nickten auf Xzars Frage hin.

»Bis auf diesen Schnitt an meinem Arm und der Kälte, ja. Außer vielleicht noch einigen hämmernden Kopfschmerzen«, antwortete Shahira zitternd.

Xzar sah sich um. »Borion? Alles in Ordnung.«

Der Krieger saß in sich zusammengesunken und mit gesenktem Kopf an der Wand.

»Borion?«, wiederholte Xzar besorgt.

»Was? Oh, ja, sicher. Entschuldigt bitte, ich habe auch nur ein wenig Kopfschmerzen. Irgendwas habe ich wohl abbekommen«, antwortete er verzögert.

Jinnass sah sich derweil Shahiras Wunden an. Den Schnitt versorgte er mit einem Verband, da er nicht tief war.

»Gegen die Kopfschmerzen kann ich leider nichts machen. Sie werden weggehen. Du hattest Glück«, erklärte er sanft.

Shahira sah ihn ungläubig an und nachdem sie heftig schluckte, sagte sie, »Glück? Du machst Scherze. Seit wir hier in diesem Tempel sind, hat uns ... hat mich alles Glück verlassen. Kyra ist ....« Ihr versagte die Stimme.

Der Elf sah sie betroffen an, nickte dann aber nur kurz und stand auf. Shahira kamen erneut Tränen, doch auf ihrem nassen Gesicht, fielen diese nicht weiter auf. Xzar kniete sich neben sie und wollte etwas sagen, doch Shahira schüttelte nur den Kopf. Also blieb er dort und hielt ihre Hand.

Als sie sich ein wenig erholt hatten, sahen sie sich um. Sie waren in einem runden Raum. In einer Wand befanden sich fünf große Löcher, aus denen noch ein leichter Wasserstrom floss. Von dort mussten sie herausgespült worden sein. Es lag nahe, dass die anderen Tunnel denselben Ursprung hatten wie ihre Röhre. Als Jinnass hineinblickte, stellte er fest, dass es steil nach oben ging. Ein Zurückklettern war somit nicht möglich. An einer anderen Stelle gab es eine Holztür im Mauerwerk. Sie war von feuchtem Moos grün bewachsen. Ansonsten wies der Raum keine Besonderheiten auf.

»Ich denke, wir sollten zuerst ausruhen. Lasst uns versuchen unsere Kleidung und die Ausrüstung ein wenig trockener zu bekommen«, schlug Borion vor. Er hatte bereits damit begonnen seinen Ringpanzer auszuziehen.

»Und wie denkst du, sollen wir das schaffen? Der Boden hier ist nass, genauso wie unsere Sachen! Ganz zu Schweigen davon, dass hier kein Holz ist«, fragte Adran missmutig.

Xzar zuckte niedergeschlagen mit den Schultern. »Da hast du recht. Also sollten wir wohl lieber weitergehen. Vielleicht findet sich ein besserer Ort für eine Rast. Wir befinden uns nun mitten in diesen Katakomben, ohne zu wissen, wo und ohne zu wissen, wie wir wieder hinaus kommen.«

Shahira warf Jinnass einen fragenden Blick zu und schnaubte dann, »Glück?«

Der Elf sah sie traurig an, antwortete aber nicht.

»Lasst und gehen«, sagte Xzar, der erst Shahira und dann Jinnass aufmunternd eine Hand auf die Schulter legte, »Wir schaffen es hier heraus und ja«, er sah Shahira an, »du hattest Glück, denn es hätte auch noch schlimmer sein können. Du hättest ...« Er unterbrach sich und schluckte.

Shahira sah erschrocken zu ihm hoch. Sie sah die Sorge in seinem Blick und nickte. »Du hast recht, verzeiht mir bitte, beide.«

Xzar lächelte und der Elf nickte.

»Es gibt nichts zum Verzeihen. Unsere Lage lässt uns schon mal überreagieren«, sagte Xzar aufmunternd. »Doch jetzt lasst uns aus diesem Raum heraus kommen.«

»Du hast recht, hier drinnen werden unsere Sachen sicherlich nicht trocknen«, stimmte Adran ihm zu.

Sie suchten ihre Sachen zusammen und Borion murmelte etwas Unverständliches, als er sich seine nasse Rüstung wieder anlegte.

In die Holztür waren feine Linien eingearbeitet, die zusammen ein seltsames Symbol ergaben. Es sah aus wie eine Schreibfeder, die in einem menschlichen Herz steckte. Weitere Linien bildeten Buchstaben. Jinnass überlegte und erinnerte sich daran, dass das Wort in einer alten Sprache *Blutwasser* lautete. Sie sahen sich fragend an. Nichts hier ließ erahnen, ob der Raum einen Bezug zu dem Wort hatte und sie hofften, dass dies auf der anderen Seite der Tür so blieb. Die Holztür hatte keinen Türknauf und wenn sie Scharniere besaß, sah man es von hier aus nicht.

»Seltsame Kunst«, moserte Adran über die Verzierung.

»Das ist ein Zeichen der Zwerge aus Kan'bja. Es bedeutet so viel wie *Hier ist dein Tod geschrieben*«, erklärte ihm Xzar.

»Kan'bja?« Adran lachte auf. »Also waren die Zwerge auch hier gewesen?«

Xzar nickte langsam. »Scheint so, allerdings erklärt sich mir das nicht. Ist aber jetzt auch nicht so wichtig.«

»Stimmt, wieso sollte es uns auch überraschen, dass die Zwerge einst hier gewesen waren und dieses Zeichen, das nicht gerade beruhigend ist, in die Tür eingemeißelt haben«, erwiderte Adran schneidend.

»Was in diesem Tempel ist schon beruhigend?«, sagte Shahira und unterband damit jegliche weitere Gespräche.

Bei dem Versuch die Tür aufzudrücken, scheiterten sie. Sie bewegte sich geringfügig vor und zurück, so als sei sie auf der anderen Seite durch einen Riegel versperrt. Borion nahm etwas Anlauf und rammte mehrmals mit der Schulter gegen das Holz, bis es plötzlich nachgab und der Krieger zwischen splitternden Planken durch den Rahmen stolperte. Auf der anderen Seite lag jetzt ein zerbrochener Balken, der die Tür vorher verriegelt hatte.

»Na wer sagt's denn, Holz untereinander versteht sich eben«, scherzte Adran, dessen Unmut mit der offenen Tür verflogen war.

Borion drehte sich um und wollte etwas erwidern, doch er entschied sich dagegen. Stattdessen begann er, die Holzreste von seiner Rüstung zu entfernen.

Und wie schon so oft zuvor standen sie wieder in einem langen Korridor. Diesmal war er hoch genug, um aufrecht darin zu gehen. Die Fackeln an den Wänden waren zum Teil noch nicht sehr weit abgebrannt. Die Wände und die Decke wurden durch dicke Holzbalken abgestützt. Borion versuchte eine der Fackeln an der Wand mithilfe von Feuerstein und Zunder zu entzünden. Es gelang ihm nach einigen Versuchen und die Fackel loderte knisternd auf. Er gab sie Shahira, die dankbar nickte. Es war zwar nicht viel, aber die Wärme war wohltuend auf ihrem Gesicht.

Während sie den Tunnel durchschritten, entzündete Borion weitere Fackeln. Hier unten wirkte das Licht gedämpfter. Woran das lag, wussten sie nicht. Dennoch reichte es aus, um zu erkennen, wohin sie ihre Füße setzten. Jeder Schritt fiel ihnen schwer, da das Wasser in ihrer Kleidung die Bewegungsfreiheit enorm einschränkte. Dazu kam noch die Kälte in ihren Knochen. Es dauerte nicht lange, bis sie an einer weiteren Tür ankamen, die nur leicht angelehnt war. Vorsichtig und auf die Umgebung achtend schritt Borion voraus. Er schob einen Fuß in den Türspalt und drückte diese dann sachte auf. Das Licht tänzelte spielend in den dahinterliegenden Raum. Und je mehr es die Dunkelheit verschlang, desto schwächer wurde es. Den Grund dafür fanden sie schnell heraus, denn jenes Zimmer, welches sich der Gruppe nun auftat, war bereits hell ausgeleuchtet. Borion ließ Jinnass vorbei, damit dieser den Raum ausspähen konnte. Der Elf hatte Pfeil und Bogen bereits in der Hand, um auf alles vorbereitet zu sein. Borion und die anderen folgten ihm mit etwas Abstand.

Nachdem Jinnass durch die Öffnung geschritten war und er den Raum vollständig einsehen konnte, verspürte er plötzlich einen sanften Luftzug und Shahiras Fackel flackerte hinter ihm auf. Er überlegte kurz und ahnte, dass etwas geschah.

»In Deckung!!!«, rief er laut und drehte sich seitwärts weg, während er sich zu Boden fallen ließ.

Borion und Adran reagierten zuerst, indem sie es dem Elfen nachtaten. Xzar ging in die Hocke. Dann bemerkte er, dass Shahira noch immer verdutzt zu Jinnass sah. Im letzten Augenblick stieß er sich ab und riss sie zu Boden. Er begrub Shahira unter sich, um sie bestmöglich gegen das herannahende Unheil zu schützen. Sie wollte aufbegehren, kam aber nicht mehr dazu. Schon einen Lidschlag später schoss ein gewaltiger, lodernder Flammenstrahl auf sie zu. Anfangs in der Form eines brennenden Speeres verbreiterte er sich zunehmend, je weiter er in den Raum kam. Seine roten, gleißenden Flammen strahlten eine bedrohliche Hitze aus, die ihnen fast die Luft zum Atmen raubte. Als er über sie hinweg schoss, pressten sie sich auf den Boden und bedeckten ihre Augen. Die Hitze brannte auf ihrer Haut. Die Feuerlanze flog den Gang entlang, bis sie am Ende in den Raum einschlug, aus dem sie kamen. Die Feuchtigkeit dampfte und zischte. Für einen Augenblick blieben sie noch am Boden liegen und erst als Jinnass sich erhob, richteten auch die anderen sich wieder auf.

»Das war knapp«, sagte Borion.

Shahira sah Xzar an. »Danke.«

Er lächelte und gab ihr einen Kuss. »Ich danke dir.«

Sie sah ihn fragend an. »Wofür?«

»Für das Gefühl, gebraucht zu werden«, gab er ihr zur Antwort.

Sie lachte leise. »Gebraucht, um meine Dummheiten auszubaden. Der richtige Lohn für einen Helden.«

Xzar drückte sie an sich und gab ihr nun einen langen und innigen Kuss. Sie erwiderte ihn. Seit sie den Tempel betreten hatten, war es kaum zu Zärtlichkeiten zwischen ihnen gekommen. Ihre Gefühle hatten so vieles durchlebt und sie fühlte sich so mutlos. Und jetzt wo Kyra tot war, schwand auch ihre Hoffnung, ihr Ziel zu erreichen.

»Der hier hat es wohl nicht so schnell geschafft, sich zu ducken«, sagte Borion und deutete mit dem Finger auf einen verbrannten Leichnam, der in der Mitte des Raums lag.

»Noch drei davon und meine Ausrüstung ist wieder trocken«, kam eine spitze Bemerkung von Adran.

»Wahrscheinlich hat die nasse Kleidung uns jetzt gerettet. Die Hitze des Zaubers war enorm«, sagte Xzar, während er den verbrannten Körper mit seinem Stab beiseite drückte. Das Gesicht und große Teile des Oberkörpers waren vollends verkohlt.

Sie sahen sich in der Halle um. Es war ein größerer Raum, an dessen Wänden mehrere veraltete Schränke standen und eine Anrichte mit Stühlen. Auf dem Tisch lag ein aufgeschlagenes Buch und daneben lag umgestoßen ein Tintenfässchen mit einer Schreibfeder. Die Tinte war schon seit Ewigkeiten in das Holz des Tisches eingetrocknet.

Xzar ging auf das Buch zu und las langsam vor, was er auf der Seite erkennen konnte. »*Es ist wieder ein Tag ohne sichtliche Erfolge. Die Experimente mit dem Stein machen keine Fortschritte. Morgen kommen neue Versuchstiere. Ortheus hilft mir, wo er nur kann, doch er ist nun mal kein Magister ...*«

Xzar blätterte um. »Ich schätze, das hier ist ein Tagebuch. Klingt nach dem Magier, der hier einst lebte. Mal sehen, ob noch was Wichtiges vermerkt ist.« Xzar blätterte die Seiten durch. Dabei achtete er darauf, die brüchigen Blätter nicht zu beschädigen. »*Heute ist es so weit. Heute werde ich die Kraft des Steines nutzen, um eine neue Lebensform zu erschaffen. Ich werde versuchen, eine Kreatur aus fünf verschiedenen Wesenheiten zu formen und ich denke, dass dieses neue Wesen meine Macht verstärken kann, dass es niemand mehr wagen wird, in meine Anlage einzudringen. Meine kleine Spinne war leider nicht so zahm wie erhofft. Sie hat sich aus ihrem Käfig befreit und ist in die Tunnel entflohen ...*« Xzar blätterte erneut um. »Hier werden die Textstellen unlesbar. Nein, Augenblick! Hier ist noch was. Allerdings in einer anderen Handschrift: *...das Experiment ist fehlgeschlagen. Zwar konnte mein Meister das Wesen erschaffen, es jedoch nicht kontrollieren. Der Meister war zu übermütig. Er wollte sechs Wesen in Einem vereinen. Fünf waren ihm gelungen, aber es musste ja noch eine Spinne dazu kommen. Der Meister liebt Spinnen. Das Monster rastete jedoch aus und flüchtete ins Labyrinth. Es konnte ohne Schwierigkeiten den Bannkreis überwinden und hat als erstes Navarion, den Elfen angegriffen. Er entging dem tödlichen Gift, wie durch ein Wunder. Wir suchten viele Tage in den Gängen der zweiten und der dritten Ebene, doch es tarnte sich und wir konnten es nicht in seinem Versteck ausmachen. Der Meister ist vor einer Woche aufgebrochen. Er holt neue alchimistische Materialien. Nur mit einer Falle können wir die Bestie fangen und der Meister muss sie dann vernichten. Navarion ist mit ihm gegangen. Er zieht in den Süden, um dort das berüchtigte Donnerauge zu finden. Mit dem Donnerauge können wir den Tempel endlich wieder sicher machen ...*

...Gestern sind zwei weitere Bedienstete der Bestie zum Opfer gefallen. Es traut sich immer mehr zu und nähert sich immer weiter der Treppe zur ersten Ebene. Wenn der Meister bis morgen nicht zurück ist, werde ich die Tür zur Außenwelt verriegeln und mit dem Wesen hier sterben. Vielleicht kann ich es ja auch im Kampf besiegen ...« Xzar machte eine kurze Pause. »Der Text ist unterzeichnet mit *Ortheus Delgan, 430 ndK.*« Er schlug das Buch zu und sah zu den anderen. »Als wir hier ankamen, war die Tür des Tempels noch verschlossen. Dann wird dieses Biest wohl noch hier sein, wenn es nicht bereits tot ist nach dieser langen Zeit. Immerhin ist es fast 400 Jahre her, dass diese Zeilen geschrieben wurden.«

»Wie kommst du auf 400 Jahre?«, warf Shahira die Frage ein.

»Hier steht: 430 ndK, das bedeutet 430 Jahre nach dem Krieg. Das kann aber dann nur der Krieg der Elfen gewesen sein, vor bald eintausend Jahren. Der Krieg gegen die Magier ist ja noch gar nicht solange vorbei.«

»Wir rechnen doch auch nicht mehr mit diesen Jahreszahlen, oder?«, fragte Shahira.

»Die Gelehrten machen es noch so. Wir sind nun im Jahre 826 ndK«, erklärte Xzar.

»Die Orden der großen Vier verbreiten allerdings die Zeitrechnung ndR: nach der Rückkehr. Also das Wiedererwachen der Götter«, fügte Adran hinzu.

»Was dann auch wieder nach dem Krieg wäre, da sie das Jahr 0 auf das Ende des Krieges gegen die Magier festgelegt haben«, sagte Xzar schmunzelnd.

»Erstaunlich, dass sich das Buch so lange gehalten hat. Wer wohl der Meister war und dieser Ortheus? Sogar einer von deinem Volk war hier, Jinnass«, sagte Shahira.

Xzar erkannte zum ersten Mal seit Kyras Tod wieder einen Anflug der Neugierde in Shahiras Blick. Der Elf nickte und Xzar meinte, eine leichte Blässe auf der Haut des Elfen zu erkennen.

»Wenn dieses Wesen mit der Macht eines Drachenauges erschaffen wurde, dann ist es doch gut möglich, dass es noch lebt. Und was ist das *Donnerauge*?«, fragte Shahira nun.

»Ja, wäre denkbar. Das Donnerauge ist ein Schwert. In den Legenden heißt es, dass man mit dem Schwert jeden Dämon oder Kreatur der Finsternis vernichten kann«, erklärte Jinnass, der sich von den anderen abgewandt hatte.

»Leider steht dort nicht geschrieben, aus welchen fünf oder sechs Wesen er die Chimäre erschuf. Nur von einer Spinne wissen wir. Der Name des Magiers wird auch nicht erwähnt«, stellte Xzar enttäuscht fest, während er fast zärtlich über den Ledereinband des Buches strich.

»Sagt mal Xzar, warum seid Ihr wirklich hier auf dieser Reise?«, fragte Borion plötzlich misstrauisch.

Alle sahen den Krieger überrascht an. Diese Frage kam unerwartet und in der Stimme des Kriegers klang deutliches Misstrauen mit. Als er ihre Blicke spürte, fuhr er fort, »Ihr seid sehr seltsam für mich. Ihr rennt in sieben Stunden die Strecke vom Tempel bis zum Lager und wieder zurück. Ihr habt begierig die alten Zeichnungen an den Wänden studiert und forscht nach, wer hier einst lebte? Euer Kampfstil mit den Schwertern ist ungewöhnlich und dann beherrscht Ihr auch noch Magie ... Von der Ihr uns nichts erzählt habt. Und Eure Magie ist für jemanden in Eurem Alter zu mächtig. Da verwundert es doch nicht, dass ich mir diese Fragen stelle, oder?«

»Borion, Ihr vergesst, dass ich mit Adran zusammen gerannt bin. Wir haben uns einen der Krafttränke geteilt, die ich aus dem Waldhaus mitnahm. Erinnert ihr Euch? Des Weiteren lernte ich das Zaubern und das Kämpfen bei einem privaten Lehrmeister und ja ich habe ein gewisses Talent, diese Dinge gut zu beherrschen. Danke für Euer Kompliment. Mein Magierstab verstärkt meine Zauber, warum und wie er das macht, weiß ich nicht. Mitgekommen bin ich, um ein Abenteuer zu erleben. Zugegeben die Belohnung hat auch ihren Reiz. Der Rest ist nur Neugierde«, antwortete Xzar gelassen.

Adran nickte, als wolle er Xzars Worte bestätigen. Borions Kiefer mahlten. Er blickte weiterhin skeptisch zu Xzar, stellte jedoch keine weiteren Fragen. Borion drehte sich von ihm weg, um dann einen der Schränke an der Wand zu öffnen. In seiner Wut ließ er alle Vorsicht fallen und erkannte seinen Fehler zu spät. Denn in dem Augenblick, da er die Tür öffnete, klackte es mehrmals laut und sechs Bolzen schlugen kurz danach hart in seine Seite ein, sodass er unter starken Schmerzen zusammenbrach. Shahira und Xzar waren so überrascht, dass sie im ersten Augenblick nicht begriffen was passiert war. Adran reagierte am schnellsten und stürzte fluchend auf Borion zu. Jinnass folgte ihm augenblicklich. Sie packten den schwer verwundeten Krieger und zogen ihn erst einmal aus dem Gefahrenbereich. Ein weiterer Bolzen zischte durch den Raum und zerschmetterte an der Wand neben ihnen.

Xzar und Jinnass besahen sich die Wunden. Die Bolzen hatten die Ringe der Rüstung durchschlagen und waren tief ins Fleisch eingedrungen. Doch bei allem Pech war das Glück auf Borions Seite gewesen, denn nicht alle Bolzen hatten es geschafft durch die Rüstung zu dringen. An Dreien hatte die Zeit ihre Spuren hinterlassen und die Panzerung hatte sie abgewehrt. Und dennoch konnten die Wunden gefährlich werden, denn sie waren nahe am Herzen und bedurften einer schnellen Behandlung. Xzar zog vorsichtig die Geschosse heraus, was aufgrund der brüchigen Schäfte nicht einfach war. Doch ihm gelang es, ohne dass Reste der Bolzen im Körper zurückblieben. Jinnass und Adran hielten den Verletzten fest, da er sich, aufgrund der Wundbehandlung, versuchte wegzudrehen. Nachdem die Geschosse entfernt waren, flößte Xzar ihm einen Heiltrank ein, da Borion bereits das Bewusstsein verloren hatte und die Blutungen nicht zu stoppen waren. Xzar war sich sicher, dass Borion diese Wunden nicht überlebte, wenn er nicht schnelle Hilfe bekäme. Die Heiltränke, die Borion vor ihrer Abreise besorgt hatte, waren dafür die beste Möglichkeit, auch wenn ihr Vorrat deutlich zur Neige ging. Xzar atmete erleichtert auf, als er die Wirkung des Elixiers sah. Der Blutfluss kam schnell zum Erliegen und schon bald netzte eine dünnen Kruste die Wunden.

»Ich muss die Wunde noch verbinden, aber sie wird heilen. Können wir ein Feuer entzünden?«

»Wir können das Holz der Stühle und des Tisches verwenden. Ja, ich denke, das wird gehen«, sagte Jinnass.

Shahira hatte inzwischen mit ihrem Schwert die Tür des Schrankes aufgedrückt, in der Befürchtung, dass noch eine weitere Falle auslöste, doch nichts geschah. Sie sah hinein und entdeckte mehrere große Glasbehälter. In ihrem Inneren schwammen in einer grünen Flüssigkeit tote Tiere oder deren Körperteile. Im unteren Fach erkannte sie kleinere Glasflaschen, in denen unter anderem auch menschliche Organe lagerten. Shahira drehte sich weg, denn der Anblick löste bei ihr einen Würgereiz aus und sie beherrschte sich, damit sie sich nicht übergab. Als sie sich sicher war, dass sie einen erneuten Anblick aushalten würde, sah sie wieder zurück. Zwischen den Gläsern klemmte eine kleine Schriftrolle. Sie griff danach und verschloss anschließend wieder die Tür. Ein leichtes Frösteln durchlief sie bei dem Gedanken an den Inhalt der Gläser.

Die Rolle war eher ein Stück zerfetztes Papier, welches überall dunkle Flecken aufwies. Sie ahnte, was dies für Spuren waren, doch sie verdrängte den Gedanken. Mit zittriger Handschrift war eine Nachricht darauf geschrieben. Sie stammte erneut von Ortheus, der allem Anschein nach ein Gehilfe des Meisters gewesen war.

»Shahira, was steht da auf dem Papier?«, fragte Xzar, der Borion aufrecht an die Wand setzte, damit dieser sich erholen konnte.

»Es ist etwas undeutlich, aber ich versuche es zu entziffern«, antwortete Shahira, die konzentriert auf das Papier sah.

Es sind jetzt sechzehn Tage vergangen, seitdem Ihr weg seid, Meister. Ich habe die Vordertür verriegelt. Von den Bediensteten sind nur noch vier am Leben. Wir haben uns aus der Waffenkammer Ausrüstung und Waffen besorgt und werden auf Eure Rückkehr warten. Dieses Dokument habe ich hier in den Schrank gelegt und mit dem Schutzmechanismus versehen, so wie wir es vor Eurer Abreise besprochen haben. Gestern haben wir bereits einen schweren Kampf gegen die Bestie geführt. Sie tötete Tasamin und verschwand mit seiner Leiche in den Katakomben. Ich werde hier auf Euch warten, Meister.«

»Was?! Steht da Tasamin? Wie? Ich meine, wie kann das sein?« Xzar sprang auf und starrte mit offenem Mund auf den Zettel.

»Vielleicht ist es ein anderer Tasamin«, antwortete Borion nervös.

»Nein, wartet. Das kann nicht sein. Das kann doch kein Zufall sein«, rätselte Xzar unruhig.

»Hier steht, Tasamin wurde getötet, unser Feind lebt. Außerdem bräuchte er dann keine Karte, um den Tempel zu finden«, suchte Shahira nach einer Erklärung. »Hier steht noch was .... *Die nächste Nachricht versuche ich in den Schrank der Waffenkammer zu legen. Die Tür zur Kammer ist wieder abgesichert, so wie die Tür zur Schatzkammer und dem Labor. An die anderen Räumlichkeiten kamen wir nicht mehr heran, da sich die Bestie dort versteckt hielt und jeden von uns, der sich den Räumen näherte, hinterhältig angriff. Ortheus Delgan.«*

»Wenigstens wissen wir jetzt, dass die Türen alle durch Fallen abgesichert wurden«, sagte Adran beunruhigt.

»Vielleicht finden wir heraus, was hier geschehen ist, wenn wir die anderen Dokumente des Dieners finden?«, schlug Shahira vor.

»Wir werden es versuchen, da wir sowieso nur einen Weg zur Auswahl haben«, sagte Xzar, der immer noch nachdenklich auf das Pergament in Shahiras Hand starrte.

Adran warf den beiden einen ernsten und undeutbaren Blick zu, nur dass Shahira dieses Mal nicht bereit war, ihn hinzunehmen. »Sprich aus, was du denkst! Eine sinnvolle Antwort von dir wäre zur Abwechslung auch mal schön!«, rief sie entnervt.

Adran schreckte zurück und hob abwehrend die Arme. Anscheinend hatte er damit nicht im Geringsten gerechnet. Hatte sie sich gerade wie Kyra angehört?

»Entschuldige, eigentlich ... stimme ich dir und Xzar zu.«

Shahira wollte noch etwas dazu sagen, da sie sich sicher war, dass er einen weiteren Witz im Sinn hatte, aber Xzar hielt sie zurück, denn Borion kam gerade wieder zu Bewusstsein. Nachdem Jinnass ihm etwas Wasser zu trinken gegeben hatte, erzählte der Elf ihm, was sie herausgefunden hatten.

Blutmagie

Jinnass hatte inzwischen ein kleines Feuer entzündet. Als er gerade einen weiteren Stuhl zerbrechen wollte, hörten sie plötzlich etwas hinter sich. Es erklang ein Scharren und Schleifen, welches sich zu unheimlichem Knochengeklapper und stöhnenden Lauten veränderte. Sie warfen einen Blick zurück in den Gang, aus dem sie kamen und in den vorhin noch der Flammenspeer geflogen war. Dann sahen sie die Untoten. Aus der Dunkelheit tauchten schwankende Gestalten auf, ihre Körper leuchteten in einem unheiligen, fahlen Lichtschein. Als sie näher kamen, erkannte die Gruppe, dass es Skelette waren. In ihren Händen trugen sie große, silberne Schwerter und auf ihrer Stirn stand mit blutroter Farbe jeweils ein Buchstabe geschrieben.

»Nein! Das sind die Skelette aus dem oberen Raum und sie sind beseelt. Shahira, Adran! Schnell helft Borion auf! Flieht durch die Tür«, rief Xzar. Er rannte mit zu Borion und half den anderen dabei, ihn aufzurichten. Er sammelte mit ihnen noch die Ausrüstung des Kriegers zusammen und schob sie Richtung Ausgang.

»Jinnass verriegele die Tür, sobald ihr durch seid!«, rief Xzar.

Die anderen, überrumpelt von Xzars hektischen Anweisungen, packten Borion unter den Armen. Er war immer noch sehr schwach und so trugen sie ihn in den nächsten Raum. Shahira wollte protestieren, als Xzar zurückblieb, doch er drängte sie dazu, sich zu beeilen. Er versicherte ihr, dass er nachkäme. Die Tür schlug hinter ihnen zu und es war das kratzende Geräusch eines Riegels zu hören. Shahira rannte zu der Tür, die nun verschlossen war. Sie hämmerte dagegen und rief Xzars Namen. Sie erhielt keine Antwort. Verängstigt presste sie ein Ohr an die Tür. Nicht schon wieder! Ein kalter Schauer überkam sie, so war es auch bei Kyra gewesen. Jinnass stellte sich neben sie.

»Hörst du mehr als ich?«, fragte sie besorgt.

»Xzar sagt etwas. Nein, er singt, aber es ist immer im gleichen Ton. Und ich höre das Knacken der Skelettknochen«, antwortete Jinnass leise. Er hatte die Augen geschlossen und ein Ohr ans Holz gelegt.

»Bedeutet das etwa, das Xzar sie besiegt?«

»Ich weiß nicht ... warte, was ist das?«

»Was Jinnass?«

»Ich glaube, die Skelette fallen in Xzars Singsang mit ein.« Er riss sich von der Tür los und schüttelte sich. Die Haut des Elfen kräuselte sich. »Entschuldige, ich kann dem nicht länger folgen. Aber was immer Xzar dort drinnen für einen Zauber wirkt, ich spüre ihn bis hier her. Die Magie zerreißt das Gefüge der Welt.«

Shahira wusste zwar nicht genau, was das bedeutete, aber sie folgte dem Elfen, der einige Schritte von der Tür wegging.

Xzar, auf der anderen Seite, stand breitbeinig vor der Tür. Er hielt seinen Stab fest. Seine linke Hand lag auf dem Rubin. Die Skelette kamen näher, die Augenhöhlen von einem seltsamen Glanz erfüllt. Ihre Knochen leuchteten hell und weiß. Ihre Schritte waren lahm und träge. Die Geräusche des Raumes vereinigten sich zu einem furchterregenden Laut, ein zerrender und reißender Misston, quietschend und scharrend, bizarr und falsch.

Der Raum bebte und Steine bröckelten von der Decke herab. Hart schlugen sie neben Xzar auf den Boden auf. Unter den Felsbrocken und den Schritten der Untoten vibrierte die Erde. Xzars Augen wichen dem Weiss in ihnen. Seine Stimme war nun ein dunkles Raunen, als würden alte Äste eines Baumes im nächtlichen Sturm aneinander reiben. Mit schier übermenschlicher Wucht rammte er den Stab in den Boden, sodass er den Stein unter sich spaltete. Dann brüllte er mit donnernder Stimme »*Blutmacht*!!«

Das Wort dröhnte und erschütterte den Raum, hallte bis tief in die Gänge hinein. Erschrocken hielten sich Shahira, Adran und Jinnass die Ohren zu. Borion stöhnte schmerzerfüllt auf und sackte zurück in eine Bewusstlosigkeit. Kurz nach dem

Hall folgte ein markerschütternder Schrei, der im donnernden Getöse von Geröll unterging. Dann wurde es still. Sie spürten nur noch das Pochen ihrer Herzen und hörten das leise Bröckeln von Steinen im Nebenraum. Dann wurde es so still, dass Jinnass den Staub zu Boden rieseln hörte. Borions zittrige Stimme brach diese Ruhe. »W..as ist ... pa..ss..iert?«

Adran erzählte es ihm im Flüsterton. Shahira und Borion sahen gespannt zur Tür. Sie warteten auf Xzar, doch niemand kam und es blieb weiterhin still.

Shahira spürte, wie ihr wieder Tränen die Wangen herunterliefen. Das durfte nicht sein. Nicht er auch noch! Verlor sie denn alles, was ihr wichtig war? Jinnass legte ihr seine Hand auf die Schulter und flüsterte sehr leise, »Er lebt! Ich spüre seine Lebensenergie.«

Shahira sah zu dem Elfen. Sie atmete ein, als ein tiefes, freundschaftliches Gefühl des Vertrauens sie erfüllte. »Jinnass...«

Just in diesem Augenblick hörten sie ein lautes Knarren auf der anderen Seite der Tür, als dort der Riegel weggeschoben wurde. Adran half sie aufzudrücken und Xzar schleppte sich zu ihnen in den Raum. Sein Gesicht war zerkratzt und seine Augen blutunterlaufen.

»Xzar! Was ist passiert?«, rief Shahira erschrocken. Bevor sie zu ihm lief und ihn stürmisch umarmte, sah sie Jinnass kurz und intensiv in die Augen. Der Elf nickte unmerklich.

Xzar lehnte sich an die Wand hinter ihm und atmete erst mal tief durch. »Ich habe sie aufgehalten! Erst mal ... Lasst uns dennoch die Tür hier verschließen.«

Adran nickte und folgte seinem Rat, indem er die Tür wieder schloss und jetzt den innen liegenden Riegel vorzog. Shahira ließ Xzar nicht mehr los. Sie weinte, doch diesmal vor Glück. Sie war vom Schlimmsten ausgegangen. Der Schrei, das Getöse, das alles hatte sie bis ins Mark erschüttert.

»Mach das nie wieder, bitte! Lass mich nie mehr alleine zurück«, flüsterte sie ihm ins Ohr.

Er versuchte, mit den Schultern zu zucken, und lachte dann auf. »Ich vermute mal, das ist auch nicht möglich, so wie du mich festhältst.«

Gespielt schuldbewusst löste sich Shahira von ihm. Adran, der beim Schließen der Tür einen Blick in den Raum warf, staunte mit offenem Mund. »Wenn du mir nicht erzählst, wie du *das* getan hast, glaub mir, dann lasse *ich* dich auch nicht mehr gehen.«

Shahira und Xzar schraken kurz auf, bis sie das schelmische Grinsen des Kriegers sahen. Xzar nahm sich ein paar Schlucke Wasser und erzählte es ihnen. »Nun, diese Skelette waren beschworene Kreaturen aus den finstersten Abgründen. Die Magie der Runen wäre nicht durch unsere Waffen zu brechen gewesen. Ich kenne einen Zauber meines Lehrers. Er ist gefährlich und unberechenbar, doch er besiegt solche Wesen und eigentlich auch alle anderen. Ich musste sicher sein, dass ihr außerhalb des Raumes wart, sonst hätte ich eure Kraft aufgezehrt.«

Adran hob beschwichtigend die Hände. »Schon gut, schon gut. Den Rest will ich dann doch nicht mehr wissen. Danke für die Hilfe, aber beim nächsten Mal würde ich lieber die Kraft unseres Stahls an ihnen versuchen.«

Xzar lachte kurz auf, was in einen heftigen Hustenanfall überging, bei dem einige Blutstropfen seinen Hals verließen. Er wischte sie schnell weg, in der Hoffnung, dass sie keiner gesehen hatte. Und als er sich verstohlen umsah, fanden seine Augen nur den Blick des Elfen, der ihn besorgt musterte. Xzar hielt den Blickkontakt einige Herzschläge, bevor er dann die Wasserflasche nahm, die Shahira ihm reichte. Was er ihnen nicht sagte, war, dass er mithilfe von Blutmagie eine dämonische Präsenz beschworen hatte, die gegen einen Blutzoll den Raum zum Einsturz gebracht hatte. Er lachte erneut kurz auf, als er Kyras mahnende Worte in Gedanken hörte, die ihn davor warnte, diese gefährliche Magie zu wirken. Wahrscheinlich, so gestand er sich ein, hatte sie damit sogar recht. Dann sank er geschwächt zu Boden. Er trank noch einen tiefen Schluck Wasser, bevor Adran ihm seine Trinkflasche reichte.

Xzar nahm sie an und auch wenn das Wasser zuvor ihn erfrischt hatte, so war der starke Rum des Kriegers ein Labsal für seine Seele.

Heimat, welch schönes Wort

Sie befanden sich in einem kleinen Vorraum, der außer einer alten Kommode keine weitere Einrichtung aufwies. Von hier aus führte ein Weg heraus, der nach einem kurzen Stück eine Biegung machte, hinter der ein helles Licht auszumachen war. Sie halfen Xzar und Borion auf die Füße und bewegten sich dann weiter in den Tunnel hinein. Als sie die Quelle der Helligkeit ausmachten, weiteten sich ihre Augen und nicht nur Shahira entwich ein erstauntes, »Oh.«

Vor ihnen breitete sich eine gewaltige Höhle aus, in der sich ein großer unterirdischer Garten gebildet hatte. An den Wänden wuchsen alte, eigensinnige und wild verzweigte Bäume in die Höhe, deren Baumkronen weit und tief ins Innere des Gartens ragten. Der Boden war dicht mit Moos, Wurzeln und Pflanzen bedeckt. Überall erstrahlten bunte Blumenteppiche und große, duftende Blüten: Viele rote, mehrere gelbe und einige blaue luden ein, an ihnen zu riechen. Der Bauch der Höhle war hell und von Sonnenlicht durchflutet und als sie sich genauer umsahen, bemerkten sie, dass dieser Eindruck nicht ganz falsch war, denn die Höhle war oben offen. Ein großer Trichter in etwa hundert Schritt Höhe ließ strahlenden Sonnenschein ins Innere scheinen, welches nur durch das dichte, grüne Blattwerk der Bäume abgefangen wurde.

Wie konnte das sein? Sie waren irgendwo tief unten im Tempel! Und mehr noch, auf ihrer Reise zum Tempel hin, hing über dem ganzen Wald draußen die dunkle Wolkendecke, doch hier sahen sie den Himmel. War das Licht magisch hervorgerufen? Sie blickten zu der Öffnung über ihren Köpfen hoch. Die Felswände waren ab einer bestimmten Höhe zu Ende, ganz so, als hätte jemand mit einem scharfen Messer ein Schilfrohr abgeschnitten, ein entsprechend riesiges Schilfrohr, wenn man es recht betrachtete. Der strahlend, blaue Himmel brachte sie alle noch mehr zum Staunen. Keine Spur der dunklen Wolken oder des schwarzen Nebels war zu sehen.

Die Gruppe war stehen geblieben und sie starrten wie gebannt auf diesen mystischen Ort, alle bis auf einen: Jinnass. Der Elf war einige Schritte weiter in den Raum gegangen und atmete tief ein. Er schloss die Augen und sog tief und lange die frische Luft ein. Es war klare und ungetrübte Gebirgsluft, frei von den modrigen Gerüchen, frei von Schwefel, kühl und kräftigend. Der Elf stand still da und die Sonnenstrahlen ließen ihn in einem goldenen Glanz erstrahlen. Er breitete die Arme aus und drehte sich wie ein Windrad im Wind, angestrahlt durch das Leuchten der Sonne und er genoss die Reinheit der Natur an diesem Ort. Er spürte, wie ihm Lasten der Jahrhunderte von den Schultern fielen, wie die hellen Strahlen seine Haut aufwärmten und eine tiefe, innere Kraft in ihm aufblühte. Viel zu lange hatte er dieses Gefühl vermisst, den Duft der roten Blumen aus seiner Erinnerung, die schwermütigen, grünen Äste der Bäume, die sich schützend über ihn beugten. Sie verband sich mit ihm, die ausgeglichene Aura, mit tiefen Emotionen, die zwischen ihm und dem Garten entstanden waren. Die Atmosphäre von einst, die er hier wieder vor sich spürte. Der Elf vergaß für einen Augenblick die Wirklichkeit und seine Gedanken schweiften ab in eine Zeit fernab von Adran, fernab von Borion, fernab von Xzar und Shahira und auch fernab von ihm selbst.

Währenddessen sahen sich die anderen den Garten an und ließen Jinnass in Ruhe, auch wenn sein Verhalten ungewöhnlich war. Nie zuvor hatten sie ihn so losgelöst gesehen. Er stand dort lachend, einem spielenden Kind gleich, sich um die eigene Achse drehend. Anderseits waren sie schon eine lange Zeit hier unten und dass er die freie Natur vermisste, war ihnen auch bewusst. Und dennoch fragten sie sich, was mit ihm los war.

Überall wuchsen bunte Pflanzen und Sträucher mit prallen Früchten und farbenfrohen Blüten. Es flogen kleinere Vögel, Schmetterlinge und andere Insekten von einer Blume zur nächsten, als konnten sie nicht schnell genug den köstlichen Nektar erhaschen. Viele Gewächse waren ihnen fremd. So wuchsen dicke Schlingpflanzen an den Ästen hoch und von den Bäumen ragten lange Lianen herab. Für das Gebirge und auch für einen normalen Laub- oder Nadelwald war dies mehr als ungewöhnlich. Dennoch erstrahlte die Höhle durch die bunte Blütenpracht in einem ruhigen und erholsamen Schein und es ging keine Bedrohung von diesem Ort aus. Shahira atmete erleichtert auf, als ihr dies bewusst wurde. Es tat gut die Anspannung einmal loszulassen und sich für einen Augenblick nicht in Gefahr zu befinden.

Jinnass brauchte einen Augenblick, um seine Gedanken wieder ins Hier und Jetzt zu holen. Er blickte nach oben in den Himmel und atmete tief ein. Die frische Gebirgsluft und die warmen Strahlen erfüllten ihn mit neuer Kraft. Er sah die Öffnung hinauf, die auch für ihn so fremd war, doch er störte sich nicht weiter daran. Er fühlte sich besser, jetzt wo sie schon so lange in den Katakomben unterwegs waren. Die anderen suchten sich ein trockenes und weiches Plätzchen, wo sie sich erst einmal in aller Ruhe hinsetzten. Jinnass genoss die Natur weiterhin in vollen Zügen. Er roch an jeder der süßlich duftenden Blumen um ihn herum, pflückte sich eine der Früchte und biss hinein. Dieser Geschmack, er erinnerte sich daran. Er tanzte wie ein kleines Kind durch den Blumengarten.

»Jinnass! Sollen wir hier erst einmal rasten? Hier können wir ein Feuer machen und unsere Sachen ein wenig trocknen?«, fragte Xzar ausgelassen.

»Glaubt Ihr nicht auch, dass wir keine Zeit haben? Schließlich treibt sich Tasamin hier herum«, sagte Borion, anscheinend empört darüber, dass Xzar solch einen Vorschlag an Jinnass richtete und nicht an ihn.

»Seid Ihr immer noch hinter ihm her? Ich denke, mittlerweile ist es wichtiger, dass wir hier lebend herauskommen«, mischte sich Shahira ein.

»Ich habe mich i...« Borion zögerte. »Ich meine ja nur ... ich habe mich verpflichtet, den Auftrag zu erfüllen. Auch wenn es mein Leben kostet«, sagte er dann leicht nervös.

Xzar warf ihm einen sehr misstrauischen Blick zu. Auch Adran hatte das Zögern bemerkt und sah ihn nun fragend an.

Shahira war die Unsicherheit nicht aufgefallen. »Borion, glaubt Ihr wirklich, dass uns eine kleine Pause so sehr aufhalten würde?«

Borion zögerte erneut einen Augenblick, dann nickte er und stimmte dem Vorschlag zu. Jinnass war ebenfalls der Meinung, dass eine Pause nicht aufhalten würde. Am Ende verbrachten sie einige Stunden hier, da jeder von Ihnen noch etwas schlief. Sie entzündeten im Eingangsbereich ein Feuer, um ihre Kleidung und Ausrüstung zu trocknen, denn an Holz mangelte es ihnen hier nicht.

»Borion, was wisst Ihr eigentlich über den Auftraggeber?«, fragte Xzar, während sie von ihrem Proviant aßen, der schon deutlich zur Neige ging.

Der Krieger wollte etwas sagen und zögerte erneut. »Nicht viel ... Nur das er gut zahlt ... also euch gut bezahlt. Für mich ... für mich zählt natürlich nur die Ehre und die Gerechtigkeit, vor allem nach der ersten Expedition. Und sonst ... er hat mir keinen Namen genannt. Eigentlich habe ich nur mit einem seiner Diener gesprochen. Ihn selbst habe ich nie zu Gesicht bekommen.«

»Und es hat Euch nie interessiert, wer er ist?«, fragte Xzar.

»Doch, das schon. Aber am Ende war es nicht der Auftrag, dies heraus zu finden, sondern den Tempel zu finden.«

»Selbst nach dem Scheitern Eurer ersten Expedition hat er sich Euch nicht gezeigt?«, fragte Xzar weiter nach.

»Nein«, sagte Borion knapp.

Adran und Shahira sahen irritiert zu den beiden Männern. Dieses Gespräch hatte etwas Eigenartiges: Xzars Fragen waren bohrend und Borions Antworten wirkten nervös, ganz so, als sei jemand kurz davor ertappt zu werden, wie er Kuchen vom Fensterbrett des Bäckers stiehlt.

Jinnass hatte inzwischen den Garten hinlänglich erkundet. Es war ein großes Gebiet. In der Mitte unter der Krateröffnung hatte sich sogar ein kleiner See gebildet. An einer Seite entdeckte Jinnass einen weiteren Durchgang, der anscheinend zurück in die Tempelanlage führte.

Er ging zurück zu den anderen. Mit einem Lächeln auf den Lippen sagte er, »Dort drüben ist ein Ausgang, durch den wir weiterkommen.«

Borion schien erleichtert, dass Jinnass dazu kam und Xzar von seinen Fragen abbrachte.

»Was mich an diesem Garten wundert: Hier scheint die Sonne herein«, sagte Adran.

»Das kann doch sein, vielleicht war das hier wirklich früher ein Garten, der an der frischen Luft lag«, antwortete Borion.

»Nein, nein ...«, sagte Xzar mit einem Kopfschütteln. »Ich glaube, was Adran meint: Nach der Zeit, die wir jetzt schon hier verbracht haben, müsste es dunkel sein. Wir hätten jetzt ungefähr Mitternacht«, erklärte er.

»Genau das! Dieser Garten ist seltsam! Er ist entweder durch Magie entstanden, was mich nicht verwundern würde, oder die Zeit verhält sich hier anders, was mich auch nicht verwundern würde«, bestätigte Adran grimmig.

»Wie meinst du das mit der Zeit?«, fragte Shahira.

»Vielleicht rieselt der Sand im Stundenglas hier schneller«, erklärte er.

»Aber wenn die Zeit stillstände oder schneller verliefe, wie könnten dann die Vögel hier normal fliegen, ganz zu Schweigen von unseren Bewegungen?«, bemerkte Shahira nachdenklich.

»Ja, das ist ein guter Einwand. Allerdings, wenn die Zeit schneller liefe und wir uns, durch unser Eintreten in dieses Gebiet, dem anpassen würden, dann würde die Zeit für uns ja auch wieder normal schnell verlaufen oder, um es in Adrans Darstellung auszudrücken, wir hätten das Stundenglas selbst mit hier hereingebracht«, erläuterte Xzar.

Die anderen sahen ihn fragend und mit einem Unverständnis in ihren Blicken an.

Xzar musste grinsen. Hatte er sich eben wie Kyra angehört? »Nun jedenfalls ist dieser Ort hier, trotz seiner Schönheit, ein Mysterium, da gebe ich euch recht«, fügte er hinzu. »Wir sollten uns nicht allzu lange hier aufhalten.«

Die andern nickten nachdenklich.

»Es ist schon seltsam, dass solch ein wunderschöner Ort wie dieser, so tief und unerreichbar im Gebirge liegt«, sagte Shahira melancholisch.

Jinnass sah zu ihr und flüsterte, »Es gibt solche Orte auch außerhalb. Doch ihr Menschen seht sie nicht oder besser, ihr überseht sie. Und wenn ihr sie dann doch einmal findet, zerstört ihr sie meistens.«

Shahira sah den Elfen erschrocken und dann nachdenklich an. Er lächelte traurig zurück.

»Denkst du dabei an deine Heimat, Jinnass?«, fragte sie vorsichtig.

Er ließ seinen Blick über den Garten schweifen. »Heimat? Heimat. Welch schönes, trügerisches Wort. Heimat«, sagte er von einer tiefen Trauer erfüllt. Dann stand er auf und ließ sie zurück.

Shahira fragte sich, ob sie gerade eine unsichtbare Grenze überschritten hatte. Sie nahm sich vor, ihn später um Verzeihung zu bitten. Sie setzte sich neben Xzar.

»Wie geht es dir?«, fragte er.

Sie zuckte nur mit den Schultern.

»Mhm, ich verstehe. Mir geht es ein wenig besser, jetzt wo meine Kleidung wieder trocken ist«, sagte er.

»Ja.«

Er sah sie an und obwohl sie anscheinend nicht in der Stimmung war zu reden, fuhr er fort, »Ich weiß es noch, als wäre es gestern gewesen: Wie ich von der Expedition hörte und mich mit Herzblut dieser Sache verschrieb. Ein riesiges Abenteuer erleben, so wie die Helden aus den Legenden.« Er machte eine Pause und nahm wahr, wie Shahira leise seufzte. »Und jetzt hat uns die Wahrheit eingeholt. Dieser Tempel, so geheimnisvoll er auch ist, so viel hat er mir schon genommen und ich fürchte mich davor, was er mir noch nehmen könnte.«

Jetzt sah Shahira fragend zu ihm hoch. »Heißt das, du hast auch Angst?«

Er blickte wieder zu ihr und nickte langsam. »Ja, ein wenig.«

»Ich auch. Seit Ky...« Sie machte einen tiefen Atemzug. »Seit Kyras Tod frisst mich die Angst innerlich auf.«

»Ich verstehe, was du meinst. Ich vermisse sie auch.«

»Du vermisst sie?«

»Ja, natürlich. Sie war mir am Ende eine gute Freundin und ich habe ihr Wissen sehr geschätzt. Ich denke immer wieder an sie und ich mache mir Vorwürfe.«

»Warum Vorwürfe?«

»Weil ich mich frage, ob ich etwas mit meiner Magie hätte tun können, um das zu verhindern.« Er brach seinen Blick zu Shahira ab und dreht den Kopf weg.

Einen Augenblick blieb es still, dann spürte er Shahiras sanfte Hand an seiner Wange, die seinen Kopf wieder zu ihr zurückdrehte. Mit ihrem Daumen wischte sie eine Träne weg, die sich aus Xzars Auge gelöst hatte. Dann beugte sie sich leicht vor und gab ihm einen zärtlich Kuss auf die Lippen. Als sie sich von ihm löste, sagte sie, »Danke.«

»Wofür?«

»Dafür, dass du mich mit meinen Gefühlen nicht alleine lässt.«

Das Feuer brannte hell und warm und ihre Kleidung war inzwischen wieder trocken. Shahira dachte über ihr Gespräch und die Zeitrechnung nach. War es möglich, dass die Zeit wirklich stehen geblieben war oder sich verlangsamt hatte? Auch wenn dieser Tempel eine wahre Sammlung an seltsamen Dingen war, daran konnte sie nicht glauben. Dann kam ihr eine Idee. »Ich weiß es wieder! Wir waren doch bewusstlos, nachdem das Wasser uns durch den Tunnel gespült hatte. Kann es nicht sein, dass wir dadurch unser Zeitgefühl verloren haben?«

»Das ist natürlich wahr. Das wäre ein möglicher Grund«, stimmten Xzar und Adran nach kurzem Überlegen zu.

Jinnass wich ihrem fragenden Blick aus und sagte nichts. Borion ignorierte das Gespräch und kaute weiter auf einem Stück Trockenfleisch.

Sie rasteten noch ein wenig länger. Danach setzten sie ihren Weg fort. Sie folgten dem Ausgang, auf den der Elf sie hingewiesen hatte. Jinnass zögerte einen Augenblick und ließ seinen Blick noch einmal über das unterirdische Paradies wandern. Bevor er seinen Gefährten in den fortführenden Gang folgte, in dem die Dunkelheit auf sie lauerte, sagte er leise, »Heimat, welch schönes Wort.«

Die Fuge der Welt

Nachdem sie den Ausgang durchschritten hatten, betraten sie einen ovalen Raum mit den ihnen bekannten Lichtkugeln an der gewölbten Decke. An den Seitenwänden befanden sich drei untereinander angebrachte Rinnen, durch die eine rötlich schimmernde, zähe Flüssigkeit floss. Sie schienen irgendwo von draußen aus dem Garten zu kommen, auch wenn sie dort nichts gesehen hatten. Es duftete süßlich in diesem Bereich und Xzar vermutete, dass es sich womöglich um Blütennektar handelte. Am Ende der Rinnen liefen sie alle zusammen in ein gemeinsames, dickeres Rohr, welches den weiterführenden Gang entlangführte. Auf der anderen Seite war ein Wandregal angebracht. Auf ihm standen mehrere Krüge, die zum größten Teil leer waren oder hart getrocknete Reste des Nektars enthielten. Die Gruppe entschloss sich, dem fortlaufendem Rohr zu folgen, zumal ihnen auch keine andere Möglichkeit blieb. Vielleicht fanden sie ja noch heraus, was der Verwendungszweck des Blütensafts war. Sie liefen den langen Gang entlang, bevor sie wieder in einen Raum kamen, in dem sich das Rohr in insgesamt acht kleinere Leitungen teilte. Diese neu entstandenen Abzweigungen führten jetzt an der gegenüberliegenden Wand entlang und als sie auf die Ecke trafen, durch die nächste Wand hindurch. Neben jedem Rohr gab es eine schmale Tür. Und ganz links war noch eine neunte Pforte, die breiter und auch höher war.

Adran lauschte an einer der kleineren und vernahm ein leises Tröpfeln. Er drückte die Tür auf, wobei er darauf achtete, dass keine Fallen angebracht waren. Sie öffnete sich knarrend, ohne dass etwas passierte. Hinter ihr war ein kleiner enger Verschlag, in dem eine Art Futtertrog stand. Der Nektar tropfte hier hinein und obwohl die Tränke randvoll war, schien sie nicht überzulaufen. Am Boden lagen Knochengerippe von irgendwelchen Lebewesen. Zu ihrer Verwunderung waren diese von einer dicken Staubschicht überdeckt. Erstaunt stellten sie fest, dass dies der erste Staub war, den sie in der Tempelanlage vorfanden.

»Ich schätze, dass hier waren früher Hundeställe oder Käfige von anderen Tieren und dafür diente auch der Nektar: Als Nahrung«, suchte Adran nach einer Erklärung.

»Aber was hatte der Nektar für eine Bedeutung? Wenn es als Getränk für Tiere gedacht war, dann müsste er doch irgendwas Besonderes bewirken, sonst reicht doch auch normales Wasser«, sagte Borion unbeeindruckt.

»Trink es doch mal! Wenn du umfällst, wissen wir, dass es tödlich ist«, scherzte Adran böse.

»Passt lieber auf, dass Ihr nicht *tot* umfallt!«, fauchte Borion hitzig und erstickte damit das Grinsen auf ihren Gesichtern.

Shahira sah den Krieger erschrocken an. Seit dem Kampf gegen die Söldner verhielt er sich noch gereizter und seine Antworten waren entweder gezeichnet von Langeweile oder von Wut. Die Antworten auf Xzars Fragen vorhin hatten hektisch und verwirrt gewirkt, als suchte er nach den richtigen Worten. Er verhielt sich wirklich sehr seltsam und Jinnass? Irgendetwas schien ihn immer mehr zu beunruhigen, je weiter sie in den Tempel vordrangen. Dazu war ihr aufgefallen, dass er immer öfter ihren Blicken auswich und wenn sie sich mal ansahen, lag ein trauriger, verlorener Ausdruck in seinen Augen. Shahira verstand Xzars Zweifel an Borion und auch ihr Vertrauen zu Jinnass stellte sie infrage. Sie wusste nicht was, aber beide trugen ein Geheimnis mit sich. Und was war mit Xzar? Warum provozierte er Borion so sehr? Wusste er etwas, was er ihr nicht sagen wollte?

»Ich denke, die anderen Türen mit Rohrleitungen sind ebenfalls Ställe und nur die Tür dort ist für uns wichtig. Da wird es weitergehen!« Adran deutete auf die linke Tür.

Shahira hatte sich eins der Nektargläser genommen und roch nun an der Flüssigkeit. Sie roch verführerisch süß, am liebsten hätte sie gekostet. Doch es war ihr zu riskant. Wer wusste schon, was der Nektar für Auswirkungen hatte.

Adran öffnete unterdessen vorsichtig die Tür. Er erkannte drei weitere Gänge, die voneinander wegliefen. Alle Drei waren aus dunklem Mauerstein gebaut und an den Wänden gab es kleine Befestigungen, in denen Lampen klemmten. In ihnen waren die blauen Leuchtkugeln befestigt. Adran versuchte eine der Halterungen von der Wand zu lösen, doch sie saßen zu fest. Er fluchte, denn zu gerne hätte er eine dieser unerschöpflichen Lichtquellen besessen.

Sie entschlossen sich zuerst den linken Weg zu nehmen. Zu ihrer Enttäuschung endete er nach der ersten Biegung. Er war von einem Geröllhaufen versperrt. Danach nahmen sie den Mittleren. Doch auch hier zerstörte sich ihre Hoffnung auf ein Weiterkommen nach wenigen Schritten. Denn er war durch eine massive Tür versperrt. Auf der Tür war das Bild eines dunkelhaarigen Mannes aufgemalt, dessen Augen aus roten Flammen bestanden. Der Rest seines Gesichts lag jedoch im Schatten einer dunklen Kapuze verborgen. Shahira überlegte kurz. Es gab viele Bilder mit solchen vermummten Gestalten. Sie sahen alle aus wie Xzar, als sie ihn kennengelernt hatte. Oh nein! Schreckliches fiel ihr ein. Kyra hatte ihr erzählt, dass seine Augen ebenfalls geleuchtet hatten, als er Darian im oberen Tempel mit seinen Zaubern bekämpft hatte. Aber hatte sie nicht gesagt, dass seine Augen blau geleuchtet hatten? Und von Flammen hatte Kyra auch nie etwas erwähnt. Sie seufzte und wünschte sich, dass Kyra jetzt hier wäre. Borion, Jinnass und auch Xzar: Besaßen sie alle ein dunkles Geheimnis? War Xzar der Magie dieses Ortes ähnlicher, als er zugab und sie bisher annahm? Shahira starrte wie gebannt auf das Bild. Sie hatte das Gefühl, als würden die Augen sie fesseln. Sie konnte ihren Blick nur schwer abwenden.

»Komm! Hilf mir!! Du musst ihn töten!«, hörte sie erneut die unheimliche Stimme in ihrem Kopf. Sie fasste sich an die Schläfe. Und doch klang sie nun anders. Sie flehte schon fast, während sie zuvor immer befehligte. Was passierte nur mit ihr?

»Shahira!? Kommst du? Wir nehmen den rechten Gang«, nahm sie die Stimme von Xzar wahr.

Aus ihren Gedanken gerissen, drehte sie sich um. »Hast du das eben auch gehört?«

Xzar sah sie verwundert an. »Was meinst du? Borion hat versucht die Tür zu öffnen. Sonst war nichts.«

Shahira versank wieder in Gedanken und ignorierte ihn, auch wenn er sie fragend ansah. Jedes Mal, wenn sie die geheimnisvolle Stimme hörte, riss Xzar sie von diesen Gedanken los. Sie ließ sich die Worte immer wieder durch den Kopf gehen. Wen sollte sie töten und wem sollte sie damit helfen? Borion hatte versucht die Tür zu öffnen? Aber sie hatte die ganze Zeit in Richtung Tür gesehen und da war niemand gewesen.

»Shahira!? Wo bist du nur mit deinen Gedanken? Lass uns weitergehen.« Sie blickte überrascht auf.

Xzar stand vor ihr und lächelte. Er reichte ihr seine Hand. Nach kurzem Zögern griff sie diese und leicht verwirrt folgte sie Xzar und den anderen.

Der dritte Gang verlief in einer Biegung und endete dann in einer großen Halle. Sie erkannten hohe Säulen zu ihrer rechten und linken Seite, welche Decke und Boden miteinander verbanden. Der Boden war mit farbigen Kacheln gepflastert, doch sie ergaben kein erkennbares Muster. An den Wänden hingen wie so oft in diesem Gewölbe Bilder. Sie zeigten verschiedene Personen. Aber nur eine Zeichnung stach Shahira besonders ins Auge. Wie nicht anders zu erwarten, handelte es sich um eine vermummte Gestalt mit der üblichen Kapuze und dem brennenden, roten Blick. In der Hand hielt sie einen Zauberstab, auf dessen Ende der blanke Totenschädel eines Drachen saß.

›Schon wieder so ein Bild‹, dachte Shahira und ihr stockte der Atem. Ein plötzlicher Stich in ihrem Herzen ließ sie zusammenzucken, denn als Xzar an dem Bild vorbeischritt, leuchtete der Rubin in seinem Stab kurz auf. Shahira lief ein kalter Schauer den Rücken herunter. Ein flaues Gefühl breitete sich in ihrem Magen aus. Angst und Panik rangen mit ihrem Vertrauen für Xzar um die Vorherrschaft in ihrer Gefühlswelt.

Sie spürte das Verlangen ihr Schwert zu ziehen und Xzar zur Rede zu stellen. Besser noch, ihn *zu töten* ... Oh nein! Was dachte sie denn da! Diese Stimme, beherrschte sie etwa ihren Verstand? Gierte sie nach der Kontrolle? Sie ließ den Griff ihres Schwertes los, den sie schon gepackt hatte. Sie schluckte und atmete tief ein. Langsam schloss sie zu den anderen auf. Xzar lächelte sie liebevoll an, doch sie ignorierte ihn.

Am Ende der Halle war ein Altar. Sie bewegten sich auf ihn zu, da er das Auffälligste hier war. Eigentlich war es kein Altar, wie man ihn sich vorstellte. Vielmehr war es ein großer viereckiger Steinklotz. Er wies keine Verzierungen auf und war auch nicht prachtvoll geschmückt. Der Stein wirkte, als hätte man ihn einst übersehen. Als hätten die Bergleute aus früher Zeit fein säuberlich ihre Arbeit um ihn herum verrichtet und nur dieses Gebilde in der Höhle zurückgelassen. Und dennoch hatte er etwas Ausgeprägtes, zumal an beiden Seiten ein gewundener Steinsockel stand. Auf dem rechten befand sich die Figur eines Drachen und auf dem anderen die einer Schlange. Es sah aus, als fielen die Blicke beider Kreaturen auf die Mitte des Steintisches. Als sie näher kamen, erkannten sie einen weißen Kristall, der in den Tisch eingearbeitet war. Die Augen der Statuen bestanden ebenfalls aus kleineren Bruchstücken dieser Steine. Über dem Altar hatte die ansonsten gewölbte Decke ein rundes Loch, in dem eine tiefschwarze Dunkelheit herrschte.

Adran fühlte mit der Hand über den Stein in der Mitte des Altars und spürte Wärme von ihm ausgehen. Der Bereich rund um den Kristall war kalt. Adran bewegte seine Hand hin und her und ihm war so, als würde sowohl die Innenfläche seiner Hand, als auch ihr Rücken erwärmt. Er stutzte, denn es erschien ihm so, als wären die Augen der Statuen für diese Wärme verantwortlich.

»Er ist warm, aber trotzdem nur ein einfacher Kristall«, erklärte Adran den anderen, die schon neugierig zu ihm hinüber starrten.

»Wofür ist dieser Stein denn da?«, fragte Shahira besorgt.

»Entweder eine Verzierung des Altars oder, was ich eher glaube, ist er zur Erhitzung von Gefäßen gedacht.«

Jinnass war inzwischen von der Gruppe weggetreten und bewachte die Tür nach hinten. Der Elf wirkte sehr beunruhigt. Shahira hatte das Gefühl, dass die Personen in den Bildern sie musterten. Dann hörte sie wieder die Einflüsterung. »*Berühr den Stein! Tu es! Er wird sie alle Töten! Hilf mir! Befreie ihn!*«

Nur dass es dieses Mal anders war: Die junge Abenteurerin spürte wie etwas nach ihrem Verstand griff und eine geisterhafte Kraft begann sie zu lenken. Genährt von ihrer Angst, bestärkt von ihrem Zweifel, trieb irgendetwas oder irgendwer sie vorwärts. Shahira bewegte sich langsam auf den Altar zu, ohne dass sie es wollte. Sie kämpfte dagegen an, versuchte um Hilfe zu rufen, doch es gelang ihr nicht. Als sie an dem Altar ankam, riss die Kraft Shahiras Hand hoch und bewegte sie auf den Kristall zu. »*Ja!! So ist es gut. Berühr ihn!! Berühr ihn!!! Töte sie! Ich will ihr Blut!!!*« Die Stimme wurde energischer, fordernder, befehlender.

In dem Kristall erstrahlte ein helles Licht, als Shahira sich mit ihrer Hand näherte. Die Rufe von Xzar und Adran hörte sie nicht mehr und sie nahm auch nicht wahr, wie beide Männer versuchten sie zurückzuziehen. Aus den Augen der Statuen waren jetzt rote Strahlen zu erkennen, die den Stein unter ihrer Hand erhitzten.

Als Adran bemerkte, dass Shahira sich in ihrem Handeln nicht beirren ließ, nahm er einen kurzen Schwung und rammte die junge Frau zur Seite. Sie fiel in Xzars Arme, der überrascht von der Wucht mit Shahira nach hinten stürzte. Adran zog indes sein Wurfbeil und holte aus.

»Nein, nicht!«, rief Jinnass entsetzt.

Doch es war zu spät. Als Adrans Axt den Kristall zerschmetterte, explodierte der gesamte Raum in einem hellen Licht. Ein blendender Lichtblitz fuhr durch die Halle, gefolgt von einem lauten, summenden, ohrenbetäubenden Ton, der die Luft zerriss. Die Erde zitterte und bebte. Steinsplitter schlugen von der Decke im Boden ein. Vereinzelt bildeten sich Risse auf dem Altar und den Wänden. Und dann schoss plötzlich ein knisternder, weißer Blitz empor, raste mit enormer Geschwindigkeit durch das Loch in der Decke und verschwand in der Dunkelheit. Kleinere Blitze, die sich zuvor von dem Hauptstrahl gelöst hatten, zischten durch den Raum, trafen den Boden, die Decke, Wände und Säulen. Jinnass konnte gerade noch ausweichen. Adran duckte sich neben den Altar. Xzar sah, wie einer der Blitze auf Shahiras Rücken zu jagte. Mit einer wippenden Bewegung schubste er die junge Frau von seinem Körper, wohlwissend, was das bedeutete. Keinen Lidschlag später schlug der Blitz in ihm ein und er spürte einen heftigen Ruck, der ihn nach hinten riss. Zu seiner Überraschung blieb der Schmerz aus. Ein Kribbeln rechts von seinem Herzen, ließ ihn mit der Hand über diesen Bereich tasten. Er fand das Amulett, das er von der Einsiedlerin bekommen hatte. Es war heiß und schnell zog er es sich über den Kopf. Jetzt erkannte er, dass der Halbmond glühte.

»*Es wird Euch vor böser Energie schützen!*«, erinnerte sich Xzar an die Worte der Frau und er dankte ihr im Stillen.

Für einen kurzen Augenblick geschah nichts. Gerade als Xzar sich erheben wollte, um nach Shahira zu sehen, ging es weiter. Aus dem Loch in der Decke erschall ein bedrohlicher Donnerschlag, bevor ein dunkler, fast schwarzer Energiestrahl herabschoss. Er schlug in der Mitte des Altars ein und spaltete ihn unter lautem Getöse. Dann brach der Boden auf und die dunkle Energie drang tiefer in die Erde ein. Xzar warf sich schützend über Shahira, um die jetzt folgende Druckwelle abzufangen. Die Kraft war gewaltig. Xzar stemmte sich mit all seinen Muskeln gegen den Schlag, um den Leib seiner Liebsten zu schützen.

Adran, der noch immer neben dem Altar kniete, wurde zurückgeschleudert und schmetterte mit voller Wucht gegen die Wand. Borion wurde seitlich von einem Blitz getroffen, machte einen Sprung hinter eine der Säulen und schien in Sicherheit. Jinnass hatte sich am Eingang des Raumes zusammengekauert.

Eine weitere Druckwelle folgte, wieder wurden sie alle schwer getroffen, dann gab es einen lauten Knall irgendwo tief unter ihnen und ein Donnern verklang im Berg.

Als der Druck nach einigen Augenblicken nachließ, hörten sie etwas in der Ferne, nicht hier in der Halle, nicht in diesem Tempel, nein, noch viel weiter entfernt. Markerschütternde Schreie drangen zu ihnen, Todesschreie. Dutzende, hunderte, noch mehr. Eine abscheuliche Furcht legte sich auf ihre Seelen und dann verstummten die Geräusche; Totenstille trat ein. Wieder verstrichen einige Augenblicke, doch diesmal passierte nichts mehr.

Erst konnte sich keiner von ihnen bewegen. Der Schreck saß zu tief in ihren Knochen. Nach und nach kamen sie wieder zur Besinnung. Xzar schüttelte Shahira sanft. Sie rührte sich nicht. Er nahm ihren Kopf auf seinen Schoß und streichelte ihr Haar. Ihre Hand, mit der sie über dem Kristall gewesen war, wies leichte Verbrennungen auf, jedoch nichts, was nicht heilen würde. Nach einem kurzen Augenblick öffnete sie die Augen und fragte mit zittriger Stimme, »Ist er tot?«

Xzar sah sie fragend an. »Wer? Von uns sind alle am Leben. Adran hat den Stein zerstört.«

»Und dir geht es auch gut?«

Er nickte. »Ja, schon. Wobei ich hatte Glück. Der Blitz traf mich und ich bin mir sicher, er hätte mich getötet.«

»Und wie hast du überlebt?«, fragte Shahira irritiert und die Sorge war ihr deutlich anzuhören.

»Die Frau aus dem Wald. Sie hat mir das Leben gerettet. Ich glaube, es war das Amulett. Der Blitz hat es zum Glühen gebracht«, antwortete Xzar. »Doch sag mir bitte, warum bist du zu diesem Kristall gegangen? Wir wollten dich aufhalten, doch wir konnten dich nicht ansprechen.«

»Ich weiß es nicht. Es war, als lenkte mich jemand anderes«, antwortete sie knapp, da sie das Thema nicht weiter vertiefen wollte.

»Ich bin nur froh, dass dir nichts geschen ist«, sagte Xzar.

Shahira nickte mit Angst in ihren Augen, während sie langsam wieder aufstand. Jinnass kümmerte sich bereits um

Adran, der mit starken Schmerzen an der Wand lehnte. Da wo eben noch der leuchtende Kristall im Altar gewesen war, war jetzt nur noch ein schwarzes, ausgebranntes Loch. Es endete in einem langen Riss, der den Stein in zwei Hälften gespalten hatte und das Loch im Boden verschwand irgendwo in der Tiefe.

»Was war das?«, fragte Xzar verwirrt. Als niemand was sagte, drehte er sich zu dem Elfen um, »Jinnass?«

Der Elf mied Xzars Blick und kümmerte sich weiter um Adran, doch als Xzar ihn erneut ansprach, seufzte er. »Es war ein Seelenband zur Fuge der Welt.«

»Ein was? Fuge der Welt?«, fragte Xzar, der weder das eine noch das andere je zuvor gehört hatte.

»Ein Seelenband. Vielleicht ist es das falsche Wort, da es aus der Sprache meines Volkes stammt, aber es beschreibt das Ganze am besten. Es gab einen zweiten Kristall, der zu diesem gehörte. Einer war voller lichter Kraft und einer voller dunkler.«

»War?«, fragte Shahira.

»Ja, war. Adrans Schlag zerstörte einen, dass bedeutet der andere wird auch zerstört sein«, sagte Jinnass und richtete sich auf.

»Und woher wisst Ihr das?«, fragte nun Borion skeptisch.

»Ich kenne diese Wirkung. Ich habe ... sie schon einmal erlebt«, erklärte Jinnass. »Wir haben wahrscheinlich ein großes Unglück über die Welt gebracht, denn was immer wir hier freigelassen haben, wird große Auswirkungen mit sich bringen.«

»Und das wäre?«, fragte nun Xzar.

»Das weiß ich nicht. Ich kann nicht mal sagen, ob wir die gute oder die böse Energie freigelassen haben«, sagte Jinnass.

»Was wäre passiert, wenn Shahira den Kristall berührt hätte?«, fragte Xzar nun besorgt.

Jinnass zögerte. »Ich kann es nur vermuten, ich denke wir wären alle gestorben.«

»Auch nicht besser«, sagte Adran gepresst.

»Nein«, antwortete Xzar. »Was ist die Fuge der Welt?«

Jinnass sah zurück zu dem Altar. »Das ist die Fuge der Welt. Der Ursprung von allem.«

»Der was?«, fragte Adran jetzt ungläubig.

»Hier entstand alles Leben unserer Welt«, erklärte Jinnass.

»Du willst uns sagen, hier ist einst alles Leben unseres Lands entstanden?«, fragte Xzar noch einmal nach.

Jinnass schüttelte den Kopf. »Nein. Und ja, alles Leben unseres Landes, doch noch viel mehr; unserer gesamten Welt.«

»Ich verstehe nicht, was ist der Unterschied?« Xzar war sichtlich verwirrt.

»Nagrias ist unser Land. Glaubst du, es sei das einzige Land in unserer Welt?« Mit diesen Worten drehte er sich weg und half Adran auf die Beine. Für einige Herzschläge standen sie alle nachdenklich da. Es gab noch andere Länder?

»Warte Jinnass! Das kannst du nicht einfach so im Raum stehen lassen, was soll das heißen: Andere Länder? Wo liegen sie?«

Der Elf drehte sich noch einmal kurz um und sagte, »Sie sind hinter unseren Grenzen im Osten und Süden und soweit ich weiß hinter dem schwarzen Nebel im Norden. Frag Adran, wenn du es mir nicht glaubst.«

Xzar sah den Krieger fragend an und dieser zuckte grinsend mit den Schultern. »Erinnerst du dich an die Insel im Südmeer?«

Xzar nickte.

»Anderes Land«, sagte Adran kurz und nickte, dann ging er zu Jinnass.

Xzar brauchte einen Augenblick, bis die Worte in seinen Verstand drangen. Das konnte er einfach nicht glauben. Wieso hatte er nie davon gelesen oder gehört?

»Lasst uns zurückgehen und versuchen die Tür, im mittleren Gang zu öffnen. Hier können wir eh nichts mehr ausrichten«, sagte Borion, den diese Neuigkeit nicht zu beeindrucken schien. Er hatte sich die ganze Zeit im Hintergrund aufgehalten und von dem Blitztreffer war nur noch ein schwarzer Fleck auf den Ringen seiner Rüstung zu sehen. Da sich keiner der anderen ernsthaft verletzt hatte und sie alle diesen Raum verlassen wollten, stimmten sie zu.

Adran war zwar noch ein wenig wackelig auf den Beinen, doch er konnte bereits wieder grinsen. Shahira legte ihre Hand auf die Brust und atmete tief ein. Als sie zurückgingen, sahen sie sich die Gemälde noch einmal an. Die Bilder hatten sich verändert. Die Personen waren jetzt alle tot. Sie lagen verstümmelt und blutüberströmt am Boden. Sogar das unheimliche Bild des Magiers war anders. Shahira atmete erleichtert auf, denn der Mann war nicht Xzar. Dennoch erschrak sie, da der Kopf des Mannes abgetrennt und auf einen Speer gespießt war. Neben ihm lagen sein Stab und der zersplitterte Drachenkopf auf dem Boden. Was war das hier nur für ein merkwürdiger Ort? Hoffentlich fanden sie bald einen Ausgang. Das Drachenauge interessierte Shahira nicht mehr.

Ortheus Kammern

Sie gingen wieder zum Eingang. Shahira warf noch einen letzten Blick zurück in die große Halle. Ihr war, als wehte dort ein dünner Rauchfaden um die beiden Statuen, die sich zu einem schwarzen Schatten formten. Kurz kam es ihr so vor, als hätte er die Form eines Drachen. Sie schloss die Augen und atmete tief ein und als sie wieder hinsah, war davon nichts mehr zu erkennen. Es war wohl nur eine Sinnestäuschung gewesen, wie so vieles, was sie hier vorfanden.

Als sie um die Ecke des mittleren Gangs gingen, spürten sie plötzlich erneut einen heftigen Schlag in dem alten Gemäuer. Danach hallte ein zweites Donnern durch die Gänge. Nur dass es dieses Mal viel näher war. Dann wehte eine Staubwolke aus dem Mittelgang herüber. Sie hielten sich die Hände vors Gesicht, doch es nutzte nichts. Sie mussten Husten. Als sich die Luft ein wenig geklärt hatte, schlich Jinnass voran. Er spähte vorsichtig um die Ecke und erkannte, dass die eben noch verschlossene Tür zertrümmert im Korridor lag. Einen Herzschlag lang meinte er, dort eine dunkle Gestalt stehen zu sehen, doch schon im nächsten Augenblick war sie verschwunden.

Sie gingen mit gezogenen Waffen auf den Durchgang zu. Die Sicht war zwar noch immer trüb, trotzdem waren die blauen Leuchtkugeln an der Decke deutlich zu erkennen. Die Reste der Tür wiesen zahlreiche Brandspuren auf, ganz so als hätte eine kraftvolle Explosion die Tür zersplittert. Der Weg führte weiter ins Innere der Anlage, bis die Gruppe erneut vor einer Tür stand.

»Seltsam, diese Tür hier ist verschlossen. Wie konnte dann jemand oder etwas die andere Tür zerstören, ohne dass wir ihn sahen? Und vor allem, wo ist er hin?«, fragte Adran grübelnd, ohne eine Antwort zu erwarten.

»Vielleicht hatte es etwas mit dem Kristall zu tun?«, suchte Shahira eine Erklärung.

»Nein, das war jemand anderes«, sagte Jinnass leise. Er bemerkte, dass Shahira ihn fragend ansah, doch er mied ihren Blick.

Borion tastete vorsichtig die Fugen der Tür ab und spürte dabei mehrere Löcher in der Seitenwand. »Die Tür ist durch eine Falle abgesichert. Geht alle etwas zurück! Ich werde mich darum kümmern.«

Sowohl Borion als auch die anderen machten einen Schritt nach hinten. Der Krieger nahm einen kurzen Anlauf und trat mit aller Kraft die Tür auf. Dabei achtete er darauf sein Bein schnell wieder zurückzuziehen und ebenso mied er es mit dem Schwung die Tür zu durchschreiten. In dem Augenblick als die Pforte aufschwang, schossen aus der Seite mehrere fingerdicke Eisenspeere heraus, die in die gegenüberliegende Wand einschlugen und dort Steinsplitter herausbrachen. Es dauerte keinen weiteren Herzschlag, dass sie wieder in ihren Löchern verschwanden und dort mit einem Klicken in ihren Mechanismus einrasteten. Borion tastete vorsichtig mit seinem Schwert den Boden ab, doch die Speere lösten nicht mehr aus. »Wahrscheinlich entriegeln sie nur beim Öffnen der Tür.«

»Hoffen wir es«, sagte Xzar und folgte Borion vorsichtig durch die Tür.

Der Krieger behielt recht. Hinter der Tür fanden sie ein weiteres Zimmer vor, in dem ein einzelner Schreibtisch und ein kleiner Schemel standen. Rechts und links waren jeweils Türen, ebenfalls verriegelt. Borion zog an der Schublade. Sie war verschlossen, also schlug er mit dem Knauf seines Schwertes auf das kleine Schloss ein, bis die Lade knackte und aufsprang. Er zog sie auf und ließ enttäuscht den Kopf sinken. »Nichts drinnen, gar nichts und trotzdem abgeschlossen.«

»Was habt Ihr erwartet, darin zu finden?«, fragte Jinnass.

»Vielleicht einen Hinweis? Eine Karte? Irgendetwas, dass uns zur Grabstätte bringen würde.« Borion stockte.

»Was für eine Grabstätte?«, nahm Xzar misstrauisch Borions Worte auf.

»Ich ... denke mal ..., dass hier irgendwo eine, ... eine Grabstätte ist und von da wird es sicher auch einen Ausgang geben, oder?«, versuchte Borion zu erklären.

»Ja, vielleicht. Aber wie kommt Ihr auf Grabstätte? Niemand hat jemals eine Grabstätte erwähnt«, forschte Xzar weiter nach.

»Ich, ... ich denke, ... ich meine, ... ich habe ...«, begann Borion zu stottern.

»Er weiß es von mir!«, unterbrach ihn Jinnass selbstbewusst. Der Elf warf seinen schwarzen Zopf zurück, als er sein Kinn hob. Sein Blick war hart. »Es gibt eine Grabstätte, in der sich alte und kostbare Schätze befinden sollen.«

»Jinnass?! Ich versteh nicht ... Und woher weißt du davon?«, fragte Xzar verwirrt und auf Abstand gehend. Sein Blick wechselte nun hastig von Borion zu dem Elfen.

»Ich weiß es von unserem Auftraggeber. Wir müssen die Schriften in dieser Grabkammer bergen und beschützen. Sie sind mächtig. Es sind Formeln für die Beschwörung und die Beherrschung. Jeder, der Böses im Schilde führt, wäre in der Lage damit sehr alte Gefahren zu beschwören oder zurück ins Leben zu holen«, erklärte Jinnass.

»Wie etwa die Chimären?«, fragte Xzar.

Jinnass schüttelte den Kopf und auf seiner Miene lag etwas, was Xzar zuvor noch nicht bei ihm gesehen hatte: Angst. »Nein, Schlimmer noch. Es sind Beschwörungsriten die den Drachenkönig Diniagar, den ersten Diener von Deranart, dem Himmelsfürsten ins Leben zurückrufen könnte. Stellt euch vor, was der Welt droht, wenn er wiedergeboren würde. Darum müssen wir die Schriften vor Tasamin finden«, erklärte Jinnass.

»Diniagar?«, fragte Shahira besorgt.

»Ja. Kennt ihr die Legenden nicht?«

Sie schüttelte den Kopf. Xzar stockte innerlich. Ihm war der Name ein Begriff. Er erinnerte sich an den See und die Geliebte des Sordorran. Diniagar war der Name des Drachen, der sie getötet hatte.

»Er war der erste Diener Deranarts und er begehrte einst gegen die anderen Drachen auf. Er wollte die Herrschaft über die Welt und die anderen Völker unterjochen. Seiner Meinung nach, war dies das Recht, dass ihnen als ältesten Wesen der Welt zustand. So begann vor tausenden von Jahren der Krieg der Drachen, aus denen nur die großen Vier als Überlebende hervorgingen. Ihre gesamte Kraft war nötig Diniagar, den Todesfürsten zu bannen und seine Gebeine an einem geheimen Ort zu verbergen«, erklärte Jinnass.

»Warte, hat die Fuge der Welt etwas damit zu tun?«, fragte Xzar mit geweiteten Augen.

Jinnass sah ihn nur lange an, doch sagte nichts dazu.

»Warum habt ihr uns nicht früher von der Grabstätte erzählt?«, fragte Shahira jetzt.

»Das war nicht möglich. Ihr werdet das noch verstehen und jetzt lasst uns bitte nicht mehr darüber reden. Wichtiger ist es, dass wir einen Weg hier heraus finden.« Damit beendete der Elf das Gespräch.

Xzar war verwirrt. Vor Kurzem hatte er das Vertrauen in Borion verloren und jetzt schützte Jinnass ihn. Irgendwas stimmte hier nicht. Shahira hatte ebenfalls einen fassungslosen Gesichtsausdruck. Befanden sie sich in einer tödlichen Falle? Lockten Jinnass und Borion sie in ihren sicheren Tod? Was für eine Rolle spielte Adran? Kyra war bereits Opfer dieser waghalsigen und zum Scheitern verurteilten Expedition geworden. Sie wollte nicht auch noch sterben, zuviel gab es noch für sie in dieser Welt.

Borion warf Jinnass einen seltsamen Blick zu und wandte sich dann schnell ab. Jinnass verfolgte die Reaktion des Kriegers und sah dann verschlagen zu Adran. Shahira bemerkt dies und blickte zu Xzar. Diesem war das Verhalten ebenfalls aufgefallen. Er musterte vor allem Jinnass. Als Xzar nun gewahr wurde, dass er von Shahira beobachtet wurde, lächelte er kurz. Dann nahm er seine Sachen und drehte sich weg. Sie seufzte schwer: Das würde ja was werden!

Borion schritt auf die rechte Tür zu und untersuchte sie. Als er nichts Gefährliches erkannte, trat er sie ein. Grimmig fluchte er, als die Tür über seinem Bein zerbrach, sie gehörte zu einem Bücherschrank. Drei Niederschriften standen auf den morschen Brettern. Als er eines der Bücher nahm, zerfielen die alten, vergilbten Seiten zu Staub.

Die zweite Tür ließ sich ebenfalls durch einen Tritt des Kriegers öffnen. Diesmal schauten sie in einen unbeleuchteten Tunnel. Hier erkannten sie die Zeichen der Zeit deutlich, denn der Boden war von einer dicken Staubschicht bedeckt und in kleinen Felswinkeln an der Decke hingen dichte Spinnennetze.

Adran entzündete eine ihrer Fackeln. Der Pfad führte sie nun endgültig in ein Labyrinth. Sie irrten stundenlang ziellos durch die Gänge, markierten Kreuzungen mit Kreide und suchten nach dem richtigen Weg. Eine Weile bezweifelten sie sogar, dass sie noch im Tempel waren, so seltsam verliefen hier die Tunnel. Sie fanden zwar mehrere Türen, doch keine führte sie aus den Gängen heraus. Hinter einer Tür entdeckten sie dann eine größere Kammer. Allem Anschein nach handelte es sich hierbei um das von Ortheus in seiner Nachricht erwähnte Labor. Die Tür war wieder durch eine Falle gesichert. Oder zumindest war dies einst die Absicht gewesen, denn auf der Erde vor ihnen lagen einige verrottete Bolzen und auch der Auslösemechanismus war der Zeit zum Opfer gefallen. Es klickte zwar einmal, aber es geschah nichts weiter und somit öffneten sie die Tür. Das Labor war verwüstet, denn sämtliche Glasutensilien waren zerbrochen. Auf einem Tisch standen seltsame alchimistische Apparaturen, spiralförmige Glasröhrchen, die von einem Gefäß zum nächsten führten, wobei auch hier vieles zu Bruch gegangen war. Hier und da standen kleine Teller oder Schalen und was auch immer in diesen einst gelegen hatte, war mittlerweile zu Staub zerfallen. In einem der Tische war eine Feuerstelle eingelassen, über der ein leerer, schwarzer Kessel stand.

Schließlich fanden sie auf einem Arbeitstisch doch noch etwas, das erhalten war. Es waren Zeichnungen von der Erschaffung der Chimären. Groteske Tierbilder, welche die vereinigten Geschöpfe skizzierten. Mischungen aus Wolf und Bär, Ratte und Adler und was am Unheimlichsten wirkte, eine Mischung aus Katze, Schlange und Huhn. Auf einer Zeichnung, die mit Notizen versehen war, ruhten ihre Blicke länger. Sie sahen einen großen runden Rumpf, neben dem das Wort *Spinne* geschrieben stand, dann zwei dicke Scheren am Maul, daneben das Wort *Krebs*. An dem rundlichen Kopf war durchgestrichen das Wort *Stier* zu lesen, korrigiert daneben stand *doch Spinne gelassen.* Was sich der Magier dabei gedacht haben mochte solch seltsamen Wesen zu erschaffen, verstanden sie nicht. Das Pergament schien schon Jahrhunderte alt zu sein, da es bei jeder Berührung zu zerfallen drohte.

»Warum ist hier alles so zerfallen? Ich meine auch die Gänge. Alles voller Staub?« Shahira sah sich nachdenklich um.

»Weil es ein alter Tempel ist?«, fragte Borion.

Xzar sah die beiden an und sagte dann zu Borion, »Nein, das ist es nicht, jedenfalls nicht nur. Was Shahira meint, habe ich mich auch schon gefragt. Es scheint, als sei dieser Bereich hier unten von dem restlichen Tempel abgeschnitten. Als läge dort oben eine Magie über allem, die sich dem Verfall durch die Zeit widersetzt.«

Adran hob abwehrend die Hände, als beide zu ihm sahen. »Fragt nicht mich. Man sieht es doch an diesen Kreaturen. Ihr mit eurer Magie. Da kann doch am Ende nichts Vernünftiges bei rauskommen, wobei ...«, er zögerte, als er auf die Zeichnungen sah. »... so ein fliegendes Löwenpferd ... es würde ...«

»... dich fressen«, unterbrach ihn Jinnass schmunzelnd.

Adran sah überrascht zu dem Elfen, bevor er, Xzar und Shahira laut loslachten. Borion brummte irgendwas unverständliches und wandte sich ab.

Nachdem sie das Labor durchsucht hatten, verließen sie es und schritten weiter durch die Korridore. Shahira hatte sich von Borion Yakubans Karte geben lassen, auf der das Labyrinth verzeichnet war und mittlerweile war sie sich sicher, dass es zu den Tunneln passte, durch die sie irrten. Somit folgten sie nun den Anweisungen Shahiras. Ab und zu standen sie dennoch vor einer Sackgasse, denn nicht alle Wege waren noch passierbar. Und doch kamen sie jetzt deutlich besser voran. Nach einer knappen Stunde erreichten sie erneut eine massive Tür, in die Zeichen eingeritzt waren. Blass erkannten sie zwei gekreuzte Schwerter über einem tropfenförmigen Schild.

»Die Waffenkammer«, schlussfolgerte Borion.

»Dann mal los. Vielleicht finden wir ja was Brauchbares«, sagte Adran gut gelaunt. Ihm schien es am wenigsten zu beunruhigen, dass sie durch die Gänge irrten.

Diesmal ließ sich die Tür nicht so leicht öffnen und sie blieb ebenfalls verschlossen, nachdem Borion sich mehrmals kräftig gegen die Tür geworfen hatte. Xzar schob den Krieger zur Seite. »Wartet, ich kann helfen.«

»Ich hoffe, anders als es unser Herr Graf tun würde«, murrte Borion grimmig.

Xzar machte eine wegwerfende Handbewegung und berührte dann das Schloss. Er konzentrierte sich. Dann ließ er seine Hand vor dem Mechanismus kreisen und sprach, »*Nern offine son, dernort zarn, periforn karan FILLIE!!*« Das letzte Wort brüllte er.

Seine Gefährten zuckten zusammen. Xzars Stimme hallte durch das Gewölbe und die Tür zitterte unmerklich, bevor sie aufsprang. Von der Decke fielen drei zerbrochene Metallspeere herunter und landeten klirrend vor Xzars Füßen.

»Xzar! Ihr verwundert mich immer mehr. Was seid Ihr nun eigentlich? Krieger? Magier? Nichts von beiden? Beides zusammen?«, fragte Borion listig.

»Ein Krieger und doch wieder nicht. Ein Magier und doch wieder nicht. Sind die Sterne am Tage wo anders oder nur nicht zu sehen. Verdunstet Wasser durch Feuer oder erlischt Feuer durch Wasser«, antwortete Xzar doppeldeutig.

»Eigentlich…« Borion verstummte, als er bemerkte, dass Xzar ihn reingelegt hatte.

Adran und Shahira mussten grinsen. Jinnass blickte Xzar tiefgründig in die Augen. Dieser erwiderte den harten Blick des Elfen. Xzar ahnte, dass Jinnass den Zauber kannte. Nun gut, dann wusste er jetzt auch, dass Xzar einige Zaubersprüche des Zwergenvolkes beherrschte. Das hatte er bei seinem

Gespräch mit Jinnass ausgelassen. Xzar wusste nicht, wie es bei Elfen war, aber die Magier der Akademien waren erst nach vielen Jahren des Studiums in der Lage die magischen Sprüche anderer Völker zu verstehen. Er selbst hatte schon immer ein ungewöhnliches Talent dafür besessen, die Magien aller Völker schnell zu beherrschen, und so hatte sein Lehrmeister sie ihn gelehrt. Woher dieser die Sprüche kannte, hatte Xzar nie hinterfragt.

Sie betraten die Waffenkammer und erstaunten. In allen Ecken glänzte es golden und silbern, denn überall standen kostbar verzierte Schwerter, Schilde und Rüstungen. Und nicht ein Teil hier war verwittert. In den vier Ecken des Raumes stand jeweils eine fein ausgearbeitete Statue aus Bronze und jede von ihnen erzählte ihre eigene Geschichte. Die Erste stellte einen Krieger dar, stolz und würdevoll, eine Hand zum Himmel emporgestreckt, als wartete er auf ein Geschenk der großen Vier. Die zweite Hand hatte er auf einen Schild gestützt, der die Form eines Drachenkopfes hatte. An seiner Seite hing ein großes Schwert. Ein breiter Umhang lag auf seiner Schulter und wallte hinter ihm zu Boden.

Die zweite Bronzefigur war eine Magierin. Ihre Robe wehte im Wind, doch ihre langen Haare lagen glatt auf ihren Schultern. Sie hielt einen reich verzierten Stab in der Hand, den sie ebenfalls zum Himmel emporreckte. In ihrem Blick loderte ein geheimes Feuer. Ihre Gesichtszüge, auch wenn sie nur aus Metall waren, gaben ihr ein wunderschönes und elegantes Antlitz.

Die dritte Figur war wieder ein Krieger, der sich gerade im Kampf gegen einen Drachen befand. Er war gerüstet wie ein Ritter mit dicker Plattenrüstung und Helm, aus dessen Seiten kurze Flügel ragten. Der Lindwurm hatte seinen Klauengriff um den Körper des Mannes gelegt und seine Schwingen waren ausgebreitet, sodass es wirkte, als wäre der Drache samt Krieger hoch in der Luft. Der Recke hielt seine Klinge mutig in der Hand und stellte sich dem Drachen Auge in Auge, ohne Furcht.

Die letzte Statue oder besser gesagt das vierte Symbol war nur ein Schwert. Es handelte sich um ein langes, goldenes Langschwert, dessen Klinge im Boden steckte. Um den Griff war ein blaues Tuch gebunden, auf dem ein Wappen aufgestickt war. Es handelte sich um eine einfache rote Rose. Doch keiner der Gefährten konnte mit diesem Symbol etwas anfangen, was nicht verwunderlich war, denn es musste hier schon seit hunderten von Jahren hängen.

»Was soll das bedeuten?«, fragte Shahira neugierig.

»Sieht aus wie das Geschenk einer feinen Dame an einen Ritter«, antwortete Adran und kratzte sich hinter dem Ohr.

»Was meinst du damit?«

»Es ist auf Turnieren eine übliche Tradition: Die Damen geben ihrem Ritter, also jenem dem sie den Sieg wünschen, solch ein Tuch als Glücksbringer. Gewinnt der Ritter, steht auch die Dame höher im Ansehen und verliert er ... na ja, dann suchen die Damen sich auf dem nächsten Turnier einen anderen Ritter aus.«

»Das ist irgendwie ...«, begann Shahira.

»Romantisch?«, unterbrach Adran sie.

»Nein, dumm.«

Adran lachte. »Ja, das ist es wohl. Aber es ist nun mal Tradition in den Adelshäusern.«

»Hast du auch schon mal an solch einem Turnier teilgenommen?«

Er nickte.

»Und, hast du auch ein Tuch bekommen?«, fragte sie forschend nach.

»Ja, habe ich. Sie war die Tochter eines Grafen aus Wasserau. Und ich habe den Kampf verloren«, sagte Adran und doch lag ein feines Lächeln auf seinen Lippen, während sein Blick in der fernen Vergangenheit gefangen schien.

»Und, was ist dann passiert?«

Adran sah zu ihr auf und sein Lächeln wurde breiter. »Mein Gegner, war eine Kriegerin aus dem Heer meines Vaters und ich habe sie geheiratet.«

»Was?« Shahira lachte. »Das mein lieber Adran, das nenne ich romantisch. Aber sag, du hast sie nie erwähnt?«

Sein Lächeln wurde ein wenig kälter. »Sie ist tot.«

»Oh nein! Adran, verzeih mir, das wollte ich nicht ...«

»Schon gut, es ist lange her und ...« Seine Stimme brach ab. Dann mischte sich Borion ein. »Eigenartig, wie hieß sie?«

Adran blickte zu dem Krieger und Shahira kam es so vor, als brannte Adrans Blick plötzlich, doch er antwortete nur, »Das ist nicht wichtig. Lasst uns schauen, ob wir hier was Brauchbares finden.«

Die Waffen im Raum waren auf Ständern aufgereiht und die Rüstungen lagen übereinandergestapelt in der Ecke. Einige besondere Exemplare hatten eigene Rüstungsständer. Shahira sah sich um, in der Hoffnung, ein neues Schild für sich zu finden. Doch bei all diesen Ausrüstungsteilen gab es nicht ein Schild aus Holz. Alle waren aus dickem Stahl und die waren ihr deutlich zu schwer und unhandlich. Sie schüttelte ungläubig den Kopf. Und überhaupt, so viele kostbare Sachen und keiner von ihnen hatte die Kraft, etwas davon mitzunehmen. Warum auch, sie wussten ja noch nicht einmal, ob sie die Anlage jemals wieder lebend verlassen würden. Die Suche nach einer Nachricht von Ortheus blieb erfolglos.

Als sie aus dem Raum heraus waren, hörte Shahira wieder die Flüsterstimme. »*So viel Gold, so viele Waffen! Warum tötest du nicht alle und machst dich mit dem Gold aus dem Staub?*«

Dann schien sich die Stimme ein wenig zu verändern. Das Drohende verschwand und wich einem klagenden Ton. »*Hilf mir hier raus, befrei mich von meiner Schuld!*«

Shahira hielt sich die Ohren zu, es half nichts, denn die Stimme erklang nur in ihrem Geist.

»Shahira? Ist alles in Ordnung? Du wirkst wieder so abwesend?!«, fragte Xzar besorgt.

Sie schrak auf. »Nein, alles in Ordnung. Lass uns weitergehen.«

Xzar sah sie fragend an. Sie wollte ihm nicht mehr sagen, also zwang sie sich nur ein Lächeln ab. Sie war sich sicher, dass er etwas ahnte und erneut war er es gewesen, der sie aus ihren Gedanken zurückgeholt hatte. Xzar war ein Magier und ein mächtiger noch dazu oder zumindest war er stärker, als er zugab. Was dies zu bedeuten hatte, wusste sie jedoch nicht. Ihr Herz vermochte ihr kein klares Bild zu zeigen. Trübten ihre Gefühle den wahren Schein?

Nach mehreren Sackgassen fanden sie wieder eine Tür. Dieses Mal gab es keine Zeichen auf ihr. Borion trat sie mit zwei kräftigen Tritten auf. Er betrat den Raum und hatte Glück, denn nachdem er den Raum betreten hatte, schossen mehrere Spieße aus dem Boden nach oben. Wäre er einen Lidschlag langsamer gewesen, sie hätten ihn aufgespießt. Borion atmete erleichtert auf und auch die anderen brauchten einen Augenblick sich von dem Schreck zu erholen. Die Kammer war gefüllt mit Truhen und Kisten. Borion öffnete eine der Truhen und wich mit einem erfreuten Ausruf ein Stück zurück. Es schimmerte und blinkte hell auf, als der Deckel nach hinten schwang. Sie hatten die Schatzkammer entdeckt, denn in den Truhen waren Goldmünzen, Silberstücke, Perlen und Amulette von unschätzbarem Wert.

»Das hier ist dann wohl die Schatzkammer«, sagte Adran beeindruckt.

Bevor Xzar und Shahira an die Truhen treten konnten, hielt Jinnass sie auf. »Nehmt nichts von dem Gold, es bringt Unglück.«

»Ach was, wer soll das denn noch brauchen, hier wohnt doch eh keiner mehr«, sagte Borion gierig und nahm einige der Münzen in die Hand.

»Nein! Keiner nimmt etwas von dem Gold. Seht lieber nach, ob ihr eine Nachricht findet«, herrschte Jinnass gebieterisch.

Alle sahen ihn überrascht an. Xzar hob fragend die Augenbrauen. »Warum, was soll mit dem Gold sein?«

»Es ist verflucht. Reicht dir das nicht?«, fragte Jinnass hart.

»Doch, eigentlich schon. Aber dennoch würde ich gerne wissen, woher du dies weißt?«

»Ich spüre es. Ein dunkler Zauber wurde hier gewoben und jeder der sich etwas von dem Schatz nimmt, wird selbst mit dem Fluch belegt«, erklärte Jinnass und noch immer ließ seine Stimme keinen Widerspruch zu.

Xzar nickte langsam. Er ahnte, dass es besser wäre, dem Elfen nicht zu widersprechen. Was immer auch Jinnass hier spürte, Xzar nahm nichts dergleichen wahr. Borion sah den Elfen böse an und warf die Münzen zurück in die Kiste.

Xzar öffnete indessen eine weitere Truhe und fand noch mehr Gold. Das wiederholte sich ein paar Mal, bis er eine Kiste aufstieß, auf der eine Rune aufgezeichnet war. Er kannte die Bedeutung nicht, doch oben auf den Münzen lag ein Zettel. Xzar entfaltete ihn und begann zu lesen. »*Ihr seid jetzt dreiundzwanzig Tage fort, Meister. Unser Proviant und unser Wasser sind aufgebraucht. Wir sind nur noch zu zweit. Eure Kreatur Mortagorn oder der Totenzähler, so wie wir die Bestie genannt haben, hat die anderen geholt: Nachts als sie schliefen. Vorgestern haben wir erneut gegen ihn im großen Garten gekämpft. Einer der Priester hat einen mächtigen Segen zu Ehren unseres Herrn Bornar gewirkt, der die Decke des Raumes gänzlich zerstörte. Navarion wird sich über ein wenig mehr Sonne sicherlich nicht ärgern. Wir haben die Bestie schwer verwunden können, doch hat sie es dank ihrer spinnenartigen Beine geschafft zu entkommen. Ich muss die Nachricht hier unterbringen, da unsere Möglichkeiten sehr gering sind, noch einmal zur Waffenkammer zu gelangen. Dies hier, wird meine letzte Nachricht. Wir werden die Bestie heute Nacht jagen. Meister, ich schwöre Euch, ich werde diese Anlage bis in den Tod und noch weiter verteidigen. Bis Ihr mit Eurem Blut wieder an meiner Seite steht und mit mir kämpft. Entweder die Bestie stirbt oder ich. Euer Ortheus.*«

Die anderen schwiegen. Jinnass ließ sich auf den Boden sinken und auch Borion und Adran setzten sich hin. Shahira sah etwas in Jinnass` Augen, was sie vor einigen Stunden beim Tod ihrer Freundin Kyra selbst verspürt hatte. Sein eisiger Blick brach als hätte auch er einen Stich ins Herz bekommen. Shahira lehnte sich an die Wand und schloss die Augen. Xzar ließ das Pergament sinken und atmete tief durch.

»Wir sind mitten im Labyrinth und finden hier nie mehr raus ...«, sagte Shahira wehmütig.

Xzar drehte sich zu ihr. »Doch, wir werden wieder ...«

In diesem Augenblick hörten sie ein lautes Brüllen. Es folgte ein Zweites und jetzt klang es wie das Fauchen einer Raubkatze. Xzar zog rasch eines seiner Schwerter und ging langsam zur Tür. Er spähte rechts und links in den Gang, doch er sah nichts außer dem flackernden Schatten, der durch den Fackelschein entstand. Erneut hörten sie den Schrei, doch es war nicht auszumachen, von welchem Wesen er stammte und wie weit dieses noch weg war. Xzar schritt langsam wieder zurück zur Kammer.

»Was immer das gerade war, ich will ihm nicht begegnen«, resignierte Adran.

»Löwenpferd ...«, flüsterte Xzar leise.

Adran blickte zu ihm auf, sagte jedoch nichts. Xzar war sich aber sicher, Adrans Mundwinkel kurz nach oben zucken zu sehen. Die anderen hatten es nicht mitbekommen und jeder verfolgte anscheinend seine eigenen Gedanken. Die Moral der Gruppe schien am Boden und keiner hatte mehr den Mut, sich auf einen Kampf einzulassen.

»Lasst uns weitergehen, damit wir hier rauskommen«, schlug Xzar vor, der nicht bereit war, schon aufzugeben.

»Es ist doch egal, ob wir noch was warten«, sagte Shahira erschöpft.

»Nein, ist es nicht. Wir werden einen Weg an die Oberfläche finden. Was ist denn los mit euch?«, fragte er überrascht, als er die müden Gesichter seiner Gefährten sah.

»Lasst uns etwas Zeit. Da draußen lauert die Bestie. Wir sollten ausgeruht sein, wenn wir auf sie treffen«, sagte Borion missmutig.

Xzar schnaubte. »Ihr jetzt auch noch, Borion?«

Der Krieger zuckte müde mit den Schultern. Xzar sah sie alle der Reihe nach an und seine Augen weiteten sich ungläubig. Ja, die Gruppe war erschöpft und Shahira war verängstigt, doch Borion, Jinnass und auch Adran? Dann sah er auf die Kisten mit dem Gold. Was hatte Jinnass gesagt? Ein Fluch lag darauf? Er atmete aus, als er erkannte, dass es genau das sein musste: Ein Fluch! Die Falle am Eingang konnte die Magie ausgelöst haben, dann waren die Speere nur eine Ablenkung gewesen. Er überlegte, was er tun konnte. Er kannte einen Zauber zum Brechen von Flüchen, wenn diese gegen Personen gerichtet waren. Ob er auch auf verfluchte Gebiete wirkte?

Er packte seinen Stab fester und konzentrierte sich auf den Fokusstein. Der Rubin begann zu pulsieren und es dauerte einen Augenblick, bevor er das Wirken der Magie in der Kammer erkannte. Ja, da war es: Der Zauber lag in dem gesamten Raum, wie Jinnass es gesagt hatte. Xzar atmete durch und sprach dann, »Diesen Fluch will ich nun brechen, mich für schändlich Zauber rächen. Mein Zauber soll ein Schutzschild sein, hält so meinen Geiste rein!«

Er spürte wie seine magische Kraft floss und sie sich gegen den Fluch stemmte.

Jetzt galt es zu handeln, denn er wusste nicht, wie lange sein Gegenzauber anhielt, also ging er zuerst zu Jinnass und rüttelte ihn. »Jinnass, komm zu dir!«

Der Elf sah ihn verwirrt an, dann klärten sich seine Augen langsam. »Was ...? Was ist passiert?«

»Fluch der Gleichmut! Komm zu dir und hilf den anderen!«

Jinnass hörte die Worte und es dauerte nur einen Augenblick bis er begriff. Er fluchte und sprang auf. Er hatte es selbst gespürt und nicht drauf reagiert.

Sie beeilten sich die anderen aus ihrer Kraftlosigkeit zu wecken und den Raum zu verlassen. Draußen auf dem Gang fiel die Mutlosigkeit langsam von ihnen ab.

»Was war das?«, fragte Adran, der sich wie ein nasser Hund schüttelte.

»Ein Fluch der Gleichmut. Er raubt einem den Ansporn. Die Falle an der Tür muss ihn ausgelöst haben«, erklärte Xzar.

»Warum hat er auf dich nicht gewirkt?«, fragte Shahira.

»Mein Stab schützt mich vor Flüchen«, sagte er knapp.

»Wie das?«, hakte Shahira nach.

»Ich weiß nicht genau warum. Mein Lehrmeister wob einen Schutz hinein. Allerdings wirkt er nur, wenn ich den Stab auch berühre. Also hatten wir Glück.«

»Das heißt, ab jetzt erwarten uns auch noch unsichtbare Zauber in diesen Gängen?«, fragte Borion übel gelaunt.

»Das glaube ich nicht«, sagte Xzar. »Dieser Fluch war Jahrhunderte alt und das bedeutet, er muss sehr, sehr mächtig gewesen sein. Sie haben damit die Schatzkammer geschützt. Überlegt doch mal, was kann es Wirkungsvolleres geben, als wenn der Dieb plötzlich keine Lust mehr hat etwas zu stehlen.«

Sie atmeten durch und begannen dann erneut die Suche nach einem Weg aus den Tunneln heraus. Einmal mehr wurde ihnen bewusst, dass jeder Schritt in diesen Katakomben ihren Tod bedeuten konnte. Wer wusste schon, welche Zauber hier noch wirkten? Welches Monster hinter ihnen lauerte?

Sie irrten mehrere Stunden durch die Gänge. Zwischendurch war immer wieder das Brüllen zu hören, mal erklang es unmittelbar hinter ihnen, mal meilenweit entfernt. Was sie da auch verfolgte, *er* oder *es* wusste genau, wo sie sich aufhielten. Aber das war ja auch nicht verwunderlich, wenn es sich dabei um das erschaffene Wesen des Magiers handelte, dann kannte es sich hier seit hunderten von Jahren aus. Shahira seufzte schwer bei diesen Gedanken und blieb stehen. Ängstlich und zitternd lehnte sie sich an die Wand. Sie ließ sich langsam auf die Knie sinken und fühlte sich wie gelähmt. Borion verdrehte die Augen aufgrund der erneuten Pause. Jinnass sah ihn daraufhin erbost an. Xzar drehte sich um und ging zu ihr. Als auch Jinnass und Adran sich niederließen, um etwas zu essen, entschied Borion mürrisch, dass sie wenige Augenblicke rasten würden. Nicht, dass die anderen ihm eine Wahl ließen.

»Was ist los mit dir? Hast Du noch immer Angst?«, fragte Xzar leise.

Shahira sah ihn an. »Ja, die Angst ist alles, was mir noch bleibt. Meine Mutter hat früher immer gesagt: *Solange du noch die Sterne am Himmel sehen kannst, bist du frei!* Aber hier drinnen sind keine, keine Sterne. Wir sind hier unten tief im Berg gefangen. Keine Sterne«, sagte sie mit ängstlicher Stimme und ihre Augen wurden feucht.

Xzar küsste sie auf die Stirn und berührte dann sanft ihre Schläfen. Leise murmelte er einige Worte und vor Shahiras innerem Auge bildete sich das Bild eines nächtlichen Sternenhimmels.

»Wir finden hier heraus. Glaub es mir. Tagsüber siehst du auch keine Sterne und doch sind sie da«, tröstete Xzar sie.

»Woher weißt du das?«

Er lächelte. »In meiner Heimat in Kan'bja sieht man manchmal den Mond und die Sonne zur gleichen Zeit am Himmel und dann funkeln ab und an auch einige Sterne. Glaub es mir, wir finden wieder heraus.«

»Das habe ich zu Kyra auch gesagt, dass wir hier raus finden und was ist geschehen? Sie ist tot.« An den Verlust erinnert, verschwand die Illusion in ihrem Geist und sie seufzte schwermütig.

Xzar spürte, wie verzweifelt sie war. Er wollte ihr helfen und sie beschützen, doch er hatte das Gefühl, dass es mehr war, als nur die Angst nicht mehr hinaus zu finden, mehr noch als der Tod ihrer Freundin. Sie verbarg etwas vor ihm, das spürte er. Er überlegte, ob er sie danach fragen sollte, ließ aber davon ab, um sie nicht zu bedrängen. Er nahm sie in den Arm und als er sie berührte, zuckte sie unmerklich zusammen.

»Das mit Kyra ist sehr traurig. Ihr wart gute Freunde, wir waren es. Aber wir konnten nichts machen, um ihr zu helfen«, flüsterte er sanft.

Shahira ließ ihre Anspannung fallen und schmiegte sich an ihn. Er spürte es und gab ihr einen Kuss auf ihre Stirn. Für einen kurzen Augenblick vergaß Shahira alles, was geschehen war. Sie genoss die Nähe und dieses vertraute Gefühl, dass noch immer stärker war als ihr Misstrauen. Und doch nagte ein Zweifel in ihr. Sie musste es wissen. Shahira sah Xzar an und fasste Mut. »Xzar, ich muss dich etwas fragen, mich zerreißt es innerlich keine Klarheit zu haben. Ich zweifel an mir, an dir, an allen. Beantwortest du mir Ewas ehrlich?«

Xzar sah sie verwundert an, dann nickte er. »Ich war bisher ehrlich zu dir, ich werde es weiterhin sein.«

Shahira atmete sichtlich erleichtert auf. Sie spürte, dass er es aufrichtig meinte. »Danke. Xzar, wer bist du? Und was machst du hier und vor allem was empfindest du wirklich für mich? Manchmal kommst du mir so vertraut vor und dann wieder so fremd.«

Xzar sah sie verwundert an, dann überlegte er einen Augenblick. »Ich beginne mit der dritten Frage, was ich für dich empfinde. Sie ist für mich die leichteste Antwort, auch wenn die Worte schwer wiegen und doch will ich sie dir schon so lange sagen: Shahira, ich liebe dich. Ich liebe dich, wie ich nie zuvor jemanden geliebt habe. Du bist das Beste, was mir auf dieser Reise geschehen konnte und wenn wir hier raus sind, möchte ich mein Leben mit dir verbringen. Ob wir dann gemeinsam auf Abenteuer gehen oder uns irgendwo niederlassen, ich geh jeden Weg mit dir.« Er sah sie fragend an und sie nickte erleichtert. Ein Lächeln breitete sich auf ihrem Gesicht aus, als er fortfuhr, »Ich bin hier, weil ich in Barodon ein Abenteuer angeboten bekam, weil mir Gold nicht unwillkommen war und weil ich neugierig auf diesen alten Tempel war. Aber letztendlich bin ich mitgegangen, weil ich dich dort in der Halle des Auftraggebers stehen sah und weil du mich seither mehr als jedes Gold, jeder Tempel und jedes Abenteuer gebannt hältst. Shahira ich liebe dich und jeden Augenblick, in dem du nicht in meiner Nähe bist, verbrennt mein Herz vor Sehnsucht. Ich will dich bei mir spüren, dich umarmen, dich küssen und alles mit dir teilen, sofern du es auch willst.«

Ihr Lächeln wurde noch breiter und sie nickte erneut.

»Das freut mich sehr. Jetzt zu mir: Ich bin Xzar'illan Marlozar vej Karadoz. Xzar'illan ist mein Vorname: Xzar erweitert mit der elfischen Endung für *Magier*. Marlozar, der Nachname meines Lehrmeisters, der mich wie ein Vater behandelte und dessen Namen ich annahm. Vej Karadoz, der Name des zwergischen Clans, der unsere Familie ist, die meines Lehrmeisters und die meine. Hier nach, also wenn wir aus dem Tempel entkommen sind, nehme ich dich mit und zeige dir meine Heimat. Mein Meister lehrte mich die Kunst der Magie. Er brachte mir Zauber der Menschen, der Elfen und der Zwerge bei. Und ich weiß, welche Frage das auslöst: Wie kann ich so jung sein und all das wissen?«

Shahira nickte langsam, denn in der Tat brannte ihr diese Frage schon länger auf der Seele.

»Mein Lehrmeister Diljares verlängerte mein Leben durch Magie. Ich wäre jetzt nach menschlicher Zeitrechnung etwas mehr als sechsundfünfzig Jahre alt. Doch tatsächlich bin ich sechsundzwanzig, mit dreißig Jahren mehr Wissen. Es ist nicht so leicht erklärbar, da diese Magie sehr alt ist und sie in den Akademien als verloren gilt. Deshalb erzähle ich es nicht gerne und auch nicht jedem.« Er machte eine Pause. »Möchtest du sonst noch etwas wissen?«

Shahira überlegte einen Augenblick. Die vielen Neuigkeiten hatten sie überrascht und doch spürte sie eine tiefe Erleichterung in sich. »Mir fallen da noch so einige Fragen ein, aber die heben wir uns für später auf. Eine habe ich aber jetzt noch: Was ist das Geheimnisses deines Stabs?«

Xzar lachte leise auf. »Das alte Ding? Es ist ein Magierstab. Er war ein Geschenk meines Lehrers und ich muss zugeben, ich habe nicht mal die Hälfte seiner Geheimnisse entschlüsselt. Hm ... warte ... lass mich nachdenken.« Xzar schmunzelte. »Ich kann ihn leuchten lassen, ich kann mit ihm Magie spüren und meine Zauber verstärken ... und ...« Er überlegte kurz. »Und er sieht echt gut aus, findest du nicht?« Xzar lachte und Shahira knuffte ihm in die Seite.

»Und du meinst es wirklich so; also das du mich liebst?«

»Doch noch eine weitere Frage?«, fragte er schelmisch grinsend, um dann gleich wieder ernst zu werden. »Ja, Shahira, ich liebe dich wirklich.«

Dann küssten sie sich. Shahira spürte eine Last von ihren Schultern fallen.

Als sie weitergingen, war Shahiras Laune um einiges besser und für einen Augenblick hatte sie das Monster, den Tempel und Tasamin vergessen. Doch das sollte nicht lange anhalten, denn schon bald hörten sie erneut das Brüllen der Bestie durch die Gänge hallen. Zuerst irrten sie zeitlos weiter, bis sie bei einer Tür ankamen oder bei dem, was davon übrig war. In der Wand hingen die Reste zweier Scharniere und auf dem Boden lagen geborstene Holzbretter. Borion hob einen größeren Splitter auf und zupfte ein kleines Fellknäuel von einer scharfen Kante ab. Er zeigte es Jinnass. Dieser erkannte, dass es sich um Löwenfell handelte. Adran sah amüsiert zu Xzar, der ebenfalls lächelte.

Der folgende Raum war eindeutig eine alte Küche. Überall standen Töpfe und Holzteller herum und an der Decke baumelten Haken mit Kochutensilien. Einige der Aufhängungen lagen verbogen am Boden. Daneben stand ein großer leerer Kessel. Seit Ewigkeiten war hier nichts mehr verwendet worden. Aus der Küche heraus führte eine weitere Tür in einen großen Speisesaal. Ihre Fackeln reichten nicht aus, um den Saal vollständig zu erhellen. Doch zu ihrer Erleichterung war dies auch nicht notwendig, denn an den Wänden gab es in regelmäßigen Abständen Kerzenhalter. Teilweise waren noch benutzbare Kerzen ihn ihnen vorzufinden. Als der vordere Bereich des Saals durch ihr Eintreten erhellt war, nahmen sie den schemenhaften Umriss einer Person wahr. War dort jemand? Der Schemen stand am Ende eines großen Tisches von etwa zwanzig Schritt Länge, an dessen Seiten Holzstühle aufgestellt waren. Teller und Tonkrüge, die auf der massiven Holzplatte standen, waren vermoderte. Zu Staub zerfallene Speisereste lagen auf großen Platten, daneben dunkelbraunes Besteck. Vermutlich einst aus Silber gewesen, war es inzwischen angelaufen. Drei schwere Kerzenständer mit abgebrannten Kerzen standen in einer Linie mittig auf dem Tisch. Am Kopf des Tisches, dort wo auch die Gestalt zu sehen war, stand ein edler, gepolsterter Stuhl, der einem kleinen Thron glich. Seine Lehnen waren mit Gold verziert und das Sitzkissen mit rotem Samt überzogen. Es kam Shahira seltsam vor, dass der Stuhl gut zu erkennen war, doch die Person nur als schattenhafter Umriss erschien.

»Wer ist da?!«, rief Borion, während er langsam sein Schwert zog.

Er bekam keine Antwort.

»*Wer* ist da? Kannst du nicht reden?«, brüllte Borion ein zweites Mal. Wieder kam keine Antwort. War es doch nur ein Schatten?

Plötzlich hörten sie hinter sich das beängstigende Brüllen der Bestie. Sie drehten sich um und sahen etwas aus der Küche rennen. Es war noch kurz das Klappern von Töpfen zu hören und dann wurde es wieder still um sie herum. Als sich nichts weiter in der Küche regte und auch im Tunnel kein Anzeichen der Bestie war, drehten sie sich zurück zu der Gestalt im Speisesaal, doch sie war verschwunden.

»Wo ist er hin? Und was war das in der Küche?«, fragte Borion.

»Ich kann es Euch nicht sagen. Allerdings ist es weggerannt. Warum, wenn es doch so groß und gefährlich ist? Es könnte uns angreifen«, sagte Xzar.

»Vielleicht war es das Wesen, das von dem Magier erschaffen wurde? Aber du hast recht Xzar, warum floh es dann?«, fragte Shahira ängstlich.

»Ich weiß es nicht. Ich hoffe nicht, dass es die Bestie war. Wir müssen herausfinden, was hier los ist und was hier damals passiert ist«, sagte Jinnass. Er zeigte sich sehr besorgt über die jüngsten Ereignisse.

»Warum Euer plötzliches Interesse an dem Tempel, Jinnass? Zuvor habt Ihr doch auch kaum eine Meinung dazu gehabt«, fragte Borion bissig.

»Es ist nun mal ....«, begann der Elf.

Adran unterbrach ihn. »Falls du es noch nicht bemerkt hast *Scharfenbaum*, wir sitzen hier alle zusammen, mitten in diesem großen Haufen Kuhdung! Vielleicht fühlst du dich wohl, wir uns nicht! Etwas verfolgt uns und ich muss ehrlich zugeben, Xzars Gedanken gehen in die richtige Richtung. Es muss aufhören, dass wir vor einem Schatten wegrennen.«

Borions Gesicht lief dunkelrot an. Eine fast nebensächliche Bewegung seiner Hand führte diese zum Schwertgriff, doch im letzten Augenblick schien Borion dies selbst zu bemerken und drehte sich weg. Eine Ader an seinem Hals pochte bedrohlich.

Jinnass war unterdessen in die Küche gegangen. Er kniete sich auf den Boden und suchte nach Spuren im Staub. »Hier ist die Fährte einer Spinne, einer sehr großen Spinne. Wir müssen daran denken, dass die Tür zum Tempeleingang nicht mehr versiegelt ist. Was immer hier unten haust, kann jetzt ein- und ausgehen. Wir müssen es aufhalten«, sagte er.

»Es kann nur hier raus, wenn es noch einen Ausgang gibt«, antwortete Shahira leise.

Jinnass folgte mit seinem Blick den Spuren langsam die Wand hoch und da sah er es. In der Decke war eine Höhlenöffnung. Sie war groß genug, um zwei Pferde darin unterzubringen. Dieser Bau war ihnen vorher nicht aufgefallen, da er sich unmittelbar in der linken, oberen Ecke über der Tür befand. Jinnass bat Adran darum, an der Tür zu den Tunneln Wache zu halten, Borion übernahm den Eingang zum Speisesaal. Xzar stellte sich unter die Öffnung und leuchtete mit der Fackel so gut es ging den Bereich über ihm aus.

Jinnass legte seinen Bogen ab und nur mit seinem Dolch bewaffnet kletterte er geschickt zu der Höhle hinauf. Oben angekommen, spähte er hinein. In dem Bau lagen Knochen von verschiedenen Lebewesen. Jinnass schob einen kleinen Haufen von Gebeinen beiseite und erschrak. Dort lag die Leiche von Peradan, einer der toten Söldner, die sie oben in der Halle hatten liegen lassen. Dem Leichnam waren beide Arme und ein Bein abgenagt. Seine Rüstung lag neben ihm. Sie war an der rechten Seite aufgeschlitzt und auseinandergebogen.

»Das ist widerlich und unheimlich«, sagte Shahira, nachdem Jinnass ihnen von seinem Fund erzählt hatte.

»Ja, das ist es. Aber es bedeutet auch, dass es noch einen Ausgang geben muss. Und vermutlich ist es nicht die Chimäre aus den sechs Wesen, sondern die kleinere Spinne. Vielleicht jene, die wir auf den Zeichnungen gesehen haben und die dem Magier dieses Tempels entwischt ist. Und ja, sie floh vor uns.

Ich denke, ihr Brüllen war ein Abwehrverhalten. Immerhin haben wir uns ihrem Bau genähert. Und dennoch griff sie uns nicht an«, erläuterte Jinnass.

»Und wenn das Biest wirklich so groß ist, dann reicht ihm kein kleiner Tunnel«, sagte Adran.

»Es muss einen anderen Weg hier raus geben. Lasst uns noch mal im Speisesaal nachsehen«, sagte Xzar.

»Aber da war doch noch dieser Schatten?«, fügte Shahira ängstlich hinzu.

»Vielleicht war es nur eine Täuschung, schließlich haben wir die hinteren Kerzen nicht entzündet. Es war vielleicht nur der Schatten des Stuhls oder einer Säule«, sagte Borion jetzt abwertend.

»Ein Stuhl oder eine Säule, die menschlich genug war, dass du gefragt hast, wer sie sei!«, begann Adran zu sticheln.

»Langsam regt Ihr mich auf! Ihr solltet lieber…«, raunte Borion wütend, bevor Xzar die Männer unterbrach. »Hört endlich auf! Ihr könnt euch streiten, wenn wir hier raus sind. Oder ich sorge dafür, dass keiner von euch beiden mehr redet«, drohte er mit einem Schmunzeln und trommelte mit den Fingern auf dem Rubin seines Stabs herum.

Adran stutzte einen Augenblick und lachte dann los. Borion funkelte Xzar wütend an, drehte sich dann aber verärgert zurück zum Speisesaal. Xzar lächelte Adran an und sie folgten dem wutstapfenden Krieger. Allerdings war Xzars Lächeln nicht ganz so fröhlich gemeint, wie es schien. Er machte sich seit Längerem seine Gedanken. Wie lange würde er die Männer noch davon abhalten können, nicht aufeinander loszugehen? Ja, er stimmte Adran zu, dass an Borion etwas falsch war oder zumindest er etwas verbarg. Aber er hatte keine Beweise, noch wusste er, was den Kämpfer umtrieb und so konnte er ihn nicht zur Rede stellen. Ein falscher Verdacht würde nur noch mehr Unruhe in ihre Gruppe bringen und das wollte er vermeiden. Vielleicht war es nur seine Anspannung, immerhin war es Borions zweite Expedition und Xzar konnte nachvollziehen, dass er diese zu Ende bringen wollte. Sie hatten bereits Kyra verloren und auch ihm setzte ihr Tod zu.

Am Ende waren sie Freunde gewesen. Er erinnerte sich daran, dass Kyra nur wenige Stunden vor ihrem Tod zu ihm kam, um mit ihm zu reden. Ihre Worte hatten sich ihm eingeprägt und er hatte ihr am Ende ein Versprechen gegeben. Warum er gerade jetzt daran dachte?

»Xzar, können wir uns unterhalten?«, hatte Kyra ihn gefragt.

»Natürlich, worum geht es?«, hatte er ihr geantwortet.

»Es geht um deine Magie und die Kraft des Blutes«, sie unterbrach ihn, als er etwas erwidern wollte. »Bitte, hör mich zuerst an. Ich weiß, du magst es nicht belehrt zu werden, jedenfalls nicht von mir«, begann sie ernst.

Er erinnerte sich, dass er nicht deswegen geseufzt hatte. Eigentlich hatte er da schon erkannt, wie gefährlich Blutmagie war. Doch er hatte ihr nur zugenickt und sie weitersprechen lassen.

»Du gefährdest dich, aber das weißt du. Die viel dringlichere Sorge, die in mir wächst, ist, dass du anscheinend nicht weißt, dass du uns alle gefährdest.«

»Wie meinst du das?«, hatte er unsicher gefragt, denn sie hatte recht mit ihrer Vermutung. Was sie als Nächstes zu ihm sagte, hatte er nicht gewusst. Er kannte die Blutmagie und was er gelernt hatte, war, dass wenn seine magischen Kräfte nicht ausreichten, weitere Kraft aus seinem Blut gezogen wurde, zu astralen Strömen umgewandelt wurde und dann in den gewirkten Zauber mit einflossen. Jedes Mal, wenn es so weit war, musste er es zulassen und sich selbst überwinden, damit der Zauber gelang. Sein Lehrmeister hatte ihn gewarnt, diese Magie einzusetzen. Denn wenn die Kraft des eigenen Körpers aufgezehrt war, starb man.

Kyra hatte ihn streng angesehen. »Wenn du Blutmagie wirkst, hast du nur einen Teil der Kontrolle. Du gibst diese an den Zauber ab: In dem Augenblick, da du die Blutmagie zulässt, wird die Magie unberechenbar. Das kann dazu führen, dass dem Zauber die Kraft deines Leibes nicht mehr reicht und dann bedient er sich an allem was um dich herum lebt.«

»Der Zauber bedient sich am Leben?«, hatte er erstaunt gefragt.

»Ja, in gewisser Weise. Er entzieht dem Leben Kraft und die Blutmagie öffnet ihm die Tore. *Du* öffnest ihm die Tore. Geben wir die Kontrolle über die Magie her, entwickelt sie ein eigenes *Leben*. Das kann dazu führen, dass wenn deine Kraft nicht mehr reicht, die Magie unsere Kräfte aufzehrt. Tiere in deiner Umgebung sterben, Pflanzen und Bäume verdorren. Du könntest die anderen verletzen, Shahira und auch mich.« Sie stockte und auch er war blasser geworden, als er verstand, was Kyra ihm sagte.

Kyra fuhr nach einer Pause fort. »Ja, du hast Shahira damit das Leben gerettet, doch du hast ihres und unseres auch dadurch gefährdet. Und nicht nur das, denn ist jemand tot und solch ein Zauber fließt in ihn ein, dann kann es passieren, dass er mit unheiligem Leben erfüllt wird. Xzar, er könnte ein Untoter werden!«

»Was? Nein, das kann nicht sein!«, hatte er erwidert, doch der Zweifel in seiner Stimme war deutlich zu hören gewesen.

»Doch Xzar: Die Blutmagie ist der erste Schritt zur Nekromantie!«

»Das, ... das wusste ich wirklich nicht. Ich wollte nie ...«, hatte er schwer atmend geantwortet.

»Ich weiß.«

»Wie kann ich es kontrollieren?«

»Indem du sie nicht mehr nutzt. Es gibt keine Kontrolle über den Kontrollverlust.«

Seine Gedanken hatten sich überschlagen und es war Kyra, die weiter sagte. »Versprich mir, dass du Blutmagie meidest und sie nur noch in letzter Konsequenz einsetzt, wenn es keine andere Möglichkeit mehr gibt. Halte dich daran, für uns und auch für dich.«

»Ja, das werde ich«, hatte er ihr versprochen. Und er hatte vor sich daran zu halten. Der Gedanke ein untotes Wesen zu erschaffen ekelte ihn an. Das war Magie aus den tiefsten Abgründen und er wollte sie nie wirken. Das war sein letztes längeres Gespräch mit der Magierin gewesen und das erste Mal, dass sie sich als Freunde angesprochen hatten. Er spürte innerlich, dass er sie vermisste.

Die Gruppe betrat den Saal und Adran entzündete die hinteren Kerzen an den Wänden. Jetzt erkannten sie einen halbrunden Kamin an der gegenüberliegenden Wand. Daneben lag ein kleiner Stapel mit Holzscheiten, die größtenteils verrottet waren. Doch seltsamerweise fanden sie auch drei frische Stücke Holz. Der Speisesaal war wie die meisten Räume im Tempel sauber, sah man von den vermoderten Speiseresten ab. Shahira sah verwundert zurück zur Küche, da dort eine dicke Staubschicht war; hier nicht. Kein Staub war auf den Stühlen, dem Tisch oder dem Boden. War es derselbe Zauber, der den oberen Tempelbereich vom Staub befreite?

Eine weitere Tür fanden sie nicht im Speisesaal. Die Wände waren mit Stoffbannern und Teppichen behangen. Xzar und Adran suchten nach versteckten Durchgängen, fanden aber nichts. Shahira untersuchte derweilen den Kamin, der auch kein Geheimnis barg. Borion und Jinnass tasteten den Boden nach möglichen Geheimschaltern ab. So sehr sie auch suchten, sie fanden nichts. Enttäuscht ließen sie sich an der Tafel nieder. Shahira, Adran und Xzar setzten sich auf die Holzstühle. Jinnass ihnen gegenüber. Borion ließ sich auf dem Stuhl am Kopf der Tafel fallen. Die skeptischen Blicke der Gefährten ignorierte er, während er versuchte, einen der Silberlöffel von seinem Schmutz zu befreien. Als er bemerkte, dass ihm dies nicht gelang, warf er ihn achtlos zu Boden.

Sie atmeten alle tief durch und überlegten, ob sie etwas übersehen hatten. Fanden sie hier nichts, mussten sie zurück in die Tunnel und dort suchen, ob es noch weitere Wege gab.

»Vielleicht ist einer der Kerzenhalter ein versteckter Hebel?«, schlug Shahira vor.

»Versucht es doch mal«, sagte Borion und deutete auf eine der Halterungen.

Sie stand auf und ging zu dem Halter. Gerade als sie daran ziehen wollte, hielt Xzar sie auf. »Warte! Nicht anfassen!«

Die junge Frau erschrak und zog schnell ihre Hand zurück. Borion beobachtete Shahira mit einem trügerischen Lächeln. Xzar warf dem Krieger einen bösen Blick zu, dann stand er auf und ging zu ihr.

»Sieh her, die Halter sind abgesichert.« Xzar drückte mit seinem Stab eine der Halterungen nach vorne und eine Klinge schnellte aus der Wand. Hätte Shahira ihre Hand dort gehabt, wären ihre Finger nun ab. Sie erschrak und tat mehrere Schritte zurück, dabei stolperte sie rückwärts und bevor Xzar sie auffangen konnte, stürzte sie zu Boden. Beim Aufstehen stützte sie sich auf eine Steinplatte unter dem Stuhl. Es klickte und plötzlich begann die Erde zu vibrieren. Ein lautes Grollen ertönte und der Boden neben der Speisetafel zerteilte sich. Langsam schob er sich auseinander. Die anderen sprangen von ihren Stühlen, um sich in Sicherheit zu bringen. Unter der Tafel wurde ein Schacht sichtbar. Einige Augenblicke danach versank der Tisch in dem Loch und bildete eine hölzerne Treppe, die in die Tiefe führte. Seltsamerweise waren die Teller und das Besteck zur Seite gerutscht, sodass der Weg nach unten frei war.

»Sieh mal einer an, wofür die Kerzenhalter hier alles gut sind«, sagte Adran mit einem neckischen Grinsen.

»Ha, Ha, sehr witzig. Es war die Steinplatte. Warum sichert man einen Kerzenhalter mit einer Falle ab?«, antwortete Shahira leicht schmollend.

»Ich glaube der Halter war der erste Schalter. Er hat die Steinplatte aktiviert. Erst danach konnte diese eingedrückt werden.«

»Jedenfalls können wir jetzt weitergehen«, sagte Borion, der unbeeindruckt von Shahiras Glück zu sein schien.

»Wusstet Ihr von der Falle?«, fragte Xzar ihn.

Borion sah ihn einen Augenblick an, bevor er antwortete. »Woher sollte ich das wissen? Lasst uns gehen.« Er zog sein Langschwert und stieg die Treppe hinab.

Jinnass sah von Xzar zu Borion und folgte dem Krieger dann. Adran zuckte mit den Schultern und lächelnd ging auch er die Treppe hinab. Bevor Xzar und Shahira ihnen folgten, hielt Xzar sie auf. »Borion ist hinterhältig. Er wusste von den Fallen!«

Shahira sah ihn überrascht an. »Woher willst du das wissen?«

»Kurz bevor er sich hinsetzte, wollte er eine der Kerzen nehmen. Er ließ dann aber in der Bewegung seiner Hand davon ab«, antwortete Xzar und folgte nun den anderen ohne weitere Worte.

Shahira blieb noch einen Augenblick stehen. War das wahr? Kopfschüttelnd folgte sie Xzar.

Garten der Magie

Am Ende der Treppe war wieder ein breiter Korridor aus felsigen Wänden und unebenem Boden. Sie stellten fest, dass ihr Vorrat an Fackeln aufgebraucht war. Das Licht von Xzars Stab schien hier auch nicht viel zu helfen, denn die Umgebung wirkte trotz des violetten Leuchtens dunkel. Xzar fluchte. Es lag an dem Farbton seines Zaubers und dem Gestein der Wände, die das Licht absorbierten. Jinnass ging vorsichtig voraus, indem er sich langsam an der Wand entlang tastete. Unter seinen Fingern spürte er die kalte, steinerne Mauer.

»Na los, geht schon weiter«, drängte Borion genervt, der hinter ihm schritt.

Jinnass fühlte sich plötzlich unwohl. Er presste er sich eng an die Wand und flüsterte, »Halt.«

Borion wollte den Elfen gerade ein Stück nach vorne schieben, als hinter ihnen ein grünliches Licht aufleuchtete. Borion und Jinnass drehten sich um. Dort stand Xzar, der einen leuchtend grünen Kristall in der Hand hielt, der den Tunnel jetzt ausleuchtete. »Den hatte ich völlig vergessen. Ich trage ihn schon eine ganze Weile mit mir rum.«

Jinnass nickte dankbar und als er wieder nach vorne sah, erkannte er keinen Schritt vor sich eine Grube. Aus der Tiefe streckten sich ihnen etliche Speere drohend entgegen. Erleichtert atmete Jinnass auf, denn das wäre tödlich gewesen. Borion stieg über den Schacht hinweg und sagte in sarkastischem Ton, »Glück gehabt, das wäre ja fast schiefgegangen.«

Jinnass und die anderen sahen dem Krieger erzürnt nach, bevor sie ihm folgten. Borion hatte zuvor von Xzar den Leuchtkristall gefordert, damit er nicht auch so eine Grube übersähe. Xzar gab ihm den Stein überraschend schnell, was Shahira stutzen ließ. Aber sie sagte nichts dazu. Dann waren sie am Ende des Tunnels und standen vor einer Felswand. Sie vermuteten, dass dies ebenfalls ein geheimer Durchgang war. Jetzt hieß es nur noch, den versteckten Schalter finden.

Borion drückte gegen die Wand und sie ließ sich ein Stück nach vorne schieben, jedoch nicht so weit, dass sie durch den entstandenen Spalt hindurchpassten. Er griff durch die Lücke und tastete blind die Wand neben der Geheimtür ab, bis er etwas zu fassen bekam. Er zog fest daran und tatsächlich schwang die Wand auf. Nachdem sie den folgenden Raum betreten hatten, stellte Borion fest, dass er an einem geflochtenen Seil gezogen hatte. Genaueres konnte er noch nicht wahrnehmen, da es rundherum wieder finster wurde. Xzars Stein erlosch langsam und diesmal blieb ihnen nur die Dunkelheit. Doch Jinnass, dessen Augen selbst hier noch Umrisse wahrnahmen, sah ihre Rettung. Er schritt auf einen Tisch zu und ließ in seinen Fingern eine kleine Flamme entstehen, mit der er jetzt eine rostige Öllampe entzündete. Es war eine rundbäuchige Lampe, die nur sehr schwach leuchtete. Jinnass betrachtete sie sich von allen Seiten und als er an einem kleinen Rad drehte, schob sich der breite Docht höher und die Flamme wurde größer. Die Helligkeit flutete den Raum.

Borion gab Xzar seinen Stein zurück, der jetzt eine dunkelrote Färbung hatte. Xzar steckte ihn verschwörerisch in eine seiner Taschen, dabei nickte er erkennend. Shahira kam zu ihm herüber und sah ihn fragend an, doch er schüttelte nur langsam den Kopf.

Sie standen in einem runden Raum, der sogar ein Fenster hatte. Dicke Verschläge waren von außen angebracht und ein massiver Riegel sicherte diese ab. Sie ließen das Fenster erst einmal außer acht und sahen sich in dem Raum um. In der Mitte stand der Tisch, auf dem die Öllampe brannte. Auf einer Seite des Fensters hing ein dicker roter Vorhang, der bis zum Boden reichte. Er war aus feinstem Stoff und von der Zeit noch nicht angegriffen. Daneben baumelte das geflochtene Seil, welches ihnen Zutritt in diesen Raum gewährt hatte. Zwei weitere Türen führten aus dem Raum hinaus, die sich beide gegenüberlagen. Eine war mit Brettern verbarrikadiert und dicke Bolzen waren durch das Holz getrieben. Die andere war einen kleinen Spalt geöffnet.

Über der Tür des Geheimganges hing ein kolossales Bild. Darauf war ein mächtiger, grauer Felsen abgebildet, der aus einem großen See ragte. Neben dem See standen zwei Einhörner und hinter ihnen erstreckte sich ein düster wirkender Wald. Eines der Tiere stillte gerade seinen Durst und das andere schaute den Felsen hinauf zum vollen Mond, der sich hinter dem Berg hervorhob. Sterne standen hoch am Himmel und nur eine einzelne schwarze Wolke am Bildrand trübte die romantische Stimmung des Gemäldes. In den Augen der Einhörner lag eine ausgeglichene Ruhe.

Shahira besah sich staunend das Gemälde. Vor allem faszinierten sie die Einhörner. Welch wunderschöne Geschöpfe sie darstellten. In ihnen war Wissen und Magie vieler Jahrtausende verborgen. Die Körper von weißen Pferden und doch um tausende Feinheiten eleganter geformt. In den alten Legenden war oft die Rede von ihnen, aber es gab sie nur noch sehr selten in der Welt. Der gemalte Himmel hatte eine dunkle, nachtblaue Farbe, während der runde Silbermann sein Spiegelbild auf das Wasser niederwarf. Das überwältigende Sternenmeer löste in der jungen Abenteurerin ein wohliges Gefühl aus, denn wieder erinnerte sie sich an die Worte ihrer Mutter: »*Solange du noch die Sterne siehst, bist du frei!*« Sie waren so tief hier in den Katakomben. So verloren und dann war da ein Gemälde, als wäre es ein Fenster in die Freiheit und es ließ sie wieder die Sterne sehen.

Sie drehte sich kurz um und rief Xzar zu sich, damit er sich das Bild ebenfalls ansah. Er gesellte sich zu ihr und betrachtete die Malerei. Shahira sah ihn an, auf eine Reaktion wartend, doch Xzar zog skeptisch die Augenbrauen hoch. Irritiert drehte sie sich wieder zu dem Bild. Jetzt sah auch sie überrascht auf. Die Einhörner? Sie waren weg und die Nacht war verflogen. Die Sonne stand hoch am Horizont. Und der See? Er war ausgetrocknet. Der Wald im Hintergrund war kahl, die Blätter vertrocknet am Boden.

»Das kann nicht sein? Das Bild ... es war eben noch anders«, stockte sie.

Xzar sah das Bild zweifelnd an. Sie schaute ratlos zu ihm rüber und sie erkannte seinen Zweifel. »Du glaubst mir nicht, oder?«

Xzar legte sanft seine Hand auf ihre Wange. »Es war eben noch anders? Du sagst es und ich glaube dir.« Er gab ihr einen Kuss.

Sie genoss seine Lippen auf den Eigenen. Als er sich nach einigen Augenblicken von ihr löste, fuhr er fort, »Ich glaube, dieser Tempel will uns alle auseinandertreiben und uns beide entzweien, aber das werde ich nicht zulassen.«

Xzar richtete seinen Blick noch einmal auf das Bild und lachte dann verwundert auf. Shahira sah nun auch wieder nach oben und sie spürte die Erleichterung ihn ihrem Inneren. Es hatte sich erneut verändert. Da wo einst der See gewesen war, stand nun ein riesiges Bauwerk: Ein gewaltiger, weißer Tempel, der in den Felsen überging. Und der Wald war zurückgekehrt, sogar noch größer als zuvor. Der Himmel war mit dunklen Wolken bedeckt und ein gleißender Blitz schlug in den Boden neben dem Gebäude ein.

»Dieses Bild gefällt mir nicht, lasst uns hier bloß verschwinden«, sagte Xzar kopfschüttelnd und Shahira war ganz seiner Meinung.

»Was ist mit dem Bild?«, fragte Jinnass, der neben die beiden getreten war.

»Es hat sich verändert«, sagte Xzar. »Shahira hat es gesehen, wie es zu Beginn war.«

Als die anderen sich das Bild ansahen, blieb es, wie es jetzt war. Jinnass ließ sich von Shahira jede Einzelheit des Gemäldes erzählen.

»Weißt du, was es bedeutet?«, fragte sie den Elfen.

Er schüttelte den Kopf. »Nein, aber es klingt mehr als seltsam.«

»Das auf jeden Fall. Lass uns weitergehen«, sagte Xzar.

Borion öffnete die einzig passierbare Tür und schaute in den dahinterliegenden Raum. Der Lichtschein der Öllampe strahlte noch ein paar Armlängen hinein, bis dann die Dunkelheit das

Licht rücksichtslos verschlang. Borion nahm sich die Lampe und trat vorsichtig in den Raum. Langsam wurde es heller. Der Krieger schritt durch das Zimmer, in dem zu beiden Seiten altes Mobiliar stand, Stühle, Tische und ein aufgebrochener Schrank. Am Ende des Raumes war eine große, schwere Stahltür in die Wand eingelassen. Sie war mit Runen und Schriftzeichen verziert.

»Das sind Glyphen aus dem Kinalrim, der Magiersprache aus Sillisyl. Es ist eine leicht abgewandelte Form, älter würde ich sagen. Ich kann nicht alle Zeichen erkennen. Hier steht etwas von *heiliger Halle* und *Kampf um die Macht*«, erläuterte Xzar, der die leichte Staubschicht von den Schriftzeichen der Tür entfernte.

»Woher könnt Ihr diese Schrift denn schon wieder lesen?«, fragte Borion.

»Ich habe einige Runen gelernt, aber bei Weitem nicht alle. Ist Euch das Antwort genug?«, fragte Xzar genervt.

Der Krieger schnaubte, sagte jedoch nichts weiter.

»Können wir die Tür öffnen?«, fragte Adran.

»Öffnen können wir sie bestimmt, obwohl es wahrscheinlich besser wäre, wenn wir das nicht machen würden«, antwortete ihm Xzar besorgt. »Denn was immer auch da hinter ist, es wird nichts Gutes sein.«

Shahira sah sich um. »Aber wir haben wenig andere Möglichkeiten.«

»Wir könnten versuchen, in dem Raum hinter uns die Fensterläden zu öffnen oder den versperrten Gang freizumachen«, schlug Adran vor.

Sie gingen zurück und öffneten den Riegel des Fensterladens. Als Adran den schweren Balken aufschob, sprangen die Holzbeschläge plötzlich mit einem gewaltigen Knall auf. Mehrere grüne Fangarme schossen in den Raum. Sie schlangen sich um Adrans Hüfte und Beine und noch ehe er oder einer der anderen reagieren konnte, rissen die Tentakel ihn von den Füßen und durch die Fensteröffnung aus dem Raum heraus.

»Was ... Adran!? Xzar, Shahira, wartet hier! Jinnass folgt mir! Wir holen ihn da raus!«, befahl Borion, ohne lange zu zögern, und stieg durch das Fenster.

Jinnass folgte ihm.

Wie in eine andere Welt getaucht, standen sie plötzlich in einem Urwald. Der Boden war wild und dicht bewachsen, die Wände unter dem Dickicht nicht zu sehen. Von oben hingen dicke Lianen und Kletterpflanzen herab. Eine Decke konnten sie nicht ausmachen, nur ein dunkelgrünes, verwachsenes Pflanzengewirr, welches knapp zehn Schritt über dem Boden lag. In gut zwanzig Schritt Entfernung sahen sie Adran, der von den Ranken durch das Geäst gerissen wurde. Die Höhle war von einem seltsamen grünen Licht erhellt. Überall knackte und raschelte es. Von den Wänden oder eher aus dem Gebüsch ragten kleine, sich windende Tentakel heraus, die sich schnell zurückzogen, kamen die beiden ihnen zu nahe.

Borion hatte sein Schwert gezogen und Jinnass seinen Bogen gespannt. Sie schritten vorsichtig und auf den Boden vor sich achtend in die Höhle hinein. Von Adran fehlte bald jede Spur. Das Gebüsch hatte ihn verschluckt. Borion und Jinnass folgten jetzt nur noch seinen Schreien, bis diese leiser wurden und ebenfalls verstummten. Sie fürchteten das Schlimmste.

Xzar und Shahira sahen den beiden noch lange durch das Fenster nach, bis auch sie irgendwann hinter einem Lianenvorhang verschwanden.

Jinnass fühlte sich von allen Seiten aus beobachtet. Ihm kam es so vor, als wären tausende Augen im Dickicht auf sie gerichtet. Der Elf hoffte sehr, dass sein Gefühl ihn täuschte. Sie bewegten sich immer vorsichtiger, um nicht überrascht zu werden. Doch es half nicht, denn plötzlich schossen drei Tentakel von der Decke herab und packten Jinnass am Bein, um ihn von den Füssen zu reißen. Vor Schreck schoss er seinen Pfeil ab, der nur ganz knapp an Borion vorbei sauste und im Pflanzenwerk verschwand. Borion drehte sich eilends um und schlug mit einem schnellen Hieb einen Fangarm ab. Der Elf fiel herunter, rollte sich zur Seite weg und geschickt zog er einen weiteren Pfeil. Ohne lange zu zögern, legte er an, zielte kurz und schoss auf einen der beiden anderen Arme. Jinnass traf mit seinem Schuss, der wenig ausrichtete. Keinen Lidschlag dauerte es und der Arm schnellte erneut auf ihn zu. Der Elf konnte gerade noch eine elegante Rolle zur Seite machen, ließ dabei den Bogen fallen und zog seinen Langdolch. Borion hatte weniger Glück, denn sein nächster Ausweichversuch scheiterte und somit schlang sich ein Fangarm um den Bauch des Kriegers. Er wurde mit einem heftigen Ruck nach oben auf die Decke zu gezogen. Jinnass, der dies sah, reagierte blitzschnell. Er hob seinen Bogen auf und sprang auf Borion zu und im letzten Augenblick packte er ihn am Bein. Von dem Tentakel nach oben entführt, durchbrachen sie die zugewachsene Decke.

Sie preschten durch dichte, mit Dornen bewehrte Äste. Jinnass bemühte sich, die Schmerzen zu ignorieren. Auch wenn es ihm schwerfiel, hielt er Borion fest. Die Dornen bohrten und schnitten sich in ihre Haut, Äste splitterten und peitschten ihnen über den Körper. Schier endlos schien ihre ungewollte Reise durch das Holz, doch dann endlich hielt der Tentakel inne.

Jinnass ließ sich fallen und landete knapp zwei Schritt unter dem Krieger auf einem Gewirr von Ästen. Als er sich langsam wieder orientieren konnte, sah er ungefähr fünfzehn Schritt von ihnen entfernt Adran. Er war von einer grünen Schleimschicht überzogen und nur sein Kopf war noch frei. Er saß regungslos zwischen mehreren Ästen, die ihn wie Fesseln umschlungen hatten. Borion versuchte sich aus dem Griff des Fangarms zu befreien, doch auch ihm gelang es nicht. Er tastete nach seinem Langschwert und fluchte, denn es hing nicht mehr an seinem Gürtel. Es musste ihm auf dem Weg durch das Gestrüpp verloren gegangen sein. Jetzt blieb ihm nur noch sein Zweihänder, doch der war zwischen seinem Rücken und dem Tentakel eingeklemmt.

Jinnass hatte zwar noch seinen Bogen, aber bei dem unsanften Transport waren ihm mehrere Pfeile verloren gegangen. Er sah sich um und es kam ihm so vor, als würde er mitten im dicksten Unterholz eines Waldes stehen, dennoch spürte er eine wildere und chaotischere Kraft von diesem Ort ausgehen. Jinnass suchte mit den Füßen sicheren Halt und spannte seinen Bogen. Schussbereit sah er sich um und ging dann vorsichtig auf Adran zu. So sehr er die Natur auch liebte, dass hier war falsch. Das Gestrüpp ließ kaum eine Lücke zu und er fühlte sich wie in einem Gefängnis. Dazu kam, dass alles von einer unwirklichen Aura überlagert war. Die Luft war stickig und roch faul. Wieso sich dieser Dschungel hier gebildet hatte, war ihm ein Rätsel.

»Ist alles in Ordnung?«, fragte er, während er die Umgebung beobachtete.

»Nichts ist in Ordnung! Ich kann mich nicht bewegen. Ich glaube, es liegt an diesem widerlich stinkendem Zeug. Sei vorsichtig, wenn du herkommst. Diese Biester sind hier irgendwo!«, antwortete Adran wütend.

»Jinnass, helft mir erst mal hier raus, damit ich an meinen Zweihänder komme«, bat Borion ungeduldig.

Jinnass hob seine Hand. Er war stehen geblieben und beobachtete das Gebüsch vor ihm intensiv; dort war etwas. Er hatte das ungute Gefühl, dass ihn jemand aus dem Busch vor ihm anstarrte. Der Elf zielte mit dem gespannten Bogen auf die Stelle. Jinnass machte einen Schritt nach vorne, sein Blick schärfte sich, doch er sah nur Blätter. Nichts außer dichten, grünen, dornenbewehrten Blättern.

Adran und Borion beobachteten ihn angespannt. Es war fast still um sie herum, nur ein stetiges Rascheln des Gebüschs, erinnerte sie daran, dass sie nicht alleine waren. Der Elf ging leicht in seine Knie und wie aus dem nichts machte er einen weiten Sprung mit anschließender Rolle nach links, als im selben Augenblick ein Fangarm mit dicken, braunen Dornen an seinem Ende auf ihn zu schoss.

»Vorsicht!«, rief Adran, denn ein zweiter Arm preschte von oben auf Jinnass herab, sodass dieser sich weiter nach links rollte. Als er mit einer fließenden Bewegung aufstand, schoss er blitzschnell seinen Pfeil in das Gebüsch. Er hatte die Hoffnung den Ursprung dieser Arme zu treffen, doch das Geschoss verschwand nur raschelnd im Blattwerk. Die Arme mit den Dornen schlugen weiter auf Jinnass ein. Der Elf wich den Angriffen zuerst elegant aus, dann beim sechsten Schlag, verließ ihn sein Glück. Er setzte gerade wieder zum Sprung an, da brach er mit einem Fuß ein. Oder hatten sich die Äste unter ihm verschoben?

»Verdammt!«, fluchte er. »Dieser ganze Wald ist verwunschen.«

Durch den Fehltritt aus seiner Bewegung gebracht, traf ihn der dornenbesetzte Tentakel und Jinnass wurde von der Wucht des Schlages zu Boden geschmettert. Er verlor dabei seinen Bogen. Schnell zog er den Dolch. Er spürte, dass er eine Wunde an der Brust hatte und richtete sich vorsichtig auf. Aus irgendeinem Grund stellten die Fangarme ihre Angriffe ein. Jinnass befürchtete, dass dies nichts Gutes zu bedeuten hatte.

»Kannst Du mich nicht endlich loslassen!«, wütete Borion und schlug mit beiden Fäusten auf den Fangarm ein. Er hieb und hieb und hieb, sodass schon Fetzen des grünen Pflanzenfleisches zu Boden fielen. Der Tentakel ließ ihn aber nicht fallen.

Jinnass stand jetzt wackelig auf den Beinen, allerdings nahm ihm der Schmerz in seiner Brust die Luft und so sackte er wieder zu Boden.

Plötzlich schoben sich mehrere, kleinere Fangarmen aus dem Gebüsch heraus und bewegten sich mit wellenartigen Bewegungen: auf und ab. Dann wurde das Geäst zur Seite gerissen und ein großer Planzenkopf kam zum Vorschein. Erst sah es aus wie eine Blume, dann erkannten sie, dass es eher wie eine fleischfressende Pflanze aussah und doch wieder nicht. Mehrere runde Augen saßen im Kreis verteilt, um das mit vielen kleinen Zähnen besetzte Maul. In der Seite des Kopfes steckte Jinnass' Pfeil, der die Kreatur doch getroffen hatte. Wie groß dieses Wesen war, konnten die drei nicht mal erahnen, denn hinter dem Kopf entsprangen die Tentakel. Große, kleine, dicke, dünne, grüne und braune, einige mit Stacheln, andere voller Blüten und sie alle wogten auf und ab. So schaurig bewundernswert dieses Wesen auch war, seine Absicht war deutlich. Es hatte Hunger!

Adran wehrte sich mit aller Kraft gegen den Schleim, ohne Erfolg. Er war zu sehr mit den Ästen um ihn herum verklebt.

Borion spürte, wie sich sein Fangarm etwas lockerte, und versuchte sich wieder aus dem Griff zu lösen, ebenfalls erfolglos. Jinnass saß angespannt auf dem Ast. Er hatte eine Hand auf die Wunde gelegt und konzentrierte sich auf den magischen Strom. Er wusste, dass ihm nicht viel Zeit blieb. Er hoffte, dass seine Magie im Einklang mit der Natur das Wesen von ihm ablenken würde und ja, dieses Mal hatte er Glück. Der Riss auf seiner Brust begann sich langsam wieder zu schließen und die Pflanze beachtete den Elf nicht.

Das Monster bewegte sich unterdessen plump und träge auf die anderen beiden zu. Doch es hatte nicht vor, die Männer zu erreichen, denn dafür hatte es ja die Fangarme und die waren schneller. Einer schoss auf Adran zu und ringelte sich um seinen Bauch, ohne dass der Krieger sich wehren konnte. Er schrie um Hilfe, doch seine Gefährten steckten ebenfalls in der Klemme. Der Arm hob ihn ein Stück an, sodass ein Teil des Schleims in dem Geäst kleben blieb. Durch den neuerlichen Griff konnte er sich dennoch nicht bewegen. Die Arme um Borion und Adran bewegten sich nun langsam auf das große Maul zu, während die vielen Augen sie genau beobachteten. Wirr drehten sie sich, schlossen sich, öffneten sich und gierten dann mit ihrem Blick nach ihrer Beute.

Jinnass fühlte sich immer noch sehr schwach, dennoch tastete er nach seinem Bogen. Als dieser in Reichweite war, packte der Elf ihn. Er spürte einen Widerstand, der an dem Bogen zerrte. Als er die Ursache suchte, erkannte er, dass einer der kleinen Tentakel ihn umschlungen hielt. Der Elf zog sein Messer durch die Ranke und sie fiel von der Waffe ab. Jinnass sammelte seine Kraft, spannte den Bogen und schoss auf den Kopf. Er wusste, dass dies seine letzte Möglichkeit war. Der Pfeil drang fast bis zu den Federn in die Pflanze ein, doch das Monster zeigte keine Reaktion, außer dass ein weiterer Tentakel auf Jinnass zu schoss und den geschwächten Elf nun ebenfalls packte.

»Hat jemand eine Idee, wie wir hier rauskommen?«, fragte Borion gequält. Langsam bekam er keine Luft mehr.

Jinnass brachte keine Antwort heraus. Er hatte schon genug Mühe damit, nicht von dem Fangarm zerdrückt zu werden.

»Es ist hoffnungslos. Selbst wenn wir uns von den Armen befreien können, wären da noch immer genug andere«, sagte Adran ermüdet.

Der Arm mit Borion war inzwischen an dem Maul angekommen. Unter dem Krieger tat sich der monströse Rachen auf und ein widerlicher Gestank stieß ihm entgegen. Die scharfen Zähne stellten ein erschreckendes Bild dar. Borion versuchte sich mit aller Gewalt aus der Umklammerung zu befreien, doch seine Kräfte ließen ihn im Stich.

»Gut, es reicht! Lass mich und den dicken Borion los und kämpf wie ein Mann ... oder Baum ... oder was immer du bist!«, brüllte Adran in seiner Verzweiflung.

Doch weder Borion, noch die Pflanze zeigten eine Reaktion.

Gerade als Borion mit seinem Leben abschloss, brach über ihm die Decke zusammen. Äste splitterten und eine Gestalt krachte neben ihm hinab. Und zu ihrer Überraschung erkannten sie, dass es Xzar war. Er hatte seine Schwerter in der Hand und im Fallen hieb er durch den Tentakel, der Borion festhielt. Mit der zweiten Klinge schlug er auf den Kopf des Monsters ein.

Borion stürzte nach unten auf das Maul zu. Aus seiner freudigen Überraschung wurde Entsetzen. Panisch streckte er seine Arme und Beine auseinander und landete mit gespreizten Gliedern über dem offenen Rachen. Er fluchte laut. Das hatte seine Situation nicht verbessert. Stinkender Atem stieß ihm entgegen und die kleinen Zähne bewegten sich in gierigen Wellen von rechts nach links und wieder zurück. Doch dann half ihm das Monster unerwartet selbst, denn dieses schien bei der Berührung davon auszugehen, dass seine Beute in ihm landete und schnappte zu. Durch die federnde Bewegung der beiden Kiefer wurde Borion davon geschleudert.

Noch vor seiner Landung traf Xzar den Pflanzenkopf und das Wesen zischte laut auf. Grüner Schleim gemischt mit gelbem Pflanzensaft spritzte aus der Wunde. Er wollte sogleich nachsetzen, aber ein weiterer Angriff gelang ihm vorerst nicht. Hastig duckte er sich weg, als einer der dornenbesetzten Arme über seinen Kopf hinwegfegte. Jetzt, nachdem das Überraschungsmoment verflogen war, entfernte er sich schnell von dem Maul und schlug den Fangarm ab, der Adran festhielt. Dieser stürzte zu Boden. Der Schleim hinderte ihn daran sich abzufangen und er schlug ungebremst auf die Äste auf. Obwohl ihm alles schmerzte, spürte er, dass er sich wieder bewegen konnte. So schnell es ihm möglich war, befreite er sich von dem restlichen Schleim.

Borion, der sich aufgerappelt hatte, zog nun den schweren Zweihänder. Plötzlich schoss etwas an ihm vorbei. Erschrocken drehte er sich um, doch anders als er befürchtet hatte, war es kein Fangarm, sondern ein brennender Pfeil. Einige Schritte hinter ihm stand Shahira, die einen Kurzbogen in der Hand hielt und neben ihr steckten zwei Pfeile und eine brennende Fackel im Gebüsch. Borion jubelte ihr erfreut zu. Der Brandpfeil war knapp an dem Maul vorbei im Geäst stecken geblieben. Die trockenen Äste um den Pfeil herum flammten auf. Begehrlich lechzten die gierigen Flammen nach mehr Nahrung. Und sie fanden, was sie suchten.

Adran sah auf das Feuer und erkannte, dass es keine gewöhnlichen Flammen waren. Staunend beobachtete er das Schauspiel. Er sah, dass es sich um handflächengroße, flammende Männchen handelte, die an den Ästen und Ranken emporkletterten. Wie sie sich spielerisch kleine Feuerkugeln zu warfen, ungeachtet ob eine von diesen gefangen wurde oder nicht. Wo auch immer sie sich hinbewegten, sie ließen ein unbändiges Inferno zurück. Sie sprangen wie spielende Kinder von einem Ast zum nächsten, schubsten sich und spielten Fangen. Dabei legten sie brennende Spuren im Geäst. Adran öffnete den Mund und zeigte auf die Männchen. »Das kann doch nicht sein ... So etwas gibt es nicht. Täuschen mich meine Sinne?« Er schob das Ganze auf den Schleim. Dieser musste auch seinen Kopf vernebelt haben.

Borion hatte inzwischen Jinnass von dem Fangarm befreit und stützte ihn, während sie sich auf Shahira zu bewegten. Xzar sah, dass Adran wie gebannt auf die Flammenwichtel starrte. Das Gebüsch brannte mittlerweile lichterloh und sie mussten hier weg. Schon bald würde es keinen Rückweg mehr geben. Er sah sich um und suchte die anderen. »Shahira! Bring Borion und Jinnass hier raus. Beeilt Euch!«, rief er. »Ich hole Adran.«

Shahira ließ den Bogen fallen und drehte sich um. »Kommt mit! Wir haben uns eine Schneise durch das Dickicht geschlagen.« Shahira zog ihr Schwert und wartete, dass Jinnass, der wieder einigermaßen bei Kräften war, mit Borion folgte.

Adran hatte sich gerade nach vorne gebeugt, und wollte einen der Wichtel streicheln, als Xzar bei ihm ankam. »Lass das! Wir müssen hier weg!«, rief er dem Krieger zu, der weiter wie gebannt auf das Schauspiel vor sich starrte.

Xzar fluchte. Er wusste, dass so etwas geschehen konnte, aber musste das ausgerechnet jetzt sein? Und vor allem traf es Adran, der die Magie nicht mochte. Xzar blieb keine Wahl, er holte aus und verpasste Adran eine schallende Ohrfeige. Der Kopf des Kriegers ruckte herum und sah Xzar fassungslos an. »Was? Xzar, was soll das?«

Es bedurfte keiner Antwort, denn schnell nahm Adran das Feuer um sie herum wahr. Im Hintergrund sah er das große Maul, welches sich mit langsamen Bewegungen aus den Flammen zu retten versuchte.

»Verflucht, wir müssen hier weg, Xzar! Es brennt alles!«, sagt er hektisch.

Xzar schüttelte den Kopf, während er sich zum Wegrennen umdrehte. »Ach was? Selbst erkannt, hm? Los lauf!«

Und sie rannten los. Sie folgten der Schneise, die sie hinab führte. Es war gar nicht so einfach, hier einen sicheren Tritt zu finden. Das gesamte Dickicht bewegte sich, als würde der ganze Wald vor den Flammen fliehen wollen.

»Schneller! Bevor hier alles in Flammen steht!«, brüllte Xzar.

Sie rannten so schnell, wie das Dickicht es zu ließ. Die Flammen waren schon weit vorgedrungen und mit jedem Schritt mussten sie aufpassen, dass sie nicht durch den Pflanzenboden brachen. Wer wusste schon, was unter dem Gestrüpp noch alles lauerte.

Shahira und die anderen beiden waren bereits wieder in ihrem Ausgangsraum angekommen und warteten auf Xzar und Adran. Die Flammen waren bereits hier unten zu sehen. Die beiden Männer liefen, so schnell sie konnten durch das Geäst auf das Fenster zu. Hektisch stürzten sie sich hindurch und landeten unsanft auf der anderen Seite. Shahira und Borion verriegelten gleich die Öffnung und schoben den Riegel vor. Leichter Rauch stieg noch in das Zimmer, dann waren die Läden zu. Aus irgendeinem Grund schienen die Flammen nicht durch die Fensterläden zu dringen. Jinnass erklärte ihnen, dass die Läden aus dem Holz der Blaueichen waren. Selbst nach all dieser Zeit waren sie noch immer feuerfest.

»Was erwartet uns noch alles hier? Ich halt das nicht mehr aus«, sagte Shahira erschöpft.

»Wir leben noch«, sagte Adran.

»Fragt sich nur noch, wie lange«, fügte sie hinzu.

»Ich bin auch schon ganz durcheinander und sehe mitten im Kampf kleine, laufende Flammen«, sagte Adran kopfschüttelnd.

Xzar lachte auf. »Schöner Zauber, nicht wahr?«

Adran schreckte hoch. »Was?« Er sah Xzar ungläubig an. »Und ich dachte… ich werde verrückt. Du!«, er deutete anklagend mit dem Finger auf Xzar. »Ich hätte es wissen müssen!« Er lachte los.

Shahira stimmte mit ein und nur Borion und Jinnass verzogen keine Miene.

»Nun gut, aber Flammenmännchen?«, fragte Adran mit Lachtränen in den Augen.

Xzar nickte. »Ja, man kann dem Zauber eine Form geben. Und diese Wichtel sind äußerst effektiv, wenn man schnelles Chaos stiften möchte. Sie sind wie ungezogene kleine Kinder. Sie besitzen sogar einen minimalen Verstand. Nur, wenn man ihnen sagt: *Hört auf!*, lachen sie meist nur und machen noch mehr Unordnung.«

Adran schüttelte ungläubig den Kopf. »Oh je, also sind es kleine, brennende Abbilder von mir.«

Shahira und Xzar prusteten los.

»Wie wusstet ihr Zwei eigentlich, wo ihr uns findet in diesem Gemüsebeet da drinnen?«, fragte Adran neugierig, nachdem sie sich wieder ein wenig beruhigt hatten.

»Nun, wir sind Borion und Jinnass gefolgt und sahen wie sie von den Tentakeln gepackt und nach oben gerissen wurden. Zum Glück hat Jinnass uns eine deutliche Spur mit seinen Pfeilen gelegt. Also sind wir hinterher geklettert«, erklärte Shahira grinsend.

Jetzt musste auch der Elf belustigt den Kopf schütteln.

»Und woher hattet ihr den Bogen?«, fragte Borion.

»Der hing im Gestrüpp auf unserem Weg. Da kam Xzar auf die Idee einen der Pfeile so zu bearbeiten, dass er sie mit einem Zauber belegen konnte«, erklärte sie.

»Dann war das ein guter Schuss, muss ich zugeben«, lobte Borion sie.

»Eigentlich nicht. Ich wollte ja den Kopf von diesem Monster treffen«, gab Shahira zu, während ihre Wangen leicht rot wurden.

Jetzt lachten sie alle.

Der Verrat

Nach einigen Augenblicken der Entspannung räumten sie den Weg frei. Und obwohl sich die Bretter mit weniger Mühe entfernen ließen, endete der Weg dahinter dadurch, dass er verschüttet war. Anderseits schien dieser Weg auch wieder in den unheimlichen Garten zu führen, sodass es besser war, wenn er unpassierbar blieb.

»Es sieht so aus, als müssen wir doch durch die Eisentür in dem Raum da hinten«, sagte Borion, während er sein Gepäck aufnahm.

Als sie nickten, ging er voraus. Die anderen folgten ihm und so standen sie jetzt wieder vor der alten Tür, deren Runen im Lichtschein einen seltsamen Glanz annahmen. Das Licht reflektierte leicht und sobald eines der Symbole erleuchtete, erlosch das Vorherige. Zurück blieb nur ein düsterer Schatten.

»Merkwürdig ... Vorhin habe ich doch die Staubschicht von den Schriftzeichen entfernt, doch hier ist schon wieder neuer Staub zu sehen«, sagte Xzar und fuhr leicht mit der Hand die Tür hinab. Von dort aus strich er langsam über den weichen Boden, bis er einige Vertiefungen entdeckte. Es schien, als sei die Tür kürzlich erst geöffnet worden.

»Hier! Diese Spuren waren vorhin noch nicht da.« Xzar stand auf und tastete vorsichtig über die Wand zu seiner Linken, wo ebenfalls Schürfspuren zu erkennen waren. »Die Tür lässt sich in unsere Richtung öffnen. Jetzt müssen wir nur herausfinden wie. Es ist kein Schlüsselloch oder ein anderer Schließmechanismus zu erkennen.« Xzar drückte leicht die Runen der Tür ab, auf der Suche nach einem verborgenen Schalter, doch es passierte nichts. Die anderen sahen sich in dem Raum um, fanden aber auch keine Hebel. Xzar betrachtete die Tür weiterhin, irgendwas war hier seltsam. Er überlegte, doch im Augenblick sah er nicht, was genau es war. Es verging eine ganze Weile, bis ihm etwas ins Auge stach. Die Fuge auf der rechten Seite zwischen Tür und Wand war ein Stück breiter als die anderen. Er ließ sich von Shahira einen Dolch geben und setzte ihn am oberen Ende der Spalte an. Dann zog er ihn langsam nach unten. Ungefähr in der Mitte der Tür stieß er auf einen leichten Widerstand. Als er etwas fester drückte, klickte es und die Tür schob sich ihm langsam entgegen.

»Verflucht«, sagte er leise zu sich selbst, »zu einfach.«

Die Stahlplatte schabte an der Decke entlang und schliff gleichzeitig über den Boden. Der Staub, der beim Öffnen von oben herunterfiel, bedeckte die Türvorderseite mit einer dünnen Schicht und die Unterseite zog eine leichte Furche in den Boden.

»Dieses Schloss war zu einfach, um es zu entdecken«, grinste Xzar jetzt die anderen an.

Sie durchschritten langsam die Tür und kamen in eine hell erleuchtete Halle. In der Mitte führte eine breite, gewundene Treppe nach oben. An beiden Seiten dieses Aufstiegs standen mehrere kleine Säulen mit Totenschädeln darauf, die eine Art Geländer bildeten. Und alle vier Stufen ragte ein größerer Pfeiler nach oben. Die Stufen selbst waren aus schwarzem Basalt. Das war es jedoch nicht, was ihre Aufmerksamkeit auf sich zog. Erschrocken stellten sie fest, dass der Boden einem Schlachtfeld glich. Überall lagen Skelette von Menschen und anderen Wesen. Viele der menschlichen Gerippe trugen zerfetzte Lederkleidungen oder Kettenpanzer, in denen noch vereinzelte Pfeile oder Speere steckten. Welche grauenvolle Schlacht hatte hier stattgefunden? Von den Stufen der Treppe floss ein leichter grauer Nebel herunter, der sich an den Säulen entlang schlängelte und sich um die Knochen wandt. Die Fünf zogen ihre Waffen und bewegten sich vorsichtig in den Raum hinein. Unter ihren Füssen knackte und knirschte es, vereinzelt gingen Knochen zu Bruch. Ansonsten war die Halle leer.

»Was ist hier nur passiert? All diese Toten ... es müssen hunderte sein ... Wer hat wohl hier gekämpft?«, fragte Shahira demutsvoll. Sie blieb stehen und sah sich in dem Raum um. Ihr Blick fiel auf Xzar, der irgendwas zu ihr sagte, doch sie hörte ihn nicht. Es war still um sie herum und die Zeit schien langsamer abzulaufen und da war sie wieder, die Stimme in ihrem

Kopf. »*Ja, da bist du endlich. Auf meinem Schlachtfeld. Du hast keinen getötet, ich aber werde deinen jämmerlichen Begleitern den Tod bringen.*«

Dann änderte sich die Stimme. »*Nein! Ich lasse das nicht zu! Meister! Euer Blut, wird meine Erlösung sein.*«

Und wieder kehrte der erste Tonfall zurück. »*Folge der Treppe und du wirst sehen ...*«

Shahira schloss die Augen. Was war hier nur los? Und dann sah die junge Frau sie wieder: die drei Reiter. Sie standen vor ihr. Einer von ihnen hielt eine durchsichtige Kugel in der Hand. Sein Schwert auf sie gerichtet und ...

»Shahira? Shahira?!! Was ist los? Verstehst du mich?«, erklang eine ihr vertraute Stimme eindringlich in ihren Gedanken.

Xzar sah, dass Shahira nicht auf ihn reagierte, sie starrte voller Furcht ins Leere, ihre Hände zitterten. Jinnass trat neben die beiden und holte mit der Hand aus. Bevor Xzar eingreifen konnte, verpasste er ihr eine schallende Ohrfeige. Als Xzar dies sah, sprang er den Elfen an und warf ihn zornig zu Boden. »Was soll das? Warum schlägst du sie?«

»Es war zu ihrem Besten, Xzar! Er beherrscht sie. Er flüstert in ihren Gedanken! Außerdem hat sie Träume von den Reitern«, antwortete Jinnass langsam.

Shahira sah die beiden verständnislos an. Aus ihren Gedanken gerissen, hielt sie sich ihre schmerzende Wange. »Xzar? Jinnass? Was passiert hier?«

Xzar überhörte sie. »Wer ist *Er*? Tasamin?«, forderte er eine Antwort. Seine Augen waren starr auf die des Elfen gerichtet.

»Er, ist Ortheus«, sagte der Elf leise und als er Xzars ungläubigen Blick sah, fuhr er fort. »Warte, bevor du etwas sagst, höre mir zu: Seine Seele findet erst Ruhe, wenn die Chimäre tot ist und wenn Tasamin vernichtet ist. Tasamin *war* damals hier! Er hat alles miterlebt, mit verursacht! Genauso ... wie *ich* ...«

Eine fassungslose Stille legte sich über die drei. Xzar sah den Elfen verständnislos an, bis er begriff, was er soeben gehört hatte. Sein Blick wich einem Schrecken und dann lockerte er seinen Griff, der noch immer fest in Jinnass` Wams gekrallt war. Verwirrt setzte er sich neben den Elfen auf den Boden. Shahira hatte sich ein wenig erholt und kniete sich nun neben die beiden. Sie verstand die letzten Worte des Elfen ebenfalls nicht. Xzar war sich nicht sicher, ob er gerade richtig gehört hatte: Ortheus? Tasamin und er, Jinnass? Der Elf seufzte schwer und sah zu seinen Gefährten.

Borion stand mit misstrauischem Blick abseits, während Adran starr und still auf die Gruppe am Boden sah. Seine Miene verriet keine Gefühlsregung. Der Elf richtete sich auf. »Nun gut, es ist Zeit, euch alles zu erklären.« Er seufzte schwer. »Damals, bevor der Magier dieser Anlage von hier fortging, waren wir, Tasamin, Kelroth und ich als Beschützer des Tempels und des Drachenauges auserwählt worden und natürlich Ortheus. Durch das fehlgeschlagene Experiment des Magiers wurde ein Monster geschaffen, das mächtiger war, als jeder der Krieger hier im Tempel. Wir wussten damals nicht, dass Tasamin dafür verantwortlich war. Er hatte das Ritual verfälscht und für seine Zwecke verändert. Mein Meister und sein Sohn zogen los, um Paraphernalien, also neue Ausrüstung für die Beherrschung dieses Monsters zu holen. Tasamin folgte ihnen, nachdem wir dachten, er sei im Tempel gefallen ... und tötete unseren Meister. Sein Sohn entkam. Ich war auf dem Weg in den Süden um den Fehlschlag des Experiments einem Freund meines Meisters zu berichten. Sein Freund hieß Dinjanis Marlozar, Xzar. Er war ein Verwandter deines Lehrmeisters. Als ich dort ankam, war er bereits tot, doch sein Mörder hatte mir eine Nachricht hinterlassen und das Siegel gehörte Tasamin. Er schrieb mir, dass ich zu spät sei, dass er nun der neue Herr des Tempels werden würde.« Jinnass atmetet erschöpft aus und für einen Augenblick sah er um Jahre gealtert aus. »Ich machte mich gleich auf den Weg zurück zum Tempel. Als ich hier ankam, war das Tor verriegelt und vor der Tür lag Kelroth. Er erzählte mir, dass sie den Kampf gegen das Monster verloren hatten und sein Körper wies tiefe Wunden auf. Ich wusste damals, als er mit mir sprach, dass ich ihn nicht retten konnte. Kelroth war mir ein guter Freund und ein ehrwürdiger und tapferer Krieger. Ortheus hatte sich mit einem Blutschwur dem Meister verschrieben und sein Geist wacht bis heute hier. Solange, bis das Blut des Meisters wieder an seiner Seite gegen das Monster kämpft.

Der Weg zu diesem Tempel hat eine Besonderheit: Denn nur der Meister wusste ihn im Nebel zu finden. Alle anderen brauchten die Karte. Und die hatte ich. Tasamin konnte den Tempel somit nicht mehr finden, was einen schrecklichen Rückschlag für ihn bedeutete, gierte er doch so nach den Geheimnissen und der Magie dieses Ortes. Ich teilte nach Kelroths Tod die Karte in vier Teile und gab sie den weisesten Freunden, die ich zu jener Zeit hatte. Die Kartenteile wanderten und wechselten mit den Jahren ihre Besitzer. Bis auf einen Teil und den habe ich.«

Xzar und Shahira sahen den Elfen mit großen Augen an. Keiner von ihnen brachte ein Wort heraus.

»Ihr habt jetzt sicher viele Fragen. Doch die Geschichte ist noch nicht zu Ende. Es gibt noch etwas, dass ihr über Tasamin wissen müsst. Er hatte damals schon den Weg des Lichts verlassen und trat in den folgenden Jahren noch tiefer in den Schatten. In jener Finsternis verlor er sich selbst, vergaß seine Eide und seine Herkunft. Er zog sich in die dunklen Höhlen und Kavernen der Berge zurück, zurück zu seinem Volk. Ihr müsst wissen: Er ist ein Dunkelelf.«

Jinnass machte erneut eine Pause, die Xzar dieses Mal nutzte. »Was? Wie kann das sein? Sie sind doch alle vernichtet worden«, fragte er. »Ich las einst von diesem Volk: Es heißt, sie sind ausgerottet oder ausgestorben, wie man es nimmt.«

Jinnass nickte. »Ja, die Dunkelelfen sind genauso vernichtet worden, wie die Minotauren und es gibt sie genauso wenig wie die Zwerge.« Er lächelte zynisch. »Ich weiß allerdings nicht, wie viele es von ihnen noch gibt. Tasamin selbst ist über eintausend Jahre alt.«

Xzar stellte mit rätselndem Gesichtsausdruck weitere Fragen. »Ich begreife es noch nicht. Du hast einen Teil der

Karte für dich behalten? Und wir konnten den Tempel finden, obwohl wir nur drei Teile hatten? Und Tasamin war mit dir hier Wächter?«

Der Elf holte eine Karte aus seiner Tasche. »Hier ist der vierte Teil. Ich hatte ihn dabei, somit konnten wir auch den Eingang finden. Doch nur Shahira war in der Lage die Tür zum Tempel zu öffnen, denn in ihrem Blut, fließt das Blut des Meisters. Sein Sohn, jener der entkam, ist mit ihr verwandt. Zwar über etliche Generationen, aber verwandt. Und noch etwas, ich bin ...«

Bevor er den Satz beenden konnte, wurde er schroff unterbrochen.

»Jinnass, ist euer Auftraggeber, ihr Narren! Genauso wie mein Herr und Meister es mir erzählt hat!! Und ihr werdet alle sterben!«, rief Borion hasserfüllt.

Xzar und Shahira schauten erschrocken hinter sich. Dort stand Borion, das Fellbündel mit dem Drachenschwert in der Hand. Er lachte noch einmal schallend auf und rannte dann mit dem Schwert die Treppen hinauf. Adran fluchte leise. Jinnass stand regungslos da.

»Ich habe es gewusst, er ist ein Verräter«, sagte Xzar kühl und zog den Kristall aus seiner Tasche. Jenen Stein, der Borion vor kurzem noch den Weg erleuchtet hatte. Shahiras Gedanken verloren sich immer mehr. Sie kam nicht mehr mit, zu viele Informationen prasselten wie Hagelkörner auf ihren Geist ein.

»Ein Kristall der Freundschaft?«, fragte Jinnass unsicher.

Xzar nickte. »Der Stein verfärbt sich, wenn eine Person, die ihn bei sich führt, dem Besitzer nicht gut gesonnen ist.«

Jinnass atmete auf. »Nun Adran und ich wussten es schon länger. Könnt ihr euch noch an Borions Geschichte von seiner verstorbenen Frau erinnern?«

Xzar und Shahira nickten. »Sie war Adrans Frau, nicht Borions. Ihr Name war Riandra von B'dena. Borion hat sie getötet. Adran und ich, wir sind seit vielen Jahren Freunde und ich kenne ihn, seit er geboren wurde. Riandra zog mit einem kleinen Kampftrupp aus, um ein Dorf zu schützen. Tasamin überfiel es, weil er dort einen Teil der Karte suchte. Borion verriet den Trupp und tötetet Adrans Frau. Wir ...« Er schluckte. »Wir kamen zu spät. Sie starb in Adrans Armen, doch zuvor sagte sie uns noch, wer ihren Tod zu verantworten hatte: Borion und Tasamin. Und wie wir heute wissen hat er auch noch einen weiteren Magier in seinem Gefolge: Seldorn.«

Die Beiden sahen erschrocken auf, doch Adran mied ihren Blick. Shahiras Gedanken überschlugen sich. Daher der Gram gegen Borion, die Sticheleien. Wie hatte Adran das nur aushalten können? Bevor sie etwas sagen konnte, lenkte der Elf die Aufmerksamkeit wieder auf sich. »Sagt, Xzar und Shahira, seid ihr bereit dies hier mit uns zu beenden? Wir müssen Tasamin endlich aufhalten. Er will ein dunkles Zeitalter hervorrufen, einen neuen Krieg heraufbeschwören und den Todesfürsten Diniagar erwecken. Wollt ihr uns gegen ihn helfen?«, fragte Jinnass vorsichtig.

»Oh, ja. Ich kämpfe mit euch beiden und das hättest du nicht mehr fragen müssen. Die Auferstehung Diniagars werden wir verhindern! Das Ganze muss ein Ende haben und«, Xzars Augen funkelten kampfbereit, »er hat mein Bruder auf dem Gewissen.«

Shahira dachte einen Augenblick nach. »Jinnass, eine Frage habe ich zuvor noch. Warum höre ich diese Stimme, hat es mit der Blutsverwandtschaft zu tun?«

Der Elf kam auf sie zu und legte seine Hände auf ihre Schultern. »Ja, genau das ist es. In deinen Adern fließt das Blut *meines* Meisters, ein guter Mann, ein Hohepriester des Bornar und ich war sein Schüler, doch das war zu einer anderen Zeit: Eine Zeit, wo die Götter von uns noch anders verehrt wurden als heute. Du kannst Ortheus erlösen, bevor seine Seele von der dunklen Macht Tasamins für immer auf die Schattenseite wandert. Du wirst es sicherlich gehört haben, wie Ortheus und Tasamin in deinen Gedanken um die Macht ringen? Hilfst du uns?«

Sie nickte langsam und dachte kurz über die Worte nach, um dann zu antworteten. »Ja.«

»Danke, euch beiden. Doch wir müssen uns beeilen. Tasamin darf das Schwert nicht bekommen«, sagte Jinnass besorgt.

»Mach dir da mal keine Sorgen.« Xzar grinste listig und ging auf den Treppenaufgang zu. Die anderen Drei zogen ihre Waffen und folgten dem Kampfmagier. Jinnass beobachtete Xzar fragend, doch der schüttelte nur grinsend den Kopf.

Tasamin und das Drachenschwert

Die Treppe endete in einer großen Halle. Auf dem steinernen Boden war ein riesiges Pentagramm aufgezeichnet. Dahinter führten Stufen zu einem dämmergrauen Altar, der aus dem Stein geschlagen war. Auf diesem stand eine goldene Drachenstatue. Dahinter sahen sie eine Person in einer schwarzen Robe. In der linken Hand hielt sie eine weiße, aus dem Inneren heraus leuchtende, Kugel. In der anderen hatte sie einen Dolch. Dieser wurde von der Hand in zackigen Linien über den Altar geführt. Das Gesicht der Person war durch die Kapuze der Kutte verdeckt.

›Schon wieder?‹, dachte Shahira grimmig.

Die Gestalt ähnelte den Gemälden in den Gewölben. Neben ihr stand ein weiterer Mann. Das musste Seldorn sein. Er hatte kurzes schwarzes Haar und zwei unterschiedliche Augenfarben. Doch markanter war die große Tätowierung auf dem kantigen Gesicht. Eine Schlange, die von seiner Stirn bis zu seinem Kinn reichte. So hatte Heros, der Bibliothekar, ihn beschrieben.

Überall in diesem riesigen Raum waren Fackeln verteilt, die den Raum in einem ungewöhnlichen Glanz erstrahlen ließen. Dies mochte daran liegen, dass der Lichtschein von goldenen Adern, die in den Wänden schimmerten, zurückgeworfen wurde. Hier waren sie nun in mehrfacher Hinsicht am Ende angekommen, denn das war ihr eigentliches Ziel gewesen, der Altarraum. An den Seitenwänden befanden sich Regale, auf denen Ritualgegenstände und andere Komponenten lagen. An einer Seite befand sich ein großer, offener Schrank. Aus der Ferne erkannten sie dort einige Urnen, die gleichmäßig aufgereiht waren. Hinter dem Altar ragte ein großer Drachenkopf aus Gold in die Halle, der die Anwesenden streng zu mustern schien. Er erinnerte an die Statue am Eingang des Tempels.

Borion näherte sich langsam von der rechten Seite dem Altar, dabei hatte er das Pentagramm weiträumig umgangen. »Meister, hier bin ich! Und hier ist Euer Schwert, das Drachenschwert«, hallte seine Stimme triumphierend, während er der Person in der Kutte das Fellbündel reichte.

»Zu spät!«, flüsterte Jinnass den anderen zu.

»Warte ab, mein Freund. Warte ab«, sagte Xzar belustigt.

Jinnass sah verwirrt zu ihm, doch Xzar grinste nur. Shahira lief ebenfalls ein Lächeln über die Lippen. Adran zeigte sich deutlich verständnisloser und sah verwirrt von Xzar zu dem Geschehen am Altar. »Sollten wir nicht angreifen?«

»Noch nicht«, sagte Xzar knapp.

Die Person in der Kutte nahm das Fellbündel und platzierte es vor sich auf dem Tisch. Sie legte die Kugel und den Dolch daneben, dann hob sie die Hände in Richtung Decke oder besser zu dem Drachenkopf über sich und begann schallend zu lachen. »Ha, ha, ha! Siehst du Bornar, Herr der Schatten, du, der Herr des Tempels! Hier sind das Schwert und dein Auge! Ich habe es deinem Bruder Diniagar zurückgebracht!« Die Stimme klang scharrend, heiser und rau.

»Ja, das ist er; das ist Tasamin. Aber er irrt, denn das ist nicht das Drachenauge«, sagte Jinnass leise und nun lächelte auch er grimmig.

Tasamin begann vorsichtig das Fell abzuwickeln. Borions und Seldorns Blicke lagen gebannt auf dem Bündel. Der Vermummte schlug die letzte Ecke des Fells beiseite und stockte. »Was?! Was soll das Borion? Das ist nichts! Das soll das Drachenschwert sein? Du hast schon wieder versagt! Eintausend Goldstücke sollten dein Lohn sein, doch was bringst du mir dafür? Das!«, brüllte Tasamin mit donnernder Stimme, als er ein rostiges, altes Schwert anhob und Borion vor die Füße schmetterte, wo die Klinge in zwei Hälften brach. Der Krieger erzitterte und wich furchtsam einen Schritt zurück. Seldorn grinste böse, was seiner bedrohlichen Miene nur noch mehr Schrecken verlieh.

»Herr! Mein Meister, ich schwöre .... es war ... es war da eingepackt«, gab Borion stammelnd von sich.

Tasamin hob drohend die linke Faust und als er zuschlagen wollte, ertönte Xzars Stimme, die wie ein Donnerschlag durch das alte Gemäuer hallte. »Sucht Ihr etwa das hier?« Xzar stand vor dem Pentagramm, seine Drachenschuppenrüstung glänzte im Fackelschein und in der rechten Hand hielt er das Fellbündel, das er seit einiger Zeit an seinem Rucksack befestigt hatte. »Vielleicht solltet ihr besser auf Eure Ausrüstung achten, Borion!«

Langsam und mit metallenem Summen zog er das Drachenschwert aus dem Fell. Er hob es hoch und streckte es weit über sein Haupt. Links neben ihm stand Shahira, einen Schild und ihr Schwert in Abwehrstellung erhoben. Vor ihrem Aufstieg war ihr das Glück endlich mal hold gewesen, denn sie hatte einen einfachen Rundschild in der Halle unter ihnen gefunden. Es war in brauchbarem Zustand gewesen, also hatte sie ihn mitgenommen. Rechts von Xzar stand Jinnass, seinen Bogen gespannt und auf Borion zielend, und daneben wiederum Adran mit gezogenem Schwert und in der anderen Hand sein Wurfbeil.

»Ich sehe, ihr bringt mir meine Klinge, meine Rüstung und den feigen Verräter Navarion. Ah, ihr fragt euch, wen ich wohl meine? Wartet, wie nennt sich der Blutsverräter heute? Jinnass der Elf?

Gebt auf, dann beende ich euer Leben schnell und ohne Schmerzen. Ihr müsst doch wissen, dass ihr nicht siegen werdet! Ich weiß, ihr beruft euch gerne darauf, dass ihr mehr Kämpfer seid. Und ja, ihr seid zu viert, aber Navarion wird euch eh verlassen, wenn es zu gefährlich wird. So wie er damals den Magier dieses Tempels zurückließ. Dann seid ihr nur noch drei. Und Shahira werde ich unter meinen Willen zwingen, als einzige Blutsverwandte des Magiers Bennassis von Derissa, der Hochpriester des Drachentempels und Schwertträger Bornars. Dann seid ihr noch zu zweit. Und ihr Xzar, als Träger des Schwertes und der Rüstung werdet gegen Mortagorn, die sogenannte Bestie des Tempels kämpfen. Und dann ist nur noch der Letzte von euch vier übrig, gegen uns drei. Aber von Adran wissen wir ja bereits, dass er nicht mal seine Frau beschützen konnte«, verhöhnte der Verhüllte die Vier.

»Er hört sich gerne reden, oder?«, fragte Shahira leise.

»Oh, ja, das kann ich dir versichern«, sagte Jinnass genauso leise, um dann zu rufen, »Du bist der Verräter Tasamin! Ich lasse niemals meine Freunde im Stich und das weißt du!«

»Und solange Ihr *mich* nicht beherrscht, werde ich mit jedem Tropfen meines Blutes für Ortheus und den Meister kämpfen, den Ihr ermordet habt!«, schloss sich Shahira an.

»Dann lasst die Bestie kommen, ich bin bereit«, sagte Xzar in rauem und ungewohnt geduldigen Ton.

Adran lächelte listig, doch anstatt etwas zu sagen, warf er sein Wurfbeil. Es traf Borion mit voller Wucht am Arm. Fluchend machte dieser zwei Schritte zurück und lehnte sich gegen die Wand.

»Und wenn ich nur noch alleine wäre, ich würde wenigstens den dicken, schäbigen Scharfenbaum mitnehmen!«, rief Adran dann.

»Scharfenfels! ... Scharfenfels!!«, brüllte Borion, der sich das Wurfbeil aus der Rüstung zog.

»Ihr Narren, ihr wisst gar nicht, was für einen Fehler ihr gerade begeht«, sagte Tasamin gleichgültig. Er schob die Kapuze zurück und sein Kopf kam zum Vorschein. Es war ein aschfahles Gesicht mit ausgeprägten Gesichtszügen, die sein Aussehen markant und hart machten. Über seine Haut liefen dünne weiße Adern, die unnatürlich pulsierten. Lange, silberweiße Haare rutschten von seinen Schultern herunter und mit einem Blitzen leuchteten drohend violette Augen auf. Er wirkte alt und von den Jahrhunderten gezeichnet, und dennoch in keiner Weise zerbrechlich.

Borion wollte gerade mit gezogenem Schwert auf die Gruppe zu stürmen, da hallte erneut die Stimme des Dunkelelfen durch die Halle. »Warte, Borion! Noch nicht!«

In diesem Augenblick begannen die Ränder des Pentagramms zu leuchten. Aus der Mitte stieg eine finstere Rauchsäule empor, die bis an die Höhlendecke schoss und sich dort in dunklen Schwaden sammelte. In der Mitte des Beschwörungskreises bildeten sich die Umrisse einer großen Kreatur. Es ertönte ein ohrenbetäubendes Kreischen. Alle bis auf Tasamin und Seldorn hatten Mühe sich von dem Schauspiel nicht ablenken zulassen. Der Rauch strömte nun auch in knöchelhoher Schicht über den Boden und sie verspürten ein Kratzen in ihren Hälsen, das von dem schwefeligen Gestank kam. Kaum hatte der Nebel sich beruhigt, sahen sie das Monster in der Mitte des Raumes. Eins war jetzt schon sicher: Dies war nicht das Geschöpf aus der Küche. Nein, vor ihnen erhob sich ein vier Schritt großes Wesen mit gewaltigem Löwenkopf. Seine goldene Mähne lief vom Haupt herunter in einen länglichen Oberkörper über, der ein fleckiges Muster hatte. Aus dem Rumpf entsprangen vier spinnenartige Beine und zusätzlich am vorderen Bereich des Oberkörpers zwei muskulöse Arme, die schon fast menschenähnlich wirkten, wären sie nicht von einem dichten, schwarzen Fell bewachsen gewesen. Der Körper war so gebildet, dass das Wesen auf den Spinnenbeinen stand und zusätzlich noch die Arme einsetzen konnte. Am hinteren Ende des Rumpfes entsprang dem Wesen ein schuppiger Schwanz, der grobe Ähnlichkeiten mit dem eines Drachen hatte und aus dem Rücken wuchsen zwei große, ledrige Flügel. Die Flügel hatten eine Spannweite von fünf Schritt in jede Richtung. In den großen Händen hielt es einen Stab.

»Hässliches Löwenpferd!«, brüllte Adran.

»Ja, du darfst es gerne haben!«, antwortete Xzar bissig.

»Ich glaube, ich verzichte!«, lachte Adran.

Das Wesen brüllte erneut. Fast mussten sich die vier die Ohren zuhalten, um den Schrei aushalten zu können. Was war dies für ein abscheuliches Monster? Und wie sollten sie es nur besiegen? Dazu noch Borion und die beiden Magier?

»Seht ihr? Das ist Mortagorn, der Wächter des Tempels und er gehorcht meinen Befehlen ... Ha, ha, ha!«, lachte Tasamin siegessicher.

Das Wesen drehte sich geschwind um und sah nun auf den Dunkelelfen. Dieser sah der Chimäre streng in die Augen und die Bestie kreischte erneut auf. Danach drehte sie sich blitzschnell zurück und machte vorsichtig einen Schritt über den Rand des Beschwörungskreises hinaus. Das Pentagramm leuchtete kurz auf und das Wesen bewegte sich langsam auf die Vier zu. Xzar packte das Drachenschwert mit beiden Händen und bereitete sich auf seinen Angriff vor, denn das Monster hatte ihn im Blick.

Shahira flüsterte leise, »Wie kann so was sein?«

Ohne seinen Blick von dem Wesen abzuwenden antwortete er, »Ich weiß es nicht.« Xzar sah sich vorsichtig um. »Aber sieh dort! Adran versucht an der Bestie vorbei zu schleichen. Wenn er Borion überwinden kann, ist er bei Tasamin.«

Jinnass, der ihre Worte vernahm, fügte hinzu, »Ich kümmere mich um Seldorn. Wenn dieses Biest einen Schritt weiter vormacht, werde ich schießen.«

Xzar nickte, auch wenn er nicht sicher war, dass Jinnass dies wahrnahm. Der Elf zog seinen Bogen noch ein Stück weiter aus und zielte. Seldorn hatte inzwischen einen Stab in die Hand genommen und murmelte leise Worte vor sich hin. Tasamin schien von dem bevorstehenden Kampf unbeeindruckt. Er hatte ein Buch auf dem Altar vor sich liegen und ab und an blätterte er eine Seite um. Borion hatte sich schützend, mit gezogenem Schwert, neben ihn gestellt.

Dann begann es. Der Wächter des Tempels machte eine kurze Bewegung nach vorne und eine Art Speer materialisierte in seiner Hand, der zwei silberne Spitzen an den Enden hatte. Den Stab, den er bisher gehalten hatte, ließ er fallen. Und jetzt erkannten sie, dass es Kyras Magierstab gewesen war. Als dieser auf die Linien des Pentagramms traf, flammte er auf und verging in nur einem Lidschlag. Nachdem die Chimäre nun den Speer in beiden Händen hielt, machte das Monster einen Satz nach vorne auf Xzar zu. Dieser hatte so etwas erwartet und duckte sich unter dem Angriff weg, um dann mit dem Schwert zu zuschlagen. Das Monster, von dem Schlag an einem der Spinnenbeine getroffen, zischte auf und holte dann mit dem Speer zum Stoß aus.

Jinnass hatte die Bewegung des Wächters genutzt und auf Seldorn geschossen. Der Magier hatte kurz zuvor mit seinem Gemurmel aufgehört und sich Tasamin zugewandt, sodass er Jinnass' Pfeil nicht kommen sah. Das Geschoss erwischte den Magier an der Schulter und hätte er sich nicht vorher gedreht, wäre er ihm ins Herz gefahren. Seldorn zuckte erschrocken zusammen. Er griff sich an die Wunde, rotes Blut benetzte die Finger des Magiers. Er zerrieb das Blut zwischen Daumen und Zeigefinger und warf Jinnass einen finsteren Blick zu. Seine Mundwinkel zogen sich zu einem verächtlichen Lächeln auseinander, als er sich mit einem Ruck den Pfeil aus der Schulter riss. Sein starrer Ausdruck wirkte hypnotisierend, doch Jinnass hielt seinem Blick stand und zog bereits den nächsten Pfeil aus seinem Köcher. Bevor er schießen konnte, machte Seldorn eine seltsame Bewegung mit dem Stab. Er riss ihn hoch, drehte ihn und stieß ihn angedeutet in Jinnass Richtung. Augenblicklich erschallte ein Quietschen und Kreischen im Raum. Jinnass fluchte und warf sich zur Seite, denn kurz darauf tauchte ein Schwarm Fledermäuse aus dem Dunkeln über ihm auf und wild flatternd, stürzten sie auf ihn hinab.

Adran versuchte, wie Xzar es richtig erkannt hatte, an der Chimäre vorbei zu schleichen, doch der massige Körper schien überall im Raum zu gleich zu sein. Somit tänzelte er zuerst die spinnenartigen Beine aus, gab ihnen dabei einen Hieb von der Seite mit und machte dann eine gesprungene Rolle vorwärts unter den gewaltigen Flügeln der Bestie hindurch. Die ledernen Schwingen peitschten an ihm vorbei und streiften dabei die Wand neben Adran. Er richtete sich fließend auf und bewegte sich noch ein wenig vorwärts. Jetzt stand er vor Borion.

»Endlich«, sagte Adran selbstbewusst.

»Jetzt schicke ich dich zu deiner Frau. Sie hat jämmerlich geschrien, als mein Dolch sie aufschlitzte«, sagte Borion grimmig. »Du weißt, warum sie sterben musste? Sie hat das Angebot meines Meisters abgelehnt. Sie wollte dich nicht aufgeben, selbst als mein Meister sie sich gefügig machen wollte.«

»Du mieser Bastard, Scharfenstein«, wütete Adran. »Dieses Mal rettet dich kein feiger Mord!« Adran griff mit einem heftigen Seitwärtshieb an.

Die Bestie schlug derzeit weiter auf Xzar ein. Er wich dem Speer schnell und geschickt aus, sodass er jetzt seitlich neben dem Monster stand. Sein Schwert zuckte vor und zielte genau auf den Unterleib, doch das Biest riss eines seiner Hinterbeine vor und klackernd parierte es den Schlag. Im Gegenzug ruckte der schwere Leib herum und drückte Xzar beiseite. Erst jetzt erkannte Xzar spitze Stacheln an den Spinnenbeinen. Er wollte an ihnen vorbei, doch der Wächter trat vor und somit traf ihn einer dieser Stachel an der Rüstung. Ein tiefer Kratzer zog sich über die Schuppen und ein ekeliger Schleim dampfte und ätzte in dem Riss. Doch die Drachenschuppen hielten dem Sekret stand, sodass Xzar lediglich von dem widerlichen Gestank würgen musste. Ihm blieb jedoch nicht viel Zeit und so nutzte er die Nähe zu seinem Gegner. Er führte einen schnellen, kurzen Stoß mit dem Schwert aus. Das Drachenschwert fuhr ein Stück in den Leib des Gegners und schwarzes Blut benetzte Xzars Klinge.

Shahira stand starr und voller Angst vor dem Wesen. Sie war nicht in der Lage sich zu bewegen, da hörte sie wieder die Stimme in ihren Gedanken. Doch diesmal war sie gänzlich anders, selbstsicher und siegessicher. »*Jetzt werden wir die Bestie vernichten. Euer Blut Meister wird sich mit meinem verbinden und wir werden Tasamin und den Totenzähler besiegen. So lange habe ich auf Eure Heimkehr gewartet. Lasst uns kämpfen!*«

Die Abenteurerin sah plötzlich neben sich einen Umriss auftauchen und eine großgewachsene Gestalt bildete sich aus dem Nebel. Ein stattlicher Mann, mit hartem Gesicht und langen Haaren, die von einem unsichtbaren Wind gepackt in der Luft wehten. Der Schemen trat auf Shahiras Körper zu und sie spürte, wie eine uralte Kraft in ihre Adern einfloss. Mut und Hoffnung erfüllten sie. Sie sah den früheren Tempel in ihren Gedanken. Krieger, die stolz ein Banner in die Luft reckten. Ein Mann in dunkler Robe, der eine blaue Kristallkugel in den Händen hielt. Dann sah sie Tasamin und Jinnass, beide noch jünger. Dort war Ortheus und auch wenn sie ihn nur als Schemen gesehen hatte, wusste sie, dass er es war. Er winkte seinem Meister nach und dann sah sie noch was: Das böse Grinsen auf Tasamins Gesicht und eine Wut kochte in ihr hoch, die jegliche Furcht verdrängte. All das hatte nur einen Lidschlag gedauert und nun sah sie Mortagorn, den Wächter des Tempels. Tasamins Haustier im Kampf gegen Xzar, den Mann, den sie liebte. Das wurde ihr jetzt bewusst und mit einem wütenden Schrei stürzte sie sich in den Kampf. Xzar hatte das Wesen durch seine Angriffe ein wenig von ihr weggedreht, sodass Shahira den Versuch wagte, hinter den Wächter zu gelangen. Würde ihr dies gelingen, so konnten sie und Xzar die Chimäre von beiden Seiten aus angreifen. Doch damit lag sie falsch. Denn während sich das Monster Xzar zuwandte, zog es den echsenartigen Schwanz mit einem großen Schwung nach, ein Schlag, der sie von den Füßen fegte.

Xzar, der inzwischen erneut angriff, legte alle Kraft in seinen Hieb. Entweder das Monster würde mit dem Speer parieren, dann würde es schlecht um den dünnen Holzschaft stehen, oder aber sein Schlag traf und er würde seinem Gegner eine schwere Wunde zufügen. Ersteres traf ein. Es knackte laut, als Xzar den Schaft des Speeres traf. Unter der Wucht seines Angriffs brach dieser durch. Das Drachenschwert erzitterte in seinen Händen. Die Chimäre fauchte und schien für einen Herzschlag verwirrt. Kaum war dieser Augenblick verflogen, störte sich das Wesen nicht weiter daran. Xzar keuchte enttäuscht auf, als er sah, dass die Chimäre jetzt jeweils eine Hälfte in je einer Hand führte.

Jinnass schlug mit einer Hand nach den Fledermäusen, die sich immer wieder in seinem Körper verbissen. Kleine spitze Zähne schlugen sich in seine Arme und Beine. Lediglich sein Lederwams hielt die Biester von ihm fern. Er wusste, dass er sie so nicht loswerden würde. Voller Zorn ließ er der Glut in seinem Herzen freien Lauf. Er spürte, wie die Magie sich mit diesem inneren Zorn verwebte. Von den Fackeln des Raumes schossen nun Feuerblitze auf ihn zu. Sie versengten einige der Tiere und dann entlud sich eine Flammenexplosion um ihn herum. Die Flammen griffen nach den Fledermäusen, verbrannten sie zu Asche oder ließen sie qualmend und tot zu Boden fallen. Jinnass kochte vor Zorn, schon wieder mussten Tiere für diesen Magier sterben. Der Elf stand auf und sammelte sich. Seldorn hatte jetzt seinen Stab senkrecht vor seinen Körper gestreckt und starrte Jinnass drohend an. Dieser hatte den nächsten Pfeil auf die Sehne gelegt und zielte erneut auf den Feind.

Borion parierte Adrans Schlag und ging zum Gegenangriff über. Er führte einen gewaltigen Abwärtshieb, als Jinnass gleichzeitig seinen Pfeil löste. Adran parierte den Hieb Borions und setzte gleich zu einem Konter an. Borion lenkte diesen geschickt zur Seite weg. Adran überlegte und schätzte seine Möglichkeiten ein, an dem Krieger vorbei zu Tasamin zu kommen. Er war sich sicher, dass ihm dafür zwei oder drei schnelle Schritte genügten. Wenn er den Dunkelelfen ausschalten könnte, würde sich vielleicht das Problem der Chimäre lösen. Das Ausführen dieses Manövers würde aber bedeuten, dass Borion ihn mindestens einmal traf. Adran fluchte innerlich und verwarf den Plan. Das Risiko war ihm zu groß, denn so ein Treffer konnte den Kampf schnell zugunsten seines Gegners wenden. Also entschied er sich dazu, erst Borion und dann den Nekromanten zu töten. Doch so einfach sollte es nicht werden.

Adran machte einen seitlichen Schritt und riss dabei sein Schwert nach oben. Borion wich zurück und führte eine ungelenkige Parade aus. Er zog schmerzerfüllt die Luft ein, denn die Bewegung zerrte an der Wunde, die Adrans Beil geschlagen hatte. Im Gegenzug schwang Borion seine Klinge auf einer gleichbleibenden Höhe durch die Luft. Adran sah den Schlag kommen und hieb seine Parade in die Bahn des Zweihänders. Die Wucht von Borions Waffe war heftig und Adran wurde einige Schritte zur Seite geschoben. Schwankend stand er nun am Beginn der ersten Treppenstufe, die vom Altar in die Halle hinab führte. Er zögerte nicht, denn Borion wollte die Situation nutzen. Ein weiterer Seitwärtsschwung folgte. Adran duckte sich unter der Klinge weg. Borions

Schwung ging ins Leere. Nun war er es, der ein wenig schwankte. Adran nutzte dies jetzt seinerseits. Er stieß vor und die Spitze seines Schwertes bohrte sich in Borions Oberschenkel. Einem lauten Fluch folgte ein weiterer Schlag, doch dieses Mal zog Borion das Schwert im letzten Augenblick nach unten. Adrans Parade ging vorbei und der Zweihänder schnitt durch die Beinschienen. Er knickte leicht ein, als die Klinge ihm in die Wade drang. Beide erkannten, dass dieser Kampf ihnen alles abfordern würde. So sehr die Männer sich auch hassten, ihre Kampfkünste waren sich ebenbürtig.

Seldorn, der den Pfeil des Elfen auf sich zu kommen sah, wartete bis dieser nah bei ihm war und machte dann eine schnelle Bewegung mit seinem Stab. Dabei traf er den Pfeil und lenkte ihn rechts an sich vorbei. Sein verächtlicher Blick machte Jinnass wütend, doch der Elf riss sich zusammen und so legte er erneut einen Pfeil auf die Sehne. Seldorn schüttelte nur leicht den Kopf. »Du wirst es nicht lernen, Elf. Ich bin zu mächtig für dich.«

»Wir werden sehen«, flüsterte Jinnass.

Adran griff mit einer regelrechten Serie von Hieben Borion an, die der Krieger mit Mühe parierte. Dann, bei einer Parade stolperte er und Adrans Schlag traf ihn hart in der linken Seite. Die Klinge schmetterte gegen die Rüstung des Kriegers, riss Panzerringe auseinander und eine leichte Blutspur rann kurz danach aus dem Spalt.

»Zum Ersten!«, brüllte Adran.

»Warte ab, du elender Mistkerl, dass hier ist noch nicht vorbei«, knurrte Borion, als er sich wieder gefangen hatte.

Shahira rollte sich gerade seitwärts aus der Reichweite des Monsters heraus. Die Chimäre schlug mit dem rechten Speer auf Xzar ein, verfehlte jedoch knapp. Dem zweiten Angriff mit dem anderen Arm konnte Xzar nicht ausweichen und somit bohrte sich die Spitze der Speerhälfte durch die Rüstung in seine Schulter. Getroffen von dem wuchtigen Stoß taumelte Xzar einen Schritt zurück. Er hatte Glück im Unglück, denn die Spitze hatte sich in der Rüstung verkeilt und so zog er seinem Gegner die Waffe aus der Hand. Hektisch riss Xzar den Speer aus der Wunde. Zu seinem Glück war die Spitze nicht zu tief in sein Fleisch eingedrungen. Die größte Wucht hatten die Drachenschuppen abgefangen. Xzar warf den Speer hinter sich und sprang gleich vorwärts. Die Chimäre machte einen Schritt zur Seite.

Shahira nutzte den Augenblick, um wieder auf die Beine zu kommen. Sie wollte einen Hieb ausführen, als der Schwanz des Monsters erneut auf sie zu rauschte. Diesmal duckte sie sich und die harten Schuppen streiften über ihren Schild. Dann griff sie an. Ihr Schwert traf die Chimäre in den Rumpf. Ein dünner Riss tat sich in der dicken Haut auf, doch sie erkannte, dass ihre Hiebe kräftiger sein mussten, um das Wesen ernsthaft zu verwunden. Dann kam schon der nächste Schwanzschlag. Sie sprang hoch. Doch wieder zu spät. Erneut wurde sie von den Beinen gerissen. Sie fluchte wütend auf, bevor ihr der Sturz die Luft raubte.

Tasamin blätterte weiterhin teilnahmslos in seinem Buch. Er verhielt sich so, als ginge der Kampf ihn nichts an. Zwischendurch murmelte er einige unverständliche Worte und las dann weiter. Unterdessen veränderte sich die Drachenstatue vor ihm. Sie nahm einen bläulichen Schimmer an, der kurz darauf zu pulsieren begann. Was immer auch Tasamin dort oben tat, es bedeutete nichts Gutes.

Jinnass zielte nun zum dritten Mal auf Seldorn, der weiterhin finster lächelte. Der Elf erwiderte jetzt das Grinsen. Eine Haarsträhne war ihm nach vorne gerutscht und verdeckte leicht ein Auge. Schweißperlen traten auf Jinnass` Stirn. Der weite Auszug seines Bogens kostete ihn viel Kraft. Kurz bevor er den Pfeil abschoss, zog er die Waffe ein Stück nach links und der Pfeil sauste, statt auf Seldorn, nun auf Tasamin zu. Als Seldorn das erkannte, gefror ihm das Lächeln auf den Lippen. Sein fieses Grinsen wich dem Schrecken und der Magier reagierte schnell. Er machte einen Sprung auf Tasamin zu. Doch der Pfeil hatte durch die kurzfristige Richtungsänderung des Bogens eine leichte Abweichung bekommen. Seldorns Sprung erreichte Tasamin nicht mehr, doch der Pfeil auch nicht. Er war ein Stück zu weit nach rechts gedriftet und so trafen sich Flug und Sprung an einem Punkt: Mitten in Seldorns Brust. Mit einem Schmerzensschrei fiel der Magier zu Boden. Er regte sich nicht mehr und Jinnass atmete auf. Er wusste, dass dieser Treffer tödlich war. Vor einiger Zeit hatte Xzar ihm eine Phiole gegeben, die dieser in dem Waldhaus gefunden hatte. In ihr war das Gift der gefährlichsten Schlange des Landes gewesen und Jinnass hatte seine Pfeile damit bestrichen. Doch noch war keine Zeit zum Verschnaufen, denn es gab noch weitere Gegner, von denen einem jetzt seine ganze Aufmerksamkeit galt: Tasamin.

Dieser hatte mitbekommen, was seinem Kameraden passiert war und sah nun zum ersten Mal von seinem Buch auf. Sein Blick wanderte langsam von dem Toten zu Jinnass. »Du bist besser geworden, Navarion. Schade um Seldorn, er war stark und loyal«, sagte der Dunkelelf, während er den Pfeil aus Seldorns Brust zog und vor sich auf den Altar legte.

Jinnass schüttelte den Kopf und rief, »Wofür war er dir nützlich? Nur für deine dreckigen Taten! Was weißt du schon von Loyalität: Mörder!« Jinnass legte seinen vorletzten Pfeil auf die Sehne.

»Schieß doch, Navarion. Du müsstest wissen, dass *dein* Bogen und *deine* Pfeile mich nicht verletzen können«, sagte Tasamin mit unbeteiligter Stimme.

Jinnass grinste bösartig, während er zielte. Und ja, er erinnerte sich an diesen Blutspakt mit dem Elfen, der ihn daran hinderte Tasamin zu verwunden. Doch der Pakt hatte Schwachstellen. Jinnass würde versuchen diese zu nutzen.

Adran wartete bis Borion erneut angriff. Er wich geschickt aus und holte zum Schlag aus. Borion wich ebenfalls aus, indem er den Schwung des Schwertes an sich vorbei fahren ließ. Das brachte allerdings Adran in eine schlechte Position, denn jetzt war Borion hinter ihm. Dieser versuchte seinen Vorteil zu nutzen und Adran in den Rücken zu schlagen. Dafür machte er zwei schnelle Schritte auf ihn zu. Er führte sein Schwert seitlich neben dem Körper, bereit einen heftigen Aufwärtshieb zu führen. Adran rechnete mit solch einem Angriff und ließ sich zu Boden fallen, sodass Borions Schwert knapp über ihn hinweg sauste. Schnell ging er auf ein Knie und ließ seine eigene Klinge einmal über seinem Kopf kreisen und schlug dann auf Borions Bein ein. Mit gewaltiger Kraft schnitt sich das Schwert durch die Rüstung. Es drang tief ins Fleisch ein, zerriss Muskeln und Sehnen und brach brutal durch den Knochen, bis es blutspritzend auf der anderen Seite wieder austrat.

»Zum Zweiten!!«, brüllte Adran seine Wut heraus.

Borion fiel mit einem lauten Aufschrei zu Boden. Adran richtete sich auf und sah auf den Krieger hinab. Dieser wimmerte und hielt sich den Stumpf seines Beines, aus dem in dicken Bächen das Blut quoll. Unter dem Beinstummel breitete sich bereits eine große Lache aus.

»Bist du jetzt zufrieden? Das war für meine Liebste! Nutze die Zeit, die dir bleibt und bereue deine Taten«, sagte Adran, während er sich umdrehte. Dort am Altar und nur wenige Schritt von ihm entfernt stand Tasamin.

Xzar holte unterdessen aus und traf das Monster diesmal am Rumpf, wo sich gleich eine Wunde auftat. Dieses Mal kam kein Blut, sondern ein gelber Schleim aus dem Schnitt und tropfte zu Boden. Das Wesen kreischte auf und das Sekret löste ein Dampfen und Zischen aus, als es den Stein langsam zerfraß.

»Komm nicht mit dem Schleim in Berührung!«, brüllte Xzar Shahira zu, während er einem weiteren Speerstoß auswich.

Sie hörte ihn und erinnerte sich an den seltsamen Schleim, der ihre Freundin getötet hatte. Jetzt erkannte sie die Wahrheit: Diese Bestie musste für Kyras Tod verantwortlich sein. Darum hatte es auch Kyras Stab in den Händen gehalten, als es beschworen wurde. Dann kam ihr ein weiterer Gedanke: Tasamin kontrollierte die Chimäre, hatte er den Befehl gegeben? Neuer Zorn durchfloss sie. Sie würde ihre Freundin rächen. Shahira machte einen Sprung über den peitschenden Schwanz des Wesens hinweg, der ihr dieses Mal ohne Schwierigkeiten gelang. Danach hieb sie nach dem Oberkörper. Da aber die Flügel der Chimäre den Körper abschirmten, traf sie nur die lederne Haut der Schwinge. Als erneut der Schwanz des Wesens auf sie zu kam, erkannte sie, dass sie hier nicht viel ausrichten würde. Sie musste aus dem Rücken des Monsters weg.

Jinnass zielte noch immer und schoss dann erneut. Der Pfeil flog los, aber nicht auf Tasamin zu, sondern auf eine Fackel an der Wand hinter diesem. Er prallte hart gegen die Halterung und löste sie von der Wand. Fluchend sprang Tasamin ein wenig zur Seite und versuchte zu verhindern, dass die Flammen ihn trafen. Feuer war etwas, dass Dunkelelfen fürchteten. Jinnass nutzte diese Ablenkung und zog seinen letzten Pfeil.

Adran war nach vorne geschritten und stand jetzt vor Tasamin. Als der Dunkelelf den Krieger sah, begann er hochmütig zu lachen. »Ha, Ha! Wie amüsant. Was glaubst du ausrichten zu können, dummer Bengel?«

»Das wirst du gleich sehen«, sagte Adran und hob sein Schwert zum Schlag.

Doch noch bevor er zuschlagen konnte, spürte er einen heftigen Treffer in seinem Rücken. Er biss die Zähne zusammen und drehte sich langsam um. Hinter ihm stand Borion. Der Krieger war blass und stützte sich schwer auf seinen Zweihänder. In der anderen Hand hielt er Adrans Wurfaxt, mit der er soeben zugeschlagen hatte. Adran fühlte, wie Blut aus seinem Rücken austrat und der Schmerz drohte ihm das Bewusstsein zu rauben. Sein Blick fiel auf eine kleine Heiltrankflasche am Boden. Diese musste Borion neue Kraft gegeben haben, aber sie war nur halb geleert.

Adran sammelte seine letzte Kraft, denn noch war es nicht Zeit aufzugeben, noch nicht. Er holte mit dem Schwert aus und schlug auf Borion ein. Dieser versuchte kraftlos zu parieren, doch es gelang ihm nicht mehr. Adrans Schwert riss Borion eine tiefe Wunde ins Gesicht und der Krieger drohte umzufallen.

»Zum Dritten!«, sagte Adran gepresst und eine leichte Blutspur rann ihm aus dem Mundwinkel.

Borion hob schwerfällig die Axt an und führte einen ungeschickten Hieb aus. Sein linker Arm, mit dem er sich auf den Zweihänder stützte, zitterte stark. Der Blutfluss aus dem Beinstumpf färbte die Stufen unter ihm rot und Borion war inzwischen jegliche Farbe aus dem Gesicht gewichen. Die Macht des Heiltranks schien für diese Wunde zu gering.

Xzar teilte unterdessen weitere Hiebe gegen die Chimäre aus, doch ernsthafte Wunden schien er nicht zu verursachen. Xzar hoffte eine Schwachstelle zu finden und dem Wesen einen schweren Treffer zu zufügen, doch bisher hatte es noch nicht empfindlich reagiert. Somit blieb ihm vorerst nichts anderes übrig als abzuwarten. Noch reichten seine Kräfte, doch das würde nicht ewig anhalten. Shahira war inzwischen bis zu Xzar gerannt. Bevor sie zuschlagen konnte, spürte sie einen kurzen Kopfschmerz.

»*Ihr werdet alle untergehen, ha, ha, ha!*«, hörte sie die drohende Stimme Tasamins in ihrem Geist. Sie blickte zu dem Nekromanten und sah seinen durchdringenden und bannenden Blick. Dann hörte sie, nein, eher fühlte sie Ortheus. »*Nein Meister. Wir werden siegen! Wir werden den treulosen Diener vernichten. Seht!*«

Shahira sah erneut zu Tasamin. Die Augen des Dunkelelfen weiteten sich und dann fasste er sich an den Kopf. Er schrie hasserfüllt auf, dann unterbrach der Körper der Chimäre ihren Blickkontakt.

Jinnass beobachtete gebannt und ängstlich den Kampf zwischen Borion und Adran. Er war wie gefesselt von diesem Schlagabtausch und hoffte, dass sein Freund als Sieger hervorgehen würde. Doch Jinnass hatte den schweren Treffer Borions in Adrans Rücken gesehen und er wusste, dass diese Wunde seinen Freund beeinträchtigen würde. Er vermochte ihm derzeit nicht zu helfen, da die Chimäre in der Schussbahn war. Dazu kam, dass er nur noch einen Pfeil in seinem Köcher hatte.

Adran holte bereits wieder weit aus und schlug mit seiner letzten Kraft mehrmals auf Borion ein. Dieser parierte knapp den ersten Schlag und mit viel Glück den zweiten, der ihm allerdings das Beil aus der Hand riss. Die Axt klirrte, als sie an die Wand schlug. Für Borion bedeutete dies, dass er dem dritten Hieb Adrans nicht mehr entkam. Die Blicke der beiden Krieger trafen sich. Kurz schien die Zeit still zustehen. In Borions Augen stand die Furcht vor dem Tod, in Adrans der Hass gegen Borion, den Spion, den Verräter, den Mörder seiner Frau. Die Klinge traf, das Schwert durchschlug Borions Brust und der Blick des Kriegers verlor sich.

»Vor ... sicht ...«, röchelte er in seinem letzten Atemzug.

Jinnass schrie ebenfalls auf, doch es war zu spät. Adran hatte seine Klinge mit dem umfallenden Borion losgelassen und sich mit letzter Kraft umgedreht, als ihm ein Pfeil in die Brust schlug.

»Ahhhrrrgh!«, stöhnte er auf und fiel neben Borion nieder.

»Nein!!!«, brüllte Jinnass, der zu spät gesehen hatte, wie Tasamin den Pfeil abgeschossen hatte. Auf dem Altar musste ein Bogen gelegen haben. Voller Wut schoss Jinnass seinen letzten Pfeil ab. Der Dunkelelf drehte sich gerade wieder zu Jinnass und somit traf ihn der Pfeil gegen den Oberkörper. Für einen Augenblick hielt Jinnass die Luft an. Dann zersplitterte der Holzschaft und der Blutspakt zeigte seine Wirkung. Sie konnten sich mit ihren eigenen Waffen gegenseitig nichts anhaben. Tasamin senkte seinen Bogen.

»Es war dein Pfeil, Navarion! Dein Pfeil tötete *deinen* Freund. Oder soll ich dich lieber Jinnass nennen. Fürchtest du deinen wahren Namen, Navarion? Navarion Kristallauge. Du hättest damals mit *mir* kommen sollen, dann müsstest du jetzt nicht sterben, so wie deine Freunde hier«, provozierte ihn Tasamin. Dann leuchtete die Drachenstatue hell auf und Tasamin grinste wieder böse. »Sieh hin!«

Jinnass sah zu Xzar und Shahira. Die Abenteurerin war so eben wieder durch einen mächtigen Schlag von den Beinen gefegt worden. Xzar wich gerade einem der Beine aus, als der Speer ihn traf und durch seinen linken Oberarm fuhr. Er war bereits von unzähligen, wenn auch kleineren, blutenden Wunden übersät.

»Der Einzige, der hier stirbt, wirst du sein!«, brüllte Xzar hasserfüllt, während das Drachenschwert aufleuchtete. Die

Klinge erstrahlte in einem hellen, nein, einem gleißenden Licht. Das Strahlen stellte den gesamten Fackelschein des Raums in den Schatten. Jinnass spannte die Muskeln an und sagte, »Mächte der Natur, Schnelligkeit des Windes, Standfestigkeit der Wurzeln! Gebt uns Kraft!«

Xzar spürte, wie sich seine Muskulatur spannte und er ahnte, was geschah. Jinnass hatte auf sich und Xzar einen Zauber gewirkt, der ihre Kraft und Reflexe stärkte und ihre Sinne schärfte.

›Jetzt ist Tasamin an der Reihe‹, dachte Jinnass.

Der Nekromant stand lachend vor dem Altar, eine Hand nach vorne gestreckt und diese jetzt langsam zur Faust ballend. Die Chimäre richtete sich zeitgleich auf die Spinnenbeine und riss ihre Arme auseinander, als wollte sie zum letzten Schlag ausholen. Xzar wich einige Schritte zurück. Noch bevor die Bestie ihren Angriff ausführte, rannte Xzar los. Er spürte, wie sich eine innere Ruhe in ihm ausbreitete. Die Zeit, um ihn herum, schien langsamer zu fließen. Seine Bewegungen kamen ihm jedoch schneller vor. Er stürmte vor und sprang auf die Bestie zu. In der Luft holte er aus. Das Drachenschwert summte durch die Luft. Die Bestie schlug zu, doch Xzars Hieb war schneller. Ohne auf Widerstand zu treffen, bohrte sich die Klinge in den Oberkörper des Wächters. Das Schwert mit sich ziehend glitt Xzar zu Boden und mühelos zog er es aus dem aufgerissenem Leib heraus. Schnell machte er einige Schritte von seinem Gegner weg. Das Monster kreischte laut auf.

Shahira hatte sich inzwischen wieder aufgerichtet und nutzte die Gelegenheit. Sie hob ihren Schild an und holte schwungvoll mit dem Schwert aus. Eine tiefe innere Macht trieb diesen Hieb an. Sie hörte den wütenden Schrei Ortheus in ihrem Kopf, der jetzt auch aus ihrem Mund erklang, und mit vereinter Kraft schlitzte ihre Klinge den Oberkörper der Chimäre von rechts nach links auf. Das Monster schwankte einige Schritte zurück und auf die Mitte des Pentagramms zu. Ein letztes Kreischen und es brach zusammen. Als der Körper die Linien des Pentagramms berührten, ging er, wie zuvor Kyras Magierstab, in Flammen auf.

Tasamins Lachen verstummte. »Ihr Narren! Ihr wisst nicht, was ihr getan habt!«, brüllte er mit seiner donnernden Stimme.

Xzar sah zu Jinnass und rief, »Fang!« Dabei warf er das Drachenschwert.

Der Elf sprang hoch und packte das Schwert. Er sah zu dem Nekromanten. Tasamin lachte erneut. »Ha, Ha, Ha, Ha… Hört ihr das? Meine Soldaten sind auf dem Weg hier her.«

Für einen Augenblick wussten sie nicht, was der Dunkelelf meinte, doch dann hörten sie es auch. Aus den unteren Keller-gewölben war ein Knistern und Knirschen zu hören, als rieben hunderte Knochen aneinander. Und dann sahen sie es: Skelette stiegen die Stufen empor. Bewaffnet mit Schwertern und Schil-den kamen sie aus dem Untergeschoss herauf. Das war es also gewesen, was der Nekromant dort oben getan hatte: Er hatte die Skelette beschworen.

»Jinnass, töte ihn!«, rief Xzar. »Um die Untoten kümmern wir uns!«

Jinnass zögerte einen Augenblick. Sollte er nicht besser seinen Freunden helfen? Doch dann entschied er sich gegen Tasamin zu kämpfen. Er war der Grund für diese Wesen. Er sah erneut zu ihm hoch. Der Nekromant hielt jetzt ebenfalls ein Schwert in der Hand. Jinnass erkannte es. Es war das Schwert *Donnerauge*.

Xzar hatte derweil seine zwei Langschwerter gezogen und bewegte sich auf die Treppe zu. Jinnass schritt auf Tasamin zu. Dann ging er in die Knie und machte einen gewaltigen Sprung in Richtung Altar. Er landete leichtfüßig vor Tasamin und neben dem Steintisch.

»Jetzt wir beide«, sagte Jinnass hasserfüllt.

»Versuchs doch«, antwortete der Dunkelelf höhnisch. Sein Schwert war silbern und der Griff hatte die Form einer Schlan-ge. Er musterte Jinnass abschätzend. Dieser erwiderte den Blick. 430 Jahre war es her, dass die beiden sich zuletzt gegen-über gestanden hatten. Damals dachte Jinnass, sie wären als Freunde auseinandergegangen, jetzt standen sie sich als Feinde gegenüber.

Shahira und Xzar kämpften vor der Treppe. Sie standen Seite an Seite und indem sie Shahiras Schild als Barriere nutzten, versuchten sie die Skelette daran zu hindern, an ihnen vorbei zu kommen. So hielten die beiden vorerst gegen die Untoten stand, da es höchstens drei Angreifer waren, die gleichzeitig über die Treppe nach oben kamen. Mit Schlägen und Tritten drängten sie die Gerippe zurück. Knochen brachen und splitterten. Vernichteten sie eines der Skelette, zerfiel es zu Staub. Einst mochten es gute Krieger gewesen sein, doch mit unheiligem Leben erfüllt waren sie es nicht mehr. Aber von unten drangen weitere Untote zu ihnen herauf.

Tasamin holte aus und schlug von oben auf Jinnass ein. Dieser parierte den Schlag knapp über seinem Kopf, bevor er das Drachenschwert nach vorne zucken ließ. Tasamin dreht sich leicht zur Seite. Die Klinge traf. Sie schnitt allerdings nur einen dünnen Riss in die Robe des Dunkelelfen. Wieder erfolgte ein Hieb des Nekromanten. Diesmal zielte er seitlich auf Jinnass Beine. Der Elf sprang hoch und die Klinge sauste unter ihm hindurch. Sein Gegenangriff parierte Tasamin mit funkensprühendem Schwert, als der Stahl beider Waffen aufeinandertraf. Sie kämpften beide äußerst geschickt und mit der Erfahrung von hunderten von Jahren und unzähligen Kämpfen. Doch keiner von beiden landete einen Treffer.

»Ich sagte doch, der Pakt schützt mich vor dir. Anders als dich«, grinste Tasamin gehässig.

Jinnass sah ihn wütend an.

»Du hast es vergessen, nicht? Du hast das Schwert Donnerauge gefunden und ich habe es mir aus deiner Kammer mitgenommen. Damit ist es dein Schwert und kann dich verletzen. Und das Drachenschwert? Du weißt, es war auch deins«, sagte Tasamin nun leise lachend.

»Du hast das Donnerauge gestohlen«, sagte Jinnass wütend.

»Ja, das ist richtig. Das macht es aber immer noch nicht zu meiner Waffe. Ich habe den Blutpakt erfunden. Ich weiß, wie er wirkt. Und glaubst du, ich hätte ihn so erschaffen, dass er mir zum Nachteil wird?« Jetzt lachte Tasamin laut auf.

»Jinnass!«, rief Shahira. »Beeil Dich! Das hier werden immer mehr!«

In ihrer Stimme war bereits deutlich die Erschöpfung zu hören. Einige der Skelette hatten begonnen, die Säulen nach oben zu klettern. Jetzt attackierten die Untoten bereits in einer Sechserreihe. Shahira verhinderte mit kräftigen Schildstößen, dass ihre Gegner sie umrundeten. Doch dies kostete sie enorme Kraft. Der Kampf, der zu Beginn so einfach wirkte, gewann jetzt deutlich an Brisanz. Xzar und Shahira ahnten, dass sie so nicht mehr lange durchhalten würden.

Jinnass holte aus und schlug seitlich auf Tasamin ein. Kurz vor dem Treffer zog der Elf die Klinge nach oben, sodass der Nekromant mit der Parade zu kurz kam. Die Klinge drang durch die Kutte und schlug gegen seinen Arm und verursachte keine Wunde. Tasamin verzog keine Miene, stattdessen konterte er mit drei schnellen Angriffen. In seinem letzten Hieb lag eine unbändige Kraft und es gelang ihm, Jinnass das Schwert aus der Hand zu schlagen. »Das war alles Navarion? Fast dachte ich, du seist ein würdiger Gegner geworden.«

Tasamin hob drohend das Schwert an, da rollte sich Jinnass zur Seite weg und verschwand neben dem Altar.

»Was nun? Versteckspiel?«, fragte Tasamin belustigt.

Xzar wurde gerade von dem Schwert eines Skeletts über dem Knie getroffen. Sein Bein knickte weg und wäre Shahira nicht rechtzeitig mit dem Schild über ihn gekommen, hätte der nächste Hieb ihm den Schädel gespalten.

Xzar atmete kurz erschrocken aus. »Danke«, keuchte er. Mit Mühe stemmte er sich hoch.

Shahiras Schild wies bereits einige tiefe Kerben auf und lange würde es nicht mehr halten.

»Jinnass ...«, sagte Xzar leise.

Sie sahen nicht, was am Altar geschah, da er in ihrem Rücken lag. Die beiden Kämpfenden waren schon fast bis an das Pentagramm zurückgedrängt worden. Ihnen war beiden klar, was geschah, kamen sie dort an. Wenn sie die Linien des Symbols berührten, würden sie verbrennen.

»Shahira, ich kann dich mit einem Zauber raus bringen«, sagte Xzar tonlos. Er spürte ihren Körper nahe bei sich, während sie weiter den Angriffen ihrer Gegner zu entgehen versuchten. Xzar kannte den Zauber mittlerweile. Immer wieder hatte er die alte Schriftrolle studiert, die er vor einiger Zeit gefunden hatte. Er erinnerte sich an den Mann im Käfig, der ihm mit letzter Kraft das Versteck verraten hatte. Er musste sie retten! Er würde seine Lebenskraft geben und Shahira mit dem arkanen Sprung herausbringen. So wie er es Kyra versprochen hatte: In letzter Konsequenz, ein letztes Mal die Magie des Blutes nutzen und Shahira retten.

Doch Shahira, die jetzt sehr nahe bei ihm war, sagte leise, »Ich gehe hier nicht ohne dich raus. Versprochen. Und Xzar? Ich liebe dich auch!« Dann warf sie sich vorwärts in den Kampf.

Xzar musste unwillkürlich Lächeln, waren ihre ersten Worte nicht jene gewesen, die er zu ihr gesagt hatte, als sie den Tempel betraten? Und ihre Letzten ... Er atmete tief ein und dann tat er es ihr gleich. Er stürzte sich mit wilden Hieben in den Kampf. Bereit, bis zum Ende mit ihr zusammen zu sein.

Tasamin schritt um den Altar herum, doch er konnte Jinnass nicht sehen. Der Dunkelelf stand nun vor dem Altar. Unter ihm leuchtet das Pentagramm auf dem Boden. Davor die beiden Kämpfenden und eine Horde Skelette. Er grinste siegessicher und drehte sich zurück. Neben ihm lag die Leiche Adrans, die Augen des Kriegers im Tod weit geöffnet. Für einen kurzen Augenblick stutzte er: Etwas stimmte an dem Bild nicht. Da schnellte Jinnass hinter dem Altar hoch. In den Händen hielt er den Bogen des Dunkelelfen. Auf der Sehne lag ein Pfeil. Tasamins Augen weiteten sich.

»Das ist jetzt dein Pfeil! Du hast Adran mit ihm getötet! Das bricht den Pakt!! Und dazu noch: Es ist deine Waffe! Stirb!!!«

Jinnass schoss.

Der Pfeil traf Tasamin aus dieser kurzen Entfernung mit voller Wucht in die Brust. Der Dunkelelf wurde nach hinten gerissen. Er ließ das Schwert fallen und mit ungläubigem

Erkennen im Gesicht stürzte er von der Altarplattform. Ohne sich abfangen zu können, traf er auf das Pentagramm. Sein Körper loderte augenblicklich auf, verbrannte wie zuvor Kyras Stab und der Leib der Chimäre.

Einen Lidschlag später war es vorbei. Kaum war Tasamins Leib vergangen, brachen die Skelette zusammen und zerfielen zu Staub, von ihrem unheiligen Leben erlöst. Die hellen Linien des Pentagramms verdunkelten. Jinnass warf den Bogen in das Pentagramm, wo er ebenfalls in Flammen aufging, bevor die dünnen Linien des Symbols nur noch schwarz dalagen.

Jinnass sah zu Xzar und Shahira, die sich gegenseitig schwer stützten. Erleichtert sahen sie zu ihm auf. Dann wandte Jinnass seinen Blick von den beiden zu Adran. Langsam bewegte er sich auf ihn zu und legte seine Hand auf den Kopf des Freundes. »Mein Freund ... So hätte es nicht enden dürfen. Es ist meine Schuld.«

Jinnass liefen Tränen über das Gesicht. Xzar und Shahira gingen zu ihm. Shahira kniete sich neben den Elfen. Ihr liefen ebenfalls Tränen über die Wangen. »Jinnass? Es war nicht deine Schuld. Er hat sein Leben aus Freundschaft geopfert. Aus Freundschaft zu dir, zu uns und aus Liebe zu seiner Frau. Er hat für uns alle gekämpft«, tröstete sie ihn. »Genauso wie wir beide.«

Jinnass sah zu ihr. Sie umarmte ihn. Nach einigen Augenblicken ließ er die Berührung zu und lehnte sich in ihre Umarmung hinein. Seine Schultern bebten und er ließ seinem Schmerz freien Lauf. Jetzt rannen ihnen allen drei Tränen der Trauer und der Erleichterung über das Gesicht.

»Du hast recht. Adran kann jetzt bei seiner Frau ruhen«, sagte Xzar und kniete sich neben die beiden. »Und wir leben noch. Wir haben deinen Meister gerächt, Jinnass. Wir haben Adrans Frau gerächt und wir haben Kyra gerächt. Sie alle waren herzensgute Menschen und ich bin mir sicher, sie wären stolz auf uns. Sie werden in unseren Erinnerungen weiterleben. Ich werde keinen von ihnen je vergessen.«

Xzar hatte seinen Satz kaum beendet, als sich ein Schatten aus Shahiras Körper löste. Kurz zuckten sie alle zusammen.

Dann erschien auf der Miene des Geistes ein frohes Lächeln. Diesmal hörten alle die Stimme, die Shahira seit dem Betreten des Tempels begleitet hatte. »Danke Herrin, danke Navarion, jetzt kann ich gehen und in Frieden ruhen!«

Danach verschwand der Schemen. Ortheus Geist war befreit und er hatte seinen Blutschwur erfüllt.

Nachdem sie sich wieder gefangen hatten, verbanden sie ihre Wunden. Diesmal würde es sie ein paar Tage Ruhe kosten, bis sie wieder auf den Beinen waren.

Jinnass sah sich das Buch auf dem Altar an. Dann nahm er eine Fackel und verbrannte es.

»Was war das für ein Buch?«, fragte Xzar neugierig.

»Das Experimentbuch des Meisters. Es ist besser so.«

Jinnass nahm die Kristallkugel vom Altar und zerschmetterte sie an der Wand.

»Was war das für eine Kugel?«, fragte Shahira.

»Es war ein Fokus der Nekromantie. Der Wächter des Tempels war in ihm gebannt«, erklärte Jinnass.

»Und das Drachenauge?«, fragte sie weiter nach.

»Es ist nicht hier, es ist gut versteckt. Tasamin konnte es nicht finden«, sagte der Elf.

Xzar stand über der Leiche Borions. »Was ihn nur dazu gebracht hat, uns zu verraten?«

»Goldgier?«, fragte Shahira.

»Nachdem was wir alles zusammen erlebt haben?«, fragte Xzar ungläubig.

»Tasamin hatte eine Art an sich, andere in seine Machtpläne einzubinden. Er wird ihm mehr als nur Gold geboten haben. Da bin ich mir sicher«, sagte Jinnass leise.

»Wir werden es nicht mehr erfahren«, schloss Xzar das Gespräch ab.

Danach ruhten sie sich aus. Jinnass kannte einen Ausgang, der aus dem Altarraum heraus führte. Sie beerdigten Adran in Jinnass` Garten. Den Leichnam von Borion und Seldorn verbrannten sie vor dem Tempel. Der Elf zeigte ihnen weitere Tempelräume und die Wohnbereiche. Dort suchten sie bequeme Zimmer und Jinnass ließ ihnen die Zeit, sich zu erholen. Währenddessen holte er ihre Pferde und die Ausrüstung zum Tempel, von wo aus sie in den nächsten Tagen aufbrechen wollten. Jinnass gewährte Xzar einen Einblick in die große Büchersammlung des Tempels und gestatte ihm sogar, sich eins der kostbaren Bücher mitzunehmen. Jinnass hatte den beiden nicht erzählt, dass Kyra durch die kleinere Spinne umgekommen war. So konnten sie damit abschliessen.

Der Abschied

»Jinnass ... was ist jetzt mit dem Drachenauge? Gibt es dieses Artefakt wirklich?«, fragte Xzar.

Jinnass lachte. »Ja, das gibt es. Es ist in guten Händen, doch ich kann euch nicht sagen, wo es sich befindet.«

»Und wo ist die Grabstätte?«, hakte Xzar nach.

»Das *alles* hier ist sie. Der ganze Tempel ist es. Dies ist der erste Tempel Bornars, dem Fürst der Schatten und dem Hüter der Dunkelheit.«

»Suchte Borion nicht nach einer Grabkammer?«, fragte Shahira.

Der Elf nickte. »Ja, Borion dachte, es gäbe eine Grabkammer. Das war eine Lüge von mir, damit er uns nicht schon vorher in den Rücken fällt. Solange er und Tasamin glaubten, es gäbe sie, brauchten sie unsere Hilfe, um sie zu finden. Ich bin mir sicher, sie erhofften sich dort das Drachenauge zu erlangen. Oder was noch schlimmer ist: Sie wollten an die Grabkammer Diniagars.«

Xzar nahm sich etwas Brot. »Gibt es sie hier wirklich, die Grabkammer?«

»Ja, sie ist hier und noch immer bin ich sehr unruhig. Ich weiß nicht, was unser Handeln an der Fuge der Welt für Auswirkungen haben wird.«

»Das werden wir wohl nicht so schnell erfahren, oder?«, fragte Shahira.

»Ich hoffe nicht«, antwortete Jinnass und klang besorgt.

»Ich kann es noch immer nicht so recht begreifen, dass Borion uns verraten hat. Ich hatte schon länger den Verdacht, dass etwas nicht stimmte, aber dass er zu Tasamin gehörte, das habe ich nicht angenommen«, wechselte Xzar das Thema.

»Ja, für mich war es damals auch eine schlimme Erkenntnis. Wie ich bereits sagte: Adrans Frau hat uns seinen Namen gesagt. Ich wollte ihn damals töten, doch Adran war es, der mich abhielt. Er sagte mir, dass sein Tod es nicht aufhalten würde. Tasamin war das Ziel und so begannen wir unseren Plan zu schmieden. Oh, bei den großen Vier! Hätte ich dies nur unterlassen. Adran wäre noch am Leben.«

»Adran hat seine Rache bekommen und er kämpfte hier für dich, Jinnass. Vielleicht auch für uns alle. Ich jedenfalls, habe ihn ins Herz geschlossen«, sagte Shahira und meinte es auch so.

Xzar nickte und sagte dann, »Ich weiß immer noch nicht, was mit mir bei den Wölfen geschah. Der Leitwolf, ich glaube, es war Seldorn selbst. Doch warum überlebte ich?«

Jinnass lächelte. »Borion wusste von Tasamin, was das Schwert und deine Rüstung zusammen bewirken können. Das Drachenschwert ist eine Klinge aus vergangener Zeit. Es ist das Schwert eines sehr alten Drachens. Zuletzt gehörte es mir.«

»Dir?«

»Ja, mir. Benutzt du es im Kampf, erfüllt es dich mit Kraft und Schnelligkeit, aber dazu muss die Phiole mit Blut gefüllt sein. Du hast es sicher bei der Chimäre gemerkt. Erst nach einiger Zeit hat dich die Kraft erfüllt, nicht wahr?«

Xzar öffnete den Mund, schloss ihn dann kurz wieder, bevor er fragte, »Augenblick, ich dachte, du hättest gezaubert, als du den Wind um Hilfe riefst?«

Jinnass lachte erneut. »Hast du mich beim Zaubern jemals Sprüche sprechen hören? Ich bin ein Elf.«

Xzar hob erkennend die Augenbrauen.

»Aber wieso hat Seldorn ihm nicht das Schwert im Wald abgenommen?«, fragte Shahira.

»Das ist leicht zu erklären. Seldorn war nicht wirklich da. Er war in dem Wolf. Er konnte Tiere beherrschen. Xzar muss ihn schwer verwundet haben, denn nur so konnte sich der Wolf aus dem Zauber befreien und fliehen. Doch jetzt habe ich auch eine Frage: Borion wollte das Schwert bei sich behalten und du hast gut daran getan es zu vertauschen… nur sag mir bitte, wann…?«

Xzar grinste. »Erinnerst du dich, wie du nach Kyras Ereignis mit dem Minoren mit mir im Wald zurückbliebst?«

Jinnass nickte.

»Du sagtest mir damals, dass eine Täuschung nur dann gut ist, wenn sie wenig von der Wahrheit abweicht.«

»Ja, ich habe es auf den verschwundenen Minoren bezogen. Jemand wollte uns täuschen ...«, begann Jinnass zu erklären, doch Xzar hob die Hand, um ihn zu unterbrechen.

»Ich weiß, doch da kam mir die Idee. Dann folgten die Minotauren und der Hinterhalt. Alle waren abgelenkt und im Gebüsch lag diese Klinge, da habe ich die Felle getauscht. Ich fand das Schwert gehörte nicht in Borions Hände. Er war zu verliebt in seinen Zweihänder.«

Jinnass lachte. Er lachte, wie sie ihn noch nie hatten lachen gehört. Er war befreit von seinen Sorgen.

»Jinnass, weißt du etwas mit meinen Träumen anzufangen. Diese Visionen von den Dienern Bornars? Ich weiß, dass Kyra es dir erzählt hat.«

Der Elf nickte. »Ja, hat sie. Sie hat sich große Sorgen um dich gemacht. Die Reiter sind Diener von Bornar. Dieses hier ist sein größter Tempel. Er ist der Ursprung und das Ende von Allem. Die Reiter jagen jeden, der etwas Heiliges von hier stielt. Ich denke, sie wollten dir zeigen, dass Tasamin aufgehalten werden musste.«

Shahira sah erstaunt auf. »Nun, das war vielleicht nicht der beste Weg, mir so was zu zeigen, oder?«

Jinnass schüttelte den Kopf. »Nein, vielleicht nicht. Doch weißt du, die Prophezeiungen der großen Vier sind nie klar zu erkennen. Und außerdem bist du die Nachfahrin des Meisters und er war der Hochpriester des Tempels. Vielleicht warst du deshalb so anfällig für die Träume.«

»Danke, Jinnass. Danke für alles«, sagte Shahira und umarmte den Elfen.

Zwei Tage später hatten sie ihre Sachen gepackt und waren auf dem Weg zu den Pferden. Als sie auf halbem Weg zum Ausgang waren, blieb Jinnass stehen. Der Elf atmete schwer aus. »Und jetzt zu euch. Hier ist eine geheime Kammer und es befinden sich Schätze und Kostbarkeiten dort drinnen. Nehmt, was ihr braucht. Es ist dort die Wand, wo der Nebel hinfließt. Dahinter befindet sich dieser Raum.« Dabei deutete er auf die Wand zu ihrer Rechten.

Xzar warf Shahira kurz einen Blick zu und beide nickten. »Wir brauchen nichts davon. Lassen wir es bei unseren Freunden.«

Jinnass sah sie erstaunt an und nickte dann anerkennend. Sie gingen weiter und als sie am Ausgang ankamen, blieb Jinnass stehen.

»Was ist los mit dir? Komm, wir haben es geschafft!«, sagte Xzar froh, als er die Luft des Waldes tief einatmete.

»Geht, meine Freunde, geht! Mein Weg endet hier, ich bin Zuhause. Ich werde dafür sorgen, dass niemand mehr diesen Tempel findet. Nimm dies hier, es ist deins. Das war es schon immer.« Jinnass reichte Xzar das Drachenschwert. »Und du, das hier!«, er reichte Shahira das Donnerauge.

»Das kann ich nicht annehmen, es ist zu kostbar!«, sagte Shahira entsetzt.

»Du hast es dir allemal verdient. So wie Xzar sich das Drachenschwert.«

»Danke«, sagte sie und umarmte Jinnass. Xzar lächelte.

Dann zog Jinnass ein in braunes Leder eingebundenes Buch hervor. »Nimm dies ebenfalls. Ich finde, du solltest es haben.«

Shahira nahm das Buch entgegen und als sie sah, dass es Kyras Tagebuch war, schluckte sie. Sie starrte es einen Augenblick lang an, dann fiel sie dem Elfen noch einmal um den Hals. »Warum gibst du mir das Drachenschwert?«, fragte Xzar, nachdem Shahira von ihm zurückgetreten war.

Der Elf lächelte. »Weil es dein Schwert ist, Xzar.«

»Das verstehe ich nicht. Wie kommst du darauf?«

»Ich kann es dir nicht erklären. Nimm es und nutze es weise und mit Respekt.«

»Danke, Jinnass, das werde ich tun.«

»Warum willst du hierbleiben? Du kannst doch mit uns kommen. Wir könnten noch so viel zusammen erleben?«, fragte Shahira traurig.

»Nein, meine Aufgabe ist noch nicht ganz erfüllt. Ich werde mich um die Gefallenen kümmern und den Tempel verbergen. Geht nun! Ich bin sicher, ihr beide werdet zusammen noch viele Abenteuer erleben.«

Xzar zog wortlos den Stein der Freundschaft aus seiner Tasche und reichte ihn Jinnass. Der Elf nahm ihn gerührt entgegen und der Kristall leuchtete grün auf. Eine einsame Träne verließ das Auge des Elfen, lief ihm über seine Wange und fiel dann zu Boden, wo der schwarze Nebel sie verschluckte.

»Ich danke dir, Xzar. Und jetzt geht, lebt wohl.« Mit diesen Worten drehte der Elf sich um und verließ sie. Einen kurzen Augenblick blieb er noch einmal stehen, schritt dann aber weiter, ohne zurückzublicken.

Shahira und Xzar sahen ihm nach, bis er im Dunkeln des Ganges verschwand.

»Ein guter Freund, den ich sehr vermissen werde. Doch wo auch immer mich mein Weg hinführt, ich werde an dich denken Jinnass. Lebe wohl«, sagte Xzar leise mit feuchten Augen.

»Ja, ich fühle genauso«, sagte Shahira traurig.

Sie sattelten die Pferde und ritten zurück nach Bergvall. Dort erholten sie sich erst mal ausgiebigst von den Strapazen der letzten Wochen. Die beiden hatten auf dem Friedhof ein leeres Grab errichten lassen, um Kyra die letzte Ehre zu erweisen.

Die Nachricht

Einige Tage später erreichte sie ein Bote in der Stadt. Er brachte eine kleine hölzerne Kiste zu ihnen. Zu Xzars Überraschung schien jemand genau zu wissen, wo sie sich aufhielten. Anderseits, was sollte ihn jetzt noch verwundern.

Als sie am Abend auf ihrem Zimmer waren, öffneten sie die Truhe und fanden zwei silberne Halsketten. An ihnen hing ein kleiner roter Stein und als sie ihn berührten, füllten sich ihre Gedanken mit Erinnerungen und Bildern der vergangenen Reise. Sie sahen ihre Gefährten lachend und scherzend am Feuer sitzen. Zusätzlich fanden sie noch zwei Beutel mit einigen kostbaren Münzen und dazwischen ein zusammengerolltes Pergament:

Meine Freunde,
Ich bin froh, dass ihr mich bei diesem Abenteuer unterstützt habt. Auch wenn zwei unserer liebsten Freunde dabei das Leben verloren haben, so war es für eine ehrenvolle Sache.
Der Tempel ist jetzt auf ewig verborgen. Die Toten werden ihre ewige Ruhe finden. Tasamin wird nie wieder zurückkommen. Das Auge ist sicher und wird auch weiterhin über das Land wachen. Meine Freunde, ich wünsche euch ein langes, erfreuliches Leben. Möge das Schicksal euch auf ewig wohlgesonnen sein.
Im ewigen Gedenken an unsere gemeinsame Zeit,
Euer Freund
Navarion „Jinnass" Kristallauge

Xzar lehnte sich zu Shahira und gab ihr einen Kuss. Schon bald, so hatten sie entschieden, würden sie in ein neues Abenteuer ziehen. Gemeinsam.

Printed in Poland
by Amazon Fulfillment
Poland Sp. z o.o., Wrocław

22745313R00278